LENA JOHANNSON

Töchter der Elbchaussee

atb aufbau taschenbuch

LENA JOHANNSON

Töchter der
Elbchaussee

Die Geschichte einer
Schokoladen-Dynastie

ROMAN

atb aufbau taschenbuch

ISBN 978-3-7466-3649-8

Aufbau Taschenbuch ist eine Marke
der Aufbau Verlag GmbH & Co. KG

3. Auflage 2020
© Aufbau Verlag GmbH & Co. KG, Berlin 2020
Gesetzt aus der Adobe Garamond durch die LVD GmbH, Berlin
Druck und Binden CPI books GmbH, Leck, Germany
Printed in Germany

www.aufbau-verlag.de

TEIL 1

Kapitel 1

Mai 1945

»Ich hole uns noch ein wenig Limonade.« Rosemarie stemmte sich aus dem Sessel, hielt sich an der Lehne fest und verschnaufte, ehe sie mit schleppenden Schritten in die Küche ging.

»Beeil dich, Röschen, gleich kommen die Nachrichten.« Albert rutschte an den Rand der Sitzfläche, beugte sich vor und stützte erwartungsvoll die Ellenbogen auf die Knie. Dabei spielte noch Musik. Frieda sah zu den Kindern hinüber. Kinder! Henrik wurde im August bereits siebzehn. Mit seiner Freundin Gerlinde war es ihm anscheinend schon ernst. Sarah war eine hübsche junge Frau geworden und sah ihrer Mutter zum Verwechseln ähnlich. Wie immer, wenn Frieda an Selma Blumenstein dachte, überkam sie eine Traurigkeit, die im Lauf der Jahre zwar verblasst war, nur völlig vertreiben ließ sie sich einfach nicht. Warum nur hatte Selma ihre Tochter bei Frieda und Per in Hamburg gelassen, ehe sie fortgegangen war? Wo mochte sie stecken, ob es ihr gut ging? Frieda hätte zu gern mit ihr gesprochen, doch Selma war wie vom Erdboden verschluckt. Was, wenn sie irgendwann wieder auftauchte, um ihre Tochter zu sich zu holen? Unsinn, Sarah war jetzt zwanzig Jahre alt. Sie würde selbst entscheiden, bei wem sie leben wollte. Dass sie in Hamburg bei Frieda und Per bleiben würde, daran gab es keinen Zweifel. Wie konzentriert sie auf dem Sofa saß und Jacken, Blusen und Hosen ausbesserte. Kleider von Käthe und Herbert Braune sowie von Martha und ihren Kindern, die alle seit bald zwei Jahren in der Møllerschen Villa untergebracht waren.

Was war nur los mit dieser Welt? Oft wünschte sich Frieda sehnlichst, mit ihrem Bruder reden zu können. Sicher konnte auch er nicht begreifen, dass die Menschen einen zweiten Krieg innerhalb so kurzer Zeit zugelassen hatten. Jeder erinnerte sich doch nur zu gut an den ersten, mit all seinem Leid und seinen Tragödien. Aber niemand hatte eingegriffen, hatte das erneute Unheil verhindert. Wie auch? Frieda war ja selbst zu sehr damit beschäftigt gewesen, das eigene Leben weiterzuleben, zum Wohle der Kinder, zum Wohle der Firma. Auch sie hatte sich damit begnügt, auf ein Wunder zu hoffen. Hans hatte diese Hoffnung längst verloren, er gab keine Silbe mehr von sich. Nur eine der vielen unseligen Veränderungen, die sie irgendwie verkraften musste. Wenigstens lebte Hans. Und sie hatten in den ersten Jahren des Krieges viel Glück gehabt. Draußen an der Elbchaussee waren sie sicher, wenngleich auch hier nachts die Sirenen heulten.

Friedas und Pers Haus hatte einen halben Keller hinter der Souterrain-Wohnung. Während zu den Wohnräumen, die sie einst Selma und ihrer Tochter Sarah zur Verfügung gestellt hatten, eine Treppe führte, erreichte man den Keller durch eine Luke in einer Kammer des Parterres. Ein ausgewiesener Schutzraum war es nicht, aber besser als lange Wege zum nächsten Bunker auf sich zu nehmen. Die Villa ihrer Eltern an der Elbchaussee besaß keinen Keller. So hatte sich die Routine eingespielt, dass Rosemarie, Albert und Hans mit wichtigen Papieren und einigen wenigen Gegenständen in Alberts Aktentasche zu Frieda, Henrik und Sarah kamen, sobald Fliegeralarm über die Dächer jaulte. Die ersten Male hatten sie sich alle aneinandergeklammert, später wurden sie etwas ruhiger, doch die Angst war immer spürbar. Glücklicherweise waren die feindlichen Flugzeuge meist über die Hansestadt hinweggedonnert, ohne ihren tödlichen Ballast abzuwerfen. Während Mutter dann eine Melodie summte oder ein Gespräch über irgendetwas Belangloses anfing, sorgte Vater sich immer um die Geschäftsräume im Meßberghof. Frieda teilte seine Sorge, weiter zur Innenstadt hin hatte es durchaus Bombeneinschläge gegeben. Gleich 1940 war die Lombardsbrücke in der Innenstadt getroffen worden. Gerade der Hafen, nur Schritte vom Kontorhaus entfernt, war ein bedeutendes Ziel. Ob ihre Conchiermaschinen und Walzen wohl noch ganz waren? Und wie mochte ihre geliebte Speicherstadt aussehen?

Die Angst um Hamburg und vor allem seine Menschen war das eine, Friedas größte Sorge galt jedoch Per. Zwei Jahre war er nun schon fort, nur einmal war er für zwei Wochen nach Hause gekommen. Aber auch das war schon lange her. Nach dem Tod von Pers Vater kümmerte sich sein älterer Bruder um die Reederei, doch auch Per war noch Geschäftsführer. Also hatte er nach Dänemark fahren müssen. Lange Trennungen schienen zu ihrer Ehe zu gehören. Erst war Per mehrmals in China gewesen, dann Friedas Reise nach Venezuela. Immerhin fielen in Dänemark keine Bomben, nur hatte sich die Situation in der letzten Zeit zugespitzt. Am Telefon hatte Per erzählt, dass der dänische Widerstand wuchs.

»Die Deutschen haben uns staatliche Integrität zugesichert. Schließlich sind wir ›Arier‹ und damit Brüder.« Er hatte verächtlich geschnaubt. »Sehr dumm, dass wir partout keine Ausgangssperren, keine Militärgerichte und auch nicht die Todesstrafe akzeptieren wollten. Und unsere Polizei war ja auch viel zu lasch gegenüber den Aufrührern. Kein Wunder, dass sie nun aufgelöst wurde.« Frieda stockte der Atem, als sie das hörte. Sie wusste nur zu gut, dass er fürchten musste, jemand könne sein Gespräch mithören. Jeder fürchtete das ständig und überall. Doch sie wusste auch, wie Per wirklich dachte, wie sehr er darunter litt, dass sein Land von den Deutschen beherrscht und geknebelt wurde, dass seine Landsleute, die sich dagegen wehrten, in Konzentrationslager deportiert wurden. Jetzt konnte kein dänischer Polizist das mehr verhindern.

Bei ihrem letzten Gespräch, ehe das Telefon ausgefallen war, weil irgendwo Leitungen getroffen worden waren, hatte Per gesagt: »Ach Frieda, diese Dänen machen sich das Leben wirklich schwer, weil sie nicht kooperieren. Es ist mehr als bedauerlich.« Dabei war seine Stimme ganz kratzig geworden. »Ich bin froh, dass die Deutschen mich als Landsmann erkannt haben, obwohl mir doch meine Papiere abhandengekommen sind.«

Sie hatten nach Henriks Geburt darüber nachgedacht, ob es günstig wäre, wenn Per die deutsche Staatsangehörigkeit annehmen würde. Aber wozu? Sie hatten sich dagegen entschieden. Allerdings war es derzeit sicherer, sich als Deutscher auszugeben. Mit seinen brillanten Sprachkenntnissen, einer deutschen Ehefrau, dem Wohnsitz in Hamburg und einem Unternehmen, das weit über die Hansestadt hinaus für seine vorzüglichen Kakaoprodukte bekannt war, gelang Per das vermutlich mit Leichtigkeit.

Seit Ende letzten Jahres hatten sie nun nicht mehr miteinander gesprochen, nur einige Briefe hatte sie noch bekommen und ihm geschrieben. Jeden Tag hoffte Frieda, er würde plötzlich vor der Tür stehen. Gleichzeitig war sie um jeden Tag froh, den er in Sicherheit war. Dass er gerade als vermeintlicher Deutscher in Dänemark immer mehr in Gefahr geraten könnte, wagte sie nicht zu denken.

Während der ersten Nächte in dem provisorischen Schutzraum hatte Frieda Sarah und ihren Sohn Henrik noch beruhigen müssen. Irgendwann gewöhnten die beiden sich daran, bei Alarm den Keller aufzusuchen. Hans gewöhnte sich nie daran, im Schutzraum auszuharren. Selbst als es noch meist Fehlalarme waren, weil die Bomber die Stadt überflogen, bebte er jedes Mal wieder in Todesangst, atmete schnell und sträubte sich, die Leiter hinabzuklettern, als solle er geradewegs in sein Grab hinabsteigen. Anfangs hatten sich am nächsten Morgen nur einzelne Rauchfähnchen irgendwo weiter östlich in die Höhe gekringelt. Wie die dünnen Rauchfäden, die noch eine Weile über dem Dochtstummel schwebten, wenn eine Kerze heruntergebrannt war. Hans betrachtete sie, bis sie nicht mehr zu sehen waren.

Ach Hans, ihr stolzer, spöttischer großer Bruder. Was hätte nicht alles aus ihm werden können? Mutig und voller Energie war er damals mit wehenden Fahnen in den ersten Krieg gezogen, als gebrochener Mann war er zurückgekehrt. 1939 hatte er versucht, sich das Leben zu nehmen. Für Frieda stand fest, dass das seine Absicht gewesen war. Sie wusste nur nicht, ob seine Angst vor einem zweiten Krieg oder Claras Abreise nach Amerika der Auslöser gewesen war. Wahrscheinlich beides. Mutter dagegen weigerte sich, überhaupt daran zu glauben, dass er es ernst gemeint hatte.

»Er wollte seine Panik vor einem erneuten Krieg mit Alkohol betäuben«, erklärte sie, wann immer das Thema zur Sprache kam. »Gewiss, das war ein Fehler. Nach dem, was er schon einmal als Soldat durchgemacht hat, sollte aber jeder Verständnis dafür haben. Niemand darf ihm vorwerfen, dass er zur Flasche gegriffen hat.« Und auch nicht, dass er mit vernebeltem Geist außer Schnaps auch noch Verdünner oder sonstwas getrunken hatte? Frieda glaubte nicht an einen schrecklichen Unfall. Wochen vorher hatte Hans nicht nur viele seiner Bilder verbrannt, sondern auch noch leere Leinwände, weil er nicht wieder malen wollte, solange die Nazis an der Macht waren. Dann hatte er sich schrecklich aufgeführt, bis Clara bereit war, Hamburg ohne ihn zu verlassen, und war hinterher vollkommen verzweifelt gewesen, weil sie genau das getan hatte. Und schließlich war der Tag gekommen, an dem er auf Sarah hatte aufpassen sollen, und sie ihn auf dem Dachboden gefunden hatte. Über ihm ein Seil an einen Balken geknotet, um seinen leblosen Körper herum, der über einem Hocker zusammengesackt war, leere Flaschen. Wann immer Frieda sich an diesen Anblick erinnerte, kroch ihr eisige Kälte den Rücken hinauf. Hans hatte ein Bild gemalt, sein letztes womöglich. Ein Selbstporträt inmitten der Gräuel, die er an der Front gesehen haben mochte. *Nicht noch einmal!*, hatte er in schwarzen Buchstaben quer darüber geschrieben. Doch die Ärzte hatten ihm einen Strich durch die Rechnung gemacht. Nach einigen Wochen nahm Hans wieder feste Nahrung zu sich und verließ das Krankenbett. Da war der Krieg längst furchtbare Realität. Gesprochen hatte Hans seitdem kein Wort mehr.

»Wir können nicht ausschließen, dass die Stimmbänder in Mitleidenschaft gezogen wurden«, sagte ihnen der zuständige Arzt. »Soweit wir es sehen können, scheint aber alles intakt zu sein.«

Im Juli 1943, Per war gerade erst nach Dänemark gereist, brach die Hölle über Hamburg herein. Ernst hatte es schon länger befürchtet.

»Früher oder später sind wir auch dran, Frieda.« Seine Stirn lag in tiefen Falten, das fröhliche Blitzen in seinen Augen war erloschen. »Der Hafen ist das perfekte Ziel für die alliierten Truppen. Und der Bahnhof natürlich. Die lassen sich nicht täuschen. Nicht von einem Holzgerüst mit so'n paar Planen und auch nicht von den Schachteln, die die Wehrmacht auf die Binnenalster gesetzt hat und die aussehen sollen wie ein Wohngebiet. Die finden unseren schönen Hauptbahnhof trotzdem. Zur Not schmeißen die eben großflächig ihre Bomben ab. Und denn erwischen die auch jede Menge Wohnhäuser und Zivilisten. Kannst mir glauben, Frieda, wir kriegen noch kräftig 'n Arsch voll. Guck bloß, dass du euren Keller zusätzlich sicherst.«

Zu ihrer großen Erleichterung hatte er das gleich selbst in die Hand genommen. Von da ab stützten mächtige Balken die Decke, noch mehr Sandsäcke vor den Fenstern sperrten auch den letzten Lichtschimmer aus. Ernst hatte keinen Tag zu früh Vorkehrungen getroffen. Noch immer schauderte Frieda bei der bloßen Erinnerung. Die Sperrfeuer der Flugabwehrkanonen donnerten unaufhörlich. Und dann das Dröhnen der Motoren von unzähligen Flugzeugen. Engländer! Jeder wusste, dass die Amerikaner am Tag bombardierten, die Engländer kamen in der Nacht.

Frieda versuchte, sich an Jasons Worte zu erinnern, dass man immer eine Wahl habe und dass deutsche und englische Soldaten im Grunde keine Feinde seien, sondern nur Befehle befolgten. Auch Hans hatte ihr nach seiner Rückkehr von der Front erzählt, dass er auf Engländer getroffen war, die ihn hatten gehen lassen, obwohl sie ihn hätten erschießen können. Doch wenn man in einem stockfinsteren Keller kauerte und das Heulen der Bomben immer lauter wurde, dann fiel es schwer, an etwas anderes als an tiefe Feindschaft zu glauben. Einmal hatte ein naher Einschlag das stattliche Haus am Jenischpark erschüttert. Er zerstörte eine steinerne Brücke über die Flottbek und ein nahe gelegenes Gasthaus vollständig. Mehrere Bäume standen schief, mächtige Äste waren gebrochen und hingen nur noch in den Zweigen der Krone. Als endlich das Entwarnungssignal durch die Straßen schrillte, zitterte Frieda am ganzen Körper, und ihr liefen Tränen über das Gesicht, so erleichtert war sie, dass alle noch am Leben waren. So ging es vier Nächte in Folge, in denen Hamburg von Spreng- und Brandbomben geradezu überzogen wurde.

Dann kam der achtundzwanzigste Juli. Frieda erinnerte sich noch ganz genau daran. In der Nacht hatte sie, wie immer, kaum ein Auge zugemacht. Vor lauter Müdigkeit fühlte sie sich wie in einem Nebel, als sie am Morgen Henrik und Sarah versorgte. Von Arbeit im Kontor oder der Manufaktur konnte schon seit Ewigkeiten keine Rede mehr sein. Frieda wäre auch nicht dazu in der Lage gewesen. Sie konnte an nichts anderes denken, als daran, wann sie sich endlich hinlegen und schlafen durfte. Doch daraus wurde nichts. Ein Lastwagen hielt an der Straße. Frieda sah Menschen auf der Ladefläche hocken. Noch nie zuvor hatte sie erbärmlichere Gestalten gesehen. Die Haare waren teilweise bis zur Kopfhaut weggeschmort, ihre Kleidung hing in Fetzen und war verbrannt. Während Frieda noch fassungslos auf das Elend starrte, hämmerte plötzlich jemand an die Tür. Als sie öffnete, stand vor ihr ein Uniformierter.

»Wir verteilen die Ausgebombten. Mit wie vielen Personen wohnen Sie in diesem Haus?«

»Vier, wir sind vier Personen«, stotterte sie überrumpelt. Der Mann verzog eine Miene, die keinen Zweifel daran ließ, was er von Leuten hielt, die sich so viel Platz und eine so elegante Unterkunft leisten konnten. Sie konnte nicht weiter darüber nachdenken, denn er war einfach an ihr vorbei gestürmt und sah sich jeden Raum an. Im Parterre, dann im Souterrain und zuletzt im Obergeschoss.

»Keller?«, fragte er sie streng.

»Nur ein Teilkeller«, gab Frieda leise zurück. Was geschah hier? Er konnte das Haus doch nicht einfach beschlagnahmen?

»Zeigen!«, kommandierte er.

»Kommen Sie.« Frieda ging in die Kammer und öffnete die Luke.

»Sehr gut«, erklärte er, nachdem er den provisorischen Schutzraum inspiziert hatte. »Es sind ein paar Veränderungen nötig, darum kümmern wir uns.« Das war alles, eine weitere Erklärung bekam Frieda nicht. Stattdessen ging er zum Wagen, winkte ein älteres Ehepaar, eine Frau mit zwei Kindern, drei ältere Damen, eine junge Frau und zwei weitere Kinder vom Wagen.

»Was wollen die hier?«, fragte Henrik.

»Sie verteilen die Ausgebombten«, antwortete Frieda, ohne es selbst so recht zu begreifen. »Ich denke, sie werden hier eine Weile wohnen.«

Der Mann in Uniform kam zurück, die kleine Gruppe, die meisten mit weit aufgerissenen Augen oder vollkommen stumpfem Blick, schlich hinter ihm her. Er trat zur Seite und schob, als sie zögerten, einen nach dem anderen ungeduldig ins Haus. Das Souterrain war einer älteren Dame mit ihrer erwachsenen Tochter und deren beiden Kindern zugeteilt. Drei weitere Zimmer gingen an das ältere Ehepaar, eine alleinstehende Frau mit ihren zwei Kindern und ein anderes an zwei ältere Damen, Schwestern, wie sich herausstellte. Das Wohnzimmer gehörte weiterhin Frieda und den Kindern, ebenso Pers und Friedas Schlafzimmer sowie je ein Kinderzimmer. Ausreichend im Grunde, nur dass sich nun neun Erwachsene und fünf Kinder das große Bad im Parterre und ein kleines im Souterrain teilen mussten. Auch die Küche wurde von allen benutzt.

Aus einem unerfindlichen Grund war in der Hannemannschen Villa niemand einquartiert worden.

»Warum ziehen wir nicht zu ihnen?«, schlug Sarah vor. »Dann können die Braunes sich im Wohnzimmer einrichten und haben es bequemer. Und Hilde und Dorothea hätten je eine Kammer für sich.«

Zuerst sträubte sich Frieda gegen die Vorstellung, doch sie musste gestehen, dass Sarah recht hatte. Das kleine Zimmer war für das Ehepaar Braune eine Zumutung, wenn sie auch immer wieder beteuerten, wie dankbar sie waren, nicht auf der Straße oder in einer Massenunterkunft hausen zu müssen. Auch für die Schwestern Hilde und Dorothea war es bestimmt nicht leicht, plötzlich zu zweit in einem Zimmer zu leben, nachdem zuvor jede von ihnen eine eigene großzügige Wohnung in Winterhude besessen hatte.

Also hatte Frieda das Nötigste zusammengepackt und war mit Henrik und Sarah in die Villa an der Elbchaussee gezogen.

»Eine sehr gute Idee«, fand Albert. »Bestimmt müssen bald noch mehr Ausgebombte verteilt werden. Da habe ich doch lieber euch drei hier.« Er zwinkerte fröhlich.

Bei Fliegeralarm mussten nach wie vor alle ins Haus am Jenischpark laufen. Mit all den neuen Bewohnern war es schrecklich eng in dem Teilkeller. Die Luft war innerhalb kürzester Zeit stickig, und die kleinen Kinder weinten ununterbrochen. Auch am Tag ging Frieda hin und wieder rüber und brachte den Menschen ein wenig Kakao oder Schokolade aus ihren eisernen Vorräten. Der Uniformierte hatte nicht zu viel versprochen, und man hatte sich um Umbaumaßnahmen gekümmert. Jedes Zimmer war nun vorsorglich mit einem Bollerofen ausgestattet. Die Rohre verliefen abenteuerlich quer durch das gesamte Haus. Frieda fragte sich, ob das alles wieder abgebaut werden konnte, ohne dass größere Schäden zurückblieben. Vor allem aber, dachte sie beklommen, schien man mit einer langen Aufenthaltsdauer der einquartierten Menschen zu rechnen. Es war Sommer, ein heißer noch dazu. Niemand brauchte jetzt einen Ofen.

Wenn Frieda zurückdachte, konnte sie nur darüber staunen, wie rasch sich die eigene Einstellung in diesen Zeiten doch ändern konnte. Hatte sie sich eben noch Gedanken gemacht, wann sie die fremden Menschen wohl wieder loswerden würde, war sie im nächsten Moment von Herzen froh, dass man sie bei ihr einquartiert hatte. Die meisten kamen aus dem Osten der Stadt. Und der war im Feuersturm vernichtet worden, als habe es sich bei den Gebäuden dort um Pappschachteln gehandelt, die den Flammen nichts entgegenzusetzen hatten. Niemand, weder die freundlichen Braunes noch die Kinder, würden noch leben, hätte man sie nicht zu Frieda gebracht. In der Nacht des achtundzwanzigsten Juli hatte es begonnen. In wenigen Stunden, das kam hinterher nach und nach ans Licht, waren dreißigtausend Menschen im Feuer umgekommen. Erstickt oder verbrannt. Das Vorgehen war perfide, Frieda konnte nicht fassen, dass jemand sich einen derartig grausamen Plan ausdachte. Angefangen hatte es mit sogenannten Christbäumen, Leuchtfeuern, die hinabsegelten und die Stadt erhellten, damit die Piloten die Gebiete sehen konnten, die sie anzugreifen hatten. Was hatte es genützt, dass regelmäßig Luftschutzwarte kontrollierten, ob auch jede Wohnung, jedes Haus gemäß der Anweisung verdunkelt war? Gar nichts! Sprengbomben rissen die Dächer auf, Brandbomben setzten alles in Flammen. Nicht einmal mutige Männer, wie damals beim Großen Brand 1842 ihr Urgroßvater, hätten eine Chance gegen dieses Inferno gehabt. Viel zu gefährlich. Sogar Zeitzünder kamen zum Einsatz, hörte man später, die für Explosionen sorgten, nachdem die Flugzeuge längst fort waren. So kam es, dass die Bewohner der Stadt, die mit dem Leben davongekommen waren, sich verkriechen mussten, anstatt dass sie hätten löschen und wenigstens irgendetwas retten können. Die Engländer schonten in dieser Nacht die Zivilbevölkerung nicht mehr. Im Gegenteil: Ihr Ziel war es, Hamburg mit Mann und Maus zu vernichten. Als Frieda und die anderen am nächsten Morgen ins Freie traten, empfing sie eine Hitze, als hätte jemand einen Glutofen im Garten installiert. Sie sahen keine vereinzelten Rauchfähnchen mehr, sondern ihnen bot sich ein geradezu unglaubliches Bild: Obwohl Sommer war, spannte sich ein schwarzgrauer Himmel über sie. Die Sonne schaffte es nicht durch die Schwaden von Ruß und Qualm, von Tod und Elend. Dazu der scharfe Brandgeruch und ein ständiger leichter Ascheregen, schwarze Fetzen von Büchern, Plakaten, Bildern, vielleicht auch Holz und womöglich … Frieda traute sich kaum, Richtung Innenstadt zu blicken. Dort leuchtete der Horizont blutrot. Und es hörte nicht auf. Zwei Tage nach dem verheerenden Angriff kamen die Engländer zurück. Friedas Gedanken kreisten um die vielen, die weiter östlich lebten. Wie mochte es Ernst und seiner Familie gehen, wie den Arbeitern der Schokoladenmanufaktur? Rudolf hatte schon im ersten großen Krieg ein Bein eingebüßt. Oder Jonas, der damals seinen Vater und den ältesten Bruder verloren hatte, was war mit ihm? Spreckel, Meynecke, Ulli und Marianne. Erst nach fünf weiteren Tagen hatte Frieda Gewissheit, dass sie am Leben waren. Spreckel war verletzt, auch von Ulli hörte sie, dass sie Verbrennungen davongetragen hatte. Ihre Eltern waren beide tot, aber ihre kleine Schwester Marianne war ungeschoren davongekommen. Welch eine Erleichterung, welch eine unbändige Freude, dass die meisten es geschafft hatten. Gleichzeitig wuchs der Schmerz in Frieda so sehr, dass sie glaubte, nicht mehr atmen zu können, so unvorstellbar grauenvoll war, was sie sah und von denen hörte, die von dem Feuersturm erzählen konnten. Die Flammen waren durch die Stadt gewirbelt, hatten einen solchen Sog entfaltet, dass Alte und Schwache einfach von den Füßen und mitten hinein in die Feuersbrunst gerissen worden waren. Fensterscheiben waren geschmolzen, ebenso Kacheln, die gerade noch Küchen und Bäder geziert hatten. Bunker hatten sich bei schweren Detonationen gehoben und wieder gesenkt, als wollten sie sich selbst tiefer in den Boden rammen. Wassertanks waren explodiert und hatten ihren kochenden Inhalt versprüht. Wo einst Straßen gewesen waren, gab es nun Krater, niemand hatte mehr eine Orientierung, wenn er sich in Richtung Innenstadt bewegte. An Mauerstücken, den Resten von dem, was einst Wohnblöcke gewesen waren, hatten Menschen mit Kreide Nachrichten hinterlassen, hörte Frieda. Sie suchten nach Angehörigen oder notierten, dass sie lebten und wohin sie gehen wollten. Hunderttausende verließen Hamburg, zogen Bollerwagen hinter sich her, schoben verbeulte Fahrräder, auf die sie ihr Hab und Gut geschnürt hatten. Autos gab es in der Stadt schon lang nicht mehr.

Die Glücklichen hatten noch immer ein Dach über dem Kopf, wohnten im Westen und Norden der Stadt, wo es in vielen Straßen aussah, als habe gar kein Krieg stattgefunden. So wie Frieda und ihre Familie.

Bald zwei Jahre waren vergangen, seit sie mit Henrik und Sarah in den Anbau der Hannemannschen Villa gezogen war. Sie hatten die schweren Angriffe im Juli und August des Jahres 1943 überlebt und eisige

Kälte in den Wintern überstanden. Sie hatten gebangt und mit wenig Verpflegung auskommen müssen. Und sie hatten das Wunder erlebt, dass nach all der Zerstörung wieder Briefe ausgetragen wurden, dass von irgendwoher Strom kam – wenigstens für einige Stunden am Tag.

Im Jahr nach dem Feuersturm wurde Henrik sechzehn. Im August war das gewesen. Nur einen Monat später rief Hitler, der im Juli knapp einem Anschlag entkommen war, alle Männer an die Waffen, von sechzehn bis sechzig Jahre. Frieda hatte sich daran gewöhnt, einmal am Tag zu ihrem Haus zu gehen und nach der Post zu sehen. Immer begleitete sie die Hoffnung auf eine Nachricht von Per. Ab September wünschte sie sich zwar weiterhin, es möge ein Brief von ihrem Mann im Kasten liegen, gleichzeitig hatte sie Angst davor, ein Schreiben von der Wehrmacht zu finden.

An einem sonnigen Tag im November geschah es. Frieda freute sich darüber, dass das Hamburger Schmuddelwetter einem strahlend blauen Himmel gewichen war. Die Luft war eisig, aber herrlich klar, ihr Atem stand vor ihren Lippen. Immer öfter hörte man hinter vorgehaltener Hand Gerüchte, der Krieg könne Weihnachten vorüber sein. Vor allem Ernst hielt Frieda auf dem Laufenden.

»Die BBC sagt, es sieht düster aus für Deutschland. Von wegen Endsieg, wir sind auf ganzer Linie geschlagen.«

»Ernst, um Himmels willen, du darfst nicht länger Feindsender hören.« Weiter kam Frieda nicht.

»Meine Feinde sind die Engländer nicht. Wenn es auch mal 'ne Zeit gab, als ich nicht sehr gut auf die zu sprechen war. Na, auf einen nicht.« Er schmunzelte, wurde aber sofort wieder ernst. »Wie willst du denn sonst wissen, was los ist? Was wirklich los ist, meine ich. Unser Großdeutscher Rundfunk erzählt uns doch nur Unfug«, zischte er. »Wie letztes Jahr über Stalingrad.« Er schnaubte böse und senkte die Stimme. »Gelogen hat der Goebbels. Von wegen, alle seien den Heldentod gestorben.« Ernst schüttelte den Kopf. »Nee, Frieda, wenn du dir eine Meinung bilden willst, brauchst du was anderes als den Großdeutschen

Märchenfunk. Jeder hört BBC!« Das war zwar übertrieben, aber er hatte recht, viele taten das. Ihr Vater hatte es auch einmal gewagt, ihre Mutter hatte sich schrecklich darüber aufgeregt. Seitdem hörte Albert nur heimlich fremde Sender, wenn Rosemarie schlief.

»Die können mich jederzeit einziehen, Frieda«, sagte Ernst. »Ich muss bannig aufpassen. Das gilt auch für deinen Sohn. Wie willst du denn Entscheidungen treffen, wenn du gar nicht weißt, was da draußen so passiert?« Was sollte sie darauf schon sagen? »Siehst du! Wenn ich aber hör, dass sich überall die Fronten auflösen, denn weiß ich, dass ich nur noch 'n paar Wochen oder Tage unsichtbar oder verletzt sein muss, um nicht noch in letzter Sekunde verheizt zu werden.«

»Verletzt?«

»Ich hab 'n Hammer bereitliegen«, erklärte er ihr. »Wenn der Einberufungsbefehl kommt, kloppe ich mir damit einmal kräftig auf den Zeh, Walli bringt mich zum Arzt.« Ernst hatte Walli 1942 geheiratet, damit sie versorgt war, falls ihm etwas zustieß, wie er sich ausgedrückt hatte. »Mach das am besten mit Henrik genauso. Denn kann er zu Hause bleiben und braucht nicht noch los. Ist doch sowieso bald alles vorbei«, wiederholte er.

Doch es war nicht vorbei. Es ging womöglich gerade erst los, schoss Frieda durch den Kopf, als sie an diesem Novembertag den Vorbescheid für Henriks Einberufung aus dem Kasten nahm.

»Aber ich will nicht!«, rief er, als sie mit dem Schreiben in die Hannemannsche Villa kam. »Ich will keinen Eid auf den Führer schwören, dass ich ihm mein Leben opfern würde.«

»Beruhige dich doch«, sagte Frieda. Sarah verbarg ihr Gesicht hinter den Händen, Albert schüttelte nur den Kopf und seufzte wieder und wieder.

»Ich will mich nicht beruhigen!«, schrie Henrik. »Der Führer ist ein alter Mann!«

»Du sagst so etwas nie wieder!«, fauchte Rosemarie.

»Aber es ist wahr. Alle sagen das. Ein Greis ist er, der keine weitere Niederlage verkraften kann.«

»Henrik, es reicht.« Frieda wusste, dass er recht hatte, aber sie wusste auch, wie gefährlich es war, das laut auszusprechen.

»Er ist unser Führer, und er wird den Krieg zu einem guten Ende bringen«, beharrte Rosemarie.

»Niemand kann diesem Grauen ein gutes Ende setzen«, wandte Albert müde ein. »Aber Hauptsache, es geht überhaupt bald zu Ende.«

Rosemarie überhörte ihn. »Du solltest stolz darauf sein, endlich auch einen Beitrag für den Sieg deines Vaterlandes leisten zu dürfen.«

Frieda zog sich mit Henrik und Sarah zurück. Sie konnte das Gerede ihrer Mutter nicht ertragen.

»Es ist nur der Vorbescheid«, beruhigte sie ihren Sohn und sich selbst. »Sollte die Einberufung überhaupt noch kommen, können wir uns immer noch etwas überlegen.«

Die Einberufung kam Mitte Dezember. Frieda vertraute Henrik unter vier Augen an, was Ernst ihr geraten hatte. Nur brachten sie es beide nicht über sich, Henrik eine solche Verletzung beizubringen. So kam, wie angekündigt, am dritten Advent morgens um acht ein Wagen der Wehrmacht. Henrik bemühte sich nach Leibeskräften, vor den anderen Soldaten nicht zu weinen, doch er konnte das Zittern nicht verbergen. Und als er sich auf die Bank der Ladefläche setzte, lief ein Tropfen Blut von seiner Unterlippe, so kräftig hatte er darauf gebissen. Frieda riss sich zusammen und verabschiedete ihn lächelnd. Sie wollte ihm Zuversicht geben, wenn sie auch selbst nicht wusste, woher sie die nehmen sollte. Als der Wagen außer Sichtweite war, konnte sie ihre Tränen nicht länger zurückhalten.

Es war das traurigste Weihnachtsfest, das Frieda je erlebt hatte. Ohne ihren Sohn und ohne ihren Mann. Wann immer sie gedacht hatte, schlimmer könne es nicht werden, hatte sie einsehen müssen, dass das ein Irrtum war. Und jedes Mal stellte sie mit Erstaunen fest, dass sie immer noch ein wenig mehr ertragen konnte. Pers und Henriks Briefe halfen ihr. Henrik schrieb viel. Allein das war ein sicheres Zeichen dafür, wie elend er sich fühlen musste. Längst vergessen die Zeit, in der er von Heldentaten geträumt hatte. In der Anfangszeit berichtete er davon, dass er ständig irgendwohin transportiert wurde. Die Einsatzbefehle schienen sich stündlich zu ändern. Vom Bahnverkehr war aufgrund der schweren Beschädigungen kaum etwas übrig, nur auf wenigen Strecken fuhren überhaupt noch Züge, und die hielten sich natürlich an keinen Fahrplan. So verbrachte Henrik viele Stunden mit Warten. Wenn seine Kompanie mal an einem Ort blieb, schrieb er von Kameraden, die in Frankreich gekämpft hatten und auf verschlungenen Wegen zu ihnen gestoßen waren. Die meisten seiner Briefe schloss er mit einem Satz, in dem er seinen unerschütterlichen Glauben an den Sieg betonte, den er aus dem festen Vertrauen auf den Führer nährte. Frieda und Sarah lasen, was zwischen seinen Zeilen stand: Deutsche Soldaten flohen vor der riesigen Überlegenheit feindlicher Truppen. Zerstörung überall, die ein deutliches Bild über den Stand des Krieges malte. Henrik glaubte weder an den Sieg noch an den Führer, doch er wusste von der staatlich verordneten Briefzensur. Die Soldaten hüteten sich darum, das zu beschreiben, was sie wirklich erlebten. Hätte jemand offen geschrieben, dass er den Krieg für verloren hielt, hätte man ihn für Untergrabung der Moral bestraft. In schweren Fällen sogar mit dem Tod. Henrik musste seine Angst, sein Heimweh und seinen Hass auf Hitler zwischen seinen Formulierungen verstecken. Tage und Wochen gingen ins Land, und noch immer herrschte Krieg. Frieda schien er allmählich endlos. Dennoch saß sie im Frühjahr 1945 täglich mit Sarah, Hans und ihren Eltern vor dem Volksempfänger und hörte den Berichten zu, immer in der Hoffnung, endlich würde das Wort Kapitulation fallen.

Kapitel 2

Am ersten Mai kam Ernst zu Besuch.

»Die Engländer sind nicht mehr weit von Harburg weg, habe ich gehört«, erzählte er atemlos. »Denn kann das nu nicht mehr lange dauern, bis die Wehrmacht sich geschlagen gibt.«

»Wenn du nur recht hast!« Frieda traute sich kaum, wieder Hoffnung zu schöpfen. Andererseits redete Ernst nicht als Einziger so und war zudem gut informiert. »Kann ich dir etwas anbieten, einen Kakao vielleicht?«

»Och, da sag ich nicht nein.« Sarah war draußen, Hans lag, wie so oft, mitten am hellen Tag in seinem Bett und grübelte wahrscheinlich. »Kannst du das Radio anmachen?«

»Natürlich. Ist aber nur der Reichssender Hamburg«, entgegnete Frieda mit einem Lächeln.

»Für mich heißt das noch immer Norddeutscher Rundfunk«, erwiderte Ernst leise. »Und hoffentlich heißt das bald wieder so.«

»Sehe ich doch genauso.«

»So denn bereite du man den Kakao zu«, forderte er sie auf. »Kannst ja nix dafür, wenn ich 'n büschen am Empfänger drehe.« Er zwinkerte ihr zu, sie zuckte demonstrativ mit den Schultern und ging. Frieda war noch nicht in der Küche, als er schon nach ihr rief: »Komm schnell, da ist was passiert!« Mit wenigen Schritten war sie bei ihm. Ernst hatte nicht am Gerät gedreht. »Die haben eine Rede vom Dönitz angekündigt.« In gebückter Haltung stand er vor dem Radio, die Finger kurz vor dem Knopf, als würde der Empfang leiden, wenn er sich bewegte. Auch Frieda blieb wie erstarrt stehen und hörte mit angehaltenem Atem, wie ein Sprecher sagte: »Heute Nachmittag ist unser Führer Adolf Hitler in seinem Befehlsstand in der Reichskanzlei gefallen. Bis zum letzten Atemzuge hat er für sein geliebtes Vaterland und gegen den Bolschewismus gekämpft.« Friedas Gedanken überschlugen sich. Ernst und Albert hatten nach dem gescheiterten Attentat im Jahr zuvor gesagt, dass das Scheitern ein schreckliches Unglück sei. Sie hatte ihre Worte noch im Kopf. Hitlers Tod wäre die Chance auf ein schnelles Ende des Krieges gewesen. Dann war es jetzt so weit? Würden die Nazis ohne ihren Anführer endlich aufgeben? Sie hörte kaum zu, was der neue Reichspräsident und Oberbefehlshaber der Wehrmacht Karl Dönitz von Heldentod und unermüdlichem Kampf bis zum letzten Herzschlag redete, sie konnte nur daran denken, dass der Krieg nun enden würde. Henrik würde nach Hause kommen, und Per. Sie hatte nicht einmal bemerkt, dass Ernst sich aufgerichtet hatte. Erst als er seine Brille abnahm und sich über die Augen wischte, löste auch Frieda sich aus ihrer Erstarrung.

»Es ist vorbei, Ernst«, sagte sie leise. »Nicht wahr? Es ist vorbei.«

Ernst liefen die Tränen über die Wangen, tropften ihm von Nase und Kinn. Er konnte nichts sagen, er nickte nur. Frieda trat zu ihm und nahm ihn in die Arme. Sie hielten sich aneinander fest und weinten.

Am Tag drauf saß sie mit ihren Eltern vor dem Volksempfänger. Draußen war schönstes Wetter, es war schon ungewöhnlich warm für die Jahreszeit, allerdings auch ungewöhnlich windig. Bereits in den vergangenen Tagen waren armdicke Äste gebrochen.

»Ich muss sehen, dass ich die irgendwie da runter kriege«, hatte Albert gesagt und in die Baumkronen geblickt. »Ehe womöglich jemand so einen Knüppel abkriegt.«

»Ich hole uns noch ein wenig Limonade.« Rosemarie hievte sich aus dem Sessel, hielt sich an der Lehne fest und verschnaufte. Sie hatte vor dem Krieg ordentlich zugelegt und erstaunlicherweise nur wenig davon verloren, darum fiel ihr jede Bewegung schwer. Trotzdem war sie oft diejenige, die etwas holen ging.

»Bleibt ihr nur sitzen, ihr habt auch mal eine kleine Pause verdient«, pflegte sie zu sagen. Zwar stimmte es, dass Frieda und Sarah diejenigen waren, die mit den Lebensmittelmarken loszogen, um etwas zu essen zu besorgen, die kochten und das Haus sauber hielten, und Albert kümmerte sich ein wenig um den Garten. Der wahre Grund, vermutete Frieda, war jedoch ein anderer. Rosemarie war die Einzige in der Familie, die Hitler von der ersten Stunde an verehrt hatte, und das noch immer tat. Und es hatte sich nichts an ihrer Haltung geändert, trotz all der schrecklichen Dinge, die geschehen waren und über die jeder Bescheid wusste. Sie war in allem anderer Meinung als ihr Mann und ihre Kinder. Darum war es schwierig, wenn die gesamte Familie die Nachrichten verfolgte. Besonders jetzt nach Hitlers Tod. Auch Rosemarie hatte geweint, allerdings nicht vor Freude wie Frieda, sondern vor Kummer. Während alle anderen auf weitere gute Neuigkeiten hofften, selbst Hans saß in angespannter Haltung im Wohnzimmer, wusste Rosemarie nicht, wie es weitergehen sollte.

Nur wenige Augenblicke, nachdem sie zur Küche gegangen war, knisterte es in dem Gerät, dann ertönte die ernste Stimme von Gauleiter Karl Kaufmann, der sich an die Hamburger wandte: »Nach heldenhaftem Kampf, nach unermüdlicher Arbeit für den deutschen Sieg und unter grenzenlosen Opfern ist unser Volk dem an Zahl und Material überlegenen Feind ehrenvoll unterlegen.« Während Kaufmann offenbar um Worte rang, war es in der Hannemannschen Stube mucksmäuschenstill. Nur der Wind pfiff um die Türmchen der Villa. Frieda hielt die Luft an. Sie sah zu ihrem Vater hinüber, dessen Augen immer größer wurden. Hans hatte ein feines Lächeln auf den Lippen, zum ersten Mal, seit Frieda ihn leblos auf dem Dachboden gefunden hatte. »Der Feind schickt sich an, das Reich zu besetzen, und steht vor den Toren unserer Stadt.«

Rosemarie kehrte mit einem Krug Limonade zurück, die vermutlich überwiegend aus Wasser bestand. Ihre Miene zeigte blankes Entsetzen, als Kaufmann ausführte, dass der Feind vorhabe, Hamburg mit übermächtiger Waffengewalt anzugreifen, wodurch noch einmal Tod über Hunderttausende käme.

»Grundgütiger«, murmelte sie.

Auch Sarah sah vollkommen verängstigt aus. Sie setzte sich zu Frieda auf das Sofa und presste sich an sie. Frieda legte ihr den Arm um die Schulter und streichelte sie beruhigend. Sie wagte allerdings nicht, auch nur ein Wort zu sagen, denn sie hatte Angst, das Wichtigste zu verpassen.

»Mir gebietet Herz und Gewissen in klarer Erkenntnis der Verhältnisse und im Bewusstsein meiner Verantwortung, unser Hamburg, seine Frauen und Kinder vor sinn- und verantwortungsloser Vernichtung zu bewahren«, scheppertе es aus dem Volksempfänger. Frieda spürte, wie sich ihr Herzschlag beschleunigte. Sie musste schlucken.

·»O lieber Gott«, flüsterte sie und hielt Sarah noch ein bisschen fester. Wie aus weiter Ferne hörte sie, wie der Gauleiter die Besetzung Hamburgs durch den Feind für den nächsten Tag ankündigte, wie er für diesen Moment Haltung, Würde und Disziplin von den Hamburgern forderte.

Er schloss mit den Worten: »Gott schütze unser Volk und unser Reich!« Danach war es einige Sekunden still in dem Wohnzimmer.

Albert fand seine Sprache zuerst wieder. »Donnerwetter!« Mehr brachte er nicht heraus.

»Ist das nun eine gute Nachricht?«, wollte Sarah wissen. Sie bebte am ganzen Körper.

»Ja, Schätzchen, ich glaube, das ist eine sehr gute Nachricht.« Frieda musste lachen und wischte sich eilig Tränen mit dem Handrücken weg.

»Was soll daran wohl gut sein?«, fragte Rosemarie in einem Ton, der völlige Resignation verriet. »Sie werden uns spüren lassen, dass sie die Sieger sind. Alles wegnehmen werden sie uns.« Plötzlich änderte sich ihr Tonfall, und sie klang sehr entschlossen: »Nein, das werde ich nicht zulassen.« Sie machte kehrt und verließ das Wohnzimmer.

»Was hast du vor, Röschen?« Albert sah ihr verblüfft nach. Frieda wollte ihr nachgehen, doch da stand Hans auf, kam zu ihr und drückte sie wortlos an sich. Sie erwiderte seine Umarmung.

»Was meinst du, haben wir es geschafft, Bruderherz?« Sie hoffte, er würde etwas sagen, doch er presste sie nur fester an sich. Als er sie losließ, nahm sie das Knarzen der Treppe wahr, gleich darauf das Klappen der Haustür. Hans sah Sarah lange an. Frieda dachte schon, er würde ihr in diesem besonderen Moment sagen, dass er ihr Vater war, doch er nahm sie nur in den Arm. Schließlich ging er auch noch zu Albert, der ihm ein wenig hilflos auf den Rücken klopfte.

»Hast schon recht, mein Sohn, zwar ist der Krieg offiziell noch nicht vorbei, aber wir dürfen uns ruhig schon mal freuen, dass wir alle noch da sind.«

In dem Moment krachte es draußen, es gab einen Schlag und einen Schrei, der merkwürdig abgeschnitten klang.

»Das kam aus dem Garten«, sagte Sarah leise.

»Rosemarie?«, fragte Albert alarmiert. Frieda und Hans rannten gleichzeitig los. Sobald sie einen freien Blick auf das parkähnliche Gelände hatten, blieben sie stehen, als wären sie gegen eine unsichtbare Wand geprallt. Eine Sekunde nur, dann liefen sie zu ihrer Mutter, die vor dem Rhododendronstrauch lag, ein mächtiger Ast, der von der großen Kastanie abgebrochen sein musste, der Länge nach über ihr, als hätte sie sich damit zudecken wollen.

Als Frieda später in der Küche ein kleines Abendbrot zurechtmachte, fragte sie sich, ob der Krieg aus ihr schon ein Monster gemacht hatte. Sie erinnerte sich nur an ein einziges Gefühl, das sie gehabt hatte, während sie neben ihrer Mutter kniete: Hoffnung, dass ihr Bruder zumindest in dieser Situation endlich sprechen würde. Er musste doch etwas sagen, so wie Rosemarie da lag, die Augen geschlossen, einen klaffenden Riss von der Stirn bis weit über den Scheitel, Blut lief ihr unaufhörlich aus der Wunde über die Schläfen, in die Ohren.

Doch Hans sprach kein Wort. Stumm hievte er den schweren Ast zur Seite. In das Rascheln der Blätter, die über Rosemaries Körper strichen, mischte sich ein Schrei.

»Nein! Röschen, nein, um Gottes willen!« Alberts Gesicht war verzerrt vor Schmerz.

Frieda sprang auf. »Wir kümmern uns um sie, Papa«, sagte sie sanft, und zu Sarah: »Bring ihn rein, bitte!«

Sarah blickte an Frieda vorbei zu dem reglosen Körper, ihre Augenbrauen zuckten kurz. »Komm, Albert«, sagte sie leise, »wir sind hier nur im Weg. Onkel Hans und Frieda wissen, was zu tun ist.«

»Meine Frau, ich will zu meiner Frau«, jammerte Albert, ließ sich jedoch ohne Widerstand von Sarah ins Haus führen.

Frieda hockte sich wieder hin, legte ihre Finger an den Hals ihrer Mutter. Nichts. Sie neigte ihr Ohr hinab zu den schmalen Lippen. Doch da war nichts.

»Sie ist tot«, flüsterte sie. Hans stand einen Schritt entfernt und rang die Hände. Seine Kieferknochen traten hervor, so sehr biss er die Zähne aufeinander. Kein Wort. »Der Ast hat sie erschlagen. Ausgerechnet heute«, sagte sie. »Was hat sie nur hier draußen gemacht?«

Als ob das noch eine Rolle spielen würde, aber Friedas Verstand hatte sich einfach mit etwas beschäftigen müssen, um zu verhindern, dass ihr Gefühl die Oberhand gewann. Hans hockte sich neben sie und zupfte sie sacht am Ärmel. Sie sah zu ihm auf, er deutete auf eine Stelle neben dem Rhododendron. Im Beet war ein Loch, eher eine flache Mulde, daneben stand ein kleiner Holzkasten mit Intarsien, eins von Rosemaries Schmuckkästchen. Hans griff nach einer Hand seiner Mutter und hielt sie hoch, so dass Frieda die schwarzen Ränder unter den Nägeln und die Erde an den Fingern erkennen konnte.

»Sie wollte ihren Schmuck vor den Engländern in Sicherheit bringen.« Frieda schüttelte langsam den Kopf. »In ihrem ganzen Leben hat sie nie Gartenarbeit gemacht, und jetzt wollte sie mit bloßen Händen ein Loch graben.« Die Fingerspitzen sahen aus, als hätte ihre Mutter eine tiefe Grube ausgehoben, doch weit schien Rosemarie nicht gekommen zu sein.

Sie hatten ihren Körper nach drinnen geschafft. Nie wieder würde Frieda ihr das noch immer lange Haar zu Zöpfen flechten und daraus hübsche Schnecken drehen. Nie wieder würde sie mit ihr reden. Vorbei. Einfach so. Sie hatten sie in einer kleinen Kammer aufgebahrt, Frieda hatte ihr das Blut vom Gesicht gewaschen. Sarah hatte Albert eine Schlaftablette gegeben.

Und jetzt bereitete Frieda also für alle das Abendessen zu, denn sie mussten vernünftig sein und etwas essen, wenn auch niemand Appetit hatte. Es musste ohne Mutter weitergehen. Keiner bekam mehr als wenige Bissen herunter. Niemand sagte etwas, als könne die Ruhe der Verstorbenen noch gestört werden. Nach dem Essen zogen sich Hans und Sarah zurück. Albert war noch ganz benommen, von dem Verlust und der Tablette.

»Habe ich es nicht gesagt?« Albert sprach so leise, dass Frieda, die den Tisch abräumte, ihn beinahe nicht gehört hätte. »Vorhin habe ich es noch gesagt, dass ich die gebrochenen Äste irgendwie aus der Krone kriegen muss. Damit keiner so einen Knüppel abkriegt, habe ich gesagt.« Seine Stimme klang schleppend. »Was hat sie denn nur da draußen zu schaffen gehabt?« Er schlug sich die Hände vor das Gesicht. Frieda trat von hinten an ihn heran, schlang die Arme um ihn und drückte ihr Gesicht an seine Wange.

»Sie wollte ihren Schmuck verstecken«, erwiderte sie, als ob ihr Vater wirklich eine Antwort erwartete. »Sie hat an das Wohl der Familie gedacht. Bestimmt wollte sie ihn in Sicherheit bringen, damit wir ihn verkaufen können, wenn es hart auf hart kommt.« Sie dachte an Mutters Brosche, die Vater ihr zu einem Hochzeitstag geschenkt hatte, und an einen Brillantring. Frieda fiel auf, dass sie weder das eine noch das andere in dem Kästchen gesehen hatte. Eigenartig. Vermutlich hatte Rosemarie für die wertvollsten Exemplare ein Versteck im Haus gefunden.

Albert wischte sich über das Gesicht, atmete tief durch. »Wahrscheinlich ist es ihr ganz recht so«, sagte er plötzlich.

»Wie meinst du das?« Frieda zog sich einen Stuhl neben seinen und setzte sich.

»Sie hat in letzter Zeit oft zu mir gesagt, dass sie müde ist, dass sie unseren Sohn schon verstehen kann.«

»Was sollte das heißen?« Ein ungeheuerlicher Gedanke schlich sich an. Rosemarie hatte stets standhaft geleugnet, dass Hans seinem Leben ein Ende setzen wollte.

Albert sah sie an. »Du weißt genau, was ich meine. Mein Röschen hatte schon ihre Schwierigkeiten damit zu welken. Und jetzt auch noch von vorne anzufangen, allein zuhause zu sitzen, wenn ich mit meiner Tochter den Betrieb wieder aufbaue?« Er schüttelte den Kopf. »Sie hätte nicht die Kraft dazu gehabt. Wenn sie sich wenigstens um Hans hätte kümmern können, um seine Malerei. Aber er hat wohl für immer damit aufgehört.« Frieda schluckte. Es war gut, dass Vater wieder klare Gedanken fassen konnte, doch es tat auch weh, wie traurig er klang.

»Kann schon sein, dass das zu viel für sie gewesen wäre«, sagte sie nachdenklich.

Unvermittelt drang ein tiefes Schluchzen aus seiner Kehle. »Was wird denn jetzt aus mir?« Seine Augen füllten sich mit Tränen, liefen über. »Sie war doch meine ganze Freude.« Da saß er, grau, mit hängenden Schultern, bebend. Frieda suchte nach den richtigen Worten. Er hatte recht, er konnte wieder ins Kontor kommen. Vielleicht nur ein paar Stunden in der Woche. Sie konnten jede Hilfe gebrauchen, jetzt, wo sie das Geschäft bald wieder in Schwung bringen würden.

»Was mache ich denn nur ohne sie, Sternchen?« Frieda erstarrte. Mit einem Schlag schnürte ihr die Trauer die Kehle zu. Sie hatte funktioniert, hatte sich zusammengerissen, um für ihren Vater stark zu sein, für Sarah und Hans. Nur keine Schwäche zeigen. Sie hatte sich darauf konzentriert, das Nötige zu tun. Doch in dieser Sekunde gab es nur sie, ihren Vater und diesen ungeheuren Schmerz, der sie ohne Vorwarnung erwischte. Wie lange hatte er sie nicht mehr Sternchen genannt? Sie fühlte sich plötzlich wie ein Kind. Ein Kind, dem die Mutter fehlte. Erinnerungen stürmten auf sie ein. Ausflüge mit der ganzen Familie auf den Dom. Frieda war noch ein kleines Mädchen gewesen, Hans ein liebenswerter Angeber, dem die ganze Welt zu gehören schien. Wie stolz Rosemarie immer auf ihre Kinder gewesen war. Sie hatten so ihre Schwierigkeiten miteinander gehabt, Frieda und sie. Und doch …

Frieda kam die Nacht in den Sinn, in der sie geglaubt hatte, ihr Kind zu verlieren. Blutungen aus heiterem Himmel, viel zu weit vor der Geburt. Ihre Mutter war für sie da gewesen. Sie hatte genau gewusst, was zu tun war, hatte ihre Hand gehalten und sie beruhigt. Herrgott, sie hatten so oft Streit gehabt. Alles Friedas Schuld. Warum hatte sie nicht manches Mal einfach den Mund gehalten? Warum hatte sie es ihrer Mutter oft so schwer gemacht? Zu spät, um sich zu entschuldigen, um es ab sofort besser zu machen. Zu spät. Rosemarie fehlte ihr in diesem Moment wie nie zuvor.

»Schon gut, meine Kleine, schon gut.« Frieda spürte die Hände ihres Vaters, die die ihren umschlossen. Faltig waren sie, doch noch immer stark. Ihr konnte nichts passieren, sie durfte ihren Gefühlen endlich freien Lauf lassen.

»Ich bin so traurig, Papa.« Es tat gut zu weinen. Es fühlte sich an, als würde eine Kruste, die Frieda sich zum Schutz hatte wachsen lassen, platzen und zerbröckeln. Ihre Erstarrung wich einer matten Erschöpfung.

Albert reichte ihr ein Taschentuch und tupfte sich selbst noch ein paar Tränen weg. Lange saßen sie so beieinander, redeten kaum, hielten sich nur fest und ließen gemeinsam Trauer und Sehnsucht zu.

»Du hast gesagt, du willst mit mir den Betrieb wieder aufbauen«, begann Frieda, als sie sich ein wenig beruhigt hatte. »Meinst du das ernst?«

»Natürlich.«

»Das ist eine gute Idee, glaube ich. Du wärst uns eine große Hilfe, und deine Arbeit war doch auch immer deine Freude, hm?«

»Das war meine Pflicht. Ich habe sie gern getan, trotzdem blieb es immer eine Pflicht.«

Sie sahen sich an. »Du hast noch uns«, sagte Frieda. »Du bist nicht allein. Ich kann mit Per sprechen, wenn er zurückkommt. Vielleicht ziehst du zu uns, wenn wir unser Haus wieder ganz für uns haben.«

»Noch ist es nicht so weit, noch wohnt ihr hier. Bei mir.« Er räusperte sich. »Alles andere findet sich irgendwie.«

Es tat weh, ihn so mutlos zu sehen. »Du hast uns und deine Schiffsmodelle. Sie wird uns allen immer fehlen, aber wir müssen weitermachen.« Was redete sie da nur? Aber sie musste ihm doch irgendwie Zuversicht geben.

Er hörte sie gar nicht. »Sie hat sich immer für mich schön gemacht«, sagte er leise.

»Ja, das hat sie.« Frieda zögerte. »War dir das eigentlich wirklich wichtig?«

»Nicht ihre Schönheit war mir wichtig, sondern dass sie es nur für mich getan hat, nur um mir eine Freude zu machen.« Er seufzte tief und stand auf. »Ich gehe jetzt zu ihr.« Frieda stand auch auf. »Allein.«

Die Meldung von Gauleiter Karl Kaufmann war trotz ihrer Bedeutung in den Hintergrund gerückt. Rosemarie Hannemann war tot, eine ebenso unabänderliche wie bestürzende Tatsache, die alles andere verblassen ließ und mit der alle zu leben lernen mussten. Frieda musste sich um die Beisetzung kümmern. Nur wie? Es herrschte Ausgangssperre. Aber was sollte sie denn tun, ihre Mutter tagelang im Haus liegen lassen oder sie im eigenen Garten vergraben? Unmöglich. Frieda konnte sich nicht an das Verbot halten, sie musste hinausgehen. Sie würde eben aufpassen, die Engländer konnten schließlich nicht alle Straßen gleichzeitig kontrollieren. Als sie das Haus verlassen wollte, trat Sarah in den Flur.

»Albert war die ganze Nacht bei ihr.« Ihre Stimme war belegt.

»Ich weiß.« Frieda versuchte ein Lächeln.

»Er hat auf dem Stuhl neben ihr geschlafen. In der engen Kammer. Er muss vollkommen erledigt sein.«

»Wir müssen dafür sorgen, dass er sich nachher gründlich ausruht.«

Sarah nickte, dann sah sie auf. »Wohin gehst du? Du darfst nicht raus, es ist …«

»Ausgangssperre, ich weiß.« Frieda senkte die Stimme. »Ich muss zum Kuhlmann, sehen, ob von seinem Bestattungshaus noch etwas übrig ist.«

»Aber das ist verboten.« Sarahs Augen waren vor Angst geweitet.

»Mutter muss abgeholt werden, sonst verbringt Vater auch die nächsten Nächte in der Kammer auf dem Stuhl. Sie hat ein würdevolles Begräbnis verdient«, sagte sie leise. Wieder nickte Sarah. »Kümmere du dich um Vater und um Hans. Ich komme so schnell ich kann zurück.«

»Hoffentlich«, flüsterte Sarah.

Frieda nahm den Weg durch den Jenischpark in nordöstlicher Richtung. Wenn das Bestattungsinstitut Kuhlmann nur nichts abbekommen hatte. Wen sollte sie sonst fragen? Es gab auch andere Bestatter, aber Vater, Otto Kuhlmann und dessen Sohn, der inzwischen die Geschäfte führte, kannten sich seit Jahren. Sie schob den Gedanken zur Seite und ermahnte sich, zuversichtlich zu sein. Hatte man das nicht gelernt in den letzten Jahren?

Für einen kurzen Augenblick hätte sie glauben können, dass das Leben leicht und schön war, wie sie es sich als junges Mädchen vorgestellt hatte. Der Himmel war blau, die Luft roch nach Frühling und nach Elbe, eine sanfte Brise spielte mit ihrem Haar, Bäume und Sträucher saßen voller dicker Knospen. Doch Frieda war inzwischen zweiundvierzig Jahre alt, und das Leben war alles andere als leicht.

Sie überquerte auf provisorisch montierten Brettern die Flottbek, lief weiter nördlich, erreichte schließlich die Waitzstraße. Kein Mensch war ihr bisher begegnet. In den Grünanlagen war ihr das normal vorgekommen. Vögel hatten gezwitschert, Blätter leise geraschelt. Auf der Straße zwischen Häusern, denen meist nur ein paar Fensterscheiben fehlten, war die Atmosphäre unheimlich. Instinktiv blieb sie nah an den Hauswänden, huschte von einer Nische in die andere, blieb zwischendurch immer wieder stehen und sah sich um. Niemand weit und breit, keine Gefahr, entdeckt zu werden. So arbeitete sie sich Meter um Meter, Block um Block vor, bis sie endlich die Bahrenfelder Chaussee erreichte. Gottlob, das Firmengebäude von Otto Kuhlmann stand noch. Frieda klopfte an, ihr Herz schlug viel zu schnell. Mit einem Mal kam es ihr völlig verrückt vor, dass sie sich auf den Weg gemacht hatte.

Niemand würde ihr öffnen. Es fühlte sich wie eine Ewigkeit an, Frieda wollte schon aufgeben, da hörte sie endlich Geräusche.

»Wer ist da?« Eine Frauenstimme, misstrauisch, ängstlich.

»Frieda Møller von Hannemann & Krüger Kakao-Import. Ich brauche Ihre Hilfe.«

Erst Stille, dann ein Rascheln und Knacken. Die Tür öffnete sich, Frieda wurde so schnell ins Haus gezogen, dass sie nicht wusste, wie ihr geschah.

»Sind Sie wahnsinnig, heute draußen herumzulaufen?« Frau Kuhlmann sah sie verständnislos an. Sofort wurde ihr Blick sanfter. »Sie brauchen die Dienste meines Mannes?« Frieda nickte. »Mein herzliches Beileid. Na, dann kommen Sie mal.« Sie führte sie in ein Kontor. »Bitte nehmen Sie Platz. Ich hole meinen Mann. Wir haben heute keine Kundschaft erwartet«, sagte sie entschuldigend und ging.

Wenig später war Bestatter Kuhlmann zur Stelle, ein Mann mit strahlenden Augen. Er begrüßte sie, setzte sich und sah sie erwartungsvoll an.

»Meine Mutter ist gestern verstorben. Ein Unfall. Könnten Sie sie bitte abholen und sich um alles kümmern, den Sarg, die Beisetzung?«

Er nickte. »Ein Unfall, sagen Sie.« Dann legte er den Kopf ein wenig schief. »Holz?«

Frieda war eine Sekunde sprachlos. »Ja, woher wissen Sie das?«, fragte sie dann.

»Ich wusste es nicht, ich habe es gehofft.«

»Sie haben gehofft, dass meine Mutter von einem Ast erschlagen wurde?«

Jetzt war er offenbar überrascht. Nicht lange. »Verzeihen Sie, manchmal springe ich ein wenig in meinen Gedanken. Ich fragte nach Holz, weil es doch ein sehr knappes Gut ist. Wenn Sie also noch Bäume im Garten hätten, die der Tischler haben könnte …«

»Ich verstehe.« Frieda dachte an die Buchen und die mächtige Eiche auf dem Grundstück ihrer Eltern. »Ein Baum sollte für einen Holzsarg doch genügen, oder nicht?«

»Hören Sie, Frau Møller, die Sache ist die: Wenn Sie für Ihre Frau Mutter eine Bestattung haben möchten, wie Sie sie von früher kennen, dann ist das eine kostspielige Angelegenheit.« Frieda schnappte nach Luft, doch Kuhlmann nahm ihr den Wind aus den Segeln: »Nicht etwa, weil wir uns bereichern wollen. Es ist nur so, dass es nichts gibt. Schokolade und Pralinen haben einen hohen Tauschwert. Möglicherweise können Sie mir dazu noch ein paar Lebensmittel mit langer Haltbarkeit anbieten oder Kohlen. Holz wäre natürlich das Beste.«

Frieda war darauf eingestellt gewesen, Blumenschmuck auszusuchen und den Stoff, mit dem der Sarg ausgeschlagen werden sollte. Wie töricht. »Es gibt eine alte Eiche«, begann sie.

Kuhlmanns Augen leuchteten. »Wie gesagt, wenn der Tischler sich die holen dürfte, könnte er mir daraus Särge fertigen.«

»Aber es dauert doch, bis das Holz überhaupt trocken ist«, wandte sie ein.

»Liebe Frau Møller, lassen Sie uns die Einzelheiten ganz in Ruhe besprechen. Ich kann Ihnen versichern: Wenn wir auch nicht mehr aus dem Vollen schöpfen können wie früher, werden wir alles tun, um Ihrer Mutter ein würdevolles Begräbnis auszurichten.«

Nach über einer Stunde stand Frieda wieder auf der Straße, ausgelaugt, aber auch erleichtert. Kuhlmann hatte ihr angeboten, sie mit dem Bestattungswagen nach Hause zu bringen und den Leichnam ihrer Mutter gleich mitzunehmen.

»Es ist ein einfaches Gefährt«, entschuldigte er sich, »gezogen von einem Pferd. Unser Automobil habe ich nicht mehr. Benzin ist ohnehin schwer zu kriegen. Aber ich denke, man wird mich trotz der Ausgangssperre passieren lassen.«

Frieda verzichtete. Sie bat ihn, erst am Nachmittag zu kommen, damit ihre Familie, vor allem ihr Vater, noch ein wenig Zeit hatte, ehe das Unvermeidliche geschah. Außerdem musste sie ja auch mit Albert besprechen, dass sie die Eiche opfern sollten. Genug zu tun also, Frieda sollte auf direktem Weg nach Hause gehen. Andererseits war das endlich die Gelegenheit, sich selbst einen Eindruck vom Zustand der Innenstadt zu verschaffen. Sie hatte so viel gehört, aber die Zerstörung nicht mit eigenen Augen gesehen. Also ging sie in Richtung Altona. Der rote Schein am Himmel nach dem Feuersturm fiel ihr ein. Frieda hielt die Ungewissheit nicht länger aus. Existierte der Meßberghof noch? War er wirklich unbeschädigt, wie Ernst ihr versichert hatte? In welchem Zustand mochten die Speicher sein? Es war nicht gerade klug, noch länger gegen das Ausgangsverbot zu verstoßen, doch bisher war ihr niemand begegnet, und britische Truppen würde sie sicher schon von Weitem sehen. Sie schlich vorwärts, der Sog, der sie dazu brachte, immer weiter zu laufen, wurde immer stärker. Frieda vergaß alles um sich herum, so sehr nahm die merkwürdige Stimmung sie gefangen. Unheimlich, wie still und menschenleer die Straßen waren.

Sie bog in den Neuen Kamp, ging weiter in die Feldstraße. Einige Häuser schienen unbeschädigt, die Fenster waren alle geschlossen. Niemand, der Fähnchen schwenkte und die Engländer begrüßte. Natürlich nicht, es waren Feinde, Besetzer. Dabei war es doch Deutschland gewesen, das diesen schrecklichen Krieg angezettelt hatte. Die Briten sorgten dafür, dass er aufhörte. Müsste man ihnen nicht einen herzlichen Empfang bereiten? Sie ging geduckt eilig an Gebäuden vorbei, in deren Mauern Löcher klafften. Ein Stückchen weiter hatten Bomben eine breite Lücke in eine Häuserreihe gerissen und nur noch Schutt und Asche zurückgelassen. Frieda musste husten, die trockene warme Luft hing voller Staub. Sie lief über den Sievekingplatz und zum Karl-Muck-Platz und von dort durch die Parkanlagen südlich Richtung Wasser. Nur wenige Schäden am Holstenwall. Am Zeughausmarkt blieb sie stehen, als wäre sie gegen eine unsichtbare Wand geprallt.

»O mein Gott«, flüsterte sie. »Großer Gott, das ist doch nicht möglich.« Zwischen ihr und dem Großneumarkt war nichts mehr. Das gleiche Bild, wenn sie zum Schaarmarkt blickte. Wo dicht an dicht mehrstöckige Bauten vielen Menschen ein Zuhause geboten hatten, war nur noch eine Trümmerlandschaft, geborstenes Glas, verkohlte Balken,

Betonstücke kreuz und quer, Ziegelschutt. Kabel ragten sinnlos in den Himmel, ebenso verbogene Stahlträger und schwarz versengtes Holz. Sie hatte Verwüstung erwartet, doch dieser Anblick lag außerhalb ihrer Vorstellungskraft. Der Turm der Michaeliskirche ragte über all dem in die Höhe. Dem Himmel sei Dank, wenigstens er stand noch. Am liebsten wäre sie davongerannt, aber sie war doch schon so weit gekommen. Jetzt musste sie auch sehen, ob das Kontorhaus noch existierte. Daran glauben konnte sie nicht mehr. Völlig unmöglich, dass ihre geliebten Walzen und Conchiermaschinen unbeschadet überstanden haben sollten, was hier gewütet hatte. Und doch … der Michel stand schließlich auch noch.

Sie merkte, dass sie zitterte, ihre Knie, ihr ganzer Körper fühlten sich an, als bestünden sie nur noch aus weicher Masse. Keine Knochen, keine Gelenke, nur weiches Fleisch, das sich nicht aufrecht halten konnte. Frieda versuchte, ruhig zu atmen, musste gleich wieder husten, würgte. Plötzlich hörte sie dumpfe Geräusche, ein Dröhnen, das sich näherte, das immer lauter wurde. Es kam von Süden. Kratzendes Metall, schwer auf Asphalt. Schließlich sah sie die ersten Fahrzeuge. Sie duckte sich hinter einem Mauerrest. Engländer! Eine ganze Kolonne von Kettenfahrzeugen, auf denen englische Soldaten hockten. Es mussten Hunderte Wagen sein.

In gebückter Haltung lief Frieda rückwärts. Wenn sie es unbemerkt zum Holstenwall schaffte, konnte sie von da durch den Park zum Heiligengeistfeld gelangen. Sie hatte keine Vorstellung davon, was die Briten täten, wenn sie sie entdeckten, und sie wollte es auch nicht darauf ankommen lassen. Immer weiter schlich sie rückwärts, ohne die Augen von der Kolonne zu nehmen, die sich wie ein giftiger Wurm auf sie zu bewegte. Keine Zeit mehr zu verlieren.

Plötzlich eine Bewegung nicht weit von ihr. Frieda drehte den Kopf, blieb mit dem Fuß an einem Brett hängen, strauchelte, versuchte, ihr Gleichgewicht wiederzubekommen. Jemand schlang von hinten die Arme um sie, fing sie auf, eine Hand legte sich über ihren Mund. Frieda wand sich, wollte sich aus dem Griff befreien, doch er war wie aus

Eisen. Sie blähte die Nasenlöcher, um genug Luft zu bekommen. Da spürte sie etwas an ihrer Wange, Lippen an ihrem Ohr.

»Pst!« Eine schmutzige, blutverkrustete Hand deutete an ihr vorbei auf die Panzerfahrzeuge, dann wieder: »Pst!« Frieda verstand und deutete ein Nicken an. Die Finger lösten sich langsam von ihrem Mund. Frieda drehte sich um und blickte in das Gesicht eines Mannes. Sie wich erschrocken zurück. Die Züge verrieten, dass er noch jung war, Henriks Alter möglicherweise, doch das struppige Haar war schlohweiß. Die dunklen Augen waren riesig und voller Panik. Was mochten sie schon alles gesehen haben? Nachdem sie einander eine Sekunde angestarrt hatten, schnappte er sich eine einarmige Puppe, die er offenbar auf dem Schutt abgelegt hatte, packte Friedas Hand und zog sie mit sich, bis sie in den Parkanlagen untertauchen konnten und aus dem Sichtfeld der englischen Soldaten verschwunden waren.

Kapitel 3

Vier Tage waren seit der Begegnung mit dem Mann mit der Puppe vergangen. Er hatte Frieda in Sicherheit gebracht, ihr noch einmal lange und eindringlich in die Augen gesehen. Dann hatte er sie abrupt losgelassen und war davongerannt. Frieda hatte noch nach ihm gerufen. Sie wollte sich bedanken, ihm Hilfe anbieten, doch er blieb verschwunden. Es waren seltsame Tage gewesen. Einerseits fühlte es sich gut an, mit Albert und vor allem mit Sarah endlich wieder offen über alles sprechen zu können, auch über Politik. Mehr noch, nach anfänglicher Unsicherheit, ob dem Frieden wirklich zu trauen sei, genoss Frieda die Tatsache, auch außerhalb der eigenen vier Wände nun wieder sagen zu können, was sie dachte. Die Furcht, bei den Nazis angeschwärzt zu werden, verflog allmählich. Auf der anderen Seite waren alle still und bedrückt, als stünde ihnen das Schrecklichste noch bevor. Rosemaries Tod war doch schon das Furchtbare, das ihnen widerfahren war. Die Beerdigung würde ein Abschluss sein und in gewissem Sinn auch ein Neuanfang. Und doch graute ihnen allen entsetzlich davor.

An einem stickig warmen Tag machten sie sich auf den Weg. Albert, gebeugt, als trüge er einen mächtigen Holzbalken auf seiner Schulter, Sarah schwankend zwischen einer Härte, die Frieda von ihr nicht kannte, und plötzlichem Schluchzen. Hans kam Frieda vor wie ihr eigenes Spiegelbild. Er riss sich so gut es ging zusammen und unterdrückte seinen Schmerz, um den anderen Halt zu geben. Ein trauriges Grüppchen. Frieda schien es, als könne man die Lücken sehen, die Henrik und Per hinterließen. Wenn sie doch nur bei ihnen wären! Bloß nicht daran denken, sonst wäre es innerhalb von Sekunden um ihre Fassung geschehen.

Es war nicht weit bis zum Nienstedtener Friedhof. Sie mussten nur ein Stück die Elbchaussee hinauf gehen, vorbei an der Kirche, in der Frieda und Per geheiratet hatten. Bald zwanzig Jahre war das her. *Wenn er nach Hause kommt, können wir Porzellanhochzeit feiern*, ging ihr durch den Kopf. Wo war nur die Zeit geblieben?

Der erste Zugang zum Friedhof führte direkt zur Kapelle. Frieda und Hans nahmen Albert in die Mitte und hakten ihn unter. Er hatte den ganzen Morgen noch kaum ein Wort gesprochen. Grau sah er aus. Hoffentlich brach er ihnen nicht am Ende noch zusammen. Großvaters Beisetzung fiel ihr ein. Sie war schon so lange her, und Frieda war noch das Kind im Haus gewesen. Sie hatte sich um nichts kümmern und für niemanden stark sein müssen. Das war jetzt ganz anders. Und wenn sie es nicht schaffte? Wie sehr hätte sie Per in diesem Augenblick gebraucht. *Jetzt hör schon auf, Frieda Møller*, ermahnte sie sich. Sie musste diesen Tag ohne ihn überstehen. Wie so viele Tage zuvor.

Sarah ging ein Stück vor ihnen, sie trug einen Strauß blühender Zweige, der einzige Schmuck, den sie auf den Sarg legen konnten. Auf dem Sandplatz neben der Kapelle wartete schon Kuhlmanns Wagen. Und da standen Ernst und Walli! Walli trug einen kleinen Kranz, den sie aus jungen Ästen geflochten haben musste. Frieda las die Worte auf der Schleife: *In ehrendem Andenken, Waltraud und Ernst Krüger.* Ihr schossen Tränen in die Augen. Sah aus, als hätte Walli dafür Spitzentaschentücher geopfert, und sie musste eine ganze Nacht daran gestickt haben. Außerdem hatte sie Blumen in den Kranz gebunden. Woher hatte sie die nur genommen? Wahrscheinlich waren es Wildkräuter, die sie irgendwo gesammelt hatte.

»Mein aufrichtiges Mitgefühl.« Ernst schüttelte Albert die Hand, dann Hans, Frieda nahm er in den Arm und drückte sie wortlos an sich.

»Danke, dass ihr gekommen seid«, brachte Frieda erstickt hervor.

»Na hör mal.« Ernsts Lächeln geriet ein wenig schief. »Meine Mutter lässt sich entschuldigen, sie doktert noch immer mit ihren Brandwunden herum.« Gertrud Krüger war von einem brennenden Balken getroffen worden. Die Verbrennungen an der Schulter wollten einfach nicht heilen.

»Können wir etwas für sie tun?«

»Nee, da hilft nur Zeit. Danke.« Ein warmer Glanz trat in Ernsts Augen. Frieda schluckte. Per war zwar nicht da und auch nicht ihr Sohn, aber ihr bester Freund, der sie schon das ganze Leben begleitete, war zur Stelle. Es war ein unbezahlbares Glück, einen solchen Freund zu haben. Sie bemerkte, wie ihre Fassade bröckelte.

»Der Kranz ist wirklich wunderschön, Walli«, sagte sie schnell. »Ich weiß gar nicht, wie ich dir danken soll.«

»Ach was!« Walli machte eine wegwerfende Handbewegung, zog ein Stück Stoff hervor und wischte sich über die Augen. Sie war eine Frau mit großem Herzen, genau das, was Frieda sich für Ernst immer gewünscht hatte.

Nach und nach trafen ein paar der langjährigen Wegbegleiter ein, Prokurist Meynecke natürlich und einige der Mitarbeiter, Kaufmänner mit ihren Gattinnen. Die Trauerfeier in der Kapelle des Nienstedtener Friedhofs hatte etwas Gespenstisches. Frieda fühlte sich, als wäre sie von Toten umgeben, so stumpf und ausdruckslos hatte das Leid der vergangenen Jahre die meisten Gesichter gemacht. Mit wenigen Ausnahmen waren die Trauergäste wohl nur aus Pflichtgefühl gekommen und ließen die Zeremonie regungslos über sich ergehen. Es war grauenvoll. Und doch war Frieda dankbar, auf diese Weise Abschied von ihrer Mutter nehmen zu können. Jason fiel ihr ein. Ihm war genau das verwehrt worden. Erst als seine Mutter bereits beigesetzt war, hatte sein Vater ihn über ihren Tod informiert. Unvorstellbar. Sie erinnerte sich genau an die Wut und die Verzweiflung in Jasons Miene, als er ihr davon erzählte. Selbst ein so beklemmender Abschied war besser als kein Abschied. Frieda war froh, als die Trauerfeier vorüber war und sie hinter dem Sarg her zur Grabstelle gehen konnten. Zusammen mit Hans stützte sie ihren Vater, der leise weinte. Der vorbereitete Platz bot ein trauriges Bild, nur ein rechteckiges Loch mit Sand drum herum, statt einer Menge von Kränzen und Sträußen. Kuhlmanns Männer ließen den Sarg herunter, es gab einen dumpfen Schlag, dann wurde der Sarg wieder heraufgezogen. Frieda hatte ja gewusst, dass die einfache Holzkiste nur eine Umhüllung war, die für weitere Begräbnisse verwendet werden würde, statt mit der Verstorbenen unter der Erde zu bleiben. Trotzdem war es seltsam.

Als Albert an das offene Grab trat, um zwei kleine Schaufeln Sand hineinzuwerfen, schluchzte er laut auf und ging eilig zur Seite. Frieda biss die Zähne hart aufeinander, damit es ihr nicht genauso erging. Sie mochte nicht hinuntersehen und tat es doch, um den Sand nicht ausgerechnet auf Rosemaries Kopf zu schaufeln. Es war dumm, aber es kam Frieda schrecklich vor, als könnten Körnchen in Mutters Augen geraten oder ihren Mund. Herr Kuhlmann hatte Rosemarie in Stoff gehüllt, alte Bettlaken oder etwas in der Art. Plötzlich musste sie daran denken, wie sie mit ihrer Freundin Clara im Warenhaus der Mendels am Jungfernstieg Ballen herrlichster Stoffe betrachtet hatte. Seide, Samt, Leinen in allen Farben und bester Qualität. Rosemarie Hannemann hatte immer größten Wert auf gute Kleidung gelegt. Es wäre ihr ein Gräuel, wenn sie wüsste, dass man sie in Tücher gewickelt hatte, auf denen fremde Menschen schon so manche Nacht verbracht hatten. Andererseits hatte sie sich in ihren letzten Jahren verändert.

»Die Lebenden können Stoff und Holz besser gebrauchen. Es ist unsinnig, etwas so Kostbares an die Toten zu verschwenden«, hätte sie vielleicht gesagt.

Frieda wandte sich ab. Der Boden des Sargs wurde eben wieder hochgeklappt und befestigt. Für den nächsten Trauerfall. Trotz aller Erschwernisse war es ein würdevolles Begräbnis gewesen, das allein zählte. Bestatter Kuhlmann hatte im Rahmen seiner äußerst begrenzten Möglichkeiten ein kleines Wunder vollbracht.

»Generaladmiral von Friedeburg hat schon eine Teilkapitulation unterzeichnet«, sagte Meynecke beim anschließenden Kaffeetrinken in der Hannemannschen Villa. Der Kaffee war mit Mehl aus Bucheckern gestreckt, der Butterkuchen hatte nie ein Flöckchen Butter gesehen. »Es kann nur noch eine Frage von Tagen sein, bis endlich alles vorbei ist.« Er zündete sich eine Pfeife an. Ein etwas muffiger Duft erfüllte den Salon. Frieda mochte sich nicht ausmalen, was der treue Buchhalter und Prokurist anstelle von Tabak rauchte. Sie blickte hinaus in den Garten auf den Stumpf der alten Eiche.

»Wie lange wird es noch dauern, bis wir wieder normale Zustände haben!« Sie seufzte.

»Wir haben es geschafft, das ist die Hauptsache«, erklärte Walli zuversichtlich. »Keine Luftangriffe mehr, endlich wieder durchschlafen, statt rein in den überfüllten stinkigen Bunker.«

Zwei Tage später wurde die bedingungslose Kapitulation aller deutscher Truppen bekanntgegeben, die am späten Abend des achten Mai unterschrieben worden war. Frieda ging hinüber in ihr Haus. Vor der Tür saß die alte Käthe Braune in der Sonne.

»Guten Tag, Frau Braune.«

»Moin, min Deern.«

»Haben Sie es schon gehört? Sämtliche deutsche Truppen haben kapituliert. Der Krieg ist vorbei.« Frieda lächelte sie an.

»Hat mein Mann schon gesagt. Man kann's kaum glauben, was?«

»Allerdings.«

»Vor allem, dass man selbst davongekommen ist, wo doch so viele gestorben sind.« Sie winkte Frieda heran und rückte zur Seite. Frieda setzte sich zu ihr, sofort griff die alte Dame nach ihrer Hand. »Ich wollt Ihnen noch mal schönen Dank sagen dafür, dass wir bei Ihnen wohnen durften.«

»Das war doch selbstverständlich.«

»Nee, Deern, selbstverständlich ist heutzutage gar nix. Das nackte Leben nicht und schon gar kein Dach überm Kopf.« Sie sah lange zu Boden und knetete Friedas Hand, als habe sie vergessen, dass sie nicht allein war, als knete sie ein Taschentuch oder die eigenen faltigen Hände. Frieda gab ihr Zeit, aber als sie gerade doch aufstehen und nach der Post sehen wollte, begann Käthe zu erzählen: »Jede Nacht haben wir uns im Keller von Karstadt verkrochen, wenn die Flieger kamen. Da fühlten wir uns eigentlich sicher. Musstest halt immer rechtzeitig hinkommen, dass du auch einen Platz kriegst. Aber wenn du den hattest, dann war's gut.« Sie machte eine Pause. »Dachten wir. Bis wir gehört haben, dass sogar in den Kellern Menschen erstickt sind. Von da ab sind Herbert und ich weiter gelaufen bis zum nächsten Bunker. Am andern Morgen hörten wir, dass über dreihundert Menschen umgekommen sind. Haben einfach keine Luft mehr gekriegt. Im Keller von Karstadt.« Sie starrte vor sich hin. Leise berichtete sie weiter, dass auch aus Bunkern, die man für sicher gehalten hatte, immer wieder Leichen geborgen worden waren. Männer, Frauen und Kinder, die dort Schutz gesucht hatten, waren direkt in die Falle aus Sauerstoffmangel und brennender Hitze gelaufen. »Dass man selbst davongekommen ist«, wiederholte sie, »das muss doch was bedeuten. Meinst nicht, Deern? Herbert und ich sind zwar schon alt, aber trotzdem. Ich glaub, man muss etwas anfangen mit dem Geschenk, dass man noch lebt. Und dass man noch zu zweit ist. Dafür muss man auch was zurückgeben, find ich.«

Frieda gingen die Worte der alten Frau Braune nicht aus dem Kopf. Es wurde höchste Zeit, das Ruder wieder in die Hand zu nehmen. Es würde noch weitere Jahre dauern, ehe so etwas wie Normalität in ihren Alltag einkehrte, da machte sie sich keine Illusionen. Noch lange würden sie keine Umsätze machen und mit Geld kaufen können, was sie benötigten. Lebensmittelmarken würden auch weiterhin eine Währung sein und Tauschgeschäfte an der Tagesordnung. Aber das Leben würde von Monat zu Monat, von Jahr zu Jahr leichter werden. Und jede Verbesserung würde sich wie purer Luxus anfühlen. Albert hatte viel verloren, wahrscheinlich das Wichtigste in seinem Leben. Hans war ohnehin labil, nicht belastbar, auf ihn konnte sie nicht zählen. Also musste sie zusammen mit Ernst das stolze Hamburger Unternehmen Hannemann & Krüger wieder in Schwung bringen.

Und es gab da noch etwas, worum sie sich zu kümmern hatte. *Dass man noch zu zweit ist, ist ein ganz besonderes Geschenk. Dafür muss man etwas geben.* In diesem Punkt hatte die gute Frau Braune auf jeden Fall recht. Noch war Per zwar nicht zurück, aber es konnte nicht mehr lange dauern. Sie schob die Sorge darüber, dass sie noch keine Nachricht von ihm erhalten hatte, beiseite. Frieda würde sich darum kümmern, dass die Stiftungsaktivitäten wieder anliefen. Wenn Geld gerade nicht am dringendsten benötigt wurde, dann musste sie eben andere Spenden einwerben. Holz, Essen, Kohlen für den nächsten Winter, freie Zimmer.

Ihr wurde mulmig bei der Vorstellung, wie viel da auf sie zukam. Vor allem ein Gedanke nahm ihr vor Angst fast den Atem: Was, wenn Henrik so aus dem Krieg nach Hause kam wie damals Hans? Eine Begegnung mit Clara fiel ihr ein, die so viele Jahre zurücklag. Es war im Winter gewesen, und sie hatten lange draußen am Fleet gestanden und miteinander geredet. Endlich wieder, denn zuvor hatte ihre Freundschaft einen schweren Dämpfer erlitten. Frieda war so froh gewesen, dass sie wieder miteinander sprechen konnten, doch dann war das Thema auf Hans gekommen. Clara war der Ansicht gewesen, dass Hans die Hilfe eines Fachmanns benötigt hätte, um die Schrecken des Krieges, die er gesehen und erlebt haben mochte, zu bewältigen. Von Freud war die Rede gewesen und von Charcot. Sie hatte Frieda und der gesamten Familie Hannemann vorgeworfen, Hans im Stich gelassen zu haben. Sie hätten ihn ermuntern sollen, einen Psychologen aufzusuchen. Am besten hätten sie ihn begleiten sollen. Gut möglich, dass sie mit ihrer Einschätzung richtig gelegen hatte, vielleicht ginge es Hans heute viel besser. Andererseits waren Unzählige aus dem Krieg zurückgekommen, die das Grauen überlebt hatten. Jetzt war es wieder so. Es gab auf der ganzen Welt nicht genügend Psychologen für alle. Man musste sich selbst helfen. Nur wie? Wenn Clara doch in Hamburg wäre! Ihre Freundin fehlte Frieda sehr. Sie würde ihr schreiben, sie musste ihr mitteilen, dass Rosemarie gestorben war.

Wieder legte sich ein Druck auf ihre Brust, weil sie fürchtete, all den Aufgaben nicht gewachsen zu sein. Doch dann drückte sie den Rücken durch und ermahnte sich, nicht länger ihren Gedanken nachzuhängen. Von allein erledigte sich gewiss nichts. Als Erstes würde sie ihrem ehemaligen Hausmädchen Guste einen Besuch abstatten und Johanne, die Guste zur Hand gegangen war. Frieda wollte so bald wie möglich in ihre eigene Villa zurückziehen und würde jemanden brauchen, der Hans und Albert bekochte und obendrein ihren Haushalt versorgte, während sie sich darum kümmerte, dass möglichst bald wieder Kakao in die Stadt kam und feinste Schokolade und Pralinen daraus wurden.

Nur wenige Tage, nachdem Frieda mit Käthe Braune gesprochen hatte und anschließend von einem Tatendrang überfallen worden war, wie sie ihn lange nicht gehabt hatte, erfuhr sie, dass ihre ehemalige Hausangestellte Guste tot war. Johanne lebte und war gerne bereit, wieder im Hause Møller anzufangen. Besonders die Aussicht auf ein eigenes Zimmer und Verpflegung überzeugten sie auf der Stelle, nur taugte sie leider nicht als Köchin. Frieda würde sich also nach einer weiteren Frau umsehen müssen. Aber eins nach dem anderen, zunächst war sie mit Ernst verabredet. Sie wollten sich im Meßberghof treffen, um Inventur zu machen und das weitere Vorgehen zu besprechen. Ernst wollte herausfinden, wer ihre zukünftigen Ansprechpartner waren, wie viel sie importieren durften, ob und wann der Hafen wieder vollständig in Betrieb gehen konnte. Stück für Stück sollte Hamburgs Verwaltung wieder die Arbeit aufnehmen, allerdings natürlich unter britischer Militärregierung.

Frieda machte sich voller Optimismus auf den Weg. Vom Jenischpark, die Elbchaussee herunter, vorbei am Altonaer Fischmarkt und sogar bis zu den Landungsbrücken fühlte es sich beinahe an wie die altvertraute Strecke zu ihrer geliebten Manufaktur. Doch in den Straßen Johannisbollwerk und Vorsetzen stand kaum noch ein Stein auf dem anderen. Und es wurde immer schlimmer. Sie lief bis zum Herrengrabenfleet, hielt dort kurz inne und blickte in Richtung Stadthausbrücke. Auf der gesamten Länge schienen nahezu alle Häuser vernichtet zu sein. Das Fleet lag beinahe nackt da, fort all die Fachwerkbauten und Kontore. Nur noch links um die Michaeliskirche, deren Turm einen tröstlichen Anblick darstellte, und anscheinend auch hinter der Stadthausbrücke zur Alster hin hatten ein paar Gebäude der Zerstörung getrotzt. In der Deichstraße, wo Frieda groß geworden war, standen noch alle Häuser auf der rechten Straßenseite, soweit sie es sehen konnte. Sie lief weiter, immer am Binnenhafen und Zollkanal entlang. Zwar ragten auch aus dem Wasser Trümmerteile und etwas, was wohl mal Kähne gewesen sein mochten, doch wenigstens konnte sie sich am Verlauf der Ufer orientieren. Schließlich erreichte sie den Meßberg. Sie traute ihren Augen kaum. Sowohl der Meßberghof als auch das prachtvolle Chilehaus gleich dahinter standen unversehrt, als sei nichts geschehen. Nur wenige Schritte weiter zur Kloster- und Schützenstraße klafften riesige Lücken, doch rund um den Burchardplatz gab es nicht einmal Beschädigungen. Sie ging noch ein Stück weiter. Der Anblick von St. Jacobi versetzte Frieda einen Stich. Vom Turm keine Spur mehr, das Gotteshaus musste in sich zusammengefallen sein, während gleich gegenüber der gesamte Komplex bis zur Mönckebergstraße, in dem auch die Post untergebracht war, höchstens kleine Schäden abbekommen hatte.

Frieda machte kehrt und beeilte sich, zum Meßberghof zu kommen. Am Haupteingang des Bauwerks blieb sie stehen und legte die Hände auf den Backstein. Warm fühlte er sich an von der Sonne, und rau. Wie sehr hatte sie den Blick aus ihrem Kontor hinab auf die Speicherstadt immer geliebt. Jetzt hatte sie Angst davor.

»Moin Frieda! Na, redest du dem ollen Schuppen gut zu, dass er nicht doch noch zusammenfällt?« Sie drehte sich um. Da stand Ernst und lächelte. Es tat gut, das vertraute Gesicht zu sehen. Kurzerhand fiel sie ihm um den Hals. »Was is denn nu los?« Er lachte leise. »Ist nicht mein Verdienst, dass der Kasten noch steht.«

»Haben wir nicht unglaubliches Glück?« Sie ließ ihn los.

»Kannst du wohl sagen. Das haben wir.« Es war kein weiteres Wort nötig, Frieda sah, dass er genau verstand, was sie meinte. »Denn wollen wir mal, was?«

Die Stufen waren von einer dicken Staubschicht bedeckt, in der ihre Schuhe Spuren hinterließen, als gingen sie über einen feuchten Strand. Die winzigen Körnchen wirbelten auf und waren augenblicklich überall. Frieda hielt sich ein Tuch vor den Mund und musste dennoch husten. Als sie die sechste Etage erreicht hatten, öffnete Ernst die Tür zur Produktionshalle, dem Herzen der Manufaktur.

»Mann, riecht das hier muffig!« Er tastete nach dem Lichtschalter. »Dachte ich mir, Strom ist noch nicht.« Er zog eine Taschenlampe hervor.

»Ernst Krüger, du denkst auch wirklich an alles.« Sie lächelte erleichtert.

»Man muss immer vorbereitet sein, Frau Møller.« Er leuchtete den Raum langsam ab. Die Maschinen, die sie bei Ausbruch des Krieges mit großen Stoffbahnen zugedeckt hatten, kauerten wie schlafende Ungeheuer beieinander. Auch hier überall Staub, aber es schien auf den ersten Blick alles in Ordnung zu sein. Sie gingen von einer Walze zur anderen. Frieda schlug Tuch um Tuch zur Seite, hustete, verscheuchte die Staubwolke, die sie jedes Mal umfing. Sie drehte per Hand das Steinrad des alten Mélangeurs und schob das Rad dann eine Runde durch die Wanne, in der normalerweise Kakaomasse, Milchpulver und Fett sein sollten. Der Walzstein gab knirschende Geräusche von sich, doch er rollte anstandslos um den metallenen Dorn in der Mitte der Schale. Auch die modernen Walzen und die Conchiermaschinen waren zwar am Anfang ein wenig störrisch, doch offenbar betriebsbereit.

»Na, du strahlst ja wie ein Honigkuchenpferd.« Ernst lachte sie an.

»Du etwa nicht? Weißt du noch? Als wir hier eingezogen sind, haben wir zwei zwischen den Maschinen Walzer getanzt, weil wir uns über so viel Platz gefreut haben.«

»Du hast dich gefreut. Also, ich natürlich auch, aber ich hätte mich beherrschen können. Aber du musstest mich unbedingt über das Parkett schieben, das keins ist.«

»Wenn ich mich richtig erinnere, hattest du aber auch jede Menge Spaß dabei.« Sie legte den Kopf schief.

»'n büschen vielleicht.« Er zwinkerte.

»Wie wäre es, Ernst Krüger?« Sie trat einen Schritt auf ihn zu.

»Kommt ja nicht in die Tüte!« Er machte einen Satz rückwärts. »So viel Platz wie damals haben wir schon lange nicht mehr.«

»Ja, stimmt.« Sie seufzte theatralisch. »Außerdem bist du älter geworden und sicher nicht mehr so beweglich wie früher.«

»Ich hör wohl nicht recht! Auch wenn es sich nicht gehört, das einer Dame zu sagen, aber du bist zwei Jahre älter als ich.«

»Anderthalb«, korrigierte sie.

»Auf'n paar Monate kommt's nicht an. Auf jeden Fall bin ich jünger und beweglicher.« Er kreuzte die Arme vor der Brust und sah sie herausfordernd an.

»Ha! Niemals. Aber du traust dich ja nicht, es darauf ankommen zu lassen.«

»Aber klar traue ich mich. Bloß nicht, dass mir nachher Klagen kommen, von wegen, dass dir alles wehtut und so.« Als sie nichts entgegnete, trat er auf sie zu, verbeugte sich formvollendet und nahm Tanzhaltung ein. »Wenn bei Capri die rote Sonne im Meer versinkt«, schmetterte er und schob los.

»Das ist doch kein Wiener Walzer«, protestierte sie lachend.

»Nö, aber 'n schönes Lied. Und vom Himmel die bleiche Sichel des Mondes blinkt.«

»Aufhören!«, rief sie.

»Siehst du, ich hab extra ein langsames Lied ausgesucht, und du schnaufst trotzdem schon.«

»Ja, vor Lachen«, prustete sie. »Außerdem solltest du nicht aufhören zu tanzen, sondern nur zu singen. Es gibt nicht viel, was du nicht kannst, mein lieber Ernst, aber Singen gehört dazu.«

Er ließ sie los. »Walli hat sich noch nie beschwert, wenn ich vor dem Radio aus voller Kehle mitgesungen habe.«

»Walli ist auch mit dir verheiratet.«

Ernst zuckte mit den Achseln. »Schön, denn gehen wir eben wieder an die Arbeit.« Er schaltete die Lampe ein, die er zur Seite gelegt hatte, und ging voraus in die Lagerräume.

Etwa zwei Stunden später hatten sie sich einen Überblick verschafft, hatten die nächsten Schritte besprochen und Bögen von altem Einwickelpapier zerschnitten, um die Blätter zunächst als Briefpapier nutzen zu können. Bis hier wieder Schokoladentafeln hergestellt wurden, die verpackt werden mussten, würde noch viel Zeit vergehen. Davor hatten Ernst und Frieda einen Berg Schreibkram zu erledigen, da waren sich beide einig.

»Ich bring dich 'n Stück«, verkündete er, nachdem sie das Kontorhaus verlassen hatten. »Es treiben sich Gestalten rum, denen sollte man besser nicht übern Weg laufen.« Sofort musste Frieda an den Mann denken, der sie während der Ausgangssperre zunächst so erschreckt und dann aus der Schusslinie der Engländer gebracht hatte.

»Es sind keine bösen Menschen, Ernst, nur arme Leute, die etwas zu essen brauchen oder ein Dach über dem Kopf.«

»Das macht's aber nicht besser, wenn sie dir am Ende doch einen auf den Nischel hauen. Oder willst denn sagen: Macht nichts, ich versteh dich?«

»Hast ja recht.«

»Kaum mehr Autos in der Stadt«, sagte er leise, als sie zum Zollkanal gingen. »Ist noch 'n büschen gespenstisch manches Mal, was?« Sie nickte. »Die Automobile, die den Krieg überstanden haben, kannst wohl an zwei Händen abzählen. Naja, Benzin gibt's ja sowieso nicht. Nu kommen alte Gäule und Fuhrwerke plötzlich wieder in Mode.«

»Bloß brauchen Pferde ihren eigenen Treibstoff. Die Menschen haben schon nichts zu essen, wie sollen sie obendrein noch so große Tiere satt kriegen?«

»Kann man nur hoffen, dass die Tommys daran denken und denen eine Extraportion zuteilen.« Nach einer Weile sagte er: »Spreckel meint, dass viele gar keine Erfahrung mehr mit Pferden haben. Nu müssen sie die aber plötzlich vor'n Wagen spannen und lenken. Ist nicht einfach für die armen Viecher.« Er sah sie von der Seite an. »Und für die Gäule auch nicht.« Es tat gut, dass Ernst wieder Scherze machte. Doch Frieda ließ sich nicht täuschen. Er war in Sorge über die Zukunft. »So, ich will dann mal. Auf der Elbchaussee herrscht noch Ordnung, da wird dir wohl nix passieren.« Er zwinkerte.

»Wie sieht es denn bei euch aus? Du sagst immer, das Haus, in dem ihr wohnt, steht noch. Ist das wirklich wahr, Ernst, ist eure Wohnung heil geblieben?«

»Ja, Frieda, nu mach dir man keine Gedanken.«

»Das sagst du jedes Mal, aber der Osten der Stadt soll am schlimmsten betroffen sein. Das hört man immer wieder. Ist bei dir und Walli wirklich alles in Ordnung?«

»Wir haben unsere Wohnung noch, großes Ehrenwort!« Er hob Zeige- und Mittelfinger der rechten Hand. »Und Woolworth steht auch noch. Wenn das nix is!« Er griente und sah dann zu Boden. »Ist alles nicht so einfach. Dauernd dieser Hustenreiz. Und je wärmer das wird, desto unerträglicher ist dieser fürchterliche Verwesungsgeruch«, sagte er leise. »Der ist wirklich schlimm, du kommst uns man besser noch nicht besuchen.«

»Wir haben euch schon so oft angeboten, zu uns zu ziehen.« Sie sah ihm in die Augen.

»Nee, lass man, Frieda, denn ist unsere Wohnung gleich weg. Das wird jetzt ja alles besser von Tag zu Tag. Und uns geht's doch noch gut. Wir leben alle, Walli, meine Mutter und ich. Ist eben nur der Gestank, der von anderen Stadtteilen rüberzieht.« Er schluckte, dann sagte er leise: »Die mauern jetzt einige Zugänge zu ganzen Vierteln zu, weil die Angst haben, dass sich Seuchen ausbreiten.«

Kapitel 4

An einem regnerischen Tag Ende Mai ging Frieda, wie an jedem Tag, hinüber in ihr Haus am Jenischpark. Es war unglaublich, aber die Post wurde schon wieder ausgetragen. Zumindest in den Teilen der Stadt, in denen noch ein Stein auf dem anderen lag. Frieda sah die Briefträgerin manchmal. Sie besaß sogar ein Fahrrad! Schon den ganzen Morgen hatte Frieda so ein seltsames besonderes Gefühl gehabt, das sich verstärkte, als sie nun den Briefkasten öffnete. Ein Schreiben lag darin, nicht frankiert, an einer Ecke eingerissen und reichlich zerknickt. Sofort breitete sich ein Kribbeln in ihr aus, Aufregung, Angst, Hoffnung. Sie nahm das Kuvert heraus, drehte es um. Pers Handschrift! Tränen stiegen in Frieda auf. Sie presste den Umschlag an ihre Brust und schloss die Augen. Endlich eine Nachricht von ihrem Mann. Bestimmt ein gutes Zeichen.

»Du kriegst mich nicht!« Jette, eines der Kinder, die hier noch immer ein Zimmer mit ihrer Mutter bewohnten, kam mit fliegenden Zöpfen um die Ecke gesaust. »Hallo«, rief sie atemlos, als sie Frieda sah, und rannte weiter. Der Grund ließ nicht lange auf sich warten. Ihr Bruder Jost war hinter ihr her.

»Na warte, ich krieg dich wohl!«, brüllte er.

»Ich warte aber nicht«, kam es lachend zurück. Jette war längst im Garten verschwunden. Jost gelang es nicht so elegant wie seiner Schwester, die Kurve zu nehmen. Er schlitterte, ruderte mit den Armen und starrte Frieda mit großen Augen an, während er sie schließlich beinahe umriss. Pers Brief flatterte im hohen Bogen auf den Rasen. »Schuldigung«, murmelte Jost und wurde glühend rot. Er drehte sofort um, sprang dem Schreiben hinterher, stolperte dabei über seine Beine und fiel der Länge nach hin. Als er aufstand und mit dem Kuvert zu Frieda zurückkam, sah sie, dass Blut von seinem rechten Knie lief. Er musste einen Kiesel erwischt haben.

»Du hast dir wehgetan«, sagte sie freundlich. »Komm, wir gehen rein und kleben dir ein Pflaster drauf.«

Seine Augen glänzten, aber er biss die Zähne zusammen. »Nö, tut gar nicht so weh«, schwindelte er und drückte ihr den Umschlag in die Hand. »Ich muss auch weiter.« Er deutete etwas linkisch eine Verbeugung an, ging zwei Schritte sehr ordentlich, um gleich darauf wieder loszusausen.

Frieda musste lächeln. Der Knirps mochte jetzt acht oder neun sein, wenn sie sich recht erinnerte. Sie sah Henrik vor sich. War er nicht auch gerade noch neun gewesen? Und nun dauerte es nur noch drei Jahre, und er wurde zwanzig. Wo er wohl stecken mochte? Hoffentlich kam auch er bald nach Hause.

Sie ging in ihr Arbeitszimmer, Pers Brief in beiden Händen. Von den vier ausgebombten Familien, die vor dem verheerenden Feuersturm in Friedas Haus einquartiert worden waren, lebten zwei inzwischen in einfachen Unterkünften, die das Deutsche Wohnungshilfswerk in der Walddörferstraße in Wandsbek eilig aus dem Boden gestampft hatte, nur wenige Wochen nach den Bränden, die ganze Stadtteile vernichtet hatten. Lediglich das alte Ehepaar Käthe und Herbert Braune und Martha mit ihren beiden Kindern Jette und Jost waren geblieben. So hatte Frieda ihr Arbeitszimmer recht schnell wieder für sich nutzen können. Ein Ort, an dem sie in Fotos stöbern, einfach mal für sich sein oder ihre Post lesen konnte, bedeutete ihr viel. Ein Stück Normalität in dieser Zeit des Wahnsinns. Zwar hatten sie drüben in der Hannemannschen Villa auch jeder ein eigenes Zimmer, aber dort hatte Frieda immer das Gefühl, sich nicht verkriechen zu dürfen. Dabei war ihr oft genug danach zumute, seit Per in Dänemark war. Sie schloss die Tür hinter sich und riss den Umschlag auf.

Meine geliebte Frieda,

ich hoffe, dass diese Zeilen dich erreichen. Ich habe mich mit einem Mann angefreundet, dessen Namen ich dir nicht nennen kann. Ich darf ihn nicht in Gefahr bringen.

Sie stutzte. Ob der Brief so lange unterwegs war? Warum sonst könnte Per jemanden damit in Gefahr bringen? Der Krieg war vorbei, die Nazis waren geschlagen, man durfte wieder frei sprechen.

Er hat mir angeboten, dir mein Schreiben zu bringen. Als er hörte, dass die Deutschen kapituliert haben, dass Hamburg wieder erreichbar ist, hielt ihn nichts mehr. Er will seine Verlobte suchen. Ich wünsche ihm so sehr, dass sie am Leben ist. Vor allem wünsche ich mir natürlich, dass es dir gut geht und den Kindern, dass es die ganze Familie geschafft hat.

Frieda musste schlucken. Nicht die ganze. Aber sie hatten noch Glück gehabt im Vergleich zu anderen Familien. Mutter war tot, aber dass Henrik zurückkäme, daran glaubte sie ganz fest. Sie konzentrierte sich wieder auf Pers Worte.

Es war keine gute Idee, mich als Deutscher auszugeben. Ich bin in Gefangenschaft geraten.

Ihr stockte der Atem, sie bemerkte, dass das Papier in ihrer Hand flatterte.

Aber keine Sorge, ich bin zuversichtlich, dass sie uns bald gehen lassen. Zusammen mit anderen Kriegsgefangenen muss ich noch etwas erledigen, danach sind wir frei. Das haben sie uns versprochen, und sie verhalten sich sehr anständig, also glaube ich ihnen.

Grüß bitte die Kinder, Hans und deine Eltern von mir!

Ich liebe dich, Frieda. Bis sehr bald,

Dein Per

Wieder musste sich Frieda eine Träne wegwischen. Gefangenschaft. Aber er sprach doch perfektes Dänisch! Es musste doch möglich sein, seine Landsleute von der Wahrheit zu überzeugen. Und was hatte er wohl noch zu erledigen, bevor man ihn gehen ließ? Frieda atmete einmal kräftig durch und schob die Bedenken beiseite, so gut es ging. Er lebte und würde nach Hause kommen, nur das zählte. Wenn sie nur wüsste, wann das sein würde. Sie wollte ihm nach über einem Jahr einen besonders schönen Empfang bereiten. Vielleicht konnte sie irgendwo ein ganzes Huhn bekommen, wenn sie dafür ihre kleine Silberkette eintauschte. Gefangenschaft. Sie wurde den Gedanken einfach nicht los. Hoffentlich ließ man ihn nicht hungern, oder schlug ihn womöglich. Ihre Augen flogen noch einmal über die Zeilen. *Sie verhalten sich sehr anständig.* Das klang beruhigend.

Frieda würde am nächsten Tag gleich in der Frühe zum Norderfriedhof gehen. Sie hatte gehört, dass dort Gemüse angebaut wurde. Ende Mai war noch nicht viel zu ernten, aber vielleicht hatte sie Glück und konnte etwas Rhabarber ergattern. Ein wenig Puddingpulver hatte sie noch. Das war ein Anfang.

Am nächsten Morgen war Frieda kurz nach Sonnenaufgang hellwach. Viel geschlafen hatte sie nicht. Am liebsten hätte sie in ihrem eigenen Haus übernachtet, falls der Unbekannte, mit dem Per sich angefreundet und der den Brief vorbeigebracht hatte, noch einmal auftauchen sollte. Es gab so viel, was sie ihn gern gefragt hätte. Aber sie war vernünftig gewesen und hatte die Nacht in der Nähe ihrer Familie verbracht.

Sie zog sich eilig an und klopfte an Sarahs Tür.

»Ich gehe zum Norderfriedhof und hoffe, ein bisschen Rhabarber zu bekommen. Sei so lieb und hilf Johanne mit dem Frühstück für Albert und Hans«, flüsterte sie. »Ich beeile mich, aber drei Stunden kann es schon dauern.« Sarah murmelte etwas, noch völlig benommen. »Schlaf noch ein bisschen. Bis später.«

Frieda atmete die noch frische Luft ein und lief hinunter zum Anleger Teufelsbrück. Von dort konnte sie den größten Teil der Strecke am Elbufer entlanggehen. Sicher, das war ein Stück länger als der direkte Weg durch die Straßen, aber es war so viel schöner. Die gute alte Elbe lag ruhig in ihrem Bett. Kein Hinweis darauf, dass Hunderte Wracks auf ihrem Grund lagen. Der Strand sah noch genau so aus wie damals, als Großvater Carl Frieda hier das Schwimmen beigebracht hatte. Sie musste lächeln. Er hatte ihr einen Gurt umgelegt, an dem er eine Art Angel befestigt hatte. Unnachgiebig war er gewesen, wenn sie außer Atem geraten war, und dennoch hatte er sie einfühlsam ermutigt. Machte sie besonders gute Fortschritte, gab es zur Belohnung einen Eisbecher im Lotsenhaus. Dort, in Oevelgönne, hatte sie Per kennengelernt. Sie hatte sich alle Mühe gegeben, ihm nicht zu gefallen, denn er war ein weiterer möglicher Heiratskandidat, den ihre Eltern ihr ausgesucht hatten. Nie hätte sie gedacht, dass die beiden die perfekte Wahl für Frieda getroffen hatten. Sie atmete tief ein. Glückliche Zeiten. Vorbei. Doch es würden wieder welche kommen, schon bald.

Ehe sie dem Hafen so nah kam, dass die zertrümmerten Kräne und zusammengebrochenen Schuppen in ihren Blick gelangten, lief sie hoch zur Elbchaussee und dann immer weiter nördlich, bis sie schließlich das Friedhofsgelände zwischen Norderreihe und Wohlersallee erreichte. Zerstörung sogar hier, auf einem Begräbnisplatz. Grabsteine lagen kreuz und quer, einige der mächtigen Linden, die früher die Alleen gesäumt hatten, waren abgeknickt wie dünne Äste. Sie sah drei Männer, die einem der alten Bäume gerade mit Sägen zuleibe rückten. Natürlich, Holz war ein kostbarer Rohstoff, das hatte Bestatter Kuhlmann betont. Vor allem, da nun alle wieder Holzöfen nutzen mussten. Es war erstaunlich, dass es überhaupt noch Bäume gab. Frieda war langsamer geworden und ging ein wenig unentschlossen über den Sandweg, der unter ihren Sohlen knirschte. Als sie davon gehört hatte, dass Menschen hier Gemüse anbauten, hatte sie es nicht glauben können. Bohnen, Kartoffeln und Salatköpfe zwischen Gräbern? Doch genau so war es. Zwischen den Stätten, an denen Hamburger einst ihre letzte Ruhe gefunden hatten, waren Beete entstanden, sauber abgeteilte Felder brauner Erde. Einige waren mit Stroh bedeckt. Zwischen den Halmen entdeckte Frieda erste Sprösslinge, mehr gab es nicht zu holen. Die Eisheiligen standen erst bevor, es war riskant, jetzt schon zu pflanzen. Aber Hunger hatten die meisten nun mal schon jetzt. *Welch eine dumme Idee, zu dieser Jahreszeit hierher zu kommen, Frieda Møller*, tadelte sie sich. Und selbst wenn sie etwas fände, wen sollte sie fragen, ob sie etwas mitnehmen dürfte? Stehlen kam ja wohl nicht in Frage. Spatzen saßen in den Ästen und schimpften aus Leibeskräften. Auf den Gräbern und den ungenutzten Flächen drehten Amseln jedes Blatt um, das vom letzten Jahr geblieben war, ob sich darunter nicht ein Käfer oder Wurm verbarg. *Ob Mensch oder Tier, alle sitzen im gleichen Boot*, dachte sie. *Alle suchen nach Nahrung.*

Frieda bog ab und machte sich auf den Rückweg, da sah sie einen Verschlag unweit des sandfarbenen Mausoleums von Graf Blücher. Ein paar Bretter, ein altes Zelt, mehr nicht. Die Wäsche, die davor auf einer Leine im Wind wehte, verriet, dass darin jemand wohnte. Frieda wollte schon weitergehen, als sie eine Grabegabel an einer Ecke der notdürftig zusammengezimmerten Baracke sah. Sie ging ein paar Schritte und erkannte einen Nutzgarten. Nicht sehr groß, aber immerhin größer als die meisten Beete, die sie bisher gesehen hatte. Und das Beste: Rote Stangen Rhabarber mit großen grünen Blättern daran reckten sich in die Höhe.

Sie trat näher.

»Denken Sie nicht mal dran!«

Frieda fuhr herum. »Was … woran denn?« Vor ihr stand eine Frau in einem braunen Kleid mit derben Männerschuhen an den Füßen, einen Knüppel vor sich, bereit, damit zuzuschlagen. Ein Auge war beinahe zugewachsen, so spannte sich die Haut darüber. Verbrannt offensichtlich. Auf dem Schädel nur noch einige Büschel Haare, die wild abstanden.

»Das ist mein Rhabarber. Hab ich gepflanzt und betüdelt. Alles andere ist auch meins, was hier bald wächst.« Erst jetzt bemerkte

Frieda die dunkelroten und hellrosa Stellen an den Händen der Frau. »Ich lass mir nix mehr wegnehmen.« Sie klang sehr entschlossen.

»Das war nicht meine Absicht.« Frieda zögerte, holte tief Luft, dann trat sie auf die Frau zu und streckte ihr die Hand entgegen. »Frieda Møller«, sagte sie und lächelte zaghaft.

»Mina«, kam es unsicher zurück. »Mina Feddersen.«

Frieda atmete auf. »Wohnen Sie hier, Frau Feddersen?«

Ein trockenes Lachen, das eher nach einem Husten klang. »Was denken Sie wohl? Meinen Sie, das ist mein Wochenendhaus? Wir kommen aus Barmbek. Da is nix mehr. Keine Häuser, meine ich, nur noch Gerippe. Wenn überhaupt.« Sie ließ den Kopf hängen und den Knüppel sinken.

»Ich habe davon gehört, dass es Barmbek schlimm erwischt hat. Tut mir sehr leid.« Das Souterrain in Friedas und Pers Haus war wieder frei, seit der älteren Frau mit ihrer Familie ein Behelfshäuschen zugeteilt worden war. »Können Sie kochen?«, fragte sie, ohne lange darüber nachzudenken. Mina Feddersen starrte sie an, als habe Frieda den Verstand verloren.

»Sie sind vielleicht drollig. Glauben Sie, ich baue das alles an, um es roh zu kauen oder mich daran satt zu gucken?« Sie zog verständnislos die Stirn in Falten.

Frieda ignorierte den skeptischen Blick. »Ich schlage Ihnen einen Handel vor«, begann sie. »Ich hätte gern etwas von Ihrem Rhabarber und brauche obendrein eine Haushälterin, die gut kocht. Als Bezahlung biete ich Ihnen ein Dach über dem Kopf an.«

»Hab ich schon«, erwiderte Mina herausfordernd.

Frieda lächelte. »Ein festes Dach draußen am Jenischpark. Und dazu natürlich Verpflegung.«

»Wirklich?« Minas Stimme war plötzlich heiser. Ihre Lippen begannen zu zittern. »Nee, das geht nich, dann klauen die mir mein Gemüse«, sagte sie ohne Überzeugung.

»Den Rhabarber ernten wir.«

»Und was ist mit dem Rest?«

»Wir graben einfach alles aus und pflanzen es in unseren Garten. Der ist von Hecken umgeben, da nimmt Ihnen so schnell keiner was weg. Und mehr Platz für Grünzeug haben Sie dort auch.«

»Sie machen sich doch nicht über mich lustig?«

»Nein, ganz bestimmt nicht.«

»Und wenn …« Mina Feddersen senkte den Blick. »Wenn mein Junge aus'm Krieg kommt, denn dürfte der auch bei Ihnen wohnen? Am Jenischpark?« Ihre Augen schwammen in Tränen.

»Ist er Soldat?« Die Frau nickte nur. »Mein Sohn auch. Da haben wir schon mal etwas gemeinsam. Selbstverständlich wird er auch bei uns wohnen, wenn er zurück ist. Also dann … abgemacht?«

»Ja!«

Als Frieda nach Hause kam, war sie bester Laune. Sie hatte etwas von Mutters Schmuck geerbt und dachte darüber nach, damit den Grundstock für die Fortführung ihrer Stiftung zu finanzieren. Frieda wollte unbedingt auch anderen Menschen wie Mina helfen.

Nachdem sie Sarah kurz von Mina erzählt hatte, bereiteten die beiden die Wohnung im Souterrain vor.

»Ich kann mich überhaupt nicht mehr an meine Mutter erinnern«, sagte Sarah plötzlich. »Wir haben hier doch zusammen gewohnt. Aber ich kann mir einfach nicht mehr vorstellen, wie ihre Stimme klang. Oder wie sie ausgesehen hat und wie sie so war.«

Frieda zog ein Bettlaken auf die Matratze. »Sie hat so ausgesehen wie du jetzt«, antwortete sie lächelnd. Sarah zog die Nase kraus. »Doch, wirklich!«

»Warum hat sie mich bei euch gelassen? Ich meine, damals war doch noch kein Krieg. Sie hätte nicht gehen müssen, oder?«

Sarah fragte immer mal wieder danach. Das letzte Mal lag lange zurück, und Frieda hatte gehofft, sie hätte endlich mit der Vergangenheit abgeschlossen. Dabei konnte sie das Mädchen gut verstehen. Frieda hätte ihr liebend gern die düsteren Gedanken genommen, gleichzeitig hatte sie Angst vor diesem Thema, denn sie konnte Sarah nicht die ganze Wahrheit sagen. Noch nicht.

»Du weißt, dass sie Jüdin war, dass sie Jüdin ist, meine ich. Und du weißt auch, dass Juden in Deutschland irgendwann leider nicht mehr leben konnten.«

»Ich bin aber auch Jüdin. Warum hat sie mich nicht mitgenommen?«

»Sie wollte dich bestimmt nachholen, da bin ich mir ganz sicher.« Frieda fühlte sich elend, denn so sicher war sie sich ganz und gar nicht. »Sie hatte einfach andere Probleme, die sie erst einmal lösen musste.«

»Das müssen wirklich große Probleme gewesen sein«, murmelte Sarah leise. »Anscheinend hat sie sie ja noch immer nicht gelöst.«

Sie arbeiteten einige Augenblicke schweigend weiter.

»Und ihr wusstet wirklich nicht, wohin sie gehen wollte?«, fragte Sarah plötzlich.

»Nein, Liebes, das haben wir dir doch gesagt.« Frieda reichte ihr einen Bettbezug. »Nimm die dünne Decke dort drüben, die wird reichen. Wenn Mina im Winter noch bei uns ist, werden wir ihr ein Federbett besorgen.«

Während Frieda ein Kissen bezog, hoffte sie, dass das Thema erst einmal erledigt wäre.

»Warum sagt ihr mir nicht, wer mein Vater ist?«

Frieda starrte sie an. Sie hatten Sarah erzählt, dass sie keine Ahnung hatten, wer ihr Vater sei. Damit hatte Sarah sich zufriedengegeben und nicht mehr nach ihm gefragt. Bis jetzt.

»Ich würde es dir gern verraten, Liebes, aber Selma hat darüber wenig gesprochen. Ich kann es dir nicht sagen.«

»Das glaube ich dir nicht«, erwiderte Sarah fest. Sie blieb eine Sekunde stehen, sah sie erwartungsvoll an. Weil Frieda jedoch schwieg, verließ sie das Zimmer. Frieda hörte, wie sie in dem kleinen Bad Wasser in einen Eimer laufen ließ.

Am nächsten Tag schien die Sonne, und es war warm. Frieda zog eine alte Hose an und eine Bluse, die ihre beste Zeit längst hinter sich hatte. Dazu schlüpfte sie in ihre schlechtesten Winterstiefel. So ausstaffiert ging sie in den Schuppen, der sich zwischen ihr Haus und den Jenischpark schmiegte. Das Schloss sträubte sich zunächst, Frieda ruckelte und probierte es mit aller Kraft, bis es schließlich aufsprang. Ein quietschendes Geräusch, als die Tür sich in ihren Scharnieren bewegte. Frieda war bisher vielleicht zwei- oder dreimal hier drinnen gewesen. Für Gartenarbeit hatte sie nie Zeit gehabt. Sie sah sich einigermaßen hilflos um. Überall Spinnenweben. Frieda rümpfte die Nase, griff nach einem Spaten und schauderte, als sich eingestaubtes Gespinst über ihre nackte Hand und den Arm legte. In einem Regal entdeckte sie ein ledernes Paar Handschuhe. Sie rochen ein wenig nach nassem Tier, waren steif und ihr viel zu groß, doch sie waren besser als nichts.

Entschlossen stapfte Frieda mit dem Spaten hinaus. Der Rasen hätte längst gekürzt werden müssen. Es war lange her, dass jemand das Grün gepflegt hatte, Unkräuter machten sich darin breit. Wo sollte sie den Boden für den Nutzgarten vorbereiten? Sie entschied sich für einen Bereich, der weder von der Straße noch vom Park aus gleich zu sehen war. Frieda krempelte die Ärmel auf und hieb den Spaten mit Wucht in die Erde. Weit kam sie nicht. Lieber Himmel, war der Boden hart! Wahrscheinlich hatte sie einen Stein oder eine Wurzel erwischt. Sie versuchte es ein Stück weiter links, mit dem gleichen unbefriedigenden Ergebnis. Die Erde unter den Fingernägeln ihrer Mutter kam ihr in den Sinn. Welch eine absurde Idee, mit bloßen Händen ein Loch graben zu wollen. Nur damit die Engländer ihren Schmuck nicht in die Finger bekamen. Lächerlich! Was hatte es ihr gebracht? Den Tod. Frieda stieß das Metall wieder und wieder in den Boden. Innerhalb kürzester Zeit war sie schweißgebadet, ihr Rücken schmerzte. Im Grunde tat ihr jeder Knochen weh. Sie war eine solche Arbeit einfach nicht gewohnt. Und das Schlimmste: Viel hatte sie nicht zustande gebracht.

Drei Stunden lang trug sie Stück für Stück die Grasnarbe ab, grub tiefer, um das Wurzelwerk zu entfernen, das sich sehr wehrhaft zeigte, und lockerte am Schluss die Krumen mit einem Dreizink, den sie im Schuppen gefunden hatte, auf. Jette und Jost hatten sich blicken lassen, als Frieda gerade die ersten Spatenstiche versucht hatte.

»Soll ich dir helfen?«, hatte Jost gefragt.

Und seine Schwester rief sofort: »Au ja, wir helfen dir!«

Friedas Freude über das Angebot währte nicht lange, denn schon nach kurzer Zeit war es den Kindern zu anstrengend, und sie standen mehr im Weg herum, als dass sie eine Unterstützung gewesen wären. Bald wurde ihnen langweilig, und sie liefen ins Haus.

Nachdem Frieda ihre Vorbereitungen abgeschlossen hatte, blieb ihr gerade noch Zeit, drüben in der Hannemannschen Villa etwas Suppe aus Erbsen, Grünkern und Hafermehl zu essen. Sie hätte nie gedacht, dass sie einmal froh darüber sein würde, so viel Hafer- und Malzmehl eingekauft zu haben, weil die Nazis angeordnet hatten, das Kakaopulver damit zu strecken. Als der Krieg ausgebrochen war und sich abgezeichnet hatte, dass es nicht so schnell vorbei sein würde, hatten sie davon aus den Lagern so viel in ihr Haus geschafft, wie sie nur konnten. Eine kluge Entscheidung, denn von dem einst verhassten Kakaoersatz hatten sie sich in den Kriegsjahren größtenteils ernährt.

Als sie fertig war, machte sie sich auf den Weg zum Norderfriedhof.

Mina stand bereits vor ihrem Verschlag. »Sie kommen ja wahrhaftig, Frau Møller«, sagte sie mit erstickter Stimme, kam ihr mit ausgestreckter Hand entgegen und drückte sie an sich.

»Hoppla!« Frieda musste lachen.

»O Entschuldigung. Ist Ihnen bestimmt nicht recht, so wie ich aussehe.«

Frieda schämte sich, weil es ihr tatsächlich ein wenig unangenehm war, den Narben und schlecht verheilten Wunden so nahe zu kommen.

»Der Krieg hat uns doch alle durchgerüttelt, oder? Eitelkeit ist nun wirklich fehl am Platz.« Sie überwand sich und erwiderte Minas Umarmung von Herzen. Dann stellte sie die beiden leeren Körbe ab, die sie mitgebracht hatte. »Was muss denn alles mit?«

Mina drückte ihr einen Spaten in die Hand. »Das Wichtigste ist das Gemüse. Wie gucken Sie denn aus der Wäsche? Sie wollten doch Rhabarber! Sagen Sie bloß nicht, Sie haben noch nie in einem Beet gebuddelt.«

»Doch, habe ich. Und zwar heute Vormittag ganze drei Stunden lang.« Frieda schnaufte. »Ich kann mich schon jetzt kaum noch bewegen. Aber es nützt wohl nichts.«

»Denn machen Sie man nur den Rhabarber. Um die Keimlinge, die noch unter der Erde sind, kümmere ich mich. Nicht, dass Sie die gleich kaputthauen, wenn Sie von Tuten und Blasen keine Ahnung haben.« Sie erschrak über ihre forschen Worte. »Tschuldigung.«

»Stimmt schon.« Frieda seufzte. »Über den Kakaobaum könnte ich Ihnen eine Menge erzählen, aber von Kartoffeln und Möhren verstehe ich nichts.«

Nachdem die Arbeitsteilung klar war, packten beide kräftig an und waren in kürzester Zeit fertig und bereit, zurück zum Jenischpark zu gehen. Kein Wunder, Mina besaß kaum mehr als das, was sie am Leib trug.

»Sie kennen sich mit Kakaobäumen aus, haben Sie gesagt. War das ein Witz?«, wollte sie wissen, als sie sich mit zwei Körben, Umhängetaschen und einer großen Kiste auf den Weg machten.

»Nein, das gehört zu meinem Geschäft.«

»Kakao wächst auf'm Baum?«

»Allerdings!« Frieda erzählte von ihrer Reise nach Venezuela, davon, wie die Kakaofrüchte geerntet wurden, wie man die Bohnen darin bearbeitete, ehe man sie schließlich zu Pulver verarbeiten konnte. Sie erklärte Mina, dass es unterschiedliche Sorten gab und dass Criollo Edelkakao war. »Porcelana ist der Edelste unter den Edlen. Den habe ich in Venezuela kennengelernt. Wenig Säure, dafür das herrlichste, leicht nussige Aroma«, schwärmte sie. »Wissen Sie, Kakao kann nach Zitrusfrüchten schmecken oder nach Mango.«

»Kenn ich nicht. Ich dachte, der schmeckt immer nach Schokolade.«

Frieda lachte fröhlich. »Das stimmt natürlich. Aber wenn man Zartbittertafeln aus verschiedenen Bohnen herstellt, dann merkt man deutlich die Unterschiede. Die Fruchtaromen werden von den Insekten hineingebracht, die nicht nur die Blüten der Kakaobäume, sondern auch von Orangen-, Mango- oder Mandelbäumchen anfliegen. So verteilen sie sozusagen den Geschmack, verstehen Sie?«

»Nee. Wär mir aber auch egal, wenn ich nur 'n Stück Schokolade kriegen könnte. Ich kann mich nicht mal mehr erinnern, wann ich das letzte Mal eins gegessen habe.«

»Wer weiß, vielleicht ergibt sich bald eine Gelegenheit.« Frieda zwinkerte. »Welche Sorte hatten Sie als Kind am liebsten? Ich wette, es war Vollmilch.«

»Was anderes gab's bei uns nie. Und Vollmilch auch nur mal zu besonderen Anlässen, wenn man Geburtstag hatte oder zu Weihnachten. Für so was war sonst kein Geld da. Vadder hat in der Eisengießerei und Maschinenfabrik Schenck & Co. in St. Pauli gearbeitet. Der Lohn hat kaum gereicht für vierzehn hungrige Mäuler.«

»Vierzehn?«

Mina nickte. »Jo, wir waren zwölf lütte Schieter. Dabei is Vadder nur sechsunddreißig geworden.«

»Moment, er …« Frieda stockte.

»Ja, ja!« Mina lachte. »Mudder hat immer gesagt, sie war schon schwanger, wenn Vadder nur die Hose ausgezogen hat. Wenn er älter geworden wär, hätt's wohl noch mehr von uns gegeben.«

Schon hatten sie den Jenischpark erreicht, Frieda öffnete die Pforte. Sie hatten sich so angeregt unterhalten, dass ihr die Kilometer trotz der Last, die sie zu schleppen hatte, wie ein Katzensprung vorgekommen waren. Außerdem hatte sie das Gefühl, Mina schon ewig zu kennen.

»Da wären wir«, sagte sie. »Zuerst müssen wohl die Pflanzen in die Erde, was?«

Mina stand auf dem Bürgersteig, als wäre sie gerade selbst festgewachsen.

»Was ist denn los?«

»Ist das ein Schloss?«

»Nein!« Frieda musste lachen. »Obwohl … Manchmal fühle ich mich darin wie in einem Schloss.«

»O Gott, ich weiß gar nich, wie ich mich da benehmen muss.«

»Genau so, wie du dich … Entschuldigung, wie Sie sich benommen haben, seit wir uns kennen.« Frieda lächelte sie aufmunternd an.

»Können wir dabei bleiben?«, fragte Mina leise.

»Wobei?«

»Beim Du? Denn würde ich mich nich so unheimlich fühlen.«

»Sehr gerne.« Frieda stellte die Körbe ab, nahm Mina die Kiste ab und reichte ihr die Hand. »Frieda.«

»Mina.«

»Herzlich willkommen, Mina!«

Als Frieda die Körbe wieder aufnahm, griff Mina nach der Kiste mit der Erde und den Gemüsetrieben darin und stapfte hinter Frieda her.

»Mein Gott, nein«, wiederholte sie ständig, während Frieda ihr das Haus zeigte. »So was hab ich ja noch nie gesehen. Nein, nein, nein, du meine Güte, dass es so was in echt gibt!«

Frieda klopfte bei Martha und den Braunes. »Das ist Mina Feddersen. Sie wohnt ab sofort im Souterrain, wo Frau Vorbeck mit ihrer Tochter und ihren beiden Enkeln gewohnt hat. Mina wird viel bei uns drüben sein, aber auch hier ein bisschen klar Schiff machen.« Wie erwartet, wurde sie freundlich aufgenommen, und Minas Gesicht leuchtete, als sie Jette und Jost sah.

»Kinder im Haus, das ist aber schön«, sagte sie sanft, als sie schließlich die Treppe hinuntergingen.

»Hier ist dein Schlafzimmer, da drüben ist ein weiteres Zimmer. Da kann dein Sohn schlafen, wenn er nach Hause kommt. Die Tür gleich daneben führt in das Bad. Und hier ist eine kleine Stube.«

»Das ist alles für mich? Ich meine, ich wohne hier unten ganz allein, bis mein Junge kommt?« Frieda nickte. »Mein Gott, nein, das is ja … so schick hab ich ja noch nie nich gewohnt! Nich mal vorm Krieg.«

»Denk nicht, dass dir hier etwas geschenkt wird.« Frieda schlug einen gespielt strengen Ton an. »Es wartet jede Menge Arbeit auf dich.«

Mina sah sie erschrocken an.

»Das war nicht ernst gemeint«, beruhigte Frieda sie.

»Doch, doch, das Gemüse muss ja in die Erde. Man los!« Mina stapfte die Treppe wieder hinauf und geradewegs nach draußen in den Garten. »So viel Reichtum hab ich mein Lebtag noch nich gesehen«, murmelte sie. »Jetzt versteh ich auch, wieso du immer von Edelkakao geredet hast. Bei euch ist ja alles edel. Ich wusste gar nicht, dass Leute wahrhaftig so wohnen.« Sie blieb vor Friedas Beet stehen. »Hast du nicht gesagt, du warst drei Stunden zugange? Und wieso hast du's nich mal mit'm Spaten versucht?« Frieda wollte sich gerade rechtfertigen, da brach Mina schon in schallendes Gelächter aus.

»Tja, ich sagte ja, es wartet eine Menge Arbeit auf dich«, erklärte Frieda kleinlaut.

»Sieht so aus.« Mina stützte die Hände in die Hüften und inspizierte den gesamten Garten. Immer wieder bückte sie sich, pflückte etwas und legte es in das Tuch, das sie eben noch auf dem Kopf getragen hatte. »Junger Löwenzahn«, sagte sie, und ihre Augen strahlten. »Das gibt 'n feinen Salat! Ich habe gesehen, dass ihr da hinten auch jede Menge Brennnessel habt.« Sie deutete in Richtung Park. »Da machen wir morgen gleich Spinat draus.«

Frieda spürte, dass sie mit Mina als Köchin eine gute Wahl getroffen hatte. Ab sofort konnte Johanne sich vor allem um die Sauberkeit im Haus kümmern und Mina in der Küche und im Garten zur Hand gehen.

Kapitel 5

Mina bereicherte Friedas Leben auf wunderbare Weise. Und nicht nur ihr Leben, sondern auch das ihres Vaters und Bruders. Sie hatte Rhabarberkompott eingekocht, das für Pers Rückkehr bereitstand. Natürlich auch für Henrik und Minas Sohn Fiete. Sie brachte jeden Tag etwas anderes auf den Tisch. Alles schmeckte weit besser als Johannes Mehlsuppe und machte obendrein satt. Mit ihren Mitbewohnern im Haus am Jenischpark verstand Mina sich gut, und Sarah hatte eine neue Aufgabe für sich entdeckt: Gartenarbeit. Sie ließ sich von Mina zeigen, welche Wildkräuter man essen konnte, worauf bei der Ernte zu achten war. Mina erklärte ihr, dass man aus Kastanien Waschmittel herstellen oder zum Färben von Kleidung Birkenlaub, Sauerampfer oder Eichenrinde verwenden konnte.

»So können wir aus schlichten Tischtüchern hübsche Röcke machen«, erzählte Sarah.

»Tu das, Liebes, es wird noch eine Weile dauern, ehe wir wieder etwas zum Anziehen kaufen können.«

Seit Sarah nach ihrem Vater gefragt hatte, war sie Frieda gegenüber ein wenig zurückhaltend geblieben. Frieda hatte sie belogen, und das hatte sie gespürt. Aber seit Mina im Haus war, blühte sie auf und wurde auch für Frieda wieder zugänglicher. Sie schien ihre wahren Eltern fast vergessen zu haben. Albert und Hans waren bestens versorgt, die Braunes hatten Hilfe beim Putzen und Jette und Jost eine neue Spielkameradin. Denn selbst dafür fand Mina noch Zeit. Wenn sie mit den Kindern spielte, schien sie daraus neue Kraft zu schöpfen.

Frieda konnte sich währenddessen ganz darauf konzentrieren, mit

Ernst, ihrem Vater und mit Meynecke die Räumlichkeiten auf Vordermann zu bringen und eine Strategie für die Wiederaufnahme der Produktion zu entwickeln. Vater erweckte den Eindruck, als verwandle er sich in seinem Kontor wieder in den tatkräftigen Kaufmann, der er einst gewesen war. Die Arbeit schien ihn vom Verlust, den Mutters Tod für ihn bedeuten musste, abzulenken.

Als Frieda und er eines Tages gemeinsam vom Meßberghof in die Villa an der Elbchaussee zurückkehrten, fiel ihr ein, was er ihr gesagt hatte, als sie vor Jahren Hals über Kopf nach Föhr gereist war. Per war damals nicht nur schrecklich eifersüchtig gewesen, er hatte sogar Zweifel daran geäußert, ob Henrik sein Sohn war. Das war zu viel für Frieda gewesen, und sie war mit Henrik zu Clara geflohen. Ihr Vater hatte ihr beim Abschied gesagt: »Es ist nicht einfach, verheiratet zu sein, je größer die Liebe, desto größer der Schmerz. Liebst du nicht, ist dein Leben leer. Tust du's doch, zahlst du einen hohen Preis, weil die Trauer auch in der glücklichsten Verbindung bereits enthalten ist.« Ja, genau so hatte er sich ausgedrückt. »In jeder Liebe steckt der Abschied schon drin«, hatte er ihr erklärt. Und dass Mutter und er dieser bitteren Wahrheit immer näher kämen. Die Trauer des Abschieds war der Preis für die Jahre des Glücks. »Du musst den Preis zahlen, dann solltest du das, was du dafür bekommst, auch auskosten«, hatte er ihr geraten. Vielleicht war es diese Haltung, die ihm jetzt Kraft gab. Er bezahlte für die glückliche Zeit, und Frieda hoffte von Herzen, dass er sie voll ausgekostet hatte.

Der Mai ging zu Ende. Frieda hatte wieder ihr Haus bezogen. Ihr eigenes Schlaf- und Arbeitszimmer, dazu ein Bad, das sie sich mit den anderen teilte, das war mehr als genug. Auch Sarah war mitgekommen und bewohnte ihr altes Zimmer im Souterrain. Zuerst war Frieda das nicht recht gewesen, schließlich hatte Sarah, nachdem Selma damals fortgegangen war, ein eigenes Zimmer oben im Haus bekommen. Es schien Frieda richtiger, wenn sie wieder dort schlafen würde, doch Mina war so glücklich, das Mädchen in ihrer Nähe zu haben. Johanne war aufs Land zu einer Tante gezogen, die Hilfe in der Landwirtschaft benötigte. Wie es aussah, würde auch Martha mit Jette und Jost nicht mehr lange bei ihnen wohnen, sie hatten eine Verwandte ausfindig gemacht, die allein in einer geräumigen Wohnung lebte. Sobald die Schäden dort notdürftig behoben waren, konnte Martha mit ihren Kindern zu ihr ziehen. Mina würde also bald weder Johanne noch Jette und Jost um sich haben. Sarahs Anwesenheit konnte diesen Verlust ein wenig gutmachen.

Also stimmte Frieda zu, Sarah ließ sich in diesen Tagen ohnehin kaum mehr etwas verbieten. Sie war wie ihre Mutter, sanft in einem Moment, doch im nächsten Augenblick stur und unerbittlich.

Als sie eines Morgens beim Frühstück saßen, das Mina ihnen zurechtmachte, ehe sie in der Hannemannschen Villa die Männer versorgte, sagte Sarah plötzlich:

»Mina hat mir erzählt, dass ihr Sohn als Kind manchmal tagelang kaum ein Wort gesprochen hat.«

»Ach wirklich?«

»Ja. Sein Vater war wohl nicht gerade liebevoll.« Ihre Augenbrauen schnellten in die Höhe. »Wenn Fiete, so heißt ihr Sohn, mal wieder eine kräftige Tracht Prügel kassiert hat, dann ist er regelrecht verstummt.« Sie trank einen Schluck Tee. »Genau wie Hans.«

»Bei Hans liegt die Sache doch wohl anders«, gab Frieda zurück, ohne darüber nachgedacht zu haben. Dann bemerkte sie Sarahs Miene. »Du hast recht, Hans ist auch nach einem schlimmen Erlebnis verstummt«, sagte Frieda schnell. »Leider spricht er gar nicht mehr, und das schon seit Jahren.«

»Mina sagt, Fiete hat tagelang nur mit seiner Puppe gesprochen. Die hatte ein Mädchen ihm geschenkt. Fietes Vater hätte sie ihm am liebsten weggenommen, weil Jungs gefälligst nicht mit Puppen zu spielen haben.« Sarah verdrehte die Augen. »Aber Fiete ist plietsch.« Sie lächelte über das ganze Gesicht. »Er hat sie versteckt und heimlich vorgeholt, wenn der Vater aus dem Haus war.«

Frieda war in Eile, sie musste unbedingt mit den Engländern über das Fortbestehen der Kakao-Wirtschaftsstelle reden. Doch sie kannte Sarah gut genug, um zu wissen, dass sie nicht ohne Hintergedanken von Fiete erzählt hatte. Und sie war sehr froh, dass das Mädchen sich ihr wieder öffnete. Also schob sie Teller und Tasse von sich und blickte Sarah fragend an. »Hans hat sich früher doch oft mit seinen Pinseln und seiner Palette zurückgezogen, wenn ihn etwas bedrückt hat, oder nicht?«

»Ja, das stimmt.«

»Ich weiß ja, dass er nicht mehr malen will. Aber ich dachte, wenn ich es versuche und ihn dazu bringen könnte, wieder damit anzufangen, vielleicht spricht er dann irgendwann auch wieder.«

Frieda seufzte leise. Das wäre zu schön, nur hatte sie sich in Bezug auf ihren Bruder schon so oft Hoffnungen gemacht, die immer enttäuscht worden waren. Warum sollte es dieses Mal anders sein? Sie sah in Sarahs hübsches Gesicht.

»Ich weiß nicht, schon möglich. Aber es kann genauso gut sein, dass seine Stimmbänder doch etwas abbekommen haben. Selbst wenn er wollte, könnte er dann nicht mehr sprechen.« Sie wollte in Sarah keine Hoffnungen wecken, die eventuell nicht erfüllt werden konnten.

»Die Ärzte haben gesagt, dass sie ihn für körperlich gesund halten.«

»Sie sind sich nicht sicher.«

»Aber was spricht denn dagegen, es wenigstens zu versuchen?«, ereiferte Sarah sich.

»Du hast recht, es gibt nichts zu verlieren.« Frieda lächelte, augenblicklich entspannte sich auch Sarah wieder.

»Gut, dann gehe ich nachher gleich zu ihm.«

»Mach das. Ich muss auch los.« Sie standen beide auf, Frieda trat vor den Spiegel in der Diele, während Sarah, wie immer nach dem Frühstück, in den Garten ging, um zuerst nach dem Gemüsebeet zu sehen. Abends berichtete sie Frieda häufig mit geröteten Wangen, wie rasch die Bohnen sich entwickelten und dass die Kartoffelschalen, die sie mit Mina vergraben hatte, tatsächlich keimten.

Frieda betrachtete ihr Spiegelbild. Sie trug ein taubenblaues Kostüm, das vor dem Krieg in Mode gewesen war und die Jahre recht gut überstanden hatte. Der Anblick stellte sie zufrieden, so konnte sie als Repräsentantin von Hannemann & Krüger den Briten gegenübertreten. Noch immer hatten Ernst und sie nichts gegen die Schließung der Kakao-Wirtschaftsstelle ausrichten können. Zur Durchsetzung ihres Versammlungsverbots hatten die Alliierten die Auflösung sämtlicher Organisationen angeordnet. Dazu gehörten eben auch gewerbliche Vereinigungen. Sie konnten sich damit nicht einfach so abfinden. Frieda musste einen Verantwortlichen der Militärregierung sprechen und ihm klar machen, dass von der Wirtschaftsstelle keine Gefahr ausging, sondern dass sie dabei helfen konnte, die Hansestadt wieder auf die Füße zu kriegen. Daran mussten die Briten doch interessiert sein.

Sie griff nach ihrer Handtasche, als es klopfte.

»Frau Møller?« Frieda kannte den Mann nicht, der vor ihr stand. Sofort dachte sie an Pers Brief, den ein Unbekannter in ihren Kasten geworfen hatte. War er es? Der Mann trug ein Paket unter dem Arm.

»Die bin ich. Was kann ich für Sie tun?« Ihre Kehle schnürte sich zu. Der Fremde trug Militäruniform, aber er war kein Engländer. Er kam doch nicht etwa, um ihr Nachrichten von Henrik zu bringen?

»Ich bin Offizier Lauge Fisker. Dürfte ich bitte hereinkommen, Frau Møller?« Sie trat zur Seite, nickte. Sein Name, er klang … dänisch.

»Ich wollte gerade …« Frieda stand unschlüssig vor ihm. »Bitte!« Sie führte ihn in ihr Arbeitszimmer. Die Uniform und der Name irritierten sie, doch sie konnte keinen klaren Gedanken fassen. Er hatte gepflegte Hände, fiel ihr auf.

»Im Garten wächst und gedeiht alles, ich gehe jetzt zu Onkel Hans«, rief Sarah.

Frieda hörte die Tür ins Schloss fallen. Sie schob dem fremden Besucher einen Stuhl zurecht, er blieb stehen.

»Frau Møller, ich komme mit schlechten Nachrichten«, hörte sie ihn sagen. Ihr Blick klammerte sich an seinen Händen fest, doch ihre Gedanken fanden keinen Halt. »Es geht um Ihren Mann, Per Møller.« In ihrem Kopf begann es zu rauschen. Es war so schrecklich laut, man konnte ja kein Wort mehr verstehen. Sie hob den Blick, richtete ihn auf seine Lippen, die sich unaufhörlich bewegten, versuchte, von ihnen zu lesen. »Ich habe hier seine Sachen. Tut mir wirklich leid, dass ich sie in einem schäbigen Waschmittelkarton bringe. Mein Vorgesetzter hat behauptet, das sei in Deutschland so üblich. Jetzt, wo ich Ihnen gegenüberstehe, schäme ich mich, dass ich nicht darauf bestanden habe, alles in anständiges Packpapier einzuschlagen.« Er hielt ihr das Paket hin und legte es auf ihrem Schreibtisch ab, nachdem sie keine Anstalten machte, es entgegenzunehmen. Frieda betrachtete den Karton, darauf eine weiß gekleidete Dame mit Florentinerhut. *Alles neu macht Persil.* So ein Unsinn. Was konnte ein Waschmittel schon neu machen?

»Er hat einen unverzeihlichen Fehler gemacht, gnädige Frau, er hat behauptet, er sei ein Deutscher.« Allmählich begriff Frieda, dass Offizier Fisker noch immer redete. Er versuchte, ihr irgendetwas zu erklären. »Doch auch wir sind nicht schuldlos, wir hätten es besser überprüfen müssen.« Er starrte auf seine Schuhspitzen.

Unendlich langsam sickerte die Erkenntnis in Friedas Bewusstsein, dass Per Mina nie kennenlernen und ihr Rhabarberkompott nicht kosten würde.

»Vielleicht sollten Sie sich besser setzen.« Fisker führte sie zu ihrem Stuhl und nahm ihr gegenüber Platz. Dann begann er zu erzählen. Direkt nach Kriegsende hatte man mehrere Trupps aus deutschen Kriegsgefangenen zusammengestellt und an die Strände der Westküste gebracht, sehr junge Kerle überwiegend. *Es war keine gute Idee, mich als Deutscher auszugeben. Ich bin in Gefangenschaft geraten.* »Deutsche Soldaten hatten dort zigtausend Minen ausgelegt«, erklärte er leise, »unsere Offiziere hielten es für angebracht, dass sie die auch wieder aus dem Sand buddeln. Es ist eine sehr gefährliche Aufgabe. Wer sollte die erledigen?«

»Diejenigen, die die Suppe eingebrockt haben«, sagte Frieda und war beinahe überrascht, ihre eigene Stimme zu hören. *Zusammen mit an-*

deren Kriegsgefangenen muss ich noch etwas erledigen, danach sind wir frei.

»So ähnlich, ja.« Draußen zankten sich ein paar Spatzen lautstark, Jette und Jost spielten anscheinend auf der Treppe Fangen. Frieda hörte sie kichern und poltern. Dann Marthas Stimme, schließlich war Ruhe.

»Ihr Mann war ein Held, Frau Møller. Das sage ich nicht, weil man es mir so aufgetragen hat, sondern aus tiefstem Herzen.« Sie sah ihn an. Er wirkte tatsächlich traurig, als hätte er einen Freund verloren. »Ich bin überzeugt, dass er den kleinen Schwindel hätte aufdecken können, als er in einen dieser Trupps geraten ist.«

»Warum hat er das nicht getan? Ein Däne in dänischer Gefangenschaft, das ist doch vollkommen absurd.« Ihre Stimme brach, sie krallte die Finger ineinander, um sich an etwas festhalten zu können.

»Die meisten in seiner Gruppe waren sehr jung, fast noch Kinder. Ich glaube, er hat verstanden, dass sich jemand um sie kümmern muss.«

»Sein eigener Sohn ist keine siebzehn. Er ist auch Soldat.«

Fisker nickte langsam. »Ich verstehe.« Er sah sie an. »Ihr Mann hat versucht, ihnen die Panik zu nehmen. Immer wieder hat er ihnen gesagt: Wir erledigen diese Aufgabe, und dann gehen wir alle nach Hause. Es wird niemand mehr sterben. Dabei hat er gelächelt.«

»Halte ein Sprungtuch bereit, wenn ein Unglück geschieht, das nicht zu verhindern ist«, flüsterte sie.

»Wie bitte?«

»Er hat sich also geirrt, es ist doch noch jemand gestorben.« Sie schluckte, das Wort hinterließ einen brennenden Schmerz in ihrer Kehle.

»Leider. Es sind viele gestorben.« Er räusperte sich. »Einer der jungen Soldaten hat eine beschädigte Mine gefunden. Er hätte Ruhe bewahren müssen, aber er ist durchgedreht. Ihr Mann hat ihm zugerufen, dass er sich nicht mehr bewegen soll. ›Bleib genau so liegen‹, hat er gesagt, ›ich bin gleich bei dir.‹ Und dann ist er zu ihm gekrochen, auf dem Bauch, Zentimeter für Zentimeter. Er wollte ihm helfen, Frau Møller, er wollte den Jungen retten.« Die weiß gekleidete Frau mit dem Florentinerhut verschwamm, löste sich auf. »Ihr Mann hat es wenigstens versucht.«

Wie lange war es her, seit ihr Besuch gegangen war? Frieda konnte sich entsinnen, dass Offizier Lauge Fisker ihr eine Adresse hinterlassen hatte.

»Vermutlich werden Sie noch einige Fragen haben, wenn Sie erst mal etwas zur Ruhe kommen. Sie können sich jederzeit an mich wenden.« Dann hatte sie ihn zur Tür begleitet, war zurück zum Tisch gegangen, auf dem das Paket mit der weiß gekleideten Dame lag, das Paket mit Pers persönlichen Dingen, die nicht von einer deutschen Mine zerfetzt worden waren. Wie lange hatte sie den Waschmittelkarton angestarrt, ehe sie sich endlich getraut hatte, ihn auszupacken? Als sie es schließlich wagte, war sie beinahe überrascht, dass alles so unversehrt war. Ein sauberes Hemd, eine Hose, seine guten Lederschuhe.

»Wir konnten seinen Ehering nicht finden, es tut mir schrecklich leid, gnädige Frau«, hatte Fisker gesagt. Zu gefährlich sei es gewesen, im vollkommen verminten Gelände danach zu suchen. »Bei einer Explosion fliegen die Teile sehr weit in alle Richtungen – oh, bitte entschuldigen Sie!« Dann hatte er ihr noch versichert, man würde sich umgehend melden, falls der Ring noch auftauchen sollte, und dass Pers Familie in Dänemark bereits informiert worden sei. Seine Mutter und sein Bruder wünschten sich ein Begräbnis im Familiengrab, in dem bereits Pers Vater lag. Dabei war doch kaum etwas zu begraben. Frieda erinnerte sich, dass sie zugestimmt hatte. Es würde ohnehin ein symbolischer Akt sein, an dem sie nicht teilnehmen wollte. Sie würde ein Familiengrab auf dem Nienstedtener Friedhof für sich und die Kinder reservieren und dort eine Gedenktafel anbringen lassen, beschloss sie. Sie brauchte einen Ort, an den sie gehen konnte. Wo dieser Ort war, spielte kaum eine Rolle, denn von ihrem Mann gäbe es dort ohnehin keine Spur. Vielleicht würde sie, wenn etwas Zeit vergangen war, an die Westküste Dänemarks reisen und eine Rose an den Strand legen.

Nachdem sie Pers übriggebliebene Kleidung aus dem Karton geholt hatte, zog sie als Letztes den vergilbten Band von Hans-Christian Andersen aus dem Karton. Sie musste lächeln. Es hatte einige Missverständnisse zwischen ihr und Per gegeben, ehe sie geheiratet hatten. Ein Streit war der Anlass gewesen, ihr das Büchlein des dänischen Dichters auf die Terrasse zu legen. Und dann, viele Jahre später, hatte Frieda ihm das schon ziemlich zerfledderte Werk in seinen Koffer geschmuggelt, ehe er nach Dänemark aufgebrochen war.

Ganz in ihren Gedanken gefangen, blätterte sie durch die morschen Seiten. Immer wieder wischte sie sich die Tränen von den Wangen, ehe sie womöglich auf das vergilbte brüchige Papier tropften. An einer Stelle aus »Die kleine Meerjungfrau« blieb sie hängen: *Die Menschen dagegen haben eine Seele, die ewig lebt, die lebt, auch wenn der Körper zu Erde zerfallen ist. Sie steigt auf in der klaren Luft und zu all den schimmernden Sternen empor.*

Sie presste das aufgeschlagene Buch an ihre Brust, schloss die Augen, aus denen immer mehr Tränen hervorquollen und über ihr Gesicht strömten. Nicht zur Erde zerfallen. In Stücke gerissen und mit Erde vermischt, mit dem Sand seiner Heimat. Sie sah einen Strand vor sich, der sich blutrot färbte. Die weißen feinen Körnchen, die Wellen, die nach dem Ufer griffen, alles rot. Frieda riss die Augen auf, schnappte nach Luft, musste würgen, hielt sich an ihrem Schreibtisch fest. Der Band von Hans Christian Andersen glitt ihr aus den Händen, blieb offen liegen.

Frieda presste sich ein Taschentuch vor die Lippen. Sie wollte nicht, dass jemand sie hörte. Sobald sie die Augen schloss, waren die grausigen Bilder zurück. Gliedmaßen, blutiges Fleisch, ein Finger mit einem Ehering. Sie musste sich ablenken, musste an etwas anderes denken, sonst würde sie den Verstand verlieren. Sie schnäuzte sich, atmete mehrmals tief ein und aus. Ihr Blick fiel auf das aufgeschlagene Buch auf ihrem Schreibtisch. Eine Stelle war markiert. Frieda las: *Die Geschichte meines Lebens wird der Welt sagen, was sie mir sagt: Es gibt einen liebevollen Gott, der alles zum Besten führt.*

»Warst du das, Per?«, wisperte sie. »Hast du mir diese Zeilen ausgesucht, um mich zu trösten?« Sie sah ihn vor sich, seine blitzenden blauen Augen, das blonde Haar, das schon von einigen Silberfäden durchzogen war. Sie sah seine Lachfältchen, seinen liebevollen Blick. Den Blick, den er ihr beim Abschied zugeworfen hatte. So als wüsste er genau, dass sie sich wiedersehen würden. Irgendwann.

Frieda legte seine Kleider und die Schuhe zurück in den Karton und brachte ihn in ihr Schlafzimmer. Sie musste den anderen sagen, was geschehen war, brachte es aber noch nicht übers Herz. Sie durfte sich Zeit lassen, noch würde sie es nicht schaffen, Sarah zu trösten oder mit Ernst und Vater zu besprechen, wie es ohne Per weitergehen sollte. Sie ging durch die Diele, wusste für einen Moment nicht, wohin. Die Tür zu ihrem ehemaligen Wohnzimmer, das jetzt von den Braunes genutzt wurde, stand offen. Friedas Blick fiel auf die Standuhr, die Per aus Dänemark mitgebracht hatte. Ihr Mann war überall in diesem Haus. Wie sollte sie diesen Verlust nur aushalten? Schon wieder kamen die Tränen. Sie beeilte sich, in ihr Schlafzimmer zu kommen, schloss die Tür hinter sich, lehnte sich dagegen und ließ sich zu Boden gleiten. An der Wand hing ein Bild aus New York, auf ihrem Nachttisch stand das Hochzeitsfoto. Per war einfach überall in diesem Haus. Doch wie hätte sie es ohne ihn auch aushalten sollen?

Kapitel 6

Mit jeder Minute drückte das schlechte Gewissen mehr auf Friedas Gemüt. Sie musste es den anderen sagen, sie musste es vor allem Sarah sagen. Doch je mehr Zeit verging, desto schwerer wurde es. Wie sollte sie nur anfangen? Sie hatte es gleich an dem Abend versucht, als sie die Nachricht erhalten hatte, doch Sarah war immer noch mit der Idee beschäftigt, dass Hans wieder malen würde, und sie hatte sofort losgesprudelt.

»Er war nicht so abweisend wie sonst, wenn wir ihm den Vorschlag gemacht haben. Irgendwann greift er zum Pinsel, und dann spricht er sicher auch wieder«, hatte sie fröhlich erklärt, und Frieda hatte es nicht geschafft, ihr die schreckliche Nachricht zu verkünden. Immer, wenn sie sich in den Tagen danach ein paar Worte zurechtlegte, brach sie wieder in Tränen aus und verkroch sich.

Frieda fürchtete, dass die Braunes oder Martha Sarah womöglich auf den Uniformierten ansprechen würden. Es konnte immerhin sein, dass sie ihn gesehen hatten. Doch nichts geschah. Jeden Tag aufs Neue wartete sie auf eine Gelegenheit.

Die Besprechung mit ihrem Vater, Ernst und mit Buchhalter Meynecke würde nicht lange dauern. Frieda hoffte, vor Sarah wieder zu Hause zu sein. Das Mädchen wollte Brombeer- und Kirschblätter sammeln, um sie zu trocknen und daraus Ersatztabak zu machen.

»Zigaretten sind begehrt. Wenn ich die Blätter ordentlich zerkleinere und in altes Zeitungspapier oder in alte Rechnungen der Manufaktur rolle, können wir die Dinger vielleicht gegen Lebensmittel tauschen«, hatte Sarah erklärt. Vermutlich wieder eine von Minas Ideen.

Mittlerweile war es Anfang Juni. Es hätte eine Zeit des Aufbruchs, des Neubeginns, der Freude sein können. Sogar das Leben in der zerstörten Stadt begann sich etwas zu normalisieren. Schupos standen an Kreuzungen, nicht selten vor Schuttbergen, und regelten den Verkehr, der ganz allmählich wieder in Schwung kam. *Alles neu macht Persil*, schoss es Frieda plötzlich durch den Kopf. Sie schnaubte bitter, während sie das Kontorhaus am Meßberghof betrat. Der Tod nimmt endgültig, Neubeginn ausgeschlossen.

»Am Ausgang der Mönckebergstraße sind die Ampeln wieder in Betrieb.« Das war Ernsts Stimme, die aus seinem Büro kam. Frieda blieb kurz vor der Tür stehen und atmete durch.

»Am Stephansplatz ebenfalls«, hörte sie Herrn Meynecke sagen. »Jeder hat ein Fahrtenbuch zu führen. Falls es uns wirklich gelingt, einen Wagen zu bekommen, müssen wir alle Touren erfassen. Ist eine weiter als achtzig Kilometer vom Heimatort entfernt, brauchen wir dafür eine Genehmigung von der Militärverwaltung.«

Frieda klopfte und öffnete die Tür.

»Jo, nur zuerst müssen wir mal an ein Fahrzeug kommen.« Ernst setzte die Brille wieder auf die Nase, die er offenbar gerade mit dem Hemdsärmel poliert hatte. »Moin Frieda, bist 'n büschen blass um die Nase.«

»Guten Morgen allerseits. Ich habe schlecht geschlafen.« Sie nickte Meynecke dankbar zu, der ihr einen Stuhl herangezogen hatte.

Der Buchhalter wandte sich sofort wieder dem Thema zu, um das es vor Friedas Auftauchen gegangen war: »Es ist die Frage, ob ein Automobil eine gute Entscheidung ist oder wir uns doch lieber um einen Wagen mit Pferd kümmern sollten. Benzin ist knapp. Das wird sich so bald auch nicht ändern.«

»Stimmt«, knurrte Albert. »Sie haben den Deutschen jetzt sogar verboten, von Samstagabend bis Montagfrüh überhaupt zu fahren.«

»Och, das Wochenende betrifft uns kaum«, sagte Ernst gut gelaunt. »Hast du inzwischen eigentlich mal was von Per gehört? Wenn er sein Automobil heil nach Hause kriegt, könnten wir das fürs Erste einsetzen, oder?«

»Nein!« Frieda schnappte nach Luft. Es hatte ja so kommen müssen.

»War ja nur so eine Idee«, verteidigte sich Ernst. Dann kniff er die Augen zusammen. »Nein, wir können seinen Wagen nicht nutzen, oder nein, du hast nichts von ihm gehört?«, forschte er nach.

»Ja, er müsste wirklich längst zu Hause sein«, fand Albert.

»Er kommt nicht nach Hause.« Das war ihr rausgerutscht, ehe sie nachdenken konnte.

»Was?« Alle drei Männer starrten sie an.

»Eine deutsche Mine. Am Strand. Ich weiß es noch nicht lange«, sagte sie leise.

»Mein Beileid, Frau Møller, das ist …« Herr Meynecke stand auf, schüttelte ihr die Hand, ging zur Tür und blieb dort hilflos stehen.

Albert sank in seinem Stuhl zusammen. »Ach Kind, das ist furchtbar. Ihr hättet noch eure ganze Ehe vor euch haben sollen. Es ist viel zu früh«, stotterte er. »Es ist immer zu früh.«

Frieda spürte den Impuls, ihren Vater zu trösten. Sein eigener Verlust schien ihm mit einem Schlag wieder bewusst zu sein. Jetzt waren sie beide verwitwet. Meynecke trat zu ihm.

»Das ist ein schwerer Schlag«, hörte sie ihn flüstern. »Sowohl menschlich als auch geschäftlich.«

Frieda war dankbar, sich einfach in die Umarmung von Ernst fallenlassen zu können, der sofort um seinen Schreibtisch herumgekommen war und sie sanft von ihrem Stuhl in seine Arme gezogen hatte.

»Es tut mir so leid, Frieda«, murmelte er. »Er war der beste Ehemann und genau das, was du verdient hast. Es tut mir so leid.« Er streichelte ihr sanft über das Haar. »Du kannst jederzeit zu Walli und mir kommen, wenn du uns brauchst, das weißt ja, ne?«

Frieda löste sich langsam und tupfte sich die Augen. »Danke.«

Albert erhob sich schwerfällig. »Ach, mein Kind.« Er schüttelte den Kopf und kämpfte offenbar mit den Tränen. »Hättest doch gar nicht herkommen müssen heute«, brachte er erstickt hervor.

»Das war wohl wirklich nicht die beste Idee.« Sie lächelte zaghaft. »Wenigstens wisst ihr jetzt Bescheid.« Sie ging zu ihrem Vater und nahm seine Hand. »Ich glaube, es wäre gut, wenn ich mit Sarah heute Abend zu euch kommen könnte. Sie weiß es noch nicht, Hans auch nicht. Wir sollten alle zusammen sein, wenn sie es erfahren.«

Frieda verließ den Meßberghof und machte sich auf den Weg nach Hause. Jetzt, wo sie es ausgesprochen hatte, erschien ihr Pers Tod vollkommen unwirklich. Es konnte nicht sein. Frieda konnte nicht glauben, dass er fort war, ohne sich von ihr zu verabschieden, dass sie ihn nie wiedersehen würde. Das war wahrscheinlich der eigentliche Grund dafür, dass sie es für sich behalten hatte. Das Schlimmste, was der Krieg ihr bisher angetan hatte, war die Veränderung ihres Bruders gewesen. Selbst daran hatte sie sich im Laufe der Zeit gewöhnt. Das Grauen, die Zerstörung war etwas, von dem sie gehört hatte, was sie sah, aber nicht am eigenen Leib spürte. Bis jetzt. Nun sollte der Krieg ihr das Wichtigste genommen haben, das sie hatte? Das war absurd, völlig unvorstellbar. Die unscheinbare Kleidung, die in dem Karton lag, hätte unzähligen Männern gehören können. Aber dann war da noch sein Buch … Jeden Tag, seit Fisker bei ihr gewesen war, hatte sie damit gerechnet, dass Per nach Hause käme. Sie stellte sich vor, wie sie gemeinsam die Köpfe darüber schütteln würden, wie ein solcher Irrtum nur hatte geschehen können.

Den Blick gesenkt, lief sie am Rathaus vorbei in Richtung Kaiser-Wilhelm-Straße. Auch hier ein Chaos aus Steinen und Balken, aus Schutt und Unrat, was einmal Häuser gewesen waren.

Ohne nachzudenken war Frieda zum Kornträgergang gelaufen. Da stand sie nun und sah sich um. Unglaublich, dass ausgerechnet die windschiefen Häuser in dieser Gasse den Luftangriffen und dem wütenden Flammenmonster getrotzt hatten. Sie konnte sich noch gut daran erinnern, dass sie schon bei ihrem ersten Besuch hier, als sie Ulli, der rothaarigen Arbeiterin von Spreckels Kaffeeverleseboden, zufällig begegnet war, Sorge gehabt hatte, die Fachwerkbauten könnten beim geringsten Windhauch zusammenfallen. Ulli war ihr spröde und ablehnend erschienen. Wie man sich doch täuschen konnte. Die Behausungen stützten sich noch immer gegenseitig, und Ulli war ihr eine gute Freundin geworden. Sie hatten sich viel zu lange nicht gesehen. Während Frieda noch darüber nachdachte, ob sie sie besuchen sollte, kam Ulli um die Ecke.

»Moin Frieda, was machst'n du hier?« Ihr rotes Haar war kurz und sah aus, als hätte sie es selbst geschnitten. Schlank war sie schon vor dem Krieg gewesen, jetzt allerdings war sie geradezu hager. Ihre Augen lagen in tiefen Höhlen, darunter traten die Wangenknochen hervor, über denen sich die Haut spannte.

»Hallo Ulli. Tja, ich … Wir haben uns ewig nicht gesehen, da dachte ich …«

»Mit dir ist doch was, oder?« Ulli besaß eine ausgezeichnete Beobachtungsgabe, man konnte ihr nichts vormachen. Vielleicht lag es daran, dass sie mit ihrer taubstummen Schwester Marianne mit Gebärdensprache kommunizierte. Das hatte ihren Blick über die Jahre sicher geschärft.

»Per ist tot«, flüsterte Frieda. Es fühlte sich so falsch an. Sie müsste es doch spüren, wenn er nicht mehr am Leben war. »Das hat dieser Offizier jedenfalls gesagt. Aber die Sachen im Karton könnten jedem gehören.« Sie zuckte hilflos die Achseln. Das Buch von Hans Christian Andersen nicht. Es war Pers Exemplar, daran bestand kein Zweifel.

»Oh nee, Frieda, is nich wahr. Verdammter Swienschiet aber auch!« Erst als Ulli beruhigend auf sie einzureden begann, merkte Frieda, dass sie am ganzen Leib zitterte. »Ich wollte eigentlich grad … Ach was, das kann warten. Komm, wir trinken was.« Sie hakte Frieda unter und führte sie in den Hinterhof, in dem sie wohnte.

Die schmale Stiege knarzte, und in der kleinen Wohnung war es muffig und düster wie immer. Frieda ließ sich auf einen Stuhl in Ullis Kammer sinken. Per war nicht mehr am Leben. Mit einem Mal spürte sie es ganz deutlich. Es hatte keinen Sinn, sich etwas vorzumachen, sie würde ihn nie wiedersehen. Die Erkenntnis tat so weh, dass sie die Fäuste ballte und gegen ihre Lippen presste, um das Schluchzen irgendwie im Zaum zu halten.

»Als meine Eltern im Feuersturm umgekommen sind, da konnte ich's auch erst nicht glauben«, rief Ulli von irgendwoher, während sie herumlief und Fenster öffnete. Eine frische Brise zog nach wenigen Momenten durch die bescheidene Wohnung. Frieda atmete auf. »Und Marianne erst! Jeden Tag hat sie gefragt, wann Mudder und Vadder wiederkommen.« Sie erschien mit einer Flasche Gin und zwei Gläsern. »Manchmal mein ich, sie wartet immer noch.« Ulli schenkte ein und reichte Frieda ein Glas.

»Danke.«

»Erst deine Mutter und jetzt … Mensch, das tut mir wirklich leid.« Ulli hob ihr Glas und stürzte den Inhalt in einem Zug herunter.

Frieda zögerte, dann nahm sie einen Schluck. Herrgott, das brannte wie Feuer!

»Nicht nippen, saufen! Los, das brennt den Kummer wech.« Ulli fuchtelte in der Luft herum, und Frieda gehorchte. »So is gut.« Sofort schenkte Ulli nach. »Es muss weitergehen, Frieda. Das nützt alles nix, solange wir noch schnaufen, muss das weitergehen.« Sie hob ihr Glas. »Wir trinken auf Per und auf die Zukunft.«

»Ach Ulli …«

»Nee, keine Widerrede!«

Frieda gab sich geschlagen. »Woher hast du das Zeug überhaupt? Das dürfte ein kleines Vermögen wert sein«, sagte sie hustend.

»Kennst mich doch. Ich bin nich auf'n Kopp gefallen. Die Briten sind fern der Heimat und einsam. Die lassen sich gern von einem geschickten Frauenzimmer trösten.« Sie grinste kess. »Das mach ich natürlich nich für umsonst.« Ein verschmitztes Zwinkern, das nichts Fröhliches an sich hatte. Ulli machte das Beste aus jeder Lebenslage, das hieß aber noch lange nicht, dass ihr das immer leichtfiel, geschweige denn Vergnügen bereitete. »So, nu erzähl mal. Was ist passiert?«

Frieda zuckte die Achseln. »Per hat sich als Deutscher ausgegeben, das war eine Zeit lang besser so. Dummerweise hat er den Schwindel nicht rechtzeitig aufgeklärt, sondern ist, nachdem wir den Krieg verloren haben, in Gefangenschaft geraten. Da ist er gestorben«, erklärte sie vage.

»Das Schicksal hat einen beschissenen Humor.« Ulli schüttelte lang-sam den Kopf. Die Flasche Gin hatte sie glücklicherweise zur Seite ge-stellt. Offenbar hatte sie beschlossen, dass die Dosis fürs Erste genug war.

Sie erzählte von einer Kollegin, die noch in den letzten Kriegstagen Witwe geworden war, und von einigen, die noch nichts von ihren Männern gehört hatten. So war es in dieser Zeit. Jeder kannte so viele, die schwere Verluste zu verkraften hatten. Früher hatte man sich da-rüber unterhalten, wer sich kürzlich mit wem verlobt hatte, welche Tochter aus gutem Hause überraschend Nachwuchs erwartete, ohne unter der Haube zu sein, und welcher Kaufmann ein neues Produkt anzubieten hatte. Belanglosigkeiten.

»Wie geht es Marianne?«, wollte Frieda wissen, um nicht länger über das Sterben reden zu müssen. »Außer, dass eure Eltern ihr fehlen, meine ich.«

»So lala. Na ja, der verdammte Hunger macht ihr natürlich zu schaf-fen. Aber sie ist ein kluges Ding, sie weiß, dass sie mit ihrer Einschrän-kung viel sicherer ist, seit die Nazis von der Bildfläche verschwunden sind. Zumindest haben sie nix mehr zu sagen. Gott sei Dank!«

Frieda nickte.

»Ich will, dass die Manufaktur so schnell wie möglich wieder den Betrieb aufnimmt. Ich wäre froh, wenn Marianne dann wieder zu uns käme und Schokotaler verzieren würde. Sie ist begabt, ich würde un-gern auf sie verzichten.«

»Das wär fein.« Ullis Augen leuchteten.

»Hast du im Moment Arbeit? Bei Spreckel gibt's doch auch noch keinen Kaffee zum Verlesen.«

»Nee, da kannst du nur von träumen.« Sie sah auf ihre Hände. »Wenn sich's ergibt, und mir gefällt 'n Engländer, denn arbeite ich unter dem.« Eine ihrer Augenbrauen schnellte kurz in die Höhe. »War nur Spaß. Ich geh nur mit einem Kerl ins Bett, wenn er mir passt, und nehm denn auch gern ein kleines Geschenk an. Wie das Fläschchen da.« Sie deutete mit dem Kopf auf den Gin. »Regelmäßig bezahlen lass ich mich dafür nich.« Sie dachte kurz nach. »Ich wollt mal fragen, ob

Marianne und ich nich helfen könnten, die ganzen Ziegelsteine zu beackern, damit man die wiederverwenden kann. Das soll Verwertungsgesellschaften geben, hab ich gehört, die sich darum kümmern.«

Natürlich, das war eine gute Idee! Der Schutt musste schnellstens beseitigt werden, und Baumaterial aller Art wurde für den Wiederaufbau in riesiger Menge gebraucht.

»In erster Linie sollen wohl ehemalige NSDAP-Mitglieder ran.« Ullis Miene ließ keinen Zweifel daran, wie sehr ihr die Vorstellung gefiel, dass einstige Parteifunktionäre, die ihre Mitbürger bespitzelt, drangsaliert und schikaniert hatten, nun körperlich schwer schuften sollten.

»Na ja, und Kriegsgefangene müssen natürlich auch mit ran«, erzählte sie weiter. »Ist mehr als genug zu tun.«

Zusammen mit anderen Kriegsgefangenen muss ich noch etwas erledigen, hämmerte es in Friedas Hirn.

»Frieda? Sach ma, du wirst ja ganz blass!«

»Per musste in Gefangenschaft auch ran. Er musste Minen aufspüren, die zu Tausenden am Strand an Dänemarks Westküste vergraben waren, und sie unschädlich machen.« Sie starrte auf ihre Hände, ohne sie zu sehen. »Wenn sie nicht vorher hochgegangen sind.«

»O Gott, ich bin aber auch ein Trampel, dass ich ausgerechnet von Kriegsgefangenen sabbeln muss.«

Frieda redete sich alles von der Seele, erzählte von den Kameraden in Pers Truppe und von dem Jungen, den Per hatte retten wollen. Die Worte kamen von ganz allein aus ihr heraus, über die Alpträume, die sie seitdem quälten, die Bilder, die sie sah, wenn sie die Augen schloss. Sie hatte Ulli schon einmal ihr Herz ausgeschüttet. Eine ganze Ewigkeit war das jetzt her. Damals war ihr größter Kummer gewesen, dass ihre Eltern sie mit einem Mann verheiraten wollten, obwohl sie sich längst in Jason verguckt hatte. Wenn das jetzt doch auch ihre größte Sorge wäre! Genau wie damals ließ Ulli Frieda einfach reden und hörte ihr zu, ohne Ratschläge zu erteilen. Danach war Frieda völlig erschöpft, fühlte sich aber ein wenig leichter.

Irgendwie brachte Frieda es fertig, Sarah und Hans zu erzählen, was geschehen war. Sarah verlor, wie zu erwarten gewesen war, die Fassung. Hans liefen ebenfalls Tränen über das Gesicht, doch er gab sich alle Mühe, Sarah zu trösten. Wieder so ein Moment, in dem er reden, in dem er ihr sagen könnte, dass er ihr leiblicher Vater war. Wieder schwieg er und verschenkte die Chance.

Die Tage kamen und gingen. Frieda fühlte sich, als lebte sie in einem Kokon. Die Welt um sie herum kam ihr so weit weg vor. Frieda beratschlagte mit ihrem Vater, welche Schritte sie einleiten konnten, um als Erste mit dabei zu sein, wenn wieder Ware nach Hamburg importiert werden durfte. Mit Ernst zerbrach sie sich den Kopf, ob die Kakao-Wirtschaftsstelle womöglich heimlich wieder aktiv werden konnte. Der Umgang mit der NSDAP hatte sie in Heimlichkeiten doch bestens geschult. Frieda erfüllte ihre Pflicht, doch im Grunde wusste sie nicht recht, wofür sie jeden Morgen aufstand. Sicher, der Betrieb musste wieder in Schwung gebracht werden, und Hamburgs Wirtschaft brauchte die Energie und den vollen Einsatz aller Kaufleute. Aber hatte sie das Leben nicht gelehrt, dass es Menschen waren, auf die es ankam, und nicht Geschäfte? Vor dem Krieg hatte sie davon geträumt, mehr Zeit für die Familie zu haben, mit Per zu verreisen. Ausgeträumt.

Als sie eines Tages zu Hause blieb, weil Martha mit Jette und Jost auszog, fiel Frieda plötzlich der Abschied von Clara ein. Frieda hatte am Hafen gestanden und ihre Augen gegen die blendende Sonne abschirmen müssen, als sie an dem riesigen Leib der SS Washington hochsah. Sie hatte ihrer Freundin die Passage nach Amerika beschafft. Eine gute Entscheidung, denn als Jüdin hätte Clara in Deutschland keine sichere Minute mehr gehabt. In New York dagegen war sie bei einem Zweig der Familie Hannemann untergekommen. Vaters Onkel Wilhelm war vor einer Ewigkeit ausgewandert. Er hatte Hamburg jedoch nicht allein verlassen, sondern seine uneheliche Schwester Margot mitgenommen, von deren Schicksal niemand gewusst hatte. Margot, die sich in Amerika Mary genannt hatte, war eine äußerst erfolgreiche Schriftstellerin geworden. Ihr Vermögen bot Wilhelms Nachkommen

Dana, Miranda und Daniel noch heute große wirtschaftliche Sicherheit. Seit Kriegsbeginn eben auch Clara, die sich mit Dana besonders gut verstand, wie sie in ihren Briefen immer wieder erzählte.

Frieda seufzte. Die Nazis hatten verloren. Sie würden für ihre Untaten vor Gericht gestellt werden, einige von ihnen mussten schon jetzt wie Kriegsgefangene schuften, um das Land so schnell wie möglich von Schutt und Trümmern zu befreien und es neu aufzubauen. Clara konnte nach Hause kommen. Es wäre ein Lichtblick. Frieda erinnerte sich genau, dass sie bei Claras Abreise beschlossen hatte, sich langsam aus der Firma zurückzuziehen und ihren Sohn auf die Übernahme vorzubereiten. In dem Augenblick, als sie der *SS Washington* hinterhergesehen hatte, hatte sie ihren Vater so gut verstanden, der seinen Lebensabend mit seiner Frau genießen wollte. Auch Frieda hatte in dem Moment gedacht, dass sie nur noch das tun wollte, was ihr Freude machte, wenn der Krieg überstanden war. Vor allem wollte sie mehr Zeit mit Per verbringen. Und jetzt? Vater musste wieder im Kontor mit anpacken und war vielleicht sogar froh darüber, weil es ihm die Einsamkeit in seiner geliebten Villa an der Elbchaussee ersparte. Auch Frieda musste weiterhin ihre Pflichten erfüllen, wie sie es von klein auf gelernt hatte. Noch war ja nicht einmal sicher, dass Henrik überhaupt wieder nach Hause zurückkehrte. Bis vor wenigen Tagen hatte sie nicht daran gezweifelt, als wollte sie eine andere Möglichkeit nicht einmal zulassen. Doch diese Sicherheit war schon bei Per trügerisch gewesen. Sie wäre nicht die einzige Frau, die Mann und Sohn verlor. Der Gedanke brachte sie fast um den Verstand.

Frieda atmete tief ein. Die Arbeit machte sich nicht von allein, während sie hier nur herumstand und Löcher in die Luft starrte. Sie sah aus dem Fenster und blinzelte. Ein Mann steuerte zielstrebig auf das Haus zu. Wer war das nur? Es wurde wirklich Zeit, dass sie sich eine Brille zulegte. Von der Post kam er sicher nicht. Dieser Gang, die Körpergröße ... Friedas Herzschlag beschleunigte sich. Eine deutsche Uniform, ziemlich ramponiert, aber unverkennbar. Unter der Mütze lugten rötliche Haare hervor. Dann hob er den Kopf. Friedas Herz setzte für einen Moment aus.

»Henrik!« Sie stürmte aus dem Zimmer, durch die Diele, riss die Haustür auf, machte zwei Sätze die Stufen hinunter, dann fiel sie ihm um den Hals. »Henrik!« Mehr brachte sie nicht heraus. Ihr Sohn war da, unversehrt, wie es aussah. Er war nach Hause gekommen.

»Du schnürst mir noch die Luft ab!« Er japste und lachte. »Also wirklich, Mutter, ich war doch nur ein paar Monate fort«, scherzte er mit brüchiger Stimme. Frieda lockerte die Umarmung. Sie sah, wo sich auf dem Stoff seiner Uniform dunkelgrüne Flecken von ihren Tränen gebildet hatten.

»Ich hätte nie für möglich gehalten, dass ich je wieder solche Freude empfinden könnte«, murmelte sie an seinem Hals.

Er schob sie sanft von sich. »Was ist passiert?«

»Rosemarie«, stotterte Frieda, »deine Großmutter, sie hatte einen Unfall.« Schnell senkte sie den Blick.

»Wer noch?«, fragte er heiser.

»Dein Vater«, flüsterte sie und blickte auf. Henrik schloss die Augen, atmete tief ein. Seine Wangenknochen traten hervor. »Er ist in Dänemark geblieben, wir konnten ihn nicht einmal begraben.«

»Verdammter Krieg«, presste er zwischen den Zähnen hervor. Er brauchte mehrere Anläufe, ehe er fragen konnte: »Und Sarah, Onkel Hans und Großvater?«

»Sie leben.« Frieda versuchte ein Lächeln.

Er nickte, schluckte mehrmals. »Jetzt bin ich auch wieder da«, sagte er heiser, seine Lippen zitterten verräterisch. »Du bist nicht mehr allein, ich werde Vaters Platz im Geschäft einnehmen.« Henrik war doch erst sechzehn. Und doch wirkte er so erwachsen. Was mochte er in den vergangenen Monaten erlebt haben?

»Du kommst genau richtig«, sagte Frieda. »Die Braunes ziehen gerade in dein Zimmer. Wir werden ihnen einen anderen Raum geben müssen.«

»Oder wir stellen mein Bett in Vaters Arbeitszimmer. Ich kann es mir dort bequem machen.«

Frieda widerstrebte der Gedanke, sie hatte schon kein Grab, an das sie gehen konnte, sie wollte Per wenigstens in seinem Arbeitszimmer nahe sein. Da ihr so schnell allerdings keine andere Lösung einfiel, stimmte sie zu.

»Ich kümmere mich nachher um die Möbel. Vielleicht kann Hans mir helfen. Wenn du nichts dagegen hast, würde ich jetzt gerne etwas essen und dann schlafen. Ich bin seit zwei Tagen ununterbrochen auf den Beinen.«

Frieda tischte auf, was ihre Vorräte hergaben. Zum Nachtisch reichte sie ihm ein Schüsselchen Rhabarbergrütze. Henrik war zurück! Sie konnte ihr Glück kaum fassen. Und er war keine Hülle, kein gebrochener Mann wie Hans damals. Trotzdem, irgendetwas stimmte mit ihm nicht. Sein Vater und seine Großmutter waren tot, doch er hatte keine Träne vergossen. War doch etwas in ihm zerbrochen, wie es Hans im ersten Krieg passiert war? Nach dem Essen zog Henrik sich in das Schlafzimmer seiner Eltern zurück. Dort würde er sich ungestört ausschlafen können. Einige Minuten, nachdem er die Tür hinter sich geschlossen hatte, hörte Frieda ihn weinen. Es brach ihr das Herz, gleichzeitig war sie erleichtert, dass er seinen Gefühlen noch freien Lauf lassen konnte.

Am Abend saßen sie alle im Wohnzimmer der Møllerschen Villa. Hans hatte zur Feier des Tages eine Flasche Wein mitgebracht, von dem er selbst nur ein paar Tropfen trank. Gott weiß, woher er diese Kostbarkeit hatte. Ganz sicher war es ein echter Liebesbeweis, dass ihr Bruder sie beisteuerte.

Henrik hatte Mina noch nicht kennengelernt.

»Sie ist einfach wunderbar. Sie kann aus Unkraut eine Mahlzeit zaubern, überhaupt kennt sie sich mit der Natur bestens aus«, erzählte Sarah atemlos. »Du musst dir morgen gleich unser Gemüsebeet ansehen. Nicht mehr lange, dann werden wir Erdbeeren ernten. Stell dir nur vor, Henrik, echte frische Erdbeeren!« Ihre Wangen leuchteten. Mal bekam sie einen Lachkrampf, dann wieder unterdrückte sie mehr schlecht als recht ein Schluchzen. Kein Wunder, vor wenigen Tagen hatte sie erfahren, dass sie ihren Stiefvater nie wiedersehen würde, jetzt war ihr Stiefbruder zurück, um den sie sich größte Sorgen gemacht hatte. Albert saß in einem Sessel, die Füße auf einen kleinen Schemel gelegt, und beobachtete zufrieden das Geschehen. Er sprach wenig.

Nur einmal sagte er: »Das hätte Rosemarie gefallen, fast die ganze Familie ist wieder vereint.« Irgendwann nickte er ein, Hans sah Frieda an und deutete dann mit dem Kopf auf Vater. Sie lächelten.

»Wird Zeit, dass wir uns verabschieden«, sagte Frieda laut.

Albert blinzelte. »Wollt ihr schon gehen?«, fragte er und klang dabei, als wollte er besonders munter wirken. Hans schmunzelte. Albert, der regelrecht zusammengesunken war, rappelte sich auf und sah von einem zum anderen. »Ihr nehmt mich auf den Arm«, schimpfte er halbherzig. »Wir sind es ja, die nach Hause gehen müssen.« Er rieb sich über die Augen. »Ist wirklich besser, wenn es heute nicht so spät wird. Du bist bestimmt noch erledigt, was Henrik? Na dann …«

Nachdem Vater und Hans gegangen waren, drückte Sarah Henrik fest an sich, küsste Frieda sanft auf die Wange und zog sich zurück ins Souterrain. Frieda half ihrem Sohn, das Bett in Pers Arbeitszimmer zu beziehen.

»Als du noch Kind warst, wäre das die Aufgabe einer Haushälterin gewesen, stimmt's?« Henrik sah sie mit schief gelegtem Kopf an.

»Ja, aber diese Zeiten sind vorbei. Und das ist gut so.«

Er nickte stumm.

»Die Zeiten der Herrschaften und ihrer Dienstboten vielleicht«, meinte er nachdenklich, »aber es ist nicht alles vorbei.«

»Wie meinst du das?«

»Du bist noch keine alte Frau, Mutter.« Frieda, die gerade ein Kissen bezog, ließ die Arme sinken. Worauf wollte er hinaus? »Du kannst noch jemanden finden, einen Mann, meine ich. Du musst nicht allein bleiben, niemand kann das von dir erwarten. Bestimmt kommen einige aus dem Krieg und haben ihre Frau verloren. Die wären froh …«

Sie starrte ihn an.

»Für mich kommt das aber nicht infrage«, erklärte sie barsch.

»Aber wieso? Du …«

»Bitte, Henrik!«, unterbrach sie ihn. Sie versank kurz in dem sanften Blick seiner blauen Augen. Pers Augen. »Ich habe geliebt«, sagte sie leise, »und ich wurde geliebt. Mehr kann ich nicht verlangen.« Sie warf das Kissen auf das Bett. Weil Henrik sich noch immer nicht rührte, strich sie ihm über die Wange und fügte hinzu: »Davon verstehst du noch nichts.«

»Da täuschst du dich, Mutter. Ich weiß sehr gut, was echte Liebe ist.« Wie energisch er plötzlich wirkte. »Gerlinde hat mich nicht vergessen. Ich hatte jemanden, zu dem ich nach Hause kommen wollte. Unbedingt. Ich habe ihr jede Woche geschrieben.«

»Das ist schön.« Frieda lächelte, doch etwas in ihr sträubte sich. Gerlinde war seine erste Freundin, eine Jugendliebe. Auch ohne sie hätte er doch jemanden gehabt, zu dem er zurückkehren wollte, oder nicht?

»Ich war bei ihr, noch ehe ich heute Vormittag hierhergekommen bin. Ich will sie so schnell wie möglich heiraten.«

Es war ihm also wirklich ernst. Frieda legte ihm die Hände auf die Schultern. »Du bist gesund zurück, das ist das Wichtigste. Wie du heute Morgen sagtest, du wirst den Platz deines Vaters im Geschäft einnehmen müssen, das hat vor allem anderen Vorrang.« Er wollte widersprechen, doch sie verstärkte sanft den Druck ihrer Hände. »Hannemann & Krüger, Import von Kolonialwaren aller Art, von Kakao im Speziellen, ist das Wichtigste. Wenn du auch den Namen Møller trägst, steht der Name Hannemann mit all seiner Bedeutung und Geschichte doch an erster Stelle, vor deinem persönlichen Glück. So war es immer, und so wird es bleiben.« Plötzlich sah er nicht mehr aus wie ein erwachsener Mann, sondern blickte aus der Wäsche wie ein enttäuschter kleiner Junge. »Es ist noch viel zu früh, um dich schon festzulegen.« Frieda lächelte liebevoll. »Es wird noch viele junge Damen in deinem Leben geben.«

Kapitel 7

Obwohl es keine Kakaobohnen gab, die hätten geröstet werden müssen, obwohl die Walzen und Conchiermaschinen stillstanden und noch keine Mitarbeiter beschäftigt werden konnten, versuchten Ernst und Albert im Kontor, so etwas wie einen Vorkriegs-Alltag wiederherzustellen. Sie gaben sich alle Mühe, sich so zu verhalten, wie es zwei Hamburger Kaufmänner vor dem schrecklichen Durcheinander und Elend des Kriegs getan hätten. Emsig entwickelten sie Strategien, wie schnellstmöglich wieder Ware aus Venezuela nach Hamburg gebracht werden konnte. Sie wollten mit Pers Bruder sprechen, der die Reederei Møller leitete. Vielleicht konnte man an dem Gedanken festhalten, mit einem Schiff gleichzeitig Öl und Kakaobohnen aus Südamerika zu holen. Ernst regte an, eine Nachkriegsschokolade zu kreieren, die günstig, aber geschmacklich erstklassig sein sollte.

»Am besten, wir packen gleich noch etwas mit ordentlich Nährstoffen rein. Oder Kräuter, die vor Erkältungen schützen«, schlug er vor und erntete verständnislose Blicke von Albert. »Ich weiß ja auch nicht, aber die Menschen brauchen jetzt doch eigentlich nix zum Naschen. Was Gesundes brauchen die, was zur Stärkung.«

Auch über die Verpackung machten sie sich schon Gedanken. Die Banderolen um die Tafeln sollten fröhlich daherkommen und frisch. Bloß nichts, was an Nazi-Propaganda erinnerte. Selbst über die Schrift debattierten Ernst und Albert. Auf keinen Fall hatte deutsche Normalschrift etwas auf Hannemannschen Tafeln zu suchen, wie Hitler diese verschnörkelte Antiqua genannt hatte, die plötzlich allgegenwärtig gewesen war. Sie unterhielten sich doch allen Ernstes über die Buchstaben auf dem Einwickelpapier von Schokolade, die noch nicht existierte! Mittendrin Henrik, der versuchte, möglichst viel zu lernen. Nur was sollte er denn in dieser Komödie lernen? Frieda erkannte keinen Sinn in all dem. Sie ließ Henrik morgens ins Kontor gehen, begleitete ihn unregelmäßig. Sarah sorgte gemeinsam mit Mina für die beiden Haushalte.

»Mina sagt, es fahren Güterzüge über die Elbbrücken raus aus der Stadt«, erzählte Sarah eines Tages. »Man kann da mitfahren und bei Bauern auf dem Land Gemüse und mit ganz viel Glück sogar etwas Fleisch bekommen, wenn man etwas Gutes zum Eintauschen mitbringt. Wenn du sowieso nicht jeden Tag ins Kontor musst, könnten wir doch fahren.«

»Es ist zu gefährlich für Frauen«, entgegnete Frieda matt. »Jeder weiß, dass man etwas Wertvolles bei sich hat, wenn man an diesen Fahrten teilnimmt.« Sie seufzte. »Sollen lieber Henrik und Hans das machen. Die können sich wehren.« Frieda nahm wie durch einen Schleier wahr, dass Sarah sich mit ihrer Antwort nicht zufriedengeben wollte, doch sie hörte ihr nicht mehr zu.

So war es auch an den Tagen, an denen sie ins Kontor ging. Ihr Körper war anwesend, ihr Geist war es nicht.

»Frieda?« Sie blickte auf und direkt in Ernsts fragende Miene. Offenbar wartete er auf eine Reaktion von ihr, auf ihre Meinung zu irgendetwas. Unglücklicherweise hatte sie nicht einmal eine Ahnung, worum es gerade ging. »Wo bist du in letzter Zeit nur mit deinen Gedanken?« Seine Augen wurden sanft. »Entschuldige, das war eine ziemlich dumme Frage. Ich weiß natürlich, wo du bist, oder besser gesagt: bei wem. Du solltest nach Hause gehen, dich ein bisschen ausruhen. Wir kommen schon klar, was, Herr Hannemann?«

Frieda nickte. Natürlich kamen sie klar, es gab ohnehin nicht viel zu tun.

»Ja, ja, ist schon recht, wenn du jetzt nach Hause gehst. Aber du musst dich zusammenreißen, Friederike.« Es war lange her, dass ihr Vater sie so genannt hatte, es war überhaupt höchst selten vorgekommen. »Das müssen wir alle. Der Betrieb muss anlaufen, wir müssen dafür sorgen, dass Henrik eine anständige Ausbildung bekommt. Wir haben keine Zeit zu verschwenden, sondern müssen jetzt alles erledigen, was wir können, ehe früher oder später der Import und die Produktion wieder in Schwung kommen und wir dann nicht mehr wissen, was zuerst zu tun ist.«

Sicher, er hatte mit jedem Wort recht. Trotzdem erschien Frieda das alles so sinnlos.

»Du musst dich darum kümmern, Ernst, bitte! Ich habe keine Kraft«, sagte sie und ging.

Zurück in ihrem Haus, verkroch sich Frieda in ihr Bett und stand nicht wieder auf. Auch am nächsten Morgen blieb sie liegen, als Henrik und Sarah sich auf den Weg machten. Erst gegen Mittag verspürte sie Hunger, zog sich einen Morgenmantel über und schleppte sich in Richtung Küche. In der Diele rannte Mina sie beinahe über den Haufen.

»Ach je, Entschuldigung.« Mina bremste in letzter Sekunde ihren forschen Schritt. »Wie siehst du denn aus, Frau Møller? Laufen die Maschinen etwa nicht mehr?« Sie hatte sich angewöhnt, Frieda zwar weiter zu duzen, allerdings war ihr das im Lauf der Zeit ein wenig unheimlich geworden, da Frieda immerhin ihre Vermieterin und Arbeitgeberin in einer Person war, wie Mina einmal sagte.

»Sie laufen noch immer nicht«, gab Frieda matt zurück, »denn wir haben noch immer kaum Rohstoffe.« Sie seufzte tief. »Ich weiß es nicht, aber ich denke doch, dass sie funktionieren werden, wenn sie es irgendwann mal wieder müssen.«

»Na, dann ist doch alles bestens.«

»Ja.«

»So siehst aber nicht aus. Bist du vielleicht krank? Hast du Fieber, Kopfschmerzen? Tut dir etwas anderes weh?« Mina trug meist ein Tuch, unter dem sie die versengten Haare verbarg. Die Narben in ihrem Gesicht versteckte sie dagegen nicht. Ihr Auge erholte sich erfreulicherweise wieder, es schien, als könne sie es von Woche zu Woche immer ein Stückchen weiter öffnen.

Frieda seufzte, unwillig dieses Mal. Wenn sie doch einfach nur ihre Ruhe hätte. »Mir tut nichts weh, es geht mir gut«, entgegnete sie gereizt.

»Wieso guckst du dann aus der Wäsche, als hättest du gerade alles verloren?« Mina stand vor ihr, die Fäuste in die Hüfte gestemmt und mit einem Ausdruck, als erwarte sie darauf ernsthaft eine Antwort. Als ob sie nicht ganz genau wüsste, was mit Frieda los war.

»Das habe ich, ich habe meinen Mann verloren«, fauchte sie.

»Nun reiß dich aber mal zusammen!«

Frieda erschrak. Sie hatte Verständnis erwartet und Trost. So energisch hatte sie Mina noch nie erlebt, nicht einmal, als sie mit dem Knüppel in der Hand ihren Rhabarber verteidigt hatte. »Mein Mann ist gefallen, vier meiner Kinder sind in den Flammen ums Leben gekommen. Der Fünfte, mein Ältester, musste als Soldat in diesen dösigen Krieg ziehen und ist nicht nach Hause gekommen.« Mina senkte die Stimme. »Noch nicht.« Dann setzte sie ihre Standpauke fort: »Ich hatte zwei Brüder, beide tot, meine Eltern schon lange. Ich habe keinen Besitz und keinen Beruf. Gebe ich deshalb etwa auf? Lasse ich mich hängen? Nee, kommt ja nich in die Tüte! Ich mache immer weiter. Weil der Herrgott mich noch nicht zu sich gerufen hat. Keine Ahnung, was er sich dabei denkt.« Sie sah kurz ein wenig verwirrt aus, als stellte sie sich diese Frage gerade zum ersten Mal. Im nächsten Moment hatte sie sich wieder im Griff. »Aber wer bin ich, dass ich am lieben Gott zweifeln könnte?«

»Ich zweifle doch auch nicht an ihm«, stotterte Frieda und schämte sich, weil das im Grunde geschwindelt war. Wie oft hatte sie in den letzten Tagen vorwurfsvoll im stillen Gebet gefragt, welchen Sinn Pers Tod hatte, wenn er den jungen Mann nicht einmal hatte retten können.

»Du liebe Zeit, du hast zwei Kinder, wohnst in einem kleinen Schloss, das dir gehört. Du hast eine wichtige Arbeit, und im Handumdrehen bist du auch wieder reich. Du hast ein Leben, Frau Møller, dafür musst du dankbar sein.«

»Bin ich ja«, antwortete sie kleinlaut.

»Denn benimm dich auch so!« Mina ließ sie stehen und ging ihrer Arbeit nach, als sei nichts geschehen.

Der Appetit war Frieda vergangen. Sie fühlte sich wie früher, wenn Rosemarie sie wieder einmal zurechtgewiesen hatte, weil sie sich nicht verhalten hatte, wie es sich für eine Hamburger Kaufmannstochter gehörte. Weil sie mit Ernst in der Dienstbotenwohnung gespielt oder, noch schlimmer, sich bei Ebbe am Nikolaifleet oder am Oberhafen schmutzig gemacht hatte. Wenn sie es genau bedachte, fühlte sie sich noch viel elender, stellte Frieda fest, während sie in einen grauen Rock und eine verblichene Bluse schlüpfte, die in guten Zeiten leuchtend blau gewesen war. Rosemaries Tadel waren Frieda natürlich nicht gleichgültig gewesen, doch sie hatten sie nicht berührt, weil sie ihr nicht wirklich bedeutsam erschienen waren. Minas Vorwurf dagegen traf sie ins Herz, denn sie hatte recht. Henrik war nach Hause gekommen, und Sarah, die sie wie eine Tochter liebte, war auch am Leben.

Frieda verließ das Haus, ohne zu wissen, wohin sie gehen sollte. Es war längst Sommer, wie hatte sie das bisher vollkommen kalt lassen können? Die Sonne schien von einem blauen Himmel, der mit weißen Tupfern garniert war. Sahneklecke auf blauem Pudding. Sie musste lächeln. Und wie gut es roch! Der Flieder war schon beinahe verblüht, doch er verströmte noch seinen betäubend süßen Duft. Eine leichte Brise zog von der Elbe herauf und trug ihren Geruch herüber. Minas Worte begleiteten Frieda. Um ein Kind zu trauern, musste schon die Hölle sein, doch Mina hatte den Tod von vier zu beklagen, von dem fünften wusste sie nicht, ob sie es je wiedersehen würde. Und das war noch nicht einmal alles! Frieda wischte sich eine Träne ab, die ihr über die Wange gelaufen war. Mina war mit diesem Schicksal gewiss nicht allein. Wie viele mochte es allein in Hamburg geben, denen es ebenso ergangen war, die auch ihre gesamte Familie verloren hatten? *Der Herrgott hat mich noch nicht zu sich gerufen, also lasse ich mich auch nicht hängen.* Welch eine Frau! Mina machte weiter, was auch geschah. Plötzlich musste Frieda an die alte Frau Braune denken. Dass man selbst davongekommen ist, das müsse doch was bedeuten, hatte sie gesagt. Und dass das Überleben ein Geschenk sei, mit dem man etwas anfangen müsse. Frieda nickte langsam. Von Frauen wie Mina und Frau Braune konnte sie wirklich etwas lernen. Ohne Per weitermachen zu müssen, erschien ihr, als sollte sie den Rest ihres Lebens in völliger Dunkelheit zubringen. Eine schreckliche Vorstellung, doch Frieda wusste, dass es zu schaffen war. Sie war nicht allein. Sie hatte Henrik und Sarah, Vater und Hans. Und sie hatte Ernst. Er war ihr Freund, kannte sie in- und auswendig, hielt zu ihr, ganz gleich, was auch geschah. Auch das war ein großes Geschenk, für das sie etwas zurückgeben sollte.

Frieda blickte auf und fand sich vor der Nienstedtener Kirche wieder. Hier hatten sie und Per geheiratet. Sie ging hinein, die Absätze ihrer Schuhe hallten auf dem roten Backsteingang, der zum Altar führte, unpassend laut von den weißen Wänden wider. Frieda versuchte unwillkürlich, auf Zehenspitzen zu gehen. Kühl war es hier und himmlisch still. Sie setzte sich in die erste Reihe und war überrascht, dass die Holzbänke noch an Ort und Stelle waren. Wenn die Kirche weiter offen stünde, konnten die Bänke im nächsten Winter leicht in dem einen oder anderen Ofen landen.

Eine Weile saß sie stumm dort und blickte auf den wuchtigen Altar. Dann ließ sie sich auf die Knie sinken. Der Backstein fühlte sich rau an. Sie betrachtete das Rot des Steins. Blut im Sand. Frieda schloss die Augen. Erst schemenhaft, dann immer deutlicher sah sie Pers Gesicht vor sich. Sie lächelte. Er würde sie nicht allein lassen. Die Sehnsucht, ihn in die Arme zu schließen, schmerzte, und als sie glaubte, es nicht länger auszuhalten, hörte sie plötzlich seine Stimme.

»Erinnerst du dich, was ich bei unserem ersten Abendessen gesagt habe?«

Natürlich, ich erinnere mich an jedes Wort, dachte sie, denn sie traute sich nicht, es laut auszusprechen, aus Angst, sie könnte ihn vertreiben.

Sie sah seinen Mund, der sich zu einem breiten Lächeln verzog, und ihr ging das Herz auf.

»Ich bin kein Träumer, ich halte mich eher für einen Realisten.« Dass es nicht sein Verdienst und genauso wenig ihr Verdienst sei, in eine Familie geboren zu sein, die zu den Reichen gehörte. »So wie es nicht die Schuld der Waisenkinder ist, in einem Armenhaus aufwachsen zu müssen. Es ist unsere Pflicht, ihnen wenigstens ein bisschen den Rücken zu stärken.«

Sein Gesicht verschwamm, löste sich auf. Frieda hätte ihn zu gern festgehalten, doch schon war er fort. Sie öffnete die Augen und wusste endlich, was sie zu tun hatte.

Zu Hause ging sie geradewegs in den Garten, pflückte die Erdbeeren, die dunkelrot zwischen den Blättern der bodendeckenden Pflanzen leuchteten. Eine gute Ernte. Frieda trug die Früchte in ihrer Bluse, die sie am Saum fasste. Sie spülte die Beeren ab und entfernte das Grün. Dann tauschte sie Rock und Bluse gegen ein leichteres Kleid, schnappte sich ein Päckchen Margarine und machte sich auf den Weg zum Meßberg. Im Treppenhaus kamen ihr Ernst und ihr Vater entgegen.

»Frieda!« Ernst sah sie prüfend an.

»Ernst, mein Lieber.« Sie lächelte ihn an. Die Männer tauschten irritierte Blicke. »Wir haben uns lange nicht mehr unterhalten. Privat, meine ich. Du solltest mit Walli mal zum Abendessen kommen. Ein Festmahl wird es nicht, aber wir kriegen euch schon satt.« Wahrscheinlich merkte es jeder zehn Meilen gegen den Wind, wie viel Kraft es sie kostete, unbeschwert zu wirken. Egal. Es würde von Tag zu Tag leichter werden.

»Wir kommen gerne mal rum«, entgegnete Ernst zögernd.

»Schön.« Sie machte Anstalten, an ihnen vorbeizukommen, hielt dann aber doch inne. »Ich muss mich bei euch entschuldigen, ich habe mich gehen lassen. Das war nicht gerade eine Glanzleistung.« Sie schluckte. »Pers Tod ist schlimm, und es wird noch lange dauern, ehe ich mich einigermaßen damit arrangiert habe.« Sie blickte Ernst in die Augen. »Aber natürlich muss es weitergehen, und mein Kummer ist kein Grund, das Geschäft zu vernachlässigen.«

»Eine echte Hannemann«, sagte ihr Vater stolz.

»Nur zum Teil.« Sie lächelte. »Aber auch eine echte Møller. Deshalb bin ich hier.« Sie wandte sich an Ernst: »Als wir die Maschinen abgedeckt haben, damals, kurz bevor der ganze Schlamassel begann, da haben wir doch noch etwas Kakaopulver, Zucker und auch Milchpulver weggepackt. Das müsste alles hinten im Lager sein, oder?«

Ernst nickte. »Alles, ja, wobei … viel war das nicht, Frieda.«

»Das Zeug ist doch mindestens fünf Jahre alt«, brummte Albert. »Wenn du daraus unsere ersten Nachkriegstafeln machen willst, Prost Mahlzeit.« Er rümpfte die Nase.

»Keine Sorge. Wie Ernst schon sagte, wir hatten ohnehin nicht mehr viel zum Aufbewahren. Es lohnt sich nicht, daraus Schokolade für den Verkauf herzustellen.«

»Sondern?« Ernst sah sie über seine Brillengläser hinweg an.

»In dieser Stadt gibt es Menschen, die haben nichts mehr. Ich denke, sie sind froh über ein paar Riegel Schokolade, selbst wenn sie nicht die allerbeste Qualität hat.«

»Davon kannst du ausgehen«, sagte Ernst bedächtig. »Wenn du Hilfe brauchst, beim Verteilen oder so, sagst Bescheid, ne?«

»Danke, Ernst.«

»Ach ja, und die Einladung nehmen Walli und ich gern an.«

»Sie ist noch nicht drüber weg«, hörte sie kurz darauf ihren Vater sagen, der schwerfällig die Stufen hinabstapfte, »das bin ich auch nicht. Aber wir sind echte Hanseaten und wissen, wie wir unsere Prioritäten zu setzen haben. Genau wie du, Ernst Krüger.«

Der Karton mit den letzten Zutaten, die sie vor dem Krieg in Sicherheit gebracht hatten, war noch an Ort und Stelle. Als sie ihn aus seinem Versteck hinter einem Regal hervorholte, kam er ihr leichter vor, als er sein sollte. Hoffentlich waren keine Mäuse dran gewesen. Sie trug die Fracht in die Schokoladenküche, das Herz der Manufaktur. Kurz blitzte vor ihrem inneren Auge ein Waschmittelkarton mit einer weiß gekleideten Dame auf. Frieda schüttelte das Bild ab. Mit klopfendem

Herzen öffnete sie die Knoten der Schnur, mit der Ernst vor Jahren das Paket umwickelt hatte. Erstaunlich, dass ihr dieser eiserne Vorrat nicht längst eingefallen war. Gut so, sonst hätte sie ihn wohl schon für die Familie verbraucht. Das Klebeband löste sich bereits von allein. Frieda klappte die Deckel nach allen vier Seiten hoch. Keine Spur von Ungeziefer oder hungrigen Nagern. Gott sei Dank! Vier Päckchen kamen zum Vorschein, die ihr schrecklich klein erschienen. Sie wickelte das erste aus. Der Block Kakaobutter hatte seine Form behalten, auch die Farbe war so, wie sie sein sollte. Dieser Duft! Zugegeben, frische Kakaobutter roch viel besser, aber das schokoladige Aroma war immer noch intensiv. Frieda sog die Luft ein und stöhnte. Herrlich! Ihre Lebensgeister waren augenblicklich hellwach, Vorfreude durchströmte sie. Wie absurd, sich aus dem Geschäft zurückziehen zu wollen. Für ihre Manufaktur jedenfalls konnte sie sich das plötzlich nicht mehr vorstellen. Sie packte das stark entölte Kakaopulver, die Trockenmilch und den Zucker aus und dachte darüber nach, dass sie die Arbeit in der Manufaktur immer geliebt hatte. Sie betrachtete die Inhaltsstoffe aufmerksam, roch konzentriert daran. Alles machte einen guten Eindruck, doch zur Sicherheit gab sie eine winzige Menge Kakao und Milchpulver in eine Tasse, erhitzte Wasser und goss es darüber. Sie rührte, schnupperte wieder. Auf Zucker verzichtete sie. Die Süße würde nur überdecken, falls Kakao oder Milch nicht mehr in Ordnung waren. Frieda schlürfte vorsichtig, ließ die Flüssigkeit über ihre Zunge perlen und verteilte sie schließlich so im Mund, dass all ihre Geschmacksnerven aktiv werden konnten. Wie sehr hatte ihr diese Arbeit gefehlt. Frieda schluckte die Kakaoprobe herunter, ein Lächeln breitete sich auf ihrem Gesicht aus. Es tat gut, wieder hier zu sein.

Sie füllte alle Zutaten in den Mélangeur und gab vorsichtig etwas Margarine hinzu. Margarine in der guten Hannemannschen Schokolade! Sie rümpfte die Nase. Andererseits hatte sie es richtig in Erinnerung gehabt, dass die Kakaobutter im Verhältnis zu den anderen Zutaten nicht ausreichen würde. Und ein frisches Ersatzfett war sicher einer größeren Menge leicht ranziger Butter vorzuziehen. Nachdem

Frieda einen Hebel umgelegt hatte, setzte sich der Mischer brummend in Bewegung. Sie strahlte. Zufrieden sah sie dabei zu, wie die steinerne Walze um den Metalldorn kreiste, die Stabkonstruktion auf der gegenüberliegenden Seite des Walzsteins die Zutaten zu einer braun glänzenden flüssigen Masse verarbeitete und in sanfte Wellenbewegungen versetzte. Frieda genoss das vertraute Gefühl, völlig in ihrer Arbeit zu versinken. Für einige Minuten hatte sie einfach an nichts gedacht, selbst ihre Trauer hatte sie vergessen können.

Ihre Gedanken wanderten zu ihrem Sohn. Henrik war reifer geworden. Der Krieg hatte ihn verändert, doch ganz anders, als er es mit Hans gemacht hatte. Trotzdem, Henrik war in mancher Hinsicht noch ein Kind. Er brauchte noch viel Zeit und musste den Kaufmannsberuf von der Pike auf lernen.

Die Schokoladenmasse verströmte einen verführerischen Duft. Frieda schaltete die Maschine aus. Sie tauchte das Ende eines abgebrannten Streichholzes in die Masse und probierte. Gott, sie hatte lange nicht mehr etwas so Köstliches geschmeckt. Ihr war klar, dass sie diese Rezeptur und das Aroma früher niemals hätte durchgehen lassen. Aber früher war vorbei. Früher war Überfluss und beinahe unanständiger Reichtum. Heute gab es überall nur Mangel. In heutiger Zeit taugte diese Schokolade zum Luxusgut. Frieda füllte die Masse in die Conchiermaschine, wo sie einige Stunden würde bleiben müssen. Wenn schon Vanille, Zimt oder andere Beigaben fehlten, die den Geschmack hätten verfeinern können, sollten die Tafeln wenigstens so cremig werden, wie es eben ging. Wieder sah Frieda eine Weile dabei zu, wie die breiige Flüssigkeit gleichmäßig bewegt wurde. Schließlich machte sie sich daran, den Mélangeur zu reinigen. Viel gab es nicht sauberzumachen, denn sie hatte mit einem Spatel so viel von der Masse herausgekratzt, dass kaum mehr Rückstände zu erkennen waren. Nur nichts verschwenden.

Als alles wieder sauber war, reinigte sie die Formen für die Tafeln, die Jahre im Dornröschenschlaf zugebracht hatten. Genau wie sie selbst, schoss es ihr durch den Kopf. Sie hatte eine lange Pause gemacht, zwangsläufig, doch Henrik hatte schon recht, sie war noch keine alte

Frau. Frieda fühlte auf einmal, wie sehr sie noch gebraucht wurde und wie viel sie noch erreichen konnte. Bei Hannemann & Krüger und mit ihrer Stiftung. Wenn Henrik irgendwann so weit war, würde sie sich zurückziehen und nur noch für wohltätige Projekte da sein. Plötzlich schienen sich alle Puzzleteile zu einem fertigen Bild zusammenzufügen. Zu einem schönen Bild, das Hans gemalt haben könnte. Mit einem Schatten in einem Winkel, der einen erschauern ließ. Einem Schatten, dort wo Per fehlte.

Am nächsten Tag stand Frieda früh auf und war die Erste im Kontor. Sie erhitzte die Rohmasse erneut, goss die Schokolade in die Formen, schlug die Lufteinschlüsse heraus, und ließ alles stehen, damit die Tafeln fest werden konnten. Als Albert, Ernst und Henrik kamen, hatte sie bereits die erste Portion in Vorkriegspapier gewickelt. *Feine Herrenschokolade.* Von wegen.

»Es ist zwar nicht drinnen, was draufsteht«, erklärte sie unbekümmert, »aber das wird die Kinder des Waisenhauses wohl kaum stören.« Sie lachte. »Ich wette, sie bemerken es nicht einmal, so schnell werden sie die Verpackung aufreißen und sich alles in die kleinen Münder stopfen.«

»Nicht nur Kinder im Waisenhaus würden sich gierig auf Schokolade stürzen«, sagte Ernst, roch an einer der Tafeln und schluckte. »Allein bei dem Duft läuft einem ja das Wasser unter der Brücke zusammen.« Er schluckte noch einmal.

»Natürlich bekommt ihr auch etwas ab, du und Walli.« Frieda strahlte ihn an. »Und wir gönnen uns auch eine Portion, was?« Sie sah ihren Vater und Henrik an. Albert war sichtlich überrascht, er konnte mit ihrem Gemütsumschwung nichts anfangen. Sie wandte sich an ihren Sohn: »Wenn du willst, kannst du die nächsten Exemplare herstellen. Es ist nicht schwierig, du hast sicher im Nu ein Gefühl dafür, wie man die Luftblasen am besten herausbekommt.«

»Ich kümmere mich lieber um wichtigere Dinge«, entgegnete er. »Die Manufaktur ist doch eher Frauensache.« Er lächelte unsicher.

»Oha!«, machte Ernst.

»Die Manufaktur hat zeitweise das Überleben der gesamten Firma gesichert«, erklärte Frieda streng. Sie stutzte, dann wurde ihr in vollem Maße klar, was er da gerade von sich gegeben hatte. »Was willst du damit sagen, Henrik, dass Frauen sich nur um die unwichtigen Dinge kümmern?« Wie lange hatte sie als Frau für ihren Platz bei Hannemann & Krüger kämpfen müssen? Sie dachte ja gar nicht daran, ausgerechnet mit ihrem Sohn diese albernen Auseinandersetzungen noch einmal zu führen.

»Na ja, nein …«, stotterte er. Frieda drückte das Kreuz durch und setzte gerade zu einem Vortrag an, da kniff Henrik das linke Auge zu, wie Per es immer getan hatte. Frieda kamen die Tränen so schnell, dass sie nicht mehr reagieren konnte. Er wurde seinem Vater immer ähnlicher.

»Dann ist es ja gut«, sagte sie leise und floh regelrecht in den Lagerraum, um weitere Papierbögen zu holen.

Einen kleinen Karton mit fertigen Tafeln unter dem Arm bestieg Frieda am frühen Abend die Alsterfähre. Welch eine Erleichterung, dass sie ihren Verkehr schon wieder aufgenommen hatte, wenn auch zunächst mit eingeschränktem Fahrplan. Dort, wo einmal das Uhlenhorster Fährhaus mit seinen Festsälen, der großzügigen Terrasse und dem Ballhaus reihenweise Hamburger und Gäste der Stadt angelockt hatte, stieg sie aus. Nur noch Ruinen erinnerten an den prunkvollen Bau, einst der ganze Stolz der Stadt. *Schade drum*, dachte Frieda, *aber es gibt Wichtigeres.* Als sie in Richtung Averhoffstraße lief, fiel ihr ein, dass ihre Eltern ihr im Fährhaus den ersten potenziellen Heiratskandidaten vorgestellt hatten. Justus Rickmers. Wie lange hatte sie nicht an ihn gedacht? Herrje, war das ein aufgeblasener und trotz seines jungen Alters altmodischer Mann gewesen.

Als Frieda ihr Ziel erreichte, verschlug es ihr den Atem. Nichts war von dem ehemals wuchtigen Bauwerk übrig. Das Waisenhaus auf der Uhlenhorst, für das sie vor Jahren regelmäßig kleine Summen gegeben hatte, war komplett zerstört.

»Sie suchen wohl was, stimmt's?« Frieda fuhr herum. Ein junger Kerl stützte sich auf Krücken. Dort, wo sein rechtes Bein hätte sein sollen, hing ein zugeknotetes Hosenbein.

»Stimmt, ja, ich wollte das Waisenhaus besuchen.«

»Das steht schon lange nicht mehr. Hat 'ne fette Fliegerbombe abgekriegt.«

»Was ist mit den Kindern und mit den Mitarbeiterinnen? Wissen Sie etwas darüber?« Sie wappnete sich für schlechte Nachrichten.

Er streckte eine schmutzige Hand vor. »Jo.«

Frieda zögerte. »Was wollen Sie haben? Ich habe nicht viel bei mir.« Sie holte eine Reichsmark hervor.

»Die nehm ich auch.« Erstaunlich schnell ließ er die Münze in die Hosentasche gleiten. »Aber mit Geld kannst nicht mehr viel anfangen.« Er deutete mit dem Kopf auf ihren Karton. »Was ham Sie da denn Schönes?«

Eine ganze Tafel für eine Auskunft, die ihr womöglich nicht einmal viel helfen würde? Frieda sah ihn an. Sie hatte die Schokolade gemacht, um sie an Menschen zu verschenken, die es nötig hatten. Dieser Mann hier gehörte ganz sicher dazu. Sie fingerte ein Exemplar aus der Pappkiste, so dass ihr Gegenüber möglichst wenig hineinsehen konnte.

»Bitteschön, lassen Sie es sich schmecken. Und wenn es die gute Hannemannsche wieder zu kaufen gibt, erinnern Sie sich ruhig daran, wer Ihnen die Schokolade spendiert hat.«

»Schokolade?« Er starrte von ihr zu der Tafel und zurück. Dann packte er seinen süßen Lohn blitzschnell und ließ ihn in das zugebundene Hosenbein gleiten. »Heut ist mein Glückstag!« Er strahlte.

»Also?«

»Ach so, ja. Also das ist wohl schon zwei Jahre her, seit das Waisenhaus nicht mehr ist. 'n paar von den kleinen Schietbüdeln hat's erwischt, von den Frauen auch. Die andern sind weggegangen. Verstreut in alle Richtungen.« Er zuckte die Achseln.

»Kennen Sie eine Adresse? Kann ich irgendwo noch jemanden finden, der mit dem Waisenhaus zu tun hatte?«

Er schüttelte den Kopf. Dann fiel ihm doch noch etwas ein: »Da hinten, das erste Haus auf dieser Seite, das noch steht. Da soll eine Frau mit einer Handvoll Gören Unterschlupf gekriegt haben.«

Frieda bedankte sich und ging. Tatsächlich traf sie eine der ehemaligen Pflegerinnen an.

»Wer sollte das Waisenhaus wieder aufbauen?«, meinte die Frau matt. »Glaube kaum, dass die Engländer sich darum kümmern. Erst alles in Brand stecken und dann als große Retter auftreten.« Sie presste die Lippen aufeinander, sagte aber kein Wort mehr. Frieda ließ der Frau und den fünf Kindern, die sie durchzubringen versuchte, den Karton da und nahm nur einige Tafeln heraus. Eine gute Währung für zukünftige Tauschgeschäfte.

Zurück am Jenischpark ging sie sofort an ihren Schreibtisch und setzte einen Brief an die britische Militärregierung auf. Sie bat darum, das Vermögen ihrer Stiftung nicht anzutasten und ihr die Nutzung sobald wie möglich wieder zu erlauben. Außerdem beantragte sie die Umbenennung: »Bitte tragen Sie sie unter dem Namen Stiftung Sprungtuch – Per Møller ein.

Ich danke Ihnen für Ihre Mühe, Friederike Møller«.

Im August feierten sie Henriks siebzehnten Geburtstag. Für ein ausgelassenes Fest waren Rosemaries und vor allem Pers Tod noch zu nah. Mina servierte Bratwürste, eine Mischung aus Weißkohl und Kartoffeln des Vorjahres mit geriebenem alten Brot, die sie zu langen dünnen Rollen geknetet und mit Margarine gebraten hatte. Mit Senf waren sie gar nicht mal so übel. Natürlich bekam Henrik eine Tafel Schokolade ganz für sich allein, und Frieda schenkte ihm Pers Lederschuhe. Gerlinde war weit vor den anderen Gästen eingetroffen. Später waren noch Ernst und Walli gekommen, Sarah, Hans und Vater natürlich. Die Braunes ließen sich nur kurz sehen und brachten Henrik eine lederne Brieftasche als Geschenk.

»Die trage ich ja doch nicht mehr mit mir herum«, sagte Herr Braune wegwerfend. Alle wussten, dass es dennoch eine Kostbarkeit war, denn zum Tauschen hätte die Geldbörse allemal getaugt.

Nicht zum ersten Mal fing Henrik davon an, endlich seine Lehre beginnen zu wollen.

»Das hätte ich mir wirklich gewünscht«, erklärte er nachdrücklich. Gerlinde nickte. Sie nickte ständig, fand Frieda, jedenfalls immer dann, wenn Henrik den Mund aufmachte.

»Wir alle würden uns wünschen, dass das endlich möglich ist«, antwortete Frieda sanft. »Leider können wir noch nicht so, wie wir wollen. Unser Unternehmen liegt in militärischem Sperrgebiet, wir brauchen eine Genehmigung, um den Betrieb offiziell wieder aufzunehmen.«

»So eine Genehmigung muss doch zu kriegen sein.« Henrik wirkte trotzig.

»Ja, die muss zu kriegen sein«, stimmte Gerlinde ihm zu. Frieda sah, wie er ihre Hand drückte.

Später am Abend löste sich die Anspannung, die Henriks Enttäuschung mit sich gebracht hatte. Frieda beobachtete Sarah, die Hans zeigte, wie sie Zierbänder und Haarschleifen aus Stoffresten machte. Albert hatte sich früh verabschiedet, Walli unterhielt sich angeregt mit Gerlinde, die an Henriks Arm festgewachsen zu sein schien. Frieda sah, dass sich der Himmel rosa färbte. Sie trat hinaus auf die Terrasse und ging ein paar Schritte hinüber zum Gemüsebeet. Die Erdbeerpflanzen waren sorgsam gestutzt, damit sie im nächsten Jahr wieder reichlich tragen konnten. Ableger hatte Mina in einen anderen Bereich des Gartens gesetzt, in dem bisher nur ein paar Stauden zur Zierde gestanden hatten.

»Na, guckst du den Kartoffeln beim Wachsen zu?« Ernst war unbemerkt zu ihr getreten. »Henrik will unbedingt Kaufmann werden«, fuhr er fort. »Um ganz ehrlich zu sein, verstehe ich auch nicht, worauf du noch wartest. Ich denke, es ist mit deinem Vater abgesprochen, dass du dich um die Genehmigung kümmerst.«

»Das werde ich ja auch, wenn es Zeit ist.«

»Wenn du mich fragst, ist es höchste Zeit, Frieda.«

»Nur leider hast du das nicht zu entscheiden«, konterte sie. »Die Engländer bestimmen jetzt, und sie werden es nicht zulassen, dass die Deutschen wieder selbst etwas auf die Beine stellen.«

»Woher hast du denn den Unsinn? Seit Juni verteilen die dieses *Hamburger Nachrichtenblatt* an die Leute.« Er hatte jede Silbe des Titels betont und griente. »Da kann man von halten, was man will, aber die Engländer verbreiten doch nicht umsonst Informationen über Demokratie.« Er zwinkerte vergnügt und strich sich das schüttere Haar nach hinten, das der Wind zerzauste. »Ich bin zuversichtlich, dass die SPD und die Gewerkschaften bald wieder aktiv sein dürfen, Frieda. Ich glaube, du irrst dich. Die wollen gerade, dass wir wieder alleine etwas hinkriegen. Meinst doch wohl nicht, dass die uns für immer und ewig bemuttern wollen. Nee, nee, Frieda, den Briten ist durchaus dran gelegen, dass die Deutschen sich berappeln und ihr Land in den Griff bekommen. Die wollen nur nicht, dass wir noch mal so'n dummes Zeug von Ariern und so'nem Quatsch reden. Und denken!«

»Hoffentlich hast du recht.«

Eine Weile standen sie schweigend in der lauen Abendluft und hörten dem Konzert der Grillen zu, ehe er fragte: »Hast denn schon mal angefragt wegen der Genehmigung?«

Ihr wurde die Kehle eng. »Nicht so direkt.«

»Aha. Und wie fragt man indirekt?«

Frieda sah ihn an und musste lächeln. »Ich weiß ja, dass ich mich längst darum hätte kümmern müssen«, gab sie zu. »Ich will einfach keinen Engländer fragen, was ich in meinem Geschäft zu tun und zu lassen habe.«

»Da kommen wir aber erst mal nicht drum rum.«

Sie seufzte. »Weiß ich doch.« Es war wirklich dumm von ihr, nicht alle Hebel in Bewegung zu setzen.

»Denn ist gut.«

Ernst hatte völlig recht, sie hatte schon viel zu viel Zeit verschwendet. Frieda wurde klar, dass sie den Antrag nur aus einem Grund herausgeschoben hatte: Sie war sich noch nicht sicher, ob sie es bei einem Lehrling belassen wollte. Doch es war Unsinn, sich darüber schon Gedanken zu machen. Sie musste nicht für jeden Mitarbeiter eine Erlaubnis beantragen und nicht angeben, wie viele Lehrlinge sie ausbilden wollte, sie musste erst mal überhaupt die Erlaubnis haben, ihren Betrieb wieder unbeschränkt zu betreiben. »Ich kümmere mich darum. Versprochen!«

Zwei Tage später machte Frieda sich mit einem Koffer auf den Weg. Sie wollte Pers Kleidung, die Henrik nicht passte, zu einer der Tauschzentralen bringen, die überall in Hamburg und vermutlich in allen Städten aus dem Boden schossen. Henrik hatte zwar Pers Schuhgröße, er war seinem Vater allerdings deutlich über den Kopf gewachsen.

Es war noch immer sommerlich warm, doch das Licht begann sich bereits zu verändern. Hoffentlich würde der Herbst nicht früh einsetzen und der Winter nicht zu streng werden. Der Sandweg knirschte unter ihren Sohlen, als sie durch die Pforte trat. Auf dem Bürgersteig standen zwei junge Männer. Einer trug Uniform, weiße Gamaschen, eine rote Mütze. Unverkennbar britische Militärpolizei. Der andere … war Henrik.

»Thank you«, hörte sie ihn gerade sagen. Der Engländer steckte ein Päckchen Zigaretten ein und sah an ihm vorbei in Friedas Richtung. Offenbar bemerkte Henrik seinen Blick und drehte sich um. Ein ganz kurzes Zucken des linken Augenlids, dann drückte er das Kreuz durch und ließ sich von dem Briten Feuer geben.

Frieda war mit zwei Schritten bei ihm. »Bist du noch zu retten?«, fauchte sie.

»Ich rauche. Na und? Ich bin kein Kind mehr, du kannst mir nicht alles verbieten.« Wie er das sagte. Alles verbieten. Als ob sie das wollte.

»Darum geht es doch gar nicht.« Es gefiel ihr nicht, dass er offenbar mit dem Rauchen angefangen hatte, aber das war ihr geringstes Problem. »Der Kontakt zwischen den Engländern und uns Zivilisten ist verboten, das weißt du ganz genau.« Sie konzentrierte sich auf Henriks Gesicht und bemühte sich, den Uniformierten nicht zu beachten.

»Aber er kann mir helfen, mein Englisch zu verbessern. Es ist gut, eine fremde Sprache zu beherrschen. Hast du das nicht immer gepredigt, wenn ich mich mit dem Vokabellernen schwergetan habe?« Seine

Miene, seine gesamte Körperhaltung wirkten abweisend. Henrik hätte jetzt seinen Vater gebraucht, gegen seine Mutter schien er unbedingt rebellieren zu wollen. Frieda dachte nach, wie sie einlenken könnte, da sprach er schon weiter: »Wolltest du nicht auch spanisch sprechen? Ach ja, und dänisch. Was ist daraus eigentlich geworden?«

Sie deutete mit dem Kopf auf den Engländer in Uniform. »Dieser Mann darf gar nicht mit dir sprechen, Henrik, darum geht es. Ihr könnt in Teufels Küche kommen. Alle beide!« Er setzte zum Protest an, doch sie schnitt ihm das Wort ab: »Wenn du meinst, du kannst deine Freiheit riskieren, dann musst du das tun. Du behauptest schließlich, erwachsen zu sein. Aber ihn …« Jetzt deutete sie ganz offen auf den Engländer. »Ihn in Gefahr zu bringen, ist eine Verantwortung, die du nicht tragen kannst.«

Henrik sank regelrecht in sich zusammen. Er murmelte etwas Unverständliches, gab dem Uniformierten die Zigarette zurück, von deren glühendem Ende ein hauchfeiner Rauchfaden in die Höhe stieg. Der Brite tippte sich lässig an die rote Mütze und ging, eine Hand tief in die Hosentasche geschoben, mit federndem Schritt davon. Frieda schüttelte den Kopf und atmete tief durch.

»Wo willst du denn damit hin?«, wollte Henrik leise wissen und sah auf den Koffer.

»Zu einer dieser Tauschzentralen«, gab Frieda knapp zurück.

»Du willst auf den Schwarzmarkt?« Er sah sie ungläubig an.

»Natürlich nicht! Ich sagte doch gerade …«

»Das ist das Gleiche, Mutter, hört sich nur besser an.« Seine trotzig-betretene Miene verwandelte sich in ein Lausbuben-Grinsen. »Besser, ich begleite dich, sonst landest du noch in Teufels Küche.«

Sie musste lächeln. »Einverstanden.« Frieda reichte ihm den Koffer. Schweigend gingen sie nebeneinander her. Henrik bestimmte den Weg, er wusste offenbar wirklich besser als sie, wohin man gehen konnte und wohin lieber nicht. Nach einer Weile fing er an zu erzählen, dass er bei einer Hamsterfahrt raus aufs Land mit einem Bauern gesprochen hatte.

»Ich kann getrocknete Minze und Petersilie in größerer Menge bekommen. Auch Saatgut für Liebstöckel zum Beispiel. Wenn ich in ein paar Tagen wieder fahre und Geld oder besser Schmuck mitbringe, kann ich erste Beutel holen.«

»Was wollen wir mit mehreren Beuteln getrockneter Kräuter anfangen? Denkst du, sie lassen sich gewinnbringend eintauschen?«

»Es ist ein Anfang, Mutter. Ein neuer Anfang als Importeur. Vielleicht ist Petersilie aus Niedersachsen nicht so spektakulär wie Kakaobohnen aus Venezuela«, erklärte er bockig, »aber früher haben wir schließlich auch mit allerhand Kolonialwaren gehandelt. Ich bin ein Kaufmann«, fuhr er hastig fort, »wenn auch noch nicht mit richtiger Ausbildung, geschweige denn Gesellenbrief in der Tasche. Aber ich kann etwas, und ich muss mich von dir nicht wie ein dummer Junge behandeln lassen.« Henrik erinnerte sie in so vielen Momenten an Per. Jetzt erkannte sie allerdings sich selbst in ihm, wie sie als junges Mädchen mit ihrer Mutter darum gekämpft hatte, Aufgaben übernehmen zu dürfen, statt den Spross einer wohlhabenden Familie heiraten zu müssen. Sie musste lächeln, was Henrik jedoch gründlich falsch verstand.

»Ich weiß nicht, warum du mich nicht endlich ernst nimmst«, ereiferte er sich. »Wir haben doch nicht von Anfang an mit Kakao gehandelt und schon gar nicht Schokolade und Pralinen hergestellt. Wir waren vor allem Importeure, Ururgroßvater hat Gewürze aus aller Welt nach Hamburg verschifft. Importieren wir jetzt eben Kräuter, das ist doch gar nicht so weit von unserem Ursprung entfernt.«

»Da hast du völlig recht, mein Sohn. Eine sehr gute Idee!« Sie musste an etwas denken, was Ernst ihr bei Henriks Geburtstag erzählt hatte. »Ernst kann Füllhaltertinte en gros bekommen. Was meinst du, sollten wir die auch ins Sortiment aufnehmen?«

Henriks linkes Auge zuckte heftig. »Woher will er die denn kriegen?« Er wich aus, als überfordere es ihn, dass Frieda ihn plötzlich ernst nahm und geschäftliche Dinge mit ihm besprach. Gleichzeitig schien er sich zu freuen, seine Wangen glühten.

»Du kennst doch Ernst«, entgegnete sie leichthin. »›Frag man lieber nicht‹, hat er gesagt. Also tue ich das auch nicht.«

Henrik lachte und wiegte den Kopf. »Besser wir handeln damit als mit nix, wie Ernst vermutlich auch sagen würde. Tinte brauchen bestimmt alle Kaufleute bald wieder in großer Menge. Ich würde sagen, wir sollten die Gelegenheit beim Schopf packen.« Eilig setzte er hinzu: »Natürlich nur, wenn es nicht illegal oder wenigstens nicht sehr riskant ist.«

Frieda nickte. »Dann sind wir uns ja einig.«

Am gleichen Abend setzte sich Frieda an ihren Schreibtisch und verfasste einen kurzen Brief:

An Hamburg Port Authority (Freihafenamt)
Antrag auf Genehmigung
Unser Betrieb liegt im militärischen Sperrgebiet. Er befasst sich mit dem Import verschiedener Waren, vor allem von Kakao und mit der Herstellung von Schokolade und schokoladehaltigen Produkten.
Ich bitte um die Genehmigung, unseren Betrieb fortführen und wieder ausbilden zu dürfen.
Friederike Møller

Am nächsten Morgen ging sie früh aus dem Haus, um den Brief höchstpersönlich abzugeben. Es brach ihr noch immer das Herz, die einst so stolze und architektonisch meisterhafte Speicherstadt in diesem erbärmlichen Zustand zu sehen. Wie auch in anderen Bereichen der Stadt waren einige Blöcke zwar intakt, andere dagegen waren völlig zerstört oder einfach verschwunden, als habe es sie nie gegeben. Die unzähligen Brücken waren wie durch ein Wunder nahezu unversehrt geblieben. Jedenfalls konnte man sie alle noch bedenkenlos überqueren. An der Brooksbrücke war lediglich die steinerne Figur der Hammonia von ihrem Sockel gestürzt und auf dem Pflaster zerbrochen. Am Brooktor lag eine Lokomotive quer über den Gleisen, nur ein Stückchen weiter türmten sich Glocken in allen erdenklichen Größen. Zu Zigtausenden waren sie aus dem ganzen Land und aus besetzten Nachbarländern in die Hansestadt gebracht worden, weil man hier über Schmelzöfen verfügte. Metallspende des deutschen Volkes, hatten die Nazis es genannt, wenn sie die Kirchen ihrer Glocken beraubt hatten, um daraus Waffen oder anderes Kriegsmaterial zu machen. Schöne Spende! Frieda schnaubte verächtlich. Allein die Erinnerung konnte sie auf die Palme bringen. Der Anblick der teilweise zerbrochenen, zum Teil auch eingedrückten Glocken tat ein Übriges. Am Eingang zum Freihafen standen deutsche Zöllner neben zwei Rotkäppchen. So nannte Ernst die britischen Militärpolizisten mit den typischen roten Mützen, die den Zugang kontrollierten und noch strenger überprüften, wer womit den Freihafen verlassen wollte.

»Your Dockpass, please«, forderte einer der Engländer.

»Ihren Sonderausweis, bitte, gnädige Frau«, übersetzte ein deutscher Zöllner auf der Stelle. »Der Freihafen ist für jedermann ohne Sonderausweis gesperrt.«

Frieda holte das Dokument hervor, das Ernst ihr schon vor einigen Tagen ausgehändigt hatte.

»Falls es wieder so richtig losgeht und wir in die Schuppen müssen.« Dabei hatte er so schelmisch gegrinst, dass sie nicht sicher war, über ein Original zu verfügen. Nun, das würde sich jetzt zeigen. Sie reichte den Ausweis an den Engländer.

»Go!«, kommandierte er, nachdem er die Angaben auf dem Stück Papier gründlich studiert hatte.

Frieda atmete auf. Ihr Ausweis war in Ordnung, sie konnte sich frei bewegen und ihren Brief eigenhändig an sein Ziel bringen.

»Bruno Tesch wurde verhaftet«, erzählte Ernst atemlos, als Frieda einige Tage später ins Kontor kam. »Sein Prokurist auch. Mit dem hast doch damals verhandelt wegen der Ungezieferbekämpfung im Kakaospeicher. Weißt noch?«

Frieda nickte. Sie erinnerte sich nur zu gut. Selma hatte Per aufgehetzt und behauptet, Frieda würde sich heimlich mit Jason treffen. Weil dieser Prokurist rothaarig war wie Jason auch, war Per auf die böse Intrige hereingefallen. Lange her.

»Was wirft man ihnen denn vor?«

»Die haben unter anderem mit Zyklon B gehandelt.« Er hob vielsagend die Augenbrauen. »Es heißt, denen war klar, dass die SS das nicht gegen Ratten haben, sondern damit Menschen töten will.« Frieda schauderte. Sie war Bruno Tesch nur selten begegnet, hatte ihn aber als freundlichen und aufrechten Kaufmann kennengelernt. Das galt umso mehr für seinen Prokuristen, mit dem sie sich mehrfach besprochen hatte. Wie man sich doch in Menschen täuschen konnte.

Regelmäßig war im *Hamburger Nachrichtenblatt* der alliierten Militärregierung nicht nur zu lesen, dass wieder jemand versucht hatte, Schmalz, Käse oder Kaffee aus dem Freihafen zu schmuggeln, und dass man es tunlichst zu unterlassen habe. Es wurde außerdem über Ermittlungen der britischen Militärgerichtsbarkeit berichtet, die gegen Deutsche eingeleitet wurden, bei denen sich der Verdacht auf eine herausragende Rolle in der NSDAP oder auf Kriegsverbrechen verhärtete. Nun hatte es also die Nachbarn von Hannemann & Krüger im Meßberghof erwischt.

»Was wird wohl noch alles zutage treten?«

»Jo, mag man gar nicht drüber nachdenken, ne?« Ernst nahm die Brille ab und rieb sich die Augen. »Ein ehemaliger Buchhalter soll behauptet haben, dass Tesch die Wirkung von diesem Giftgas gegenüber SS-Leuten ausdrücklich bestätigt und die Anwendung genau erklärt haben soll. Kannst dir das vorstellen?«

»Nein.« Frieda seufzte.

In dem Augenblick flog die Tür zum Treppenhaus auf, und eine junge Postbotin betrat den Flur der sechsten Etage.

»Moin! Post für Friederike Møller!«

»Danke.« Frieda las den Absender. Hamburg Port Authority.

»Tschüss denn!« Schon war die Postbotin wieder weg. Frieda riss das Kuvert auf.

»Du hast es ja eilig«, kommentierte Ernst. »Ist es was Wichtiges?« Er schielte zu dem Bogen Papier, den sie auseinandergefaltet hatte. Mit jeder Zeile, die sie las, hob sich ihre Laune.

»Kann man wohl sagen. Hier!« Sie reichte ihm das Blatt.

»Das ging bannig flott!« Ernst strahlte. »Unsere Genehmigung! Fein, Frieda, nu können wir wieder so richtig loslegen.«

»Und das werden wir!« Sie hätten sich wohl beide gern umarmt, standen allerdings etwas unentschlossen beieinander.

»Ich könnt dich auf'n Arm nehmen und durch die Luft wirbeln vor Freude«, sagte Ernst. »Bloß krieg ich's dann gleich wieder im Rücken.«

Frieda musste lachen. »Wir werden nicht jünger, Ernst. Das heißt aber nicht, dass wir zum alten Eisen gehören, wie die Glocken drüben beim Brooktor. Wir werden den jungen Leuten zeigen, wie man ein Geschäft wieder auf die Beine bringt.«

»Das ist Musik in meinen Ohren!«

Henrik war nicht minder begeistert. »Ich kann endlich meine Ausbildung anfangen?«

»Mit offizieller Genehmigung«, bestätigte Frieda. »Sie haben uns darauf hingewiesen, dass für sämtliche Angelegenheiten rund um den Kakao das Zentralamt für Ernährung und Landwirtschaft der britischen Militärregierung zuständig ist. Mit ihnen werden wir also in nächster Zeit reichlich zu tun haben.«

»Das kriegen wir schon hin«, erklärte Henrik gönnerhaft.

»Wie schön für dich, ich gratuliere dir!« Sarah drückte ihm einen Kuss auf die Wange.

»Wir haben übrigens beschlossen, außer dir noch einen Lehrling einzustellen.«

Henriks linkes Augenlid zuckte. Die Neuigkeit schien ihm nicht zu gefallen, das hatte Frieda schon befürchtet.

»Wir halten es für sinnvoll, wenn sich einer um den Import kümmert und einer auf die Herstellung spezialisiert. Genauer gesagt, soll sich *eine* um die Schokolade und Pralinen kümmern«, betonte Frieda.

Henriks Miene hellte sich auf. »Ihr meint also auch, die Manufaktur gehört in die Hände einer Frau?«

Frieda nickte, überrascht darüber, dass ihm dieser Gedanke anscheinend sehr wohl behagte.

»Ich sehe das ganz genauso. Das müssen wir feiern! Ich werde Gerlinde gleich Bescheid geben. Die wird sich so freuen.«

»Es ist schön, dass sie dich in allem so sehr unterstützt.« Frieda lächelte ihn an. Es gab keinen Grund, Gerlinde nicht zu mögen, sagte sie sich. Trotzdem musste sie sich eingestehen, dass sie noch auf eine andere Schwiegertochter hoffte.

»Das tut sie wirklich.« Henrik sah sehr glücklich aus. »Und ich werde sie unterstützen. Das verspreche ich dir, Mutter.«

»Solltest du das nicht lieber ihr versprechen?« Frieda lachte.

»Natürlich. Ich rechne es euch hoch an, dass ihr Gerlinde in die Lehre nehmen wollt. Irgendwann werde ich den Import leiten, sie die Manufaktur, und später werden wir das Unternehmen an unsere Kinder weitergeben. Von einer Generation zur nächsten«, erklärte er feierlich, »wie es sich gehört.«

»Ich fürchte, du hast mich falsch verstanden«, sagte Frieda zögerlich. »Die zweite Lehrstelle bekommt Sarah.«

Kapitel 8

So groß wie Henriks Wut und Enttäuschung auf der einen war Sarahs Freude auf der anderen Seite.

»Ich bin schon über zwanzig. Vor dem Krieg hätte ich mir gewünscht, eine Ausbildung in der Manufaktur machen zu dürfen. Ich war sicher, dass es jetzt zu spät ist«, sagte sie, als sie am Abend mit Frieda allein war.

»Unsinn. Der Krieg hat so viele Leben zerstört, wir lassen uns von ihm nicht auch noch unsere Pläne kaputtmachen. Ich hoffe, du willst es wirklich. Natürlich hätte ich dich erst fragen sollen.«

»Und ob ich will!« Sie strahlte, wurde dann aber ernst. »Allerdings hat Henrik schon recht, ich bin weder eine Hannemann noch eine Møller. Es ist ein Familienunternehmen, und wenn er und Gerlinde es übernehmen würden ...«

Weiter kam sie nicht. »Auf keinen Fall. Wenn Henrik diese ... Person heiraten will, bitteschön, das ist allein seine Entscheidung. Wenn es aber um meine Manufaktur geht, habe ich noch immer das Sagen. Gerlinde ist nett, nur ...« Frieda suchte nach den richtigen Worten. »Sie ist so unselbstständig und so ... klobig.« Sarah lachte auf. »Ist doch wahr. Kannst du dir vorstellen, dass sie filigrane Zuckerdekorationen anfertigt, zarte Rosen aus Marzipan schnitzt oder mit flüssiger Schokolade einen Kuchen verziert?«

Sarah schüttelte den Kopf und kicherte leise.

»Eben. Außerdem bist du sehr wohl ... ein Mitglied dieser Familie«, sagte Frieda. »Nicht weniger als Gerlinde, wenn sie überhaupt Henriks Frau werden sollte. Und es kommt sowieso viel mehr auf deine Leidenschaft an, die du für unser Unternehmen mitbringst. Die zählt mehr als irgendein Verwandtschaftsverhältnis.« Dem war nichts mehr hinzuzufügen. Fast nichts. »Aber bildet euch nur ja nicht ein, dass es schon bald so weit ist! Ich denke noch lange nicht ans Aufhören. Und Ernst schon gar nicht. Immerhin ist er zwei Jahre jünger als ich.«

Für den Weg zum Zentralamt für Ernährung nahm Frieda die S-Bahn. Ein Stück musste sie zu Fuß gehen, aber zumindest einen Teil der Strecke konnte sie fahren. Beim Einsteigen hatte sie ein beklemmendes Gefühl überfallen.

No Germans stand an der Tür eines Waggons, der den Briten vorbehalten war. Die Militärs wollten allzu persönliche Kontakte ihrer Männer zu den besiegten Deutschen verhindern. Das war allerdings schwer durchzusetzen, wenn sie einander bei jeder Gelegenheit, wie zum Beispiel bei einer längeren S-Bahn-Fahrt, kennenlernen konnten. Das sah Frieda ein. Trotzdem. Die Schilder, die Juden ausgrenzten, waren ihr noch allzu lebendig in Erinnerung. Und jetzt wurden schon wieder Menschen ferngehalten, ausgesperrt. *Keep out* las sie an Geschäften und Klubs, die die Briten okkupiert hatten. So also fühlte es sich an, wenn man plötzlich selbst betroffen war. Vielleicht war es gar nicht schlecht, wenn die Deutschen das am eigenen Leib spürten. Das würde all denen, die begeistert mit den Nazis gebrüllt hatten, die gegen Juden, Taubstumme oder Blinde gehetzt hatten, gegen alle, die irgendwie anders waren als sie selbst, den Spiegel vorhalten. Es war noch nicht lange her, dass die Engländer ihr geliebtes Hamburg besetzt hatten. Eine gute Nachricht zunächst, denn es bedeutete, dass dieser elende Krieg vorbei war. Was die Deutschen angerichtet hatten, war so grauenhaft, dass allen die Angst vor ihnen noch lange in den Knochen sitzen würde. Nur zu verständlich, dass man sie im Blick behalten, ihnen Regeln geben musste. Nicht für immer und ewig, hatte Ernst gesagt, aber wie lange? Und wo war die Grenze zwischen einer gerechten Strafe, zwischen einem geordneten Wiederaufbau und dem Ausnutzen der Situation? War es denn recht, dass sie die schönsten Villen beschlagnahmten, um sich dort Casinos und Klubs einzurichten? War es richtig, auch jenen Hamburgern, die nie etwas für die Nazis übriggehabt hatten, das Dach über dem Kopf zu stehlen oder sie in eine Notunterkunft zu unzähligen anderen zu pferchen? Frieda seufzte. Frieden hatten sie, doch noch längst kein friedliches Miteinander. Es brauchte Geduld, ganz langsam würden die Deutschen sich das Vertrauen ihrer Nachbarn wieder erkämpfen müssen. Daran war nichts zu rütteln. Jeder musste seinen Beitrag dafür leisten, auch sie.

Die Straßen flogen an ihr vorbei, während Frieda ihren Gedanken nachhing. Sie sah einen Mann, der wie ein Schatten über einen Schuttberg huschte und zwischen zwei Häusern verschwand. Nichts Ungewöhnliches, trotzdem durchfuhr es Frieda wie ein Blitz. Ihr Kopf schnellte herum. Doch die Bahn war längst an der Stelle vorbei, der Mann aus ihrem Blickfeld verschwunden. Hatte er nicht eine Puppe in der Hand gehabt? Es könnte der Junge gewesen sein, der sie während der Ausgangssperre vor den eintreffenden Briten in Sicherheit gebracht hatte. Mit einem Mal war sie sicher, dass es eine Puppe gewesen war, eine mit nur einem Arm. Unfug, sie hatte ihn viel zu kurz gesehen, dennoch blieb ein eigenartiges Gefühl zurück.

Frieda konzentrierte sich wieder auf das bevorstehende Gespräch. Sie würde sich an die Regeln und Anweisungen der Militärregierung halten, dachte sie, als sie aus der Bahn stieg. Auch wenn man ihr Steine in den Weg zu legen versuchte, sie würde die Geduld nicht verlieren. Seit sie von dieser Einkaufsorganisation im Rheinland gehört hatte, die schon wieder erste Lebensmittel importieren durfte, um den hohen Kalorienbedarf der Bergarbeiter decken zu können, spukte in Friedas Kopf eine Idee herum. Beim letzten Kakao-Dinner vor dem Krieg hatte sie einen Schokoladenfabrikanten aus dem englischen York kennengelernt. Ein sympathischer feiner Herr, der Interesse geäußert hatte, seine Ware in die H & K-Regale zu bekommen. *Hannemann & Krüger – Köstliches aus Kakao*, das hatte ihm sehr gefallen, die hervorragende Qualität ihrer Ware sowieso. Der Kontakt war nicht intensiv gewesen, der Mann hatte ihr noch einmal geschrieben, doch Frieda hatte sich damals aus der Affäre gezogen. Fremdprodukte in ihren Regalen? Das hatte ihr ganz und gar nicht behagt. Dann war der Krieg gekommen und hatte verhindert, dass sie sich weiter über eine Zusammenarbeit, welcher Art auch immer, hätten austauschen können. Jetzt war dieser Mann womöglich ihre Chance. Sie würde charmant sein und freundlich zu allen Engländern, mit denen sie es im Zentralamt zu tun bekäme. Und sie würde ihre herausragenden Geschäftsbeziehungen nach York betonen und damit auch den skeptischsten Engländer um den kleinen Finger wickeln. Das war zumindest ihr Plan.

Nun wartete sie bereits eine Stunde. Frieda hatte auf einem ihr zugewiesenen Stuhl im Flur Platz genommen, war aufgestanden und hin und her gelaufen, hatte sich erneut gesetzt. Nach zwanzig Minuten war eine uniformierte Engländerin an ihr vorbeigegangen, ohne Notiz von ihr zu nehmen, und hinter einer Tür verschwunden. Als sie weitere zehn Minuten später zurückkam, hatte Frieda sie angesprochen und gefragt, ob man sie womöglich vergessen habe. Dafür reichten ihre Englischkenntnisse aus, und sie hatte ihre Frage mit einem freundlichen Lächeln garniert. Die Dame in Uniform lächelte nicht, fragte nach Friedas Anliegen und erklärte, sie müsse sich gedulden, es könne nicht mehr lange dauern. Frieda hatte sich für die Auskunft bedankt und wartete seitdem. Wenigstens war es nicht übermäßig warm in dem Gebäude, in dem das Zentralamt für Ernährung untergebracht war.

In der nächsten halben Stunde hatte Frieda das Muster der Tapete so gründlich studiert, dass sie es mit verbundenen Augen hätte zeichnen können. Auch eine kurze Rede, mit der sie den zuständigen Beamten oder Offizier für sich und ihren Plan gewinnen wollte, war sie so oft durchgegangen, dass sie sie noch in Monaten fehlerfrei würde aufsagen können. Sie schnaufte, was ihr aber nichts half, denn niemand beachtete sie, wenn überhaupt mal jemand durch den Flur lief. In das Büro, vor dem sie warten sollte, war niemand gegangen, es war auch niemand herausgekommen, seit sie hier war. Nicht einmal Stimmen waren zu hören. Wahrscheinlich war überhaupt kein Mensch dort, und sie wartete vergebens. Frieda schnaufte wieder. Das brachte noch immer nichts, tat aber gut. Sie sprang auf, studierte die Namensschilder an den Türen. Der Amtsleiter war offenbar ein Deutscher, ebenso sein Vertreter, unter dessen Namen *Staatssekretär* stand. Ob die beiden überhaupt etwas zu sagen hatten? Sie rang die Hände, ging zum Ende des Flurs, drehte um, holte ihre Taschenuhr hervor. Dass dieses gute alte Stück, das sie einst von Großmutter Leopoldine geerbt hatte, noch auf die Minute lief, war ein kleines Wunder. Wie passend, denn Oma Leopoldine hatte immer gesagt: »Man muss stets an ein kleines Wunder glauben. Vor allem muss man aber alles dafür tun, dass ein Wunder geschehen kann.«

Nichts lieber als das, nur wie sollte Frieda das Wunder herbeiführen, heute noch bei dem zuständigen Herrn vorgelassen zu werden?

Die Uniformierte trat erneut in den Flur, sah sie kurz an, blieb stehen und wollte wissen, ob Frieda ihr Anliegen denn noch immer nicht hatte vorstellen können.

»Nein, ich warte noch«, sagte Frieda und bemühte sich, freundlich zu klingen.

»Just a moment«, antwortete die Frau ohne das kleinste Anzeichen eines Lächelns. Sie öffnete die Tür, vor der Frieda zuvor gesessen hatte. Ihr Oberkörper verschwand kurz aus dem Blickfeld, dann nahm sie wieder Haltung an, nickte zackig und deutete in das Büro.

»Thank you very much«, brachte Frieda hervor und trat ein, ehe es noch zu einer weiteren Verzögerung kam.

Das einzige kleine Fenster wollte nicht zu dem hohen, mit Aktenschränken und Regalen aus dunklem Holz vollgestellten Raum passen. Frieda blinzelte. Erst jetzt wurde ihr bewusst, wie angenehm hell der Flur durch Oberlichter gewesen war, hier drinnen dagegen war es düster. Hinter einem wuchtigen Schreibtisch saß ein Mann über Papiere gebeugt. In dem kurz geschnittenen rötlich-braunen Haar glänzten vereinzelt silberne Strähnen. Ein Schauer lief ihr über den Rücken, sie griff nach der Stuhllehne und klammerte sich fest.

»Jason!«

Er blickte auf. Himmel, er war es tatsächlich!

»Frieda!« Seine Augen funkelten.

»Was tust du hier?« Er trug Uniform. Das war … die gesamte Situation war vollkommen unwirklich.

»Hamburgerinnen, die vorübergehend die Orientierung verloren haben, auf den rechten Weg helfen.«

Seine Anspielung auf ihre erste Begegnung, ihre erste richtige Begegnung, traf sie ins Herz. Die Stadt hatte damals verrückt gespielt. Die Menschen hatten Hunger gehabt, so wie jetzt. Es war herausgekommen, dass Sülzeproduzent Heil Katzen, Ratten und verdorbene Abfälle verarbeitete und den Hamburgern für teures Geld als Delikatesse verkaufte. Fast gelyncht hätten sie ihn. Frieda war noch ein naives junges Ding gewesen, das meinte, beweisen zu müssen, dass es nicht in einem Elfenbeinturm lebte, sondern sehr gut wusste, was in der Hansestadt vor sich ging. Sie hatte sich mitten ins Getümmel gestürzt und die Orientierung verloren. Da war Jason aus dem Nichts aufgetaucht und hatte sie in Sicherheit gebracht.

»Du hast wirklich ein Talent für überraschende Auftritte.« Sie musste lächeln. Ihr Innerstes flatterte. Vor Aufregung und vor Freude.

»Gott, ist das schön, dich zu sehen«, sagte er leise. »Auch wenn …« Er stand auf, kam zu ihr und zog sie in seine Arme. »Ich bin so froh, dass du lebst.«

»Ja.« Was hätte sie sonst sagen sollen? Sie war sicher, dass er verstand, was alles in diesem einen Wort steckte. Schritte auf dem Flur, er ließ sie los.

»Bitte.« Jason deutete auf den Stuhl, und sie nahm Platz. »Wie lange ist das jetzt her?« Er setzte sich auch wieder und faltete die Hände auf den Papieren, denen er keinerlei Beachtung mehr schenkte.

»Zwanzig Jahre«, antwortete sie, ohne nachdenken zu müssen. »Wolltest du nicht nach Indien zurückkehren? Für immer?«

»Das wollte ich.« Er nickte. »Aber damals, als du mir den Laufpass gegeben hast, lebte mein Vater noch. Er hatte andere Pläne.« Er war also weiterhin gesprungen, sobald sein Vater gepfiffen hatte. Das wäre Per nie in den Sinn gekommen.

»Andere Pläne?« Sie folgte seinem Blick, der auf dem Ring an seiner rechten Hand verharrte.

»Die Tochter unseres größten Konkurrenten. Mein Vater hatte sie schon vor längerer Zeit für mich im Auge. Durch unsere Heirat ist eins der größten Teehandelsunternehmen des Vereinigten Königreichs entstanden.«

»Wie praktisch, ein vereinigtes Tee-Imperium im Vereinigten Königreich.« Frieda hatte Mühe, ihre Geringschätzung zu verbergen. Seine Augen wurden kurz zu Schlitzen. Hatte sie sich nicht vorgenommen, freundlich zu sein und den Zuständigen für ihr Anliegen um den Finger zu wickeln? Das funktionierte ja wunderbar. Warum musste dieser Zuständige auch ausgerechnet Jason sein? Wie sollte sie klug und sachlich verhandeln, wenn sie derartig in Aufruhr war?

»Vielleicht erinnerst du dich an unseren kleinen Ausflug in den Speicher von Hälssen & Lyon.« Selbstverständlich tat sie das. Tee und Schokolade. Frieda war ganz berauscht von den verschiedenen Aromen gewesen. Und von ihm. Als sie den Speicher verlassen hatten, hatte er sie das erste Mal geküsst. Ihr Körper erinnerte sich mit Freude, ihr Verstand aber wusste, dass Jason genau das erreichen wollte.

»Hast du von dem Fund im Keller dort gehört?«, sprach er weiter, als sie schwieg. »Kaviar, Champagner, Portwein.« Er sah ihr in die Augen. »Selbst feinste Schokolade hat man in nicht unbedeutenden Mengen bei Ellerbrock gefunden. Ein Teehändler, der seinen Keller mit Schokolade vollgestopft hat!«

»Worauf willst du hinaus?«

»Wie es aussieht, lässt mich die Verbindung von Kakao und Tee einfach nicht los.« Er lächelte. Vor zwanzig Jahren wäre sie dahingeschmolzen. »Nach dem plötzlichen Tod meines Vaters habe ich alles hingeschmissen und bin zurück zum Militär gegangen.«

»Was hat deine Frau dazu gesagt?«

»Ich habe sie nicht gefragt.« Dieser Tee-Erbin war zu wünschen, dass sie Jason so wenig liebte, wie er offenbar sie, dachte Frieda. »Wie das Schicksal es so will, bin ich nicht nur in Deutschland gelandet, sondern ausgerechnet in Hamburg.« Er räusperte sich. »Na ja, es war kein reiner Zufall.« Frieda zog die Augenbrauen hoch. »Keine Sorge, deinetwegen bin ich bestimmt nicht zurückgekommen. Ich habe lange genug in der Stadt gelebt, um mich hier zu Hause zu fühlen. Außerdem dachte ich, ich könnte Ellerbrock ein wenig, sagen wir mal, beschützen.« Er lächelte schief. »Dabei braucht er mich gar nicht, er ist ein aufrechter Kaufmann und hat sich nichts zuschulden kommen lassen.«

»Champagner, Kaviar, Schokolade in Mengen.« Frieda schüttelte missbilligend den Kopf.

»Er hat sich damit nicht bereichert, falls du das denkst. Ellerbrock konnte Befehle vorlegen, aufgrund derer er die Luxusgüter zum Wohl des Deutschen Reichs anschaffen und lagern sollte. Etwas muss schiefgelaufen sein, sonst wären sie sicher an die NSDAP- und SS-Eliten verteilt worden. Einer unserer Offiziere ist als Lagerverwalter eingesetzt und kümmert sich jetzt um die bestmögliche Verwendung.«

»Oh, ich bin sicher, dass ein englischer Offizier mit dem Portwein diejenigen aufmuntern wird, denen er mit seinem Feuersturm Kinder und Eltern genommen hat.«

»Du hast kein Recht, so zu reden, Frieda«, sagte er gefährlich ruhig.

»Du hast kein Recht, in dieser Stadt in einer Militärregierung zu sitzen und Entscheidungen zu treffen, nachdem deine Leute hier so viel Unheil angerichtet haben.«

Sie belauerten sich. Jason sah schrecklich wütend aus. Allmählich wurden seine Züge weicher. »Wir sind keine Ungeheuer«, sagte er schließlich, »wir mussten selbst schwere Verluste einstecken, Frieda. Viele Piloten sind von ihren Einsätzen nicht zurückgekommen.«

»Dann hätten sie eben nicht starten sollen, um Häuser in Brand zu schießen, in denen Tausende Unschuldige schliefen.« Sie wusste natürlich, dass es richtig und gut gewesen war, den Nazis Einhalt zu gebieten und sie zu bekämpfen, aber was die Engländer dabei ihrer Stadt angetan hatten, kam ohne Vorwarnung mit solcher Wucht in ihr hoch, dass sie nicht anders konnte, als ihrer Wut und ihrem Schmerz Luft zu machen.

»Auch ein Kamerad von mir ist gestorben, ein alter Schulfreund, der gerade noch einmal Vater geworden war.«

Frieda senkte den Blick. »Das tut mir leid.«

»Es ist das Wesen des Krieges, Frieda, dass alle dabei ihre Unschuld verlieren. Damit müssen wir umgehen. Wenn Hass bleibt, haben wir nichts gelernt und der nächste Krieg ist schon beschlossene Sache. Wir sollten einander die Hand reichen.«

»Du hast recht.« Sie musste sich räuspern, weil ihre Stimme ihr nicht gehorchen wollte. Womöglich hatte sie auch einen Teil ihrer Unschuld verloren und gegen Hass getauscht. Und es stimmte ja, sie mussten noch einmal neu anfangen. Gemeinsam. Gar nicht so leicht, für niemanden. »Ich bin hier weil ... Wenn ich es richtig verstehe, soll es einen Nahrungsmittelausgleich über Besatzungszonen hinweg geben.«

»Das ist richtig. Hamburgs Umland hat eine starke Landwirtschaft. Alle Regionen, in denen Vieh gehalten, Obst und Gemüse angebaut wird, müssen diejenigen mitversorgen, die industriell geprägt sind.«

»Natürlich, das leuchtet ein.«

»Der Winter wird für uns alle eine Herausforderung werden. Wenn wir bis dahin die Versorgung der Menschen nicht auf sichere Beine gestellt haben, gnade uns Gott.« Sie nickte beklommen.

»Ich würde gern meinen Beitrag leisten«, begann sie zaghaft. »Momentan dürfen wir noch nicht importieren. Wir haben aber ausgezeichnete Kontakte in viele Teile der Welt, nach Südamerika zum Beispiel und auch nach York zur Schokoladenfabrik Rowntree.«

Er beugte sich vor, seine Augen strahlten. »Wirklich? Rowntree Fruchtpastillen waren die ersten Süßigkeiten, die ich als kleiner Junge bekam.«

Gott sei Dank, die Spannung zwischen ihnen verlor an Kraft.

»Ich bin überzeugt, dass Schokolade gut für die Seele ist, genau das, was die Menschen jetzt dringend brauchen. Natürlich hat sie auch einen hohen Nährwert.« Sie schenkte ihm ein freundliches Lächeln. »Meine guten Geschäftsverbindungen könnten nützlich sein, um die Versorgung der Menschen auf dem Land und in den Industrieregionen sicherzustellen. Wenn du also einen Partner brauchst, würde ich mich freuen, wenn du dich für mich entscheidest. Für Hannemann & Krüger, meine ich.« Frieda war sehr zufrieden mit ihrer kleinen Ansprache.

Jasons Miene verfinsterte sich. »Wenn ich dich erinnern darf? Du hast dich gegen mich entschieden.«

Sie sprang auf. Das eine hatte doch wohl nichts mit dem anderen zu tun. »Es ist zwanzig Jahre her!«, rief sie.

»Für mich fühlt es sich nicht so an.« Er war ebenfalls aufgestanden.

»Von wegen die Hand reichen«, zischte sie, wollte argumentieren, die Sache geraderücken, doch es war alles gesagt. Sie schob mit einer einzigen schnellen Bewegung den Stuhl zurück, ließ Jason stehen und knallte die Tür hinter sich zu.

Drei Schritte, da hörte sie seine Tür erneut. »Frieda! Frau Hannemann!«, rief er ihr nach. Sie drehte sich um, wartete widerwillig, bis er bei ihr war.

»Møller. Mein Name ist Frieda Møller.«

»Entschuldige, bitte, das war kindisch.«

»Allerdings.«

Zwei hochdekorierte Herren in Uniform kamen den Flur entlang, grüßten. Jason stand augenblicklich stramm und grüßte formvollendet zurück.

»Ihr Angebot klingt sehr interessant, Frau Møller. Wollen wir uns nicht in meinem Büro darüber unterhalten?«

Sie schüttelte resigniert den Kopf.

»Warum nicht?« Jason blieb, wo er war, und sah sich um. Kaum waren die beiden Männer am Ende des Flurs durch eine Glastür ins Treppenhaus verschwunden, nahm er Friedas Hände.

»Ich schwöre dir, ich bin nach Hamburg gekommen, weil ich glaubte, etwas für Ellerbrock tun und irgendwann unseren Teehandel wieder aufnehmen zu können, wenn alles vorbei ist. Dass es mich ausgerechnet in die Abteilung verschlagen hat, die für deine Geschäfte zuständig ist, das ist Schicksal, Frieda. Ich bin verheiratet, aber ich liebe meine Frau nicht.« Ein überflüssiges Geständnis, das Frieda kein bisschen überraschte. »Es ist eine reine Zweckehe. Als du dich gegen mich entschieden hast, war ich am Boden zerstört. Um ehrlich zu sein, hatte ich mit deiner Abfuhr nicht gerechnet.« Er lächelte unsicher. »O Gott, Frieda, du hast mir alles genommen, wofür es sich für mich zu leben lohnte. Im ersten Moment war ich todunglücklich, aber dann habe ich begriffen. Wenn ich schon nicht mit dir leben konnte, dann wollte ich wenigstens ein ähnliches Leben führen wie du.« Frieda verstand kein Wort. »Ich habe getan, was von mir erwartet wurde, bin nach England zurückgegangen und habe die Frau geheiratet, die das Beste für unser Geschäft war.«

»Was soll das mit meinem Leben zu tun haben?« Sie sah ihm in die Augen.

»Wir wissen beide, dass du diesen Dänen auch nicht aus Liebe geheiratet hast, sondern weil du es für das Beste für eurer Geschäft gehalten hast.« In Friedas Ohren rauschte es, und in ihrer Brust ballte sich etwas zusammen, etwas Widerliches, Hartes, das sie lange nicht mehr gespürt hatte.

»Ich kenne dich, Frieda, deine Manufaktur stand für dich immer an erster Stelle. Deshalb hast du dich sogar gegen mich entschieden. Ich bin dir nicht böse, ein bisschen verstehe ich dich sogar. Aber jetzt hat uns das Schicksal eine dritte Chance gegeben. Lass uns keine Zeit mehr verlieren, ich bitte dich.« Er führte ihre Hände zu seinen Lippen und sah ihr in die Augen, als er zart ihre Fingerspitzen küsste. Dieser Blick. Wie hatte er sie je so durcheinanderbringen können?

Frieda entzog ihm ihre Hände.

»Anscheinend kennst du mich kein bisschen.« Sie sah ihn zornig an. »Dieser Däne heißt Per, und ich habe mich für ihn entschieden, weil ich ihn liebe, so wie ich dich nie geliebt habe.« Damit ließ sie ihn stehen.

Kapitel 9

»Ich erinnere mich an diesen Herrn von Rowntree.« Seit Mina in der Hannemannschen Küche das Regiment übernommen hatte, sah Albert frischer aus, hatte wieder eine gesündere Gesichtsfarbe und sogar ein wenig zugenommen, wenn Frieda sich nicht täuschte. »Sein Unternehmen ist nicht gerade für die Qualität seiner Schokolade berühmt.«

»Aber für seinen Erfindungsreichtum«, meldete Ernst sich zu Wort. »Der Schokoriegel mit knuspriger Waffel hat sich ziemlich gut verkauft. War es nicht auch Rowntree, die Milchschokolade mit Kohlensäure versetzt haben?«

»Allerdings.« Frieda nickte. »Wir schlagen die Luftbläschen mühsam aus unseren Tafeln, diese Engländer haben extra welche hineingegeben.«

»Dadurch schmeckt die Schokolade um die Löcher herum aber auch nicht besser«, urteilte Albert.

»Aber das Nascherlebnis ändert sich erheblich«, wandte Ernst ein. »Wenn du das mit einer hochwertigen Sorte …«

»Und du meinst, er produziert nach wie vor so viel, dass er sogar exportieren könnte?«, wandte sich Albert an Frieda und zog skeptisch die Mundwinkel nach unten.

»Das muss ich noch herausfinden.« So genau wusste sie doch selbst noch nicht, wie die Verbindung helfen konnte. Es war mehr ein Gefühl als eine konkrete Idee. Nicht gerade das, was man von einem Hamburger Kaufmann erwarten durfte.

»Ist gar nicht dumm«, begann Ernst nachdenklich. »Sowohl den Briten als auch den Deutschen im Zentralamt ist klar, dass das Rhein-

Ruhr-Gebiet zwingend mit ausreichend Nahrungsmitteln versorgt werden muss. Davon hängt das Überleben unserer Basisindustrie ab.« Er sah von einem zum anderen. »Gleichzeitig müssen die Engländer ihren Export ankurbeln. Im Moment sind die doch komplett abhängig von Zuschüssen und Darlehen aus den Vereinigten Staaten. Der Produzent in York kann schneller wieder auf die Füße kommen als wir, weil der nicht erst um eine Importgenehmigung betteln muss. Nehme ich jedenfalls an.« Seine Augen blitzten. Je länger er darüber nachdachte, desto besser schien ihm der Plan zu gefallen.

»Na klar«, rief er, »das muss den Herren von der Militärregierung schmecken. Einnahmen für ihr Königreich und Kalorien für das Rhein-Ruhr-Gebiet, die obendrein die Moral heben.« Sein Strahlen verschwand, seine Stirn runzelte sich. »Sag mal, wie ist denn das Gespräch im Amt überhaupt gelaufen? So richtig begeistert siehst du nicht aus.«

Frieda senkte den Blick, sie konnte keinem der beiden in die Augen sehen. »Ich denke, meine Argumentation war nicht so klar wie deine. Du hättest hingehen sollen. Am besten, ich setze noch ein Schreiben auf, das ich sowohl an den Engländer als auch an den deutschen Amtsleiter und seinen Stellvertreter richte.«

»Und ich guck mal, ob ich was über die Fabrik in York rausfinden kann. Wenn da alles in Schutt und Asche liegt, kannst das sowieso vergessen.«

Albert nickte, murmelte etwas von neuem Zusammenschluss hanseatischer Kakao-Unternehmer und vergrub sich in irgendwelche Papiere. Ernst und Frieda erhoben sich. Mehr gab es vorerst nicht zu besprechen.

»Komm schnell, Frau Møller, die Tommys setzen Ihren Vater und Ihren Bruder vor die Tür!«

Frieda saß gerade in ihrem Arbeitszimmer, um Unterlagen für ihre beiden zukünftigen Lehrlinge zusammenzustellen. Es bedeutete eine Herausforderung, Sarah und Henrik auszubilden, obwohl der Betrieb längst nicht so lief wie ein gewöhnliches Import- und Produktionsunternehmen. Vieles würden sie zunächst theoretisch lernen müssen, ehe die Praxis langsam in Gang kam.

»Die reißen sich die Villa unter den Nagel!« Es klopfte kurz, schon riss Mina die Tür auf.

Frieda erhob sich. »Was redest du da?«

»Doch, is so, wie ich's sage. Die Tommys mopsen Ihrem Vadder das Haus unterm Hintern wech.«

»Das gibt's doch gar nicht.« Eilig liefen die beiden Frauen über die Elbchaussee und auf die Villa zu, vor deren Eingang ein Leiterwagen und ein Militärfahrzeug standen.

»Was ist hier los?«, schnauzte Frieda den ersten Soldaten an, der in ihre Nähe kam. »Wer hat das angeordnet?« Der Uniformierte schob sie grob beiseite.

»Das ist doch wohl … Ich werde mich über Sie beschweren!«, schrie sie ihn an.

»Können Sie auf der Stelle. Und zwar bei mir.« Ein Mann mit stahlblauen Augen baute sich vor ihr auf. Er war nicht größer als Frieda, doch seine Ausstrahlung war respekteinflößend. Es bedurfte keiner Abzeichen auf den Schultern, um in ihm eine Führungspersönlichkeit zu erkennen. »Michael Major«, stellte er sich vor, ohne eine Miene zu verziehen. »Major ist tatsächlich mein Name und gleichzeitig mein Rang. Können Sie sich leicht merken.«

»Wer hat angeordnet, diese Villa zu beschlagnahmen?«, wiederholte sie ihre Frage etwas ruhiger.

»Ich, Mam. Das Gebäude hat im Krieg keinerlei Schäden davongetragen. Es besitzt weit mehr als zehn Zimmer.« Eine Augenbraue schnellte kurz in die Höhe, die einzige Gemütsregung, die er zeigte. »Für zwei Personen. Halten Sie das für sinnvoll?«

»Es geht um Ihre Vorgehensweise«, beharrte Frieda. »Sie hätten meinen Vater bitten können, dann hätten er und mein Bruder sich sicher in den Anbau zurückgezogen, und Sie hätten die restlichen Zimmer zu Ihrer Verfügung gehabt.«

Er sah sie einige Sekunden an. »Sie haben noch nicht verstanden, dass Sie nicht mehr die Herrenrasse sind, was?«

Frieda schnappte nach Luft.

»Und Sie haben anscheinend nicht verstanden, wie sich aufrechte hanseatische Kaufleute benehmen. Wir sagen Bitte und Danke, wir fragen, wenn wir etwas möchten.«

»Wir werden fragen, verlassen Sie sich darauf.«

Sie runzelte die Stirn. Kam ein bisschen spät, wenn man die Bewohner eines Hauses bereits vor die Tür gesetzt hatte. »Wir werden herausfinden, welche Gesinnung Sie haben. Das Nazi-Gedankengut muss ein für alle Mal aus Ihrem Volk getilgt werden.« Er ließ sie einfach stehen.

Frieda hatte gar nicht bemerkt, dass Mina längst hineingegangen war. Außer sich vor Wut stapfte sie hinterher. Sie fand Mina im Schlafzimmer ihrer Eltern, wo sie Albert beim Packen half.

»Wir kommen hier zurecht«, erklärte der gelassen. »Wenn du unbedingt helfen willst, sieh mal, wie weit dein Bruder ist.« Er lächelte.

»Du willst doch nicht ernsthaft ohne jeglichen Widerstand das Feld räumen?« Sie stemmte die Fäuste in die Seiten.

Albert lachte auf. »Findest du diesen Militärjargon passend?« Er ließ ihr keine Gelegenheit für eine Antwort. »Was dachtest du denn, dass ich mich verbarrikadiere und mit Schuhen schmeiße?«

Sie konnte es nicht fassen, es schien ihm nichts auszumachen, dass er seine geliebte Villa verlassen sollte, er machte obendrein Witze.

»Ist sowieso ein Wunder, dass wir unser Zuhause so lange zu zweit behalten konnten«, sagte er, als habe er ihre Gedanken erraten. »Ein Wunder und ein großer Unsinn noch dazu. Wie viele Zimmer haben wir hier? Fünfzehn, achtzehn, mehr? Ich weiß es nicht einmal. Für zwei Menschen!« Fast die gleichen Worte wie von diesem Major. »Ich weiß nicht, warum du dich so aufregst, Kind.«

»Genau darum! Weil es euch bisher erspart geblieben ist, von hier vertrieben zu werden. Aber die Engländer meinen, sie dürften sich das

Hannemannsche Anwesen unter den Nagel reißen. Das ist nicht akzeptabel!«

Henrik tauchte im Türrahmen auf. »Ich hab's gerade gehört. Kann ich mit anfassen, etwas rübertragen?«

Frieda öffnete den Mund, aber Mina kam ihr zuvor: »Ich sehe mal nach Hans, vielleicht kann ich ihm beim Packen helfen.« Weg war sie.

»Ihr nehmt es einfach so hin? Seht ihr denn nicht, dass es hier gar nicht um dringend benötigten Platz geht?«

Albert und Henrik wechselten verständnislose Blicke.

»Nein!«, rief sie und begann auf und ab zu gehen. Sie musste sich bewegen, sonst würde sie auf der Stelle platzen. »Worum es hier geht, ist Rache.«

»Wofür sollten sich die Engländer denn an uns rächen wollen?« Henriks Miene war ein einziges Fragezeichen.

»Nicht *die* Engländer, ein ganz besonderer Engländer steckt dahinter, und zwar aus persönlicher Rache an mir.«

»Wovon sprichst du, zum Teufel?« Albert legte die Stirn in Falten, sein Geduldsfaden war soeben gerissen.

»Ich spreche von Jason Williamson. Das ist der Mann im Zentralamt, der für uns zuständig ist.«

Albert brauchte einen Moment, dann schien er zu begreifen. »Der Jason, mit dem du nach Indien verschwinden wolltest?« Musste er sich etwa ein Lachen verkneifen? Henrik dagegen hörte ihnen aufmerksam zu.

»Genau der. Weil ich keine Affäre mit ihm haben will, beschlagnahmt er kurzerhand dein Haus!«

»Ist er das?« Henrik blickte aus dem Fenster, Frieda trat zu ihm.

»Nein, das ist Major ... der Major hier«, beendete sie den Satz und sah zu dem Mann mit den Stahlaugen hinunter.

»Der Williamson, von dem du sprichst, arbeitet im Zentralamt für Ernährung, sagst du?« Henrik sah sie fragend an. »Das ist doch eine ganz andere Abteilung. Der hat doch nichts mit der Unterbringung der Soldaten zu tun.«

»O bitte, sei doch nicht so naiv!« Sie erntete böse Blicke ihres Vaters und ihres Sohnes. Weniger scharf fügte sie hinzu: »Ein kleiner Hinweis von Jason auf eine großzügige, fast leerstehende Villa dürfte genügt haben.« Sie schnaubte wütend. »Wahrscheinlich hat er dafür noch Lorbeeren bei seinem Vorgesetzten eingeheimst. Und bei dem da.« Frieda zog die Gardine mit einem Schwung zu.

Hans und Albert richteten sich ein. Platz genug war in der Møllerschen Villa allemal. Braunes begnügten sich gerne mit einem Raum. Der Herbst stand vor der Tür, noch vor dem Winter sollten sie eine eigene Hütte bekommen, hatte man ihnen schriftlich mitgeteilt.

»Stell dir vor, Deern«, hatte Frau Braune gesagt und dabei gestrahlt, »dann haben wir wieder ein eigenes Dach über dem Kopf, mein Mann und ich. Mit Fenster und Schornstein und eigenem Ofen. Wir sind froh, dass wir hier so lange unterkommen konnten, aber was Eigenes ist doch etwas anderes. Und Sie wollen doch irgendwann auch wieder ganz für sich sein.«

Wenn man es genau nahm, war außer ein wenig Unruhe, außer dem geringen Aufwand für den Umzug nichts geschehen, trotzdem war Frieda auch am Abend noch böse auf Jason. Vielleicht war es Rache, aber vielleicht hatte er auch schon von den Plänen des Majors gewusst, als er Süßholz geraspelt hatte. Von wegen dritte Chance, keine Zeit mehr verlieren und die Hände reichen. Lächerlich! Ihr kam der Gedanke in den Sinn, dass er Albert das Haus gelassen hätte, wenn Frieda ihn nicht so vor den Kopf gestoßen hätte. Womöglich hatte sie sich nicht gerade klug verhalten. Egal! Sie ließ sich nicht erpressen. Jason würde sie nicht kleinkriegen, so nicht.

Tags drauf fragte sie ihren Vater nach Mutters Schmuck. Als die Engländer die Stadt eingenommen hatten, wollte Mutter ihre Ketten und Ringe in Sicherheit bringen und hatte dafür mit dem Leben bezahlt. Sie würde sich im Grab umdrehen, wie man so sagte, wenn nun doch noch alles den Briten in die Hände fiele.

»Von welchem Schmuck sprichst du denn, Frieda?« Albert sah sie irritiert an.

»Die Brosche mit dem Rubin in der Mitte zum Beispiel. Du hast sie ihr zu einem Hochzeitstag geschenkt, weißt du noch?«

»Natürlich weiß ich das. Hast du die denn nicht an dich genommen?«

»Ich? Nein, selbstverständlich nicht.«

»In Röschens Nachtschrank war nichts«, sagte er finster.

»Ja, aber … An dem Tag, als sie … Im Garten war nur eine kleine Schatulle mit ein paar Stücken. Die Brosche war nicht dabei, ebenso wenig ihr Ring mit den Brillanten.«

Albert zuckte die Achseln und schüttelte dann den Kopf, als wolle er ein Insekt loswerden. »Woher soll ich denn wissen, wo das Zeug geblieben ist? Wenn du es nicht hast … Wir können Hans fragen.«

»Ich kann mir nicht vorstellen, dass er den Schmuck genommen hat, ohne mit uns darüber zu reden. Ohne uns zu informieren«, korrigierte sie sich.

»Was willst du denn von mir?«, brauste Albert auf. »Denkst du, ich habe den Ring, die Brosche und was weiß ich noch einer anderen Frau geschenkt?«

»Aber nein, ich wollte nur sichergehen, dass nichts mehr im Haus ist.«

»Da ist nichts mehr, wir haben alles leergeräumt«, erklärte er barsch und ließ sie stehen.

Im Großen und Ganzen ging es Albert gut. Wenn nur nicht ab und zu diese Ausbrüche wären. Wegen Kleinigkeiten. Das war Frieda schon manches Mal aufgefallen. Ob sein Gedächtnis ihn allmählich im Stich ließ, wie es bei seinem Vater zum Schluss der Fall gewesen war? Oder es war die Trauer. Rosemarie war schließlich vor gerade mal vier Monaten gestorben. Die Sache mit dem Schmuck war trotzdem eigenartig. Möglich, dass ihre Eltern ihn während des Krieges schon gegen etwas eingetauscht hatten. Schade, sie könnten ihn jetzt sehr gut gebrauchen, um dafür Rohstoffe zu erwerben, mit denen Hannemann & Krüger ein Neuanfang geländе.

Mitte September stand Frieda schon früh in ihrer Schokoladenküche. Henrik hatte Sojamehl und Knäckebrotbruchmehl beschafft, dazu etwas Fett. Vielleicht konnte sie mit Zimt oder einfach nur mit einer Prise Zucker Gebäck daraus herstellen. Sie mussten etwas produzieren und verkaufen. Wie sollte es sonst weitergehen? Nur mit getrockneter Petersilie?

Sarah stand ein wenig ratlos neben ihr. »Wenn wir wenigstens noch einen Sack Kakaobohnen hätten.« Sie seufzte. »Ich habe gelesen, dass darin Koffein enthalten ist. Koffein stimuliert nicht nur das Nervensystem und vertreibt so Müdigkeit, sondern es kann auch gegen Husten eingesetzt werden«, referierte sie.

Frieda sah sie schmunzelnd an. »Es ist gut, dass du dich offenbar mit den Inhaltstoffen der Kakaobohne beschäftigt hast. Die enthaltenen Mengen dürften allerdings kaum ausreichen, um irgendeine Wirkung zu erzielen.« Sarah sah sie enttäuscht an. »Koffein hin oder her, die Wirkung auf die Seele ist unbestritten. Du hast schon recht, wenn wir wenigstens noch einen Sack Bohnen hätten, wäre viel gewonnen.«

Die Tür ging auf, Henrik betrat die Manufaktur. »Guten Morgen, die Damen, ich habe die Post mitgebracht.« Er reichte Frieda einen Umschlag. »Jetzt zeigt sich, ob du bei deinem Engländer noch immer einen Stein im Brett hast.« Er zwinkerte vergnügt. Frieda las den Absender: Zentralamt für Ernährung und Landwirtschaft.

»Es ist nicht mein Engländer«, fauchte sie. »Außerdem ist es mir herzlich egal, ob ich bei ihm einen Stein im Brett habe, wie du es nennst. Ich will einfach nur meine Arbeit machen dürfen, wie alle anderen Hamburger Kaufleute auch.«

»Es sei denn, sie waren in der NSDAP«, sagte Sarah spitz.

»Richtig«, stimmte Frieda ihr zu, während sie das Kuvert bereits aufriss.

»Die Genehmigung hast du doch, oder befürchtest du etwa, sie könnten sie zurückziehen?« Henrik sah sie voller Sorge an, während Frieda las.

»Das gibt's doch nicht!« Sie konnte es nicht fassen.

»Schlechte Nachrichten?« Henrik beugte sich vor, um einen Blick auf das Schreiben werfen zu können. Auch Sarah reckte den Hals.

»Im Gegenteil.« Frieda ließ das Blatt sinken. »Ein Großauftrag«, sagte sie atemlos. Sie musste es gleich noch mal lesen: »… bitten wir Sie, bis auf weiteres Riegel für die Schulspeisungen der Hansestadt herzustellen … Kosten werden getragen … Versorgungssituation ist uns bekannt … Können wir Ihnen fünfzig Kilo Kakaobutter zur Verfügung stellen, die in einem Keller am Pickhuben entdeckt worden sind.«

»Fünfzig Kilo?« Henrik riss ihr den Brief aus den Händen, überflog die Zeilen. »Abholung ab sofort möglich.« Er sah Frieda an, dann Sarah. »Das ist doch …« Ein Strahlen erschien auf seinem Gesicht, Sarah lachte auf. »Das ist großartig! Ich mache mich sofort auf den Weg.«

»Nein!« Frieda musste sich beherrschen. Sie spürte, dass sie am ganzen Körper zu zittern anfing. Pickhuben. Hälssen & Lyon. Jason hatte mit keinem Wort erwähnt, dass dort auch Kakaobutter aufgetaucht war.

»Was ist mit dir?«, fragte Sarah ängstlich.

»Nichts, alles in Ordnung.« Frieda brachte ein Lächeln zustande. »Du hast recht, Henrik, das ist großartig. Ich kümmere mich selbst um den Transport der Butter. Dann kann ich mich gleich bei Herrn Williamson bedanken.«

»Gut. Ich begleite dich trotzdem ein Stück«, verkündete Henrik. »Ich habe einen Lieferanten für Sojaflocken ausfindig gemacht. Die lassen sich bestimmt gut verkaufen.«

»Sojaflocken, wirklich? Woher kriegst du nur immer all die Lebensmittel?« Sarah sah ihn voller Bewunderung an.

»In dieser Stadt ist alles zu haben, du musst nur die besten Schwarzmärkte kennen und natürlich ein bisschen Verhandlungsgeschick haben.« Er platzte beinahe vor Stolz.

»Das will ich nicht gehört haben«, erwiderte Frieda streng. »Die Sojaflocken, die du auf illegalem Weg besorgen willst, werden wir ganz sicher nicht verkaufen.«

»Aber … Wir können gutes Geld dafür kriegen. Alle gehen hin. Ohne den Schwarzmarkt gäbe es noch viel größere Not, an einen wachsenden Handel wäre noch nicht einmal zu denken!« Seine Wangen und sein Kinn zeigten dunkle rote Flecken.

Frieda lächelte. »Ich habe eine bessere Idee«, begann sie ruhig. »Wir verarbeiten die Sojaflocken selbst. Riegel für sämtliche Schüler der Hansestadt. Weißt du, wie viel wir da produzieren müssen? Bis auf weiteres, steht in dem Brief. Das könnte heißen, dass wir auf Jahre an der Versorgung der Schulen beteiligt sind.« Frieda musste auch lachen. »Kinder, wir sind wieder im Geschäft.«

»Ich kann nicht verstehen, warum du so schlecht über die Briten denkst«, begann Henrik, als sie die Wandrahmbrücke überqueren. Der Wind zupfte erste Blätter von den Bäumen und wirbelte sie durch die Luft. Ein sanfter Vorbote kommender Herbststürme.

»Nein, das kannst du nicht«, gab sie zurück.

»Sie benehmen sich anständig.« Es war ihm wichtig, darüber zu sprechen, nur wollte Frieda das nicht hören. »Muss ich dich wirklich an das erinnern, was die SS getan hat?«

»Sicher nicht!«

»Einer deiner feinen Hamburger Kaufleute hat das Gas geliefert, mit dem Juden zu Tausenden umgebracht wurden!«, rief er.

»Ich weiß das doch.« Passanten wurden schon aufmerksam. »Aber vielleicht darf ich dich daran erinnern, dass die Briten im Ersten Weltkrieg alles andere als unsere Freunde waren. Sie haben meinen Bruder auf dem Gewissen.« Das hatte Clara zumindest mal behauptet. Es war Unfug, und Frieda wusste es, aber sie wollte einfach noch wütend auf Jason sein. Sonst hätte sie zugeben müssen, dass sie in seiner Schuld stand. Ein unangenehmer Gedanke.

»Onkel Hans lebt. Niemand hat ihn auf dem Gewissen.«

»Bist du dir so sicher, dass das ein Leben ist, Henrik? Er hat nicht verkraftet, was er im Krieg gesehen hat, und hätte sich deshalb beinahe selbst zugrunde gerichtet. Er ist verstummt.«

»Als er noch gesprochen hat, da hat er mir mal erzählt, dass er aus Scham getrunken hat.«

Frieda blieb abrupt stehen und sah ihn an.

»Ich war noch ein Kind, aber ich erinnere mich genau. Er hat sich freiwillig gemeldet, hat er gesagt. Er hat fest daran geglaubt, nach ein paar Monaten als Held nach Hause zu kommen.« Henrik lächelte freudlos. »Onkel Hans hat sich vorgestellt, dass die schönsten Mädchen der Stadt hinter ihm her sein würden und ihm von da ab alles von allein zufliegen würde, Erfolg im Unternehmen, Ansehen als Kaufmann und vielleicht sogar mal als Senator.«

»Das war sein Ernst?«, fragte Frieda mehr sich selbst. Auch sie erinnerte sich, dass er solche Dinge gesagt hatte, ehe er aufgebrochen war. Nur hatte sie das damals als Scherz aufgefasst.

»Deswegen hat er sich doch so geschämt.« Henrik räusperte sich. »Mit den Engländern hatte das jedenfalls nichts zu tun.«

Sie gingen weiter. »Im Krieg verlieren wir alle unsere Unschuld«, sagte sie leise.

»Wie?«

»Schon gut.« Sie sah ihn von der Seite an und musste sich eingestehen, dass sie sich gründlich getäuscht hatte. Jason wollte keine Rache, er wollte Frieden. Er hatte ihr die Hand gereicht, daran konnte es keinen Zweifel geben.

»Es ist eine alte Geschichte«, begann sie zu erzählen. »Jason Williamson war so etwas wie meine erste Liebe. Das war lange bevor ich deinen Vater kennengelernt habe. Seine Familie handelt mit Tee und hat eigene Plantagen in Indien. Als junges Mädchen wollte ich mit ihm dorthin gehen. Verrückt, nicht wahr?« Henrik zuckte die Achseln. Er hatte keine Übung darin, seine Mutter als verliebtes junges Mädchen zu betrachten. »Es ist anders gekommen. Aber einige Jahre später ist er plötzlich wieder aufgetaucht. Da war ich schon mit Per verlobt. Jason hat mich vor die Wahl gestellt und versucht, mich von der Heirat abzubringen. Nicht gerade die feine englische Art.«

»Ich weiß nicht«, entgegnete Henrik langsam. »Ich meine, ich habe keine Ahnung, warum ihr damals nicht zusammen nach Indien gegangen seid. Ich denke … Wenn ich ohne Gerlinde verreisen müsste, und ich käme zurück, und sie wäre im Begriff, einen anderen zu heiraten, ich würde Himmel und Hölle in Bewegung setzen, um sie zurückzugewinnen.« Er klang so entschlossen, dass sie es ihm ohne Einschränkung zutraute.

»Schön, der Punkt geht an dich.« Sie stupste ihn in die Seite. »Wenn sich Gerlinde dann aber für den anderen entscheiden würde, müsstest du es akzeptieren.«

»Das könnte ich nicht.« Er sah richtig erschrocken aus.

»Jason hat es akzeptiert«, sagte sie. »Wieder sind viele Jahre vergangen, und nun sind wir uns noch einmal begegnet. Ich glaube, er will nur, dass ich in seiner Schuld stehe. Deshalb hat er dafür gesorgt, dass wir diesen Auftrag bekommen.«

»Oder er hat dich einfach noch immer von Herzen gern und will dir helfen.« Frieda musste an Jasons Worte denken. Er war auch nach Hamburg gekommen, um seinen alten Geschäftspartner Ellerbrock zu unterstützen.

»Vielleicht auch das«, gab sie leise zu.

»Die Briten sind unsere Befreier und unsere Freunde.« Er zögerte. »Du bist Witwe. Ich meine, du bist ungebunden, kannst tun, was du willst. Nicht nur aus moralischer Sicht, auch aus rechtlicher. Soweit ich weiß, spricht nichts mehr gegen eine Beziehung zu einem Briten.«

»Ich will so etwas nicht hören. Noch ist nicht einmal das Trauerjahr vorbei, noch längst nicht.«

»Du sollst den Engländer ja nicht gleich heiraten. Alles andere ist auch in der Trauerfrist erlaubt«, entgegnete er sachlich.

»Ich spreche nicht von Recht und Gesetz, Henrik, ich spreche von der Trauer um den Menschen, mit dem ich den Rest meines Lebens verbringen wollte.« Sie musste schlucken. Aus und vorbei. »Diese Trauer wird weit länger dauern als ein Jahr«, fügte sie leise hinzu.

Sie waren am Pickhuben angekommen. Frieda verabschiedete sich eilig von Henrik und verschwand in den Speicher von Hälssen & Lyon.

Kaum hatte sie die Tür hinter sich geschlossen, hüllte sie der Duft unzähliger Blüten, Teeblätter, getrockneter Knospen ein. Sie schloss eine Sekunde die Augen. Rose, Jasmin, Minze. Im ersten Moment war sie verblüfft, weil alles beim Alten war. Vorkriegsfülle. Doch schnell wurde ihr klar, dass auch hier Mangel herrschte, dass über die Jahre all die Pflanzen ihr Aroma in dem Holz der Böden, im Stein der Wände hinterlassen hatten wie Fußabdrücke.

»Ich kapier das in hunnert Jahren nich«, hörte sie jemanden sagen. Die Stimme klang dumpf und kam offenbar aus dem Keller.

»Hallo?«, rief sie zaghaft.

»Musst du auch nich, geht uns nix an. Wir ham hier zu packen und zu räumen, sonst nix. Können froh sein, dass wir 'n paar Mark verdienen. Ich werd 'n Teufel tun und blöde Fragen stellen. Und das solltest du auch nich!«

»Nee, mach ich doch nich.« Frieda setzte an, um erneut zu rufen. Doch der Mann im Keller sprach weiter, und sie spitzte die Ohren. »Is aber schon gediegen, dass auf einmal paketeweise Kakaobutter hier rumsteht, die vorher keiner gesehen hat. Wo kommt die plötzlich her?«

»Schietegal, is ja bald wieder wech. Da soll so 'ne piekfeine Dame kommen, die kriecht das Zeuch. Denn hast du die Butter nich gesehen und siehst die auch nich mehr.« Schwere Schritte auf einer Stiege.

»Herr Ellerbrock?«, rief Frieda laut.

»Oha, die Dame is schon da«, hörte sie einen der Männer flüstern. Die Arbeiter rissen sich ihre Mützen von den Köpfen, begrüßten sie ein wenig unbeholfen und zeigten ihr endlich die ordentlich aufgestapelten und in Papier gewickelten Päckchen. Anschließend warfen beide einen ausgiebigen Blick auf Friedas Sonderausweis zum Betreten des Freihafens.

»Scheint alles in Ordnung zu sein«, meinte der eine und setzte eine wichtige Miene auf. »Der englische Verwalter is am Nachmittag wieder hier, denn kann das Zeuch, also die Kakaobutter, ne, die kann dann geholt werden. Muss natürlich quittiert werden. Heut Nachmittag.«

»Natürlich.« Frieda bedankte sich und kündigte an, jemanden zu schicken.

Nur wenige Augenblicke später stand sie wieder auf dem Kopfsteinpflaster vor dem Speicher. Erneut kam ihr der fehlende Schmuck ihrer Mutter in den Sinn. Was hatte Henrik gesagt? In Hamburg war alles zu kriegen, man musste nur die richtigen Schwarzmärkte kennen. Die richtigen Kontakte halfen offenbar auch, aber ein paar Dinge von Wert, die man hergeben konnte, könnten auch nicht schaden. Jason hatte jedenfalls viel mehr für sie getan, als ihr nur den Auftrag zuzuspielen. Noch einmal keimte der Verdacht in ihr auf, es könnte Berechnung dahinterstecken, dass er irgendetwas damit bezweckte. Wie hatte Henrik sich ausgedrückt? *Vielleicht hat er dich auch noch von Herzen gern.* Ja, vielleicht. Höchste Zeit, sich bei ihm zu bedanken und klare Verhältnisse zu schaffen. In rein beruflicher Hinsicht würde Frieda ihn brauchen, solange er seinen Posten innehatte. Also musste sie dafür sorgen, dass sie zumindest höflich miteinander umgingen. Sie eilte in Richtung Zentralamt. Und in privater Hinsicht? Wenn sie nicht auch noch etwas für ihn übrighätte, wäre sie durch das überraschende Wiedersehen nicht derartig in Aufregung geraten.

Dieses Mal wartete Frieda nicht, sie klopfte direkt an Jasons Tür.

»Yes, please!« Das erste Mal, dass sie ihn englisch sprechen hörte. Sie steckte den Kopf zur Tür herein. »Frieda! Du hast also meine Post bekommen. Bitte!«

»Danke.« Sie trat ein, setzte sich. »Danke für den Auftrag. Die Schulspeisung ist eine großartige Möglichkeit für Hannemann & Krüger.«

»Und eine große Verantwortung«, sagte er. »Ich hoffe sehr, dass du dein Versprechen hältst und Rowntree einbeziehst. Ich glaube, vor allem diese Aussicht hat meinen Vorgesetzten überzeugt.«

Sie schluckte. »Selbstverständlich werde ich alles dafür tun.« Irgendwo tickte eine Uhr, und in einem der anderen Büros hörte sie das metallisch-harte Klacken einer Schreibmaschine. »Danke auch für die Kakaobutter. Woher …?«

»Ist das nicht ein glücklicher Zufall? Ausgerechnet Kakaobutter«, unterbrach er sie und lächelte. »Damit kann nun wirklich niemand so viel anfangen wie ihr.«

»Das können wir bestimmt. Natürlich werden wir das gute Fett in die Riegel für die Schulen stecken«, erklärte sie hastig. Und ein bisschen würde sie aufbewahren, um möglichst bald wieder eigene Schokolade machen zu können. Er schwieg und hatte offenbar nicht vor, ihr etwas über die Herkunft der Kakaobutter zu verraten. Ebensowenig schien er die Absicht zu haben, es ihr leicht zu machen.

»Wo wohnst du eigentlich?«, fragte sie, um die Stille zu durchbrechen.

»Willst du mich besuchen?«

»Das wäre deiner Frau sicher nicht recht«, entgegnete sie und ärgerte sich sofort über ihren patzigen Ton. Das war dünnes Eis, auf dem sie nur einbrechen konnten. Sie musste wieder auf Unverfängliches zu sprechen kommen und klare Verhältnisse schaffen, wie sie es vorgehabt hatte. Dann würde sie gehen.

»Meine Frau macht sich bezüglich unserer Ehe keine Illusionen«, begann er ruhig. »Sie weiß, dass es eine kluge Geschäftsbeziehung ist. Ich habe ihr den Spott erspart, den eine alte Jungfer sich noch immer anhören muss. Es sei denn, sie taugt zur Geschäftsfrau oder macht sich auf anderem Weg einen Namen in der Gesellschaft. Laura ist nicht so. Sie ist ein bisschen … konservativ. Es reicht ihr, Dienstboten zu befehligen und von einem Mann ernährt zu werden, der sich bei Konzerten oder ähnlichen Anlässen mit ihr in der Öffentlichkeit sehen lässt.« Er zuckte die Achseln und sah schrecklich traurig aus. Frieda musste an ihre Mutter denken. Die Zeiten hatten sich geändert, das galt nicht für alle Menschen. Wie es aussah, hatte Jason jemanden geheiratet, der wie ihre Mutter in alten Rollen verstrickt war. Unvorstellbar, Frieda hätte beinahe gelacht.

»Wäre es deinem Mann denn recht, wenn du mich besuchen würdest?«

»Per ist tot.« Sie hatte nicht groß darüber nachgedacht, sondern es einfach gesagt.

»Das tut mir leid.« Gut möglich, dass er es sogar ernst meinte. *Per ist tot, der Mann, mit dem ich den Rest meines Lebens verbringen wollte.* In den letzten Tagen war es ihr gut gelungen, diesen Gedanken weit von sich zu schieben, jetzt war er mit Macht zurück, drückte ihr die Kehle zu, trieb ihr die Tränen in die Augen und die Verzweiflung ins Herz. Bloß nicht weinen, nicht hier. Sie sah Jasons Lippen, die sich bewegten, hörte seine Stimme, nur konnte sie sich einfach nicht konzentrieren, und so fehlten ihr die Zusammenhänge zwischen den Wortfetzen. Immer wieder wollte sie etwas sagen. Schon gut, ich komme zurecht, was man eben so sagte, um die Betroffenheit aus den Mienen zu vertreiben, das Mitleid. Doch sie brachte keine einzige Silbe heraus.

»Wirklich, Frieda, ich möchte nicht taktlos erscheinen«, hörte sie endlich wieder erste zusammenhängende Worte. »Ich kann gut verstehen, wenn du Zeit brauchst. Du bedeutest mir noch immer etwas. Ich möchte nur, dass du das weißt.« *Vielleicht hat er dich einfach noch von Herzen gern.* Ein warmes Gefühl strömte durch ihren Körper und beruhigte sie allmählich.

»Übrigens sind Beziehungen zwischen britischen Militärangehörigen und deutschen Frauen nicht mehr verboten. Wusstest du das? Die hochdekorierten Herren haben wohl eingesehen, dass Verbote nichts gegen Gefühle ausrichten können.«

»Hör zu, Jason …«

»Wie gesagt, wir müssen nichts überstürzen.« Er lächelte unsicher. Frieda gefiel nicht, dass ihr eigener Sohn und jetzt auch Jason sie offenbar schnell wieder an der Seite eines Mannes sehen wollten. In ihrem Herzen war neben Per noch kein Platz.

»Soweit ich weiß, sind euch Besuche bei den deutschen Frauen sehr wohl noch verboten«, sagte sie ausweichend und war froh, dass er nicht einfach bei ihr auftauchen konnte. Ihre Stimme gehorchte ihr wieder. Es war an der Zeit, zu erledigen, weshalb sie gekommen war. »Ich bin hier, um mich bei dir zu bedanken.«

»Das hast du getan.«

Sie ließ sich nicht beirren. »Und ich bin hier, um dich um Entschuldigung zu bitten, Jason. Ich wollte dich nicht verletzen, als ich dir sagte, dass ich dich nie so geliebt habe wie meinen Mann. Du hattest schon recht, es war die Vernunft, die mich für ihn eingenommen hat.« Sie sah Hoffnung in seinen Augen aufleuchten. »Zuerst, Jason, zuerst war es Vernunft, doch dann habe ich mich in ihn verliebt.« Trotz seiner Enttäuschung sprach sie weiter: »Es war eine gute Ehe. Du irrst, wenn du glaubst, dass meine Manufaktur immer an erster Stelle gestanden hat. Meinen Mann verloren zu haben, ist weitaus schlimmer als der Stillstand der Produktion. Ich konnte mich nicht einmal verabschieden, habe so viel Zeit mit ihm verloren, weil er nach Dänemark musste. Und nun werde ich ihn nie wiedersehen.« Die Trauer drohte erneut die Oberhand zu gewinnen. »Das mit uns ist lange her«, sagte sie schnell, sah ihn an, lächelte. »Du sagtest, wir hätten eine dritte Chance bekommen. Nun, ich würde mir wünschen, dass wir diese Chance nutzen, um Freunde zu werden.«

TEIL 2

Kapitel 10

Erst viereinhalb Jahre nach Kriegsende traf im Hamburger Hafen wieder ein Schiff ein, das mit Kakaobohnen beladen war. Bis das geschehen konnte, hatte viel passieren müssen. Auf Alberts Betreiben hin hatten Importhändler und Schokoladenfabrikanten das hanseatische Kakaokontor Hamburg-Bremen gegründet. Dieser Zusammenschluss, dem Ernst vorstand, durfte schließlich den ersten Rohkakao ordern. Die Verteilung erfolgte anhand eines Schlüssels, den die Kaufleute gemeinsam entwickelt hatten. Grundlage dafür waren die Importmengen der einzelnen Handelshäuser vor dem Krieg gewesen. Fabrikanten erhielten nach einem ähnlichen Quotensystem Bezugsscheine, mit denen sie Kakao erwerben konnten. Welch ein Glück, zur britischen Besatzungszone zu gehören. In der sowjetischen, so hörte man, genossen die Deutschen längst nicht so viele Freiheiten. Es zahlte sich zudem aus, dass Hannemann & Krüger, lange bevor sie ihren Betrieb wieder aufnehmen konnten, Kontakte zu Lieferanten und Abnehmern aufgefrischt hatten.

Rudolph Karstadt, einer ihrer bedeutenden Kunden, hatte das Ende des Krieges nicht erlebt. Er war im Dezember des Jahres 1944 gestorben, immerhin im stolzen Alter von achtundachtzig Jahren. So musste er wenigstens nicht mehr miterleben, wie die Filialen in der sowjetischen Besatzungszone einfach vereinnahmt wurden. Es dürfte ihm schon genug zu schaffen gemacht haben, dass über vierzig seiner Geschäftsführer und Hunderte seiner Angestellten ihre Arbeitsplätze hatten aufgeben müssen, weil sie Juden waren. Die meisten Karstadthäuser waren im Krieg schwer beschädigt worden, so auch das in der

Mönckebergstraße. Die verbleibenden jedoch hätten Rudolph Karstadt große Freude gemacht. Mit Kochgeschirr aus Stahlhelmen und allerlei Nützlichem, das sich aus ehemaligen Uniformen oder auch Geschosshülsen herstellen ließ, versorgten sie die Menschen und machten erste Umsätze.

Wenn die Entwicklung auch langsam war, hatte Frieda doch schon früh signalisiert, selbstverständlich an einer Fortsetzung der guten Geschäftsbeziehung interessiert zu sein. Sie stand dazu und zeigte Geduld. Auch um die Gewinnung von Neukunden hatte sie sich bereits in den ersten Nachkriegsmonaten gekümmert. Frieda hatte von Carl Kressmann gehört, der mehrere Kaufhäuser betrieben hatte. Die Anzahl der Filialen konnte mit Karstadt zu keiner Zeit mithalten, aber man hörte, dieser Kressmann führe sein Unternehmen mit großer Leidenschaft und einem sicheren Geschmack. Was Frieda besonders aufhorchen ließ: Nach dem Krieg war der Familie von insgesamt sechs Kaufhäusern nur das in Hildesheim geblieben. Mit seinem Sohn, der genau wie Vater und Großvater Carl hieß, wollte er mitten im Geschäft ein Café eröffnen. Frieda hörte, Vater und Sohn verstanden sich gleichermaßen als Händler und als Gastgeber. Ein schöner Gedanke, fand sie. Was passte da besser in das Sortiment als hochwertige Schokolade und Pralinen? Ein Vertreter von Hannemann & Krüger musste immer wieder in das Rhein-Ruhr-Gebiet reisen. Als Frieda an der Reihe war, nutzte sie die Gelegenheit, die Fahrt in den meist übervollen und ungeheizten Zügen in Hildesheim zu unterbrechen, um die Herren Kressmann kennenzulernen und ihnen eine Kostprobe ihrer Waren zu überreichen. Dass Hannemann & Krüger nicht darauf warten musste, dass wieder Kakaobohnen den Hamburger Hafen erreichten, war dem glücklichen Umstand zu verdanken, dass die Fabrik von Rowntree in York von Zerstörung verschont geblieben war.

»Denk dir«, sagte Ernst eines Tages zu Frieda, »ich habe rausgekriegt, dass ein Amerikaner die Generalvertretung für Rowntree in Deutschland hat. Der sitzt zwar in Paris, aber über ihn können wir in England alles einkaufen, was wir brauchen, um wieder selbst Schokolade und

Pralinen herzustellen. Roger Hall heißt der Mann. Er kriegt seine Provision, wir kriegen unsere Zutaten.«

Welch eine erfreuliche Wendung! So konnte nicht nur die Produktion wieder anfahren, sondern Frieda war in der Lage, gegenüber Jason und dem Zentralamt für Ernährung Wort zu halten und mit Rowntree zu kooperieren. Es waren solche glücklichen Zufälle und unzählige Kleinigkeiten, die dafür sorgten, dass sich beinahe unbemerkt ein Alltag einstellen konnte. War es Frieda gerade noch unmöglich erschienen, jemals wieder Produkte von ausgezeichneter Qualität herzustellen und neue Rezepte zu kreieren, so gelangte genau diese Möglichkeit langsam wieder in greifbare Nähe.

Ähnlich verhielt es sich mit dem Wiederaufbau der Stadt. Wracks wurden aus dem Hafenbecken geschleppt, demolierte Loks von Gleisen gezogen, die daraufhin notdürftig repariert werden konnten. Schuttmassen verschwanden aus den Vierteln, eben noch mit Trümmern verstopfte Straßen wurden wieder passierbar. Einmal sah Frieda einen Elefanten, der schwere Mauerstücke aus dem Weg schaffte. Sie glaubte erst zu träumen, später hörte sie, dass der Zoo Hagenbeck der Stadt seine Dickhäuter für die Aufräumarbeiten zur Verfügung stellte. Gleichzeitig verwandelten Kriegsgefangene, aber auch Freiwillige, einzelne Steine und Brocken in neues Baumaterial. Solange Spreckel sie noch nicht wieder in Stellung nehmen konnte, verdiente sich auch Ulli auf diese Weise ein bisschen Geld.

»Ich bin froh, dass du Mariannchen wieder beschäftigen kannst«, sagte sie, als Frieda und sie endlich mal wieder Zeit füreinander gefunden hatten. Mina hatte ihnen eine Milchsuppe gekocht, die zum größten Teil aus Wasser und Haferflocken bestand, dank etwas Kirschkompott aber herrlich schmeckte. »Die Arbeit ist viel zu schwer für sie.«

»Für dich etwa nicht?« Frieda legte den Kopf schief. Ulli und sie waren der gleiche Jahrgang. Mit einfachsten Mitteln unzählige Ziegel zu reinigen, Mörtel mit dem Hammer abzuklopfen oder mit dem Messer wegzukratzen, die reinste Plackerei. Frieda konnte sich nicht vorstellen, das Tag für Tag von früh bis spät tun zu müssen. Lange würde Ulli es gewiss nicht aushalten. Die Schufterei hatte Spuren hinterlassen. Ihre Hände waren nicht nur rissig, sondern bluteten stets an mehreren Stellen oder waren verkrustet. Einen Nagel hatte sie eingebüßt, und wenn sie glaubte, dass Frieda es nicht sah, bewegte sie ihre Finger langsam und verzog dabei das Gesicht vor Schmerz. Ihre Zuversicht verlor Ulli dennoch nie.

»So habe ich wenigstens was zu tun, bis Spreckel mich endlich wieder einstellen kann«, sagte sie, nachdem sie den Teller Milchsuppe geleert und anschließend genüsslich ausgeleckt hatte. »Siebzig Pfennig die Stunde is nich grad ein Vermögen, aber obendrauf kriege ich als eingetragene Trümmerfrau ’ne größere Lebensmittelration.« Sie reckte stolz das Kinn. »Die doppelte Menge Fett, ein Kilo Brot und hundert Gramm Fleisch. Am Tag! Da staunst du, was?«

Ab November des Jahres 1945 waren die ersten Nissenhütten aufgestellt worden. Sie sahen aus wie riesige halbierte Blechtonnen und standen dicht an dicht zu Hunderten in Reih und Glied. Das alte Ehepaar Braune gehörte zu den ersten Glücklichen, die eine der Hütten zugeteilt bekamen. Frieda würde nie vergessen, wie sie gestrahlt hatten, als sie ihr das eigene kleine Reich zeigten. Sie hatten darauf bestanden, Frieda zum Einzug einzuladen.

»Sehen Sie, Frau Møller«, sagte Herr Braune aufgeregt, »hier vorne ist der Eingang, hier hinten haben wir ein Fenster und hier das Beste: der Holzofen. Sehen Sie, das ist das Rohr, oben auf dem Dach steht ein richtiger Schornstein. Ist fast wie ein richtiges Haus.«

»Ja, alles dran, da kann man sich nicht beschweren.« Frieda brachte es einfach nicht übers Herz, ihre Bedenken zu äußern. Noch nicht einmal Dezember, und es war schon jetzt eiskalt. Kein Wunder, die Wände der Notunterkunft bestanden aus Wellblech. Die Braunes hätten auch draußen schlafen können, es hätte keinen Unterschied gemacht, außer, dass sie hier drinnen wenigstens trocken blieben. Jedenfalls hoffte Frieda das. »Na ja, Sie können nur mit Holz heizen«, begann sie vorsichtig. »Die Wärme hält nicht lange vor. Ist das letzte Scheit verglüht, wird es kühl.«

»Besser als nichts«, wischte der alte Mann ihren Einwand beiseite, »wir leben schließlich nicht in Sibirien und werden damit schon auskommen.« Frau Braune sagte nichts. Ihre Lippen waren blau, und in ihrem Blick lag Resignation. Oder war es die Gewissheit, das Schlimmste überstanden zu haben?

An einem frostigen Dezembermorgen klopfte Frieda vorsichtig an die Hütte. In diesem harten Winter fühlte sich Hamburg wahrhaftig wie Sibirien an. Es hatte ihr einfach keine Ruhe gelassen, sie musste den alten Herrschaften anbieten, wenigstens vorübergehend wieder in die Møllersche Villa zu ziehen.

»Was wollen Sie?«, fragte ein Mann, einen löchrigen Schal über Mund und Nase, die Mütze tief in die Stirn gezogen. Der Mantel, den er trug, erinnerte Frieda stark an Pers Mantel, den sie Herrn Braune geschenkt hatte.

»Ich möchte etwas mit dem Ehepaar besprechen, das hier wohnt«, erklärte sie fest und rieb sich die Hände, die trotz ihrer Lederhandschuhe steif vor Kälte waren.

»Die sind hin!«

»Was soll das heißen?« Ihre Kehle wurde eng.

»Na, tot sind 'se.«

»Was? Aber ... beide gleichzeitig? Wie ist das passiert? Ich meine ...«

»Jo, beide gleichzeitig erfroren. Gestern früh hat man sie gefunden. Ganz eng umschlungen, hab ich gehört. Is traurig, ne?«

Frieda konnte nur fassungslos nicken. Sie war zu spät gekommen.

»Heute kommen neue Leute. Den Mantel hab ich mir genommen. Is doch wohl in Ordnung, oder? Immerhin warn wir kurz Nachbarn. Nich, dass den Mantel jemand kriegt, der die gar nich kannte.«

»Ja, das ist wohl in Ordnung«, sagte sie leise und ging.

Glück und Trauer, Genugtuung und Entsetzen lagen in diesen Zeiten dicht beieinander. Schon im November 1945 begannen in Nürnberg

Prozesse gegen Nazis. An manchem Tag saß Frieda mit Ernst vor dem Radiogerät und verfolgte atemlos die Berichte darüber. Es war gut, dass die Verbrecher zur Rechenschaft gezogen wurden. Gleichzeitig erhielten Albert, Frieda und Ernst, wie alle Hamburger Kaufleute, Briefe mit Fragebögen. Das also hatte der Major mit den Stahlaugen gemeint, als er gesagt hatte: »Wir werden herausfinden, welche Gesinnung Sie haben.« Sie wollten die Haltung der Menschen zu den Nationalsozialisten entlarven, indem sie ihnen Fragen stellten? Lächerlich. Glaubten sie denn ernsthaft, die verbliebenen Anhänger der NSDAP wüssten nicht, was die Besatzer lesen wollten und was man besser verschweigen sollte?

Hans hatte keinen Fragebogen bekommen. Man hatte ihn vielleicht einfach vergessen. Kein Wunder, dachte Frieda, sie selbst musste aufpassen, ihren Bruder nicht zu vergessen. Er sprach nicht, malte nicht, kam manchmal tagelang nicht einmal zum Essen an den Tisch, sondern ließ sich von Mina etwas in sein Zimmer bringen. Es gelang ihm, sich nahezu unsichtbar zu machen. Frieda hatte schon Sorge, er könne sich in dubiosen Spelunken herumtreiben und womöglich sogar wieder Drogen nehmen. Mina war da anderer Ansicht.

»Ich glaub, er braucht Arbeit, Frau Møller. Ich hab den ein paar Mal draußen herumstromern sehen. Aber nich so, wie du denkst, sondern eher so … Keine Ahnung, wie ich das sagen soll. Er läuft im Park herum, dann geht er die Elbchaussee hoch und kommt gleich wieder zurück. Wenn du mich fragst, Frau Møller, der hat nix zu tun. Das macht ihn ganz verrückt.«

Und tatsächlich, im Frühjahr 1946 tauchte Hans in der Manufaktur auf. Er sah Frieda flehend an, ging zu einem der Arbeitstische, ließ sich neben Marianne nieder, die eine kleine Partie Schokoladentafeln verzierte, und fing an, einen Riegel zu zerschneiden. Danach sah es zumindest im ersten Augenblick aus. Frieda wollte ihn schon zur Vernunft bringen. Wenn sie auch aus England beliefert wurden, hatten sie nun wirklich nichts zu verschwenden. Rohstoffe waren teuer, die Riegel nahrhaft und derzeit ihr Renner.

»Lass doch!«, hatte Sarah gesagt und Frieda am Ärmel zurückgehalten. »Sieh nur!« Die beiden beobachteten, wie Hans die Klinge geschickt führte, hier eine Ecke abschnitt, dort eine Vertiefung kratzte. *Wie Ulli den Mörtel von den Ziegeln schabt*, ging Frieda durch den Kopf. Je länger er den gebackenen und mit Kakaopulver verfeinerten Riegel bearbeitete, desto klarer konnte man eine Form erkennen. »Eine Lokomotive«, rief Sarah. Hans blickte nicht von seinem kleinen Kunstwerk auf, aber er lächelte. »Das ist die Idee!« Sarah war offenbar Feuer und Flamme.

»Jetzt bin ich aber gespannt.« Frieda konnte Hans unmöglich erlauben, weiter ihre Ware zu zerschneiden, nur weil es für ihn eine gute Beschäftigungstherapie war.

»Du willst doch bestimmt wieder deine kunstvoll verzierten SchoKu-, deine Schokokunst-Taler in den Handel bringen.«

»Sobald wir wieder alle Zutaten in größerer Menge haben, ja.«

»Onkel Hans kann nicht nur schnitzen, er kann auch malen.« Sarah strahlte über das ganze Gesicht. »Wie wäre es, wenn Marianne die Taler nicht nur mit Blumenranken und anderen Schnörkeln verzieren würde, sondern Onkel Haus einige auch mit Texten und Bildern? Für meinen Schatz«, sagte sie und malte den geschwungenen Schriftzug in die Luft.

Als sie später allein waren, sagte Sarah: »Es tut Onkel Hans gut, wenn er etwas zu tun hat, glaube ich, und wenn er ein bisschen mehr unter Menschen ist. Ich freue mich jedenfalls, wenn er regelmäßig in die Manufaktur kommt, weil ich ihn dann öfter sehe.«

Onkel Hans. Frieda schluckte. Wurde es nicht allerhöchste Zeit, dass Sarah erfuhr, wer er wirklich war? *Zu spät*, dachte sie, *wir haben den richtigen Moment längst verpasst.*

»Ich würde mich auch freuen, wenn er regelmäßig in der Manufaktur wäre. Eine Zeit dachte ich, du würdest ihm lieber aus dem Weg gehen.« Sarah sah sie überrascht an. »Na ja, du warst noch ein Kind, als du ihn damals auf dem Dachboden gefunden hast. Das muss ein Schock für dich gewesen sein.«

Sarah nickte. »Ich dachte, er wäre tot.«

»Ich an deiner Stelle wäre sehr wütend auf ihn gewesen. Immerhin war dein Besuch angekündigt, und dann findest du ihn in diesem Zustand.« Frieda sah sie an. »Du hast es ihm nicht übelgenommen, was?« Sie strich ihr zärtlich eine Strähne des dunkelbraunen Haars aus dem Gesicht. »Du hast ihn noch immer gern.«

»Ja, sehr. Er ist der seltsamste Mensch, den ich kenne. Trotzdem fühle ich mich ihm auf besondere Weise nah.«

Wenn Frieda manchmal auch die Geduld zu verlieren glaubte, weil ihr die Entwicklung aus kaufmännischer Sicht nicht schnell genug ging, so staunte sie manchmal doch darüber, wie sehr die Zeit rannte. Der bitterkalte Winter, der nicht nur die Braunes, sondern viele Hamburger das Leben gekostet hatte, ging zu Ende, erste Knospen an Bäumen und Sträuchern füllten die Herzen mit Hoffnung. Nur selten schaffte sie es, sich auf ein Plauderstündchen mit Ulli zu treffen oder Ernst und Walli außerhalb des Geschäfts zu sehen. Sie hatten ein Zimmer in einem Haus an der Bismarckstraße in Eimsbüttel bezogen, nachdem der Bau, in dem sie zuvor gewohnt hatten, doch hatte abgerissen werden müssen.

»Hast du mir nicht immer weisgemacht, mit eurer Wohnung ist alles in Ordnung?«, hatte Frieda Ernst gefragt, als er ihr von dem bevorstehenden Umzug erzählte.

»Die Wohnung war in allerbester Ordnung, nur der Rest drum rum nicht.« Er zuckte die Achseln und zwinkerte. »Ist schön in Eimsbüttel. Walli und ich haben ein Zimmer mit Kochgelegenheit nur für uns. Meine Mutter kriegt eine eigene Kammer im gleichen Haus. Walli kocht für sie mit, und das Bad ist für alle auf dem Flur. Du, das Beste ist die Aussicht! Wir gucken auf den Isebekkanal. Musst uns mal besuchen kommen, denn zeig ich dir das.«

Das tat Frieda. Es war so eng, dass man kaum einen Schritt machen konnte zwischen Ehebett, Tisch, Stühlen, einem Kleiderschrank und dem kleinen Herd. Gemütlich war es trotzdem. Walli hatte Vorhänge genäht und Kissenbezüge aus alten Uniformen, die sie mit ausgedienten Gardinen verziert hatte. Und die Enge hatte den Vorteil, dass es mit vier Personen im Raum, Ernsts Mutter Gertrud Krüger hatte sich zu ihnen gesellt, schnell warm wurde. Den Gang auf die Toilette zögerte Frieda möglichst lange hinaus, weil es dort so eisig war, als benutze man eines der Plumpsklos im Hinterhof. Sie tranken Brennnesseltee und selbst gebrannten Kartoffelschnaps und hatten Gänsehaut wegen der Frau, die man Ende März aus dem Herrengrabenfleet, mitten in der Hamburger Innenstadt, gefischt hatte.

»Als Wasserleiche möchte ich nicht enden.« Walli schüttelte sich. »Ganz aufgequollen soll die gewesen sein, und 'ne komische Hautfarbe soll die gehabt haben. Pfui, nee!«

»Soll vor allem ein ganz junges Mädchen gewesen sein«, sagte Frieda leise. »Hoffentlich erwischen sie den, der ihr das angetan hat.«

»Darauf trinken wir noch einen«, erklärte Ernst und spendierte einen weiteren Schnaps.

Die Zahl der Verbrechen in Hamburg stieg. Glücklicherweise waren nicht alle Vergehen so grausig wie der Mord am Fleet. Manche Tat hatte sogar ihren ganz eigenen Humor. Wie die des Schmugglers, der dabei erwischt worden war, heimlich Schmalz aus dem Freihafen zu schleppen.

»So ein Töffel!« Walli schlug sich auf die Schenkel. »Klebt sich das Fett an den Bauch und die Brust. Als ob das nicht auffällt, wenn einer Ärmchen hat wie ein dünner Hering und dazu so eine Plautze.« Sie schüttete sich aus vor Lachen.

»Die Rotkäppchen ham den einfach vor den Ofen gesetzt und gewartet«, erzählte Ernst weiter. Auch er konnte sich prächtig darüber amüsieren. »Das war Tauwetter für den Dicken. Das Schmalz ist ihm in die Schuhe gelaufen und auf den Boden getropft.« Er seufzte.

»Schade drum, das wär in meiner Pfanne besser aufgehoben gewesen.« Walli verdrehte die Augen. Auch über ihren ehemaligen Nachbarn im Meßberghof, Bruno Tesch, sprachen sie. Zusammen mit seinem Geschäftsführer hatte man ihn Anfang März zum Tode verurteilt.

»Ich bin gespannt, ob sie das Urteil wirklich vollstrecken«, sagte Frieda nachdenklich. »Wie man hört, sind es jetzt schon weit mehr als nur eine Handvoll Gnadengesuche.«

Ernst nickte. »Wir können von Glück sagen, dass wir mit Schokolade handeln, was?« Walli lachte auf, doch Ernst war kein bisschen nach Scherzen zumute.

»Nee, ist doch so. Wenn ich bei Schädlingsbekämpfungsfachmann Hannemann Laufbursche gewesen wär und mich denn hätte hocharbeiten können, hätte ich in schwierigen Zeiten etwa ein Geschäft abgelehnt?«

»Ja, Ernst, das hättest du. Wenn es darum gegangen wäre, Menschen zu vergiften, hättest du es abgelehnt«, sagte Walli fest. Gertrud Krüger enthielt sich der Diskussion, sie war im Sessel eingenickt.

»Wir können das leicht behaupten«, beharrte Ernst, »die Frage hat sich für uns nicht gestellt. Aber sicher bin ich nicht. Wenn du Zeug verkaufst, das eigentlich Kakerlaken vernichten soll, und du ahnst, dass jemand damit anderes im Schilde führt, lässt du die schöne Einnahme dann sausen, um weiter in den Spiegel gucken zu können?« Er sah in die Runde.

Frieda schwieg betroffen, denn ihr kluger alter Freund Ernst hatte mal wieder recht.

Kein halbes Jahr nach Friedas Besuch bei Ernst und Walli wurden die Gnadengesuche abgewiesen, Tesch und sein Geschäftsführer im Wonnemonat Mai hingerichtet.

Zu Friedas großer Überraschung suchte Jason ihre Nähe nicht. Er machte keine Anstalten, mit ihr auszugehen oder sie aus rein persönlichen Motiven zu treffen. Sie pflegten einen sachlich-höflichen Umgang und hatten immer die Vorteile beider Seiten im Blick. Das bedeutete nicht, dass sich ihre Gesprächsthemen ausschließlich auf das Geschäft bezogen. Er erzählte ihr von seiner Schwester Liz. Sie war während der Bombardierung Londons im Frühjahr 1941 in der Stadt gewesen.

»Du kennst sie, sie hat sich freiwillig gemeldet und in einem Lazarett im U-Bahn-Tunnel Dienst getan.«

»In einem U-Bahn-Tunnel?« Frieda glaubte, sich verhört zu haben.

»Zeitweise spielte sich dort nahezu das gesamte Londoner Leben ab, nachdem die Menschen einmal begriffen hatten, dass die Tunnel selbst den Angriffen aus der Luft standhielten.« Er hob die Schultern, ließ sie wieder sinken. »Von Armenspeisungen bis zu Kabinettssitzungen hat alles dort unten stattgefunden.« Er hing seinen Gedanken nach.

»Ist sie am Leben?«

»Ja. Ob du es glaubst oder nicht, sie ist jetzt in Indien.« Frieda sah ihn verblüfft an. »Gleich nach Ende des Krieges hat sie sich auf den Weg gemacht. Sie lebt erst einmal auf unserer Plantage und sieht dort nach dem Rechten. Vor allem aber spürt sie, dass Indien auf dem Weg in die Unabhängigkeit ist. Es ist allerhöchste Zeit, dass wir unser Kolonialdenken aufgeben.« Frieda fielen Pers Erzählungen aus China ein. Auch dort waren die Menschen enttäuscht gewesen, dass Europa nach dem Ersten Weltkrieg an seiner Kolonialpolitik festgehalten hatte. Allerdings, die Zeit war mehr als reif für Veränderungen. »Ein derartig riesiges Land in eine vollkommen neue Regierungsform zu führen, wird keine einfache Sache«, fuhr er fort. »Liz meint, überall werden Menschen gebraucht, die die Inder dabei unterstützen. Immerhin werden auch viele Engländer, die dort jetzt beispielsweise Krankenhäuser leiten, ihre Plätze räumen. Indische Ärzte und Krankenschwestern werden lernen müssen, sich auch um Organisatorisches zu kümmern.« Er seufzte. »Ich hätte sie gern in meiner Nähe, aber was soll ich tun? Liz hat keine Kinder, keinen Mann, sie hat diesen Weg gewählt.«

Ein anderes Mal, es war Mitte Juli 1946, fragte er Frieda nach dem Grindelbergviertel. »Die Bauarbeiten beginnen. Hast du gesehen?«

»Das habe ich. Es wird viel darüber geredet, was genau dort entsteht. Weißt du mehr?« Sie bemühte sich um eine arglose Miene. Natürlich wusste er mehr, nur war die Angelegenheit streng geheim, hieß es.

Jasons Lippen verzogen sich zu einem breiten Lächeln. »Ich durchschaue dich, Frieda. Du willst mich aushorchen.«

Sie lachte. »Niemals! Du hast vom Grindelberg angefangen, so sehr interessiert es mich nun auch nicht.« Sie schob ein paar Unterlagen zusammen, Listen mit den Namen der kürzlich eingeschulten Kinder, Lieferscheine. Beiläufig sagte sie: »Ich wundere mich nur, wie das neue Viertel mit Blankenese zusammenhängt. Angeblich sollen Zigtausende, die dort jetzt leben, ihre Häuser und Wohnungen verlassen, damit Engländer einziehen können. Wie passt das zusammen, wenn am Grindelberg so viel Wohnraum für Engländer entsteht?«

»Gar nicht, weil es nicht so ist.«

»Ich hatte schon befürchtet, dass es mit dem gewaltigen Platzbedarf deiner Landsleute zu tun hat«, erklärte sie spitz. »Mein Vater musste sein Haus räumen, weil es für zwei deutsche Männer unanständig viele Räume gewesen wären. Jetzt lebt ein Engländer darin. Einer!« Sie hatte sich mal wieder in Rage geredet. Vater und Hans waren bei ihr bestens untergebracht, das war es nicht, was sie aufregte. Ernst und Walli dagegen lebten zu zweit auf elf Quadratmetern. Und damit waren sie im Gegensatz zu anderen noch gut dran, auch wenn sie sich mit vierzehn Personen ein Badezimmer teilten. Mehr als einmal hatte Frieda beobachtet, wie britische Soldaten Möbel, Bettwäsche und persönliche Dinge von Hausbewohnern einfach in den Vorgarten schmissen. Die Besitzer konnten, wenn sie großes Glück hatten, einen Teil davon in einer winzigen Kammer unter der Treppe verstauen oder mitnehmen, was sie tragen konnten. »Es ist einfach nicht richtig, den Menschen ohne Not das Dach über dem Kopf zu nehmen, nur um selbst Zimmer zu haben, die man dann doch nicht nutzt.«

»Der Mann in der Villa deines Vaters ist ein General. Ihm stehen sechzehn Zimmer zu«, sagte er ruhig. Frieda schüttelte erbost den Kopf. »Glaub mir, einfache Soldaten leben hier auch nicht gerade im Luxus.«

»Ist mir egal. Hauptsache, ihr seid irgendwann wieder verschwunden.« Frieda erschrak, sie hatte laut gedacht. »So war das nicht gemeint. Ich hoffe nur …«

»Schon in Ordnung. Viele meiner Landsleute denken wie du, sie wollen einfach nur nach Hause.« Plötzlich änderte sich sein Blick, er legte den Kopf schief. »Ich finde, du solltest mehr Engländer kennenlernen. Schließlich werden wir auf lange Sicht miteinander zu tun haben. Rein geschäftlich.«

Wenige Tage nach ihrem letzten Treffen hatte Jason sie eingeladen, ihn in einen Offiziersklub zu begleiten. Frieda war hin und her gerissen. Einerseits reizte es sie durchaus, einen tieferen Einblick in diese ganz eigene Welt der Engländer zu bekommen. Je länger sie in Hamburg waren, desto deutlicher wurde der Umstand, dass sie eine eigene Stadt in der Hansestadt errichteten. Eigene Geschäfte, eigene Bahn-Abteile, eigene Viertel. Es konnte ihr von Nutzen sein, all das besser zu verstehen. Andererseits scheute sie den Gedanken, sich mit Jason in der Öffentlichkeit sehen zu lassen. Natürlich war sie auch früher mit verheirateten Kaufleuten ausgegangen, ohne dass das ihrem Ruf geschadet hätte. Nur war Jason eben kein Hamburger Kaufmann. Was ihr am meisten Sorge bereitete, war wohl Jason selbst. Würde er weiterhin so zurückhaltend sein, wenn sie erst einmal nachgab und mit ihm ausging? Oder würde er fortan doch ihre Nähe suchen? Wollte sie das? Frieda hatte ihn zunächst vertröstet, die Einladung dann angenommen und im letzten Augenblick wieder abgesagt. Jason ließ nicht locker, es zog sich bis in den Herbst, und nun war es also so weit, sie waren wieder verabredet. Dieses Mal konnte Frieda unmöglich im letzten Moment kneifen.

An einem stürmischen Abend wartete sie darauf, dass er sie abholte. Sie hatte die meisten ihrer feinen Kleider Henrik mit auf den Schwarzmarkt gegeben, um sie gegen Nützliches zu tauschen. Noch immer war sie der Meinung, dass ihre Mutter mehr Schmuck besessen haben musste als die wenigen Stücke, die sie bei ihrem Unfall im Garten neben ihr gefunden hatten. Mutters Begeisterung für Edelsteine und Gold hätte ihnen bei Tauschgeschäften sehr gut zupasskommen können, doch der Schmuck blieb verschwunden. Darum hatte Frieda eben nach und nach alles hergegeben, was ihr einmal kostbar gewesen war. Ein Kleid hatte sie sich aufbewahrt. Für besondere Anlässe wie diesen und weil es ihr am besten stand, wie sie meinte. Der türkise Satin passte zu ihrem braunen Haar. Sarah würde es mindestens ebenso gut stehen. Wenn Frieda es ein wenig kürzen und enger machen ließe, hätte sie ein Weihnachtsgeschenk für sie. Es konnte nicht mehr lange dauern, bis sie Verabredungen mit jungen Männern hatte. Erstaunlich genug, dass sie bisher noch keinen Kavalier mit nach Hause gebracht hatte.

Frieda kontrollierte ihr Aussehen ein letztes Mal im Spiegel und verließ das Haus. Wahrscheinlich war es töricht, aber sie wollte Jason nicht in Pers Haus haben. Noch nicht.

Sie schlug den Kragen ihres Mantels hoch und schob die Hände in die Taschen. Den ganzen Tag war es nicht hell geworden, der Garten hatte unter einer grauen milchigen Decke gelegen, die einem nicht nur jedes Gefühl für die Tageszeit, sondern auch sämtliche Energie raubte. Wenigstens war es jetzt dunkel, und das Trübe wurde von der Nacht verschluckt. Dafür hatte der Wind aufgefrischt, und es begann auch noch zu nieseln. Frieda ging den Weg hoch in Richtung Straße. Ein Rascheln. War da jemand? Vermutlich wieder Kinder oder Kriegsinvaliden, die die Mülltonnen nach etwas Brauchbarem durchstöberten. Als ob selbst in den Villenvierteln jemand etwas wegwarf, das man noch essen oder irgendwie verwenden konnte. Wieder ein Geräusch, nur wenige Meter von ihr entfernt. Frieda blieb stehen. Es war dumm, allein durch die Dunkelheit zu schleichen. Viel zu gefährlich. Man hatte Menschen schon für weniger als einen intakten Mantel den Schädel eingeschlagen. Die Frauenleiche aus dem Herrengrabenfleet kam ihr in den Sinn. Ob das Mädchen Opfer eines Raubüberfalls geworden war? Frieda hatte nichts mehr darüber gehört. Hoffentlich hatte man den oder die Täter inzwischen gefasst. In einem Haus auf der anderen Straßenseite flammte Licht in einem der Fenster auf. Gegen dessen Schein hob sich für einen kurzen Moment die Silhouette einer Person ab. Das war doch … Frieda wurde mit einem Mal ganz heiß. Hatte sie sich also doch nicht getäuscht. Es war eine Frau, nicht irgendeine Frau. Aber konnte das sein? Die Gestalt war sofort aus dem schwachen Lichtkegel geflohen. Wohin? Frieda kniff die Augen zusammen, da hörte sie aus der Ferne ein Brummen, zwei Scheinwerfer erhellten die Straße. Sie blickte in die Richtung, da hörte sie aus der anderen Richtung Absätze auf dem Pflaster. Frieda fuhr herum und sah gerade noch die Frau auf den gegenüberliegenden Bürgersteig springen und in die nächste Gasse verschwinden. Der Schweiß, der auf Friedas Stirn getreten war, wurde kalt, sie fröstelte. Als Henrik nach Hause gekommen war, hatte sie ein ähnliches Gefühl ergriffen wie jetzt, noch ehe sie ihn wirklich erkannt hatte. Der Wagen hielt auf ihrer Höhe an, die Fahrertür öffnete sich. Jason. Frieda rührte sich nicht vom Fleck, sie starrte angestrengt zu dem kleinen Weg, in den die Frau gelaufen war.

»Guten Abend, Frieda. Alles in Ordnung mit dir? Du siehst aus, als hättest du einen Geist gesehen.«

»So etwas in der Art«, stammelte sie. Dann riss sie sich zusammen, lächelte und stieg ein. Keinen Geist, aber womöglich Sarahs Mutter Selma Blumenstein.

Am Eingang musste Jason seine Berechtigung und Friedas Einladung vorlegen, ehe sie hereingebeten wurden. Dann jedoch verschluckte sie augenblicklich eine eigene Welt. Sie war völlig anders, als Frieda es sich vorgestellt hatte. Ein Vier-Mann-Orchester spielte Melodien aus Show Boat. Frieda hatte gelesen, dass es in einer neuen Version gerade wieder den Broadway eroberte. Alte Kamellen, aber herrlich sentimental. Auf den Tischen feinstes Porzellan und Kristall, blank polierte Leuchter reflektierten Kerzenlicht, obendrein war der Saal gut geheizt. Junge Frauen mit weißen Schürzen servierten Scones, schwarzen Tee mit Sahne und später Braten mit Kraut. Allein der Duft ließ Frieda das Wasser im Munde zusammenlaufen.

»Erinnerst du dich an unseren Ausflug ins Niendorfer Gehege? Du hattest Angst, Damwild schießen zu müssen, dabei wollte ich es nur mit dir beobachten.« Er blickte auf den Teller. »Ich hoffe, du kannst dich überwinden, es nun zu essen.«

»Jetzt, wo es schon mal tot ist, wäre es doch ziemlich dumm, das Fleisch verderben zu lassen.« Sie lächelte.

Das Wild war vorzüglich, lange hatte Frieda nicht mehr so gut gegessen. Und sie hatte lange nicht mehr an Martina und Magnus Jensen gedacht, die in Niendorf ein Sommerhaus besessen hatten. Sie würde es ihnen nie vergessen, dass sie Clara bis zur Abreise ihres Schiffes nach New York dort Unterschlupf gewährt hatten, nachdem es in ihrem Versteck in Spreckels Kaffeespeicher zu gefährlich geworden war. Eine Jüdin im eigenen Haus, das war lebensgefährlich gewesen. Frieda musste unbedingt herausfinden, was aus ihnen geworden war. Das Letzte, was sie von den Jensens gehört hatte, war, dass sie Deutschland verlassen hatten.

Frieda unterhielt sich prächtig. Sie lernte Henry Vaughan Berry kennen, Nachfolger im Amt des Stadtkommandanten von Harry Armytage, der Bürgermeister Krogmann und die meisten seiner NS-freundlichen Senatoren nach Besetzung der Stadt umgehend hatte verhaften lassen. Jason machte sie auch mit anderen Offizieren bekannt und plauderte ebenso charmant wie unverfänglich mit ihr, wofür sie ihm zutiefst dankbar war. Kurz kam er sogar auf das Grindelbergviertel zu sprechen.

»Es wird darüber nachgedacht, es zum Hauptquartier britischer Besatzungstruppen zu machen«, flüsterte er dicht an ihrem Ohr. »Das Wohnquartier dazu könnte in Blankenese entstehen.« Er hob vielsagend seine Augenbrauen. »Das ist der Grund für die Gerüchte. Wenn du mich fragst, besteht kein Anlass zur Sorge. Es wird dauern, bis die Grindelbauten bezugsfertig sind. Bis dahin hat sich die Lage schon wieder komplett geändert, und unsere Kommandanten werden neue Pläne schmieden.« Das waren erfreuliche Aussichten. Frieda fühlte sich zurückversetzt in gute Zeiten, in denen die Wirtschaft der Stadt sich prächtig entwickelt hatte zum Vorteil von Hannemann & Krüger, in denen sie nicht darauf hatte achten müssen, was eine gebratene Scholle oder geräucherter Aal kostete, sie hatte einfach bestellt, worauf sie Appetit hatte. Und wenn die Arbeit ihr und Per über den Kopf gewachsen war, dann waren sie eben zweimal die Woche auswärts essen gegangen, hatten Wein dazu getrunken und sich einen Nachtisch gegönnt. Es hatte keine Rolle gespielt, denn sie konnten es sich leisten.

Welch ein Luxus! Waren sie sich dessen in jeder Minute bewusst gewesen?

Nach dem Essen wurde wieder amerikanische Musik gespielt, Stücke von Freddy Martin und Frank Sinatra dieses Mal. Alle Sorgen schienen so weit weg, Frieda fühlte sich leicht. Einen Abend lang wieder eine Ahnung von diesem Zustand zu haben, berauschte sie dermaßen, dass sie die Gestalt auf dem Bürgersteig völlig vergaß.

Als sie an jenem Abend in ihrem Bett lag, satt, ein klein wenig beschwipst und mit vom Tanzen schmerzenden Füßen, kam ihr in den Sinn, dass sie es schon einmal geschafft hatte. Auch nach dem ersten alles verschlingenden Krieg hatte es eine Zukunft gegeben, für die es sich zu kämpfen lohnte. Das schlechte Gewissen, es sich so gut gehen zu lassen, während andere hungerten und froren, wurde von einem Gefühl verdrängt, das an diesem Abend heller strahlte als alles andere. Zuversicht.

Kapitel 11

Im Dezember des Jahres 1946 verlobten sich Henrik und Gerlinde. Es war ein nasskalter dunkler Tag, ein perfektes Spiegelbild von Friedas Seele. Der zweite für Hamburg ungewöhnlich strenge Winter seit Kriegsende. Wie viele Menschen würden dieses Mal erfrieren oder verhungern? Dass Per fehlte, machte ihr an diesem für Henrik so wichtigen Tag sehr zu schaffen.

»Sein Vater hätte bei der Verlobung dabei sein müssen«, sagte sie finster.

»Da hast recht, Frau Møller. Isser aber nich«, erklärte Mina in ihrer unverwechselbar klaren Art. »Darum musst du besonders für den Jungen da sein.«

Für den Jungen … Im August war Henrik gerade achtzehn geworden. Ein erwachsener Mann, doch manches Mal kam er Frieda noch immer wie ein großer Junge vor. Mina hatte recht. Wie immer. Frieda hatte dafür zu sorgen, dass der Tag etwas ganz Besonderes für ihn wurde.

»Was ist mit Fiete? Noch immer kein Lebenszeichen von deinem Sohn?«

Mina schüttelte den Kopf. Ihre Haare waren gewachsen. Sie frisierte sie jetzt über die Stellen, die kahl bleiben würden. »Nix. Aber das Rote Kreuz sucht ja schon.«

»Nach deinem Fiete?«

»Nach allen, die noch verschollen sind oder nich nach Hause gekommen. Ich hab gehört, die gehen rum und fragen alle, die jetzt nach und nach wieder nach Hamburg heimkehren.« Ihre Augen leuchteten hoffnungsvoll. »Denn finden die auch meinen Fiete.«

Frieda glaubte nicht so fest daran, aber sie wünschte Mina aus vollstem Herzen, dass ihr Sohn noch am Leben war. Ihr eigener Sohn feierte Verlobung. Das sollte ein Grund zur Freude sein. Wenn ihm doch nur ein anderes Mädchen den Kopf verdreht hätte. Ausgerechnet Gerlinde. Frieda war noch immer nicht recht mit ihr warm geworden. Gerlinde hatte irgendwann damit begonnen, beinahe täglich im Meßberghof zu erscheinen. Meist hatte sie eine Butterstulle oder etwas Obst für Henrik dabei. Ständig stellte sie Fragen, erkundigte sich nach Lieferanten oder schlug vor, wie man das erste Einwickelpapier gestalten könnte, das bald geliefert werden sollte. Besonders für die Produktion schien sie sich ernsthaft zu interessieren. Sarah erklärte ihr bereitwillig, warum das Conchieren so wichtig war und wie Schokolade erhitzt, wieder abgekühlt und erneut erhitzt werden musste, um einen glänzenden Überzug für Pralinen abzugeben. Sie sollte sich freuen, dass ihre künftige Schwiegertochter Begeisterung für das Unternehmen zeigte, das Henrik einmal leiten würde. Es war gut, wenn er sich mit seiner Frau über das unterhalten konnte, was ihn tagsüber beschäftigte. Doch Frieda freute sich nicht, sie mochte Gerlinde einfach nicht. Trotzdem war es dem Mädchen gelungen, Teil von Hannemann & Krüger zu werden, und nun gehörte Gerlinde auf ihre ganz eigene Weise zur Belegschaft und obendrein auch noch zur Familie.

Als das neue Jahr begann, lebten Hans und Albert immer noch bei Frieda, Henrik und Sarah. Hans hatte die Aufgabe übernommen, Riegel und Trinkschokolade für die Schulspeisungen auszuliefern.

Frieda hörte ihren Vater einmal sagen: »Wie das Leben so mit uns spielt, was, Ernst? Mein eigener Sohn ist jetzt der Laufbursche, und du bist schon lange mein Kompagnon. Der Beste, den ich mir wünschen kann, möchte ich sagen.« Er klang sehr zufrieden. Auch Hans schien mit dieser Lösung glücklich zu sein. Er war eines Tages einfach mit einem fertig gepackten Paket losmarschiert.

»Wenn wir erst wieder hübsche Pralinen und aufwendige Schokoladen-Kunstwerke herstellen können, wird er sicher lieber daran mitwirken, sie verzieren und bemalen«, vermutete Sarah. »Bis dahin ist er erst mal beschäftigt, und für uns ist das eine große Hilfe.«

Hans hatte tatsächlich wieder zu malen begonnen. Nicht seine teils düsteren Bilder, sondern Entwürfe für Schokokreationen und Verpackungen. Er zeichnete immer wieder neue Banderolen für Vollmilch und Zartbitter. Selbst wenn Hannemann & Krüger jedes Jahr im neuen Kleid daherkommen wollte, würden sie vermutlich bis zum Sankt-Nimmerleins-Tag Entwürfe haben. Frieda war es gleich, sie freute sich einfach nur darüber, dass ihr Bruder wieder etwas gefunden zu haben schien, was ihm Freude bereitete. Endlich.

Mina und sie hatten es sich zur Angewohnheit gemacht, am Abend, wenn der Tisch abgeräumt und das Geschirr gespült war, noch ein wenig gemeinsam vor dem Radiogerät zu sitzen und Musik zu hören. Hinter dem sehr deutsch klingenden Nordwestdeutschen Rundfunk verbarg sich der Sender für die gesamte britische Besatzungszone. Mal spielte er Operette, mal wurde sogar der Ausschnitt einer Revue im Friedrichstadtpalast übertragen. Überwiegend jedoch tönte Swing und Jazz durch Friedas Wohnzimmer. Nicht gerade zu Minas Begeisterung.

»Ich weiß nich, ich hab das lieber, wenn jemand was singt und wenn ich das auch versteh«, kommentierte sie jedes Mal. Trotzdem erwischte Frieda sie dabei, wie ihr Fuß wippte oder ihre Finger den Takt klopften. Manchmal hörten die beiden zusammen die Nachrichten und neuerdings auch den Kindersuchdienst vom Roten Kreuz. Mina wurde dann mucksmäuschenstill, und auch Frieda, die Vergnügen daran gefunden hatte, alte Strickwaren aufzutrennen, die Wolle zu wickeln und daraus neue Schals oder Mützen zu stricken, wagte nicht, auch nur das leiseste Geräusch zu machen.

»Feddersen …«, sagte eines Tages die kratzende Stimme des Radiosprechers. Mina erstarrte. »Ole«, fuhr der Mann im Radio fort.

»Ich dachte schon …« Minas Enttäuschung war nicht zu übersehen.

»Geboren am 25. September 1924 in Bischofsburg. Letzte Heimatanschrift …«

Mina seufzte. »Ach Mensch. Hätte der nu nich Feddersen, Fiete sagen können? Geboren am 13. April 1929 in Hamburg. Letzte Heimatanschrift Weidestraße 5?« Ihre Augen glänzten verräterisch, ihre Unterlippe zitterte.

»Warum gibst du nicht eine Suchmeldung auf?«, schlug Frieda vor. »Ist doch möglich, dass Fiete sich in Hamburg nach dir umschaut, aber nichts von diesem Suchdienst weiß. Vielleicht hat er keine Möglichkeit, Radio zu hören.«

»Denn hört er ja auch meine Meldung nicht.« Mina sah so traurig aus, dass es Frieda das Herz zerriss.

»Er vielleicht nicht, aber eventuell jemand, der ihn kennt. Vielleicht hört er den Suchdienst auch manchmal, weiß aber nicht so genau, an wen er sich wenden muss.«

Mina runzelte die Stirn. Ihr im Feuersturm verletztes Auge klappte dabei zu. »Ach so, ja, da hab ich noch gar nich drüber nachgedacht. Ich warte immer, dass er nach mir sucht, aber ich könnt natürlich auch andersrum …«, murmelte sie. Dann sah sie Frieda an. »Meinst, das kostet was?«

»Ich glaube nicht, nein. Und wenn schon, du bist so fleißig! Seit du bei uns bist, hast du keine Pause gemacht, du versorgst uns alle rund um die Uhr sieben Tage die Woche.«

»Na, na, na, so ganz stimmt das aber nich.«

»Aber fast.«

»Dafür bist du ja auch immer bannig großzügig, Frau Møller. Du hast mir schon so viel extra gegeben. Zum Anziehen oder für die Wohnung unten. Du bist nie nich kleinlich, das weiß ich wohl zu schätzen.«

Frieda lächelte. »Du kümmerst dich gleich morgen darum, dass das Rote Kreuz deinen Fiete über den Sender sucht, und ich übernehme die Kosten, falls welche fällig werden. Keine Widerrede.«

Einige Tage später saßen Frieda und Mina wieder gemeinsam vor dem Empfänger, beide ein bisschen aufgeregt dieses Mal. Dann war es so weit, Minas Aufruf wurde gesendet. Mit angehaltenem Atem bewegte Mina die Lippen mit.

»Das ham nu ganz viele in ganz Hamburg gehört«, sagte Mina beinahe ehrfürchtig, als der Name des nächsten Vermissten genannt wurde.

»Nicht nur in Hamburg.« Frieda lächelte. »In der gesamten britischen Besatzungszone. In Hannover, in Düsseldorf, in Kiel und Köln. Sogar in West-Berlin.«

»Ja, stell dir bloß vor«, hauchte Mina.

Frieda hörte im Hintergrund bereits den Abspann: »Wir bitten die Hörer, die Auskunft über die Gesuchten geben können, sich bei der Suchdienststelle vom Roten Kreuz zu melden.« Da klingelte ihr Telefon.

»Huch Gott!« Mina griff sich an die Brust.

»Das ist doch nicht möglich.« Frieda stand auf und ging an den Apparat, Mina eilte hinter ihr her, drängte sich neben sie und hielt ihr Ohr dicht an den Hörer.

»Møller?« Frieda lauschte. »Jason!«

»Und ich dacht schon, das ist das Rote Kreuz«, flüsterte Mina und gab ein Geräusch von sich, eine Mischung aus Lachen und Schluchzen.

»Nein, ist es nicht«, sagte Frieda sanft und tätschelte ihren Arm. Mina ließ Frieda allein.

»Ich will nach Brüssel fahren. Für das Zentralamt«, begann Jason. »Ich dachte, du möchtest mich vielleicht begleiten. Hattest du nicht Kontakt zu einem Chocolatier dort?«

»Jean Neuhaus, ja.«

»Wir haben die Stadt schon im September vierundvierzig von euch befreit.« Sie konnte ihn schmunzeln hören, ärgerte sich dennoch über die Formulierung. »Jedenfalls hält sich die Zerstörung in Grenzen.«

»Und davon musst du dich dringend persönlich überzeugen«, stellte sie ironisch fest.

»Es ist momentan ein bisschen kompliziert zwischen mir und meiner Frau. Abstand wäre nicht verkehrt,« gestand er frei heraus. »Ich dachte, ich könnte das Nützliche mit dem Angenehmen verbinden …

Außerdem will ich Tee mit in die Stadt nehmen. Der ist in Belgien nicht sonderlich populär, was unter anderem an der fehlenden Frühstückskultur liegen mag. Es könnte sich lohnen, das zu ändern.«

»Keine schlechte Idee«, gab Frieda knapp zurück. Plötzlich kam ihr ein Einfall. »Ich hatte vor nicht allzu langer Zeit Kontakt zu Neuhaus. Er sagte mir, dass sie schon wieder produzieren. Nicht das vollständige Sortiment, aber immerhin. Es wäre wirklich sinnvoll, ihn zu besuchen.«

»Schön, dann stimmen wir nur noch einen Termin ab.«

Wieder unterbrach sie ihn: »Einen, der uns allen drei passt. Ich würde Sarah gern mitnehmen.«

»In Ordnung. Komm einfach demnächst in mein Büro, wenn du in der Nähe bist.«

Frieda hätte sich ohrfeigen können. Sehr peinlich, erst glaubte sie, er hätte es auf ein Aufwärmen ihrer Romanze abgesehen, dann unterstellte sie ihm, dass die Aussicht auf Sarahs Begleitung ihn wohl einen Rückzieher machen ließe. Doch nichts dergleichen. Sie musste sich endlich zusammenreißen. Selbst Jason dürfte inzwischen aufgefallen sein, dass sie nicht mehr das hübsche junge Ding von vor zwanzig Jahren war. Frieda lächelte. Dann stand einer Freundschaft vielleicht nichts mehr im Wege.

Wenige Tage nach Jasons Anruf klingelte Friedas Telefon erneut. Dieses Mal war es wirklich das Rote Kreuz.

»Mina, sie haben ihn gefunden!« Frieda legte den Hörer auf und rannte los. In der Küche war Mina nicht. Auch nicht im Teilkeller, in dem Rüben und Kartoffeln des Vorjahres lagerten. Wo steckte sie nur? Wahrscheinlich war sie nur kurz im Garten. Frieda brauchte nicht nachzusehen, denn schon hörte sie die Terrassentür.

Und Minas aufgeregte Stimme: »Frau Møller, das musst du dir ansehen. Ich hab was gefunden!«

»Nein, sie haben ihn gefunden«, entgegnete Frieda lachend. Im Wohnzimmer standen die beiden Frauen sich gegenüber. Gleichzeitig sagten sie: »Woher hast du das?« und: »Was hast du eben gesagt?«

»Das is so kalt, da wollt ich man lieber nach dem Wirsing gucken«, stotterte Mina. »Nich, dass der uns doch noch erfriert, dachte ich. Ja, und als ich 'n büschen olle Blätter über die Wurzeln schichten wollte, da guckte da so 'ne Ecke raus. 'n Holzstück, das man prima in den Ofen schmeißen kann, hab ich gedacht, und wollt das rausziehen. Aber denn war das gar kein Scheit, sondern dieses Kästchen.« Sie sprach immer schneller, stolperte ihren eigenen Worten aufgeregt hinterher. »Nu bist du an der Reihe. Du hast gesagt … Ham sie ihn gefunden, meinen Fiete?« Ihre Stimme versagte und war nur noch ein Flüstern.

Frieda war vollkommen durcheinander. Mina hielt Rosemaries zweites Schmuckkästchen in der Hand. Von wegen, ihre Mutter hatte nicht mehr als eine flache Mulde zustande gebracht. Sie hatte damals also einen Teil ihrer Ketten, Ringe und Broschen bereits in einem anderen Beet vergraben.

»Nu sag schon!« Mina stellte die kleine Holzkiste auf den Tisch und packte Frieda an den Schultern.

»Ja, das Rote Kreuz hat angerufen. Fiete hat sich bei ihnen gemeldet.«

»Das kann keine Verwechslung sein?« Mina wagte nicht, an ihr Glück zu glauben. Kein Wunder, sie hatte so viel verloren.

»Fiete Feddersen, geboren am 13. April 1929, letzte Heimatanschrift Weidestraße 5 in Barmbek-Süd.« Frieda lächelte. »Meinst du, davon gibt es mehrere?«

»Nee, Frau Møller, das kann ja nur meiner sein.«

»Das denke ich auch. Worauf wartest du noch? Du kannst ihn gleich abholen.«

Mina schlug die Hände vor das Gesicht. »Nee, kann ich nich«, schluchzte sie. Ihr Körper bebte.

»Wieso denn nicht?«

»Das is zu viel, das schaff ich nich.« Immer wieder versuchte sie, sich zu beruhigen, holte Luft, fing im nächsten Moment aber sofort wieder schrecklich zu weinen an. Frieda redete beruhigend auf sie ein, streichelte ihr über die Schulter.

»Ich hab so Angst, dass er's doch nich is. Oder dass er mich nich mehr erkennt oder so!« Mina klammerte sich an Frieda fest, zitterte, bekam kaum noch Luft, sosehr hatte der Weinkrampf sie im Griff. Was hatte diese Frau nicht alles ausgehalten? Frieda bewunderte sie maßlos für ihre Stärke und ihren eisernen Überlebenswillen, und jetzt das. Mina hatte zum ersten Mal, seit sie sich kannten, völlig die Fassung verloren.

»Wir gehen zusammen«, schlug Frieda vor. »Was meinst du? Ich begleite dich.« Sie dachte an das Wiedersehen mit ihrem Bruder, als der nach Kriegsende in Hamburg aufgetaucht war. Sie konnte sich nur zu gut an die Furcht erinnern, die sie vor dieser Begegnung gehabt hatte.

»Zusammen kriegen wir das hin.« Sie strich ihr immer wieder über das Haar, wischte ihr ein wenig Erde von der Gartenarbeit von der Wange. Mina murmelte etwas Unverständliches.

»Hast du eigentlich das Kästchen geöffnet?«, fragte Frieda, um sie auf andere Gedanken zu bringen und weil ihr die Frage auf der Seele brannte. Mina nickte. »Du weißt, dass wir einige Schmuckstücke meiner Mutter vermisst und gesucht haben. Wertvolle Stücke.«

Wieder nickte Mina und löste sich langsam von Frieda. »Is alles noch da, kannst gucken, Frau Møller.«

»Nicht nötig, ich weiß, dass du nichts herausgenommen hast.« Frieda musste sich räuspern, sie hatte einen gewaltigen Kloß im Hals.

»Das gehört mir doch auch nich.« Mina wich entschlossen zurück, zog ein löchriges Taschentuch hervor und schnäuzte sich geräuschvoll.

»In diesen Zeiten interessiert kaum jemanden, was ihm gehört und was nicht, sondern nur, was er kriegen, und was er damit anfangen kann. Aber du bist anders, du bist ein guter Mensch, Mina.« Frieda nahm ihre Hände und sah ihr in die roten verquollenen Augen. »Das bist du wirklich, einer der feinsten Menschen, die mir je begegnet sind.« Sie schluckte. »So, und nun machst du dich ein bisschen frisch, und dann nehmen wir die Bahn und holen deinen Jungen ab.«

Die ganze Fahrt von der Elbchaussee durch Altona hatte Mina an einer Narbe ihrer linken Hand herumgepult. Hätte Frieda sie nicht immer wieder davon abgehalten, hätte Mina sich die Haut vermutlich blutig gekratzt. Das letzte Stück in Richtung nördliche Außenalster gingen sie zu Fuß. Der Wind pfiff eisig, die beiden Frauen stemmten sich dagegen, dann endlich hatten sie das Gebäude im Harvestehuder Weg erreicht. Sie brauchten sich nicht vergewissern, ob es die richtige Adresse war, die Schlange vor dem Eingang war ein eindeutiger Hinweis.

»Meinst, dass die alle gleich da drinnen ihre Söhne oder Ehemänner treffen?« Mina trat von einem Fuß auf den anderen. »Oder ihre Töchter, Mädchen sind ja auch abhandengekommen«, dachte sie laut.

»Soweit ich weiß, bekommt man nur die Adresse, an der der Vermisste sich gerade aufhält.« Frieda rieb sich die Finger, die in dünnen Lederhandschuhen steckten.

»Denn is Fiete gar nich hier, und wir müssen noch weiter?« Sie sah Frieda mit großen Augen an. Eine Frau vor ihnen drehte sich nach ihr um.

»Doch, ich denke schon«, entgegnete Frieda leise. »Die Dame am Telefon sagte, Fiete hätte keine feste Unterkunft. Darum darf er hier auf dich warten. Wärst du erst morgen gekommen, hätten sie ihm für eine Nacht ein Bett gegeben.«

»Erst morgen? Ich bin doch nich verrückt und warte erst noch gemütlich, bis mir das passt!«

Frieda lachte. »Hätte doch aber sein können, dass du gar nicht in Hamburg bist. Es suchen schließlich auch Menschen aus Flensburg oder Kiel nach Angehörigen.«

»Ach so, ja.«

Als sie das Haus endlich betreten konnten, war Frieda völlig durchgefroren. Mina dagegen schien zu glühen. Sie hatte sich schon draußen trotz des steifen Windes den Schal gelockert und die Handschuhe ausgezogen. Obwohl, wie in den meisten öffentlichen Gebäuden, wahrscheinlich nicht mehr als siebzehn oder achtzehn Grad herrschten, atmete Frieda auf. Die meisten Männer, die in der Schlange gestanden hatten, sortierten sich vor einer Tür ein, über der *Heimkehrer* zu lesen war. Mina und Frieda stellten sich in die Reihe der Angehörigen. Je näher sie der Tür kamen, desto stiller wurde Mina. Gemeinsam traten sie an den Tisch, hinter dem eine Frau mit weißer Schwesternschürze und dicker Strickjacke saß. Unter ihrer weißen Haube quollen graue Haare hervor.

»Guten Tag, ich will den Fiete abholen«, sagte Mina, als hätte sie die Worte minutenlang im Geiste vorbereitet. Frieda wollte ihr gerade behilflich sein und der Rot-Kreuz-Schwester den vollen Namen nennen.

»Aha, den Fiete wollen Sie abholen«, sagte die Grauhaarige da und lächelte freundlich. »Dann sind Sie wohl …«, sie zog eine Karteikarte aus einer Pappschachtel, »Mina Feddersen. Richtig?«

Mina nickte, bekam aber kein Wort mehr heraus.

»Sehr viele Fietes haben wir auch gerade nicht hier.« Sie lachte vergnügt und winkte eine jüngere Schwester heran. »Martha, das ist Frau Feddersen. Bringst du sie bitte zu ihrem Sohn?«

»Uns!«, wandte Mina aufgeregt ein. »Wär nett, wenn Sie uns beide zu ihm bringen könnten. Frau Møller is 'ne Freundin der Familie. Ich hätte sie gern dabei.«

»Na, dann folgen Sie mir bitte!« Schwester Martha nickte den beiden zu und ging voraus.

Als sie den Aufenthaltsraum betraten, legte sich ein frostiger Griff um Friedas Herz. An der Wand am Ende des Zimmers stand ein Tisch mit zwei Stühlen, an den Wänden links und rechts standen jeweils drei Betten. Alles war viel kleiner als die Männerstation des Krankenhauses, in der Hans vor einer Ewigkeit auf seine Familie gewartet hatte. Trotzdem. Die Erinnerung drängte mit Macht in ihr Bewusstsein, als sei es erst gestern geschehen. Auch Fiete saß mit dem Rücken zur Tür auf dem hinteren Bett. Mit einem Schlag begriff Frieda, dass es sein Anblick war, der ihr die Luft zum Atmen raubte. Da saß ein dürrer Mann mit schlohweißem Haar, der Frieda bekannt vorkam. Neben sich auf der Matratze eine Puppe. Sie hatte nur einen Arm. Er drehte sich langsam um, jetzt war sie sicher.

»Das ist …?« Frieda verstummte.

»Fiete!«, rief Mina und stürzte auf ihn los. Frieda blieb, wo sie war und beobachtete, wie der Junge aufsprang. Er gab einen Laut von sich, der eher von einem Tier hätte stammen können. Sie schauderte. Mina und ihr Sohn hielten sich fest umklammert. Fiete war der junge Mann mit der Puppe, der Frieda die Hand über den Mund gelegt hatte, damit sie nicht schrie und die Briten auf sich aufmerksam machte. Mit ihrem Verstoß gegen die Ausgangsperre hätte sie sich derartig in Misskredit gebracht, dass sie sicherlich nicht den Auftrag für einen Teil der Schulspeisung bekommen hätte. Ein warmes Gefühl durchströmte sie. Im Grund verdankte sie Fiete diesen Auftrag. Er war nur ein paar Monate jünger als Henrik, fast noch ein Kind.

Es dauerte lange, ehe Mina und Fiete sich ein wenig beruhigten und voneinander lösten. Mina hatte so viele Menschen verloren, nun hatte sie wenigstens ihren Sohn wiedergefunden.

Als sie sich räusperte und Frieda zuwandte, wischte sie sich eilig die Tränen weg, die gar nicht mehr aufhören wollten, über ihre Wangen zu laufen.

»Guck, Frau Møller, das ist mein Fiete«, krächzte Mina. »Fiete, das ist Frau Møller. Bei der wohnen wir jetzt.«

»Wir kennen uns«, antwortete er atemlos.

Nachdem Mina sich von der Überraschung erholt hatte, redete sie tagelang nur noch davon, dass das nichts anderes als Schicksal sein könnte. Fiete und Frieda waren sich schon begegnet, jetzt lebten sie unter einem Dach. Da musste der liebe Gott die Finger im Spiel haben. Henrik hatte den Schreck nicht verbergen können, den Fietes Anblick bei ihm ausgelöst hatte. Dass Fiete zu seinem weißen Haar auch noch helle Flecken auf den Händen hatte, als sei die Haut mit Bleichmittel behandelt worden, hatte man erst sehen können, nachdem er die viel zu große Jacke ausgezogen hatte.

Im nächsten Moment hatte Henrik sich schon wieder im Griff und ging offen auf den neuen Mitbewohner zu, wie es seine Art war. Wenn Fiete auch nicht gern redete, schienen die beiden sich doch auf Anhieb zu verstehen. Sarah dagegen hatte Mühe, Fiete ihre Ablehnung nicht spüren zu lassen. Sie konnte Frieda nichts vormachen.

»Er macht dir Angst, oder?«

Sarah sah sie erschrocken an. »Kann man mir das so leicht aus dem Gesicht ablesen? Ich möchte nicht, dass er denkt, ich hätte das Zimmer nicht gerne für ihn geräumt. Es ist nur … Er verhält sich so komisch. Wie ein Geist taucht er plötzlich hinter einem auf, er spricht nicht, jedenfalls nicht mit mir. Und immer hat er diese einarmige Puppe bei sich!«

»Wer weiß, was ihm zugestoßen ist.« Frieda lächelte sanft. »Wir müssen Geduld mit ihm haben. Ich bin jedenfalls froh, dass wir ihn im Haus haben. Nicht nur wegen Mina.« Sie zwinkerte. »Henrik beschafft ja schon Dinge, von denen ich nie gedacht hätte, dass sie in Hamburg wieder zu haben sind. Aber Fiete übertrifft ihn noch einmal um Längen.« Sie lachte, wurde aber sofort wieder ernst. »Nur ist es bei ihm nicht das kaufmännische Geschick, mit dem er auf den Schwarzmärkten genau das eintauscht, was wir am dringendsten brauchen. Fiete ist immer da, wo es etwas zu holen gibt.«

Das war er tatsächlich. Trotz der Versorgung, die über Lebensmittelkarten geregelt wurde, reichte es hinten und vorne nicht, bei niemandem. Und in der britischen Besatzungszone waren sie noch gut dran, wie immer wieder zu hören und zu lesen war. Bei den Franzosen und den Sowjets waren die Rationen noch kleiner. Wie sollten Menschen so satt werden, wenn sie obendrein körperlich schwer arbeiten mussten? Davon, dass man bei konstant geringer Kalorienzufuhr auch ständig fror, ganz zu schweigen. Ausgerechnet in diesen strengen Wintern, in denen Kohlen wie Luxusgegenstände gehandelt wurden. Man konnte manches Mal verzweifeln. Fiete war da ein echter Glücksfall. Mal brachte er einen ganzen Kissenbezug voller Kohlen, dann wieder stellte er wortlos ein Pfund Zucker in die Küche. Auf dem Schwarzmarkt kostete das bestimmt achtzig Mark, dafür musste ein Arbeiter zwei Wochen schuften!

»Er möchte Miete zahlen«, erklärte Mina, als Frieda sie darauf ansprach. »Wie soll er das wohl anners machen?«

»Es ist gefährlich, Mina!« Frieda sah ihr in die Augen. Es war kein Kinderspiel, das musste sie doch begreifen. »Die Engländer wollen sämtliche Schwarzmärkte um jeden Preis schließen.«

»Fiete geht doch nich auf'n Schwarzmarkt«, entgegnete sie entsetzt. »Nee, das macht mein Jung nich. Is ja verboten.« Sie bekam einen schelmischen Ausdruck, wie Frieda ihn noch nicht bei ihr gesehen hatte. Überhaupt hatte Mina sich verändert, seit ihr Sohn wieder in ihrer Nähe war. Sie wirkte oft unbeschwert wie ein junges Mädchen.

»Er springt auf Züge auf.«

»Ja, sportlich isser!« Mina platzte beinahe vor Stolz.

»Letztes Jahr sind sieben Trittbrettfahrer von einem entgegenkommenden Zug einfach weggerissen worden und gestorben.« Was sollte Frieda denn noch anführen?

»Macht er ja nur manchmal«, gab Mina kleinlaut zu. »Fiete is'n fleißiger Kerl, der das gern sauber und ordentlich hat. Da hilft er der Reichsbahn eben 'n büschen.«

»Es heißt nicht mehr Deutsche Reichsbahn«, wandte Frieda ein.

»Ja, ja, kann sich ja kein Schwein merken, wie das nu heißt.« Mina schüttelte den Kopf. »Jedenfalls putzt er ab und zu die Schienen, da wo das bergauf geht.« Sie machte Kulleraugen. »Wenn so'n Zug denn so langsam fährt wie 'ne Schnecke, denn is das ja fast 'ne Einladung, sich als Belohnung fürs Putzen was von der Ladung zu nehmen.«

»Es ist illegal, Mina. Ich möchte nicht, dass dein Sohn verhaftet wird und ihr wieder getrennt seid.« Das war Friedas voller Ernst, wenn sie über Fietes Beute auch noch so froh war.

»Kann etwas, das alle tun, illegal sein?«, fragte Henrik, als Frieda mit ihm darüber sprach. »Du hast deine besten Kleider auf dem Schwarzmarkt verkauft, und du willst aus Großmutters Schmuck zwei Zugfahrkarten und einen dicken Stapel belgischer Francs machen. Illegal, Mutter.«

»Aus einem kleinen Teil des Schmucks«, verteidigte sie sich. »Außerdem ist das etwas ganz anderes.«

»Nein, ist es nicht. Es gibt immer etwas, das man dringend braucht, und jeder sucht sich seinen eigenen Weg, es zu bekommen.«

Frieda stöhnte. Warum nur musste ihr Sohn so viel von seinem Vater geerbt haben? Per hatte auch nie ein Blatt vor den Mund genommen oder etwas beschönigt, nur damit sich jemand besser fühlte. Henrik hatte diese Eigenschaft geerbt, was manchmal sehr anstrengend sein konnte. Zumal Frieda ihm nichts entgegenzusetzen hatte, wenn sie in seinen blauen Augen die ihres Mannes sah. »Falls es dich tröstet, Mutter, sogar Josef Kardinal Frings gibt den Leuten, die wie Fiete aus Kohlen- und Güterzügen hamstern, seinen Segen.«

»Der Kardinal? Wohl kaum!«

»Aber klar! Hast du noch nicht gehört, dass die Leute nicht mehr von Hamsterfahrten sprechen, sondern vom Fringsen?« Er grinste frech. Dann wurde er wieder ernst. »Ist doch wahr, das sind doch keine Diebe. Das sind Menschen in Not, die sich das nehmen, was sie zum Überleben brauchen. Durch anständige Arbeit ist eine Versorgung mit dem Nötigsten doch gar nicht möglich. Vierzig Mark die Woche«, sprach er weiter, ehe sie etwas einwenden konnte, »sind ja schön und gut. Bloß ist Geld kaum etwas wert. Zigaretten sind die Währung, am besten Lucky Strike.«

»Amerikanische Zigaretten.« Frieda schüttelte den Kopf. Sie hatte wirklich anderes zu tun, als sich mit ihrem Sohn über so etwas zu unterhalten. »Die liegen ganz sicher nicht offen auf einem Güterwagen herum, den man mit Schmierseife drosseln kann.«

»Da hast du völlig recht.« Er küsste sie auf die Wange und stand auf. »Deshalb besorgt Fiete ja auch nur die leeren Verpackungen und dreht die Zigaretten selbst. Tabak mit Sägemehl bringt keinen um, aber ich kriege dafür sieben Mark.« Er machte eine Pause und schenkte ihr einen vielsagenden Blick. »Pro Stück. Das heißt, ich kann für drei Glimmstängel einen Laib Brot kriegen oder für acht Stück ein Pfund Fleisch. Nicht übel, was? Gemeinsam sind Fiete und ich unschlagbar.«

Frieda entschied sich, die beiden machen zu lassen, solange ihr Sohn seine Ausbildung nicht vernachlässigte. Zum einen musste sie Henrik recht geben, natürlich versuchte auch sie, Mittel und Wege zu finden, die nicht immer ganz legal waren, um an Rohstoffe für die Manufaktur zu gelangen oder um die Reise mit Sarah und Jason nach Brüssel zu ermöglichen. Zum anderen war Mina jedes Mal ganz aus dem Häuschen, wenn Speisekammer oder Küche Zugänge zu verzeichnen hatten, die nicht Grünkern, Steckrübe oder Mehlsuppe hießen. Von Vaters Freude über ein kleines Stückchen Fleisch im Eintopf gar nicht zu reden. Natürlich blieb ein wenig Unruhe, und Frieda war jedes Mal heilfroh, wenn Henrik und Fiete wohlbehalten zu Hause waren. Was ihr außerdem große Sorge bereitete, war die Grundstimmung in Hamburg, die sich mehr und mehr verschlechterte. Die Briten seien schuld an der unzureichenden Versorgung, hieß es. Ihre mangelnde Organisation und natürlich der Umstand, dass die Besatzer zu viel für sich beanspruchten, sei der Grund dafür, dass die Deutschen hungerten und froren. So schwand auch der letzte Rest Unrechtsbewusstsein, die Kriminalität stieg weiter.

»Wir haben das Wetter nicht gemacht«, verteidigte sich Jason, als Frieda ihm wieder einmal den Unmut ihrer Landsleute zu erklären versuchte. »Es wäre uns auch lieber, wir hätten milde Winter. Dann wäre eure, aber auch unsere Versorgung deutlich einfacher gewesen. Glaubt ihr Deutschen denn ernsthaft, dass bei uns zu Hause alle im Wohlstand leben? Unsere Leute hungern und frieren auch.«

»Erwartest du wirklich von uns Deutschen«, fragte sie und betonte die beiden Worte lächelnd, »dass wir uns Gedanken darüber machen, wie es in England aussehen mag? Die Not hier ist groß, und viele glauben, dass es euch nicht kümmert.«

»Natürlich kümmert es uns.« Er ging in seinem Büro auf und ab. »Würden wir Hamburger Kinder zur Weihnachtsfeier einladen, wenn die Menschen der Stadt uns egal wären? Und ehe du den Einwand erhebst, das war keine einmalige Sache. Das soll jetzt jedes Jahr stattfinden.«

»Schön zu hören.« Frieda lächelte und überlegte, ob es überhaupt Sinn hatte, mit ihm zu diskutieren. Noch immer war ihr nicht klar, wie groß sein Einfluss war. »Doch allein damit werdet ihr die Ablehnung euch Besatzern gegenüber nicht abstellen«, sagte sie schließlich.

»Denkst du, wir wissen das nicht? Wir beratschlagen ständig darüber, was wir für mehr Akzeptanz tun können.« Er hob die Schultern und ließ sie wieder fallen. »Hast du vielleicht eine Idee?«

»Ihr müsstet Hamburger auf eure Seite bringen, die etwas zu sagen haben, Menschen, die im größten Teil der Bevölkerung ein gutes Ansehen genießen«, schlug sie nachdenklich vor.

»Menschen wie dich?« Er lächelte.

»Eher jemanden wie Ernst«, antwortete sie, ohne zu zögern.

»Ernst Krüger«, sagte Jason gedehnt. »Du hast schon vor zwanzig Jahren von ihm geschwärmt. Offen gestanden war ich ein wenig eifersüchtig auf ihn.« Frieda lachte auf, doch er sprach unbeirrt weiter. »Wäre er nicht nur ein kleiner Angestellter gewesen, ich hätte befürchtet, dass du ihn heiratest.« Frieda holte Luft, aber er ließ sie auch dieses Mal nicht zu Wort kommen: »Nun war es eben ein anderer, der dich mir weggeschnappt hat.« Er seufzte. »So, und dieser Ernst Krüger soll also jemand sein, zu dem die Hamburger aufschauen?« Er hob skeptisch die Augenbrauen.

»Er ist Vaters Kompagnon und steht dem hanseatischen Kakaokontor Hamburg-Bremen vor. Zudem ist er Mitglied der SPD, steht den Arbeitern also nahe und hat einen sehr guten Kontakt zu unserem Bürgermeister Max Brauer. Kaufleute wie er, die das Wohl der Stadt im Sinn haben, die die Sprache der Hamburger sprechen und ihre Nöte wirklich verstehen, weil sie sie aus eigenem Erleben kennen, könnten zwischen Deutschen und Engländern vermitteln.«

Schon am nächsten Tag rief Jason Frieda an. »Ich habe kaum geschlafen, und daran bist du schuld.«

»Jason, wirklich, ich …«

»Keine Sorge, ich bin kein verliebter Jungspund mehr.« Sie hörte sein leises Lachen. »Zumindest bin ich nicht mehr jung.« Er räusperte sich. »Deine Idee ist gut. Nein, sie ist glänzend! Wir brauchen einen bestimmten Teil der Bevölkerung. Wenn der uns gewogen ist, kann er alle anderen mitziehen, da hast du völlig recht. Wir brauchen regelmäßigen Austausch. Diskussions-Klubs, Journalisten, Kulturschaffende, die über Literatur, Malerei und Musik ins Gespräch kommen. Deutsche und Engländer. Ich habe heute Morgen gleich mit Berry gesprochen. Er ist begeistert.«

Frieda freute sich. Gut, wenn der Stadtkommandant nicht der Ansicht war, ein strengeres Regiment der Briten könnte die Probleme lösen. »Klingt vielversprechend«, sagte sie.

»Allerdings. Und du musst uns helfen.«

»Ich? Ich wüsste nicht, was ich tun könnte.«

»Du kannst uns die Leute nennen, die wir für unsere Sache gewinnen müssen. Ernst Krüger. Und wen noch?«

Kapitel 12

Welch eine Erlösung, als Frost und Schnee die Stadt endlich freigaben und wie durch Zauberhand plötzlich überall gleichzeitig die Knospen aufsprangen. In den ersten Tagen des April waren die Temperaturen noch einmal eingebrochen, nachdem man schon eine Ahnung von Frühling gehabt hatte, jetzt war der schlimme Winter endgültig überstanden. Es roch nach Sommer, nach neuer Kraft, nach einem leichteren Leben.

»Ich habe meine Blusen in Ordnung gebracht und auch zwei Röcke ausgebessert.« Seit Tagen kannte Sarah kein anderes Thema als ihre Reise mit Frieda und Jason nach Belgien. »Strümpfe und Wäsche dürften auch kein Problem sein, aber meine Schuhe machen mir wirklich Sorgen.« Eine steile Falte erschien über ihrer Nasenwurzel. »Sie sind so ausgetreten und abgewetzt. Nicht mehr lang, und der linke ist an einer Seite durch. Damit kann ich doch nicht fahren.«

»Am besten, du gehst mit Henrik mal auf den Schwarzmarkt. Für eine Tafel unserer Schokolade solltest du ein Paar bekommen, das besser in Schuss ist als deins.« Frieda wandte sich wieder dem Schreiben zu, das sie gerade an Carl Kressmann aufsetzte. Wenn sie schon zu Chocolatier Neuhaus fuhren, lag Hildesheim praktisch auf dem Weg. Frieda hatte Jason schnell von einem Abstecher überzeugen können, schließlich mussten sie ohnehin zwischendurch Station machen. Kaum war Sarah gegangen, tauchte Henrik in Friedas Büro auf.

»Kann ich bitte mit dir reden, Mutter?«

Frieda schaute auf, das klang sehr förmlich.

»Natürlich.« Sie legte den Stift beiseite. »Setz dich doch.«

»Nein, danke, ich will Sarah nicht lange warten lassen. Sie möchte nach neuen Schuhen sehen.«

»Danke, dass du ihr hilfst.«

»Sarah ist wie eine Schwester für mich. Deshalb helfe ich ihr.« Das klang nicht nur förmlich, sondern sehr kurz angebunden, um nicht zu sagen: beleidigt.

»Was hast du auf dem Herzen, Henrik?«

»Ich freue mich für Sarah, dass sie mit dir nach Brüssel fahren darf.« Frieda stutzte. Wäre er etwa auch gern mitgefahren?

»Du hast nicht einmal gefragt, ob Gerlinde euch begleiten möchte«, fuhr er fort.

Jetzt war sie wirklich überrascht. »Nein, auf diese Idee bin ich nicht gekommen. Schließlich wird das keine Vergnügungsreise.«

»Davon gehe ich auch nicht aus.« Er sah verletzt aus. Frieda wusste nicht, was sie davon halten sollte. »Gerlinde macht sich in der Manufaktur nützlich, so gut sie kann. Sie gibt sich wirklich alle Mühe. Denkst du, es ist richtig, sie derart auszuschließen? Immerhin wird sie irgendwann deine Nachfolgerin sein.«

»Nein!« Frieda traute ihren Ohren nicht. Sie wünschte sich, sie wäre diplomatischer gewesen, aber er hatte sie komplett überrumpelt. »Sarah macht die Ausbildung ...«

»Gerlinde würde ebenfalls gern eine Lehre machen, das habe ich dir schon gesagt.« So sanft Henrik sein konnte, in diesem Punkt blieb er hart.

Frieda stand auf, kam auf ihn zu. »Und ich habe dir erklärt, dass wir für mehr als zwei Lehrlinge keinen Platz haben. Wenn sich die Wirtschaft erholt und wir wieder gute Geschäfte machen, werden wir sicher auch unser Personal aufstocken. Aber jetzt ...«

»Du magst sie nicht, stimmt's?«

»Darum geht es doch gar nicht.« Sie wich ihm aus und wusste, dass er es bemerkte. »Gerlinde scheint mir sehr interessiert an unserem Unternehmen zu sein. Das finde ich wichtig. Für dich. Sie ist tüchtig, und du liebst sie.« Frieda lächelte. »Das ist ja wohl die Hauptsache.«

»Das sehe ich genauso.« Er verzog keine Miene. »Ich werde sie heiraten, Mutter, und ich möchte, dass sie früher oder später die Leitung der Manufaktur übernimmt, während ich mich ganz dem Import widmen kann.«

Es klopfte, Sarah steckte den Kopf zur Tür herein. »Kommst du?« Sie sah Henrik erwartungsvoll an.

»Bin gleich da.« Er rührte sich nicht vom Fleck.

»Es ist wahr, du hast gesagt, dass Gerlinde sich ernsthaft für das Schokolademachen interessiert«, begann Frieda, als Sarah die beiden wieder allein gelassen hatte, »dass sie das Handwerk lernen möchte. Von der Leitung war bisher allerdings nie die Rede.« Sie suchte nach Worten. »Das ist eine Entscheidung, die Ernst und ich irgendwann gemeinsam treffen werden. Dabei wird es keine Rolle spielen, ob wir jemanden mögen, sondern nur, ob jemand geeignet ist«, setzte sie hinzu.

»Wie wollt ihr beurteilen, ob Gerlinde in Frage kommt, wenn ihr ihr nicht einmal eine Chance gebt?«

»Na schön«, sagte Frieda seufzend, »Gerlinde soll sich während meiner Abwesenheit beweisen. Ich werde Ernst sagen, dass er sie ohne Einschränkung in alle Abläufe und Arbeiten in der Manufaktur einbinden soll. Er wird ihr alles zeigen. Wenn sie mich … wenn sie uns überzeugen kann, werde ich sie in meine Überlegungen zur Nachfolge einbeziehen. Wenn es mal so weit ist.« Frieda spürte den Druck auf ihrer Brust. Das Risiko, dass Gerlinde sie überraschen würde, war nicht groß. Trotzdem. Falls es ihr doch gelänge, würde Frieda zu ihrem Wort stehen müssen.

»Danke, Mutter.«

Ende April ging es endlich los. Ernst wollte Frieda und Sarah mit seinem neuen Wagen zum Hauptbahnhof bringen, wo sie Jason treffen sollten. Es fühlte sich seltsam an. Als junges Mädchen war Frieda zum Bahnhof gerannt, um Jason vor seiner Abfahrt nach London und Weiterreise nach Indien zu erwischen, doch sie hatte ihn verpasst. *Zwei*

Minuten hätten mein ganzes Leben verändern können, dachte sie. Wäre sie zwei Minuten früher dort gewesen, hätte er gewusst, dass sie nachkommen wollte. Er wäre nicht auf Vater hereingefallen, der ihm weisgemacht hatte, dass sie ihm nicht nach Indien folgen würde. Heute war Frieda froh, dass sie damals nicht früher am Bahnhof gewesen war.

»Alles in Ordnung, Frieda?« Sarah musste sie schon eine Weile beobachtet haben.

»Ja, alles bestens. Haben wir alles?« Viel Gepäck war es nicht, aber was brauchten sie schon?

»Einsteigen, Türen schließen!«, rief Ernst fröhlich. Sein neuer Wagen war ein alter Käfer der Wehrmacht, den er nur besitzen durfte, weil er als Firmenfahrzeug deklariert war. Das Auto war Ernsts ganzer Stolz. Frieda war eben im Begriff einzusteigen, als sie eine Frauengestalt sah, die mit gesenktem Kopf näher kam, mitten in der Bewegung erstarrte, sich auf dem Absatz herumdrehte und eilig in die Richtung verschwand, aus der sie aufgetaucht war. Genau wie im letzten Winter, als Jason sie mit in einen britischen Klub genommen hatte. Da hatte Frieda auch jemanden gesehen, der sich schnell davongemacht hatte. Sie bekam eine Gänsehaut, zögerte kurz, dann schlug sie die Tür zu.

»Sachte, sachte, Frau Møller!« Ernst lachte. »So ein Käfer will zärtlich behandelt werden.«

»Entschuldigung«, murmelte sie und blickte angestrengt die Straße entlang. Es könnte dieselbe Person gewesen sein. Eine Frau, so viel stand fest. Selma. Oder bildete sie es sich nur ein? Spielte ihr Unterbewusstsein ihr einen Streich, weil sie im Grunde noch immer fürchtete, Selma könne ohne Vorwarnung auftauchen und Sarah mit sich nehmen wollen? Ernst und Sarah hatten die Fahrt über ununterbrochen geredet, doch Frieda hatte nicht zugehört. Sie musste dringend Nachforschungen anstellen, was aus Selma geworden war. Es musste einen Weg geben, etwas über sie in Erfahrung zu bringen.

»Ich hatte darüber nachgedacht, dich als meine Frau anzumelden«, flüsterte Jason, als sie sich im Abteil einrichteten. Sarah achtete glücklicherweise nicht auf ihn. Wie ein kleines Mädchen inspizierte sie die Sitze, die Gepäckablagen und lief dann in den Gang, öffnete ein Fenster und steckte den Kopf hinaus. »Aber dann dachte ich, es könnte dir nicht recht sein, mich zum Beweis unserer Zusammengehörigkeit in der Öffentlichkeit küssen zu müssen.«

»Ich wüsste nicht, warum ich mich für jemand anders ausgeben sollte«, entgegnete Frieda kurz.

»Um mir den bürokratischen Aufwand zu ersparen, der nötig ist, wenn man Deutsche in einem Wagen reisen lassen will, der den Engländern vorbehalten ist.« Er schnaufte übertrieben. »Ich habe den Aufwand schließlich dem Risiko vorgezogen. Es wäre doch ziemlich peinlich geworden, wenn wir jemanden getroffen hätten, der meine Frau kennt.« Sarah kam wieder herein und ersparte Frieda eine Antwort.

»Haben wir ein Glück, dass wir trocken geblieben sind. Es fängt gerade an zu regnen«, sagte sie.

Als sie aus dem Hauptbahnhof rumpelten, klebte Sarah förmlich am Fenster, an dem die Tropfen hinabliefen. Auch Frieda sah hinaus. Ein merkwürdiger Anblick, es herrschte schon wieder reger Betrieb, Züge fuhren ein, andere machten sich dampfend auf den Weg. Normalität. Doch anstelle des alten Dachs spannte sich nur ein Gerippe über die Bahnsteige, so dass die Menschen in der Halle Schirme aufspannten.

Sarah beobachtete Jason verstohlen. Ob Henrik ihr erzählt hatte, dass Frieda und er einmal ein Paar gewesen waren? Konnte man das überhaupt so nennen? Es war nicht zu übersehen, dass Sarah gern mit ihm ins Gespräch kommen wollte und fieberhaft nach einem geeigneten Thema suchte. Plötzlich sah er sie direkt an und lächelte. Genau dieser Blick hätte Frieda vor Jahren zum Schmelzen gebracht wie Kuvertüre bei fünfunddreißig Grad.

»Wir haben eine lange Reise vor uns. Ich hoffe, es wird Ihnen nicht langweilig.«

»Bestimmt nicht!« Sarah errötete leicht. Sie war ungeübt im Umgang mit fremden Männern. »Ich habe so viele Fragen«, sprudelte sie los.

»An mich?« Jason zog die Augenbrauen hoch.

»Ja. Wenn es Ihnen nichts ausmacht.« Er schüttelte den Kopf und sah sie erwartungsvoll an. »Ich habe Hans kürzlich bei der Auslieferung der Riegel für die Schulspeisung geholfen. Die Kinder haben erzählt, sie seien angewiesen worden, wegen der Sache auf Helgoland Abstand von einsturzgefährdeten Ruinen zu halten und nicht auf frei stehenden Mauern zu sitzen.« Sie kicherte. »Es wäre selbst hier in Hamburg gefährlich wegen der Druckwelle, wenn Sie die Insel sprengen. Dabei ist Helgoland doch so weit weg.«

Er zuckte die Achseln. »Es sind etwa vierzig Seemeilen, das ist nicht besonders viel.«

Sarah hauchte ein »Oh«, ihre Wangen färbten sich noch etwas dunkler.

»Das britische Militär wollte eben ganz sicher sein, dass kein Mensch zu Schaden kommt.«

»Warum wollten Sie überhaupt eine ganze Insel in die Luft jagen?«

»Die Nazis hatten dort einen kriegswichtigen Stützpunkt errichtet.«

»Aber den muss man doch nicht mehr zerstören, wo der Krieg lang vorbei ist und die Nazis alle verhaftet sind«, fiel sie ihm ins Wort. »Was ist mit den Häusern der Inselbewohner, mit ihren Geschäften und Lokalen? Bestimmt haben die Leute geglaubt, alles überstanden zu haben, und dann zerstören Sie doch noch, was den Bomben bisher getrotzt hat.«

»Ganz die Mutter, hätte ich beinahe gesagt.« Jason sah Frieda kurz an und lächelte.

»Wie meinen Sie das?«, fragte Sarah.

»Ich weiß natürlich, dass Frieda nicht Ihre leibliche Mutter ist.« Frieda warf ihm einen scharfen Blick zu. Eben hatte sie gemeint, Selma auf dem Bürgersteig zu sehen, und jetzt fing er mit Sarahs leiblicher Mutter an. »Sie könnten aber Ihre Tochter sein. Sie sind anscheinend genauso kämpferisch und mehr an Politik interessiert als an Mode.« Sarah hing geradezu an seinen Lippen, das war ja nicht mehr auszuhalten.

»Was ist eigentlich aus der englisch-deutschen Annäherung geworden?«, wollte Frieda wissen. »Regelmäßiger Austausch, Diskussions-Klubs, war das nicht der Plan? Wird es das geben?«

»Aber natürlich.« Jason erzählte von einem Musik-Kreis, sogar ein Swing-Club war geplant. »Wir werden auch speziell für junge Leute Angebote machen, einen Klub für junge Journalisten zum Beispiel.« Damit wandte er sich wieder an Sarah. Er genoss es offenbar, von ihr bewundert zu werden. Und wahrscheinlich bereitete es ihm ein diebisches Vergnügen, Frieda kleine Nadelstiche zu verpassen. Sie musste schmunzeln. Von wegen kämpferisch. Die Zeiten waren vorbei. Zumindest ein derartiges Geplänkel konnte sie nicht mehr aus der Reserve locken.

Die Fahrt nach Hildesheim verlief ohne Komplikationen. Immer mal wieder musste der Zug langsam fahren, weil es Baustellen gab oder eine Eisenbahnbrücke nur provisorisch abgestützt wurde. Das Hotel war einfach und sauber, die Begegnung mit den Herren Kressmann ein Gewinn. Sie hatten Humor und waren ausgesprochen charmant. Was Frieda vor allem beeindruckte, war ihr Verständnis davon, wie ein Kaufhaus zu sein hatte. Ihre Meinung hierzu hob sich deutlich von den gängigen ab. Sie wollten nicht einfach ein Warenhaus betreiben, sondern einen Ort schaffen, an dem Menschen sich wohlfühlten, einander begegneten und eine angenehme Zeit verbrachten. Darum planten sie die Einrichtung eines Cafés. Das würde Clara gefallen! Auch bei Mendel hatte man schon vor Jahren Champagner trinken und einen halben Hummer verzehren können. Doch die Kressmanns wollten alle Leute einladen, bei ihnen ein ganz besonderes Einkaufserlebnis zu genießen, nicht nur die gehobene Klientel mit dem gut gefüllten Portemonnaie.

Noch in Hildesheim schrieb Frieda eine Postkarte. Es würde lange dauern, bis die Clara in New York erreichte, aber es war höchste Zeit, ihrer Freundin endlich mal wieder ein paar Zeilen zu senden. Einmal war ein Paket von ihr gekommen. Echter Kaffee, German Pumpernickel, das ein deutscher Bäcker dort verkaufte, Kaugummi. Dem amerikanischen Zweig der Hannemann-Familie und Clara ging es gut, und wenn Frieda sie auch manches Mal schmerzlich vermisste, war ihr das ein großer Trost.

In Hildesheim hatte Frieda den Grundstein für weitere Hannemann & Krüger-Regale gelegt, dessen war sie sicher. Die Erfolgsgeschichte von exklusiven Präsentationsflächen für ihre Produkte war vom Krieg zwar unterbrochen worden, beendet war sie noch lange nicht.

Hochzufrieden fuhr sie weiter nach Aachen, wo sie eine weitere Nacht verbringen würden. Sarah war nicht mehr so aufgedreht wie zu Beginn ihrer Reise. Sie und Jason verstanden sich gut, es versprachen harmonische Tage zu werden.

Und dann erreichten sie endlich ihr Ziel: Brüssel. Es war, als würden sie eine neue Welt betreten. Beim Blick aus dem Zugfenster hatte Frieda festgestellt, dass die meisten Bauwerke intakt waren. Dörfer und Städtchen entlang der Gleise schienen vom Krieg nichts mitbekommen zu haben. Natürlich wusste sie, dass es nicht so war. Die Deutschen hatten Belgien besetzt, es war also klüger, die deutsche Herkunft nicht überall preiszugeben. Dennoch war es eine Wohltat, sich in einer Stadt aufzuhalten, in der nicht an jeder Ecke Schuttberge, Krater oder große Lücken lauerten.

»Ist das hübsch!«, rief Sarah immer wieder. Das war es wirklich. Prächtige Kirchen, Jugendstil- und Gründerzeitbauten wechselten sich mit weißen Häuschen ab, deren rote Fensterläden teils windschief in den Angeln hingen. »Onkel Hans würde hier sicher wieder anfangen zu malen. Nicht nur Entwürfe für Einwickelpapier, sondern richtige Bilder.« Sarahs Augen leuchteten, als sie über das Kopfsteinpflaster der schmalen Gassen spazierten.

Und dann das Geschäft von Chocolatier Neuhaus! In goldenen Buchstaben lud die *Fabrique de Confiserie und Chocolat* ihre Kunden ein näherzutreten. Hinter breiten Schaufenstern, von Marmorsäulen eingerahmt, stapelten sich auf mehreren Etagen Pralinen- und Schokoladenkartons in allen Größen und nur erdenklichen Farben. Dazwischen lagen verschiedene Ballotins, jene zauberhaften Schächtelchen, die Madame Neuhaus einst zum Transport ihrer kleinen köstlichen Kunstwerke erfunden hatte.

»Das muss das Paradies sein«, hauchte Sarah, als sie das großzügige Geschäft zum ersten Mal betraten.

»O Gott, ich möchte alles probieren.« Jason stöhnte.

»Das würde Ihnen nicht wohl bekommen.« Monsieur Neuhaus lachte und begrüßte sie gut gelaunt. »Ich hoffe, Sie hatten eine angenehme Anreise.«

Der Meister der Schokoladenkunst war ein alter Herr, leicht gebeugt, doch mit ausgesprochen wachen Augen.

»Wie schön, dass wir uns endlich einmal persönlich kennenlernen.« Frieda reichte ihm die Hand. »Ich hatte schon längst kommen wollen, aber immer ist etwas dazwischengekommen. Umso mehr freue ich mich, dass es nun endlich so weit ist.«

Sarah und Jason standen neben ihr und drehten ständig die Köpfe, um all die verführerischen Auslagen zu bestaunen. Es war tatsächlich schwer, sich von der Pracht nicht ablenken zu lassen. Dicht an dicht standen silberne Tabletts auf dunklen Verkaufstresen, die mit den Tellerchen und Schalen um die Wette glänzten. In gläsernen Vitrinen waren Pralinen in der Form von Diamanten ausgestellt, andere sahen aus wie Blütenblätter, wieder andere wie winzige Kakaofrüchte. Und dann dieser Duft! Frieda traten Tränen in die Augen. Über allem schwebte der Geruch glücklicher Tage. Nein, der Geruch ihres Lebens. Süß mit der typischen leicht bitteren Note des Kakao, die sie schon als kleines Mädchen angezogen hatte, wenn sie die Nähe der Speicher gesucht hatte. Dazu der herbe Hauch, den nur geübte Nasen wahrnahmen. Zwischen dem dominanten Schokoladenaroma blitzte hier Zimt auf, da Vanille und mit ihnen die Erinnerungen an ihre erste eigene Schokoladenküche. Viel zu klein, stets feucht und kühl, trotzdem der liebste Ort, den sie hatte. Sogar etwas Blumiges erkannte Frieda jetzt. Waren das Rosen? Ernsts Mutter hatte als junge Frau bei Tanzveranstaltungen Rosen verkauft. Rote Blütenblätter auf weißen Pralinen kamen ihr augenblicklich in den Sinn, die Farben der dänischen Flagge. Sie hatte diese Kreation nach ihrem ersten Treffen mit Per extra für ihn hergestellt.

»Ich freue mich auch.« Neuhaus brachte Frieda in die Gegenwart zurück. »Aber Sie müssen verzeihen, ich habe nicht genau verstanden, warum Sie uns unbedingt jetzt besuchen wollten. Sie wissen sicher, dass ich die Geschäfte längst an meinen Schwiegersohn übergeben habe?«

»Ich weiß allerdings auch, dass Sie noch immer neue Rezepte kreieren.« Sie lächelte.

»Das ist richtig, ja. Sie glauben doch nicht etwa, Sie könnten bei mir etwas abgucken?« Wie konnte er so etwas nur denken? »Verstehen Sie mich bitte nicht falsch.« Sein Schnurrbart wippte, als er tonlos lachte. »Wie gesagt, ich freue mich über Ihren Besuch. Unsere Unternehmen hatten schon Kontakt, ehe die Deutschen meinten, unser schönes kleines Belgien besetzen zu müssen. Damit haben Sie nichts zu tun, Madame Møller.« Er sah ihr in die Augen. »Tut mir sehr leid, dass Sie Ihren Gatten verloren haben.«

»Vielen Dank, Monsieur.« Frieda räusperte sich.

Er nickte, schien kurz den Faden verloren zu haben. »Was ich eben meinte«, sagte er dann, »Hannemann & Krüger – Köstliches aus Kakao genießt einen erstklassigen Ruf. Ich denke nicht, dass ich Ihnen heute noch etwas beibringen könnte, was Sie nicht längst selbst beherrschen.«

»Das Lernen hört nie auf, Monsieur. Ich werde Ihnen nie vergessen, dass Sie mir damals den Trick des Temperierens verraten haben. Meine Spezialität für unser Kakao-Dinner wäre ein schönes Fiasko geworden.« Frieda lachte.

»So aber waren die Champagner-Pralinen ein Gedicht«, schwärmte Jason.

»Natürlich wäre es mir eine Freude, Ihren Schwiegersohn kennenzulernen. Ich habe großes Interesse daran, mit ihm zusammenzuarbeiten, sobald unsere Produktion wieder in vollem Umfang läuft. Bis dahin kann er mir womöglich mit der Lieferung von Ballotins und Papier zum Einwickeln aushelfen«, sagte sie leise. »Auch ein paar besondere Zutaten würde ich gerne mitnehmen. Noch dürfen wir leider nicht alles wieder selbst importieren, und unser Händler hat längst nicht alles, was Ihnen für feine Pralinés zur Verfügung steht. Etwas Zimt wäre schön und Rosenblätter.« Monsieur Neuhaus sah nicht gerade begeistert aus. »Aber vor allem bin ich gekommen, um mich endlich zu revanchieren«, erklärte Frieda schnell.

Der alte Herr lächelte wieder und legte den Kopf schief. »Da bin ich gespannt.«

»Tee und Schokolade«, sagte sie feierlich. Sie spürte Jasons Blick auf sich. »Ich habe ein Rezept entwickelt, in dem ich das Aroma der Kakaobohne mit dem von Jasmintee verbinde.«

»Tee ist nicht gerade sehr populär in Brüssel«, wandte Neuhaus zögerlich ein.

»Ich weiß. Genau deshalb will ich Ihnen die Kreation ja schenken. Sie präsentieren Ihren Kunden etwas völlig Neues, das in ganz Belgien Furore machen wird. Neuhaus-Schokolade von höchster Qualität in Kombination mit dem besten Tee, den sie in Europa bekommen können.«

»Das klingt interessant.« Er bewegte die Lippen hin und her, so dass sein Bart in Bewegung geriet. »Nur kenn ich mich mit Tee gar nicht aus. Ich wüsste nicht, woher ich eine wirklich gute Qualität bekommen sollte, geschweige denn, woran ich sie erkenne.«

»Machen Sie sich darüber keine Sorgen. Herr Williamson wird Ihnen sicher gern behilflich sein.«

Kaum dass sie das Geschäft des Chocolatiers verlassen hatten und um die nächste Ecke gebogen waren, blieb Jason stehen, nahm Frieda in den Arm und hob sie auf offener Straße hoch. Sie schrie auf. Hätte nur noch gefehlt, dass er sie herumwirbelte. Glücklicherweise besann er sich und stellte sie wieder auf die Füße.

»Frieda, du bist einfach wunderbar!«

»Ich habe nur logisch gedacht«, entgegnete sie gelassen. Das Leuchten in seinen Augen freute sie. Die Überraschung war gelungen. »Wenn der Meister höchstpersönlich eine neue Kreation anbietet und diese so einschlägt, wie ich es mir denke, dann wird automatisch Tee in aller Munde sein.«

»Im wahrsten Sinn des Wortes.« Sarah lachte.

»Ganz genau.« Frieda stupste sie fröhlich in die Seite. »Was liegt näher, als dann auch losen Tee trinken zu wollen? Ich könnte mir vorstellen, dieser kleine Umweg hilft, um die Belgier für Tee aus dem Hause Williamson zu begeistern.«

Jason nickte. »Erst muss ich diesen Schwiegersohn begeistern. Aber ich habe keinen Zweifel, dass mir das gelingen wird.«

Die Gelegenheit bekam er gleich am nächsten Tag. Dieses Mal durchquerten sie das Geschäft und durften dann das Heiligtum betreten, die Schokoladenküche. Der Meister zeigte ihnen seine Gerätschaften, sogar ein Fünfwalzwerk war darunter. Frieda beobachtete, wie der alte Herr verstohlen über den Rand einer Conchiermaschine strich, beinahe liebevoll. Er hatte, wie mit Frieda besprochen, eine Zartbitter-Masse vorbereiten lassen.

»Die Zutaten sind nach Ihren Angaben gemischt. Es fehlt nur noch der Tee.« Er deutete auf den Mélangeur und faltete anschließend die Hände auf dem Rücken, ein deutliches Zeichen, dass Frieda übernehmen sollte.

»Herr Williamson hat verschiedene Sorten Tee mitgebracht, die wir später, vielleicht gemeinsam mit Ihrem Schwiegersohn, probieren können. Für die Schokolade nehmen wir diesen hier.« Sie holte einen kleinen Stoffbeutel hervor und schüttete Neuhaus daraus einige getrocknete Blätter auf die Handfläche.

Er roch mit geschlossenen Augen daran. »Das ist gut«, sagte er langsam. »Es riecht … sehr grün, nicht wahr?« Er sah seine Gäste an. »Ein wenig nach Moos oder …«

»… wie eine Sommerwiese nach dem Regen«, beendete Jason den Satz.

»Ja!« Neuhaus sah ihn verwundert an.

»Eine Sommerwiese?«, fragte Sarah skeptisch und schnupperte. Ein Mitarbeiter in langer Schürze brachte Frieda den bestellten Kessel mit heißem Wasser, und sie goss den Tee auf.

»In China war es bereits vor Hunderten Jahren üblich, schlichte Sorten durch die Beigabe von Blüten zu verbessern«, erzählte Jason. »Jasminblüten haben bei diesem Verfahren zu besonders köstlichen Ergebnissen geführt.«

»Je höher der Jasmin-Anteil, desto besser?«, wollte Neuhaus wissen und betrachtete neugierig die kleinen dunkelgrünen Schnipsel auf seiner Hand.

»Im Gegenteil.« Der Meister blickte überrascht auf, und auch Frieda wurde aufmerksam. »Einige Grüntees kommen gar nicht mit Jasminblüten in Berührung, sondern werden lediglich über einer heißen Schale mit den Aromen bedampft. Findet tatsächlich eine Verheiratung statt – so nennt man das Vermischen –, dann zupfen unsere Arbeiter die Jasminblüten nach einer bestimmten Zeit sogar wieder einzeln heraus, so dass allein der Grüntee zurückbleibt, der jedoch den feinen Geschmack in sich aufgenommen hat.«

»Sehr romantisch!« Sarah seufzte. Auch Frieda hatte Jason gebannt zugehört.

»Und vor allem sehr köstlich«, sagte sie munter. »Zeit, endlich den Tee mit der Schokolade zu verheiraten.« Sie warf Jason einen verschmitzten Seitenblick zu, ehe sie den Mélangeur einschaltete und sich daranmachte, die duftende Flüssigkeit portionsweise zu der Kakao-Grundsubstanz zu geben. Erwartungsvoll sahen sie der dunklen Masse zu, wie sie sich in dem Bottich wälzte. Immer wieder goss Frieda ein wenig Tee nach, bis ihr die Konsistenz gefiel. Schließlich schaltete sie den Apparat aus und tauchte einen Löffel in die noch warme zähe Schokolade. Herrlich! Sie nickte zufrieden und reichte dem Meister einen Löffel. Er schnupperte und probierte. Sein Gesicht geriet in Bewegung, mal spitzte er die Lippen, dann blähte er mal die eine, mal die andere Wange, als würde er gründlich kauen.

»Der herbe kräftige Geschmack meiner Neuhaus-Schokolade unterstreicht das Blumig-Zarte der Jasminblüten ganz vortrefflich.« Sarah und Jason schienen vor Ungeduld zu platzen. Frieda reichte ihnen ebenfalls jeweils ein Löffelchen.

»Ein Gedicht!«, murmelte Sarah, den Silberlöffel noch im Mund.

»Für mich immer noch die perfekte Sorte.« Jason sah Frieda in die Augen.

»Eine besonders köstliche Sorte, ohne Frage«, kommentierte Neuhaus. »Ich würde sagen, die junge Dame hat den Nagel auf den Kopf getroffen: ein Gedicht.« Plötzlich strahlte er. »Poesie zum Essen! Die Belgier werden es lieben.«

Frieda hatte fest damit gerechnet, noch am selben Abend die erste Tafel zum Verkosten herumreichen zu können, doch der alte Meister stellte ihre Geduld auf die Probe.

»Geben wir ihr über Nacht Zeit. Wenn wir sie erst morgen aus der Conchiermaschine nehmen, wird sie von einer unvergleichlichen Cremigkeit sein, Sie werden sehen. Nutzen wir die Stunden, um meine neuste Erfindung zu zaubern.« Er zwinkerte Sarah zu. »Mit belgischen Trüffeln werden Sie Hamburg erobern.«

Neuhaus schickte Jason zu seinem Schwiegersohn ins Büro. »Sollen die beiden sich darüber einigen, was wir zu welchem Preis nach Deutschland liefern können«, verkündete er amüsiert. »Hier geht es jetzt um wahre Geheimnisse. Die werden nur von Chocolatier zu Chocolatier weitergegeben.«

Das Basisrezept sei erschreckend simpel, versprach er. »Worauf es ankommt, sind wieder einmal die richtigen Temperaturen, aber auch Ihre Fingerfertigkeit.« Monsieur verwendete eine halb-bittere Schokolade für die Füllung. Bei dreißig Grad wurde weiche Butter untergerührt. »Nehmen Sie nur zimmerwarme Butter«, wies er sie an. »Ist sie hart, verdirbt sie Ihnen das Vergnügen.« Nachdem er beide Zutaten gründlich miteinander vermengt hatte, fügte er Rum hinzu, den er in dünnem Strahl über den Schüsselrand fließen ließ. »Nicht zu viel, aber auch nicht zu wenig. Die genaue Dosierung macht den Unterschied zwischen einer beschwipsten Köstlichkeit und einer unerfreulich scharfen Masse, die an billigen Fusel erinnert.« Er verzog das Gesicht. »Wenn die Damen kosten möchten.« Er tunkte gleichzeitig zwei Stäbchen in die braun glänzende Masse und reichte je eines an Sarah und eines an Frieda.

»Vorzüglich«, lobte Sarah.

»Ich habe mal eine Tafelschokolade mit Cognac verfeinert, aber Rum eignet sich noch besser. Und die Butter macht alles zarter und gleichzeitig vollmundiger.«

»Und wie machen wir daraus nun Trüffel?« Sarahs Wangen glühten vor Aufregung. Frieda ging das Herz auf. Wie lange hatte sie das Mädchen nicht mehr so sorglos erlebt?

»Was mit Muße genossen werden soll, darf nicht in Eile hergestellt werden«, belehrte Monsieur sie freundlich. »Wir lassen die Masse über Nacht vollständig auskühlen, damit alle Kristalle ihren Platz einnehmen können. Wenn Sie morgen wiederkommen und wir die Jasmin-Schokolade kosten, dann zeige ich Ihnen, wie hieraus belgische Trüffel werden.«

Tags drauf wollte Jason jemanden treffen, also gingen Frieda und Sarah allein zu Neuhaus. Der belgische Meister reichte ihnen Löffel, die aussahen wie Suppenkellen einer Puppenküche.

»So erhalten wir exakt die Menge, die wir brauchen«, erklärte er. Dann machte er ihnen vor, wie die am Vortag zubereitete Masse abgestochen und zwischen den Händen zu Kugeln geformt wurde.

»Bei Ihnen sieht das so leicht aus«, sagte Sarah und stöhnte. Frieda stellte sich geschickter an. Kein Wunder, sie hatte viele Jahre Vorsprung. Im Gegensatz zu Neuhaus kam sie sich trotzdem geradezu unbeholfen vor. Bei ihm entstand blitzschnell eine perfekte Kugelform. Friedas Exemplare erinnerten mit ihren kleinen Dellen und Beulen eher an Marzipankartoffeln.

»Machen Sie jede Woche fünfhundert Stück, und Sie werden sehen, es geht Ihnen genauso leicht von der Hand wie mir.«

Er lachte. Rasch füllte sich das Blech mit den Trüffelkernen, wie er es genannt hatte.

»Sehen Sie, Sie werden immer besser«, rief er, als die gesamte Masse in Form gebracht war. Eine charmante Lüge. »Kümmern wir uns nun um den Überzug. Dafür nehme ich eine ganz besonders kräftige Schokolade mit einem Kakaoanteil von fünfundsiebzig Prozent.« Er machte eine kurze Pause, ehe er verriet: »Reiner Criollo!«

Die edelste unter den Kakaosorten, in diesen Zeiten eine unerhörte Kostbarkeit. Frieda musste an Venezuela denken, an Yuan und die beinahe weißen Bohnen seines Porcelanas. Hoffentlich konnte sie davon irgendwann wieder einige Tonnen bekommen.

Die Bitterschokolade wurde geschmolzen und temperiert. Dann war es so weit, Neuhaus tauchte einen Kern mithilfe einer Pralinengabel in die flüssige Schokolade, rollte sie blitzschnell über ein Gitter und legte sie auf ein anderes Blech.

»Diesen Vorgang wiederholen wir noch zweimal«, erklärte er. »Erst nach dem dritten Mal ist der Mantel kräftig genug.

Emsig tauchten und rollten die drei Trüffel für Trüffel wieder und wieder. Nach dem letzten Durchgang wurde jedes der kleinen Meisterwerke noch feucht in einem Schälchen mit fein gesiebtem Kakaopulver gewälzt. Fertig.

Die Tage in Brüssel erschienen Frieda wie ein Traum. Nach der jahrelangen Entbehrung erlebte sie wieder den Genuss, aus dem Vollen schöpfen zu können, nach nicht enden wollendem Frost küssten Sonnenstrahlen ihre Haut so zärtlich, wie es nur im Frühjahr möglich war. Als gäbe es weder Pflichten noch Not, plauderte sie mit Sarah und Jason, sie führten lange Gespräche und lachten viel. Sie sahen selten auf die Uhr und vergaßen Lebensmittelkarten, Schlangestehen und Schwarzmärkte. An einigen Tagen erlaubte sich Frieda auszuschlafen. Welch ein Luxus! Sie aßen Fisch und einmal sogar Krebse in hübschen kleinen Lokalen mit Markisen und rot-weiß karierten Decken auf den Tischen, spazierten durch die Gassen der

Stadt, bewunderten die Auslagen kleiner Läden und großer Kaufhäuser. Besonders das *À l'innovation* zog sie magisch an. Der einstige Prunk von Mendel an Hamburgs Jungfernstieg wurde hier um Längen in den Schatten gestellt. Allein das Gebäude war eine Sensation, riesig und durch seine verspielt-geschwungenen Elemente und das viele Glas doch von einer Leichtigkeit, die einen einfach faszinieren musste.

Noch einmal verbrachten Frieda und Sarah ein paar Stunden mit Monsieur Neuhaus in seiner Chocolaterie. Frieda hatte am Rande erwähnt, dass sie zukünftig auch mit Schokoladencreme gefülltes Gebäck machen wollte, und Monsieur um einen Rat gebeten, wie sie das am besten anstellen sollte.

»Damit die Füllung zartschmelzend ist und gleichzeitig stabil bleibt? Das erreichen Sie nur mit einer feinen Ganache.«

Er erklärte ihnen, dass es auf das richtige Verhältnis von Kuvertüre zu Rahm ankam, je nachdem ob das Ergebnis schnittfest sein sollte oder ruhig etwas weicher sein durfte. Sarah und Frieda sahen zu, wie er routiniert die Kuvertüre hackte und in einen Topf gab. Dann kochte er die Sahne auf und gab einen Teil davon über die Schokoladenspäne. Das Ganze verrührte er gleichmäßig.

»Den Rest der Sahne nach und nach unterrühren. Nicht zu schnell ...«

»Was mit Muße genossen werden soll, darf nicht in Eile hergestellt werden.« Sarah lächelte.

»Sehr richtig, Mademoiselle. Da haben Sie eine wichtige Lektion gelernt.« Er wandte sich wieder seiner Ganache zu. »Falls Sie die Creme mit Gewürzen oder Alkohol abrunden möchten, wäre jetzt der richtige Moment. Aber bitte nur in winzigen Mengen oder tröpfchenweise. Ganz behutsam. Voilà! Kein Hexenwerk. Zum Bestreichen von Gebäck lassen Sie die Masse am besten auf Zimmertemperatur abkühlen, dann lässt sie sich leicht verarbeiten.«

Frieda wäre am liebsten noch viele Tage geblieben. Wenn sie es in den vielen Jahren auch selbst zu einer gewissen Meisterschaft gebracht hatte, konnte sie von diesem alten Herrn noch so viel lernen. Auch Jasons Nähe hatte sie mehr genossen, als sie erwartet hatte. Es würde ihr fehlen, den Tag miteinander zu beginnen und sich am Abend über das Erreichte auszutauschen. Doch ob es ihr gefiel oder nicht, es wurde Zeit, nach Hause zurückzukehren.

Kapitel 13

»Nun erzähl du aber mal!« Frieda verschränkte die Arme vor der Brust. »Dir muss ja schon der Kopf schwirren von meinem ausführlichen Reisebericht.«

»Nö, ist doch bannig interessant. Mensch, mit der Ware aus Belgien kommen wir schneller wieder in die Gänge. Wir können endlich wieder alles hübsch einpacken, und raffiniertere Rezepte sind auch nicht mehr undenkbar.«

Frieda hob abwartend die Augenbrauen. Als Ernst noch immer nicht verraten wollte, wie es in ihrer Abwesenheit gelaufen war, verlor sie die Geduld. »Also? Muss ich dir jedes Wort aus der Nase ziehen?«

»Nee, das lass man schön bleiben! Na ja, geht alles seinen Gang, die Auslieferungen für die Schulspeisungen, der Handel mit Saatgut, getrockneten Kräutern und Füllhaltertinte, die Vorbereitung für das nächste Kakao-Dinner ... Ich fürchte, ich kann dir nichts Spannendes erzählen.«

»Ach, Ernst, du weiß doch genau, was ich hören will.«

Seine Augen weiteten sich.

»Ich will wissen, wie sich Gerlinde angestellt hat.«

»Ach so«, sagte Ernst gedehnt. Er nahm die Brille ab und polierte in aller Ruhe die Gläser. Manchmal konnte er sie wirklich auf die Palme bringen. »Sehr viel kannst du nicht erwarten, ihr wart schließlich kein halbes Jahr weg.« Er setzte die Brille wieder auf und trat zum Fenster. »Sie ist nicht faul«, begann er, den Rücken Frieda zugewandt.

»Wenn du schon so anfängst ...«

Jetzt drehte er sich um. »Ich will ihr nicht unrecht tun, sie ist sehr bemüht, ehrlich! Dummerweise ist sie 'n büschen ungeschickt.« Er griente. »Was sie mit den Händen aufbaut, haut sie mit dem Mors gleich wieder um.« Er überlegte kurz. »Weißt du, Frieda, ihr fehlt die Leidenschaft. Kann das sein, dass das mehr Henriks Wunsch ist, dass sie sich um die Manufaktur kümmern soll?«

»Interessanter Gedanke. Dem werde ich auf den Grund gehen.«

Und noch etwas wollte Frieda herausfinden. Sie musste endlich wissen, ob Sarahs leibliche Mutter Selma Blumenstein in Hamburg war. Wie fing man eine solche Suche an? Sie griff zum Telefon und rief Jason im Amt an.

»Ich habe schon darauf gewartet, dass du Sehnsucht nach mir bekommst«, begrüßte er sie.

»Keine Sehnsucht, ein Anliegen«, erklärte sie kühl, obwohl das ein wenig geschwindelt war.

»Wie kann ich dir helfen?«

Sie hatte sich entschieden, mit offenen Karten zu spielen. »Es geht um Sarahs leibliche Mutter. Ich bilde mir ein, sie gesehen zu haben.«

»In Brüssel? Du hast gar nichts gesagt.«

»Nein, hier in Hamburg. Vor unserer Abreise, mehr als einmal. Ich muss wissen, ob sie wieder in der Stadt ist und was sie will.« Frieda räusperte sich. »Du sollst nicht den Eindruck haben, dass ich ihr feindlich gesonnen wäre. Es muss triftige Umstände dafür gegeben haben, dass sie ihr Kind zurückgelassen hat. Es steht mir nicht zu, sie zu verurteilen. Vielleicht wollte sie Sarah nachholen, und es ist etwas dazwischengekommen«, sagte sie wenig überzeugt. »Sie hat damals versucht, einen Keil zwischen Per und mich zu treiben.« Frieda lachte traurig. »Stell dir nur vor, ich habe mich mit einem Geschäftsmann getroffen, der rotes Haar hatte, wie du. Sie hat Per eingeredet, ich würde dich heimlich treffen. Es gab einen kurzen Moment, da dachte er sogar, dass Henrik dein Sohn ist.« Stille. Sie hörte nur Jasons leisen Atem. »Das ist natürlich völliger Unsinn.«

»Ja, das wäre wohl schlecht möglich«, sagte er leise. »Schade, ich hätte gern einen Sohn. Mit dir.«

Sie ließ sich auf ihren Schreibtisch sinken. Auf diesem Tisch hatte vor einem Jahr der Waschmittelkarton mit Pers persönlichen Dingen gelegen. Schon ein Jahr ohne ihn, und sie hatte nicht einmal ein Grab, an das sie gehen konnte.

»Frieda?«

»Entschuldige, ich habe … Jedenfalls habe ich mir trotz allem Sorgen um Selma gemacht, daran hat sich nichts geändert. Ich will wissen, ob es ihr gut geht.«

»Minas Sohn hat über den Suchdienst vom Roten Kreuz zu euch gefunden. Am besten, du versuchst es da.« Natürlich, darauf hätte sie auch allein kommen können. »Ein paar Möglichkeiten habe ich auch, aber ich kann nur jemanden finden, der auch gefunden werden will.«

Am nächsten Tag waren Frieda und Gerlinde allein in der Schokoladenküche. Frieda hatte dem Zufall ein bisschen nachgeholfen und Sarah zu Hans geschickt. Nun beobachtete sie ihre zukünftige Schwiegertochter unbemerkt. Was fand Henrik nur an ihr? Das aschblonde Haar hing ebenso traurig herab wie ihre Mundwinkel. Obendrein war sie tatsächlich geradezu tölpelhaft. Eben erst war sie mit dem Ärmel an einem Holzlöffel hängen geblieben und hätte ihn beinahe, mit einer guten Portion flüssiger Schokolade daran, aus der Rührschüssel gerissen. Jetzt stieß sie so unsanft gegen den Tisch, dass eine Blechschale scheppernd zu Boden fiel. Frieda seufzte.

»Oh, ich habe dich gar nicht bemerkt.« Gerlinde bückte sich steifbeinig und hob die Schale auf. Sie bewegte sich so langsam, dass Frieda drauf und dran war, ihr zuvorzukommen.

»Entschuldige, ich hoffe, ich habe dich nicht erschreckt.« Frieda lächelte sie freundlich an. »Wie schön, dass wir beide mal ungestört sind.«

»Ja?« Gerlinde verschränkte die Finger ineinander, sie fühlte sich augenscheinlich nicht gerade wohl.

»Seit wir aus Brüssel zurück sind, wollte ich dich schon fragen, wie es dir ergangen ist.«

»Wie meinst du das?«

»Na ja, Ernst hat dich mehr in die Arbeit einbezogen, als du es gewohnt warst.«

»Hat er sich über mich beschwert?« Eine Falte erschien auf ihrer Stirn.

»Aber nein, überhaupt nicht. Er sagt, du warst sehr fleißig.«

»So?«

Frieda hätte sie am liebsten geschüttelt. Da war es ja netter, mit einem toten Aal zu plaudern.

»Also«, sagte sie betont fröhlich, »was hat dir am meisten Freude gemacht?«

»Wie meinst du das, wovon denn?«

»Na, von den Arbeiten, die in der Manufaktur anfallen.« Allmählich verlor sie die Geduld. »Was machst du am liebsten?«

Gerlinde dachte nach. Frieda hatte schon den Verdacht, das Mädchen hätte die Frage vergessen, da sagte sie: »Am schönsten war immer, wenn abends alles fertig war.«

»Ich wollte eigentlich wissen, ob du lieber Zutaten abgewogen und in den Mélangeur gegeben hast oder eher Tafeln gießen mochtest.« Sie sah in das Gesicht der jungen Frau, die ihr Sohn liebte, und seufzte erneut. »Hör mal, Gerlinde, ich habe den Eindruck, es ist nicht unbedingt dein Herzenswunsch, von morgens bis abends in der Schokoladenküche zu stehen.«

Gerlindes Augen weiteten sich. »Nein, natürlich nicht.«

»Ach so?« Frieda war irritiert. »Aber ich dachte …«

»Das ist schon alles sehr interessant, und ich mache mich gerne nützlich, vor allem, wenn ich Henrik damit eine Freude machen kann.« Zum ersten Mal, seit die beiden sich miteinander unterhielten, zeigten sich Gefühle in Gerlindes Augen. Allein der Gedanke an Henrik schien sie glücklich zu machen. »Aber jeden Tag von früh bis spät wäre das nichts für mich, denke ich.« Plötzlich lachte sie. »Das kommt ja auch gar nicht in Frage. Wenn die Geschäfte wieder gut laufen, genügt es sicher völlig, wenn mein Mann arbeitet und ich den Haushalt führe. Wir werden bestimmt Kinder haben …«

Manche Dinge regelten sich durch ein paar offene Worte von ganz allein, dachte Frieda vergnügt. Sie plauderte noch eine Weile mit ihr über Kinder und darüber, wie sich Gerlinde die Hochzeit vorstellte.

Als Frieda sich gerade in ihr Büro zurückziehen wollte, sagte Gerlinde: »Ich habe übrigens ein eigenes Rezept entwickelt, als ihr in Belgien wart.«

Frieda drehte sich zu ihr um. »Ach ja?«

»Soll nicht im nächsten Jahr wieder ein Kakao-Dinner stattfinden? Henrik hat gesagt, dafür erfindet ihr immer etwas Neues, eine Spezialität, die es so noch nie gegeben hat.«

»Das ist richtig.« Frieda zögerte. »Hast du denn schon eine Kostprobe hergestellt?«

»Nein, wie soll ich denn? Es fehlt noch an allem.«

»So? Na ja, eigentlich ist das meiste wieder da. Was genau brauchst du denn?«

Gerlinde legte nachdenklich die Stirn in Falten.

»Vielleicht magst du mir dein Rezept demnächst mal zeigen«, schlug Frieda vor. »Versteh das bitte nicht falsch, aber du hast keinerlei Erfahrung. Das Schokolademachen ist ein Handwerk, und das muss man lernen.« Warum nur hatte Henrik behauptet, das würde sie gerne tun?

»Es dauert sowieso noch lange, ehe ich es ausprobieren kann. Denkst du nicht auch, es reicht, wenn ich dir das Rezept dann zeige?«

Bereits auf der Heimreise von Belgien hatte Jason verraten, dass er sich mit Neuhaus' Schwiegersohn nicht nur über Teelieferungen geeinigt, sondern dass er ein Tauschgeschäft vereinbart hatte.

»Das bin ich dir für deine gute Idee schuldig«, hatte er erklärt.

So traf also nur zwei Wochen nach ihrer Rückkehr eine Sendung mit Ballotins, Gewürzen und sogar Rosenwasser ein. Keine großen Mengen, aber zusammen mit der Kakaobutter, die auf wundersame Weise im Keller von Hälssen & Lyon aufgetaucht und in den Besitz von Hannemann & Krüger übergegangen war, und den regelmäßigen Lieferungen von Rowntree genug, um neben echter Schokolade auch wieder die ersten feinen Pralinen herzustellen. Frieda wollte außerdem etwas Neues ausprobieren. Sie stand gerade allein in ihrer Küche im Meßberghof, als Henrik hereinkam.

»Willst du nicht bald nach Hause gehen?« Er sah sie konzentriert an. »Du bist blass wie im Winter.« Dann lächelte er. »Ich werde Gerlinde jetzt jedenfalls zum Sommerdom auf das Heiligengeistfeld entführen. Wäre das nicht auch etwas für dich und Jason?«

»Jason ist unser Ansprechpartner im Zentralamt für Ernährung. Ich wüsste nicht, warum ich in meiner Freizeit mit ihm ausgehen sollte«, gab sie spitz zurück.

»Weil du ihn einmal geliebt hast. Und weil du zu jung bist, um den Rest deines Lebens eine trauernde Witwe zu sein.«

»Ich werde dieses Jahr fünfundvierzig.« Ein dämliches Argument, Frieda ärgerte sich.

»Eben.« Er sagte das ohne jeden Anflug von Triumph. Und dieser Blick! Frieda raubte es jedes Mal ein wenig die Fassung, wenn er sie so sehr an Per erinnerte.

»Schade, ich wollte Gerlinde gerade fragen, ob sie Lust hat, mit mir eine neue Kreation auszuprobieren«, wechselte Frieda das Thema.

»Um diese Zeit?« Der sanfte Schimmer verschwand mit einem Schlag aus seinen Augen. »Du machst es ihr absichtlich schwer, damit sie an deinen Maßstäben scheitert, richtig?«

»Das stimmt nicht. Du kennst mich, ich mache dann Schokolade, wenn mir eine Idee in den Kopf kommt. Ich habe über eine neue Tafelform nachgedacht, seit ich aus Brüssel zurück bin. Sie soll weniger Rohstoffe verbrauchen und dadurch günstiger werden, gleichzeitig aber feiner wirken als eine übliche Schokoladentafel. Eben ist mir eine Lösung eingefallen.«

Er schien zu überlegen, dann sagte er kleinlaut: »Verstehe. Entschuldige bitte.« Das war die perfekte Gelegenheit.

»Sag mal, Henrik, hat Gerlinde dir eigentlich mal ganz deutlich gesagt, dass sie gerne die Leitung der Manufaktur übernehmen würde?

Oder kann es sein, dass du ihr zu verstehen gegeben hast, wie sehr du dich darüber freuen würdest?«

»Sie hat sich von Anfang an dafür interessiert.« Er klang unsicher und auch ein wenig bockig. »Wir haben darüber geredet. So genau weiß ich nicht mehr, wer zuerst was gesagt hat. Findest du, das ist wichtig?« Er reckte das Kinn.

»Das finde ich wirklich, ja. Weißt du, mein Sohn, ich habe den Verdacht, dass du auf dem Holzweg bist.«

»Was soll das heißen?« Wie aufbrausend er sein konnte.

Frieda zwang sich, ruhig zu bleiben. »Ich habe mich neulich mit ihr unterhalten und hatte den Eindruck, sie arbeitet in der Manufaktur, nur um dir eine Freude zu machen.« Er wollte widersprechen, doch sie ließ ihm keine Möglichkeit. »Gerlinde sagte mir, sie könne sich nicht vorstellen, täglich von früh bis spät in der Kakaoküche zu stehen. Sie meint, ihr gründet ohnehin irgendwann eine Familie, und dann reicht es, wenn du arbeitest und sie sich um Haushalt und Kinder kümmert.«

Henrik legte die Stirn in Falten. »Das hat sie gesagt?«, fragte er nach einer Sekunde. Frieda nickte. »Kann ich mir gar nicht vorstellen. Vielleicht hast du sie falsch verstanden. Mir gegenüber ...« Er schwieg. »Ich kläre das«, sagte er dann und lächelte. »Aber jetzt geht es erst mal auf den Dom.«

»Dann wünsche ich euch beiden viel Spaß!« Frieda sah ihm nach und machte sich dann daran, Schokolade herzustellen. Sie würde es wie Monsieur Neuhaus machen und die Masse über Nacht von der Conchiermaschine bis zur perfekten Cremigkeit walzen lassen. Morgen würde sie das Ganze auf einem Blech hauchdünn ausstreichen und zum Schluss mit einem scharfen Messer in kleine Rechtecke schneiden. Das war der beste Weg, um auch den weniger wohlhabenden Kunden wieder gute Hannemannsche anbieten zu können.

Als Frieda endlich nach Hause kam, war es spät. Sie war erschöpft und gleichzeitig aufgewühlt. Ob Gerlinde Henrik gegenüber zugeben würde, dass sie sich ihre Zukunft als Hausfrau vorstellte? Was, wenn er enttäuscht wäre, weil er sie falsch eingeschätzt hatte? Womöglich würde er die Verlobung lösen. Frieda musste sich eingestehen, wie gut ihr diese Vorstellung gefiel. Gleichzeitig schämte sie sich. Es würde ihrem Sohn das Herz brechen.

Sie setzte sich in ihr Wohnzimmer und verspeiste tief in Gedanken das Abendessen, das Mina für sie in der Küche bereitgestellt hatte. Als sie den leeren Teller von sich schob, hätte sie schon kaum noch sagen können, was sie gerade gegessen hatte, so sehr war sie mit ihren Überlegungen beschäftigt. Henrik würde traurig sein, ja, aber er würde eine andere kennenlernen. Eine, die besser zu ihm passte vielleicht. Konnte doch sein, dass es ihm wie seiner Mutter erging, dass er seine vermeintliche große Liebe verlieren musste, um den Menschen zu finden, mit dem er ein ganzes Leben glücklich sein konnte. Sie warf einen Blick zu der Standuhr aus Dänemark und seufzte tief. Da klopfte es.

»Ja?«

Hans steckte den Kopf zur Tür herein.

»Hallo Bruderherz, komm rein.« Er kam zu ihr und küsste sie auf die Wangen. »Na, bist du gekommen, um mir einen Schwank aus deiner Jugend zu erzählen?« Er lächelte gequält und boxte sie sanft in die Seite. Frieda lachte. »Tja, dann wirst du mir zuhören müssen.«

Er nickte, und Frieda erzählte davon, dass Henrik seine Verlobte am liebsten irgendwann in leitender Position bei Hannemann & Krüger sehen wollte, während sie von einem Leben als Hausfrau und Mutter träumte. »Ich möchte Sarah zu meiner Nachfolgerin machen. Sie brennt für die Manufaktur. Sie blüht geradezu auf, wenn sie an den Walzen oder der Conchiermaschine steht, wenn sie Tafeln formt und verziert. Sie ist jetzt schon geschickt und einfallsreich. Wenn sie erst sämtliche Zutaten und reinen Kakao unbegrenzt zur Verfügung hat, wird sie nicht mehr zu bremsen sein.« Frieda lächelte. Dann wurde sie ernst. »Denkst du nicht, du solltest ihr endlich sagen, dass du ihr Vater bist?«

Angst flackerte in seinen Augen, er legte den Zeigefinger an die Lippen.

»Du kannst es ihr meinetwegen schreiben«, sagte Frieda in der Hoffnung, ihn falsch verstanden zu haben. Doch das hatte sie nicht. Er schüttelte energisch den Kopf.

»Sie soll es nicht erfahren.« Frieda seufzte. »Na schön, es ist deine Entscheidung. Auch wenn ich sie für falsch halte.«

Sie ließ sich neben ihm auf das Sofa sinken und nahm seine Hand. »Hans, ich glaube, ich habe Selma gesehen. Au!«

Er hatte ihre Finger zusammengedrückt. Hans hob ihre Hände an seine Lippen und pustete, wie er es früher gemacht hatte, wenn sie sich wehgetan hatte.

»Geht schon wieder«, sagte sie lächelnd. Er legte den Kopf schief und sah sie fragend an. »Ich bin mir nicht ganz sicher.« Sie erzählte von den beiden Begegnungen. »Es kann natürlich jemand anderes gewesen sein. Aber es war immer hier in der Nähe unseres Hauses. Eine fremde Person hätte doch keinen Grund, sich immer davonzumachen, wenn sie glaubt, ich hätte sie entdeckt.«

Er nickte langsam, seinen Blick fest auf ihre Augen gerichtet.

»Ich habe mich beim Roten Kreuz erkundigt. Sie sagen, eine Selma Blumenstein ist weder in Hamburg noch in Berlin bekannt.« Sie holte tief Luft. »Kann sein, dass ich Gespenster sehe, Hans, aber was ist, wenn nicht? Was ist, wenn sie plötzlich vor der Tür steht, weil sie ihre Tochter sprechen möchte? Vielleicht will sie Sarah erklären, warum sie damals ohne sie gegangen ist. So oder so, wenn Selma in Hamburg ist und Sarah begegnet, dann kommt die Wahrheit ans Licht, dann erfährt Sarah, wer du bist. Sie sollte es von dir erfahren.«

Das Schneiden der hauchfeinen Täfelchen war eine echte Herausforderung. Nur allzu leicht konnte eine Ecke abplatzen. Das würde die hübsche rechteckige Form ruinieren, und das Stück konnte nur noch als Bruch angeboten werden. Viel Ausschuss konnten sie sich jedoch nicht leisten. Glücklicherweise hatte Sarah nicht nur genügend Fingerfertigkeit, sie hatte auch noch eine ruhige Hand.

»Ich bin froh, dass Gerlinde uns nicht ihre Hilfe angeboten hat«, flüsterte Frieda. »Stell dir vor, sie hätte sich an einem exakten Schnitt versucht. Wir hätten nichts als Krümel.«

»Die hätten wir dann in niedliche kleine Beutel gefüllt und als Trinkschokolade angeboten.« Sarah lachte. »Eine glänzende Idee, oder?«

Frieda verdrehte die Augen. »Eine entsetzliche Vorstellung! Die Menschen würden unsere erste preiswerte echte Nachkriegsschokolade in heißem Wasser auflösen.« Sie schüttelte sich und sagte mit gerümpfter Nase: »Dafür sind die sogenannten schokoladehaltigen Produkte mit Eichel- oder Hafermalzkakao nun wirklich gut genug.« Eine Weile arbeiteten sie schweigend weiter. Dann kam Frieda auf ein Thema zu sprechen, das sie schon mehrfach angedeutet hatte, jedoch stets mit nur geringem Erfolg.

»Unser Kakao-Dinner soll zwar erst im nächsten Jahr stattfinden, aber wir sollten uns trotzdem allmählich Gedanken über die Spezialität machen, die wir präsentieren wollen.«

Sarah schnaufte.

»Immer, wenn ich darüber reden will, reagierst du so«, sagte Frieda ärgerlich. »Warum? Du weißt, dass ich es gerne sehen würde, wenn du dir ein Rezept einfallen lassen würdest. Sonst macht womöglich Gerlindes Kreation das Rennen.«

Sarah riss die Augen auf. »Gerlinde?« Im nächsten Moment zog sie blitzschnell die Hand zurück, steckte den Zeigefinger in den Mund und machte ein gequältes Gesicht.

»Was ist los, hast du dich geschnitten?«

Sarah nickte. »Ist aber nichts auf die Schokolade getropft«, nuschelte sie.

»Zeig mal her!« Frieda wollte nach ihrer Hand greifen, aber Sarah ließ es nicht zu.

»Geht schon, war nicht schlimm.« Sie betrachtete die Wunde. »Hat schon aufgehört«, sagte sie leise und machte sich wieder ans Werk. »Ich dachte, Gerlinde arbeitet gar nicht richtig hier«, begann sie. »Ich wusste nicht, dass du sie auch aufgefordert hast, sich Gedanken zu machen.«

»Habe ich auch nicht. Sie ist von allein auf mich zugekommen.«

»Ist ihre Kreation denn gut?«, wollte sie wissen.

»Ich kann es mir nicht vorstellen.«

Sarah blickte überrascht auf, und Frieda lächelte sie an.

»Ihr fehlen die Grundkenntnisse. Kann schon sein, dass sie eine Idee für eine bestimmte Komposition von Aromen hat, aber zu einem Rezept gehört sehr viel mehr, wie du weißt. Bisher gibt es auch nur eine Ankündigung von ihr, mehr hat sie mir noch nicht präsentiert. Wenn dir der Gedanke, dass Gerlinde dir zuvorkommen könnte, so wenig gefällt, warum weichst du mir dann immer aus, wenn ich dich auf das Thema anspreche? Warum entwickelst du nicht selbst etwas?«

Mit einem Schlag sah Sarah verzweifelt aus. »Es ist das Kakao-Dinner!«, rief sie. »Von deinen Spezialitäten hat ganz Hamburg geschwärmt. Und ich soll mir einbilden, ich könnte mithalten?«

Frieda wollte ihr sagen, dass sie selbstverständlich in der Lage dazu sei, doch Sarah sprach weiter: »Außerdem hatte ich längst ein Rezept entwickelt.«

Frieda hob die Augenbrauen.

»Es sollte eine Überraschung sein. Du wolltest doch immer Eis und Schokolade verbinden oder verheiraten, wie Jason sagen würde. Ich habe eine Idee, wie das gehen kann. Na ja, nicht direkt. Das Rezept war noch nicht ganz fertig, weil es noch nicht funktioniert hat.«

»Was heißt, es war noch nicht ganz fertig?«

»Es ist weg. Alle Unterlagen sind verschwunden.«

»Das ist doch nicht möglich. Du hast sie bestimmt nur verlegt.«

»Ich habe schon überall gesucht, meine Aufzeichnungen sind weg.«

»Sieh noch mal in Ruhe nach, dann wirst du sie wiederfinden«, forderte Frieda sie unbekümmert auf. »Schokolade und Eis, ich bin sehr gespannt darauf.«

So oft Frieda Sarah auch ansprach, sie bekam kein Rezept, nicht einmal einen Entwurf zu sehen. Die Aufzeichnungen waren wie vom Erdboden verschluckt. Das behauptete Sarah jedenfalls. Frieda vermutete hingegen, Sarah wolle nur warten, bis sie alle Zutaten beisammenhätte und die Kreation zum ersten Mal herstellen konnte, um

Frieda damit zu überraschen. Von Selma fehlte weiter jede Spur. Frieda hatte Jason in einen englisch-deutschen Musik-Klub begleitet, wo er ihr erzählt hatte, dass er sich umgehört und sämtliche Dokumente durchgesehen habe, die ihm zur Verfügung stünden. Nichts. Entweder war Selma unter falschem Namen in der Stadt, oder Frieda hatte sich eben doch getäuscht. Sah aus, als müsse sie weiter mit der Unsicherheit leben.

Als der Sommer sich dem Ende neigte, bekam Frieda Kopfschmerzen, und ihre Knochen begannen weh zu tun. Dann kam das Fieber hinzu, und sie wusste, was los war. Ein Malaria-Anfall hatte sie erwischt. Dr. Matthies junior brachte ihr die nötigen Medikamente und verordnete ihr Ruhe. Einer nach dem anderen erschien an ihrem Krankenlager, um sie aufzufordern, dem ärztlichen Rat unbedingt zu folgen. Ernst drohte ihr, sie eigenhändig nach Hause zu tragen, sollte sie sich im Meßberghof sehen lassen. Seine Frau Walli bot sich als Krankenschwester an, machte allerdings einen Rückzieher, als sie Minas drohenden Blick auffing. Im Hause Møller kümmerte sich nur Mina oder ein Arzt um die Bewohner. Albert brachte sie über alles auf den neusten Stand, was Zahlen und das hanseatische Kakaokontor Hamburg-Bremen betraf. Ulli schaute vorbei und las Frieda mal aus der *Hamburger Allgemeinen* vor, mal aus der *Welt*.

»Da geht schon wieder so'n Serienmörder um. Hier: Die dritte Tote innerhalb von zwei Wochen. Kriminalrat Lühr hat mit seinen Beamten die Ermittlungen aufgenommen.« Sie ließ die Zeitung sinken. »Genau wie Anfang des Jahres. Weißt das noch? Vier Tote. Alle nackt, alle erwürgt.« Sie schüttelte sich. »Bah! Und denn einfach in irgendwelche Ruinen geschmissen oder in'n Fahrstuhlschacht. Aber gekriegt ham se den nich, den Trümmermörder. Läuft noch frei rum. Kann doch sein, dass er wieder anfängt, Leuten die Gurgel abzudrücken.«

Sarah berichtete, Hans würde ihr bei allen Arbeiten helfen, die zu erledigen waren, und Henrik wurde nicht müde, Gerlindes Fleiß zu rühmen. Wenn Frieda seine Lobgesänge auch nur mit eingeschränkter Freude hörte, musste sie doch eingestehen, dass seine Verlobte zur rechten Zeit einsprang. Das musste man ihr lassen, sie war sich nicht zu schade, Conchiermaschine und Walzen sauberzumachen oder das Lager aufzuräumen.

Auch Fiete besuchte Frieda. Jeden Tag. Sie erkannte ihn immer schon an seinem zaghaften Klopfen. Zweimal schnell, kurze Pause, dann wieder zweimal schnell, obwohl Frieda immer sofort »Herein!« rief. Wie sehr er sich verändert hatte. Mina schien ihn zu mästen. Gab ihm wahrscheinlich von ihrer Ration etwas ab. Jedenfalls hatte er richtige Pausbäckchen bekommen, weshalb er nicht mehr aussah wie ein Gespenst. Das weiße Haar hatte seine Mutter ihm kurz geschnitten. Es stand ihm gut, fand Frieda. Noch besser stand ihm, dass er inzwischen sogar manchmal lächelte. Seine Puppe hatte er immer bei sich. Wenn er Frieda besuchte, brachte er meist eine Kleinigkeit mit, die er beim Fringsen oder bei seinen Ausflügen aufs Land ergattern konnte. Mal war es eine Handvoll Himbeeren, mal eine Seidenschleife. Fiete brachte seine Gabe und wollte immer gleich wieder gehen. Ein großer Redner war er nicht.

»Warst du mit Henrik unterwegs?«, fragte Frieda ihn einmal, als er ein paar Brocken Kohle mitbrachte.

»Nein.«

»Die Arbeit im Büro wird zu viel, was? Deshalb kann Henrik nicht mehr mit dir auf Beutezug gehen?« Sie lachte.

»Ja.« Mehr war meist nicht aus ihm herauszukriegen.

»Ich wollte mich schon längst bei dir bedankt haben.« Frieda keuchte erschöpft. Er sah sie fragend an, wartete. »Dafür, dass du mich damals von den eintreffenden Engländern weggeführt hast. Ohne dich hätten sie mich womöglich entdeckt. Keine Ahnung, was die Strafe gewesen wäre, aber ich bin froh, dass ich es nicht am eigenen Leib erfahren habe.« Sie lächelte ihn an.

»Schon gut.« Er wartete noch einen Moment, dann nickte er und ging. Bei seinem nächsten Besuch brachte er ihr ein Foto mit. Frieda traten die Tränen in die Augen. Per hatte so gerne Bilder geschossen. Wie lange hatte sie keine Fotografie in den Händen gehalten.

»Woher hast du das?«

»Hab ich gemacht.«

»Wirklich?« Sie betrachtete das Bild, das ein Segelschiff auf der Elbe zeigte. Im Vordergrund lag ein riesiger Findling. Frieda kannte diesen Platz und mochte ihn sehr. »Das ist sehr hübsch. Danke!«

Jason schickte täglich mindestens eine Karte mit guten Wünschen, meist zusammen mit einem Sträußchen Blumen, einmal sogar mit vier Eiern, einem Stück Salami, Butter und Mehl, damit sie wieder zu Kräften käme. Frieda erholte sich gut. Im Herbst war sie den Schüttelfrost los und konnte wieder in ihr Büro gehen. Während der ersten Besprechung mit Meynecke und ihrem Vater ließ Ernst sie nicht aus den Augen. Es lag auf der Hand, dass er der Meinung war, sie sei zu früh aus Minas Pflege geflohen. Dieser Ansicht wäre er auch gewesen, wenn sie weitere Wochen zu Hause geblieben wäre.

»Dann wollen wir mal wieder.« Ernst erhob sich, auch Meynecke stand auf.

»Ich habe noch etwas mit meiner Tochter zu bereden«, erklärte Albert und blieb sitzen.

»Es geht mir gut, und ich bin keinesfalls zu früh hier erschienen«, sagte Frieda, kaum dass sich die Tür hinter den beiden geschlossen hatte.

Er sah sie erstaunt an. »Den Eindruck machst du auch nicht.« Plötzlich verzog er das Gesicht und fasste sich an die Brust.

»Was ist mit dir? Wieder dein Herz?«

»Es zwickt ab und zu.« Er räusperte sich. »Ich wollte mit dir über Rosemaries Schmuck sprechen, den Mina gefunden hat.« Er schüttelte langsam den Kopf. »Nicht zu glauben, dass sie dir das Kästchen ausgehändigt hat, was? Sie hätte einiges damit anfangen können.«

»Mina ist grundanständig. Außerdem weiß sie, wie gut sie es bei uns getroffen hat.«

»Tja, das ist wahr. Und wir haben es mit ihr gut getroffen. Keinen Schimmer, wie sie das hinkriegt, aber dieser Braten aus Kartoffeln, Kohl und was weiß ich noch ist zu köstlich.«

»Allerdings. Und das, obwohl nicht mal ein winziges Stück Fleisch darin ist.« Frieda lächelte. »Was ist mit Mutters Schmuck?«

»Henrik will im nächsten Jahr heiraten.«

Frieda spürte, wie sich alles in ihr versteifte.

»Ich finde, er sollte seiner Braut einen würdigen Ehering schenken können.« Es waren zwei Ringe in der Schatulle gewesen.

»Findest du wirklich, dass es darauf ankommt? Wir könnten den Schmuck auch gegen Material für den Betrieb eintauschen, das wäre in meinen Augen sinnvoller.«

»Er ist Rosemaries Enkel. Ich bin sicher, sie hätte es gewollt.« Was sollte Frieda schon dagegen sagen?

»Sarah ist auch ihre Enkelin«, begann sie. »Wenn Henrik die beiden Ringe bekommt, sollte Sarah dann nicht auch etwas haben? Die Brosche vielleicht oder einen Anhänger.«

Albert nickte bedächtig. »Du hast recht, das sollte sie.« Er zwinkerte ihr zu. »Wenn ich auch nicht sicher bin, dass mein Röschen auch das gewollt hätte. Und für den Rest sollten wir eine schöne Feier für die beiden ausrichten.«

»Du willst Mutters gesamten Schmuck nur für diese Hochzeit hergeben?« Frieda starrte ihn an.

»Wie ich die Sache sehe, wird das nicht nötig sein. Das Europäische Wiederaufbauprogramm, von dem dieser Herr Marshall gesprochen hat, klingt in meinen Ohren vernünftig. Deutschland würde Unterstützung von den Amerikanern bekommen, wie eine Art Kredit. Geld und Waren kämen wieder ins Land, wir könnten unser Geschäft wieder aufnehmen wie zuvor, fleißig Steuern zahlen, mit denen Deutschland seine Schulden langsam tilgen würde.«

»Also schön«, stimmte Frieda zu. »Die Ringe für Henrik, die Brosche für Sarah, und was die Hochzeitsfeier angeht, beobachten wir die Entwicklung und entscheiden später.«

Albert erhob sich schnaufend. »Gut, wäre das also geklärt.«

Der Winter kam und mit ihm der vertraute Geruch von verbranntem Holz und Abfall. Alles wurde verheizt, um es in den Häusern einigermaßen warm zu bekommen. Frieda war komplett durchgefroren, als sie von ihrer Runde durch eine Siedlung Nissenhütten zurückkehrte. Nach dem Tod des Ehepaars Braune hatte Frieda beschlossen, aus den Mitteln der Per Møller-Stiftung, deren Vermögen mit einigen Auflagen freigegeben war, Decken anzuschaffen und dort zu verteilen. Auch Lebensmittel hatte sie den Menschen schon gebracht, und nun war sie mit Süßigkeiten unterwegs gewesen. Immerhin stand Weihnachten vor der Tür. Frieda hatte die hauchdünnen Täfelchen, die beim Schneiden doch zu Bruch gegangen waren, zusammen mit gestrecktem Marzipan und Kakaoersatz zu kleinen Päckchen gepackt. Hoffentlich ging es mit den geplanten Neubauten schnell voran, so dass niemand mehr lange in Nissenhütten hausen musste. Doch solange hier Menschen wohnten, wollte Frieda sie so gut unterstützen, wie sie nur konnte.

Sie hängte ihren Mantel an die Garderobe und rieb sich die steifen Finger. Allein bei der Erinnerung an die leuchtenden Augen, als sie ihre kleinen Geschenke gebracht hatte, musste sie schon wieder lächeln. Die Freude über eine gelungene Pralinenkreation erfüllte Frieda mit einer tiefen Zufriedenheit, doch das warme Gefühl, das sie jedes Mal hatte, wenn sie ein bisschen helfen konnte, übertraf das noch um Längen.

Frieda wollte gerade in die Küche gehen, um zu sehen, was Mina als Abendessen vorbereitet hatte, als sie von dort Stimmen hörte. Sie stutzte, blieb stehen. Das waren Sarah und … kein Zweifel, Sarah und Fiete.

»Nu, wo sich diese Außenminister nicht einigen konnten, wird es wohl zwei Deutschlands geben.« Frieda konnte sich nicht erinnern, Fiete schon mal einen so langen Satz sagen gehört zu haben.

»Wie soll das gehen?« Sarah klang sehr skeptisch. »Es kann ein Land doch nicht doppelt geben.«

»Nee, das nich, aber zweimal halb. Ist bloß, weil die Sowjetunion und Amerika sich nich einig sind«, schimpfte er jetzt. Frieda war erstaunt, dass er sich mit der aktuellen Politik auskannte. Er hatte von einem seiner Ausflüge ein altes Radio mitgebracht. Mina hörte am liebsten Musik, aber Frieda war schon mal aufgefallen, dass ihr Sohn, wenn er allein war, häufig die Nachrichten einschaltete. Nur weil er wenig sprach, durfte man ihn nicht unterschätzen.

»Sozis gegen Kapitalisten«, sagte er gerade, »is noch nie gut gegangen. Ich frag mich bloß, was aus Berlin wird. Wenn wir nu alle ein West-Deutschland werden, und der Rest wird ein Ost-Deutschland, denn hockt Berlin doch mit seinen vier Zonen inner Mitte. Nich, dass das am Ende wieder 'n Krieg gibt.«

»Meinst du?«, fragte Sarah so leise, dass Frieda sie kaum verstehen konnte. »Was kümmert dich überhaupt Berlin?«

»Kenn da jemanden«, antwortete er. »Also, kennen, na ja …« Er dachte anscheinend kurz nach. »Vielleicht bleibt sie auch ganz hier in Hamburg, aber um Berlin würd ich mir trotzdem Gedanken machen. Ich mein, is ja auch Deutschland und deshalb unsere Heimat, meinst nich?«

»Stimmt schon.« Frieda beschloss, nicht länger als ungebetener Zuhörer im Flur zu stehen, als Sarah sagte: »Aber wenn man da jemanden kennt, dann interessiert man sich natürlich noch mehr für einen Ort. Meine Mutter soll angeblich in Berlin sein.« Frieda stockte der Atem.

»Hä? Versteh ich nich. Die is doch hier.«

Sarah lachte leise. »Frieda ist nicht meine Mutter, also nicht meine richtige. Die echte ist weggegangen und hat mich zurückgelassen, als ich noch klein war.«

»Nee, oder? Die is ohne dich nach Berlin?«

»So genau hat mir das nie jemand gesagt, aber ich habe mal gelauscht, als sich meine Großeltern unterhalten haben.« Das war ja ein starkes Stück! Frieda hatte nicht übel Lust, Sarah zur Rede zu stellen. Doch wer im Glashaus saß, warf besser nicht mit Steinen.

»Oma Rosemarie mochte meine Mutter wohl nicht besonders.« Ein leises bitteres Lachen. »Jedenfalls hat sie mir immer mal wieder Gruselgeschichten über sie erzählt. Opa Albert hat sich schrecklich darüber aufgeregt, und da habe ich gehört, wie er gesagt hat, dass meine Mutter weder in der Hölle noch sonst wo sei, sondern wahrscheinlich in Berlin.« Eine ganze Weile blieb es still. »Wenn das wirklich passiert, das mit den zwei halben Deutschlands, meine ich«, begann Sarah, »denkst du, dann müssen die Engländer sofort alle zurück in ihre Heimat?« Klang so, als würde ihr der Gedanke nicht behagen.

»Nö, kann ich mir nich vorstellen. Weiß nich, aber die werden uns bestimmt noch eine Weile auf die Finger gucken wollen.« Nur noch das Klappern einer Emailleschüssel und Rascheln war zu hören.

»So, nu is der Grünkohl sauber«, verkündete Fiete schließlich.

»Ja, sieht gut aus. Danke für deine Hilfe.«

Kurz vor Weihnachten traf ein Paket von Clara ein, dazu ein Brief:

Meine liebe Frieda,

mehr als acht Jahre haben wir uns nicht gesehen. Ich habe noch immer große Sehnsucht nach dir und Hans und all den Menschen, die mir bei meiner Flucht geholfen haben. Denk ruhig, dass ich sentimental bin, denn es ist wohl wahr. Wie sonst ist es zu erklären, dass ich sogar Deutschland vermisse, obwohl man uns dort alles weggenommen und uns verjagt hat. Es ist eben mein Zuhause. Ich frage mich oft, wie es auf Föhr aussehen mag. Hat der Krieg die kleine Insel verschont? Dort war doch nichts zu holen. Hamburg muss schlimm aussehen, nach allem, was du schreibst.

Dana und Ethan sind davon überzeugt, dass ihr in Europa nächstes Jahr schon sehr viel besser dran sein werdet, wenn ihr erst wieder eine neue Regierung wählen dürft, statt von den Militärgouverneuren bevormundet zu werden. Wir hoffen alle sehr, dass die Nazis wirklich alle hinter Schloss und Riegel sind und nicht gleich wieder das Sagen haben. Das wäre eine Katastrophe.

So gern ich schon bald reisen würde, warte ich lieber noch, Frieda. Wenn die Verhältnisse geklärt sind, komme ich nach Hause und werde alle Hebel in Bewegung setzen, um die Kaufhäuser meiner Eltern zurückzukriegen. Alsterhaus, so ein Unfug! Ich möchte, dass wieder unser Name über dem Eingang steht. Und in der Lebensmittelabteilung im obersten Geschoss wird es ein kleines Geschäft von Hannemann & Krüger geben. Pralinen und Schokolade in allen erdenklichen Sorten zum Verkauf. Und die Kun-

den werden eure feine Trinkschokolade mit einem Stück Schokoladentorte genießen. Wir beide werden reich und unsere Kunden dick!

Frieda musste lachen, im nächsten Augenblick schossen ihr Tränen in die Augen. Clara, Dana und Ethan und auch Miranda und Daniel mit ihren Familien schickten neben herzlichen Grüßen auch Corned Beef, Haferflocken, Speck, Schmalz, Margarine, Obstkonserven, Rosinen, Milchpulver, pulverisiertes Ei, Zucker und echten Kaffee. Mina würde ein Festmahl daraus zaubern.

Und das tat sie. Am Heiligen Abend gab es eine Vorsuppe mit Grünkohl und Klößchen, dann Wildgans, die Fiete gefangen hatte, dazu Kartoffeln, zum Nachtisch echten Schokoladenpudding und hinterher ein Tässchen Kaffee und schottischen Whisky, den Jason Frieda mit einer hübschen Weihnachtskarte geschickt hatte.

»Ich glaub, ich platze!« Ernst ließ sich schnaufend auf das Sofa fallen. »Ewig nicht mehr so viel auf einmal und so gut gegessen.«

Wenn Frieda am Morgen der Schmerz darüber, dass Per nicht mehr bei ihr war, noch mit ungeheurer Wucht getroffen hatte, war sie am Abend umso glücklicher. Sie hatte mit Hans in der guten Stube den Esstisch aufgebaut und ausgezogen, damit alle Platz hatten. Das Zimmer war weihnachtlich geschmückt. In Ermangelung eines Baumes war die Standuhr mit Lametta dekoriert, das zwar schon in die Jahre gekommen war, aber noch festlich glänzte, wie Ernst sofort bemerkt hatte. Außer Frieda, Hans, Albert, Henrik und Sarah waren Ernst, Walli und auch Ernsts Mutter Gertrud gekommen. Ulli und Marianne hatten die Einladung ebenfalls erfreut angenommen. Selbstverständlich war Gerlinde an Henriks Seite. Sie hatte ihre Mutter mitgebracht.

»Und morgen sind wir dann bei dir, Mutti«, wiederholte sie immer wieder. Frieda war nicht etwa zu einem Gegenbesuch eingeladen.

Auch Mina und Fiete saßen mit an der Tafel, wobei Mina eigentlich kaum einen Stuhl brauchte, weil sie ständig hin und her flitzte, um noch etwas zu holen oder jemandem etwas zu reichen. Fiete half ihr, wo er nur konnte. Die vielen Menschen waren ihm nicht geheuer, das konnte man unmöglich übersehen. Obwohl Sarah ihn hin und wieder ansprach, redete er kaum mehr als Hans. Aber er lächelte häufiger. Seine Puppe wollte er an diesem Abend anscheinend gar nicht loslassen.

Zu fortgeschrittener Stunde begann Gerlinde plötzlich Weihnachtslieder zu singen. Sie hatte eine ausgesprochen schöne Stimme, wie Frieda überrascht feststellte, hell und klar. Wirkte sie sonst auch plump, bekam sie nun von einer Sekunde auf die andere etwas Zerbrechliches. Manch einer ließ sich von ihr anstecken und sang leise mit. Auch Ernst, der jeden Ton zielsicher verfehlte. Walli warf ihm einen Blick zu, und er verstummte wieder. Als Gerlinde das Ave Maria anstimmte, wurden alle still. Frieda musste schlucken. Der Raum war mit einem Mal erfüllt von einer feierlichen Stimmung, von Melancholie, aber auch von Zuversicht. Gerlinde schien von innen heraus zu leuchten, und Henrik lauschte ihr so stolz und glücklich, dass Frieda das Herz aufging. Ein Mensch, der so wundervoll singen und alle dermaßen verzaubern konnte, musste einen guten Kern haben. Gerlinde war vielleicht doch nicht die schlechteste Wahl.

Kapitel 14

1948

Die Zeit verging wie im Flug. Tatsächlich scheiterte die Viermächte-Regierung, die die vier Besatzungszonen gemeinschaftlich hatte verwalten wollen, endgültig.

»Zwei deutsche Staaten«, schimpfte Albert und griff sich, wie in letzter Zeit wieder öfter, an die Brust. »Was soll das Theater?«

»Ist ja nur vorübergehend, Herr Hannemann«, wandte Meynecke ein und zündete sich eine Pfeife an. »Immerhin ist das Marshall-Programm jetzt beschlossene Sache. Gott sei Dank! Jetzt geht es ganz schnell bergauf. Und dann wird Deutschland auch wieder zu einem Staat, anders kann sich das doch kein Mensch vorstellen.« Er lachte.

Im Juli heirateten Henrik und Gerlinde. Obwohl sich Frieda etwas anderes gewünscht hätte, konnte sie doch nicht anders, als ein paar Freudentränen zu vergießen, als die beiden sich vor dem Altar der Nienstedtener Kirche das Ja-Wort gaben. Henrik sah so glücklich aus, und Gerlinde hatte sich in letzter Zeit nach Kräften bemüht, Friedas Sympathie zu gewinnen. Das angekündigte Rezept für das Kakao-Dinner hatte sie ihr nie gezeigt, und Frieda hatte auch nicht danach gefragt. Gerlinde war freundlich gewesen und tüchtig, sie hatte die Arbeiten erledigt, die man ihr aufgetragen hatte. Ohne zu murren, putzte sie nach wie vor Walzen und Formen, am liebsten brachte sie Briefe zur Post, denn sie war gerne an der frischen Luft, wie sie sagte. Von einem darüber hinausgehenden Interesse am Betrieb oder am Handwerk des Schokolademachens keine Spur. Und das, obwohl Henrik noch immer behauptete, Frieda müsse etwas in den falschen Hals bekommen haben, wenn sie glaubte, dass Gerlinde keine Ambitionen habe.

»Sie ist so hübsch. Und wie gut die beiden zueinander passen«, sagte Imke Dabelstein, Gerlindes Mutter, als sie an der festlichen Tafel im Restaurant Jacob an der Elbchaussee Platz nahm. Frau Dabelstein und Frieda hatten gemeinsam, dass sie früh Witwen geworden waren. Das war aber auch schon alles. Nachdem Frieda sie im Rahmen der Hochzeitsvorbereitungen ein wenig besser hatte kennenlernen können, glaubte sie noch sicherer, dass Gerlinde nicht sonderlich erpicht auf ein erfülltes Berufsleben war. Imke hatte sie keineswegs fortschrittlich erzogen, sondern traditionell, um nicht zu sagen: altmodisch. Frieda sollte es recht sein. Je weniger es ihre Schwiegertochter in die Manufaktur drängte, desto besser.

Da es weder einen Brautvater gab, noch der Vater des Bräutigams da war, um eine Rede zu halten, hatte Albert diese Aufgabe gern übernommen. Es wurde gegessen und getrunken, ein Streichquartett spielte. Sehr feierlich, wie Frieda fand. Die vier Musiker waren Schüler, die Hans auf seinen Liefertouren der Schulspeisung kennengelernt hatte. Gerlinde wirkte so ausgelassen und lebendig, wie Frieda sie noch nicht erlebt hatte. Umso erstaunter war sie, als Henrik sich plötzlich vor ihr aufbaute. Frieda hatte auf der Terrasse ein wenig Luft geschnappt und wollte sich gerade wieder zur Festgemeinde gesellen, als er ihr in den Weg trat.

»Vielen Dank für die Ringe und die Feier«, sagte er kühl.

»Du hast dich doch vorhin schon bei mir und deinem Großvater bedankt.« Frieda lächelte.

»So bin ich erzogen«, erklärte er steif. »Höflich und traditionell.«

»Worauf willst du hinaus, mein lieber Sohn?«

»Ich hätte es sehr begrüßt, wenn dein Hochzeitsgeschenk für Gerlinde traditionsgemäß die Manufaktur gewesen wäre.« Frieda traute ihren Ohren nicht.

»Selbstverständlich habe ich nicht erwartet, dass du sie ihr sofort überschreibst. Mir ist klar, dass Linde noch viel lernen muss. Aber es wäre wirklich der richtige Anlass gewesen, um ihr dein Vertrauen auszusprechen und ihr die Zusage zu geben, dass sie einmal die Leitung haben wird.«

»Es tut mir leid«, begann Frieda.

Henrik schnitt ihr das Wort ab: »Mir auch. Vor allem meine Frau tut mir leid«, sagte er und reckte das Kinn. »Sie ist wirklich sehr enttäuscht.«

»Aber ich habe mit ihr gesprochen, und sie sagte mir …« Frieda stockte mitten im Satz, denn in diesem Moment kam Gerlinde zu ihnen. Wahrscheinlich hielt sie es keine fünf Minuten ohne Henrik aus. In diesem Augenblick kam sie jedenfalls wie gerufen.

»Hier seid ihr ja!«, sagte sie und sah unsicher von einem zum anderen. »Wir haben euch schon vermisst.«

»Henrik sagte mir gerade, wie traurig du bist. Er macht mir Vorwürfe, dass ich dir nicht die Leitung der Manufaktur in Aussicht gestellt habe.« Sie wählte jedes Wort mit Bedacht und beobachtete ihre frischgebackene Schwiegertochter aufmerksam. Sie sah weder traurig aus noch enttäuscht.

»Ach das«, sagte sie leise.

»Ich wollte nicht, dass wir dieses Thema hier und jetzt besprechen.« Henrik klang äußerst verärgert.

»Dann hättest du nicht davon anfangen sollen«, konterte Frieda.

»Also schön, warum nicht?« Henrik streckte den Rücken durch.

Frieda kam ihm zuvor: »Weißt du noch, Gerlinde, du sagtest, du könntest dir nicht vorstellen, täglich von früh bis spät in der Schokoladenküche zu stehen, du wolltest lieber den Haushalt führen, Kinder erziehen.«

»Das hast du ihr in den Mund gelegt, Mutter. Und das versuchst du jetzt schon wieder. Ich habe dir mehr als einmal gesagt, was sich meine Frau wünscht.«

»Ich nehme doch an, Gerlinde kann gut für sich selbst sprechen.« Frieda sah ihn herausfordernd an. Dann blickten beide erwartungsvoll auf seine Braut.

»Henrik hat schon recht, ich hätte mich sehr gefreut, wenn du mir diese Aufgabe zutrauen würdest. Ich habe mich wirklich nach Kräften bemüht.« Ihre Stimme wurde immer leiser, Frieda fürchtete, sie würde im nächsten Augenblick in Tränen ausbrechen.

»Es tut mir sehr leid«, brachte sie verwirrt hervor. »Ich wollte dich nicht enttäuschen, schon gar nicht an diesem wichtigen Tag. Nur erinnere ich mich genau, dass du sagtest …«

Dieses Mal war es Gerlinde, die ihr ins Wort fiel: »Mach dir keine Gedanken.« Sie lächelte dünn. »Es stimmt ja beides ein bisschen. Ich denke, wenn ich irgendwann die Manufaktur leite, muss ich nicht jeden Tag von früh bis spät selbst Schokolade machen. Dafür habe ich ja die Arbeiter, nicht wahr? Außerdem kann die Übernahme ohnehin noch warten, denn eins stimmt auf jeden Fall: dass ich unser Kind selbst erziehen möchte.« Sie sah Henrik an und strahlte plötzlich.

»Du …? Was soll das heißen, bist du …?«, stammelte Henrik.

Gerlinde nickte. »Erst mal muss das Kind da sein und aus dem Gröbsten raus, dann kann ich mich um die Firma kümmern.«

Die Überraschung war Gerlinde wahrhaftig gelungen. Schwanger! Henrik war außer sich vor Freude und glücklicherweise der Ansicht, seine Frau solle sich ab sofort schonen und in der Manufaktur keinen Finger mehr krümmen. Sie ließ sich auch weiterhin blicken, allerdings immer nur, um ihrem Mann sein Mittagessen zu bringen, wenn er es mal nicht nach Hause schaffte. Bei der Gelegenheit nahm sie manches Mal die Post mit, wie sie es schon früher immer getan hatte. Das war alles, was sie für Hannemann & Krüger leistete. Seit der Hochzeit lebten Henrik und Gerlinde im Haus von Gerlindes Mutter.

»Das ist doch kein Zustand«, schimpfte Albert. »Diese Frau Dabelstein macht keinerlei Anstalten, sich aufs Altenteil zurückzuziehen und den beiden das Anwesen zu überlassen. Ist sowieso unpraktisch, draußen in Niendorf zu wohnen.« Henrik hatte ihm mehr als einmal erklärt, dass es kaum einen Unterschied machte, ob er nun über Winterhude und Uhlenhorst zum Meßberghof fuhr oder vom Jenischpark, doch davon wollte Albert nichts hören. »Sobald das Kind auf der Welt ist, braucht ihr ein eigenes Haus hier an der Elbchaussee!« Frieda wusste, dass er dabei an sein eigenes dachte, seine geliebte Villa, die für ihn und Hans doch ohnehin viel zu groß war. Außerdem war sie sicher, dass es auch Henriks Wunsch war, dort mit seiner Familie zu leben. Nur war die Hannemannsche Villa noch immer in den Händen der Engländer. Sie würde mit Jason sprechen, vielleicht gab es einen Weg, das Eigentum zurückzubekommen. Bis dahin hatte ihr Sohn mit seiner Frau in Niendorf ein prachtvolles Zuhause. Es lag unweit des Parks, in dem auch Martina und Magnus Jensen gelebt hatten. Von Gerlindes Mutter wusste Frieda, dass die beiden tatsächlich ausgewandert waren.

»Die sind nach Paris gegangen, habe ich gehört«, berichtete sie. Paris. Wollte nicht auch Alfred Fellner nach Paris gehen, als man seine Bilder als entartet bezeichnet und verboten hatte? Wie schade, dass sie keinen Kontakt mehr hatten, dachte Frieda.

Gerlindes Mutter unterbrach ihre Gedanken: »Soweit ich weiß, waren sie keine Juden. Dann müssen sie doch Dreck am Stecken gehabt haben, wenn sie trotzdem auf und davon sind.«

Die Tage wurden kürzer, schon wieder neigte sich ein Jahr dem Ende zu. Ein Jahr ohne Kakao-Dinner. Es ließ Frieda einfach keine Ruhe.

Zwar meinte Ernst: »Aufgeschoben ist doch nicht aufgehoben. Nächstes Jahr wird's umso verschwenderischer.«

Trotzdem, ihr wollte nicht in den Kopf, wie Sarah die Planung so gründlich hatte vermasseln können. Nur für zwei Dinge war sie verantwortlich gewesen, für die Reservierung der Räumlichkeiten und für die Einladungsschreiben. Was Frieda vor allem zu schaffen machte, war der Umstand, dass Sarah nicht zu ihren Fehlern stehen konnte. Schon einmal hatte sie felsenfest behauptet, eine Rechnung verschickt zu haben. Es war um die Schulspeisung gegangen und hatte sich um eine beträchtliche Summe gehandelt. Erst aufgrund der Mahnung floss endlich das Geld, allerdings mit der Anmerkung, man habe nie eine Zahlungsaufforderung erhalten. Die Verzögerung hätte das Unternehmen in Schwierigkeiten bringen können, doch das Schlimmste für Frieda war der Vertrauensverlust, weil Sarah bis heute dabei blieb, sie habe die Rechnung ordnungsgemäß aufgesetzt und versandfertig gemacht.

An einem ausgesprochen milden Tag Ende September war Frieda mit Jason verabredet. Sie legte gerade noch etwas Lippenstift auf, als es an der Badezimmertür klopfte.

»Bist du da drinnen, Frieda?« Sarahs Stimme.

»Ja, ich komme sofort.«

»Alles in Ordnung?«

Frieda öffnete die Tür. »Ja, alles bestens. Warum?«

»Es ist nur … dein Brief …« Sarah schluckte. Frieda hatte keine Ahnung, wovon sie sprach. »Er klang so dramatisch, wie ein Abschiedsbrief. Ich meine, du bist doch nur für ein paar Stunden verabredet, oder habe ich etwas falsch verstanden?«

»Nein, ich treffe mich mit Jason. Wir wollen über die Stiftung reden, und er will mir etwas zeigen. Könntest du mich bitte aufklären? Ich verstehe kein Wort.«

»Ich ja auch nicht.« Sarah wirkte höchst verunsichert. »Da lag dieser Brief im Kasten. Mit meinem Namen auf dem Umschlag.« Sie sah Frieda an und zitierte: »»Liebste Sarah, ich muss leider weg. Wir sehen uns wieder, das verspreche ich dir!«

»Tut mir leid, Liebes, ich habe keine Ahnung, wer dir so etwas schreibt. Ich jedenfalls ganz bestimmt nicht.«

Mit einem Schlag änderte sich Sarahs Gesichtsausdruck, als hätte sie plötzlich eine komplizierte Aufgabe entschlüsselt. Dann blitzte Sorge in ihren Augen auf. »So, ja … entschuldige bitte«, stotterte sie. »Da habe ich wohl etwas falsch verstanden.«

»Im Briefkasten, sagst du?« Frieda beschlich ein schrecklicher Gedanke. »Das ist schon eigenartig. Und du kennst die Schrift nicht?« Wer würde sie »liebste Sarah« nennen, wenn nicht jemand aus der Familie? Und dann dieses dramatische Versprechen. Es musste jemand sein, der Sarah sehr nahestand. Selma Blumenstein. Ob Sarah auch an sie dachte? Hatten die beiden sich womöglich sogar heimlich getroffen, und Sarah hatte erkannt, dass sie sich beinahe verplappert hätte? Viel zu viele Gedanken und Fragen rasten durch Friedas Kopf, als dass sie auch nur ein vernünftiges Wort zustande gebracht hätte.

»Nein, ich kenne die Schrift nicht«, sagte Sarah munter, doch in ihren Augen flackerte noch immer Angst. »Nun denn, für jedes Rätsel gibt es eine Lösung«, fügte sie rasch hinzu, »das gilt sicher auch für den geheimnisvollen Umschlag.« Sie küsste Frieda auf die Wange. »Sag Jason liebe Grüße, ja?«

Die Fahrt ging in südlicher Richtung zuerst über die Norderelbe, dann über die Veddel nach Harburg-Wilhelmsburg. Frieda musterte Jason immer wieder verstohlen von der Seite. Er wirkte sehr nachdenklich, und die Lachfältchen rund um seine Augen waren zu tiefen Linien geworden, die ihn sorgenvoll aussehen ließen. Obwohl sie von Mai bis in den September hinein viel Sonne gehabt hatten, traten seine Sommersprossen auf der blassen Haut deutlich hervor. Wie mochte sein Alltag aussehen? Ob er mit seiner Frau wenigstens eine freundschaftliche Beziehung pflegte, ob sie sich miteinander austauschten? Oder herrschte überwiegend Schweigen zwischen ihnen? Es stand ihr nicht zu, ihn danach zu fragen. Vor allem wollte sie nicht den Eindruck erwecken, ein weitergehendes Interesse an ihm zu haben. Es wäre nicht in Ordnung, ihm Hoffnungen zu machen. Als sie ihn gerade wieder betrachtete, sah er zu ihr herüber, ihre Blicke trafen sich.

»Worüber denkst du nach?«

»Ich frage mich, wohin du mich bringst.« Das war nicht einmal eine Lüge.

»Warst du jemals hier draußen?« Er wartete ihre Antwort nicht ab. »Noch vor zehn Jahren war der Stadtkreis selbstständig, wenn ich richtig informiert bin, ehe er von Hamburg einverleibt wurde.«

Sie dachte eine Sekunde nach. »Du hast recht, es ist etwa zehn Jahre her, seit das Groß-Hamburg-Gesetz in Kraft getreten ist.« Er zog missbilligend die Augenbrauen hoch. »Die Nationalsozialisten haben es in ihrer Gier so beschlossen. Alles musste groß sein, pompös.« Sie schüttelte angewidert den Kopf. Und ein bisschen schämte sie sich auch. Wann immer sie an die Untaten dachte, die dem Krieg vorausgegangen waren, fragte sie sich, ob sie nicht doch etwas hätte tun können. Ob man die Nazis nicht hätte stoppen können, wenn alle sich ihnen widersetzt hätten.

»Ihr könntet es rückgängig machen.« Jasons Lippen verzogen sich zu einem Lächeln.

»Könnten wir.« Frieda überlegte. »Nur hilft so ein Hin und Her auch niemandem. Ich bin der Überzeugung, dass Zusammenschlüsse besser sind als Zersplitterungen. Und wenn es schon mal ist, wie es ist …«

»Dachte ich mir.« Er lächelte sehr zufrieden. »Genau darum sind wir hier.«

»Ich verstehe nicht.«

»Um den Wilhelmsburgern zu zeigen, dass sie nicht nur ihre Eigenständigkeit verloren, sondern auch etwas gewonnen haben. Zeigen wir ihnen, dass sie nicht einfach von Hamburg geschluckt wurden, sondern Teil eines Zusammenschlusses sind, von dem sie profitieren.«

Er parkte das Auto an einer Baustelle. »Hier entstehen gemeinnützige Wohnsiedlungen. Eine gute Sache. Und das da …« Er zeigte auf eine Stelle, an der es noch nicht viel mehr zu sehen gab als eine Bodenplatte. »Das wird ein Waisenhaus für Arbeiterkinder. Komm!« Er stieg aus. Früher hatte er ihr die Wagentür aufgehalten, heute machte er sich auf den Weg, ohne auf sie zu warten. Frieda beeilte sich, hinter ihm her zu kommen.

»Warum liegt dir so viel an Wilhelmsburg?«, wollte sie wissen.

Er sah sie kurz an, dann blickte er wieder über die große, fast leere Fläche, die sich vor ihnen erstreckte. Sie versprach Hoffnung und einen Neuanfang.

»Es geht nicht um den Stadtteil, sondern um die Spaltung, die verhindert werden muss.«

Frieda runzelte die Stirn.

»Dies hier war nie die Elbchaussee, hier leben seit Jahren Arbeiter.«

»Das ist mir bekannt.« Allmählich störte es sie, dass Jason ihr, einer waschechten Hamburgerin, Vorträge über ihre Heimatstadt hielt.

»Arbeiter, die ordentliches Geld verdienten«, fuhr er ruhig fort. »Es ging ihnen gut. Wie gesagt, es war nie die Elbchaussee …«

»Könntest du bitte zum Punkt kommen?«

»Die Industrie, die ihnen ein anständiges Auskommen beschert hat, wurde ihnen in den letzten Tagen des Krieges noch zum Verhängnis. Bei den Angriffen haben viele nicht nur ihre Arbeit, sondern auch ein Dach über dem Kopf verloren.« Er machte eine Pause und atmete hörbar ein. »Es gab einen schweren Angriff am Tag, als in den Fabriken Hochbetrieb herrschte. Weil die gesunden kräftigen Männer eingezogen waren, arbeiteten dort auch viele Frauen.« Er sah Frieda an. »Am Abend hatte Wilhelmsburg Hunderte Waisenkinder mehr als noch am Morgen.«

Sie schloss die Augen, stöhnte. »Mein Gott!«

»Du engagierst dich mit deiner Stiftung doch für ein Waisenhaus.«

Frieda nickte langsam. »Zumindest habe ich das getan, als es noch existierte. Es wurde zerstört und wird auch nicht mehr errichtet. Zu wenige sind übriggeblieben.«

»Das tut mir sehr leid.« Doch Jasons Miene hellte sich wieder auf. »Umso besser, wenn du hier ein neues Betätigungsfeld findest. Komm!« Er reichte ihr die Hand, Frieda zögerte, dann ergriff sie sie und ließ sich von ihm über einen Sandweg zu der Ruine einer Fabrik führen.

»Eine Dame hat sich an die Militärregierung gewandt«, erklärte er ihr unterwegs. »Sie hat mit ihrem Mann in Hamburg gelebt, ist aber kurz vor Kriegsbeginn nach Paris geflohen. Sie sind schon eine ganze Weile zurück und wollen ihren Beitrag leisten, damit die Stadt schnell wieder zu altem Wohlstand und Frieden findet. Eine bemerkenswerte Frau übrigens. Als ich das erste Mal mit ihr sprach, hatte ich das Gefühl, sie sieht mehr als andere Menschen.«

Frieda wurde hellhörig. »Ach ja? Wie meinst du das?«

»Schwer zu erklären. Sie hat eine Ausstrahlung, die mir regelmäßig eine Gänsehaut verpasst, als würde sie durch einen hindurch direkt in die Zukunft blicken.«

Frieda blieb stehen. Ein Paar, das nach Paris geflohen war, die Beschreibung der Frau …

»Du sprichst nicht zufällig von Martina Jensen, oder?«

Jason starrte sie an. »Du kennst sie?«

»Allerdings! Die Jensens haben meine Freundin Clara versteckt. Clara ist Jüdin und musste irgendwo unterschlüpfen, bis ihr Schiff nach Amerika ging.« Frieda lächelte. »Die Jensens sind also zurück. Wie schön.«

»Martina Jensen hat irgendeine Verbindung nach Wilhelmsburg. Einzelheiten hat sie mir nicht genannt. Jedenfalls wollen die beiden sich gerade hier betätigen, weil sie denken, es könne schnell zu Unfrieden kommen. Da stimme ich ihnen zu. Ich bin der Überzeugung, dass nichts gefährlicher ist als ein Graben, der quer durch eine Gesellschaft läuft. Alle müssen an einem Strang ziehen, sonst funktioniert nichts.«

Eine einzige Halle der ehemaligen Fabrik war erhalten. Der Rest des Geländes war nackt, nur Fundamente ließen noch ahnen, wie viele Büro- und Produktionshäuser hier einst beieinander gestanden hatten. Sie betraten den roten Ziegelbau durch eine Eisentür. Drinnen war es finster, und es roch nach Schweiß und Exkrementen.

»Meine Güte!« Frieda hielt instinktiv die Luft an und bemühte sich dann, flach zu atmen. Als ihre Augen sich an das wenige Licht gewöhnt hatten und ihr erster Schreck verdaut war, sah sie sich genauer um. Sie registrierte, dass der große Raum in mehrere Bereiche unterteilt war. Es gab Bretterwände, zum Teil mussten aber auch Vorhänge aus grobem Stoff reichen, die an gespannten Leinen von der Decke hingen. Im ersten Augenblick meinte sie, ein menschenleeres Gebäude betreten zu haben, doch dann nahm sie Rascheln und Flüstern wahr. Und nun auch Schritte. Eine junge Frau trat aus einem der provisorisch eingerichteten Räume und kam zu ihnen herüber.

»Guten Tag. Kann ich … Ach, Mr. Williamson!« Ihre Miene hellte sich auf, sie reichte ihm die Hand. »Verzeihung!«

Dann wandte sie sich zu Frieda, um auch sie zu begrüßen.

»Frau Møller?«, fragte die Kindergärtnerin ungläubig.

Frieda nickte. »Die bin ich.« Kannten sie sich etwa? Das Gesicht kam ihr tatsächlich von der ersten Sekunde vertraut vor.

»Friederike Møller. Sie steht der Stiftung Sprungtuch vor und könnte sich vorstellen, die Kinder zu unterstützen«, erklärte Jason. »Das ist Emma Schütt, sie arbeitet in der Vereinigung städtischer Kinder- und Jugendheime«, sagte er nun zu Frieda.

»Emma! Natürlich! Das ist eine Überraschung.« Die wilde blonde Lockenmähne von Henriks ehemaligem Kindermädchen war unter einer Haube verborgen und obendrein streng zu einem Knoten gewickelt. Aber die freundlichen blauen Augen, die Sommersprossen und die Stupsnase … Frieda hätte es sofort wissen müssen.

»So eine Freude!«, rief Emma und nahm Frieda in den Arm. Sie drückten einander wie alte Freundinnen. Immerhin hatte das Mädchen jahrelang zum Haushalt gehört.

»Wie geht es Henrik? Er musste doch hoffentlich nicht noch in den Krieg ziehen? Wie alt ist er jetzt?« Eine Falte erschien über ihrer Nase.

»Er ist zwanzig, hat kürzlich geheiratet und wird bald selbst ein Kind haben.« Frieda lächelte sie an.

»Wirklich? Unglaublich! Das ist schön.«

»Der Krieg hat ihm glücklicherweise nicht viel anhaben können.«

»Und wie geht es Ihrem Mann?«

»Er ist tot«, gab Frieda knapp zurück. Es war noch immer grauenvoll, es aussprechen zu müssen. Würde sie sich je daran gewöhnen?

»Das tut mir so leid.«

»Gibt es jemanden in Hamburg, den du nicht kennst?« Jason sah Frieda fragend an. Dann wandte er sich an Emma: »Ich erzähle ihr von den Jensens, sie kennt sie. Ich bringe sie hierher, sie kennt dich.«

»Das ist gar nicht so überraschend«, erklärte Emma munter. »Die Jensens waren bei Familie Møller zu Gast. Ich bin ihnen dort einmal begegnet. Als wir uns wiedersahen, erkannte Martina mich sofort.«

Anderthalb Stunden später traten Frieda und Jason wieder aus der ehemaligen Fabrikhalle. Sie hatten Kinder mit zerstrubbeltem Haar und viel zu ernsten großen Augen gesehen, die Friedas Herz gleich im ersten Moment erobert hatten. Die Waisen spielten mit Steinen und Stöckchen. Wer einen Ziegel oder einen kalkhaltigen Brocken fand, mit dem man rote oder weiße Striche malen konnte, war ein König und zeichnete Hinkepott-Felder auf den Boden. Nacheinander durften die Kleinen einen Kiesel ins erste Feld werfen und auf einem Bein loshüpfen.

Knud hatte es Jason besonders angetan. Frieda beobachtete, wie in dem Gesicht des Jungen die Sonne aufging, sobald er Jason erkannte. Wie das Äffchen an der Mutter hing er an Jasons Bein und kletterte ihm sofort auf den Schoß, kaum dass Jason sich setzte. Und Jason genoss es. Er streichelte Knud zärtlich über den Kopf, trug ihn mit sich herum, wenn er aufstand, sprach leise mit ihm.

»Wie kommt es, dass du dich der Sache angenommen hast?«, wollte Frieda wissen, als sie zurück zum Wagen gingen. »Das Zentralamt für Ernährung hat doch nichts mit Waisenhäusern und Kinderheimen zu tun, oder?«

»Die Jensens sind mir vorgestellt worden. Reiner Zufall, ich wollte etwas von dem zuständigen Kollegen wissen, als der gerade mit ihnen im Gespräch saß. Im ersten Moment hatten sie meine Aufmerksamkeit aufgrund ihres Namens.« Er lächelte. »Du hast mich am Anfang Jensen genannt.«

»Als ich die beiden kennenlernte, ging es mir genauso. Ich dachte sofort an dich und unser Namensmissverständnis.«

»Dein Missverständnis«, korrigierte er und lachte. Er startete den Motor. »Dann die besondere Aura von Martina Jensen«, erzählte Jason weiter, »und letztendlich die Tatsache, dass sie ungewollt kinderlos sind. Alles zusammen hat dazu geführt, dass ich sie unbedingt in ihren Bemühungen unterstützen wollte. Ich bin schließlich nicht nur ein Angehöriger der Militärregierung, sondern auch ein Mensch.« Frieda registrierte, dass er nicht die Straße nach Norden nahm, über die sie gekommen waren. Sie wollte ihn fragen, ob sie noch ein weiteres Ziel hätten, doch da sagte er: »Vermutlich liegt es an dem gewaltigen Altersunterschied zwischen den beiden. Es war für ihn wohl zu spät, um Kinder zu zeugen.«

Frieda blickte ihn lange von der Seite an. Sprach er noch von den

Jensens oder längst von sich selbst? Aber Jason war gerade mal Ende vierzig. Wie traurig er plötzlich aussah.

»Warum habt ihr keine Kinder?«, fragte sie leise. »Du und deine Frau? Es war eine Freude, dich mit den Kleinen zu beobachten, du hast richtig gestrahlt. Du wärst sicher ein guter Vater gewesen. War es für euch auch zu spät?«

Seine Wangenknochen traten kurz hervor. »Nein. Es wäre noch möglich gewesen, denke ich. Es liegt an mir.«

Sie sah ihn überrascht an, schwieg jedoch. An der Moorwerder Mühle hielt er erneut an, stieg wortlos aus. Frieda folgte ihm. Unweit von hier flossen Norder- und Süderelbe zusammen. Jason machte sich zielstrebig auf den Weg zu einem kleinen Pfad, der zwischen Weiden hindurch an der Elbe entlangführte.

»Unglaublich, dass dieses Naturidyll zu einer Großstadt gehört, findest du nicht?« Er sah sie kurz an. »Ich habe Wilhelmsburg ziemlich gut kennengelernt, als ich der Vereinigung städtischer Kinder- und Jugendheime dabei geholfen habe, einen geeigneten Bauplatz zu suchen. Es ist eine Insel, Marschland, durchzogen von Wasser. Überall gibt es Kanäle, Häfen und Wettern. Ein eigenartiger Name für Entwässerungsgräben übrigens.« Er schmunzelte. »Ich finde, hier in Moorwerder zeigt sich der Inselcharakter ganz besonders.«

»Das ist wahr.« Sie gingen nebeneinander her. Die Vögel zwitscherten übermütig, irgendwo klatschten Ruderblätter in das Wasser, kleine Wellen trafen murmelnd auf die Uferbefestigung. Plötzlich nahm Jason Friedas Hand, ganz vorsichtig, als hätte er Angst, sie würde ihn zurückweisen. Er musste ihr Zucken gespürt haben, denn er sah sie so enttäuscht an, dass es einen Stein hätte erweichen können. Sofort griff Frieda fester zu und hielt ihn fest. Ein erleichtertes Lächeln huschte über seine Lippen.

Nach ein paar Schritten griff er das Thema wieder auf, das Frieda für beendet gehalten hatte.

»Es liegt an mir, dass wir keine Kinder haben. Ich bin mit meiner Frau nie zum Höhepunkt gekommen.« Frieda fühlte sich unbehaglich.

Sie kannte Laura Williamson nicht und fand es nicht in Ordnung, derartig intime Dinge über sie zu wissen. »Der Beischlaf war immer eine sehr unerfreuliche Sache«, sprach er ungerührt weiter. »Versteh mich nicht falsch, ich gebe ihr nicht die Schuld daran. Ganz sicher nicht. Es war allein meine Schuld, ich liebe sie einfach nicht. Wie könnte ich sie da befriedigend lieben und selbst Befriedigung empfinden?«

Wenn er doch nur damit aufhören könnte! Es ging Frieda nichts an, und sie wollte nichts weiter darüber hören.

»Ich spreche von körperlicher Liebe«, fuhr er fort. »Vielleicht ist sie nicht möglich, wenn …«

»Das glaube ich kaum«, fiel sie ihm ins Wort. »Männer gehen zu Prostituierten und finden dort ganz sicher ihre Befriedigung, obwohl keinerlei Gefühl im Spiel ist.« Sie wollte ihm ihre Hand entziehen, doch er hielt sie fest, blieb stehen und zog sie zu sich heran.

»Das ist etwas anderes. Wenn ein Mann zu einer Prostituierten geht, interessiert ihn nichts als der reine Akt. In einer Beziehung dagegen will ich mich fallenlassen. Mit Körper und Seele. Wenn das eine nicht möglich ist, kann mich das andere auch nicht erfüllen.« Jason griff ihre beiden Hände und zog sie an seine Lippen. »Warum bist du nur nicht mit mir nach Indien gekommen?«, murmelte er. »Warum war ich bloß so feige, mich meinem Vater nicht zu widersetzen? Mit uns wäre es die vollkommene Erfüllung gewesen, das weiß ich. In jeder Hinsicht.«

»Es sollte nicht sein«, entgegnete sie hilflos.

»Ein Sohn mit dir oder eine Tochter, das wäre mein größtes Glück gewesen.« Er küsste ihre Fingerspitzen. Plötzlich legte er einen Arm um ihre Taille und zog sie noch näher an sich heran. Langsam, ängstlich, fragend. Frieda wunderte sich, wie nüchtern sie die Situation betrachtete. In ihr war kein Gefühl außer Scham und Widerstand.

»Kinder sind nicht immer nur die reine Freude«, sagte sie lächelnd, rückte ein wenig von ihm ab und drehte sich zur Seite, bereit, den Weg fortzusetzen. Jason sah sie enttäuscht an, respektierte aber ihre Entscheidung.

»Ich bedaure es trotzdem sehr, keine zu haben«, sagte er und räusperte sich. »Kinder sind so frei und ehrlich. Ich hätte liebend gern beobachtet, wie sich mein Sohn oder meine Tochter entwickelt, frei von meinen Einflüssen.«

»Das ist schlecht möglich, glaube mir. Als Vater beeinflusst du deinen Sohn mit jedem Wort und jeder Tat.«

»Es muss unbeschreiblich schön sein, den eigenen Charakter im Kind zu entdecken«, sagte er gerade träumerisch. Frieda musste lächeln. Henrik kniff immer das linke Auge zu, wenn er überrascht oder irritiert war. Genau wie Per es getan hatte.

»In der Tat, das ist es«, stimmte sie ihm zu.

Eine Weile gingen sie schweigend nebeneinander her. Sie dachte darüber nach, wie unterschiedlich Hans und sie waren, obwohl sie doch die gleichen Eltern hatten.

Schließlich sagte Frieda: »Es ist das eine, dass Eltern ihren Kindern Freiheiten geben. Das andere ist, dass Kinder Zwänge akzeptieren oder eben nicht. Manche rebellieren, andere ordnen sich unter. Du hättest deinem Kind die Freiheit nur anbieten können, und trotzdem wäre es vielleicht ein angepasster kleiner Mensch geworden, der geradezu nach einem vorbestimmten Weg verlangt hätte.«

Er nickte langsam, sagte jedoch nichts mehr. Nach ein paar Minuten machten sie kehrt.

»Ich freue mich, dass Sarah so aktiv in dem britisch-deutschen Literaturklub ist«, begann Jason mit einem Mal.

»Das hat sie mir gar nicht erzählt.«

Er sah sie an. »Wirklich nicht? Verstehe.« Sein Blick heftete sich konzentriert auf den Weg vor seinen Füßen. »Sie ist eine junge Frau und muss dir nicht sagen, wohin sie geht.«

»Natürlich nicht«, entgegnete Frieda gereizt.

»Bitte, verpetz mich nicht. Ich dachte, du wüsstest Bescheid, sonst hätte ich kein Wort verraten.«

»Es gibt keinen Grund, einen Literaturkreis zu verschweigen, meinst du nicht? Jedenfalls nicht, wenn man sich dort einfach nur über Bücher austauscht. Da sie mir diese Treffen verheimlicht hat, muss ich annehmen ...«

»Aber nein! Und selbst wenn sie einen Mann treffen würde, wäre nichts dagegen einzuwenden. Wie gesagt, sie ist eine junge Frau. Klug und ausgesprochen hübsch noch dazu.«

»Wie kommst du darauf, dass sie sich mit einem Mann trifft?«

»Du sagtest doch eben ...«

»Ich habe mit keinem Wort einen Mann erwähnt.« Frieda musste zugeben, dass sie genau an diese Möglichkeit gedacht hatte. Sie wartete schon seit einiger Zeit darauf, dass Sarah mal von jemandem schwärmte oder sogar jemanden mit nach Hause brachte. Das war nie der Fall gewesen. »Selbstverständlich ist sie alt genug. Nur habe ich ja wohl allen Grund, misstrauisch zu sein, wenn sie die erste Bekanntschaft hinter meinem Rücken hat.«

»Unsinn.« Jason lachte. Es klang ein wenig bemüht. »Sie wird dir schon davon erzählen, wenn es an der Zeit ist.«

»Hättest du Kinder, würdest du anders reden«, erwiderte sie knapp.

Auf dem Weg zurück in die Innenstadt hingen beide ihren Gedanken nach. Es war kein angenehmes Schweigen, sondern es gab plötzlich eine Spannung zwischen ihnen, die Frieda unbedingt lösen wollte.

»Unsere Produktion ist wieder ganz gut angelaufen. Ich habe darüber nachgedacht, Schokoriegel nach Westberlin zu schicken. Unvorstellbar, dass ein Teil der Stadt einfach abgeriegelt ist, abgeschnitten von Menschen, die gerade noch Nachbarn waren.« Sie dachte darüber nach. »Und abgeschnitten von der Versorgung natürlich.«

»Tja, wenn wir nicht Tag und Nacht aus der Luft alles bringen würden, was zum Überleben notwendig ist, sähe es schlecht aus.«

»Ihr und die Amerikaner«, korrigierte sie schmunzelnd, aber das Lächeln erstarb sofort wieder. Seit Juni ging es bereits so. Lebensmittel, Kohle, Güter für die Produktion, einfach alles wurde mit Flugzeugen nach Westberlin geschafft. Der September ging bereits zu Ende. Wie lange war es möglich, eine solche Versorgung zu gewährleisten?

»Wir lassen niemanden im Stich. Wie du siehst, fliegen Briten nicht nur Angriffe, sondern auch Rettungseinsätze. Genau genommen, sind wir Helden. Macht mich das für dich nicht sehr attraktiv?« Er reckte stolz das Kinn, gleich darauf musste er lachen. Gott sei Dank, die Stimmung zwischen ihnen entspannte sich.

»Es sind vor allem Amerikaner, die Berlin aus der Luft versorgen, dachte ich. Ich habe neulich einen amerikanischen Oberst kennengelernt, und er war tatsächlich sehr attraktiv«, neckte sie ihn. Wieder schwiegen sie kurz, dieses Mal fühlte es sich nicht unangenehm an.

»Helden«, sagte Frieda nachdenklich. »Weißt du, wen ich für wahre Helden halte? Eure und die amerikanischen Bürger.« Er sah sie erstaunt an. »Mit ihren Steuern werden all die Lebensmittel, das Werkzeug und das Heizmaterial gekauft. Sie bezahlen den Treibstoff für die Flugzeuge. Schon seit einem Vierteljahr! Das ist beeindruckend.«

»Beeindruckend und andererseits nur natürlich.«

Jetzt war es Frieda, die ihn überrascht ansah.

»Es ist meine tiefe Überzeugung, dass Menschen einander im Grunde helfen wollen. Sie sind nicht verfeindet. Sie müssen sich nur manchmal gegenseitig umbringen, wenn ihre Regierungen es so wollen.«

Sie dachte nach. Er hatte schon recht, Hitler hatte den Krieg angezettelt. Dummerweise war er der vom deutschen Volk gewählte Reichskanzler gewesen. So ganz konnte man sich hinter Jasons schöner Theorie also doch nicht verstecken.

»Ich will helfen«, erklärte sie bestimmt. »Ich will, dass Hannemannsche Schokolade nach Westberlin fliegt.«

Kapitel 15

Zwei Tage nach dem Ausflug mit Jason musste Frieda auf Sarah warten. Sie wollten gemeinsam in die Manufaktur fahren. Frieda stand im Flur und sah zum wiederholten Mal auf ihre Taschenuhr. In letzter Zeit brauchte Sarah Ewigkeiten im Badezimmer.

»Na, wartest auf die Deern?« Mina kam gerade aus der Küche.

»Wieder mal.« Frieda seufzte. »Seit einiger Zeit trödelt sie schrecklich herum.«

»Will sich eben fein machen, die junge Dame.« Mina lächelte. »Meine Älteste würd jetzt wohl auch langsam damit anfangen, wenn sie den Krieg überlebt hätte.« Ihre Augen wurden glasig, doch gleich lächelte sie wieder. »Sarah macht einem jungen Kerl schöne Augen. Is doch ganz normal, wenn sie nu 'n büschen länger braucht. Obwohl ... nötig hat sie das nich. Is auch so schon eine Schönheit, deine Sarah. Mein Fiete kann gar nich weggucken, wenn sie in der Nähe is. Nur hat er bei ihr natürlich keine Chancen.«

Sarah kam endlich aus dem Bad, Mina zuckte mit den Schultern.

»So is das nu mal!«, sagte sie und machte sich wieder an ihre Arbeit.

»So ist was?« Sarah blickte Frieda aufmerksam an.

»So ist es mit den jungen Leuten«, entgegnete Frieda. »Wenn sie verliebt sind.« Sarah errötete. »Gehen wir, wir sind spät dran.«

Im Wagen sprach Frieda sie auf den Abschiedsbrief an, der im Kasten gelegen hatte.

»Ach das!« Sarah lachte angestrengt. »Das war ein Missverständnis, der Brief war gar nicht von dir.« Das wusste Frieda selbst.

»Wirklich nicht?«, fragte sie gespielt überrascht.

Sarah lachte wieder, dieses Mal klang es wirklich fröhlich. »Entschuldige, wie albern, natürlich wüsstest du es, wenn er von dir wäre.« Sie kicherte ein wenig übertrieben, fand Frieda.

Ehe sie nachfragen konnte, von wem das Kuvert denn nun sei, sprudelte Sarah los: »Ich glaube, mein Rezept funktioniert endlich. Eisschokolade! Wenn du willst, kannst du heute das erste Stückchen probieren«, versprach sie feierlich, wirkte auf einmal aber sehr bedrückt. »Hoffe ich jedenfalls. Ich wünsche mir so sehr, dass du nicht enttäuscht sein wirst.«

»Warum sollte ich? Du hast es in den letzten Wochen so spannend gemacht, ich platze vor Neugier.« Frieda lächelte und schaute aus dem Fenster. Die Straßen waren wieder voller Autos, am häufigsten sah man VW Käfer. Ob der Verkehr vor dem Krieg auch schon so dicht gewesen war? Frieda kam es vor, als gäbe es mehr Fahrzeuge denn je. Auch die Straßenbahnen waren stets vollgestopft, überall Menschen, dicht gedrängt. Darunter viele Flüchtlinge, die hofften, in der Stadt eine Unterkunft und ein Auskommen zu finden. Albert hatte neulich gesagt, Hamburg habe wohl wieder so viele Einwohner wie vor Ausbruch des Krieges, nur drängten sich alle dort, wo noch ein Stein auf dem anderen stand. Schon möglich. Vielleicht war es auch ihr Alter, jedenfalls empfand Frieda das Treiben in der Stadt als zu laut. Sie vermisste ein wenig das beschauliche Hamburg ihrer Kindheit, in dem Kutschen hinter Pferden hergerumpelt waren.

Am Rathaus stiegen sie aus. Sie wollten auf dem Weg zur Manufaktur zwei Gläser Tinte ausliefern. Das prachtvolle Gebäude mit seinen Türmchen und Schnörkeln, das Frieda als Mädchen für ein Schloss gehalten hatte, erstrahlte glücklicherweise in unversehrter Schönheit. Ließ man den Blick jedoch schweifen, so erblickte man noch immer Lücken, die der Krieg gerissen hatte. Das Wegräumen der Trümmer und der Wiederaufbau gingen für ihren Geschmack deutlich zu langsam voran. Immerhin, seit der Marshall-Plan umgesetzt und mit der D-Mark eine neue Währung eingeführt worden war, spürte man, wie das Tempo anzog.

»Sieh nur, die kleinen Butscher bei den Bällen.« Sarah deutete auf eine der provisorisch aufgebauten Bretterbuden, die auf den leeren Flächen zwischen intakten Häusern entstanden waren. Tatsächlich standen dort vier Knirpse mit großen Augen, die sich keinen Millimeter rührten. Sie starrten Fußbälle aus echtem Leder an, die neben Textilien, Aluminiumtöpfen und Nachtgeschirr in Netzen vom Dach der Hütte baumelten. Zwischen ihren kurzen Hosen, die sie wegen der fallenden Temperaturen vermutlich schon nächste Woche nicht mehr würden tragen können, und dem Bund ihrer hohen Strümpfe leuchteten blasse runde Knie.

Frieda konnte sich nicht recht daran gewöhnen, dass die Leute sich in den Straßen bewegten, als lebten sie noch immer in einer stolzen Hansestadt. Es waren höchstens noch die Reste einer gefallenen Stadt, und doch trugen einige Herren schicke Anzüge, die Damen feine Kostüme. Arbeiter hatten Lederjacken über der Schulter und den Henkelmann mit ihrer Mittagsmahlzeit in der Hand.

Nachdem die Tinte abgeliefert war, gingen sie am Fleet entlang zum Meßberghof. Dass so viele Schuten unterwegs waren, gefiel Frieda sehr. Endlich kamen wieder Waren herein, gingen meist gleich zu den Speditionen und dann weiter ins Landesinnere. Die Wirtschaft kam in Schwung, in den Auslagen der Geschäfte lockten Brote, Wurst und Apfel-Süßmost, und das Beste: Man konnte all das kaufen. Der Tauschhandel war noch nicht gänzlich vorbei, aber endlich gab es wieder kalkulierbare Preise.

In der Manufaktur angekommen, gingen Frieda und Sarah sofort in die Schokoladenküche. Sarah holte kleine silberne Förmchen aus der Kühlung.

»Wie hübsch!« Frieda sah diese Formen zum ersten Mal.

»Ich wollte nicht das kostbare Pralinenpapier verwenden«, rechtfertigte sich Sarah sofort.

»Nein, ich meine es ernst, das sieht hübsch aus.« Man müsste natürlich unbenutzte glatte Silberfolie verwenden, nicht eine, die schon gebraucht und entsprechend knitterig war, aber man sollte diese Verpackung für eine Pralinensorte unbedingt beibehalten. »Du hast dein Rezept also wiedergefunden?«

»Es lag im Mülleimer«, erklärte Sarah düster. »Ich habe keine Ahnung, wie es dahin gekommen ist.«

»Du wirst es mit anderem Abfall weggeworfen haben«, erwiderte Frieda ruhig.

»Das kann ich mir nicht vorstellen. Du weißt, wie lange ich danach gesucht habe. Der Eimer wurde seitdem schon zigmal geleert. Plötzlich liegen die Unterlagen, mehrfach gefaltet, zwischen alten Zeitungen.«

»Du musst dich wirklich besser konzentrieren, Sarah. In der Fertigung bist du so akkurat und geschickt, aber wenn es um Büroarbeiten geht, scheinst du ein anderer Mensch zu sein.«

»Aber ich konzentriere mich, ich kann mir selbst nicht erklären, warum Dinge verschwinden oder Zahlen nicht korrekt sind.« Sie sah wirklich verzweifelt aus.

»Du bist mit deinen Gedanken vielleicht ab und zu woanders.« Frieda wartete einen Moment, hoffte, Sarah würde ihr von einem jungen Mann erzählen, doch sie ließ die Gelegenheit ungenutzt.

»Deine Kreationen waren bisher alle außerordentlich gelungen«, sagte Frieda sanft. »Spann mich bitte nicht länger auf die Folter.«

Sarah sah sie an und lächelte erleichtert, augenblicklich röteten sich ihre Wangen.

»Bitte schön!«, sagte sie stolz und reichte ihr eine Praline. »Statt Haushaltszucker habe ich Traubenzucker verwendet.« Frieda betrachtete die braune glänzende Halbkugel. Auf den ersten Blick war die Masse von Vollmilchschokolade nicht zu unterscheiden. Sie roch daran. Minze, ganz eindeutig. Da Sarah offenbar nicht vorhatte, mehr zu verraten, machte Frieda Anstalten, die Kostprobe in der Mitte durchzubrechen. Sie wollte hören, ob es schön knackte, und sehen, ob die Bruchkante auch glatt war, wie sie es bei einer guten Tafel zu sein hatte.

»Nein! Du darfst abbeißen, oder du schiebst sie ganz in den Mund. Es sollen Eis-Pralinen werden, keine Tafeln. Man bricht keinen Riegel ab.«

Frieda gehorchte. Kaum lag das Stück Schokolade auf ihrer Zunge, breitete sich eine Frische in ihrem Mund aus, als wäre es tatsächlich kühlendes Eis, das sie soeben probiert hatte. Dann allerdings traten ihr Tränen in die Augen, und die Schärfe der Minze überdeckte alles.

»Zu scharf, habe ich recht?« Sarah ließ die Schultern hängen.

»Ein bisschen, ja. Trotzdem, dieser Eindruck von Kühle, der ist nicht nur der Pfefferminze zu verdanken. Oder hatte ich das Gefühl nur, weil du die Pralinen kaltgestellt hattest?«

»Nein, es ist das Fett. Statt ausschließlich Kakaobutter zu verwenden, habe ich sie mit Kokosfett gemischt. Ich habe gelesen, dass das Fett der Kokosnuss bei ungefähr zwanzig Grad schmilzt. Um es zum Schmelzen zu bringen, wird die Wärme gebraucht, die im Mund herrscht. Darum fühlt es sich kühl an. So ungefähr«, beendete sie ihren Vortrag.

»Sehr interessant, davon habe ich noch nie gehört.« Frieda stutzte. »Aber warum hast du dann noch die Minze hinzugefügt?«

»Wir hatten nicht viel Kokosfett. Ich musste es mit überwiegend Kakaobutter strecken und hatte Angst, dass der Effekt nicht genügend zur Geltung kommt. Da habe ich mit dem Extrakt nachgeholfen. Getrocknete Minze haben wir schließlich genug.«

»Ich werde mit Ernst und Albert sprechen. Mal sehen, ob sich mehr Kokosfett auftreiben lässt.«

Sarah strahlte. »Danke!«

»Ich danke dir. Noch ein paar Experimente, und wir könnten für das Kakao-Dinner genau die Attraktion haben, die wir brauchen.« Sie zögerte und sagte dann: »Angst ist selten ein guter Berater, Sarah. Wenn es um Rezepturen geht, darfst du dir ruhig mehr zutrauen.« Sie lächelte. »Und wenn es um Geheimnisse geht, kannst du mir vertrauen.«

»Was meinst du damit?« Sarah war sofort auf der Hut.

»Du wirkst zerstreut, gehst hin und wieder aus, ohne mir zu sagen, wohin. Das musst du natürlich nicht«, beeilte sie sich zu beteuern, »schließlich bist du erwachsen. Ich hoffe nur, du verheimlichst mir nicht aus dem Grund etwas, weil du Angst hast, es könnte mir nicht gefallen.«

Sarah knabberte auf ihrer Unterlippe. »Na ja, ein bisschen hast du den Nagel auf den Kopf getroffen.« Sie schluckte, dann fasste sie sich ein Herz. »Ich gehe in den britisch-deutschen Literaturklub, weißt du?«

»Das finde ich schön! Der Austausch mit den Engländern ist wichtig, gerade unter euch jungen Leuten. Bestimmt lernst du dabei eine ganze Menge.«

Sarah wirkte misstrauisch. »Wirklich? Ich dachte, du wärst nicht gerade gut auf Engländer zu sprechen.«

»Wie kommst du darauf?« Frieda lächelte. »Ja, du hast schon recht, es gab eine Zeit, als ich ziemlich sauer auf sie war. Zum einen habe ich ihnen die Schuld an Hans' Zustand gegeben, zum anderen fiel es mir schwer, das Ausmaß der Angriffe, das Niederbrennen der Stadt zu begreifen.« Sie seufzte. »Inzwischen habe ich meine Einstellung geändert. Wir Deutschen haben den Briten viel zu verdanken, und unsere Familie ganz besonders.«

»Viele von ihnen sind wirklich sehr nett.« Plötzlich verfinsterte sich Sarahs Miene. »Leider gehen einige schon zurück in ihre Heimat. Einige wollen aber auch zurückkommen, um hier zu arbeiten oder um hier auf ganz besondere Weise Spuren zu hinterlassen.«

Die Tür ging auf, und Gerlinde schob sich schwerfällig in die Manufaktur. Anscheinend hatte sie ein Gespür dafür, zur falschen Zeit aufzutauchen. Frieda hätte das Gespräch gerne weitergeführt, doch Sarah lief sofort zu ihr.

»Gerlinde, wie geht es dir? Kann ich dir etwas bringen?« Noch während sie sprach, holte sie einen Stuhl, und Friedas Schwiegertochter ließ sich darauf fallen. Meine Güte, welch ein Bauch! Wenn sie noch mehr zunahm, würde sie platzen.

»Gibt es eine neue Köstlichkeit zu probieren?« Gerlinde schnupperte.

Henrik hatte mehrfach die Vermutung geäußert, seine Frau würde mindestens Zwillinge erwarten. Frieda dagegen hatte eher die Mengen an Schokolade, Wurst und süßer Limonade im Verdacht, die täglich in Gerlindes Mund verschwanden.

»Meine Eis-Pralinen sind leider nicht gelungen«, erklärte Sarah. »Ich muss noch an dem Rezept arbeiten. Aber ich bringe dir gern ein Stückchen von der Vollmilch-Nuss. Die magst du doch so gerne.« Gerlinde mochte alles gerne, was süß war. Frieda spürte, wie sich Ablehnung in ihr ausbreitete. Höchste Zeit, sich zu verabschieden.

»Ich muss noch die Post fertig machen. Entschuldigt mich bitte.«

»Das Angebot an die Herren Kressmann ist auch fertig«, rief Sarah. »Es liegt auf meinem Schreibtisch und braucht nur noch einen Umschlag. Dann können wir es heute gleich verschicken.«

»Sehr schön.« Frieda lächelte.

Im Hinausgehen hörte sie Gerlinde sagen: »Wo liegt denn der Fehler in deinem Eis-Pralinen-Rezept?«

Frieda ging in ihr Büro und erledigte den Schreibkram. Als sie eine halbe Stunde später zurückkam, einen Stapel Briefe in der Hand, hing Gerlinde schlapp auf ihrem Stuhl und schnaufte noch mehr als üblich. Sarah kniete mit geröteten Wangen und Schweiß auf der Stirn neben ihr.

»Alles in Ordnung?« Frieda sah irritiert von einer zur anderen.

»Es geht schon wieder«, brachte Gerlinde keuchend hervor.

»Ihr war plötzlich ein wenig schummrig. Ich war rasch in der Apotheke und habe ihr Riechsalz besorgt.«

»Vielleicht solltest du nicht mehr viel auf den Beinen sein«, sagte Frieda. Sie machte sich Sorgen um ihr Enkelkind.

»Ach wo, im Gegenteil. Henrik sagt auch, Bewegung in Maßen ist für das Kind und mich förderlich.« Sie lachte. »Es war nur ein kleiner Schwächeanfall, das Kerlchen macht es mir manchmal nicht leicht.« Sie tätschelte ihren Bauch. Unvermittelt rappelte sie sich auf und wirkte mit einem Schlag wieder frisch und kräftig.

»Gib mir die Briefe!« Sie streckte Frieda die Hand entgegen. »Ich komme doch ohnehin an der Post vorbei. Du hast bestimmt noch andere Dinge zu erledigen.«

»Willst du dir nicht lieber einen Wagen rufen?« Sarah sah sie besorgt an.

»Papperlapapp!«

Frieda reichte ihr zögerlich den Stapel. Nicht, dass Henrik ihr wieder vorwarf, sie würde Gerlinde ausgrenzen. »Na schön, wenn du meinst. Danke!«

Sarah wandte sich den Maschinen zu, und Frieda ging hinüber an den Tisch, an dem seit einiger Zeit Marianne und Jonas wieder regelmäßig Dekor-Taler schnitzten. Hans saß neben ihnen und zeichnete kleine Kunstwerke mit Zuckerfarbe auf einige Exemplare. Es war schon ein drolliges Gespann: Jonas guckte noch immer aus der Wäsche, als würde er in jeder Sekunde mit einer schlechten Nachricht rechnen. Zwar war er inzwischen ein selbstbewusster Mann geworden, der sich seiner Arbeitsstelle und seines Einkommens sicher war, aber das Schicksal hatte ihm wohl Züge in die kindliche Miene gemalt, die auch mit zunehmendem Alter nicht mehr verschwinden wollten. Er beherrschte längst fließend die Gebärdensprache, die er brauchte, um sich mit Marianne zu verständigen. Hans, der immerhin noch hören konnte, weigerte sich beharrlich, die Handzeichen ebenfalls zu lernen. Bis auf wenige Gebärden verstand er nicht, wenn Jonas und Marianne in erstaunlichem Tempo gestikulierten. Es machte ihm nichts aus. Er war einfach zufrieden, wenn er nur dabei sein konnte. Alle drei sahen zu Frieda auf, als sie an den Tisch trat.

»Schön, euch wieder so fleißig bei der Arbeit zu sehen«, sagte sie. Die drei lächelten sie an. Sie waren schon seit geraumer Zeit zurück im Dienst, doch Frieda erschien es jeden Tag aufs Neue wieder wie ein kleines Wunder.

Auf dem Heimweg stattete Frieda Ulli einen Besuch ab. Sie wollte endlich hören, ob nach der langen Pause bei Spreckel alles seinen gewohnten Gang ging. Seit einiger Zeit kamen wieder Kaffeebohnen in

Hamburgs Hafen an. Es war auch höchste Zeit! Spreckel hatte seinen ehemaligen Kaffee-Miedjes freudestrahlend das Angebot gemacht, wieder auf seinem Verlese-Boden anzufangen.

»Ich darf wieder bei Spreckel antreten«, hatte Ulli begeistert erzählt. »Dann ist endlich Schluss mit dem Steineklopfen, das wird meinen Händen guttun.«

Da Sarah sowieso noch zu ihrem Literaturklub gehen wollte, passte es Frieda gut, sich an diesem Abend mit Ulli zu treffen. Spontan beschloss sie, die alte Freundin zum Essen einzuladen. Ihr erster Impuls ließ sie an etwas Schickes denken. Sich einfach mal wieder etwas gönnen, warum nicht? Doch schon im nächsten Moment wusste sie, dass Ulli ein einfaches Lokal vorziehen würde. Sie hatte sich verändert, wollte nicht mehr auffallen, sondern machte sich eher in der Masse unsichtbar.

»Ich möchte dich zu Nagel einladen. Hast du Lust?«, fragte Frieda sie, als sie an Ullis Tür klopfte.

»Da sage ich nie Nein.« Ulli griente. Sie trug eine Hose und ein Herrenoberhemd. Früher wäre das eine Ungeheuerlichkeit gewesen, mit der sie nur allzu gern provoziert hatte. Jetzt sah es eher so aus, als hätte sie entweder nicht mehr viel Tragbares im Kleiderschrank oder wollte ihre weiblichen Reize verstecken.

Sie gingen über die Große Bleichen zum Jungfernstieg. Wie immer, wenn sie hier entlangkam, blickte Frieda am Alsterhaus empor. Sie verband so viele Erinnerungen mit dem Warenhaus. Unbeschwerte Stunden mit Clara, aber leider auch die peinlichsten Momente ihres Lebens, als Hans sich so schrecklich aufgeführt hatte, als er gepöbelt und geweint und die vornehme Kundschaft herumgeschubst hatte.

»Wie geht es Clara? Hast du mal wieder etwas von ihr gehört?«, wollte Ulli wissen.

»Es geht ihr gut. Sie hat in New York ein echtes Zuhause gefunden.«

»Dann wird sie dort bleiben?« Ulli sah Frieda aufmerksam an.

Kein schöner Gedanke. Frieda erinnerte sich an die letzten Briefe.

»Nein, ich glaube, sie hat trotz allem Heimweh.« Sie lächelte. »Und sie schreibt nie etwas über einen Verehrer.«

»Denkst du, das hat etwas zu bedeuten? In unserem Alter spielen Männer keine große Rolle mehr.«

»Das aus deinem Mund«, sagte Frieda lachend. Ulli zuckte mit den Achseln. »Vielleicht tun sie das nicht. Trotzdem glaube ich, Clara würde sich ernsthaft überlegen, für immer zu bleiben, wenn sie jemanden gefunden hätte, zu dem sie gehören will. Da das nicht der Fall ist, wird sie irgendwann nach Hause kommen, um sich das Kaufhaus Mendel zurückzuholen.«

»Denkst du, sie hat Chancen?«

»Ich weiß es nicht, aber es wäre nur gerecht.«

Sie setzten sich an einen Tisch am Fenster, von wo sie direkt auf den Hauptbahnhof blickten.

»Die gute alte Bierstube Nagel«, sagte Ulli und sah sich um. »Als hätte sie einfach während des Krieges geschlossen, um hinterher den Betrieb unversehrt wieder aufnehmen zu können, als sei nichts geschehen.« Sie schüttelte den Kopf und studierte dann die kleine Speisekarte.

Sie hatte recht, alles war wie früher, die Möbel, die deckenhohen Regale hinter dem Tresen, in denen unzählige Flaschen mit Spirituosen aller erdenklicher Sorten standen. Selbst der Kellner, ein stattlicher Kerl mit auffällig gezwirbeltem Bart, war noch der alte. Sie bestellten Rundstück warm, halbe Brötchen mit einer Scheibe Schweinebraten und viel Soße.

»Wie ist es, wieder bei Spreckel zu arbeiten?«, wollte Frieda wissen.

»Eine Wohltat!« Ulli ließ sich gegen die Stuhllehne sinken und streckte sich. Dann setzte sie sich wieder aufrecht hin und zeigte Frieda ihre Hände. »Sehen schon wieder viel besser aus, oder?«

»Ja, wirklich!«, stimmte Frieda ihr ohne zu zögern zu. Dabei tat es ihr jedes Mal weh, wenn sie Ullis Finger sah, die ganz zerschrammt und verkrümmt waren.

»Die meisten Quartiersmänner lassen Akkord arbeiten. Den Lohn gibt's pro Kilo Stinker.« Ulli zog vielsagend die Augenbrauen hoch. Frieda dachte an ihre ersten Besuche auf dem Verlese-Boden. Sie erinnerte sich gut an den faulig unangenehmen Geruch verdorbener Kaffeebohnen, der etwas von totem Fisch hatte. »Am Feierabend wird gewogen, wie viel jede von uns geschafft hat. Die jungen Hühnchen sind so fix, so schnell kannst nich gucken.« Sie seufzte. »Nur gut, dass ich nich die Einzige von den alten Miedjes bin, die schon vor dem Krieg bei Spreckel sortiert haben.« Sie lächelte, ihre Augen bekamen Glanz. »Hein Spreckelsen ist in Ordnung. War er immer, wird er immer sein.« Sie nahm einen kräftigen Schluck Bier. »Der hat sich was einfallen lassen. Alle kriegen den gleichen Grundlohn. Natürlich is der nich besonders hoch, aber du kannst davon leben, wenn du bescheiden bist. Die Rekordverleserin is der Maßstab, sie kriegt am meisten, und wer fast so viel wie sie schafft, auch. Und denn gibt's noch zwei Stufen drunter.« Ulli sah auf ihre Finger. »Ich kann zwar nich mithalten, aber ich komm zurecht. Und Spreckel spart 'n büschen und kann sich zwei von uns Alten leisten. So sind alle zufrieden.«

»Gott sei Dank ist der Speicher von Spreckelsen & Consorten stehen geblieben«, sagte Frieda und leerte ihr Glas. »Nehmen wir noch eins?«

»Aber immer!« Ulli strahlte, und Frieda machte dem Kellner ein Zeichen. »Jo, 'n Lagerboden kriegst du heutzutage mit Gold aufgewogen. Und bei Spreckel sind sogar noch alle Dielen da und nich in einem Ofen gelandet.«

Es war herrlich, mit einer guten Freundin bei Nagel zu sitzen, ein zweites Bier zu trinken und über Gott und die Welt zu plaudern. Mit den meisten Menschen in Friedas Leben war es doch etwas anderes. Bei aller Vertrautheit blieb sie schließlich Minas Arbeitgeberin, so dass immer ein wenig Distanz zwischen ihnen stand. Und Sarah? Frieda musste ihr die Mutter ersetzen, was nicht immer einfach war. Hans sprach nicht, und es war einfach zu mühsam, alleine zu reden und zu warten, bis er seine Antwort notiert hatte. Im Umgang mit Henrik war Frieda meist auf der Hut, er war so schrecklich empfindlich, wenn es um Gerlinde ging. Und Jason gab ihr noch immer das Gefühl, sofort für eine Liebesbeziehung bereit zu sein. Clara war weit weg, und die Gespräche unter vier Augen mit Ernst waren auch weniger geworden, seit er Walli hatte. Unterm Strich war Frieda die Freundschaft zu Ulli immer kostbarer geworden. Gerade erzählte sie vom Alltag in den Speichern.

»Im Gegensatz zu früher sind die Mengen zum Sortieren natürlich noch Pütscherkram, aber es wird von Monat zu Monat mehr.« Sie stöhnte einmal genussvoll. »Wieder richtigen Bohnenkaffee trinken, darauf hab ich wirklich gewartet. Stell dir vor, die Miedjes anderer Quartiersleute werden abgetastet, ehe sie nach Hause gehen dürfen, ob sie nich 'n paar Böhnchen eingesteckt haben.« Sie lachte. »Na ja, kann man schon verstehen. Die klauen doch alle wie die Raben. Ich auch. Aber nich beim Spreckel.«

Frieda zog die Augenbrauen hoch.

»Bei Krohn & Schröder lagert allerhand Zeug. Mal waren's Steckrüben, dann wieder Lauspulver. Da hab ich auf dem Heimweg schon mal zugegriffen. Kannst alles brauchen oder tauschen.« Sie grinste.

»Nur eins kann niemand gebrauchen«, wandte Frieda ein. Ulli sah sie fragend an. »Erwischt zu werden.« Sowohl die Briten als auch die deutschen Zollbeamten kontrollierten streng und verstanden keinen Spaß, wenn jemand etwas mitgehen ließ, das war bekannt.

»Nee, kriegen dürfen sie dich natürlich nich. Aber es gibt immer Wege. Hast doch gehört, dass die sogar die Messingrohre aus der Speicherstadt geklaut haben, die in der Hydraulik der Winden verbaut waren. Kilometerweise Messingrohr!« Sie schüttelte amüsiert den Kopf. »Wenn du dich schlau anstellst, sahnst du ab, ohne dass sie dich in die Finger kriegen. Oder wenn du die richtigen Leute kennst.« Sie zwinkerte kess, ganz die alte Ulli, beugte sich weit über den Tisch und flüsterte: »Ich treff mich jetzt manchmal mit einem Schauermann. Is 'n stattlicher Kerl, der mir gut gefällt.« Sie senkte die Stimme noch mehr. »Besonders mag ich seinen Mut. Wenn ein Fleischdampfer aus Argentinien festmacht, ist mein Schauermann mit der Säge zur Stelle. Zack, ist ein fettes Stück Fleisch abgeschnitten und baumelt auch schon außen an seiner Barkasse. Natürlich auf der Seite, die der Zoll nich zu sehen kriegt«, beendete sie ihre Geschichte kichernd.

Es war spät geworden und hatte angefangen zu regnen, als Frieda nach Hause kam. Wenn sie doch nur einen Schirm mitgenommen hätte. Das Wasser tropfte ihr aus dem Haar, sie schlotterte vor Kälte. Gleich geschafft.

Frieda wischte sich über das Gesicht und hob den Blick. Da stand ein Wagen vor ihrem Haus. Ein Mann stieg aus, spannte einen Regenschirm auf und lief damit auf die Beifahrerseite. Instinktiv war Frieda stehen geblieben. Das war doch … Kein Zweifel, es war Jason, der da gerade formvollendet einer Dame aus dem Wagen half. Frieda machte auf Zehenspitzen ein paar Schritte zur Seite und hoffte, mit der Hauswand zu verschmelzen.

Die Dame war Sarah. Sie stand ganz nah bei ihm und sah zu ihm auf. Anscheinend wechselten sie einige Worte. Frieda hätte zu gerne gewusst, worüber sie redeten, doch sie war zu weit weg. Vielleicht sollte sie einfach weitergehen. Sie konnte Jason fragen, ob er auch im Literaturklub gewesen war. Frieda zögerte, ein Zittern lief durch ihren Körper, sie fror wirklich schrecklich. Es war albern, hier in der Kälte zu verharren, als wäre sie festgewachsen. Gerade wollte sie sich in Bewegung setzen, als Jason Sarah in den Arm nahm. Frieda erstarrte. Das war keine freundschaftliche Umarmung zum Abschied, dafür dauerte es zu lange. Das Pochen ihres Herzens wurde schneller. Das durfte doch wohl nicht wahr sein! Mit einem Schlag wurde ihr alles völlig klar. Jasons höchst merkwürdige Reaktion, als Frieda gemutmaßt hatte, Sarah würde nicht nur wegen der Bücher in den Klub gehen. Sie sei klug und hübsch, hatte er geradezu schwärmerisch gesagt. Es hätte Frieda sofort auffallen müssen. Und Sarah? Sie war auf der Reise nach Brüssel ganz hin und weg von ihm gewesen. Frieda dachte zurück an die Bahnfahrt. Ein Schaudern lief durch ihren Körper, nicht nur wegen der Kälte. Tropfen fielen aus ihren Haaren, liefen über ihre Wangen und ihre Nase, verschleierten ihr den Blick. Sie hatte es amüsant gefunden, wie er Sarahs Bewunderung genossen hatte, jetzt verging ihr das Lachen. Ihr fiel ein, was Sarah kürzlich gesagt hatte: Einige Engländer gehen in ihre Heimat zurück, andere bleiben, um hier zu arbeiten, um auf besondere Weise ihre Spuren zu hinterlassen. Wenn das keine Anspielung auf Jasons Engagement in dem Kinderheim war? Er würde es doch wohl nicht wagen, ein Verhältnis mit Sarah anzufangen! Die Vorstellung machte sie fast wahnsinnig. Wie ein Puzzle, bei dem man das letzte Stück einfügte, lag plötzlich ein komplettes Bild vor ihr. Kein Wunder, dass Sarah nie von einem jungen Mann erzählte, der ihr gefiel. Sie wusste, dass Frieda ein Verhältnis mit einem verheirateten Mann nie dulden würde. Schon gar nicht mit Jason. Sie war nun wirklich nicht eifersüchtig, aber diese Verbindung durfte einfach nicht sein. Allein dieser Altersunterschied!

»Guten Abend.« Frieda fuhr herum und hätte beinahe aufgeschrien. »Fiete! Meine Güte, ich habe dich gar nicht gehört.«

»Ich wollte Sie nicht erschrecken, tut mir leid.« Er hielt einen Schirm über ihren Kopf.

»Danke.« Frieda atmete einmal durch, sie musste sich beruhigen. »Jetzt wirst du ganz nass.«

»Macht nichts.«

»Gehen wir lieber nach Hause.« Frieda hakte sich bei ihm unter. »So passen wir beide drunter.« Sie brachte ein Lächeln zustande. Es war ihm nicht geheuer, so eng mit ihr Seite an Seite zu gehen, doch er ließ es geschehen. Eilig machten sie sich auf den Weg.

»Woher kommst du so spät noch?«, wollte Frieda wissen. Es musste nach Mitternacht sein.

»Aus dem Hafen, ich habe da Arbeit gefunden.«

»Ist es eine gute Arbeit?« Frieda dachte sofort an Ullis Geschichte von dem Schauermann, der regelmäßig Fleisch stahl. Das würde auch zu Fiete passen. »Ich meine, ist es nicht zu unsicher, jedes Mal wieder anheuern zu müssen, wenn eine neue Ladung kommt? Und Rente kriegst du als Hafenarbeiter doch auch nicht. Ich könnte mit Ernst reden, vielleicht kannst du in der Manufaktur mehr Aufgaben übernehmen.«

»Nein, nein, es ist gut im Hafen.«

»Wie du meinst«, sagte Frieda und schloss die Tür auf. Sie schüttelten sich wie nasse Hunde, ehe sie eintraten. »Danke noch mal!«

Er lächelte schmal. »Gute Nacht!«

Frieda sah ihm nach, als er aus der Diele zur Treppe ging, die hinunter ins Souterrain führte. Aus seiner Jackentasche ragte der Schopf seiner Puppe.

Kapitel 16

»Da wird nu aber wirklich der Hund in der Pfanne verrückt!« Ernst fuhr sich durch die wenigen verbliebenen Haare und schlug mit der anderen Hand auf einen Ordner. »Ich dachte erst, den Herren Kressmann wäre ein Fehler unterlaufen. Aber nix da, sie haben korrekt laut Angebot bestellt.«

»Für knappe hundert Kilo Ware wollen die rund vierhundert Mark zahlen?« Albert schnaubte. »Das ist ja kaum mehr als unser Einkaufspreis für Rohkakao. Und die glauben, dafür bekommen sie Tafeln, Pralinen und unsere hochwertigen Deko-Taler? Wer hat denen denn so einen Floh ins Ohr gesetzt?« Sein Gesicht war rot, er atmete schwer. Frieda sorgte sich um ihn. Die Aufregung war schlecht für sein Herz. Dummerweise fiel ihr nicht ein, wie sie ihn hätte beruhigen können. Er hatte völlig recht, auch sie ärgerte sich über diesen Fehler.

»Wenn ich nicht irre, hat Fräulein Sarah das Angebot bearbeitet«, erklärte Meynecke ruhig.

Ernst seufzte. »So gern ich die Deern habe und so gut ihre Ideen für neue Rezepte sind, als Kaufmann ist sie nicht zu gebrauchen.« Er rieb sich die Augen.

Frieda sprang auf. »Ich hole sie.«

Kurz darauf saßen sie wieder zu viert um Alberts Schreibtisch, Sarah stand davor wie die Angeklagte in einem Gerichtsprozess. Frieda war nur froh, dass Henrik gerade außer Haus zu tun hatte. Er liebte Sarah wie eine eigene Schwester, daran gab es keinen Zweifel. Ebenso wenig daran, dass sie ihm als Konkurrentin in der Firma immer ein Dorn im Auge sein würde.

»Wie kommst du nur auf eine solche Summe?«, brummte Albert. Seine Stimme klang schon deutlich sanfter. Er brachte es einfach nicht übers Herz, Sarah seine ganze Wut spüren zu lassen.

»In der Tat, der Preis ist viel zu niedrig«, stimmte Meynecke zu und zog an seiner Pfeife. Leises Knistern füllte die Stille.

»Aber ich hatte dir das Angebot doch gezeigt!«, rief Sarah und sah Frieda hilfesuchend an. »Es war in Ordnung. Ich hätte doch nie eigenmächtig etwas daran geändert und es dann rausgeschickt, ohne es einem von euch erneut zu zeigen.«

»Da ist was dran«, stimmte Ernst nachdenklich zu. »Ich war in deinem Büro, Frieda, das weiß ich noch. Wenn ich mich richtig erinnere, wollten wir nur die Menge der Tafeln geändert haben.«

»Stimmt!« Frieda nickte, jetzt fiel es ihr wieder ein. »Lass uns den Kunden nicht gleich verschrecken, habe ich gesagt, sondern lieber ein paar Kartons weniger anbieten. Falls Kressmann schon neue Filialen plant, kann er jederzeit mehr bestellen. Mein Gefühl sagte mir, dass wir zunächst zurückhaltend sein sollten.«

»Ganz genau«, nahm Ernst den Faden wieder auf, »du solltest die Menge verändern, das Angebot neu tippen und verschicken. Wir dachten, es sei nicht nötig, es noch mal zu kontrollieren«, gab er zerknirscht zu. »Es war schließlich nur eine Zahl. Aber du hast da wohl was durch den Tüdel gekriegt und den Preis statt der Menge heruntergesetzt.«

»Nein, ganz bestimmt nicht!« Für einen Moment sah es so aus, als würde Sarah in Tränen ausbrechen, doch sie riss sich zusammen. »Es ist wahr, ich habe das Schreiben neu verfasst und direkt für den Versand vorbereitet. Ich weiß aber noch genau, dass ich mir auf dem ersten Angebot handschriftlich die Änderung der Menge notiert habe. Ich brauchte doch nur abzuschreiben.«

»Vielleicht hast du schon im Gespräch den Fehler gemacht«, vermutete Albert. »Ernst und Frieda haben gesagt, du sollst die Menge reduzieren, du hast aber die Zahl in der Preis-Spalte durchgestrichen.«

»So etwas darf einfach nicht passieren, Sarah.« Frieda blickte sie streng an. »Es ist nicht das erste Mal. Aber das hier wird uns teuer zu stehen kommen.« Sie sah in die Runde. »Ich schlage vor, dass wir zu dem angebotenen Preis liefern, gleichzeitig aber erklären, dass sich ein Fehler eingeschlichen hat und ein neues Angebot für Nachbestellungen mitschicken.«

»Damit decken wir nicht mal unsere Kosten«, gab Meynecke zu bedenken.

»Tja, leider.« Frieda wiegte den Kopf. »Trotzdem macht es einen besseren Eindruck.«

»Sehen wir es als Investition in unseren guten Namen an«, stimmte Albert ihr zu.

Sarah durfte gehen und schlich mit hängendem Kopf davon. Nachdem auch alles andere besprochen war, verließen Ernst und Frieda gemeinsam Alberts Büro.

»Ist schon gediegen«, begann Ernst. »Ist natürlich möglich, dass Sarah an der falschen Stelle eine Zahl geändert hat. Aber so richtig wird kein Schuh draus.«

»Wieso nicht?«

»Guck mal, es sind drei Posten: Tafeln, Pralinen, SchoKu-Taler. Die Menge an Kartons mit Vollmilch- und Bittertafeln stimmt. Wir hatten zuerst eine höhere Anzahl. Das heißt, sie hat mehr als eine Zahl verändert.« Frieda stutzte, das war ihr gar nicht aufgefallen.

»Umso schlimmer. Jeder kann etwas durcheinander bekommen, wenn auch möglichst nicht so oft wie Sarah. Wenn wir aber über eine Änderung gesprochen haben, und sie nimmt die vor, reduziert allerdings gleichzeitig den Preis, dann war sie mit ihren Gedanken ganz woanders.«

»Ich sehe mir das noch mal genauer an«, sagte Ernst und verschwand in seinem Büro.

Das Jahr 1948 ging, das neue Jahr war schon in Sicht, über allem schwebten die Vorbereitungen für das Kakao-Dinner, das größer und schöner werden sollte als je zuvor. Mehrmals unternahm Frieda den Versuch, Sarah auf Jason anzusprechen. Halbherzig allerdings, denn sie fürchtete sich vor der Antwort. Es gab ja auch so vieles, um das sie sich zu kümmern hatte. Und Sarah, so schien es, wich Frieda aus, wann immer sie konnte. Schwer zu sagen, ob sie nur Angst hatte, auf ihre beruflichen Patzer angesprochen zu werden, oder davor, dass Frieda etwas von ihr und Jason ahnen könnte.

Noch vor dem Jahreswechsel gaben die Briten zahlreiche beschlagnahmte Wohnungen, Hotels und Unterhaltungslokale wieder frei. Das sorgte für erhebliche Veränderungen im Haushalt Møller.

»Sieh an«, neckte Frieda Jason bei einem Treffen. »Sollten dann womöglich die Hamburger ihre Notbehausungen verlassen und wieder anständig leben?« Etwa zweihunderttausend Bürger sollten es noch sein, hatte sie kürzlich im Rathaus gehört, als sie mit Ernst und Albert dort war.

»An uns soll es nicht liegen«, entgegnete er kühl. »Euer Senat muss aber auch seinen Beitrag leisten. Selbst wenn wir alle nach Frankfurt gingen, hättet ihr nicht genug Wohnraum. Es muss gebaut werden.«

Frieda wurde hellhörig. »Frankfurt?«

Er grinste. »Ist dir nicht aufgefallen, dass die Arbeiten am Grindelberg schon lange ruhen? Hamburg war als Hauptquartier der Britischen Zone im Gespräch, nun hat man sich jedoch für Frankfurt entschieden.«

»Das Hauptquartier also. Du hast mal davon gesprochen, dass am Grindelberg Gebäude für eure Verwaltung entstehen sollen.« Sie hing kurz ihren Gedanken nach. »Und jetzt? Die Fläche ist riesig und günstig gelegen. Wenn man dort Wohnungen errichten würde, hätten auf einen Schlag viele Menschen wieder ein Dach über dem Kopf.«

»Soweit ich weiß, ist genau das der Plan.«

Nach einer Sekunde kam Frieda ein Gedanke: »Wirst du auch nach Frankfurt gehen?«

»Sag nicht, es würde dir etwas ausmachen.«

»Ich weiß nicht«, entgegnete sie ernst. »Es hätte auch sein Gutes.«

»Sehr charmant.« Er kniff die Augen zusammen. »Ich dachte, wir wären so etwas wie Freunde geworden.«

»So etwas wie Freunde? Wären wir dann nicht ehrlich zueinander und offen?«

Jetzt war er wirklich erstaunt. »Sind wir das etwa nicht? Ich bin ehrlich zu dir, Frieda. Ich habe dir meine Frau nicht verschwiegen, ich ...«

»Das meine ich nicht.« Sie sah ihn lange an. »Vielleicht täusche ich mich ja auch.«

Gleich am nächsten Tag erkundigte sich Frieda im Rathaus nach dem Bauprojekt am Grindelberg. Tatsächlich, zwölf Häuser waren geplant, zwischen acht und fünfzehn Stockwerke hoch. Mehr als fünftausend Hamburger würden hier wohnen können.

»Stell dir nur vor, eine Wohnung mit Blick über die Dächer bis zum Isebekkanal auf der einen und zur Außenalster auf der anderen Seite«, sagte sie zu Mina, der sie am Abend davon erzählte.

»Tja, das wär schon was«, schwärmte Mina. »Hätte ich so ein Schloss wie du, würden mich keine zehn Pferde woanders hinbringen, aber für Fiete und mich wär das ein Paradies.« Sie dachte konzentriert nach. »Bloß wirst da nich rankommen. Na ja, du vielleicht, aber ich? So ohne Geld hast da keine Chance.«

»Man sagte mir, die Mieten sollen nicht besonders hoch sein, im Gegenteil. Es handelt sich schließlich um sozialen Wohnungsbau.«

Mina lachte auf. »Jo! Wie viele Wohnungen soll das geben?«

»Über zweitausend.«

»Und mindestens zwanzigtausend Leute wollen eine haben, wetten? Ohne Mäuse geht da nix. Besser noch mit Beziehungen.«

»An Beziehungen soll es nicht scheitern.« Frieda lächelte, doch dann wurde sie ernst, fast ein wenig traurig.

»Mein Mann hat mir das Haus zur Verlobung geschenkt. Ich könnte es niemals verlassen. Das käme mir vor wie Verrat.« Minas Augenbrauen hüpften vielsagend.

»Kann ich verstehen.«

»Und solange ich hier wohne, brauchst du dich auch nicht nach etwas anderem umsehen«, fügte Frieda hinzu.

Errötete Mina etwa?

»Is riesig nett, Frau Møller, aber irgendwie isses doch richtiger, wenn ich irgendwann mal wieder meinen eigenen Haushalt hab. Ich arbeite gern weiter für dich, nur …«

»Natürlich, Mina, ich weiß genau, was du meinst. Ich weiß noch gut, wie sehr ich mich damals mit Per darauf gefreut habe, meinen eigenen Haushalt zu führen. Raus aus dem elterlichen Nest und selbst die Flügel aufspannen. Wird Zeit, dass du auch wieder fliegst.«

Frieda sprach jeden an, der etwas Einfluss in Hamburg hatte, vom Stadtplaner bis zum Bürgermeister. Es würde noch dauern, bis die Grindelhäuser zum Einzug bereit waren, doch sie wollte sichergehen, dass Mina Feddersen dann auf der Liste der Mieter stand. Ein Nebeneffekt von Friedas beharrlicher Fragerei war, dass ihr eine Wohnung in Altona angeboten wurde. Wohnung war nicht das richtige Wort, es handelte sich um zwei Zimmer mit einem Durchgang dazwischen, mit Küchenbenutzung und Toilette auf dem Flur. Trotzdem schlug Mina sofort ein.

»Ich hab's gar nich weit bis zu dir und deinem Garten. Den überlass ich dir nämlich nich, sonst is bald alles tot. Einen grünen Daumen hast ja nich grad, Frau Møller.«

»Stimmt leider.«

»Und für Fiete isses auch nich weit bis in 'n Hafen oder bis zu euch in den Meßberghof, wenn er mal Botengänge oder was anderes erledigen soll.« Mit einem Mal leuchteten ihre Augen. »Weißt du, was das Beste an der Wohnung is? Die kleine Besenkammer neben dem Bad, die wir kriegen können. Kostet zwar zwei Mark mehr, aber dann hat Fiete endlich 'ne eigene Düsterkammer.«

»Eine was?«

»Na, so 'n Raum zum Entwickeln von seinen Bildern. Das kann er nämlich selbst. Gut, ne? Wer weiß, vielleicht wird mein Fiete noch berühmt. Als Fotograf!«

So kam es also, dass Mina und Fiete in den letzten Tagen des Jahres

1948 auszogen. Im Januar gaben die Briten auch die Hannemannsche Villa wieder frei. Der britische General, der dort gelebt hatte, ging nach Frankfurt, hieß es. Hans packte augenblicklich seine Sachen und zog zurück in seinen Anbau.

»So ein Unfug«, schimpfte Albert, »das riesige Haus für zwei Kerle. Einer davon macht's sowieso nicht mehr lange, der andere spricht nicht. Schöne Gesellschaft. Wir werden durch die vielen Zimmer spuken wie die Geister.«

»Du musst doch nicht gehen«, schlug Sarah vor. »Ich kann mir im Obergeschoss zwei Zimmer nehmen, dann hast du das gesamte Souterrain für dich.«

Frieda wollte gerade abwinken, als sie den Blick ihres Vaters sah. »Das ist eine gute Idee.« Sie lächelte ihn an. »Wir freuen uns, wenn du in unserer Nähe bleibst. Und Mina kann uns weiterhin alle bekochen, ohne ständig hin und her laufen zu müssen. Hans kommt einfach zu den Mahlzeiten rüber, wenn ihm danach zumute ist.«

Am neunten Februar brachte Gerlinde ein gesundes Mädchen zu Welt. Henrik wollte, dass sie Mette Rose heißen sollte, nach Pers Mutter und nach Rosemarie Hannemann. Gerlinde stimmte sofort zu. Natürlich. Noch während sie mit Mette im Krankenhaus lag, ließ Henrik ihren gesamten Hausstand aus dem Anwesen der Dabelsteins abholen und in die Hannemannsche Villa bringen, die Albert ihm am Tag der Geburt überschrieben hatte.

»Ich habe für Hans ein lebenslanges Wohnrecht eintragen lassen«, ließ Albert Frieda wissen. »Mehr kann er nicht verlangen.«

»Ich bin sicher, dass er darüber sehr glücklich ist.«

»Und du bekommst die Unternehmensanteile, wenn's mal so weit ist. Ich denke, das ist gerecht.«

»Ich hoffe, es ist noch lange nicht so weit, wie du es nennst, und du bist noch viele Jahre bei uns. Ein größeres Geschenk kannst du Hans und mir nicht machen.« Sie schlang die Arme um ihn und lehnte ihren Kopf an seine Schulter.

»Machen wir uns nichts vor, ich bin ein alter Mann.« Er schnaufte und streichelte ihr über das Haar. »Obwohl ich meinen runden Geburtstag letztes Jahr nicht groß gefeiert habe, kamen unzählige Gratulationsschreiben, die mir die Zahl alle schön vor die Nase gehalten haben.«

»Siebzig Jahre«, sagte sie versonnen. »Du hättest wirklich feiern sollen.«

»Ach was«, brummte er. Frieda löste sich von ihm. »Was für eine traurige Veranstaltung wäre es schon geworden ohne mein Röschen?« Er lächelte und seufzte noch mal. »Glaub mir, Frieda, es wird Zeit, dass ich mich auf den Weg zu ihr mache. Hab sie schon viel zu lange allein gelassen.«

Albert Hannemann starb nicht, obwohl er das mit schöner Regelmäßigkeit mal für die nächste Woche, mal für den kommenden Sonntag ankündigte. Er erlebte mit, wie wieder Criollo aus Venezuela geliefert wurde. Und er stand an Friedas und Ernsts Seite, als aus aller Welt die Gäste zum Kakao-Dinner in Hamburg eintrafen. Henrik und Sarah hatten ihre Ausbildung beendet. Noch immer war Henrik der Ansicht, die Manufaktur gehöre in die Hände einer Frau. Seiner Frau. Er selbst ging im Handel und Import auf.

»Ghana-Kakao ist im Preis gefallen«, verkündete er. »Den Forastero sollten wir von dort beziehen. Er hat die gleiche Qualität wie der aus Venezuela, ist aber deutlich billiger.« Ein anderes Mal freute er sich darüber, dass eine Missernte in Ecuador die Importeure in Amsterdam und Paris in echte Schwierigkeiten brachte, während Hamburgs Händler ohne Einbußen davonkamen. Frieda liebte ihren Sohn sehr. Sie schätzte seinen Fleiß, seine besonnene Art und auch sein kaufmännisches Geschick. Wenn er sein Wort gab, war darauf Verlass. Er hatte viel von seinem Vater geerbt. Außer den Gemeinsinn. Henrik war nicht dagegen, Schokoriegel an Kinderheime zu spenden oder mit den Rosinenbombern nach Westberlin zu schicken, nur kam er von selbst nicht auf den Gedanken. Er machte auch keinerlei Anstalten, Frieda zu ihren

Schützlingen zu begleiten. Das blieb ihre Sache, bei der sie nur Jason aus vollem Herzen unterstützte. Und dann war da noch das leidige Thema, Gerlinde möge endlich einen Platz an der Spitze der Manufaktur bekommen, das die beiden zuverlässig gegeneinander aufbrachte. Dass er in diesem Punkt aber auch keine Ruhe geben konnte. Je näher das Dinner rückte, desto häufiger gerieten sie in Streit.

»Ich kann mir beim besten Willen keine Ehefrau vorstellen, die sich nur um den Haushalt und den Nachwuchs kümmert«, ereiferte er sich einmal. »Ich will eine moderne Ehefrau an meiner Seite haben.«

»Dann hättest du eine andere heiraten müssen«, rutschte Frieda heraus. »Gerlinde hat nun mal keine modernen Ansichten. Ich mache ihr keinen Vorwurf«, setzte sie schnell hinzu, »sie ist eben eher konservativ erzogen worden.« Frieda holte tief Luft. »Und du bestärkst sie auch noch in ihrem traditionellen Frauenbild.«

»Wie bitte?« Henrik starrte sie an. Sein linkes Auge zuckte, seine Wangen färbten sich rot.

»Aber sicher! Du willst, dass deine Tochter die Namen deiner beiden Großmütter trägt, ohne Gerlindes Familie zu berücksichtigen. Du entscheidest, dass ihr mit dem Kind in dein Elternhaus zieht. Du fragst Gerlinde nicht einmal, ob ihr das recht ist. Kein Wunder, wenn sie zu allem Ja und Amen sagt.«

Für einen Moment wirkte er verunsichert. »Ich muss sie nicht fragen, weil ich ihre Meinung kenne. Wir sprechen nämlich miteinander, Mutter«, entgegnete er trotzig. »Immer wieder sage ich dir, sie soll endlich mehr Verantwortung bekommen«, polterte er im nächsten Augenblick los. Er fuhr die Krallen aus, weil Frieda ihm einen Treffer versetzt hatte. »Zum Beispiel jetzt, beim Kakao-Dinner. Du hast sie von Anfang an bei der Planung ausgeschlossen. Dabei ist das etwas, das ihr liegt.«

»Außer leeren Versprechungen habe ich von ihr keinen Beitrag gesehen«, konterte Frieda gelassen.

»Du hast sie von vornherein spüren lassen, dass du keinen Wert darauf legst.«

»Das ist Unsinn, Henrik, und das weißt du. Gerlinde hat einfach kein großes Interesse an der Manufaktur. Die Wahrheit ist: Sie will irgendwann einmal eine Geschäftsführerin sein, die selbst keinen Finger krumm macht und sich vollkommen auf das Wissen und Können ihrer Mitarbeiter verlässt.«

Einige Atemzüge lang starrten die beiden sich an.

Schließlich sagte Henrik eisig: »Ich möchte, dass sie die Gäste am Abend des Dinners empfängt und die Manufaktur repräsentiert.«

»Ich höre wohl nicht richtig! Sie hat einen Säugling zu Hause. Wie stellst du dir das vor?«

»Ich bin sicher, Mina wird gerne auf Mette aufpassen.«

»Sie soll hübsch ausstaffiert die Gäste empfangen, ohne auch nur eine einzige fachliche Frage beantworten zu können?« Frieda lachte und schüttelte den Kopf.

»Sie hat gerade unser Kind zur Welt gebracht, Mutter. Du kannst ihr wirklich nicht vorhalten, dass sie sich nicht um die Vorbereitungen gekümmert oder sich theoretische Kenntnisse erworben hat.«

»Aber das habe ich dir doch eben gerade gesagt. Du hörst mir offenbar nicht zu, Henrik. Ja, sie hat ein Kind, das erst ein paar Wochen alt ist. Ich werfe ihr weder das vor noch, dass sie sich nicht an den Vorbereitungen beteiligt hat. Sie versteht nichts von unserem Geschäft und ist deshalb nicht geeignet. So einfach ist das. Das kannst du doch nicht anders sehen.«

»Natürlich kann Sarah alles viel besser!« Das war ja klar. Wann immer er nicht weiter wusste, führte er Sarahs Unzulänglichkeiten ins Feld. Er wusste genau, dass er damit Friedas wunden Punkt traf.

»Zwar macht sie ständig Fehler, aber ihr siehst du die selbstverständlich nach.«

»Das stimmt nicht, ich stelle sie durchaus zur Rede. Wir alle tun das. Und wie du weißt, habe ich die meisten kaufmännischen und administrativen Aufgaben dir übertragen, während sie sich um die Kreationen und die Herstellung kümmert. Ich habe keine Ahnung, wo sie manchmal ihren Kopf hat.«

»Ich habe sehr wohl eine Ahnung.« Er grinste spöttisch und legte den Kopf schief. »Du etwa nicht? So blind kannst du nicht sein, Mutter. Sarah hat den Kopf bei dem Engländer, mit dem sie ausgeht.«

»Wie bitte?«

»Weißt du das wirklich nicht? Unsere Sarah ist verliebt. Du müsstest sie doch verstehen, dir ging es doch mal genauso.«

Frieda wusste nicht, wie sie das Kakao-Dinner überstehen sollte. Als Vertreter des Zentralamtes für Ernährung war Jason selbstverständlich eingeladen. Schon beim ersten Dinner, um das sie sich als junge Frau hatte kümmern müssen, weil Vater seine erste schwere Herzattacke erlitten hatte, war es Jason gewesen, der ihr die Fassung geraubt hatte. Damals hatte er überraschend vor ihr gestanden. Dieses Mal war sie auf sein Erscheinen gefasst, doch das nützte ihr herzlich wenig. Sarah und Jason, hämmerte es ständig in ihrem Kopf. Sie konnte einfach keinen klaren Gedanken fassen. So ging es ihr auch am Morgen des großen Tages.

»Was hältst du davon, wenn wir Dienstfahrräder anschaffen?«, wollte Ernst von ihr wissen. »Frieda?«

Sie sah ihn an. »Wie kommst du denn jetzt auf Fahrräder?«

»Die sind leicht, damit kommst du in der Stadt überall fix hin. Ich habe bei einem Segelwettkampf einen Rennradfahrer kennengelernt. Harry heißt er. Na ja, der ist bei Rabeneick und sagt, wir können Räder von denen bekommen.«

»Raben … wer?« Hatte das irgendetwas mit dem Kakao-Dinner zu tun? Frieda konnte sich keinen Reim darauf machen, was Ernst von ihr wollte.

»Rabeneick, der Rennstall! Sag nicht, du kennst den nicht!« Er sah sie über den Rand seiner Brille an. »Harry radelt im Sommer für die um das Grüne Band. Mensch, Frieda, das Rennen von Hamburg nach München! Von Sport verstehst du aber wirklich gar nix.«

»Bisher komme ich auch ohne Kenntnisse über Fahrradrennen und Segelregatten ganz gut zurecht.«

»Jo, dafür hast du ja mich.« Er strahlte. »Also, die Räder kosten natürlich 'n büschen. Aber billiger als Autos sind die allemal. Und du kannst dich überall durchschlängeln.«

»Von mir aus«, gab Frieda zurück und versuchte, in Gedanken die Punkte auf ihrer Liste abzuhaken. Ungefähr zum zwanzigsten Mal. Für Blumenschmuck war gesorgt, das Ballett gebucht, auch das Essen war bestellt. Ihre Rede musste Frieda noch durchgehen. Die Eis-Pralinen waren eine kleine Sensation. Sie standen, in hübsche Silberfolie verpackt und zu Pyramiden gestapelt, in der Kühlung bereit.

»Von mir aus? Das ist alles?« Ernst runzelte die Stirn. »Keine Frage nach dem Preis, keine Debatte, wie viele wir brauchen?«

»Entschuldige, Ernst, aber muss das unbedingt heute sein?«

»Nee, da hast du recht, das kann nun wirklich warten, bis der ganze Zauber vorbei ist.« Er zwinkerte ihr fröhlich zu. »Das wird schon. Ich hab dir das beim ersten Mal gesagt, und ich sag dir das jetzt wieder: Wenn jemand so ein Fest auf die Beine stellen kann, mit allem Drum und Dran, dann bist du das! Und ich bin ja auch noch da.« Er schnaufte übertrieben.

Frieda entging nicht, dass er ihr ein Lachen entlocken wollte. Sie tat ihm den Gefallen.

»Ich lasse dich nicht im Stich, Frieda, niemals. Wenn ich auch merke, dass ich alt werde.« Jetzt lachte er. »Früher hat mir das nichts ausgemacht, wenn wir so viele Überstunden geschrubbt haben, aber heute? Walli sagt, ich sehe aus wie der Tod in Latschen.«

»Nicht sehr charmant.«

»Aber ehrlich. Na ja, ein bisschen übertrieben hat sie wohl schon.« Er lächelte. »Auf jeden Fall bin ich froh, wenn wir das Dinner hinter uns haben. Mein Urlaub ist auch schon in Sicht. Endlich wieder segeln. Mensch, darauf freue ich mich wirklich.«

»Das hast du dir dann auch verdient. Und die arme Walli muss wieder mit?«

»Inzwischen muss sie nur noch ein- oder zweimal spucken«, sagte er kichernd. »Du, übrigens habe ich im Abendblatt gelesen, dass Heesters im Herbst in die Flora kommt. ›Hochzeitsnacht im Paradies‹!«

»Heesters heiratet in Hamburg?« Frieda war mit ihren Gedanken schon wieder woanders.

»Das is gut!« Ernst wollte sich ausschütten. »Nee, so heißt die Operette, mit der er in die Flora kommt«, erklärte er feixend. »Magst du uns nicht begleiten? Die Karten sind bestimmt fix weg. Ich kümmere mich drum, wenn du willst.«

Frieda hätte nicht sagen können, wie sie die Begrüßung der Gäste und ihre Rede hinter sich gebracht hatte. Sie stellte zufrieden fest, dass es die richtige Entscheidung gewesen war, Sarah als Repräsentantin der Manufaktur bei sich zu haben und nicht Gerlinde. Sie kam bei den Gästen sehr gut an. Auch dass Henrik sich wie ein perfekter Gastgeber verhielt, obwohl er noch immer böse auf Frieda war, überraschte sie nicht. Sie plauderte mit Bürgermeister Max Brauer, mit Kakao-Händlern und Fabrikanten und unterhielt sich lange mit Roger Hall, Generalvertreter von Rowntree. Doch die ganze Zeit hatte sie ein Auge auf Sarah und Jason. Mit wachsendem Zorn beobachtete Frieda Vertraulichkeiten zwischen den beiden, die sie höchst unpassend fand. Mussten sie sich unbedingt ständig berühren? Es war ja nicht auszuhalten, wie sie in aller Öffentlichkeit turtelten. Allein der Umstand, dass Frieda Aufsehen vermeiden wollte, hielt sie davon ab, Jason vor versammelter Gesellschaft zur Rede zu stellen. Nach Mitternacht verabschiedeten sich die ersten Gäste.

»Diese Eis-Pralinen sind phantastisch«, schwärmte die Gattin eines Fabrikanten. »Ich nehme doch an, die gibt es jetzt auch überall zu kaufen, wo Hannemannsche Schokolade angeboten wird?«

»Selbstverständlich.«

»Ganz reizend, Ihre Tochter«, betonte Bürgermeister Brauer, als er sich in den Mantel helfen ließ. »Und so begabt wie ihre Mutter, was die köstlichen Kreationen angeht. Hamburg kann sehr stolz auf die Damen sein.«

»Vielen Dank!« Frieda reichte ihm die Hand. Sie sah ihm nach und war doch tatsächlich für einen kurzen Moment allein. Sofort hielt sie nach Sarah Ausschau. Jason führte sie gerade von der Tanzfläche an einen Tisch. Sarah lächelte ihn an und legte den Kopf an seine Schulter.

Was genug war, war genug. Frieda ging zu ihnen hinüber.

»Ich glaube, es ist Zeit für dich, Sarah.«

»Wie bitte? Ich verstehe nicht ganz …« Sarah war eine erwachsene Frau und begriff nicht, dass Frieda sie allen Ernstes gerade ins Bett schicken wollte.

»Es war ein langer Tag, unsere Gäste verabschieden sich allmählich. Albert braucht dringend Ruhe. Ich möchte, dass du ihn begleitest. Ich rufe euch einen Wagen.«

»Ich kann Sarah fahren«, schlug Jason vor. Ihre Blicke trafen sich. »Ich kann die beiden fahren.« Wie er das sagte. Natürlich hatte er durchschaut, dass Albert nur ein Vorwand war.

»Nein! Das ist sehr nett von dir, aber es ist nicht nötig«, zischte Frieda und ließ sie stehen.

Am nächsten Morgen fühlte sich Frieda, als wäre sie von einem Sack Kakaobohnen erschlagen worden. Sie hatte kaum geschlafen, weil sie einfach zu aufgekratzt gewesen war. Einerseits hätte sie jubeln können. Bestimmt würde im Abendblatt stehen, dass Hamburg mal wieder ein Kakao-Dinner der Superlative erlebt hatte. Die ganze Stadt würde darüber sprechen. Eine bessere Werbung für Hannemann-Produkte gab es nicht! Andererseits trieb es Frieda um, dass Sarah und Jason offenbar ein Techtelmechtel hatten und sich nicht einmal dafür schämten. Fast dreißig Jahre Altersunterschied, das war geschmacklos! Am liebsten hätte sie sich Sarah noch in der Nacht vorgeknöpft. Je länger sie darüber nachdachte, desto wütender wurde sie auf Jason. Er war ein reifer Mann, für ihn war es nur eine Affäre, die keine Zukunft hatte. Wahrscheinlich ging es ihm nicht einmal um Sarah, sondern er wollte nur Frieda eins auswischen. Sarah war dagegen kein Vorwurf zu machen. Obwohl er die Fünfzig überschritten hatte, wirkte Jason noch immer jungenhaft und war ausgesprochen attraktiv. Nur weil Frieda inzwischen immun gegen seinen Blick war, bedeutete das nicht, dass sie sich nicht mehr erinnern konnte, wie sie früher dahingeschmolzen war. Sie musste verständnisvoll und behutsam mit Sarah sprechen, denn sie konnte einen ziemlichen Dickschädel haben. Ein falsches Wort, und sie würde sich für die nächsten Tage oder Wochen in ihr Schneckenhaus verkriechen und schweigen.

Nach dem Frühstück ergab sich eine Gelegenheit. Sarah ging hinaus und sah nach den Tomaten, die sie mit Mina gleich nach den Eisheiligen ins Beet gepflanzt hatte.

»Na, ist alles angewachsen?«

»Ja.«

»Ich habe Mina gesagt, dass sie sich nicht mehr die Arbeit machen muss. Es gibt wieder Gemüse und Obst zu kaufen. Alles, was das Herz begehrt.« Frieda lächelte.

»Minas Herz braucht die Gartenarbeit. Ich kann sie verstehen. Es fühlt sich schön an, reife Früchte zu ernten, wenn man vorher die Pflanze gepflegt hat.«

Frieda wartete ab. »Möchtest du mir nicht etwas sagen?«, fragte sie schließlich.

Sarah drehte sich zu ihr um und sah sie überrascht an. »Na ja, irgendwie schmeckt das, was aus dem eigenen Garten kommt, auch am besten, findest du nicht?«

»Das meine ich nicht, und das weißt du.«

»Was meinst du dann?« Sarah wirkte tatsächlich ahnungslos.

Frieda seufzte. »Das fragst du nach gestern Abend noch?«

»Wieso, habe ich etwas falsch gemacht?« Sofort flackerte Unsicherheit in ihrem Blick.

»Nein, du warst großartig, ich bin sehr stolz auf dich. Ich meinte eher etwas Privates.« Es kostete Frieda ihre ganze Beherrschung. Ruhig fragte sie: »Kann es sein, dass du dein Herz verschenkt hast?«

»Du hast es bemerkt?«

»Es war nicht zu übersehen, ihr wart ja nicht gerade diskret.« Das klang ärgerlicher, als sie beabsichtigt hatte. Aber Frieda war ja auch wütend, das sollte Sarah ruhig wissen.

»Du bist dagegen, stimmt's?« Sarahs Augen funkelten wild. »Ich wusste, dass du nicht einverstanden bist, deshalb habe ich nichts gesagt.«

»Dann wirst du auch den Grund dafür kennen, weshalb ich nicht einverstanden bin.«

»Weil er ein Engländer ist«, rief sie. »Ja, es geht schon eine ganze Weile mit uns, und ich habe genau darum nichts gesagt, weil ich wusste, dass du es nicht erlauben wirst. Aber ich muss dich nicht um Erlaubnis fragen.«

Frieda lachte auf. »Es hat doch nichts mit seiner Herkunft zu tun. Mein Gott, es gab Zeiten, da glaubte ich, das spielt eine Rolle. Heute ist mir herzlich egal, woher jemand kommt.«

Sarah sah sie verblüfft an.

»Es geht um sein Alter, Sarah. Er könnte leicht der Vater sein.«

»Wohl kaum.«

»Stimmt, eher dein Großvater«, zischte Frieda. »Jason ist zweiundfünfzig Jahre alt. Du bist vierundzwanzig!«

Sarah starrte sie an. Was hatte sie denn gedacht, wie alt Jason wäre? Hatte er sie womöglich über sein wahres Alter belogen?

Plötzlich blitzte es in Sarahs Augen, und dann lachte sie aus voller Kehle.

»Keine Ahnung, was daran komisch sein soll.« Frieda verschränkte die Arme vor der Brust.

»Du denkst, ich bin in Jason verliebt?«, japste sie. »Meine Güte, Frieda!«

»Was sollte ich wohl sonst denken? Du triffst ihn heimlich, wenn du behauptest beim Literaturklub zu sein, du hast gestern Händchen mit ihm gehalten und getanzt und getuschelt …«

»Du bist eifersüchtig«, stellte Sarah ruhig fest.

»Unsinn!«

»Jason ist … er ist mein Vertrauter«, sagte sie leise. »Du hast recht, er könnte mein Vater sein. Gerade jetzt bräuchte ich auch einen Vater, nur leider habe ich keinen.« Frieda wollte etwas erwidern, doch Sarah sprach schon weiter: »Und mit dir konnte ich nicht über Steven reden, weil er Engländer ist.«

»Steven?« Frieda verstand gar nichts mehr.

»Ich habe ihn im Literaturklub kennengelernt. Er ist ein feiner Mensch, anständig und gebildet. Und er sieht sehr gut aus.« Ihre Wangen leuchteten. »Jason hat sich ein paarmal mit ihm unterhalten, um sich selbst ein Bild zu machen. Und er hat mich immer nach Hause gefahren, wenn es spät geworden ist. Jason hat aufgepasst, dass ich nur ja nichts tue, was sich vor der Hochzeit nicht gehört, Frieda.« Sie musste grinsen. »Außerdem hat er Steven gesagt, er würde ihm alle Knochen brechen, falls er mir das Herz bricht.«

Sie zuckte mit den Achseln. Jetzt musste auch Frieda lächeln. Manchmal lagen die Dinge ganz anders, als sie schienen.

»Weißt du noch, als ich dachte, du hättest mir einen Abschiedsbrief geschrieben und dann auch noch in unseren Briefkasten geworfen?«, fragte Sarah. Allerdings, Frieda erinnerte sich gut. »Das war Steven. Damals war das zwischen uns noch nicht so ernst. Ich meine, ich war verliebt in ihn, und ich habe auch gespürt, dass er mich mag. Mehr als das. Aber wir hatten es beide noch nicht ausgesprochen. Bei unserem nächsten Treffen, nachdem ich den Brief gefunden hatte, sagte er mir, er müsse für eine Weile zurück nach Hause.« Sie lächelte und schlug etwas verlegen die Augen nieder. »Er war nicht sicher, ob wir uns vor seiner Abreise noch sehen. Da wusste ich natürlich, dass der Brief von ihm war.«

TEIL 3

Kapitel 17

Schon die Einführung der Deutschen Mark hatte spürbare wirtschaftliche Verbesserungen ausgelöst. Als die offizielle Besatzungszeit mit der Gründung zweier Staaten, der Bundesrepublik Deutschland und der Deutschen Demokratischen Republik, am 23. Mai 1949 endete, war der Aufschwung nicht mehr aufzuhalten. Noch war zwar die junge Republik nicht souverän, und viele Zuständigkeiten blieben weiter in den Händen der Siegermächte, doch auch für die Hamburger gab es jede Menge zu tun. Frieda wusste in den ersten Jahren des neuen Jahrzehnts kaum, wo ihr der Kopf stand. Es fühlte sich an, als würden jeden Monat neue Mitarbeiter gebraucht. Auch die Produktionsräume und vor allem die Lagermöglichkeiten reichten innerhalb kürzester Zeit nicht mehr aus. Hannemann & Krüger mietete nun die komplette sechste Etage und nahm kurz darauf auch die fünfte Etage, die glücklicherweise gerade frei geworden war, dazu. Saatgut und Tinte gehörten nicht mehr zu ihrem Warenangebot.

»Für die Notzeiten war es richtig, mit allem zu handeln, was zu haben war und Geld brachte«, stellte Henrik fest. »Glücklicherweise sind diese Zeiten vorbei. Wir müssen uns wieder spezialisieren. Kakaobohnen aus aller Welt, Criollo aus Venezuela, das ist unser Geschäft. Und so viel wie möglich von dem Porcelana. Der unterscheidet uns von allen anderen Importeuren. Sarahs Eis-Pralinen laufen sehr gut. Vielleicht kann sie eine Sorte puren Porcelana auf den Markt bringen«, schlug er vor.

Wie immer nach solchen Besprechungen fühlte sich Frieda matt. Es schlug ihr aufs Gemüt, dass Henrik nicht einmal einen Funken Leidenschaft für die Produkte mitbrachte. Er dachte rein kaufmännisch und analytisch. Eine Sorte puren Porcelana! Wie konnte er das anregen, ohne den Unterschied zu einer anderen Edelkakaosorte oder auch nur zu einem gewöhnlichen Forastero überhaupt zu kennen? Würde sie ihn danach fragen, hätte er selbstverständlich eine Definition parat. Doch die Rohstoffe, mit denen sie arbeiteten, wirklich zu kennen, bedeutete so viel mehr. Was wusste er schon über das Aroma der Bohnen, über die Vorzüge und Nachteile der unterschiedlichen Sorten? Wie immer in solchen Momenten sagte Frieda sich, dass Henrik andere Stärken hatte. Die Gewinne stiegen stetig. Nur noch wenige Jahre, bis sich Meynecke vermutlich zur Ruhe setzen würde. Dass er seine Zahlen ohne Zögern und mit vollem Vertrauen in Henriks Hände legen würde, war das größte Kompliment, das ihr Sohn sich verdienen konnte.

Es klopfte, und Ernst schob den Kopf zur Tür herein. »Hast du eine Minute für mich?«

»Für dich immer, Ernst Krüger.« Ihre finsteren Gedanken verzogen sich wie der Morgennebel über der Elbe.

»Ich war gestern mit Roger Hall essen. Weißt ja, dass wir seit dem Kakao-Dinner auch privat befreundet sind.«

»Er ist ein sympathischer Kerl.«

»Jo, das ist er. Und ein geschäftstüchtiger obendrein. Aber sein Privatleben ist ihm auch ordentlich wichtig. Darum hat er mir ein Angebot gemacht.«

»Aha?« Frieda faltete die Hände auf ihrem Schreibtisch. Sie musste lächeln. Wenn Ernst Krüger eine neue Idee durch den Kopf spukte, dann sah er wieder aus wie der kleine Junge, der ihrem Vater vor Ewigkeiten jeden Mittag ein Gläschen Cognac hatte servieren müssen und der sich dabei ausgedacht hatte, wie sich damit ein Groschen extra verdienen ließe.

»Roger hat nicht nur die Vertretung von Rowntree, sondern auch den Alleinvertrieb von Chanel für diese Geschäfte, die es auf den Army-Stützpunkten in der amerikanischen Zone gibt.«

»Parfum und Süßigkeiten?« Frieda hob die Augenbrauen. »Eine gewagte Kombination.«

»Nee, nee, gar nicht! Roger lebt in Paris und ist mit einer Französin verheiratet. Der will nicht alle naselang nach Deutschland kommen müssen.«

»Kann man verstehen.«

»Jo, Spreckel sagt zwar Stinkzeuch dazu, aber ich sage dir, Chanel macht feinste Duftwässerchen. Genau das, was die Leute jetzt wieder haben wollen. Luxus!«

»Ein lohnendes Geschäft also«, sagte Frieda. Ein lohnendes Geschäft für Mr. Hall, das sie ihm gönnte, aber sonderlich interessant fand sie es nicht.

»Und genau das hat er mir angeboten. Uns, natürlich.« Als sie nicht sofort reagierte, erklärte er: »Er will es abgeben, damit er mehr Zeit für seine Frau hat und weniger reisen muss. Ist ja immer eine ziemliche Strecke von Paris nach München oder was weiß ich, wohin.«

»Ich weiß nicht recht, Ernst. Es stimmt schon, die Menschen kaufen wieder. Jedenfalls einige. Aber für viele geht es noch immer um das Lebensnotwendige. Die meisten sind noch immer froh, wenn sie eine anständige Wohnung haben und sich genug zu essen kaufen können.«

»Einerseits«, wandte er listig ein, »andererseits gehen gerade unsere etwas teureren Produkte richtig gut. Jeder hat das Sparen und Einschränken satt. Alle wollen sich wieder was gönnen und machen das, sobald es irgendwie geht.« Das war nicht von der Hand zu weisen. »Vor allem geht es von Tag zu Tag bergauf. Nicht mehr lange, und die reißen uns alles aus den Fingern, was auch nur ein bisschen nach Luxus riecht.« Er bemerkte, was er da gerade gesagt hatte, und musste lachen. »Wenn das nicht zu französischem Parfum passt!«

»Hatten wir nicht gerade besprochen, keine Tinte mehr zu verkaufen und kein Saatgut zu importieren, uns zu spezialisieren?«, erinnerte sie ihn.

»Ist auch richtig, ich stimme Henrik da ganz und gar zu. Trotzdem halte ich das für eine Ausnahme, die sich lohnen könnte.« Ernst erklärte ihr in wenigen Worten, dass es eine Ausschreibung um die Einfuhrgenehmigungen gab. Es war also nicht so, dass Roger ihnen einfach die Vertretung überließ, er hatte sie nur frühzeitig informiert. Der Vorteil daran war, wie Ernst ihr überzeugend darlegte, dass sie jetzt die Möglichkeit hatten, sich einen höchst exklusiven Vertrieb zu sichern, indem sie einen entsprechend hohen Antrag stellten. Das nötige Bardepot, das dafür hinterlegt werden musste, stand ihnen zur Verfügung.

»Wenn du meinst, und wenn auch Herr Meynecke eine Investition in dieser Höhe für machbar hält, dann lass es uns probieren.«

Schon wenige Wochen nach ihrem Gespräch war klar, dass Ernst den richtigen Riecher gehabt hatte. Weniger Unternehmen als gedacht hatten Anträge auf Einfuhrgenehmigungen gestellt, so dass Hannemann & Krüger mit seinem Antrag eine Spitzenposition einnahm. Das wiederum freute das Haus Chanel dermaßen, dass man sich kurzerhand entschied, Hannemann & Krüger den alleinigen Vertrieb für die amerikanische Zone und damit für beinahe ganz Süddeutschland zu übergeben.

Auch viele Monate, nachdem er das erste Mal sein Ableben angekündigt hatte, war Albert Hannemann nicht gestorben. Dennoch hörte er nicht auf, sein baldiges Ende zu prophezeien. Allmählich gewöhnten Frieda und der Rest der Familie sich daran. Anfangs lösten seine düsteren Vorhersagen bei Frieda noch ein beklemmendes Gefühl aus, später hörte sie kaum noch hin. Selbst an seine Herzanfälle gewöhnte sie sich, zumeist waren es kleine Attacken, die ihn für einige Tage ans Bett fesselten, jedoch keine nennenswerten Folgen hinterließen. So war es beispielsweise 1951 während der Koreakrise, die die deutsche Schokoladenindustrie in große Schwierigkeiten stürzte. Schon wieder Krieg. War es denn zu glauben? Weit weg zwar, und doch hatte er Auswirkungen für jene, die ihr Geld mit Importen verdienten. England und Amerika, Frankreich, Griechenland und die Niederlande kämpften an der Seite Südkoreas gegen Nordkorea und dessen Verbündete China und die Sowjetunion. In dieser Zeit verbrachte Frieda viele Stunden mit Jason. Seine Schwester Elizabeth war für eine Organisation tätig, die medizinische Fachkräfte in die Krisenregion schickte. Liz meldete sich freiwillig und reiste von Indien nach Korea.

Mein lieber Bruder, schrieb sie Jason, *ich bin eine alte Jungfer. Es kommt nicht darauf an, ob ich dort mein Leben verliere. Der Alltag in Indien ist manchmal auch nicht weniger gefährlich als Krieg. Für mich wird sich daher nicht sehr viel ändern, aber ich kann wieder eine sinnvolle Aufgabe übernehmen, für die ich die richtigen Kenntnisse und Erfahrungen habe. Vielleicht gehe ich zurück nach Indien, wenn alles vorbei ist. Es ist ja nur ein Katzensprung!*

»Ihren Humor hat sie nicht verloren«, stellte Jason fest, nachdem er Frieda den Brief vorgelesen hatte. Frieda konnte ihm ansehen, wie sehr er sich um Liz sorgte. Auch seine Enttäuschung war ihm ins Gesicht geschrieben. Er hatte so gehofft, sie käme nach England zurück. Sie hätten sich dann wesentlich unkomplizierter besuchen und nach langen Jahren endlich wiedersehen können. Doch danach sah es nicht aus.

Auch Steven ging regelmäßig in der Møllerschen Villa ein und aus. Sein Bruder kämpfte in Korea in den Reihen der UN-Soldaten. Sarah hatte nicht zu viel versprochen, Steven war ein feiner Mensch, sehr gebildet, zuvorkommend und mit einer positiven Ausstrahlung gesegnet. Selbst wenn er über seinen Bruder sprach, davon, dass er es nicht ertragen würde, wenn ihm etwas zustieße, sah er dabei noch zuversichtlich aus. Frieda konnte gut verstehen, warum Sarah sich in ihn verliebt hatte. Was sie dagegen nicht verstehen konnte, war dieser dumme Krieg. Hörte das denn nie auf? Vor allem: Würde es allzu bald auch wieder Europa treffen?

Immer wieder sprach sie mit Ernst und mit Ulli darüber. Mal trafen sich die beiden Frauen allein, mal gesellten sich Walli und Ernst zu ihnen. Die Bierstube Nagel war ihr Stammlokal geworden. Um hier mit Freunden etwas zu trinken, musste man sich nicht fein herausputzen. Und selbst wenn sich jemand den ganzen Abend an einem Glas festhielt, wurde er freundlich behandelt.

»Wenn ich es richtig verstehe, waren Nord- und Südkorea in sowjetische und amerikanische Besatzungszone aufgeteilt«, gab Frieda an einem dieser Abende zu bedenken. »Und jetzt bekämpfen sie sich gegenseitig. Die Zonen der Siegermächte existieren auch bei uns noch.

Wer garantiert mir, dass wir nicht auch in eine bewaffnete Auseinandersetzung schlittern?«

»Oder gleich in den dritten Weltkrieg«, meinte Ulli düster. »Gibt einige, die das sagen.« Walli riss entsetzt die Augen auf.

Ernst beruhigte sie: »Nu mal langsam, die Damen. Bei uns ist das doch was ganz anderes als in Korea.«

»Ach ja?« Ulli reckte das Kinn. »Wenn du mal alles beiseitelässt und nur auf den Kern guckst, dann beschießen sich da die Amis und die Sowjets. Eine falsche Aktion und … bumm!« Sie riss beide Hände in die Luft. »Was ist dann wohl in Deutschland los? Wir werden zum Teil von den Amis gelenkt, die DDR dagegen ist russisches Gebiet. Von Berlin wollen wir mal gar nicht reden.« Ulli verdrehte die Augen.

Nach dem Ersten Weltkrieg war Frieda ganz sicher gewesen, dass die Menschen alles tun würden, um zu verhindern, dass es je wieder zu einer ähnlichen Katastrophe kam. Und doch hatte der Zweite Weltkrieg begonnen, ehe man Labskaus sagen konnte. Mit unzähligen Toten. Fing das Ganze jetzt womöglich schon wieder an? Frieda schob den Gedanken fort und wollte allzu gern Ernsts beruhigenden Worten glauben.

Sie stürzte sich in die Arbeit und kümmerte sich um Dinge, die sie lenken, die sie beeinflussen konnte. Gemeinsam mit Ernst, der an der Spitze der Produzenten und Importeure stand, sprach sie in Ministerien vor und verhandelte mit Außenhandelsstellen. Die Luxussteuer auf Süßigkeiten machte ihnen zu schaffen, gerade in diesen Zeiten, in denen eine regelrechte Fresswelle Hamburg und ganz Deutschland erfasst hatte. Sie mussten für Schokoladen-Nachschub zu erschwinglichen Preisen sorgen.

Albert tauchte nur noch einmal im Monat im Meßberghof auf. Er hatte es sich zur Angewohnheit gemacht, dabei Kuchen für die Belegschaft zu spendieren. Darüber hinaus ließ er sich erzählen, in welcher Menge die Kunden bestellten, wo es neue H & K-Regale gab, ob der Kakao aus Ghana oder Nigeria gerade günstiger zu haben sei. Ehe er sich verabschiedete, blickte er jedes Mal zufrieden in die Runde.

»Mein Herz macht es nicht mehr lange«, sagte er dann und lächelte. »Aber ich muss mir keine Gedanken machen, ihr habt das Geschäft bestens im Griff. Sehr schön, sehr schön.« Danach ging er. Das gleiche Spiel, Monat für Monat.

Sarah und Henrik waren im Begriff, die Leitung ihrer Abteilungen zu übernehmen. Sarahs englische Trüffel, die sie mit Earl Grey Tee verfeinerte, hatten bei der ersten Internationalen Schokoladen-Meisterschaft den dritten Platz gemacht. Aus allem, was mit Zahlen zu tun hatte, hielt sie sich vollständig heraus. Um die kümmerte sich Henrik mit so viel Geschick, dass sie es sich leisten konnten, die Luxussteuer nicht an ihre Kunden weiterzugeben, jedenfalls dann nicht, wenn sie ihren Kampf um eine Abschaffung der Steuer oder wenigstens eine Verringerung in absehbarer Zeit gewannen. Seit Sarah sich nur noch um die Produktion und um die Entwicklung neuer Rezepturen kümmerte, war ihr Selbstbewusstsein gewachsen. Kein Wunder, ihr waren keine Fehler mehr unterlaufen. Fast keine. Einmal hatte sie vergessen, das Gas in der Experimentierküche abzustellen. An einem Freitagabend! Glücklicherweise hatte Gerlinde der kleinen Mette versprochen, am Sonntag einen Schokoladenkuchen zu backen.

»Ich habe den Geruch gleich bemerkt, als ich hereinkam«, erzählte sie wieder und wieder. »Gas! Schon auf dem Weg zum Herd ist mir ganz schummrig geworden. Aber mir war natürlich klar, wie viel auf dem Spiel steht.« Das war immer der Moment, in dem Henrik sie voller Stolz ansah und ihre Wange tätschelte.

»Was alles hätte passieren können, wenn meine Linde nicht zur rechten Zeit da gewesen wäre und so besonnen gehandelt hätte«, pflegte er zu sagen, ehe er ihr den Höhepunkt der Erzählung überließ.

»Ich habe den Gashahn zugedreht und die Fenster in den Büros aufgerissen. Der Hamburger Durchzug hat die Gefahr endgültig gebannt«, beendete sie ihre Geschichte jedes Mal. Frieda musste unwillkürlich an ihre Mutter denken, die nicht müde geworden war, von dem Tornado zu berichten, der über Uetersen gewütet hatte. Es hatte immer geklungen, als habe sich Rosemarie Hannemann durch den Sturm gekämpft, um den armen Seelen vor Ort erste Hilfe zu leisten. Wie sich herausgestellt hatte, war sie erst Tage nach dem Unheil hingefahren, um Schokolade an die Betroffenen zu verteilen. Und auch das vermutlich nur, weil Ernst es vorgeschlagen hatte.

So oder so, mit einer Sache hatte Gerlinde recht: Nicht auszudenken, was geschehen wäre, wenn das Gas weiter ungehindert hätte ausströmen können. Frieda mochte sich die Folgen gar nicht ausmalen. Sie konnte Gerlinde nicht genug danken. Glücklicherweise nahm Henrik den mutigen Einsatz seiner Frau nicht zum Anlass, erneut über die Leitung der Manufaktur zu verhandeln. Er hatte endlich aufgehört, Gerlinde für diese Aufgabe anzupreisen. Wahrscheinlich war ihm aufgegangen, dass niemandem damit geholfen wäre. Gerlinde bemutterte Mette wie die sprichwörtliche Glucke. Für etwas anderes hatte sie keine Zeit. Mette war aber auch zu drollig. Sie hatte die blauen Augen ihres Vaters und glücklicherweise kaum etwas von ihrer Mutter geerbt. Wo immer sie auftauchte, eroberte sie die Herzen der Erwachsenen im Sturm.

»Sie ist perfekt, nicht wahr?«, hatte Gerlinde einmal gesagt. »Das Einzige, was ihr noch fehlt, ist ein Brüderchen.« Das Kapitel Manufaktur war für sie wohl ein für alle Male abgeschlossen.

Auch Friedas fünfzigsten Geburtstag erlebte Albert noch, obwohl er mehrfach behauptet hatte, er läge zu dem Zeitpunkt bereits unter der Erde. Auf eine Feier verzichtete Frieda. Wie in jedem Jahr seit Pers Tod. Auch er hätte am 20. Oktober seinen Ehrentag gehabt und wäre schon neunundfünfzig geworden. Ob sein Haar wohl grau gewesen wäre oder eher schütter?

Frieda hatte es sich zur Angewohnheit gemacht, zur Kirche zu gehen. Manchmal ging sie hinein, setzte sich auf eine der Bänke und betete still. Ein anderes Mal spazierte sie einfach über den Friedhof. Nicht mal ein Grab war ihrem Mann geblieben. Dabei hätte er ein prächtiges Mal verdient, einen Engel, der seine Flügel aufspannte wie die Sprungtücher, die Per so oft beschworen hatte. Oder einen Obelisk, der in den Himmel ragte als Symbol für ihre nie endende Verbindung. Immerhin fühlte sie sich ihm hier bei der Kirche von Nienstedten, wo sie geheiratet hatten, nah.

In diesem Jahr wollte ihre Familie nicht zulassen, dass es keine Feier geben sollte.

»Henrik hat nicht ganz unrecht«, gab selbst Ernst zu bedenken, »du bist eine Persönlichkeit der Stadt. Dem einen oder anderen wird es sauer aufstoßen, wenn du nicht feierst. Wie bei dem Siebzigsten deines Vaters werden sie dich trotzdem mit Glückwunschkarten, Blumen und allerhand Schnickschnack überschütten.«

»Es ist mir gleich. Ich will nicht feiern und damit basta!«

»In Ordnung, deine Entscheidung«, sagte Ernst lächelnd, streichelte ihr über den Arm und ließ sie damit fortan in Ruhe. Wie es aussah, hatte er auch den anderen gegenüber ein Machtwort gesprochen, denn von dem Augenblick an musste Frieda ihren Entschluss nicht mehr verteidigen.

Nur Jason ließ sich nicht abweisen.

»Kommt nicht in Frage«, verkündete er, »du wirst dich nicht verkriechen.«

»Davon war keine Rede, ich will nur nicht feiern. Es ist ein Tag wie jeder andere.« Eine durchschaubare Lüge, die er sofort entlarvte. Denn Frieda nahm sich jedes Jahr an ihrem Geburtstag frei. Jason war ihr über die Zeit ein Vertrauter und ein Freund geworden, er kannte ihre Angewohnheiten.

»Ich führe dich ins Cölln's zum Essen aus«, schlug er vor. »Wie in alten Zeiten. Ich verspreche, keine Blumen und auch sonst kein Geschenk mitzubringen und kein einziges Wort über den Anlass für unsere Verabredung zu verlieren.« Dummerweise hatte er obendrein ein schlagendes Argument parat, mit dem er sie letztendlich überzeugte: »Überleg mal, du nimmst dir frei wie jedes Jahr und bist nicht erreichbar. Keiner der Boten und Gratulanten wird dich antreffen. Was sagst du?«

Frieda sagte zu.

Sie machten zuerst einen Ausflug nach Niendorf. Es war ein seltsames Gefühl, an dem einstigen Sommerhaus von Martina und Magnus

Jensen vorüberzugehen, dessen Fenster vernagelt waren. Die beiden wohnten längst nicht mehr dort. Frieda und Jason waren Martina einmal draußen in Wilhelmsburg begegnet, sie hatte erzählt, dass sie der Stadt den Rücken gekehrt hätten. Magnus sei krank, Näheres sagte sie nicht, doch es war mehr als deutlich, dass sie ihre Ruhe zu haben wünschte.

Nach einem langen Spaziergang über knisterndes und raschelndes Herbstlaub, das im Sonnenlicht in allen Gelb- und Orange-Tönen leuchtete, fuhren Frieda und Jason zurück in die Stadt. Doch nicht direkt zum Cölln's, wie sie erwartet hatte. Jason führte sie in das Hotel Vier Jahreszeiten, das die Briten im Januar an die Hansestadt zurückgegeben hatten. Was, um Himmels willen, hatte er vor? Er hatte doch wohl kein Zimmer gebucht, um sie zu verführen? Diese Zeiten waren vorbei, hatte er das denn immer noch nicht kapiert? Sie spürte, wie sich in ihr alles steif machte, bereit, Widerstand zu leisten.

Ganz selbstverständlich ging er an die Bar und bestellte trockenen Sherry.

»Ein kleiner Aperitif kann nie schaden«, erklärte er ihr lächelnd. Die Fältchen um seine Augen waren mehr geworden, es stand ihm gut.

»So? Ich kann mich nicht erinnern, dass wir je einen zusammen getrunken haben, ehe wir zu Cölln's gegangen sind. Schon gar nicht hier.« Sie warf einen vielsagenden Blick in die Runde. Das Grand Hotel war zweifellos das beste Haus am Platz.

»Heute tun wir's eben. Es ist schließlich ein besonderer Tag.« Er reichte ihr ein Glas und erhob seins. Frieda warf ihm einen warnenden Blick zu.

»Das Kinderheim in Wilhelmsburg ist fertig«, sagte er. Seine Augen strahlten wie ein ganzer Sternenhimmel.

»Wie bitte?« Frieda war vollkommen verblüfft.

Er sah sie ernst an. »Was dachtest du denn, was es zu feiern gibt?« Seine Lippen verzogen sich zu einem Grinsen.

Frieda musste lachen. »Jason, das ist wunderbar. Endlich mal wieder eine wirklich gute Nachricht! Darauf trinke ich gern.«

Als sie später im Restaurant saßen und bestellt hatten, sagte er: »Wenn du willst, fahren wir nächste Woche zusammen nach Wilhelmsburg und sehen uns an, wie die kleinen Schieter untergebracht sind.«

»Schieter«, wiederholte sie schmunzelnd. »Aus dir wird noch ein echter Hamburger.«

Seine Augenbrauen hoben sich, doch er ging nicht weiter darauf ein. »Du sagtest vorhin, das sei endlich mal wieder eine gute Nachricht. Wie soll ich das verstehen? Ich dachte, die Geschäfte laufen gut.«

»Das tun sie. Es ist uns zu verdanken, dass fast der gesamte Rohkakao, der in Deutschland verarbeitet wird, über Hamburg ins Land kommt. Monat für Monat müssen wir mehr Tafeln und Pralinen herstellen. Unsere SchoKu-Taler sind neuerdings mit Wunschbeschriftung zu haben. Kaufhaus Kressmann kann seinen Namen darauf schreiben lassen, Karstadt genauso. Unsere Trinkschokolade in drei Geschmacksrichtungen ist gut eingeschlagen, und sogar die Parfums sorgen für ordentlichen Umsatz. Das hätte ich nicht gedacht.«

»Was macht dir dann Kopfschmerzen?« Er goss ihr Wein nach.

»Das hier«, antwortete sie und deutete auf ihr Glas, »wenn du weiter so großzügig einschenkst.«

»Glaube ich nicht, das ist ein hochwertiger Tropfen.« Er prostete ihr zu. Der Wein war wirklich gut. »Wenn es nicht das Geschäft ist, was bedrückt dich dann?«

Frieda zögerte, schließlich erzählte sie ihm von ihren Sorgen, von ihren Ängsten vor einem weiteren Krieg, den Liefer- und Absatzschwierigkeiten, die die Koreakrise mit sich gebracht hatte. Und sie kam auf Sarah zu sprechen.

»Es ist wirklich lange gut gegangen, bis die Sache mit dem Gas passiert ist. Manchmal denke ich, etwas stimmt mit Sarah nicht. Ich mache mir große Sorgen um sie.«

»Unsinn! Wie kommst du bloß auf so etwas?«

»Ich weiß es ja auch nicht.« Sie trank hastig einen großen Schluck. »Was ist, wenn mit ihrem Kopf etwas nicht stimmt, wenn sie zum Beispiel Gedächtnislücken hat, die irgendwann zunehmen? Mein lieber Bruder hat Drogen genommen, als er sie gezeugt hat«, sagte sie schnell, ehe Jason etwas einwenden konnte. »Kürzlich habe ich gelesen, Wissenschaftler untersuchen die Wirkung von Alkohol auf Schwangere. Es ist vielleicht weit hergeholt, aber wäre es nicht vorstellbar, dass der Samen eines Mannes sich durch Drogen verändert?«

Jason sah sie lange an. »Von so einem Fall habe ich noch nie gehört«, sagte er dann. »In meinen Augen ist Sarah die Zuverlässigkeit und Gründlichkeit in Person. Vielleicht fällt dir genau deshalb jeder noch so kleine Fehler ganz besonders auf.«

»Kleine Fehler? Sie hätte den gesamten Meßberghof in die Luft jagen können.«

»Was hältst du davon, einfach abzuwarten? Du sagtest doch, es ist lange gut gegangen. Ich könnte mir vorstellen, dass sie in der Phase, als es mit Steven anfing, ihre Gedanken wirklich oft nicht beieinander hatte. Und dann ist ihr eine Nachlässigkeit passiert, die zugegebenermaßen nicht hätte geschehen dürfen. Ist sie aber. Ich sage es nur ungern, aber dir hätte die Sache mit dem Gas auch passieren können. Jedem.«

Frieda trank einen Schluck Wein, um nicht antworten zu müssen. Natürlich hatte er recht. Ihr fiel ein, dass sie selbst schon einmal vom Jungfernstieg zurückgelaufen war, weil sie plötzlich unsicher gewesen war, ob sie das Gas abgestellt hatte. Wie schnell konnte man einen einzigen Handgriff vergessen. Es war Schicksal, wenn dieser unterlassene Handgriff derartige Folgen hatte.

»Hatte ich dir eigentlich gesagt, dass Laura wieder in England ist?«, hörte sie Jason beiläufig fragen.

»Nein, und das weißt du genau.«

»Ertappt!« Er lächelte entwaffnend.

»Habt ihr euch scheiden lassen?«

»Nein, das wäre schlecht für das Geschäft. Sie hatte Sehnsucht nach der Heimat. Sie wird keine Sehnsucht nach mir haben. Es ist nur folgerichtig. Laura beaufsichtigt offiziell unsere Angestellten in London.«

»Offiziell?«

»In Wirklichkeit überlässt sie die Arbeit unseren Prokuristen. Ich sagte dir ja, dass sie nichts vom Geschäft versteht und auch keine Ambitionen hat, irgendetwas darüber zu lernen.« Er leerte sein Glas und schenkte ihnen beiden nach. »Ich habe alles vorbereitet. Das war der Grund, warum ich ab und zu drüben war.«

»Verstehe.« Frieda nickte.

»Vielleicht wäre es sinnvoll, wenn ich auch zurück nach England gehen würde. Ihr Deutschen kommt ganz gut ohne uns zurecht.«

Frieda sah ihn erschrocken an.

»Ich kann verstehen, wenn du das tun musst.« Sie hielt seinem Blick stand. »Aber es würde mir nicht gefallen.« Jason legte den Kopf schief und berührte mit den Fingerspitzen sanft ihre Hand.

»Ich schätze unsere Freundschaft sehr.«

»Freut mich, das zu hören.« Seine Finger fuhren über ihren Unterarm, sie ließ es geschehen.

»Vor allem unser Engagement für Waisenkinder verbindet uns, nicht wahr? Ich weiß, ich könnte mich in Zukunft allein darum kümmern oder Sarah und Steven bitten. Aber es macht mir einfach zu viel Freude, dich mit den Kleinen zu beobachten. Vor allem mit Knud, er liebt dich abgöttisch.« Sie lachte und legte automatisch ihre Hand auf seine.

»Tja, wenn der Knirps mich liebt, kann ich wohl nicht gehen.« Jason sah ihr in die Augen. »Keine Sorge, noch bin ich nicht aus dem Militär ausgeschieden und auch nicht von meinem Posten abberufen. Außerdem haben wir in England sehr gute Prokuristen.«

»Da bin ich beruhigt.«

Frieda hatte das Gefühl, als habe ihr jemand den Geist vernebelt, als sie aus dem Cölln's trat. Eisige Kälte umfing sie, ihr Atem stand in einer frostigen Wolke vor ihren Lippen. Und etwas stimmte mit ihren Beinen nicht.

»Hoppla!« Jason lachte und zog sie an sich. »Ich werde uns mal einen Wagen rufen, und bis dahin halte dich besser fest, damit du nicht stürzt.« Die Worte purzelten runder aus seinem Mund als sonst. Man hörte ihm den Engländer plötzlich an.

»Dieses Restaurant ist sehr gefährlich«, erklärte Frieda ernsthaft. Sie hatte Mühe, ihre Zunge aus dem Weg zu bekommen, die ihr irgendwie immer zwischen die Zähne rutschen wollte.

»Wirklich?« Jason machte große Augen. »Dann haben wir Glück, dass wir mit heiler Haut herausgekommen sind, oder?«

»Heile Haut schon«, wandte sie streng ein, »aber kein heiler Verstand. Wir sind angetrunken. Jedes Mal, wenn wir bei Cölln's sind, sind wir hinterher angetrunken.«

»Ist mir gar nicht aufgefallen.« Er lachte.

»Wenn ich es dir doch sage«, beharrte sie und fuchtelte mit dem Finger vor seinem Gesicht herum. Jason schnappte sich ihre Hand und stieß Triumphgeheul aus. Frieda bemerkte, wie sich sein Blick veränderte. Er führte ihre Fingerspitzen an seine Lippen und küsste sie. Es fühlte sich schön an. Es kitzelte. War das seine Zunge, die mit ihrer Handfläche spielte? Er zog sie an sich und legte ihre Arme um seine Taille, streichelte ihren Rücken. Ein tiefer Blick, als wolle er sich vergewissern, dass es in Ordnung war, dass sie es auch wollte. Frieda reagierte nicht. Sie ermutigte ihn nicht, hielt ihn aber auch nicht auf. Es war, als würde sie sich selbst zusehen, wie sie da stand und sich von ihm küssen ließ. Seine Lippen waren warm, seine Zunge schmeckte nach Wein. Jason presste sich fester an sie, stöhnte, seine Küsse wurden immer gieriger. Frieda empfand nichts. Nach wenigen Minuten – oder waren es nur Sekunden gewesen – löste er sich von ihr und sah sie an. Sein Gesicht ganz nah, die Enttäuschung darin deutlich zu lesen. Es war endgültig vorbei. Frieda liebte ihn einfach nicht und würde ihn nie mehr lieben. Was hatte er noch über die Befriedigung von Körper und Seele gesagt?

»Schade«, flüsterte er, »ich dachte, es gäbe noch eine winzige Chance. Keine Sorge, Frieda, ich habe es jetzt begriffen.«

Kapitel 18

Welch ein eisiger November! Die Hannemannschen Mitarbeiter, die auf ihren Rädern durch Hamburgs Straßen sausten, trugen dicke Handschuhe und wickelten sich Schals um Mund und Nase. Trotzdem, Ernsts Idee, Dienstfahrräder anzuschaffen, funktionierte prächtig. Die Angestellten waren nicht nur flott unterwegs, sondern auch noch unabhängig von den Fahrzeiten der S-Bahnen. Autos hätten sie sich nicht für eine so große Mannschaft leisten können. So aber hatten sie einen Fuhrpark von zehn Rädern, den sie sicher bald erweitern würden. Am Tag waren sie in einen Unterstand eingeschlossen. Wer etwas zu besorgen hatte, holte sich den Schlüssel. Diejenigen mit dem weitesten Arbeitsweg oder der ungünstigsten Bahnverbindung durften damit nach Hause radeln. Sehr praktisch. Dank einer weiteren brillanten Idee von Ernst hatten die Drahtesel außerdem einen doppelten Nutzen. Werbung wurde immer wichtiger, von riesigen Plakaten an Hauswänden hielt Frieda jedoch nicht viel. Sie kosteten nur, und wer beachtete sie schon? Die Räder waren mit Metallplatten ausgerüstet, die am Gepäckträger befestigt und an beiden Seiten des Hinterrades gut sichtbar waren. Sie hatten die Form einer Pralinenschachtel. Diese Reklameschilder mochte Frieda sehr. Sie fielen ins Auge und tauchten immer wieder an anderen Orten der Stadt auf. Was wäre Hannemann & Krüger nur ohne Ernsts glänzende Einfälle? Was wäre sie ohne Ernsts Freundschaft, die sie schon ihr ganzes Leben begleitete? Frieda beschloss, ihm zu Weihnachten ein besonderes Geschenk zu machen. Wie so viele hatte er mit dem Sammeln von Briefmarken begonnen. Die improvisierten Drucke aus der Zeit des Zweiten Weltkriegs hatten so manchen inspiriert, sich diesem Hobby zu widmen.

Frieda zog Ernst gern damit auf. »Du sammelst Belege für bezahlte Versandgebühren? Ich kann mir nichts Langweiligeres und Unsinnigeres vorstellen.«

»Unsinnig? Das kann nur jemand sagen, der überhaupt keinen Funken davon versteht«, hatte er ihr erklärt. »Du weißt natürlich nicht, wie wertvolle seltene Stücke jetzt schon sind, sonst würdest du nicht so dösig daher schnacken.« Tatsächlich war sie aus allen Wolken gefallen, als er ihr den Preis nannte, für den seine 1944er Inselpost-Ausgabe aus Rhodos gehandelt wurde. Er hatte sie von Roger Hall bekommen, der Anfang von Ernsts Sammelleidenschaft. Ernst würde Augen machen, wenn ausgerechnet sie ihm die Ein- und Zwei-Pence-Marken besorgte, die sie kürzlich im Hamburger Abendblatt gesehen hatte. Jeder mochte die niedlichen englischen Königskinder Charles und Anne, die darauf abgebildet waren, und die Marken kamen immerhin aus Neuseeland. Eine sehr gute Idee!

Auch für Jason hatte sie sich schon ein kleines Weihnachtspräsent überlegt. Zu Friedas grenzenloser Freude beeinträchtigte der Vorfall an ihrem Geburtstag die Freundschaft zwischen ihnen nicht. Bereits wenige Tage danach hatte er sie wegen einer dienstlichen Angelegenheit angerufen und sich nichts anmerken lassen. Und nun stand er an einem lausigen Sonntagnachmittag einfach vor ihrer Tür, ein Kuchenpaket in den Händen.

»Ich würde gern etwas mit dir besprechen. Kein erfreuliches Thema, darum habe ich etwas Süßes mitgebracht.«

»Komm rein, ehe du erfrierst.« Sie sah auf das in Papier eingeschlagene Paket. »Konditorei Weber«, sagte sie anerkennend.

»Die Baiser-Königin höchstpersönlich hat mich bedient.«

Sie machten es sich in der Stube bequem, die Standuhr schlug dreimal, als sie sich setzten.

»Du liebe Güte, wer soll das alles essen?« Frieda sah von den Sahnebaiser-Stücken zu Jason. »Raus mit der Sprache: Was willst du mit mir besprechen, das derartig versüßt werden muss?«

»Würdest du bitte zuerst einen Kaffee aufstellen?«, fragte er und setzte eine Leidensmiene auf. »Ich fürchte, sonst bekomme ich am Ende keinen mehr.«

»Du bist vielleicht ein Teehändler«, entgegnete sie kopfschüttelnd und ging ohne ein weiteres Wort in die Küche. »Ist es so schlimm?«, wollte sie wissen, als sie zurück war.

»Steven hat mich besucht«, begann er. »Er war ziemlich durch den Wind, wie ihr Deutschen sagt.«

»Warum, was ist passiert?«

»Es geht um Sarah, er hat Dinge gehört.«

Frieda war augenblicklich alarmiert. »Was denn für Dinge?«

»Sie sei das Kind einer ...« Er räusperte sich. »Einer Hure.«

Frieda fielen scheppernd die Kuchengabeln aus der Hand, die sie gerade an ihren Platz legen wollte. Sie setzte sich. »Wer? Wer behauptet so etwas?«

»Eine Deutsche, die nur ein-, höchstens zweimal im Literaturklub war. Eine Juwelierswitwe, glaube ich. Auf jeden Fall schon älter und ziemlich wohlhabend.«

Frieda hatte das Gefühl, keine Luft mehr zu bekommen. »Weißt du sonst noch etwas über diese Frau?«

Er schüttelte den Kopf, dann fiel ihm doch noch etwas ein: »Sie soll ganz allein ein stattliches Haus in Niendorf bewohnen. Ihr Name ist mir entfallen, tut mir leid.«

»Dabelstein!« Frieda spuckte den Mädchennamen ihrer Schwiegertochter aus.

»Dabelstein, richtig. Du kennst sie?«

Frieda nickte. »Gerlindes Mutter!«

»Henriks Schwiegermutter?« Jason war normalerweise nicht schnell aus der Fassung zu bringen, doch jetzt war er platt.

»Juwelierswitwe. Als du das sagtest, wusste ich es.« Die Serviette in Friedas rechter Hand war zu einem festen Stoffball geworden. »Sei mir bitte nicht böse, Jason, aber mir ist der Appetit auf Kuchen vergangen. Ich werde sofort mit Gerlinde sprechen.« Sie wollte aufstehen, doch Jason hielt sie am Handgelenk fest.

»Solltest du nicht ihre Mutter um ein Gespräch bitten?«

Frieda ließ sich wieder auf den Stuhl sinken und schnaubte. »Ich bin sicher, dass Gerlinde dahintersteckt. Sie hat ihre Mutter angestachelt, solche Gerüchte zu verbreiten. Mindestens hat sie ihr den Floh ins Ohr gesetzt und wusste genau, dass ihre liebe Frau Mutter nichts Besseres zu tun haben würde, als damit hausieren zu gehen. Die Dabelstein tratscht gerne.«

»Mir leuchtet nicht ein, was deine Schwiegertochter davon hätte.«

»Das kann ich dir verraten«, rief Frieda aufgebracht. »Rache! Sie ist neidisch, weil Sarah in der Manufaktur die Position einnimmt, die sie für sich selbst haben will.«

»Ich denke, sie ist mit ganzer Seele Mutter und will noch ein zweites Kind haben. Sagtest du mir nicht mal, sie hätte überhaupt keine Zeit, sich um Rezepte oder die Maschinen zu kümmern?«

»Hat sie ja auch nicht. Sie will auch nicht wirklich arbeiten, sie will nur die hohe Position, um damit angeben zu können. Schuften sollen andere«, schimpfte sie. Eine Weile erfüllte nur das hohle hölzerne Ticken der Uhr den Raum.

»Ich mache einen Vorschlag«, sagte Jason ruhig, »du holst uns jetzt den Kaffee, wir essen diesen Kuchen, bei dessen Anblick mir schon das Wasser im Munde zusammenläuft, und dabei überlegen wir ganz in Ruhe, wie wir am besten vorgehen, um deiner Schwiegertochter derartige Verleumdungen auszutreiben. Falls sie wirklich dahintersteckt.«

»Worauf du dich verlassen kannst«, zischte Frieda. Sie atmete tief durch. »Einverstanden.«

Es dauerte, bis Frieda sich beruhigt hatte. Jason hatte völlig recht, es wäre dumm, zu Gerlinde zu laufen und ihr womöglich Vorwürfe zu machen. Sie konnte alles abstreiten. Was wäre gewonnen? Henrik würde sich nur wieder vor sie stellen und sich von seiner eigenen Mutter angegriffen fühlen.

»Steven wird Sarah doch nicht verlassen?« Frieda studierte Jasons Miene genau.

»Nein!« Das klang sehr überzeugt, und er sah ihr direkt in die Augen. »Kein Mensch kann etwas für den Beruf seiner Mutter oder seines Vaters. Selbst wenn Hitler ein Kind gehabt hätte, wäre dem kein Vorwurf zu machen.« Friedas Augenbrauen schnellten in die Höhe. »Sagt Steven«, fuhr Jason fort. »Ich glaube, er wollte einfach nur so viel wissen wie möglich, um gegen weitere Behauptungen gewappnet zu sein.« Er dachte kurz nach. »Und er wollte Sarah schützen, denke ich. Es wäre gut, wenn die Gerüchte sie nicht gänzlich unvorbereitet treffen.«

»Er ist ein anständiger Kerl. Es würde Sarah das Herz brechen, ihn zu verlieren.«

Frieda hing ihren Gedanken nach. Schon die ganze Zeit schwirrte etwas in ihrem Unterbewusstsein herum, das sie vor lauter Wut nicht zu fassen bekommen hatte. Je ruhiger sie aber wurde, desto klarer wurde ihr Blick.

Kurz bevor sie es hätte in Worte fassen können, sagte Jason: »Ich werde einen komischen Gedanken nicht los. Wenn wirklich Gerlinde hinter dem Gerücht steckt, und wenn das ihre Form von Rache ist, kann es dann nicht sein, dass Sarahs Fehler, die dir so viel Sorgen machen, ebenfalls auf Gerlindes Konto gehen?«

»Das ist es!«, flüsterte Frieda, ehe Jason weitersprechen konnte. »Genau das ist es!« Sie lachte auf. »Das gibt es doch gar nicht.« Sie dachten also beide das Gleiche, nur hatte Jason es zuerst ausgesprochen.

»Ich muss mit Henrik reden.«

»Bisher ist es nur ein Verdacht«, wandte Jason ein. Gemeinsam ließen sie all die Rechenfehler, vergessenen Schreiben und sonstigen Vorkommnisse, die Frieda Sarah angelastet hatte, Revue passieren.

»Ich sage es ungern, aber am besten wäre es, ihr stellt ihr eine Falle«, schlug Jason am Ende vor. »Dann kann auch Henrik nicht mehr die Augen davor verschließen und sie in Schutz nehmen.«

Nachdem er gegangen war, legte Frieda drei Scheite in den Kamin und zündete ein Feuer an. Es gab wieder genug Holz, trotzdem ging sie sparsam damit um. Die Erinnerung an den geliehenen Sarg, der sich geöffnet und Mutters eingewickelten Leichnam allein im Grab zurückgelassen hatte, steckte wie ein Stachel in ihrer Seele. Wenn man dem Krieg überhaupt etwas Gutes abgewinnen konnte, dann war es die Tatsache, dass er einen den wahren Wert von Dingen lehrte. Frieda kuschelte sich in den Sessel, in dem Per immer seine Zeitung gelesen hatte, und legte sich eine Decke über die Beine. Ihre Knie machten ihr zu schaffen, und sie neigte neuerdings zu kalten Füßen. *Du wirst alt, Frieda Møller.*

Sie lauschte dem Knacken, das sich mit dem Ticken der Uhr zu einem eintönigen Rhythmus vermischte. Gleich morgen würde sie mit Ernst sprechen. Ja, sie mussten Gerlinde eine Falle stellen. Von Anfang an war Frieda gegen diese Frau gewesen. Hatte ihr Gefühl sie also nicht betrogen. Als Geschäftsfrau wünschte sie sich sehnlichst, Gerlinde möge ihnen auf den Leim gehen, als Henriks Mutter lag ihr diese Vorstellung schwer im Magen. Die Konsequenzen würden bitter sein. Sie kannte ihren Sohn in- und auswendig. Der Vertrauensverlust würde seine Ehe schwer belasten. Sie rieb sich gedankenverloren die Knie. Aber so war es eben. Die Firma stand an erster Stelle, das private Glück hatte keine Priorität. Frieda hätte es ihrem Sohn gern erspart, aber nun musste wohl auch er diese Lektion begreifen.

Ernst war wie immer der Erste im Meßberghof. Frieda hatte sich extra früh auf den Weg gemacht und ihn im Treppenhaus abgefangen. Nun saßen sie in seinem Büro. Die lederne Polsterung seiner Tür wurde allmählich spröde.

Nachdem Frieda ihren Bericht beendet hatte, lehnte Ernst sich zurück. »Mensch, bin ich froh!«

»Wie bitte, froh?« Das war eine überraschende Reaktion. »Ich finde, das sind nicht gerade erfreuliche Neuigkeiten.«

»Nee, das nun wirklich nicht.« Er setzte sich gerade hin und faltete die Hände. »Das sind überhaupt keine Neuigkeiten, um genau zu sein. Jedenfalls für mich nicht. Ich habe schon mehr als einmal gedacht, das könnte einen Zusammenhang geben.«

»Warum hast du nie etwas gesagt?«

»Die Frau vom Junior verdächtigen? Nee, das hätte ich wohl schlecht machen können. Und denn zog sich das Ganze auch über so einen langen Zeitraum hin, dass ich nicht wusste, ob ich mir nur was eingebildet habe. Da war immer mal was, dann war wieder Ruhe, dann war wieder was … Bloß, so richtig klar und deutlich ist eben nie was gewesen.« Er sah sie von unten herauf an. »Ich war, ehrlich gesagt, immer froh, nicht eingreifen zu müssen.« Ernst holte tief Luft. »Weißt du noch, die Sache mit dem falschen Angebot für Kressmann?«

»Wie könnte ich das wohl vergessen? Das war der Patzer, der uns am meisten Geld gekostet hat.«

»Ich hab das nicht kapiert. Die angebotene Menge war, wie mit uns besprochen, heruntergesetzt. Die Einzelpreise aber auch. Wenn du was durch 'n Tüdel kriegst, dann doch höchstens zwei Zahlen, die du miteinander verwechselst. Ich dachte damals schon, dass eigentlich nur jemand mutwillig in dem Schreiben herumgefuhrwerkt haben kann.«

»Hattest du denn gleich Gerlinde in Verdacht?«

»Na ja, nee, nicht so direkt.« Er schob die Oberlippe zur Nasenspitze. »An sie gedacht hab ich schon, aber dafür hab ich mich auch gleich geschämt. Ich habe einfach keinen Grund gesehen und dachte, ich komme nur deshalb auf die arme Deern, weil ich sie nicht so gut leiden kann.«

»So geht es mir jetzt noch«, gab Frieda zu. »Ehrlich, Ernst, so richtig kann ich mir das alles noch immer nicht vorstellen. Früher war Gerlinde ja noch recht häufig in der Manufaktur, aber dann kam sie doch meistens nur kurz vorbei und selten. Sie hat nicht viel mehr gemacht, außer die Post mitzunehmen.«

Ihr stockte der Atem, sie sah zu Ernst herüber, der offenbar den gleichen Gedanken hatte. Frieda wurde kalt.

»Mein Gott, Ernst, Gerlinde war hier, als Sarah das Angebot für Kressmann auf dem Tisch hatte. Nicht nur das, sondern sie war auch einige Minuten allein. Gerlinde war hochschwanger und brauchte angeblich Riechsalz. Sarah ist losgelaufen, um es zu besorgen. Danach war Gerlinde wieder putzmunter und hat die Briefe an sich genommen.«

»Könnte sie das Angebot in der Zeit neu aufgesetzt haben?«

»Ich kann es nicht beschwören, aber möglich wäre es.«

Sie sahen sich lange an. Plötzlich sagte Ernst: »Versprichst du mir, dass du mich nicht anbrüllst?« Er lächelte zerknirscht.

»Als ob ich das üblicherweise tun würde.«

»Nee, war 'n Spaß. Aber mir ist auch gerade was eingefallen. Das Rezept für die Eis-Pralinen, also die erste Fassung davon, die war doch mal futsch, richtig?« Sie nickte. »Kurz bevor Sarah ihre Aufzeichnungen wiedergefunden hat, habe ich gesehen, wie Gerlinde etwas in den Papierkorb geworfen hat. Ich dachte noch so bei mir, das ist komisch. Sie hat sich vorher umgeguckt, ob sie auch niemand beobachtet. So sah es zumindest aus. Aber sie hat mich nicht bemerkt, obwohl ich im Flur vor Sarahs Büro stand und durch die Tür gucken konnte. Das wollte ich dir schon die ganze Zeit sagen, bin aber immer davon abgekommen. Tja, irgendwann hab ich's wohl ganz vergessen.« Seine Augen blitzten. »Aber dem Fiete habe ich das erzählt«, rief er strahlend. »Der hat mich nämlich sozusagen erwischt.« Ernst berichtete, dass Fiete im Flur plötzlich neben ihm gestanden hätte. »Keine Ahnung, wie der das macht, ich habe ihn jedenfalls nicht kommen hören.«

Weil sich Ernst von ihm ertappt fühlte, wie er die Gattin des Juniors beobachtete, hatte er mit ihm gesprochen. »Der Fiete sagte da zu mir, dass er sich auch schon gefragt hätte, was Gerlinde in Sarahs Büro zu suchen hätte.« Das klang sehr interessant.

Frieda bestellte Fiete für den Nachmittag in Ernsts Büro.

»Jo, die junge Frau Møller habe ich öfter mal allein an Sarahs Schreibtisch gesehen.« Er wurde rot. »Also, am Schreibtisch von Fräulein ...«

»Hast du gesehen, dass sie dort etwas eingesteckt hat?« Frieda ließ ihn nicht aus den Augen.

Er schüttelte heftig den Kopf. »Nee, da hätte ich dann gleich Bescheid gesagt.« Er knetete seine dicke Wollmütze mit beiden Händen.

»Ein paar Zufälle zu viel, findest du nicht auch?«, wandte sich Frieda an Ernst. »Ich finde, wir sollten jetzt mit Henrik sprechen.«

»Finde ich nicht. Ich stimme Jason zu, wir brauchen einen Beweis, sonst wird das alles nix.« Ernst schnaufte und rieb sich über die Augen. »Aber woher nehmen, wenn nicht stehlen?«

»Vielleicht kann sie Ihnen helfen.« Fiete zog seine Puppe aus der Tasche des verschlissenen Mantels. Seine Finger zitterten. Frieda und Ernst tauschten irritierte Blicke.

»Ich kann Sarah kräftig gut leiden«, sagte er so leise, dass kaum ein Wort zu verstehen war. »Und es kam mir komisch vor, dass die junge Frau Møller ihre Nase in Sarahs Büro gesteckt hat.« Mit einem Mal strahlte er. »Ich hab das im Kino gesehen, dass die Detektive immer Fotos von allem schießen.« Da Frieda und Ernst noch immer nichts sagten, erklärte er kleinlaut: »Ich dachte, es kann nicht schaden, wenn ich sie fotografiere. Natürlich vernichte ich die Bilder alle, wenn Sie wollen.«

Ernst holte hörbar Luft. »So, nu mal schön der Reihe nach, ja? Du hast also Bilder von Gerlinde geschossen?«

Fiete nickte. Obwohl es nicht sonderlich warm war, stand ihm Schweiß auf der Stirn.

»Und wie kann die uns helfen?« Ernst runzelte die Stirn und deutete auf die einarmige Puppe.

»Die kann Geheimnisse für sich behalten«, erklärte Fiete beinahe liebevoll. »Hat sie schon immer gemacht.«

Frieda seufzte. Offensichtlich war Minas Sohn doch ein wenig verwirrt.

»Seit der Mistkerl ihr den Arm abgebrochen hat«, erzählte Fiete weiter. »Da habe ich angefangen, ihr alles anzuvertrauen, was mir wichtig war. Bilder, die meine kleine Schwester für mich gemalt hat.« Sein Blick war seltsam glasig, als wäre er nicht mehr hier bei Hannemann & Krüger, sondern irgendwo im Labyrinth seiner Kindheit. »Und denn natürlich meine Steinschleuder. Habe ich selbst gebaut. Mann, die großen Jungs sind gerannt, wenn ich sie mit Steinen beschossen habe.«

Frieda verschränkte die Arme vor der Brust.

»Ich musste mich doch verteidigen«, rechtfertigte er sich. »Die ham mich doch immer geärgert.« Er schien sich kurz zu sammeln. »Nu passt sie auf meinen Schatz auf«, sagte er und betrachtete die Puppe liebevoll.

»Deinen Schatz«, wiederholte Ernst, warf Frieda einen Blick zu und schüttelte leicht den Kopf.

Fiete lächelte. Mit einem Handgriff zog er einen silbernen Gegenstand aus dem Oberkörper der Puppe.

»Was ist das?« Frieda stand auf und kam einen Schritt näher.

»Eine Minox!« Fiete platzte fast vor stolz.

Ernst lachte laut auf. »Du schleppst die Puppe ständig mit, weil da … Dir geht's gar nicht um die …?«

Fiete sah ihn finster an. »Ich bin doch kein Idiot, der mit Puppen spielt.«

»Du hast mir das Foto von dem Segelboot auf der Elbe geschenkt«, sagte Frieda. »Deine Mutter hat mir mal erzählt, dass du die Bilder sogar selbst entwickeln kannst.«

»Ja, das kann ich.«

»Hat Mina dir die Kamera geschenkt?«

Er sah zu Boden. »Nee, die hab ich gefunden.« Er schob den winzigen Apparat rasch wieder in den Leib der Puppe. »Ein Soldat hatte die in der Hand, als ihn 'ne Bombe erwischt hat. Der war mausetot, ganz sicher!«

Am liebsten hätte Frieda Gerlinde auf der Stelle damit konfrontiert, dass sie die Wahrheit kannte. Und alle sollten dabei sein. Dummerweise hatte Henrik ständig Termine außer Haus.

Sarah und Frieda waren mit jungen Männern und Frauen verabredet, die sich um eine Stelle in der Manufaktur bewarben. Schon wieder wurden weitere Arbeiter gebraucht. Obendrein waren Marianne und Jonas auf Hochzeitsreise im Harz. Frieda war nicht glücklich darüber, denn Hans konnte nicht Tag und Nacht schnitzen und Bilder aus flüssigem Zucker malen, um sämtliche Aufträge allein zu bewältigen.

Nur gab es leider kaum jemanden unter den Angestellten, der genug Talent hatte, die beiden zu vertreten. Trotzdem, Frieda freute sich, dass Marianne und Jonas endlich vor den Altar getreten waren. Sie gehörten einfach zusammen. Es hatte wirklich gedauert, ehe sie sich das eingestanden hatten. Es kam ja nicht in Frage, dass sie noch länger auf Gottes Segen und eine amtliche Urkunde warteten, nur weil bei Hannemann & Krüger viel zu tun war.

Zu Friedas Ärger war auch nach Feierabend nie etwas zu machen. Mal hatte Sarah eine Verabredung mit Steven, die auf keinen Fall zu verschieben war, wie sie vehement erklärte. Dann wieder schüttelte Hans bedauernd den Kopf, tippte auf seine Uhr und gab ihr zu verstehen, dass er pünktlich gehen wolle. Natürlich hätte er nicht zwangsläufig an der Unterredung mit Gerlinde teilnehmen müssen, aber Frieda wollte es so, denn er war nun mal ein Hannemann.

Also entschied sich Frieda, alle für den Sonnabend zusammenzurufen. Sie wolle Familienrat halten, kündigte sie an und hatte alle zu sich ins Haus einladen wollen, doch Henrik meinte, die Hannemannsche Villa sei noch immer der Familiensitz. Das fühlte sich falsch an, es war schließlich Gerlindes Zuhause, in dem sie nun am Pranger stehen würde. Aber was hätte Frieda schon sagen sollen?

Beim Frühstück erklärte Albert, es gehe ihm nicht gut. Wahrscheinlich müssten sie sich allmählich daran gewöhnen, ohne ihn auszukommen. Das hielt ihn nicht davon ab, zwei Rundstücke zu verdrücken, mit viel Leberwurst und geräuchertem Aal. Mehrmals hatte Frieda nun schon nach ihm gerufen, weil sie aufbrechen wollten. Er rührte sich nicht. Sarah stand schon in Mantel und Stiefeln parat.

»Du machst es aber auch spannend«, sagte sie zum wiederholten Mal und sah auf die Uhr. »Müssen wir nicht rüber?«

Frieda nickte seufzend. »Ich hole ihn. Los geht's, Papa!«, rief sie auf der Treppe nach unten. »Zeit für den Familienrat!«

Sie hörte ein Stöhnen, klopfte und öffnete die Tür zu seinem Schlafzimmer.

»Ich fühle mich nicht gut, Liebes, geh du allein.« Seine Stimme klang brüchig, das kannte sie schon. Albert zog demonstrativ die Bettdecke bis zum Kinn. Frieda hatte gesehen, dass er vollständig angezogen war. Ein sicheres Zeichen, dass es ihm nicht allzu übel ging.

»Nein, Papa, wenn du nicht gerade vorhast, ausgerechnet jetzt zu sterben, dann begleitest du uns. Es geht um Gerlinde. Wie es aussieht, spinnt sie seit Jahren böse Intrigen gegen Sarah.«

»Na, das wär ja ein dolles Ding!«, sagte er donnernd, schob die Decke zurück und schwang die Beine aus dem Bett. Frieda betrachtete ihn amüsiert.

»Dann muss ich mich wohl zusammenreißen«, erklärte er.

In der guten Stube waren die drei bereits versammelt. Hans hockte lässig auf der Armlehne des Sofas. Henrik stand neben seiner Frau, die wiederum mit stolz geschwellter Brust hinter dem Tischchen mit den Canapés stand. Sie hatte sich viel Mühe gemacht. Frieda bekam augenblicklich ein schlechtes Gewissen. Vermutlich würde nicht einmal Albert noch Appetit haben, wenn erst alle Bescheid wussten. Weder Ernst noch Meynecke waren zugegen, so war es besprochen. Sie hatten gemeinsam beschlossen, Gerlinde die Demütigung vor versammelter Mannschaft zu ersparen.

Gerlinde führte Albert zu einem Sessel. Seinen grimmigen Blick schien sie nicht zu bemerken. Sie schob ihm, als er saß, einen Schemel unter die Füße, wie er es gern hatte. Das musste man ihr lassen, sie war eine gute Gastgeberin.

»Also, Mutter, gibt es noch etwas zu feiern?« Henrik sah sie verschmitzt an und legte einen Arm um seine Frau. »Oder willst du etwa deinen Abschied aus der Manufaktur bekanntgeben?«

Frieda hatte sich im Kopf zurechtgelegt, wie sie möglichst schonend anfangen könnte. Nur hatte ihr Sohn sie kalt erwischt.

»Das war ein Scherz«, beruhigte er sie und lachte.

»Dass es um die Manufaktur geht, ist kein Scherz«, erklärte Frieda kühl. Henrik hob überrascht die Augenbrauen. Auch Hans schien etwas anderes erwartet zu haben.

»Irgendwie geht es sogar um deren Zukunft, um die Nachfolge, die du für deine Frau beanspruchst.« Sie ließ Henrik nicht zu Wort kommen und wandte sich an Gerlinde: »Um ehrlich zu sein, werde ich nicht ganz schlau aus dir. Zu mir sagst du, du kannst dir nicht vorstellen, von früh bis spät Schokolade und Pralinen zu machen, aber Henrik gegenüber zeigst du dich enttäuscht, dass ich dir nicht mehr Verantwortung übertragen habe. Nach außen tust du so, als würdest du vollständig in der Erziehung deiner Tochter aufgehen und dich für nichts anderes mehr interessieren, während du hinter unser aller Rücken versuchst, Sarah in ein schlechtes Licht zu rücken.«

Gerlinde klappte die Kinnlade herunter.

»Was soll das?«, fragte Henrik scharf. »Du kommst in unser Haus und beleidigst meine Frau?«

Er war offenbar kurz davor, sie hinauszuwerfen. Frieda hatte mit Gegenwehr von ihm gerechnet, aber nicht mit dieser Heftigkeit.

»Wie sollte Gerlinde das getan haben?«, wollte Sarah wissen. »Und warum?«

»Das erklärt sie uns am besten selbst.« Frieda sah ihrer Schwiegertochter in die Augen. Ein kluger Schachzug. Wenn Gerlinde alles zugab, bewies sie damit einen Rest Anstand. Noch wichtiger: Henrik würde nichts in Frage stellen, und Frieda musste weder Einzelheiten benennen, noch Fietes Fotos auf den Tisch legen, die sie in ihrer Tasche hatte.

»Sie erklärt gar nichts!« Henrik war laut geworden, sein Gesicht färbte sich dunkelrot. »Wenn du nur hierhergekommen bist, um meine Frau zu verletzen, ihr scheußliche Dinge zu unterstellen, dann gehst du jetzt besser«, sagte er leise. Es klang noch bedrohlicher, als wenn er schrie.

»Es tut mir leid, Henrik«, setzte Frieda an.

»Was? Diese widerwärtige Inszenierung oder der Umstand, dass ich Gerlinde geheiratet habe? Du mochtest sie von Anfang an nicht.« Für einen Moment verwandelte sich seine Wut in Hilflosigkeit. »Ich verstehe nicht, warum! Was hat sie dir getan?« Sein Ärger kam zurück. »Wie kannst du solche Gemeinheiten über sie behaupten?«

»Ich behaupte sie nicht einfach, ich kann sie beweisen. Du sprichst von Inszenierung? Sehr passend. Gerlinde ist für einige Fehler verantwortlich, die in der Manufaktur passiert sind. Sie hat es so aussehen lassen, als wären sie Sarah unterlaufen.«

»Dann hast du mein Rezept für die Eis-Pralinen genommen?« Sarahs Augen funkelten gefährlich. »Ich war mir sicher, dass ich es nicht verlegt hatte, dass mir jemand einen Streich spielen wollte. Ich konnte mir nur nicht vorstellen, wer so etwas tun sollte.«

Gerlinde öffnete die Lippen.

»Raus, ihr alle!« Henrik bebte vor Zorn. Seine Stimme überschlug sich, so laut hatte er geschrien.

»Das reicht!« Das war Albert, nicht minder stimmgewaltig. Er schob ungeduldig den Schemel weg, der polternd umfiel.

»Ja, Großvater, Mutters Verhalten meiner Linde gegenüber reicht schon lange«, entgegnete Henrik mühsam beherrscht. Hans beobachtete das Geschehen aufmerksam. Er konnte Streit ebenso wenig leiden wie Frieda. Ginge es hier nicht auch um Sarah, seine Tochter, wäre er vielleicht einfach gegangen.

»Warum lässt du deine Frau nicht einmal selbst sprechen?« Frieda wollte die Angelegenheit endlich zu Ende bringen.

»Ich verstehe die ganze Aufregung nicht.« Gerlinde sah in die Runde. Ihre Wangen und ihr Hals waren rot gefleckt. »Dieses sogenannte Rezept hat doch sowieso nicht funktioniert.« Henriks Augen weiteten sich. Er trat einen Schritt zur Seite. »Ich wollte nur mal sehen, wie so etwas grundsätzlich aussieht«, stammelte Gerlinde.

»Jeder Mensch weiß, wie ein Rezept aussieht«, brummte Albert und legte die Stirn in Falten.

»Ich hätte ihm schon noch meine persönliche Note gegeben«, sprach sie trotzig weiter.

»Es stimmt also?« Henrik wartete auf eine Erklärung, doch sie senkte nur den Blick. »Warum hast du das nur getan?« Seine Wut war verraucht, seine ganze Energie schien ihn auf einen Schlag verlassen zu haben.

Ganz anders seine Frau. Sie drückte das Kreuz durch und plusterte sich geradezu auf.

»Immer wird Sarah dir vorgezogen, das ist nicht gerecht. Du bist viel zu anständig, um dich dagegen zu wehren. Aber ich habe es nicht ausgehalten.« Sie warf Sarah einen feindseligen Blick zu. »Sie macht einen Fehler nach dem anderen, alles lasst ihr ihr durchgehen. Ich habe lediglich ein paar kleine Patzer dazugefügt, weil ich dachte, dass ihr irgendwann einmal reagieren müsst. Von wegen!« Sie verschränkte die Arme vor der Brust und sah aus wie ein bockiges Kind. Niemand sagte ein Wort. Sarah wirkte fassungslos, Albert ärgerlich, Henrik sah grenzenlos enttäuscht aus. Dieser Blick! Am liebsten hätte Frieda ihn in den Arm genommen, ihn getröstet. Natürlich wusste sie, dass er von ihr keinen Trost brauchte.

»Ich wollte nur für Gerechtigkeit sorgen«, sagte Gerlinde in die Stille.

Nach einer Weile, in der sie alle schwiegen, räusperte Henrik sich. »Was sie gemacht hat, ist nicht in Ordnung. Darüber werden wir noch zu sprechen haben.« Er warf ihr einen kurzen Seitenblick zu, sie schlug die Augen nieder. »Aber sie ist meine Frau und hat das für mich getan. Sie hat sogar riskiert, erwischt zu werden, sich eure Vorwürfe anzuhören. Das hat sie in Kauf genommen.« Seine Augen wurden sanfter.

Frieda atmete auf. Besser konnte es doch gar nicht sein. Henrik würde bestimmen, dass Gerlinde ab sofort nichts mehr im Meßberghof zu suchen hatte. Er würde sich in ihrem Namen bei Sarah entschuldigen, und seine Ehe konnte das Drama dennoch unbeschadet überstehen.

»Für mich und die Manufaktur«, hörte Frieda ihn sagen. »Ihr habt sie gehört, Sarah hat Fehler gemacht. Wenn wir schon alle beisammen sind, sollten wir auch darüber reden.« Er wandte sich direkt an Sarah. »Du weißt, wie gern ich dich habe, und auch, wie sehr ich deine Schokoladenkreationen schätze.« Ein winziges Lächeln huschte über seine Lippen und war schon wieder verschwunden. »Genauso gut weißt du, dass dir einige Schnitzer unterlaufen sind, die äußerst nachteilig für Hannemann & Krüger waren.«

»Natürlich, das streite ich nicht ab«, flüsterte Sarah. Sie sah sehr mitgenommen aus.

Die Sache nahm eine Wendung, die Frieda überhaupt nicht gefiel. Henrik würde es doch wohl nicht wagen, den Spieß umzudrehen und Sarah anzuklagen?

»Ich bin dem Unternehmen meiner Vorväter verpflichtet und kann nicht zulassen, dass es in absehbarer Zeit von jemandem geführt wird, der seine Sinne nicht in jeder Sekunde beisammenhat«, fuhr Henrik sachlich fort.

Albert öffnete den Mund, sagte aber nichts, Hans atmete viel zu schnell.

Frieda fand ihre Sprache als Erste wieder. »Bis es so weit ist, dauert es noch lange. Und dann werdet ihr die Firma gemeinsam führen, du und Sarah. Du wirst sehen, dass sie ihre Sinne sehr wohl beisammenhat.« Hoffentlich verstand ihr Sohn ihren Blick und entschuldigte sich auf der Stelle bei Sarah.

Das tat er nicht. Seine Unterlippe zitterte, er wandte sich an Albert: »Dein Großvater hat den Betrieb gegründet, du bist das Oberhaupt. Ich bin der einzige männliche Nachkomme dieser Familie. Ich halte es noch immer für richtig, wenn meine Frau die Manufaktur weiterführt. Nicht nur das. Irgendwann wird meine Tochter so weit sein. Ich halte es ebenfalls für richtig und logisch, dass die Leitung der Manufaktur von Linde auf unsere Tochter übergeht. Das ist die Erbfolge. Ich erwarte von dir, dass du mich darin unterstützt, Großvater!«

Albert war bleich geworden. Wenn er nur keine Herzattacke bekäme.

»Ihr habt vorhin nicht zugehört«, platzte Gerlinde dazwischen. Sie hatte nach Henriks flammender Rede wieder Oberwasser. »Henrik hat schon verraten, dass es etwas zu feiern gibt. Ich erwarte nämlich wieder ein Kind. Von Walli und Ernst Krüger ist kein Nachwuchs zu erwarten, ohne uns würde auch die Familie Hannemann aussterben. Da wäre wohl ein bisschen Dankbarkeit angebracht.«

Frieda hätte platzen können vor Wut. Henrik war kurz verunsichert gewesen, dann sah er jedoch gleich wieder Albert an, als wartete er ernsthaft auf dessen Segen.

»Ihr irrt euch gewaltig.«

Frieda schauderte. Die Härchen in ihrem Nacken stellten sich auf. Diese Stimme, wie brüchiges Pergament. Das war nicht Albert. Sie starrte ihren Bruder an. Alle starrten ihn an.

»So schnell sterben die Hannemanns nicht aus«, sagte er heiser. Er erhob sich, ging zu Sarah hinüber und blieb direkt vor ihr stehen. »Sarah ist meine Tochter.«

Friedas Knie gaben nach, sie lehnte sich gegen die Anrichte. Verschwommen sah sie, dass Sarah eine Hand vor den Mund presste. Tränen hingen in ihren dunklen Wimpern und rollten über ihre blassen Wangen.

»Sie gehört zur Familie und hat schon deshalb Anspruch auf einen Platz bei Hannemann & Krüger«, sagte Hans. »Aber verdient hat sie ihn sich durch ihren Fleiß und ihr Können.« Er sah Gerlinde spöttisch an. »Ich nehme nicht an, dass du das in Abrede stellen willst.«

»Jetzt ist es also raus«, brummte Albert und wischte sich über die Augen. »Ich war schon lange dafür, es Sarah zu sagen.« Er hievte sich schwer aus dem Sessel, klopfte Hans auf die Schulter und lächelte ihn an. »Keine Sekunde zu früh«, sagte er leise zu ihm und fuhr sich wieder über die Augen. »Dann ist ja wohl alles besprochen, und ich kann Mittagsstunde halten.«

Lange hätte er die Fassung nicht mehr bewahren können, das spürte Frieda deutlich. Er drehte sich eilig um und ging. Die hinter ihm zufallende Tür löste alle aus der Erstarrung. Sarah warf sich in Hans' Arme und schluchzte. Auch Hans liefen Tränen über die Narbe hinab zum Kinn. Er musste immer wieder husten. Seine Stimmbänder brauchten wohl etwas Übung, ehe sie wieder ganz die alten waren.

Henrik schüttelte langsam den Kopf.

»Das ist eine Überraschung«, wiederholte er immer wieder, »das gibt's doch nicht, so eine Überraschung. Sie ist meine Cousine!«

Als Sarah sich endlich von Hans löste, nahm Henrik sie in den Arm. »Ich freue mich. Wirklich!«

»Ich weiß gar nicht, was ich … Das ist alles ziemlich viel«, stotterte Sarah. »Ich möchte auf keinen Fall jemandem etwas wegnehmen.« Sie wischte sich über das nasse Gesicht. »Ich will doch nur Schokolade machen.« Sie wandte sich an Gerlinde.

»Wenn du oder in vielen Jahren Mette …« Offenbar konnte sie keinen klaren Gedanken fassen. »Ich will niemandem etwas wegnehmen«, wiederholte sie. »Ich habe alles, was ich mir wünschen kann.« Sie sah wieder Hans an. »Ich habe einen Vater!«

Kapitel 19

Friedas Gefühle fuhren Achterbahn. Hans hatte seine Stimme wiedergefunden! Als sie am Morgen erwachte, fragte sie sich, ob es nicht nur ein Traum gewesen war. Tatsächlich hatte sie wirres Zeug geträumt. Mal hatte ihr Bruder den Mund geöffnet, und Alberts Stimme war herausgekommen, dann wieder hatte er nur ein Grunzen zustande gebracht, und alle hatte sich über ihn lustig gemacht. Doch die Wahrheit war, er konnte sprechen. Welch eine Freude! Die böse Geschichte mit Gerlinde war aus der Welt. Henrik und sie würden einen Weg finden, beieinander zu bleiben. Warum auch nicht? Henrik sah in ihrem hinterhältigen Handeln einen Liebesbeweis. Aus beruflichen Dingen würde sie sich ab sofort heraushalten. Frieda zweifelte keine Sekunde daran, dass Sarah nun keine Fehler mehr passieren würden, jedenfalls nicht mehr als jedem anderen auch. Alles hatte sich ganz wunderbar gefügt. Sie konnte rundherum zufrieden sein. War sie aber nicht. Immer wieder sah sie den enttäuschten Blick ihres Sohnes vor sich. Er würde Gerlinde verzeihen oder hatte es vielleicht schon. Doch sein Vertrauen war angeschlagen. Gerlinde war seine Jugendliebe. Nun bekam ihre Beziehung Risse.

Als Jason damals nach Indien gegangen war, ohne sie noch einmal zu sehen, als keine Lebenszeichen mehr von ihm kamen und sie glauben musste, dass er nichts unternahm, um sie zu sich zu holen, da war Frieda das Gleiche geschehen. Sie hatte lernen müssen, dass auch die ganz große Liebe nur ein Mensch war, kein Halbgott, kein anbetungswürdiges Wesen, nur ein Mensch. Eine wichtige Lektion, aber eben auch eine schmerzhafte. Sie wäre jetzt gerne für Henrik da, wusste aber, dass sie ihn in Ruhe lassen musste. Wenn er sie brauchte, würde er zu ihr kommen. Das hatte er immer getan. Wenigstens hatte Frieda gar nicht erst über die Tratscherei von Mutter Dabelstein sprechen müssen. Wenigstens das konnte sie Henrik ersparen.

Stattdessen hatte sie Gerlinde, als sich kurz die Gelegenheit ergab, unter vier Augen eindringlich aufgefordert, ihre Mutter ab sofort davon abzuhalten, auch nur ein einziges Wort über Sarah zu verbreiten.

Der halbe Sonntag war vergangen, ohne dass Frieda etwas getan hätte. Sie hatte in die Zeitung geschaut, aber keine Nachricht behalten. Sie lief auf und ab, ihre Gedanken kreisten immer wieder um die turbulenten Geschehnisse des Vortages. Worüber mochten Sarah und Hans gesprochen haben? Sie hatten sich in seinen Anbau zurückgezogen, als Frieda aufgebrochen war. Es war tiefe Nacht gewesen, als sie die Haustür und Sarahs Schritte auf der Treppe nach oben gehört hatte.

Frieda konnte es nicht ausstehen, wenn ihre Gefühle dermaßen in Aufruhr waren. Sie musste sich bewegen, etwas tun. Kurzerhand zog sie sich an und fuhr zum Meßberghof. Heiliger Sonntag hin oder her, sie musste ihren Kopf von dieser sinnlosen Spirale befreien. Wie sollte sie das besser schaffen als mit einem neuen Rezept? Schon vor einer Weile hatte sie die Idee gehabt, Pralinen speziell für Kinder zu kreieren. Die Füllung durfte natürlich keinen Alkohol enthalten und auch keinen Kaffee. Was schmeckte Kindern besonders gut? Auf jeden Fall Vollmilch.

Sie machte sich ans Werk. Vollmilch-Hohlkörper waren noch vorrätig. Sie konnte sich also ganz auf die Füllung konzentrieren. Eine Milchcreme sollte es sein. Vielleicht mit Frucht? Die einstige Mignon Schokoladenwerke AG aus Halle an der Saale hatte kürzlich gefüllte Halbkugeln auf den Markt gebracht. Wie hießen die noch? Sie blätterte in ihren Unterlagen. Richtig, Halloren. Über die Inhaltstoffe war wenig bekannt. Aber eins stand fest: Das Produkt war nicht extra für kleine Kunden geschaffen worden. Mit Pralinen für Kinder würde sie mal wieder eine echte Neuheit präsentieren. Frieda spürte, wie die altbekannte Energie durch ihren Körper flutete. Wie immer, wenn sie an einer neuen Kreation experimentierte. Pure Vorfreude! Im nächsten Moment schossen ihr ohne Vorwarnung Tränen in die Augen. Sie sah Hans vor sich, seine Miene eine Mischung aus Verzweiflung und Glück, Angst und Entschlossenheit. Nach Jahren hatte er zum ersten Mal wieder gesprochen. Sie blinzelte und schluckte. Seine ersten Worte hätten keine schöneren sein können.

Frieda musste sich zusammenreißen, sich konzentrieren. In den letzten Monaten waren zahlreiche Schokoladenhersteller aus dem Boden geschossen. Keiner von ihnen stellte ihres Wissens Pralinen für Kinder her. Warum eigentlich nicht? Liebten Kinder nur die Tafeln und Riegel? Ihr fiel Luftschokolade ein, die vielen Lufteinschlüsse führten dazu, dass es lustig knackte, wenn man hineinbiss. Sofort kam ihr Brauselimonadenpulver in den Sinn. Auch das mochten Mädchen und Jungen. Aber Pulver in Schokolade? Wie sollte das wohl geschmacklich zusammenpassen? Frieda hatte früher schon einmal überlegt, Fruchtgummi und Vollmilch zu kombinieren, hatte den Gedanken aber verworfen, weil sie sich diese Mischung einfach nicht appetitlich vorstellen konnte. Es musste etwas sein, das mit Milchcreme harmonierte. Süß und sahnig. Frieda schloss die Augen und sah das Kuchenpaket vor sich, das Jason mitgebracht hatte. Cremeschnitten mit Baiser!

Sie machte sich an die Arbeit. Zuerst das Baiser. Frieda trennte Eier, fügte dem Eiweiß eine Prise Salz und einen Schuss Zitronensaft hinzu. Nun hieß es, das Ganze zu festem Eischnee aufschlagen. Dann ließ sie den Zucker hineinrieseln. Wie hatte Monsieur Neuhaus gesagt? Was mit Muße genossen werden soll, darf nicht in Eile hergestellt werden. Für Baiser galt das ebenfalls. Sie fügte Zucker hinzu, rührte, gab weiteren Zucker in die Schüssel. Ob Gerlinde sich endgültig geschlagen geben und ihr böses Spiel beenden würde? Vermutlich stimmte es sogar, dass sie nur Gerechtigkeit für Henrik im Sinn gehabt hatte. Frieda seufzte. Gerlinde war kein böser Mensch.

Sie dachte an das Weihnachtsfest, an Gerlindes glockenhelle Stimme. Bei allem, was Frieda an ihr auszusetzen hatte, war eins gewiss: Gerlinde liebte Henrik aufrichtig. Und sie hatte ein gutes Herz.

Frieda betrachtete den glänzenden Eischnee und musste an die Canapés denken, die Gerlinde gestern vorbereitet hatte. Gleichzeitig hatte sie die Schaufenster von Chocolatier Neuhaus in Brüssel vor Augen. Das war die Lösung! Sie wusste, wie sie ihrer Schwiegertochter die Hand reichen, ihr Verantwortung übertragen konnte, ohne dass Gerlinde täglich in der Manufaktur auftauchen musste.

»Du grinst wie ein Honigkuchenpferd!«

Frieda hatte Hans gar nicht gehört, sie hatte auch nicht damit gerechnet, dass sich außer ihr noch jemand am Sonntag in der Manufaktur blicken ließ.

»Bruderherz!« Sie drückte ihn an sich, hielt ihn länger fest als gewöhnlich. »Was treibt dich heute her?«

»Die Arbeit. Meine Vorgesetzte ist eine echte Sklaventreiberin, weißt du?« Er lachte leise.

»Ich hätte nicht gedacht, dass ich die Zeiten, in denen du den Mund gehalten hast, so schnell vermissen würde.« Sie lachten beide.

»Es gibt viel zu tun«, sagte er. »Zuhause ist mir sowieso nur die Decke auf den Kopf gefallen.«

»Ging mir genauso.« Sie betrachtete sein Gesicht, seine Augen, leicht gerötet, darunter dunkle Schatten. Er hatte auch nicht viel mehr Schlaf bekommen als Frieda, wenn überhaupt. »Schön, dass du wieder da bist«, sagte sie leise.

»Ich war nie weg.«

»Doch, das warst du. Auf eine Weise.« Er nickte. Sie sah ihn lange an, dann musste sie ihn einfach fragen: »Warum hast du so lange geschwiegen?«

Er dachte nach. »Anfangs wollte ich einfach nicht. Ich hatte das Gefühl, allen zeigen zu müssen, dass mich diese miese Nazi-Bande sprachlos macht. All die Vernichtung und Vertreibung. Clara war fort, nur wegen des Hasses und der verqueren Weltanschauung, die Hitler allen eingepflanzt hat.« Zorn loderte in seinen Augen, er atmete schwer. »Wieder Krieg, das konnte ich nicht ertragen. Dieses Mal ist er sogar in die Städte gekommen, dahin, wo die Zivilisten sich verkriechen mussten. Ich konnte einfach nicht so weiterleben, als sei das alles normal.«

Es war unsinnig, trotzdem schämte Frieda sich. Er hatte recht. Sie aber hatte einfach immer weitergemacht. »Irgendwann ging es nicht mehr«, erzählte er leise. »Manchmal wollte ich etwas sagen, als Mutter tot war zum Beispiel. Es hätte gutgetan, ich habe es auch versucht. Aber es war wie ein innerer Zwang, eine Sperre, die ich einfach nicht durchbrechen konnte. Ich saß in meinem eigenen Gefängnis.« Er sah so verloren aus.

Frieda nahm ihn noch einmal in die Arme. »Jetzt bist du wieder frei.«

Hans seufzte. »Ich hätte ahnen können, dass du auch hier bist.« Er lächelte sie an und schielte an ihr vorbei zu der Schüssel, die neben dem Herd stand. Hans tippte an ihre Stirn.

»Wann immer du hier etwas zu verarbeiten hast, machst du Schokolade.« Er zog die Stirn kraus. »Das sieht aber gar nicht nach Schokolade aus.«

»Das wird Baiser«, verriet sie. Während sie die Masse in eine Spritztüte füllte, erzählte sie ihm von ihrer Idee.

»Pralinen mit Milchcreme und kleinen Baiserstücken?« Er stöhnte. »Ich wette, darauf werden nicht nur Kinder fliegen. Ich will als Erster probieren. Zuerst gesagt!«, rief er wie früher, als sie noch Kinder waren. Frieda lachte.

»Dann werde ich mich auch mal an die Arbeit machen. Apropos Arbeit … ein alter Bekannter aus Berlin ist neulich bei mir aufgetaucht. Er hatte mit Selma im Theater zu tun.« Frieda hielt in der Bewegung inne und sah ihn an. »Bruno hat mir in Berlin ein paar Drogen beschafft.« Er schüttelte den Kopf. »Er war fast noch ein Kind damals. War kein starkes Zeug und auch nicht viel. Jedenfalls stand er neulich vor der Tür.«

»Was wollte er?« Ein Kollege von Selma. Frieda beschlich ein mulmiges Gefühl.

»Keine Ahnung.« Hans lachte. »Ich konnte ihn ja noch nicht fragen.

Bruno wusste überhaupt nicht, wie er damit umgehen soll, dass ich kein Wort sage. Er ist nicht lange geblieben, hat mir einen Zettel mit einer Adresse in Barmbek auf den Tisch gelegt und ist gegangen. Ich werde mich mal mit ihm treffen. Vielleicht weiß er, wie es Selma geht.«

Die letzten Wochen des Jahres rissen Frieda mit sich. Täglich wurde die Arbeit mehr, weil alle Geschäfte zu Weihnachten die berühmte Hannemannsche Schokolade anbieten wollten. Von früh bis spät stand sie in der Produktion, überwachte mit Sarah gemeinsam die richtige Zusammensetzung der verschiedenen Rezepturen und achtete genau darauf, dass die Walz- und Conchierzeiten eingehalten wurden. Ein bisschen mehr Tempo wäre zwar schön, doch auf keinen Fall auf Kosten der Qualität. Jeden Tag ging sie aufs Neue mit Rudolf die Zahlen durch, die Lagerbestände und die Bestellungen, damit es unter keinen Umständen zu einem Engpass kam. Henrik verhielt sich, wie es von einem Hamburger Kaufmann zu erwarten war. Er kam seinen Pflichten nach, tauschte sich höflich und stets sachlich mit Frieda und Ernst aus und informierte Sarah über alles, was ihren Bereich betraf. Frieda hatte ihn an den ersten Tagen nach dem Eklat mit Glacéhandschuhen angefasst. Vollkommen unnötig.

»Du musst mich nicht wie ein rohes Ei behandeln, Mutter«, hatte er nüchtern erklärt und sogar ein wenig gelächelt. »Ich bin erwachsen.« Trotzdem strahlte er wie ein großer Junge, als sie ihm von ihrer Idee erzählte, Gerlinde zur Chef-Dekorateurin zu machen. »Du machst das aber nicht nur mir zuliebe, oder?«

Frieda wich einer ehrlichen Antwort aus. »Du sagtest mal, das Präsentieren würde ihr liegen. Den Eindruck habe ich auch. Die Einrichtung der Villa trägt jetzt ihre Handschrift und ist ausgesprochen geschmackvoll, finde ich. Wann immer sie kalte Platten anrichtet, sehen die so appetitlich aus, dass niemand widerstehen kann. Genau das brauchen wir. Wenn sie also Spaß daran hätte …«

»Ganz bestimmt!« Seine Augen leuchteten. »Danke, Mutter.«

Sarah verbrachte viel Zeit mit Steven und war abends kaum zu

Hause, oder sie war mit ihm oben in ihrem Zimmer. Frieda dagegen ging meist zu Hans. Sie war gern bei ihm in dem Anbau, in dem sie selbst einmal gewohnt hatte. Ein vertrauter Ort, ein Fluchtort, wenn ihr die Dunkelheit der Jahreszeit und die bevorstehenden Feiertage aufs Gemüt schlugen. Und sie und ihr Bruder hatten so viel nachzuholen.

»Hast du diesen Bruno inzwischen eigentlich getroffen?«, fragte sie ihn an einem ihrer gemeinsamen Abende und sah ihn über ihr Weinglas an.

»Habe ich, ja.« Hans lachte. »Er war verwirrt, dass ich plötzlich rede wie ein Wasserfall.« Er zuckte die Achseln. »Ich habe ihm erzählt, ich hätte eine Entzündung der Stimmbänder gehabt.«

»Weiß er, was aus Selma geworden ist?« Die Frage brannte Frieda auf der Seele. Als Hans nickte, stockte ihr der Atem.

»Na ja, nicht so direkt.« Er nippte an seinem Tee. »Er hat ziemlich schlecht von ihr gesprochen.«

»Inwiefern?«

»Erst steht sie plötzlich in Berlin auf der Matte und jammert, sie hätte ihr Kind zurücklassen müssen«, gab Hans in bestem Berlinerisch wieder. »Dann lässt sie sich mit einem Kerl ein und hat den nächsten Braten in der Röhre.« Frieda sah ihn mit großen Augen an. »Bruno behauptet, das sei ihre Masche gewesen, reichen Männern ein Kind anzuhängen.«

»Selma hat ein zweites Kind?«

»Mindestens, wenn Bruno recht hat. Er konnte überhaupt nicht verstehen, wie man es über das Herz bringen kann, seine Tochter zurückzulassen.«

»Was weiß er noch?«

»Nicht sehr viel. Nur, dass Selma von irgendeinem Schnösel, wie er sich ausgedrückt hat, eben diese Tochter bekommen hat. Das ist schon Jahre her, das Mädchen muss längst erwachsen sein.«

»Selma ist …« Frieda musste nicht lange nachdenken. »Sie ist im Winter 1929 verschwunden, im November.« Hans hob die Augenbrauen. »Das weiß ich genau, ich war damals mit Henrik bei Clara auf

Föhr. Ich hatte mich schrecklich mit Per gestritten.« Sie hingen ihren Gedanken nach.

»Wir haben nicht gerade viel Glück in der Liebe, was Schwesterherz?« Hans lächelte traurig. »Du bist viel zu früh Witwe geworden, ich habe mich in Clara erst verliebt, als ich sie gehen lassen musste.«

»Ich hatte sehr wohl Glück, nur war es leider kurz.« Sie seufzte. »November 1929, da war Sarah vier«, nahm sie den Faden wieder auf. »Wenn Selma gleich wieder mit einem Mann zusammen war, wie dieser Bruno sagt, dann könnte sie ihre zweite Tochter 1930 bekommen haben. Die wäre also zwei, vielleicht drei Jahre älter als Henrik.« Wieder tranken sie schweigend. »Und er weiß nicht, wo Selma jetzt ist?«

»Nein, er hat sie aus den Augen verloren. Nachdem sie nach Berlin zurückgekehrt war und dort am Theater wieder aufgehört hat, hatten sie auch keinen Kontakt mehr.«

»Ich weiß nicht, ich kann mir einfach nicht vorstellen, dass Selma derartig berechnend war. Ich mochte sie wirklich, und ich bin sicher, dass sie dich sehr gern hatte. Sie hat dir kein Kind angehängt, weil du eine gute Partie bist.«

Er grinste. »Bin ich ja auch nicht.« Da fiel ihm etwas ein. »Bruno sagt übrigens, dass Selma eine Weile in Hamburg war, zusammen mit ihrer Tochter.« Er sah Frieda direkt in die Augen. »Nach dem Krieg, vielleicht auch schon früher.«

Ihr wurde heiß und kalt. »Ist er sicher?«

Hans nickte. »Ganz sicher. Das war das letzte Mal, dass er etwas von ihr gehört hat. Bruno ist aus allen Wolken gefallen, dass sie sich nicht bei mir gemeldet und keinen Kontakt zu Sarah aufgenommen hat.«

Friedas Herz schlug hart in ihrer Brust. Hatte sie sich also doch nicht getäuscht. Zweimal hatte sie eine Frauengestalt gesehen, die sie an Selma erinnert hatte. Sie hatte zwar nicht versucht, Sarah zu treffen, aber sie hatte nach ihr gesehen, sie hatte wissen wollen, ob es ihr gutging, davon war Frieda überzeugt. Was hatte das zu bedeuten? War sie möglicherweise noch immer in der Stadt? Mit ihrer Tochter? Sarah hatte eine Halbschwester, die vielleicht sogar ganz in der Nähe lebte!

Frieda spürte Hans' Blick. Ihre Gedanken waren noch zu durcheinander, um sie mit ihm zu teilen.

»Was genau wollte Bruno nach all den Jahren von dir?«, fragte sie stattdessen.

»Er braucht Arbeit. In seinem Alter ist es nicht leicht, etwas zu finden. Es hat ihn nach Hamburg verschlagen. Wir waren nicht eng befreundet, haben uns aber ganz gut verstanden. Hannemann-Schokolade ist überall.« Hans grinste. »Er sagt, ihm sind die Fahrräder mit den Reklametafeln aufgefallen. Als er den Namen gelesen hat, musste er an mich denken und hatte die Idee, mich um Arbeit zu bitten.« Er zwinkerte ihr zu.

Frieda überlegte, dann fragte sie: »Was kann er denn? Wir können immer Leute brauchen.«

»Er ist jetzt Mechaniker und könnte sich um sämtliche Maschinen kümmern. Hast du Bedarf?«

In letzter Minute erledigte Frieda ihre Weihnachtspost. Der Brief an Clara würde nicht mehr rechtzeitig in New York sein, aber Clara wusste, was vor dem Fest bei Hannemann & Krüger los war. Sie würde sich auch im neuen Jahr über die Zeilen aus der alten Heimat freuen.

Liebste Clara,

schon dreizehn Jahre bist du jetzt fort. Du fehlst mir an jedem einzelnen Tag. Nicht nur mir, sondern auch Hans. Denk Dir nur, er spricht wieder! Er hat einfach den Mund aufgemacht und geredet. Genau zur richtigen Zeit. Hans hat endlich gesagt, dass Sarah seine Tochter ist. Du kannst Dir sicher vorstellen, was hier los war. Übrigens hat er auch zum ersten Mal ausgesprochen, dass Er Dich liebt. Das lange Schweigen hat ihm wohl gutgetan, was? Schade, dass Er Dir dieses Geständnis nicht vor Jahren gemacht hat.

Ach, Clara, es ist so viel geschehen. Zu viel für einen Brief. Das Weihnachtsgeschäft hat mich fest im Griff, Du kennst das ja. Bei euch im Kaufhaus gab es im Dezember auch nie ein Verschnaufen.

Übrigens bemühen sich immer mehr Juden darum, ihren Besitz zurück-
zubekommen. Bundeskanzler Adenauer kümmert sich derzeit um ein Ent-
schädigungsgesetz. Es betrifft all jene, die vor ihrer Auswanderung ihren
ersten Wohnsitz in der jetzigen Bundesrepublik Deutschland hatten. Das
trifft auf Dich zu! Noch ist die rechtliche Lage nicht abschließend geklärt.
Wie ich hörte, müsstest Du, um davon zu profitieren, aber auf jeden Fall
zurück nach Hamburg kommen. Meine liebe Clara, das wäre zu schön!
Mein Wunsch für das neue Jahr!
In Gedanken drücke ich Dich und wünsche Dir selbstverständlich das
Allerbeste. Herzliche Grüße auch an Dana und die anderen,
Deine Frieda

Am 21. Dezember fuhr Frieda mit Jason nach Wilhelmsburg. Sie hatte
mehrere große Kartons ihrer neuen Kinder-Pralinen dabei und Scho-
Ku-Taler mit den Namen der Pflegerinnen darauf. Jason brachte Tee
mit, Früchtetee für die Kleinen und natürlich eine Auswahl anderer
Sorten für Emma und ihre Kolleginnen. Das Kinderheim war ein guter Ort, hell mit bunten Bildern an den Wänden. Jeweils vier Jungen
und Mädchen teilten sich einen Schlafraum. Sie hatten Platz zum Spielen, bei gutem Wetter auch draußen im Garten.

Frieda musste wieder an Clara denken. Wie glücklich sie auf Föhr
gewesen war, wo sie mit ihren Schützlingen gelebt hatte, als wären es
ihre eigenen Kinder. Das könnte sie hier auch.

»Wir müssen mit Clara herkommen«, sagte Frieda.

»Ist sie denn wieder in Deutschland?« Jason sah sie überrascht an.

»Nein, aber sie kommt zurück. Hoffe ich.«

Ihre Pralinen lösten wahre Begeisterungsstürme aus, nicht nur bei
den Kindern. Hans hatte eine Verpackung entworfen, auf der ein paus-
bäckiger Junge zu sehen war, der mit riesigen Augen eine Baisertorte
anhimmelte.

»Das bin ich!«, rief Knud, schnappte sich einen Karton, sobald der
leer war, und gab ihn nicht wieder her. Der Knirps hatte mehr Freude
an der Schachtel als an deren Inhalt, so schien es. Tatsächlich war

eine gewisse Ähnlichkeit zwischen ihm und Hans' Zeichnung nicht zu leugnen.

Auch Silvester verbrachten Frieda und Jason gemeinsam. Zuerst wollte sie nicht recht, doch es stimmte ja, sie waren beide allein. Natürlich hatte Ernst, wie in jedem Jahr, angeboten, dass Frieda zu ihnen kommen könne, sie würden sich freuen. Das stimmte sicher auch, trotzdem hatte Frieda abgelehnt. Nur hatte Sarah, mit der sie manches Silvester überstanden hatte, dieses Mal eigene Pläne. Sie feierte mit Steven, und Mina und Fiete waren von Verwandten für ein paar Tage aufs Land eingeladen. Ehe sie ganz allein war, hatte sie Jasons Vorschlag also akzeptiert.

Jason sorgte für Teepunsch, Wein und Sekt, sie brachte Kartoffelsalat und Würstchen mit, eins von Jasons deutschen Lieblingsgerichten, und um Mitternacht würde es Berliner geben. Für halb acht hatte sie sich ein Taxi bestellt.

Ein letzter Blick in den Spiegel. Lieber Himmel, da waren schon wieder einige graue Haare mehr. Auch die Falten wurden nicht weniger. Sie seufzte. Immerhin war sie nicht aus dem Leim gegangen, ihr Kleid aus türkiser Seide passte wie angegossen. Vor dem Krieg hatte sie eines aus Satin besessen, das sie in den Kriegsjahren Sarah zu Weihnachten geschenkt hatte. Als sich die Wirtschaft erholte, hatte sie für sich den gleichen Schnitt aus Seide fertigen lassen.

Wieder war ein Jahr um, ein Jahr ohne Per. Doch sie schob die düsteren Gedanken beiseite. Heute wollte sie sich nicht damit quälen.

Ehe Frieda das Haus verließ, verabschiedete sie sich von ihrem Vater, der es sich vor dem Fernsehgerät bequem gemacht hatte. Schon einige Wochen stand der schrecklich teure Kasten da, weil Albert ein Zuschauer der ersten Stunde sein wollte, wie er sagte. Seit wenigen Tagen war es also so weit.

»Ich hadere wirklich nicht mit meinem Alter, Frieda, aber darüber, dass ich am Ende meines Lebens angekommen bin und die Tagesschau gerade erst ihren Anfang hat, kann ich mich gründlich ärgern.«

»Ich habe dir Hamburger Steak mit Gurkensoße gemacht.« Sie küsste ihn auf die Wange. »Wird Zeit, dass Mina zurückkommt, ich bin einfach keine große Köchin.«

»Ach was, du machst es nur zu selten, aber du kochst sehr gut.«

»Eine charmante Lüge, Papa.«

Er zwinkerte vergnügt.

»Hamburger Steak schmeckt auch kalt, dachte ich mir. Nimm dir einfach ein Stück Brot dazu, ja?«

»Ich werde nicht verhungern.«

»Sekt ist kaltgestellt, falls du doch Appetit darauf bekommst. Brauchst du sonst noch etwas?«

»Nein, Liebes, ich habe alles. Um acht geht das Programm los. Es läuft bis zehn, das ist genug für einen alten Mann.« Albert liebte seinen Fernseher von der ersten Sekunde an, Frieda beschlich der Verdacht, dass er ganz froh war, ungestört gucken zu können. Trotzdem hatte sie ein mulmiges Gefühl.

»Kann ich dich wirklich allein lassen?«

»Das musst du sogar, du bist nämlich verabredet.«

Ein Hupen auf der Straße. Ihr Taxi war da. Albert zog vielsagend die Augenbrauen hoch.

»Ich wünsche dir einen schönen Abend, Papa, und einen guten Rutsch. Wir stoßen morgen auf das neue Jahr an, einverstanden?«

»Ich glaube nicht.« Er lächelte sie an. »Ich denke nicht, dass ich das neue Jahr noch erlebe.«

»Ach, Papa!« Es hupte wieder. Frieda beugte sich zu ihm herunter und küsste ihn noch einmal auf die Wange.

Jasons Wohnung lag zwischen dem Flughafen, der einen ganz besonderen Reiz auf Frieda ausübte, und der nördlichen Alster. Sie war noch nie geflogen und wusste auch nicht recht, ob sie das wollte. In einem tonnenschweren Metallkörper in den Himmel abheben, wie konnte das funktionieren? Trotzdem, die startenden Maschinen verursachten in ihr Fernweh. Sie wäre gern mal wieder unterwegs, es musste ja nicht gleich Venezuela sein.

»Schön, dass du da bist.« Jason nahm ihr die beiden Schalen mit dem Essen ab und half ihr aus dem Mantel. »Du siehst hinreißend aus. Das gleiche Kleid wie damals, als ich versucht habe, dich meinem dänischen Konkurrenten auszuspannen.« Er grinste.

»Irrtum. Es ist nicht das Original. Das hat Sarah noch eine Weile getragen, ehe es gar nicht mehr ging. Kleidern ergeht es nicht besser als ihren Trägerinnen. Mit den Jahren zerknittern sie und werden unansehnlich.«

Jason lachte. »Fishing for compliments?«

»Nein, einfach nur eine realistische Betrachtungsweise.«

Im Radio moderierte Chris Howland eine Musiksendung mit britischer und amerikanischer Popmusik. Sie aßen und plauderten entspannt über Gott und die Welt. Frieda hatte Angst gehabt, Jason könne die ganz eigene Stimmung, eine Mischung aus Vorfreude auf das neue Jahr und Melancholie, ausnutzen, um doch noch einen Annäherungsversuch zu riskieren. Glücklicherweise sah es nicht danach aus, Frieda entspannte sich.

»Mein Vater kann sich nicht damit abfinden, dass Deutschland geteilt ist«, sagte sie, als Chris Howland seine Sendung längst beendet hatte. »Es sollte doch nur vorübergehend sein, und jetzt? Die Trennung verfestigt sich immer mehr. Zwei Staaten, die sich zunehmend gegeneinander abschotten. Das ist doch nicht richtig.«

»Ist es nicht. Darum wird es auch nicht so bleiben«, mutmaßte er. »Das ist alles noch so neu. Ich bin fest davon überzeugt, dass die Entwicklung auch wieder in die andere Richtung geht und euer Land wieder eins wird.« Er wurde nachdenklich. »Oder auch nicht. Denk nur an Nordirland. Manchmal haben sich Regionen schon zu sehr voneinander entfernt. Dann ist eine endgültige Selbstständigkeit vielleicht der beste Weg, um friedlich miteinander umzugehen.«

»Das will ich für Deutschland nicht hoffen. Diese Trennung ist vollkommen unnatürlich.«

Sie sprachen über den kleinen Knud, dessen Eltern beide bei dem verheerenden Bombenangriff in einer Wilhelmsburger Fabrik ums Leben gekommen waren. Und Jason erzählte von seiner Schwester Liz. Sie hatte ihm geschrieben, dass sie in Korea nicht mehr gebraucht würde und zurück nach Indien gehen wolle.

»Sie ist den Farben dort verfallen.« Er lächelte. »Kann ich verstehen. Indien ist wie ein Gemälde. Die strahlendsten Farbtupfer sind die Menschen.«

Beinahe hätten sie verpasst, um Mitternacht auf das neue Jahr anzustoßen, so sehr waren sie in ihre Gespräche vertieft. Erst als die Glocken zu läuten begannen, erhoben sie eilig ihre Gläser.

Am nächsten Morgen war Albert Hannemann tot. Frieda fand ihn in seinem Bett, ein Lächeln auf den Lippen. Dieses Mal hatte er also recht gehabt. Wenn sie ihn nur nicht allein gelassen hätte! Frieda hockte sich auf die Bettkante und nahm seine Hand. Ganz kalt.

»Ach, Papa«, flüsterte sie. Sie musste an ihre Mutter denken. Sie hatte wie eine Puppe ausgesehen, als wäre nie Leben in ihrem Körper gewesen. Ganz anders ihr Vater. Er wirkte so zufrieden, als schliefe er noch, als würde er gleich mit einem Bärenhunger erwachen. Doch er wachte nicht auf. Frieda streichelte die faltige Haut. Wie viele dunkle Flecken da waren, das war ihr vorher gar nicht aufgefallen. Sie hörte nur ihren Atem. Plötzlich fühlte sie sich einsam. Sie zog ein Taschentuch hervor und schnäuzte sich. Albert hatte seit einer Weile in der Firma keine Entscheidungen mehr getroffen. Trotzdem fühlte es sich bedrohlich an, nun komplett auf ihn verzichten zu müssen. Sie konnte ihn nicht mehr um Rat fragen. Nicht in den Angelegenheiten von Hannemann & Krüger, nicht in ihrem Leben. Im Gegensatz zu ihrer Mutter hatte er ihr nie vorschreiben wollen, was sie zu tun oder zu lassen hatte. Er hatte ihr meist zwischen den Zeilen zu verstehen gegeben, was in seinen Augen richtig war. Wie damals, als sie Hals über Kopf nach Föhr abreisen wollte. Er hatte sie nicht aufgehalten, er hatte ihr aber geraten, nicht zu lange fortzubleiben. Was hatte er noch gesagt? Wenn man jemanden sehr liebte, dann würde man einen hohen Preis zahlen, weil man ihn ir-

gendwann verlöre. Darum solle man die gemeinsame Zeit voll auskosten. Wie recht er doch gehabt hatte!

Ein Weinkrampf packte sie, ballte ihr Innerstes schmerzhaft zusammen. Sie weinte nicht nur um ihren Vater, sie weinte um all die Stunden mit Per, die sie verschenkt hatte. Als der Strom ihrer Tränen ver-
siegte, wischte sie sich noch einmal über die Augen.

»Danke für alles, Papa.«

Frieda streichelte ein letztes Mal seine Wange. Sie musste Bestatter
Kuhlmann anrufen. Nein, zuerst musste sie dem Rest der Familie Bescheid sagen. Sie schob ihrem Vater ein zweites Kissen unter den Kopf,
schüttelte die Decke auf, kämmte ihm das Haar.

Mit einem tiefen Seufzer verließ sie das Haus, überquerte die Elbchaussee und trat durch die Pforte der Hannemannschen Villa. So sehr
sie ihren Anbau gemocht hatte, so wenig konnte sie die Begeisterung
ihres Vaters verstehen. Auch nach all den Jahren nicht. Mit seinen Türmchen, Erkern und viel zu kleinen Fenstern hatte der Bau etwas Düsteres,
wie ein verwunschenes Schloss. Frieda schauderte.

Sie wollte es Hans zuerst sagen, ging um das Haus und klopfte an
die Terrassentür.

Hans stand an seiner Staffelei. Er ließ sie herein.

»Guten Morgen! So früh auf am Neujahrstag?« Er küsste sie flüchtig
auf die Wange und wandte sich sofort wieder seiner Arbeit zu. »Ich
habe gestern Abend mit diesem Bild angefangen und kann nicht aufhören zu malen.«

»Papa ist gestorben.« Er sah sie nicht einmal an.

»Mal wieder? Woran dieses Mal?« Als sie nicht reagierte, drehte er
sich zu ihr um. Erst jetzt schien er sie wirklich zu sehen.

»O verdammt!« Er legte den Pinsel beiseite, kam zu ihr und nahm
sie in den Arm. »Wann denn? In der Nacht?« Er tröstete sie. Nur kurz,
dann brach sich seine eigene Trauer Bahn, und es war Frieda, die ihn
beruhigen musste. Sie streichelte ihm sanft über das wellige Haar und
über den Rücken, wie sie es so oft getan hatte, als er aus dem Krieg
zurückgekommen war.

»Ich bin so froh, dass ich noch mit ihm gesprochen habe«, brachte Hans schluchzend hervor. »Ich hätte es mir nicht verzeihen können, wenn ich bis zu seinem Ende geschwiegen hätte.«

»Du hast recht, damit hast du ihn sehr glücklich gemacht.«

»Ich habe ihn unglücklich gemacht. Immer. Ich war eine einzige Enttäuschung für ihn.«

»Psst, nein, sag das nicht. Er hätte gern einen Nachfolger gehabt, aber er hat dich geliebt. Das weiß ich. Er hat deine Bilder bewundert und längst seinen Frieden damit gemacht, dass du ein Künstler bist und kein Kaufmann.« Sie sah ihm in die Augen. »Er war immer glücklich, dich als Sohn zu haben.« Frieda lächelte. »Und ich bin froh, dass du mein Bruder bist.«

Kapitel 20

»Zum Glück hat Ihr Vater alles geregelt.« Meynecke klopfte auf eine Dokumentenmappe. »Dann sind Sie beide nun also Partner, gratuliere!« Er sah kurz von Ernst zu Frieda. »Verzeihen Sie, das war unpassend.«

»Schon gut, stimmt ja.« Frieda lächelte matt.

»Möchten Sie, dass ich mich um den neuen Namen kümmere? Es wäre nur recht, wenn wir ab jetzt Møller & Krüger hießen.«

»Nein!« Frieda brauchte nicht lange darüber nachzudenken. »Der Name Hannemann hat Tradition und erinnert an meinen Vater und Großvater. Nicht auszuschließen, dass ein Spross meines Bruders irgendwann die Leitung innehat. Es wäre schrecklich unpraktisch, jetzt alles zu ändern, unsere Regale, die Reklame, sämtliche Verpackungen, wenn wir irgendwann doch wieder Hannemann & Krüger hießen.« Sie sah von einem zum anderen und brachte ein Lächeln zustande.

Wenn nur alles so einfach wäre.

Die Beisetzung war alles andere als das. Obwohl sie sich dieses Mal ein angemessenes Begräbnis leisten konnten, ohne dafür einen Baum oder sonst etwas opfern zu müssen, blieb es doch ein furchtbar schwerer Gang. Halb Hamburg war gekommen. Der Sarg, der in der Nienstedtener Kirche aufgestellt wurde, weil die Kapelle zu klein gewesen wäre, versank beinahe im Meer der Kränze und Sträuße.

Die ganze Zeit dachte Frieda daran, dass sie bei der Bestattung ihrer Mutter noch geglaubt hatte, Per käme bald nach Hause. Sie fühlte sich elend. Einerseits wünschte sie, sie hätte ihrem Mann die letzte Ehre erweisen und sich von ihm verabschieden können. Andererseits lag es außerhalb ihrer Vorstellungskraft, wie sie das hätte überstehen können. Schon der Abschied von ihrem Vater war ja kaum zu bewältigen.

Frieda führte mit Hans den Trauerzug von der Kirche zum offenen Grab an, stand mit gesenktem Kopf neben ihm, während der Pastor sprach. Erde zu Erde, Asche zur Asche, Staub zum Staube. Sie schaufelte Sand auf den Sarg, lauschte dem dumpfen Geräusch, als er auf das Holz traf. Gott sei Dank kümmerten sich Hans und Henrik um die Trauergäste. Frieda hätte nicht sagen können, wer ihr alles sein Beileid aussprach, ihr die Hand schüttelte. Sie wusste nicht einmal, welchen Kuchen es bei Jacob gab, ob überhaupt welchen. Erst als alles vorüber war und sie nur mit Hans noch einmal an das Grab ging, wurden ihre Gedanken wieder klar, und eine große Ruhe erfasste sie. Der Lauf des Lebens, alles hatte seine Richtigkeit. Albert war wieder bei seinem Röschen.

»Na, Schwesterherz, geht es wieder?« Hans sah sie prüfend an.

»Ja. Danke, dass du dich um alles gekümmert hast, ich hätte das nicht geschafft.«

»Du hast dich in den letzten Jahren um alles gekümmert. Eigentlich dein ganzes Leben lang. Ich dachte, ich wäre mal an der Reihe.«

Frieda bückte sich, um eine Schleife zu richten, die verdreht war. Die meisten Kränze und Sträuße bestanden aus Tannenzweigen und Ilex, dazwischen mal eine Christrose.

»Er hätte sich eine andere Jahreszeit aussuchen sollen«, sagte sie leise. »Dann hätte er seine geliebten Rosen bekommen.«

Hans legte die Hände sanft auf ihre Schultern und zog sie in die Höhe. »Ich werde mich um die Rosen in seinem Garten kümmern. Übrigens habe ich mich mit Gerlinde unterhalten.«

Frieda sah ihn überrascht an.

»Ein richtig gutes Gespräch, das hätte ich nicht gedacht.«

»Worüber habt ihr geredet?«

»Über Sarah. Gerlinde ist froh, dass Henrik eine Cousine hat, vor allem, weil die beiden doch zusammen aufgewachsen sind.« Frieda hob kurz die Augenbrauen, unterdrückte aber jeglichen Kommentar. »Gerade jetzt, nach dem Tod seines Großvaters, sei das wichtig. Er hat Henrik sehr getroffen, sagt sie.«

»Das glaube ich auch. Henrik mochte Albert und hat ihn als Kaufmann bewundert. Das haben wir alle.«

»Gerlinde freut sich sehr auf Mettes Geschwisterchen. Sie sagt, sie finde es traurig, als Einzelkind groß geworden zu sein und möchte ihrem Kind das ersparen.«

Er hakte sich bei Frieda unter, sie machten sich langsam auf den Heimweg.

»Ich habe den Eindruck, Gerlinde ist erleichtert, dass sie ihren seltsamen Feldzug gegen Sarah einstellen konnte. Ich glaube, im Grunde mag sie sie. Jedenfalls hat sie sich sehr für ihre Vergangenheit interessiert, hat nach Selma gefragt.«

»Was hast du ihr erzählt?«

»Nicht sonderlich viel. Dass Selma eine Schönheit war, als ich sie damals kennenlernte, dass sie in einer Revue in Berlin aufgetreten ist. Solche Dinge.« Er lachte leise. »Als ich sagte, wie sehr ich hoffe, dass die Nazis Selma Blumenstein nichts angetan haben, wusste Gerlinde sofort Bescheid. Ich hoffe wirklich, dass die Nazis ihr nichts angetan haben, Frieda. Ich hoffe sehr, dass sie den ganzen Wahnsinn gut überstanden hat.«

Der Tod war ein häufiger Gast in diesem Frühjahr. Nur wenige Wochen, nachdem er Albert geholt hatte, erlag Gertrud Krüger einer schweren Lungenentzündung. Für Frieda fühlte es sich an, als sei ein weiterer Elternteil gestorben. Wenn sie Ernsts Mutter auch in letzter Zeit nicht mehr regelmäßig gesehen hatte, war sie doch vom Beginn ihres Lebens an da gewesen. Es gab in Friedas Erinnerung keine Zeit ohne sie. Sie hatte Friedas Hände gehalten, als die ihre ersten Schritte gemacht hatte, sie hatte ihr Brote geschmiert und ihr mit dem Brautkleid geholfen. Nach Gertrud Krüger starb auch Magnus Jensen, wie Frieda in der Zeitung las. Die Beisetzung habe bereits im engsten Familienkreis stattgefunden, war zu lesen. Frieda schickte wenigstens ein Beileidsschreiben. Der Lauf des Lebens, trotzdem bedrückte der Verlust Frieda jedes Mal sehr.

Anfang Februar kam ein Brief von Clara. Es sei an der Zeit, nach Hause zu kommen und zurückzuholen, was ihrer Familie gehört hatte, schrieb sie. Es klang so, als habe sie sich mit Danas Hilfe bereits informiert, was zu tun sei.

Dana ist großartig, sie wird mir fehlen. Sie kümmert sich um meine Angelegenheiten, als wären es ihre eigenen. Mit ihrer Unterstützung habe ich zum Beispiel so schnell Englisch gelernt. Denk Dir, wir haben Marys ersten Roman ins Deutsche übersetzt. Ich hätte Mary gern kennengelernt, sie muss eine starke Persönlichkeit gewesen sein. Gemeinsam mit Dana an ihren Texten zu arbeiten, war eine Freude. Und nun also die juristischen Angelegenheiten.

So sehr ich Dana schätze, sie kann Dich nicht ersetzen. Wir haben eine gemeinsame Vergangenheit, und Du hast mir das Leben gerettet. Wie könnte sich jemand daran messen? Ich kann es kaum erwarten, endlich wieder mit Dir zu reden. Wir werden Tage brauchen, ehe wir uns alles erzählt haben!

Darauf freue ich mich!

Deine Clara

Im März ließ Frieda das Souterrain vollständig renovieren und neu einrichten. Im April zog sie mit ihrem Schlafzimmer, einem kleinen Wohn- und einem Arbeitsraum ein. Den Rest des Hauses überließ sie Sarah und Steven.

»Wir leben doch nicht mehr im neunzehnten Jahrhundert! Es wäre albern, wenn ihr euch weiterhin immer mal hier, mal dort treffen oder euch womöglich eine kleine Wohnung nehmen müsstet. Hier ist Platz genug, das Souterrain reicht mir vollkommen.«

Im April dekorierte Gerlinde ihr erstes Schaufenster. Ein Feinkost-händler hatte sich bereiterklärt, sein Fenster einen Monat lang aus-schließlich mit H&K-Ware zu bestücken.

Und im Mai war es endlich so weit: Clara hatte ihre Ankunft für den elften des Monats angekündigt. Alle paar Minuten sah Frieda auf die Uhr. Sie war in die Manufaktur gekommen, hatte aber schon vor Tagen alle wissen lassen, dass sie mittags gehen würde, um ihre Freundin im Hafen zu begrüßen.

»Du musst gar nicht kommen, Mutter. Einen Tag schaffen wir es auch mal ohne dich.« Henrik zwinkerte ihr zu. Sie hatte sogar kurz überlegt, sich tatsächlich einen freien Tag zu gönnen, aber dann wollte sie doch noch kurz mit Rudolf die Lagerbestände in der Kühlung durchgehen. Bald würden die Temperaturen noch weiter steigen. Der Platz in den Kühlschränken war aber begrenzt, sie mussten sich gut überlegen, was sie für den Sommer produzieren wollten.

»Müssen Sie nicht los?«, fragte Rudolf sie. »Heute kommt doch Ihre Freundin am Hafen an, dachte ich.«

Frieda sah schon wieder auf die Uhr, dabei wusste sie genau, wie spät es war. »Ja, ich gehe jetzt. Wir sind dann ja auch fertig.«

»Jo, ich bringe unsere Liste gleich zu Fräulein Sarah.«

»Nicht nötig, ich gehe sowieso noch kurz bei ihr vorbei.«

»Kurz?« Rudolf griente über das ganze Gesicht. »Geht das denn, wenn zwei Frauenzimmer sich unterhalten?«

Frieda lachte und hob drohend die Hand, er machte zwei Sätze zur Seite.

»Sehen Sie, wie flott ich mit der neuen Prothese auf den Beinen bin? Ich kann wirklich gerne eben zu Fräulein Sarah laufen. Wetten, ich bin zurück, ehe Sie im Treppenhaus sind?« Er sah sie herausfor-dernd an.

»Heißt es nicht: Wer wettet, will betrügen?«

»Hab ich noch nie gehört!« Er legte den Kopf schief. »Aber ich habe gehört, Ihre Freundin bekommt einen ganz besonderen Willkommens-gruß.« Weiter kam er nicht.

»So ein Mist, das habe ich ganz vergessen. Der ist ja noch gar nicht fertig!« Sie hielt ihm die Liste hin. »Könntest du vielleicht doch …?«

»Selbstverständlich, Frau Møller, mit Vergnügen.« Er schlug die Hacken zusammen und war auch schon weg.

Frieda lief in einen der Kühlräume. Sie hatte drei Biskuitböden gebacken. Den unteren hatte sie mit einer weißen Vanillecreme bestrichen, den Boden darauf hatte sie mit einer dunklen Ganache nach dem Rezept von Chocolatier Neuhaus verfeinert. Der krönende Abschluss war eine weiße Glasur, auf die Hans in geschwungenen Buchstaben *Herzlich Willkommen* geschrieben hatte. Nicht nur das, er hatte rundherum die Sehenswürdigkeiten Hamburgs gemalt, den Michel natürlich, das Wahrzeichen schlechthin, dazu das Kaufhaus Mendel, das nun Alsterhaus hieß, die Silhouette der Speicher und die St. Pauli Landungsbrücken. Fehlten nur noch die Knospen, die Frieda kandiert hatte. Aus Wasser und Zucker hatte sie einfachen Sirup hergestellt, in den sie kleine Knospen ungiftiger Gewächse getaucht hatte. Nachdem sie einige Tage auf einem Blech angetrocknet waren, hatte sie noch etwas Zucker darüber gestreut. Sie berührte die kleinen Kunstwerke vorsichtig mit den Fingerspitzen. Trocken. Mit winzigen Tupfern flüssiger Schokolade befestigte sie die Blüten an den vorgesehenen Stellen. Nun noch einmal ab in die Kühlung damit. Frieda nutzte die Zeit, um einen passenden Geschenkkarton auszusuchen und zu falten. Nach ein paar Minuten konnte sie die Willkommenstorte hineinstellen. Sie warf einen letzten zufriedenen Blick darauf, ehe sie den Deckel schloss. Man konnte förmlich sehen, wie viel Liebe Hans in das essbare Gemälde gesteckt hatte. Einem Impuls folgend, griff sie zum Telefonhörer.

»Ich weiß, wir haben das schon besprochen, ich frage dich trotzdem noch einmal: Möchtest du nicht doch mitkommen, um Clara abzuholen? Sie würde sich bestimmt wahnsinnig freuen.«

»Schwesterherz, wir hatten das schon geklärt, oder nicht?«

»Oder nicht!«, beharrte sie. »Du hast lediglich unsinniges Zeug dahergeredet, dass du ihr bei eurer letzten Begegnung das Herz gebrochen hast und sie dir sicher nie verzeihen wird.«

»War es nicht so?«

»Nein, war es nicht. Wir wissen alle, dass du es nur für sie getan hast, damit sie Hamburg verlässt und sich in Sicherheit bringt. Du hast ihr vermutlich das Leben gerettet. Das ist ihr bewusst.«

Sie hörte ihn laut ausatmen. »Du hast diese lange Schiffsreise schon gemacht, ich nicht. Du weißt, wie müde sie sein wird.«

»Sie wird vor allem noch tagelang schwanken«, sagte Frieda lachend.

»Ich denke, es reicht, wenn ihr euch schluchzend in den Armen liegt. Ihr braucht nicht noch einen weinenden Kerl dazu.«

»Schade. Na dann … Ich muss los.«

»Grüße sie von mir«, hörte Frieda noch, als sie den Hörer schon auflegte.

Bereits von Weitem war das imposante Dampfschiff zu sehen. Strahlend weiß gegen den blauen Himmel, als hätte sich ein mehrstöckiges Wohnhaus auf die falsche Seite der Kaianlagen verirrt. An der Überseebrücke herrschte reger Betrieb, aber die Stege, über die die Passagiere von Bord gehen würden, waren noch nicht angelegt. Glück gehabt. Warm war es. Wie gut, dass Ernst ihr einen von den alten Bauchläden zurechtgemacht hatte, mit dem Ulli zur feierlichen Einweihung der neuen Räumlichkeiten trotz Sommerhitze Pralinen hatte anbieten können. Frieda regte sich manchmal auf, weil Ernst alles aufbewahrte, in diesem Fall war sie froh, so konnte sie Claras Torte kühlen. Nicht, dass die ganze Pracht am Ende in der Sonne zerfloss. Möwen kreischten. Würde Frieda ihren Karton öffnen, würden sie keine Sekunde zögern, ihre Schnäbel in das süße Werk zu schlagen.

Männer brüllten Kommandos, Metall scheppterte, dicke Tampen flogen zischend durch die klare Luft, die erfüllt war vom Geruch verbrannter Kohle. Friedas Herz schlug, sie war aufgeregt wie ein Backfisch vor dem ersten Rendezvous.

Endlich wurden die Stege montiert. Die Menschen an Bord machten sich bereit. Jeder war wahrscheinlich froh, nach vielen Tagen wieder festen Boden unter die Füße zu bekommen.

Frieda erkannte Clara sofort. Dreizehn Jahre war es her, dass sie sich hier verabschiedet hatten. Jahre, in denen viel geschehen war. Frieda reckte den Hals, riss den Arm hoch und winkte. Wahrscheinlich hatte Clara sie noch gar nicht entdeckt. Als sie endlich über die gefährlich schwankenden Planken kam, wurde Frieda mulmig. Clara Mendel hatte sich verändert. Sie war weder das dürre staksige Mädchen aus Friedas Kindheit noch die blässliche, verhärmte Krankenschwester, die wenig aus sich machte. Da betrat eine elegante Dame von Welt den Ponton. Sie trug ein Mantelkleid mit einem großen hochgestellten Kragen, um die schlanke Taille einen breiten Gürtel. Die Augen hinter einer großen Sonnenbrille versteckt, die Haare waren am Hinterkopf raffiniert eingeschlagen, Hütchen, Handtasche und die sehr hohen Pumps farblich perfekt aufeinander abgestimmt. Frieda trug zwar ein Kostüm mit Bleistiftrock, wie es jetzt modern war, dazu aber flache Schuhe und weder Hut noch Täschchen. Was, wenn sie sich fremd geworden waren, sich nichts mehr zu sagen hatten?

»Frieda!« Die elegante Frau, die ihr eben noch Respekt eingeflößt hatte, schob gänzlich unelegant andere Passagiere, die ihr im Weg waren, zur Seite und winkte wie ein überdrehtes kleines Mädchen. Friedas Herz machte einen Hüpfer. Sie entdeckte zwei Schritte neben sich einen Mann, beide Hände in den Hosentaschen.

»Können Sie das bitte einmal halten?« Frieda hielt ihm den Bauchladen mit der Torte hin. »Es dauert auch nicht lange, aber das ist ein Notfall!«

»Kein Problem.«

»Danke! Und schön vorsichtig damit sein!«, rief sie noch, während sie schon loslief. Einen Atemzug später lagen Frieda und Clara sich in den Armen. Frieda hatte sich eine kleine Begrüßungsrede überlegt. Herzlich willkommen in Hamburg, in deiner Heimat, aus der dich hoffentlich nie wieder jemand vertreibt. Etwas in der Art hatte sie sagen wollen.

Stattdessen brachte sie nur erstickt hervor: »Ich freue mich so, dass du da bist!«

»Und ich erst! Ich bin überglücklich, wieder zu Hause zu sein.« Beiden liefen die Tränen, ganz wie Hans prophezeit hatte. Im nächsten Moment mussten sie lachen.

»Du siehst phantastisch aus«, stellte Frieda fest.

»Du auch«, antwortete Clara freundlich.

»Entschuldigen Sie bitte!« Der Mann mit dem Bauchladen beobachtete die beiden anscheinend schon eine ganze Weile. Er wirkte höchst amüsiert. »Das ist wirklich ein reizender Notfall. Ich nehme an, das hier ist für die Dame?«

»Allerdings! Haben Sie vielen Dank.« Frieda nahm ihm den Kasten ab. Der Mann tippte sich an die Mütze und tauchte in der Menge unter.

»Ein hübscher Kerl. Wer war das?« Clara sah ihm nach.

»Keine Ahnung. Er war einfach nur da und hatte nichts zu tun«, erklärte Frieda lachend. »Und ich brauchte jemanden, der deine Begrüßungstorte festhält.«

»Die muss ich sofort sehen.« Clara nahm die Brille von der Nase und wartete, bis Frieda den Deckel geöffnet hatte. Claras Augen weiteten sich und wurden glasig.

»Ich habe sie nur gebacken. Die kunstvolle Verzierung hat Hans gemacht. Ich soll dich herzlich grüßen. Er wäre gern mitgekommen, aber er meinte, du könntest zur Begrüßung auf einen heulenden Mann verzichten.« Frieda lachte. In dem Augenblick verlor Clara die Fassung.

»Die ist wunderschön«, sagte sie schluchzend und fiel Frieda um den Hals. Frieda hatte Mühe, Kiste samt Torte nicht auf den Boden klatschen zu lassen.

Spontan beschlossen die beiden, den Kuchen gemeinsam mit Hans anzuschneiden. Er schätzte es nicht sonderlich, so überrumpelt zu werden, sein Strahlen sagte Frieda jedoch, dass es eine gute Entscheidung gewesen war. Er war vollkommen hingerissen, das war nicht zu übersehen. Und natürlich liefen ihm Tränen über die Wangen.

»Du hättest genauso gut mitkommen und am Schiff heulen können«, zog Frieda ihn auf.

»Die Torte ist ein Traum!« Clara lächelte Hans an.

»Sehr nett von dir. Da meine Schwester für die Wahl der Zutaten verantwortlich ist, kann ich dir versprechen, dass sie noch besser schmeckt, als sie aussieht.«

»Unmöglich«, erklärte Clara kategorisch. »Ich hoffe, ihr fasst das nicht als guten Rat auf, aber in Amerika könntet ihr mit solchen Torten ein Vermögen machen.«

»Ich habe nicht vor, nach New York zu reisen.« Hans sah sie mit solcher Zärtlichkeit an, dass Frieda ganz warm wurde. »Jetzt nicht mehr.«

»In Deutschland lässt sich mit hübschen Süßigkeiten übrigens auch Geld verdienen«, sagte Frieda und deckte den Tisch. Zwar war das das Reich ihres Bruders, aber anscheinend brachte er keinen vernünftigen Handgriff zustande.

»Ich hoffe, es gibt noch kein H&K-Geschäft. Wenn das Warenhaus Mendel erst wieder in meinen Händen ist, will ich eure Produkte exklusiv.«

»Daraus wird nichts, tut mir leid.« Frieda lachte. »Der Kreis unserer Kunden wächst wöchentlich. Aber über eine ganze Abteilung bei Mendel können wir gern reden. Ich könnte dir sogar jemanden empfehlen, der ein Schaufenster gestaltet, nur mit H&K-Köstlichkeiten.« Frieda reichte ihr ein Messer. »Anschneiden musst du sie.«

Clara setzte die Klinge an, sah zu Hans, der aufmunternd nickte.

»Ein eigener Laden war immer mein Traum«, schwärmte Frieda. »Es ist nicht dazu gekommen. Gerade in letzter Zeit denke ich wieder darüber nach. Das Geschäft von Neuhaus in Brüssel ist das Paradies. So etwas hier in Hamburg, mit einigen Tischchen, an denen man solche Torten genießen kann, das wäre etwas.«

Sie setzten sich, Clara verteilte die Tortenstücke. »Ich dachte, er spricht wieder«, sagte sie zu Frieda mit kurzem Seitenblick auf Hans. »Aber nicht besonders viel, was?«

»Wie soll er wohl zu Wort kommen?«, fragte Frieda. »Wir zwei Plappermäulchen lassen ihm doch keine Chance.«

»Entschuldige.« Hans konnte die Augen nicht von Clara lassen. »Ich muss mich erst dran gewöhnen, dass du wieder da bist.«

»Sehr charmant.«

»Ich hab's mir so oft vorgestellt. Es ist ein bisschen wie im Traum.« Er räusperte sich. »Wo wohnst du überhaupt? Hast du schon eine Wohnung?«

»Meim Gebäck ifft im Otel.« Clara musste lachen und hielt sich die Hand vor den Mund. Frieda und Hans sahen sich erstaunt an. Clara schluckte, dann sagte sie: »Ich habe meine Sachen ins Hotel bringen lassen, meine ich.« Sie legte eine Hand auf die Brust. »Diese Torte ist ein Gedicht. Ich kann mir gar nicht genug davon in den Mund schaufeln.«

»Im Hotel?«, hakte Hans nach.

»Im Baseler Hof«, antwortete Clara nickend. »Ich habe mir sagen lassen, das Gebäude hat Risse, die so breit sind, dass man die Hand hineinstecken kann, und Treppen und Fenster seien krumm und schief, aber es wird schon halten. Das Vier Jahreszeiten kann ich mir nicht leisten.«

»Ich dachte, der Baseler Hof musste schließen und kann den Betrieb erst wieder aufnehmen, wenn ein Neubau steht«, überlegte er laut.

»Es stimmt also.« Clara seufzte. »Kriegsschäden, was? Ist der Schutt noch immer nicht vollständig beseitigt?«

»Die Räumung der Trümmer ist gerade offiziell für beendet erklärt worden«, ließ Hans sie wissen.

»Das heißt nicht, dass alles wieder bestens in Schuss ist.« Frieda verdrehte vielsagend die Augen. »Am Zustand des Baseler Hofs waren die Bombenangriffe allerdings nicht schuld. Die ganze Esplanade ist durch den U-Bahn-Bau abgesackt.«

»Hatten die damit nicht schon begonnen, als ich noch in Hamburg war?« Frieda nickte. »Wenn das Haus so lange stehen geblieben ist, wird es jetzt wohl auch nicht einstürzen«, erklärte Clara fröhlich. »Offen gestanden hatte ich gehofft, dass ihr mir helfen könnt, etwas anderes zu finden, etwas für länger. Ich brauche ja nur zwei Zimmer.«

»Da findet sich bestimmt etwas.« Frieda schob sich die letzte Gabel in den Mund. »Noch gibt es zwar Wohnungsnot, aber es wird auch sehr viel gebaut. Du wirst sehen, man hat das Gefühl, an jeder Ecke steht ein Kran.«

»Die Stadt verändert sich so, dass du dich alle paar Monate nicht mehr auskennst«, bestätigte Hans.

»Du hättest sehr gern zu mir ziehen können.« Frieda hob die Achseln. »Dummerweise habe ich Sarah und Steven den größten Teil des Hauses überlassen.«

»Steven?« Clara sah sie fragend an. »Nicht Stefan? Ich dachte, ich wäre wieder in good old Germany.«

»Keine Sorge, das bist du.« Hans lehnte sich zurück.

»Steven ist Engländer«, verriet Frieda, und kurz darauf waren sie schon in ein stundenlanges Gespräch eingetaucht. Welche Kinder waren geboren, wer hatte geheiratet, wer war gestorben. Eins führte zum anderen. Es war so unendlich viel, was Clara verpasst hatte.

Irgendwann fing sie an zu erzählen, dass sie in den Vereinigten Staaten nie recht Fuß gefasst hatte, immer eine Fremde geblieben war.

»Versteht mich bitte nicht falsch, es war ein Segen, dass ich in New York einen Unterschlupf hatte. Ich wurde liebevoll aufgenommen, als wäre ich ein Familienmitglied. Und New York ist keine Stadt.« Sie suchte nach Worten. »Es ist ein Ereignis! Man muss es einmal erlebt haben.« Ihre Augen leuchteten, dann wurde sie plötzlich ganz still. »Nur bin ich nie ein Teil davon geworden. Es ist schon seltsam, Deutschland habe ich verlassen, weil sie Jagd auf uns Juden gemacht haben. Ich habe wirklich geglaubt, in Amerika seien die Menschen klüger.«

»Wurdest du dort etwa auch verfolgt?« Hans kräuselte die Stirn.

»Nein, das nicht. Aber ich habe schnell gemerkt, dass die meisten Menschen gar nicht so genau wissen wollten, wie schlimm es in Deutschland für uns war«, sagte sie leise. »Ohne die Einladung von Dana und ihrer Familie hätte man mich niemals ins Land gelassen. Vielen Juden wurde die Einwanderung verwehrt. Für die Bevölkerung war das Schreckgespenst der Massenarbeitslosigkeit real, das hat sie beschäftigt. Dagegen verblasste sogar ein Hitler.« Hans schüttelte den Kopf, Frieda hielt die Luft an. »Ihr könnt euch wahrscheinlich vorstellen, wie sich das Zusammenleben gestaltet, wenn so viele einen nicht haben wollen. In New York und Umgebung gibt es viele jüdische Einrichtungen, wir waren da unter uns.« Sie schnitt eine Grimasse. »Gott sei Dank ist Dana ganz anders, wie alle Kinder von Wilhelm Hannemann. Verzeihung, Wilhelm Hanman natürlich.« Sie lachte.

Frieda wollte alles wissen, wie es Dana, Miranda und Daniel ging, was ihre Kinder machten. Clara erzählte, Dana habe zwei Manuskripte von Mary gefunden.

»Na ja, eins ist mehr eine Sammlung von Fragmenten«, berichtete sie. »Das andere hatte Mary wohl sehr früh geschrieben und aus irgendwelchen Gründen nicht drucken lassen. Dabei ist es wirklich gut. Dana hat es veröffentlicht. Sie konnte nicht ganz an Marys Erfolg anknüpfen, aber schlecht waren ihre Verkäufe nicht. Jetzt versucht sie, auch aus den einzelnen Szenen, die sie noch gefunden hat, einen Roman zu machen.«

»Das ist schön!« Frieda bekam augenblicklich Lust, nach New York zu fahren und vor allem Dana wiederzusehen.

»Mirandas Kinder haben die Druckerei übernommen und einen Verlag daraus gemacht. Es läuft wirklich gut.«

»Was hast du jetzt vor?« Hans sah Clara neugierig an.

»Nachdem ich mich ausgeschlafen habe, meinst du?« Sie verschränkte die Arme vor der Brust. »Ich werde mir unser Kaufhaus zurückholen! Außerdem möchte ich gern einen deutschen Verlag für Marys Werke finden. Es ist eigenartig, das zu sagen, aber irgendwie war sie immer da. Ich konnte sie spüren, vor allem, wenn ich oben auf ihrer Dachterrasse saß. Ich hätte Mary wirklich gern kennengelernt.«

Kapitel 21

Clara blieb nicht lange im Hotel. Schon wenige Tage nach ihrer Rückkehr zog sie zu Hans.

»Als meine Schwester noch Herrin über diesen Anbau war, hat sie Selma ein Zimmer abgetreten. Ich würde dir sogar zwei überlassen«, bot er Clara an. »Wofür brauche ich ein Atelier? Ich male doch immer im Wohnzimmer.«

Zu Friedas Erstaunen hatte Clara keine Sekunde gezögert. Sie hatte sich verändert, wirkte selbstbewusster. Früher war sie häufig darauf bedacht gewesen, die Menschen nicht vor den Kopf zu stoßen. Sie hatte sich nach den Wünschen ihrer Mutter gerichtet, hatte Rücksicht darauf genommen, was die Leute von ihr dachten. Das kümmerte sie nicht mehr. Ohne Trauschein mit einem Mann zusammenzuleben, tauchte eine Frau noch immer in schlechtes Licht. Zudem hatte Hans einen Ruf, und der war nicht gerade unproblematisch. Mit ihm zusammenzuwohnen, war ein Affront.

»Bist du da, wenn ich einziehe?«, hatte Clara Frieda gefragt.

»Wenn du Hilfe mit deinen Sachen brauchst, kann ich dir Jonas schicken.«

»Nicht wegen der Schlepperei, ich hätte es einfach gern, wenn du dabei bist.«

»Angst vor der eigenen Courage?«, fragte Frieda lächelnd.

»Ich nicht. Dein Bruder kann diesbezüglich vielleicht Unterstützung brauchen.«

Danach sah es nicht aus. Im Gegenteil. Hans kam ihnen schon entgegen und nahm Clara zwei Koffer ab.

»Ich habe mir etwas überlegt«, sagte er atemlos. »Der Anbau könnte einen Anbau vertragen.« Er sah in zwei verdutzte Gesichter und amüsierte sich königlich. »Der Garten ist ohnehin zu groß. Wir erweitern den Anbau.«

»Kinderzimmer werden wir aber nicht brauchen, mein lieber Hans«, entgegnete Clara spöttisch.

»Das meine ich doch auch gar nicht«, stotterte er perplex. »Du hast dann mehr Platz, dachte ich. Und ein Atelier wäre vielleicht doch ganz hübsch.«

Clara baute sich vor ihm auf. »Ich hätte mehr Platz, oder wir hätten mehr Platz?«

»Ich verstehe nicht ganz.«

»Frieda hat mir geschrieben, dass du mich liebst. Dass du das jedenfalls behauptet hast. Sag schon, ist das wahr?«

Hans fehlten die Worte. Auch Frieda verschlug es die Sprache. Clara hatte sich wirklich verändert!

»Wir sind in einem Alter, in dem wir keine Zeit mehr zu verschenken haben. Als du neulich nach all den Jahren vor mir gestanden hast, wusste ich sofort, dass ich dich noch immer liebe. Ich werde nicht unter deinem Dach leben und jeden Tag darauf warten, dass du dich endlich erklärst. Ich bin zu alt für diesen Er-liebt-mich-er-liebt-mich-nicht-Backfisch-Mist. Ich war lange weg«, räumte sie ein, »und würde verstehen, wenn du dich erst wieder an mich gewöhnen ...«

Weiter kam sie nicht, denn Hans zog sie an sich und küsste sie. Frieda ging das Herz auf.

»Das wurde aber auch mal Zeit«, flüsterte sie und ließ die beiden allein.

Die Tage und Wochen vergingen im Handumdrehen. Clara richtete sich in Ruhe ein, sie nahm allerdings auch sofort Kontakt zu Hasselkamp auf, einem ehemaligen Mitarbeiter ihres Vaters, der in diesen unseligen Zeiten zum Geschäftsführer aufgestiegen war.

»Das musst du dir auf der Zunge zergehen lassen«, schimpfte sie, »die

Nazis haben alles unternommen, damit niemand mehr bei uns und bei anderen Juden kauft. Und das nach der Wirtschaftskrise, als ohnehin alle schwer zu kämpfen hatten. Als wir dann in finanzielle Not geraten sind, hat man uns einen Entschuldungsplan untergejubelt, der zur Folge hatte, dass unsere Anteile an die großen Banken übergegangen sind. Hasselkamp, der bei uns für den Einkauf von Textilien verantwortlich war, hat im Laufe des Krieges gutes Geld verdient und damit sämtliche Aktien der Banken erworben. Ihm gehört jetzt alles allein.«

»Wie konnte er während des Krieges so viel einnehmen? Es gab doch kaum etwas, und niemand konnte etwas bezahlen.« Frieda hörte ihrer Freundin konzentriert zu. Jede Kleinigkeit konnte irgendwann mal wichtig sein, und Frieda wollte ihr unbedingt im Kampf um ihren Familienbesitz helfen.

»Er hat sich weiter um den Einkauf von Textilien gekümmert«, erwiderte Clara voller Abscheu. Mit gesenkter Stimme sagte sie: »Angeblich soll er Kleidung günstig gekauft haben, die von Häftlingen der Ghettos im besetzten Polen genäht worden sind. Zwangsarbeit unter übelsten Bedingungen.«

»Wenn du ihm drohst, das an die große Glocke zu hängen, ist der feine Herr Hasselkamp bestimmt gesprächsbereit«, fauchte Frieda.

»Ich werde einen Teufel tun. Erstens habe ich keine Beweise, zweitens will ich dem Betrieb keinen Schaden zufügen.« Sie reckte das Kinn. »Ich will nur auf legalem Weg zurückhaben, was meiner Familie auf illegale Weise weggenommen wurde.«

Wenn das Warenhaus mitsamt seinen Filialen auch oft Gesprächsthema war, so gab es auch jede Menge andere Themen, über die sie sich angeregt austauschten, und Hans unternahm ausgedehnte Spaziergänge mit Clara.

»Sie muss doch sehen, wie schön Hamburg geworden ist«, meinte er. »Und wie hässlich an manchen Stellen.«

Hans war kein Freund von sachlichen Bauten, wie den immer höher in den Himmel wachsenden Grindelhäusern.

»Ich sehe ja ein, dass viele Menschen ein Dach über dem Kopf brauchen«, wandte er ein. »Und den Nazi-Gigantismus will ich schon gar nicht zurück. Aber könnte die Architektur denn nicht ein wenig eleganter sein? Häuser, wie du sie hier an der Elbchaussee findest, passen zu Hamburg.« Das sagte ausgerechnet Hans, der früher vom modernen Berlin geschwärmt und alles Gediegen-Hanseatische verabscheut hatte. Wie es aussah, hatten die Jahre nicht nur Clara verändert.

Glücklicherweise war in der Manufaktur im Sommer nicht so viel los wie sonst. Frieda konnte sich Zeit nehmen. Sie hörte mit Clara und Hans Rock 'n' Roll und Jazz. Oft wurde es abends spät, weil sie bei einem Glas Wein oder gutem deutschen Bier, das Clara in New York schmerzlich vermisst hatte, wie sie sagte, einfach die Zeit vergaßen. Sie redeten, feierten, manchmal tanzten sie sogar. Frieda war glücklich. Wenn nur Per bei ihr wäre und das alles mit ihr teilen könnte, ihr Leben wäre perfekt. Aber es nützte nichts, sich etwas zu wünschen, das nicht möglich war. Manchmal dachte sie, sie sollte endlich nach Dänemark reisen, um sein Grab zu besuchen. Doch wozu? Er war nur ein willkürlich gewählter Platz. Wenn schon, würde sie zum Strand fahren, an den Ort, an dem er gestorben war. Und dann, was wollte sie dort tun? Es würde sie nur quälen. Per hatte seinen Platz in ihrem Herzen, einen anderen Ort brauchte sie nicht. Dass man seinen Ehering nicht gefunden hatte, bedauerte sie jedoch. Sie hätte ihn gern bei sich.

Wann immer düstere Gedanken kamen, schob Frieda sie beiseite. Sie wollte sich über das freuen, was sie hatte. Und das war so viel! Ihr guter alter Freund Ernst gehörte dazu. Sie machte sich einen Spaß daraus, ihn damit aufzuziehen, dass seine geliebte SPD nun sogar in Hamburg auf dem absteigenden Ast sei. Max Brauer würde sich anstrengen müssen, wenn er im Winter Bürgermeister bleiben wollte. Ernst ging hoch wie eine Rakete, wenn Frieda das erwähnte. Sie schätzte Brauer, aber sie hielt eben auch die Politik von Adenauer für richtig. Es konnte also auch für Hamburg nicht verkehrt sein, wenn die CDU das Ruder übernahm. Davon wollte Ernst natürlich nichts wissen. Spielte es denn so eine große Rolle, welche Partei das Sagen hatte, sofern es eine demokratische war? Das Wichtigste war doch, dass der Frieden endlich von

Dauer war. Der Plan einer Europäischen Verteidigungsgemeinschaft schien Frieda dafür eine geeignete Maßnahme zu sein. Einstige Feinde würden Europa Seite an Seite verteidigen, wenn es nötig wäre. Sie würden sicher nicht wieder aufeinander losgehen. Darauf wollte sie vertrauen.

Die Geschäfte liefen prächtig, Sarah und Henrik leisteten beide hervorragende Arbeit. Herr Meynecke hatte sich in den wohlverdienten Ruhestand verabschieden können.

»Was ich schon lange fragen wollte«, hatte er begonnen, als sie sich über sein bevorstehendes Ausscheiden aus dem Betrieb unterhalten hatten, »was ist eigentlich aus den Modellschiffen Ihres Vaters geworden, Frau Møller?«

Damit hatte sie nicht gerechnet. »Die *Imperator* hängt in meinem Arbeitszimmer unter der Decke. Die *Queen Mary* ist leider nicht fertig geworden. Sie steht bei mir auf dem Dachboden. Ich hatte gehofft, Hans würde sich ihrer annehmen, aber ich kann ihn nicht dafür begeistern.« Sie zuckte mit den Achseln. »Warum fragen Sie?«

»Ich hoffe, Sie halten mich nicht für unverschämt oder eingebildet. Meine handwerklichen Fähigkeiten sind nicht so übel, ich habe früher oft Laubsägearbeiten gemacht.«

»Das wusste ich gar nicht.« Sie lächelte.

»Sie wissen so einiges nicht. Schon mein Vater hat bei Hannemann & Tietz, Import von Kolonialwaren, gearbeitet.«

»Das ist mir bekannt.«

»Aber nicht, dass er es war, der Ihrem Bruder die Holzeisenbahn geschenkt hat.« Sie zog erstaunt die Augenbrauen hoch. »Sehen Sie.« Er lachte leise. »Mein Vater hat damals zwei gebaut, eine für den Sohn seines Chefs, eine für mich. Sie war mein ganzer Stolz, als Junge habe ich ständig damit gespielt, sie abends zugedeckt, ehe ich ins Bett gegangen bin, damit sie nur ja nicht verstaubte.« Er lachte wieder. »Dummerweise musste ich erwachsen werden. Lange fehlte mir die Zeit, mich mit meiner geliebten Eisenbahn zu beschäftigen«, erinnerte er sich. »Als sich nach der Lehre alles eingespielt hat, entdeckte ich die hübsche alte Lok mit ihren drei Anhängern wieder und begann, eine Landschaft zu gestalten, in der sie unterwegs sein durfte.«

»Und Ihren Ruhestand wollen Sie nutzen, um die *Queen Mary* fertigzustellen?« Sie sah ihn hoffnungsvoll an.

»Wenn Sie und Ihr Bruder nichts dagegen haben.«

»Im Gegenteil! Ich freue mich sehr.«

Es war seltsam, Meynecke nicht mehr im Büro anzutreffen. Umso schöner war sein Versprechen, in Kontakt zu bleiben. Er musste ihr und Hans schließlich zeigen, wie er mit der *Queen Mary* vorankam.

Gleichzeitig machte es Frieda den Gedanken leichter, sich selbst in nicht allzu langer Zeit zurückzuziehen. Die nächste Generation stand bereit. Wahrscheinlich ging es Sarah und Hans längst wie Frieda noch vor wenigen Jahren. Sie kannten das Unternehmen im Schlaf. Die Vorstellung, auf Friedas und Ernsts lange Erfahrung verzichten zu müssen, machte ihnen noch Angst, darum besprachen sie weiterhin alles zu viert, und die beiden holten sich gerne Rat. Doch nötig hatten sie den längst nicht mehr. Ein paar Jahre wollte Frieda ihrer Manufaktur schon noch treu bleiben und die Weichen stellen. Vor allem wollte sie sicher sein können, dass der Fortbestand auch über die jetzige Generation gesichert war. Dennoch wäre es gut, rechtzeitig und schrittweise den endgültigen Wechsel auf Sarah und Henrik zu vollziehen, fand sie. Und der Gedanke, mehr Zeit für sich zu haben, schien ihr seit Claras Rückkehr wieder verlockend.

An einem lauen Abend Ende Juni war Frieda gerade wieder bei Clara und Hans zu Besuch.

»Ihr zwei turtelt schlimmer als zwei Halbwüchsige«, neckte sie die beiden. »Das ist ja nicht auszuhalten.«

»Wir haben zig Jahre aufzuholen«, entgegnete Clara ernst. »Rechne dir nur einmal aus, wie viele Küsse ich bekommen hätte, wenn dein lieber Bruder gleich begriffen hätte, dass ich die Richtige für ihn bin. Bei einem Kuss pro Tag sind das …« Sie legte die Stirn in Falten.

»Sie holt sich jeden einzelnen zurück«, erklärte Hans und setzte eine Leidensmiene auf. »Plus Zinsen. Weißt du, wie anstrengend das ist, Schwesterherz?«

»Du Ärmster! Schaffst du es trotzdem, mir noch ein Glas Wein einzuschenken?«

»Und wenn es das Letzte ist, was ich tue.« Er schleppte sich zur Anrichte, als würde er jeden Moment zusammenbrechen. Clara schlug ihm spielerisch in den Nacken.

»Au!« Er grinste und war plötzlich wieder ganz flink auf den Beinen. Frieda schüttelte lachend den Kopf.

»Dana hat mir eine nagelneue Platte von Miles Davis geschickt«, verkündete Clara. »Die hätte ich in Deutschland nie bekommen. Habt ihr Lust?«

»Haben wir eine Wahl?« Hans legte den Kopf schief.

»Eigentlich nicht. Ich habe nämlich extra gewartet, um sie mit euch zusammen zu hören.«

»Welch eine Ehre«, sagte Frieda ernsthaft. Sie musste sich an Jazz erst gewöhnen, Rock 'n' Roll war ihr lieber, der Rhythmus riss sie von ganz allein mit. Beim Jazz war sie nie sicher, ob er gleich wieder in Melancholie umschlagen würde. Trotzdem liebte sie es, sich darauf einzulassen und sich darüber auszutauschen. Wie mit Sarah über Literatur. Dass Frieda für diese Dinge nun Zeit hatte, gehörte eindeutig zu den Vorzügen ihres jetzigen Lebens.

Es knisterte, dann zerrissen Trompetentöne die Stille. Clara hatte laut aufgedreht. Es dauerte nicht lange, bis eine Tür zu hören war.

Im nächsten Augenblick ertönte Gerlindes Stimme in der Diele: »Ich werde mein Lebtag nicht begreifen, wie man diese schreckliche Negermusik hören kann! Schlimm genug, dass die jungen Leute so etwas mögen.«

Clara rief: »Ich mag schwarze Musik. Den Schwarzen geht es wie den Juden. Sie werden für etwas gehasst, das keinem schadet und wofür sie nichts können!«

Aus dem Flur war ein übertriebener Seufzer zu hören.

»Ich denke darüber nach, den Anbau abzureißen und stattdessen ein ganz neues Haus auf das Grundstück zu setzen«, sagte Hans grienend zu Frieda. »Sonst bringen sie sich irgendwann noch um.«

In dem Augenblick ertönte ein Schrei in der Diele, gleich darauf ein Stöhnen. Sie sahen sich an und stürzten alle gleichzeitig los.

Gerlinde stand in zusammengekrümmter Haltung mitten in der Diele und starrte angewidert auf den Teppich.

Frieda war als Erste bei ihr.

»Gerlinde, geht es dir gut? Will Mettes Geschwisterchen etwa auf die Welt kommen?«

»Vielleicht hat es diese fürchterliche Musik nicht ertragen.« Gerlinde stöhnte und hielt sich den Bauch, in ihren Augen die nackte Angst. Dann blickte sie wieder auf den Fleck vor ihren Füßen. »Ich kann nichts dafür«, stammelte sie. Hans holte ihr einen Stuhl. »Nein! Sonst ruiniere ich den auch noch.«

»Die Fruchtblase ist geplatzt«, erklärte Clara ruhig. »Wann rechnet ihr mit der Geburt? In diesen Tagen, oder?« Gerlinde nickte. »Hast du keine Wehen?«

»Nein. Es gab keinerlei Anzeichen, sonst hätte ich Henrik doch gebeten, hierzubleiben.«

»Wo ist er denn?« Frieda streichelte Gerlindes Arm. »Ich kann versuchen, ihn zu erreichen.«

»Er hat etwas von einem Treffen in der Kaffeebörse gesagt.« Gerlinde atmete schwer.

»Wir fahren sie am besten ins Krankenhaus«, schlug Hans vor.

»Auf jeden Fall.« Clara hatte ein Handtuch geholt und war zurück. »Hier, zur Sicherheit.« Zu Frieda sagte sie: »Bleib du hier und pass auf Mette auf.«

Drei Tage später kam Friedas zweites Enkelkind auf die Welt, ein gesunder Junge mit weißblondem Haar.

Der Sommer ging, der Herbst schlich sich unbemerkt heran. Frieda verbrachte viel Zeit mit Mette, damit Gerlinde sich erholen und ganz auf ihren Sohn konzentrieren konnte. Sie tauften ihn auf den Namen Bernd, so hatte Gerlindes Vater geheißen.

»Ausgleichende Gerechtigkeit«, sagte Henrik dazu.

Neben ihren Enkeln und der Arbeit kümmerte sich Frieda vor allem darum, Clara weiter zu unterstützen. Dieser Hasselkamp hatte doch glatt behauptet, die Mendels hätten sich aus rein finanziellen Erwägungen aus dem Unternehmen zurückgezogen. Es habe keine Rolle gespielt, dass sie Juden seien. Damit würde er nicht durchkommen. Und wenn Frieda jeden, den sie in Hamburg kannte, für ihre Sache gewinnen musste. Da würden einige Herrschaften zusammenkommen, einflussreiche noch dazu. Am Geld würde es auch nicht scheitern, wenn welches benötigt wurde. Wofür gab es schließlich die Stiftung Sprungtuch? Dieser Herr Hasselkamp hatte sich mit den Falschen angelegt.

Frieda staunte, wie viele Betriebe und Gebäude einmal Juden gehört und auf schändliche Weise den Besitzer gewechselt hatten. Kurz vor ihrem einundfünfzigsten Geburtstag war sie mit Jason unterwegs, der ebenfalls seine Hilfe in Claras Angelegenheiten angeboten hatte. Zwar spielte die Anwesenheit der Briten keine nennenswerte Rolle mehr, doch noch immer saßen einige seiner Landsmänner an nicht unwichtigen Hebeln.

»Wer weiß, vielleicht kann ich etwas für euch tun. Es ist auf jeden Fall eine hochinteressante Frage, wie die Eigentumsverhältnisse geklärt werden, nicht nur in diesem speziellen Fall. Ganz einfach wird das bestimmt nicht.«

»Warum nicht?« Frieda verstand nicht, was daran kompliziert sein sollte. Wer nachweisen konnte, dass ihm etwas weggenommen worden war, musste es zurückbekommen.

»Weil mit Sicherheit nicht nur böse Menschen, die mit den Nazis Hand in Hand gearbeitet haben, profitierten. Der eine oder andere hat bestimmt im guten Glauben gehandelt und einfach die Chance seines Lebens ergriffen.« Ehe sie protestieren konnte, sprach er weiter: »Und was ist mit den Investitionen, die jemand in den vergangenen fünfzehn oder zwanzig Jahren getätigt hat? Wem gehören die?«

»Was man mit den Juden gemacht hat, war nicht gerecht«, erwiderte sie schnippisch. Aber Jason hatte wohl recht, eine einfache Lösung gab es vermutlich nicht.

Auf dem Rückweg von einem gemeinsamen Behördenmarathon – sie hatten sich durch Berge von Papieren gewühlt und versucht, Antworten auf rechtliche Fragen bezüglich des Alsterhauses zu bekommen – kamen Frieda und Jason durch die Große Reichenstraße. Sie war nicht weit vom Meßberghof entfernt, trotzdem war Frieda ewig nicht mehr hier gewesen.

»Sieh dir das an«, sagte sie fassungslos. »Die Nummer acht steht noch.« Das Haus war bereits vor dem Krieg eine Attraktion für Besucher der Stadt gewesen, weil es so schmal war wie kein anderes Gebäude in und um Hamburg. Die prächtigen Häuser, zwischen denen es früher eingeklemmt gewesen war, mussten im Bombenhagel verschwunden sein. Nun stand es ganz allein da und sah noch eigenartiger aus.

»Du kannst es kaufen.« Jason deutete auf ein Schild, das etwas lieblos von einer windschiefen Lampe baumelte. »Ob das allerdings eine gute Investition ist?« Er sah skeptisch an dem winzigen Bau hoch.

»Ja, wirklich.« Friedas Augen folgten Jasons Blick. *Das kleinste Haus Hamburgs* war über dem Eingang zu lesen, der aus einem winzigen Schaufenster und der schmalen Tür bestand.

»Billigste Bezugsquelle für Wirte und Wiederverkäufer«, las Jason vor. »Klingt wie Werbung eines Lagerhauses.« Er lachte. »Was konnten Wirte denn hier beziehen, einzelne Servietten? Nein, ich hab's: Streichhölzer.«

»Zigarren«, antwortete Frieda und legte die Hände an die gläserne Eingangstür, um ins Innere sehen zu können. »Hier wurden früher Zigarren verkauft.«

»Dann war ich mit den Streichhölzern dicht dran.« Sein Lachen verstummte. »Du denkst aber nicht ernsthaft darüber nach, oder? Frieda, du willst doch wohl nicht wirklich diese winzige Bruchbude kaufen.«

»Klein ist es, aber keine Bruchbude. Und winzig auch nicht. Es ist schmal, dafür aber lang. Zwei Tische gleich hier vorne und hinten bis unter die Decke Regale. Es wäre möglich.«

»Bitte, Frieda, du machst Witze.«

Sie drehte sich zu ihm um. »Überhaupt nicht! Es ist mir gewissermaßen vor die Füße gefallen. Das ist Schicksal, findest du nicht?« Sofort gehörte ihre ganze Aufmerksamkeit wieder der berühmten Kuriosität. Allein die Vorstellung, dass ringsherum die großen Bauwerke zusammengefallen waren und dieses Häuschen standgehalten hatte, rührte sie. »Es ist ein echter Blickfang«, sprudelte sie los. »Jeder bleibt stehen und sieht es an. Und jeder wird sich, so wie du, fragen, wofür hier die billigste Bezugsquelle ist. Das bedeutet, alle treten näher, schauen herein und sehen unsere verführerischen Auslagen!«

»Ich nehme an, du würdest nicht auf ein großes Schild über dem Eingang verzichten.«

»Stimmt allerdings. Umso besser. Die Leute bleiben stehen, staunen über das schmale Haus und entdecken dann unseren Schriftzug. Ich schwöre dir, dass jeder einmal im kleinsten Haus Hamburgs einen Kaffee trinken und ein Stück Schokoladentorte essen will. Wir werden Wochen im Voraus Reservierungen entgegennehmen müssen!«

Jason machte ein Gesicht wie Sieben-Tage-Regenwetter.

»Was ist los mit dir?« Sie dachte kurz nach. »Ich weiß! Natürlich werden wir auch Tee servieren. Man wird Schlange stehen.«

Seine Miene hellte sich keinesfalls auf, wie sie erwartet hatte.

»Ich fürchte, die Handwerker werden Schlange stehen. Und dann kannst du noch froh sein. Schlimmer wäre, die Baupolizei würde dir gleich den Laden schließen.«

Frieda kniff die Augen zusammen. »Ich wusste gar nicht, dass du so ein fürchterlicher Pessimist bist.« Aber ein Angsthase war er schon immer gewesen.

»Ich will doch nur nicht, dass du in dein Unglück rennst. Am Ende bin ich noch schuld daran, wenn du dich ruinierst, weil ich dich auf das Verkaufsschild hingewiesen habe.«

Das Haus Nummer acht in der Große Reichenstraße ging ihr nicht aus dem Kopf. Der Preis war nicht hoch, das hatte sie schnell herausgefunden. Und vielleicht konnte man noch ein wenig verhandeln.

»Natürlich müssen wir die Bausubstanz prüfen lassen«, sagte Ernst, als sie ihm von ihrer Idee erzählte. Er kannte sie gut genug, um zu wissen, dass sie sich in das Objekt verliebt hatte. »Die Außenmauern waren mit den Nachbargebäuden zwar nicht direkt verbunden, aber die Einstürze könnten trotzdem Schäden angerichtet haben, die auf den ersten Blick nicht zu erkennen sind.«

»Wir könnten einen Besichtigungstermin machen und einen Sachverständigen mitnehmen.«

Ernst nickte. »Das müssen wir sogar, wenn wir ernsthaft darüber nachdenken wollen.« Er nahm seine Brille ab. »Ist 'ne hübsche Idee. Aber das ist auch ein Haufen Arbeit. Bist du ganz sicher, dass du das noch willst in deinem Alter?« Seine Augen funkelten vergnügt. »Du könntest auch langsam 'n büschen faul sein, vorm Kamin sitzen, die Füße hochlegen.«

»Das kann ich, wenn ich richtig alt bin«, konterte sie. »Es wäre pure Reklame für H&K-Produkte, unser Aushängeschild«, schwärmte sie.

»Dumm wär's bestimmt nicht. Auch die Lage ist gut. Nicht weit vom Meßberghof entfernt, dazu noch sehr zentral zwischen Domplatz und Nikolaifleet gelegen. Angucken kostet ja nix.«

Im November waren Frieda und Ernst mit dem Verkäufer und einem Architekten verabredet, den Ernst aus dem Segelverein kannte. Frieda klopfte das Herz bis zum Hals, als sie hineingingen und sich alles ansehen durften. Neben dem Kaufpreis würden sie noch eine nicht unerhebliche Summe investieren müssen, das erkannte auch ein Laie. Glücklicherweise gab es weder Risse noch Schimmelpilz.

»Hier Regale, dort ein schmaler Tresen!« Frieda sah alles genau vor sich. »Und dort die beiden Tischchen, damit sie etwas Tageslicht abbekommen. Stell dir vor, wie es hier duften wird!« Sie schloss die

Augen. Plötzlich fühlte sie sich zurückversetzt nach Brüssel und hatte die Gerüche von Kakao, Zimt und von Rosenblättern in der Nase.

»Möchten Sie auch nach oben gehen?«, wollte der Verkäufer wissen.

»Selbstverständlich«, antworteten Frieda und Ernst wie aus einem Mund.

»Die obere Etage hat aber nicht ganz Stehhöhe« warnte er. Das Café oder eine ordentliche Küche nach oben zu verlegen, kam also nicht in Frage, doch als Lager war der Raum mehr als in Ordnung.

Eine Stunde später standen Frieda und Ernst wieder auf dem Bürgersteig. Ernsts Freund, der Architekt, verabschiedete sich, die Bauzeichnungen unter dem Arm. Er würde sich schnellstmöglich melden, versprach er.

Frieda wusste kaum, wie sie die Zeit herumkriegen sollte. Jeden Tag fragte sie Ernst, ob sich sein Freund denn noch nicht gemeldet hätte. Jeden Tag bekam sie die gleiche Antwort.

»Du bist die Erste, die es erfährt!«

Einmal gingen sie gemeinsam mit Sarah und Henrik hin. Die beiden mussten ihre Zustimmung zwar nicht geben, aber Frieda und Ernst waren sich einig, dass sie ein Recht darauf hatten, ihre Meinung zu der Unternehmung zu sagen, ehe alles unter Dach und Fach war. Immerhin mussten sie sich irgendwann um den kleinen Laden kümmern. Sarah war entzückt, Henrik reagierte gewohnt nüchtern. Zu Friedas großer Freude hatte er wenig Bedenken.

»Ein eigenes Geschäft steht uns sicher gut zu Gesicht. Falls dieses schon nach wenigen Monaten nicht mehr reicht, können wir es wieder verkaufen und uns nach einem größeren umsehen. Wir erzielen dann gewiss einen höheren Preis.« Er legte nachdenklich die Stirn in Falten. »Wenn ich mir die Straße hier so ansehe, könnte ich mir vorstellen, dass uns die Stadt ohnehin irgendwann ein Angebot macht. Seht euch die Fläche an! Hier könnte man große Mietshäuser hinsetzen, wenn die Nummer acht nicht wäre.«

»Das Haus steht unter Denkmalschutz«, wandte Ernst ein.

»Wenn es im Weg ist, wird das den Senat nicht hindern.« Da mochte er recht haben, doch daran wollte Frieda nicht denken.

Am ersten Dezember kam endlich der ersehnte Anruf des Architekten. Er habe keinerlei Bedenken, sagte er Ernst. Mit etwas Farbe und einer hochwertigen Einrichtung könne ein Schmuckstück daraus werden. Frieda war außer sich vor Freude.

»Gerlinde, du bekommst ein eigenes Schaufenster«, verkündete sie fröhlich.

»Ich? Wozu denn?«

»Mutter meint, dass wir einen Laden bekommen. Mit Schaufenster. Und das kannst du dann dekorieren.«

»Ich will nicht zu viel versprechen, es ist winzig«, sagte Frieda. »Aber ich bin sicher, du wirst etwas Wunderschönes daraus machen.«

»Ich werde mir alle Mühe geben«, versprach sie wenig begeistert. Frieda kümmerte es nicht, Gefühlsausbrüche waren nicht gerade Gerlindes Markenzeichen. Bester Laune ging sie nach nebenan zu Clara und Hans und verkündete die Neuigkeit.

»Du kaufst allen Ernstes dieses schmale Haus?« Hans legte seinen Pinsel beiseite. »Meine Schwester ist verrückt«, sagte er lachend zu Clara.

Die sprang von der Couch auf und umarmte Frieda. »Ich finde es wunderbar. Gratuliere!« Sie verschränkte die Arme vor der Brust. »Ich erinnere mich gar nicht mehr, ist es wirklich so klein?«

»Noch kleiner«, antwortete Hans. »Da wurden früher Zigarren verkauft. Sie haben nur hintereinander hineingepasst.«

Clara knuffte ihn. »Hans' kleine Märchenstunde. Jetzt mal im Ernst: Könnte er im Geschäft nicht seine Bilder ausstellen?«, wollte sie von Frieda wissen.

»Eine sehr schöne Idee, aber ich fürchte, dafür gibt es wirklich nicht genug Platz. Wir werden alle Wände für die Regale brauchen.« Sie überlegte. »Du willst wieder ausstellen, Hans? Das finde ich gut.«

»Clara will, dass ich wieder ausstelle«, korrigierte er.

Clara ließ nicht locker. »Und im Schaufenster? Du hast doch sicher noch deine Entwürfe, die du für die verschiedenen Verpackungen gezeichnet hast.«

Hans sah Frieda mit gequältem Blick an. »Du hast viel mehr Zeit mit ihr verbracht als ich. War Clara schon immer so eine Nervensäge?«

»Ich werde dir gleich helfen«, drohte Clara. »Ich habe einfach nur gute Einfälle.«

»Die habe ich auch.« Hans sah von einer zur anderen. »Ich finde, der Kauf des Hexenhäuschens muss gefeiert werden.«

»Noch ist der Vertrag nicht unterschrieben«, bremste Frieda ihn.

»Das macht nichts. Du darfst uns trotzdem schon mal einladen.« Er machte sich daran, seine Malutensilien zu reinigen. »Clara gibt sonst sowieso keine Ruhe und richtet in Gedanken schon mal einen Ballsaal ein. Lass uns hinfahren, es uns ansehen, und dann gehen wir aus.«

Noch vor Jahresende saßen Frieda und Ernst bei dem Notar und unterzeichneten den Kaufvertrag. Wie das Schicksal manchmal spielte! Nur drei Monate zuvor war ein eigenes Geschäft nicht mehr als ein ferner Traum gewesen. Zum ersten Mal seit Ewigkeiten erfüllte der Gedanke an Silvester Frieda nicht mit Melancholie und Beklemmung, sie freute sich auf das neue Jahr! Sie würde sich maßgeblich um die Einrichtung des Ladens kümmern, die ersten Kunden empfangen. Herrlich! Eigentlich hatte sie überlegt, nach New York zu reisen, um Dana und die Familie zu besuchen. Daraus wurde nun bestimmt nichts. Zumal Frieda sicher war, dass Steven Sarah heute Abend endlich einen Antrag machen würde. Das würde bedeuten, im kommenden Jahr würde es auch noch eine Hochzeitsfeier geben, um die sich Frieda und Hans kümmern mussten. Sie lächelte. Steven hatte Sarah doch tatsächlich einen Rosenstrauß mit einer schriftlichen Einladung zum Abendessen bei Jacobs geschickt. Beinahe wie Per damals. Es konnte keinen anderen Anlass als einen Antrag geben. Frieda freute sich von ganzem Herzen für die beiden, sie passten perfekt zueinander. Sie freute sich auch noch aus einem anderen Grund. Fürs Erste war die Nachfolge bei Hannemann & Krüger zwar geklärt, aber was dann? Wie sollte es weitergehen, wenn Sarah und Henrik sich einmal zurückzogen? Die Manufaktur war Friedas Lebenswerk. Sie musste sicher sein können, dass sie eine Zukunft hatte, auch über die nächsten Jahrzehnte hinaus. Mette war natürlich noch ein Kind. Schon möglich, dass sie sich in eine ganz andere Richtung entwickelte, als man derzeit ahnte. Bisher jedenfalls zeigte sie keinerlei künstlerisches Talent. Sie konnte weder malen noch etwas formen oder basteln. Dafür liebte sie schon jetzt Zahlen. Für den Import mochte sie einmal geeignet sein, aber für die Manufaktur? Wer sollte neue Rezepte kreieren, wer sollte immer neue verführerische Produkte an die Kunden bringen? Möglich, dass der kleine Bernd der Richtige dafür war.

Wenn Sarah und Steven heirateten, würden sie bestimmt auch Kinder haben. Frieda seufzte zufrieden. Dann waren also gleich ein paar mögliche Nachfolger in Sicht, und Frieda konnte gelassen auch in die ferne Zukunft schauen. Welch eine glückliche Wendung, welch ein wunderbarer Tag! Nichts und niemand konnte ihre Laune heute mehr gefährden. Im Gegenteil, sie wollte feiern. Sie würde sich nur rasch umziehen, eine gute Flasche Sekt aussuchen und damit zu Hans und Clara gehen.

Im schummrigen Licht erkannte Frieda eine Gestalt vor der Haustür. Wie es aussah, wollte da jemand zu ihr oder zu Sarah. Da hatte derjenige aber Glück, dass Frieda gerade nach Hause kam.

»Guten Abend, kann ich Ihnen helfen?«, rief sie fröhlich.

Die Gestalt drehte sich um. »Guten Abend, Frieda.«

»Selma!«

Kapitel 22

»Du hast wohl nicht damit gerechnet, mich jemals wiederzusehen, was?«

»Ich hatte es gehofft, aber du warst nirgends zu finden«, stotterte Frieda. Sie konnte es noch immer nicht fassen.

Selma lachte auf, ihre Augen blieben ernst. »Ja, natürlich. Ich kann mir gut vorstellen, wie sehr du dich bemüht hast.«

»Das habe ich«, flüsterte Frieda. »Bitte, komm doch rein!«

Sie schloss die Tür auf und ließ Selma den Vortritt. Selma war in Hamburg. Was hatte das zu bedeuten? Frieda nahm ihr den Mantel ab. Allmählich verging der Schock, und zwei Gefühle drängten an die Oberfläche: Wiedersehensfreude und Wut. Selma lebte! Gottlob. Mit welchem Recht benahm sie sich aber derartig feindselig?

Sie gingen ins Wohnzimmer. Aus irgendeinem Grund mochte Frieda sie nicht ins Souterrain führen, in dem sie selbst einmal gewohnt hatte. Sarah und Steven konnten erst vor wenigen Minuten aufgebrochen sein, in ihrem Wohnzimmer waren sie also ungestört.

»Wir haben viel über dich gesprochen, gerade neulich wieder. Wir haben uns gefragt, ob du den Krieg unbeschadet überstanden hast.«

Selma antwortete nicht, stattdessen spazierte sie durch das Zimmer und sah sich gründlich um. Frieda hatte immer mehr Mühe, ihren Zorn zu unterdrücken. »Wie geht es dir?«

»Bestens! Wie immer. Ich war schließlich mein ganzes Leben ein Glückskind«, entgegnete sie bitter. Sie trug ihr dunkelbraunes Haar noch immer lang, hatte es zu einem Knoten gebunden. Ihre aufrechte Haltung hatte sie im Lauf der Jahre eingebüßt, ihre Schultern sanken leicht nach vorn. Selma war noch schmaler geworden, die Wangen waren eingefallen.

»Apropos Kind«, begann sie nach einer Weile. »Wie ich hörte, lebt Sarah noch immer bei dir? Wie deine eigene Tochter. Geht es ihr gut?« Selmas Stimme wurde heiser.

»Ja, es geht ihr sehr gut.«

Warum sagte Frieda nicht, dass Sarah vermutlich in diesen Minuten von einem anständigen und charmanten Mann gefragt wurde, ob sie ihn heiraten wolle? Wieso erzählte sie nicht von Sarahs Talent, Schokoladen- und Pralinenrezepte zu entwickeln? Etwas hielt sie davon ab, Frieda war auf der Hut.

»Schön für sie«, sagte Selma leise. Sie räusperte sich. »Schön für dich, stimmt's?«

Allmählich wurde es Frieda zu dumm. »Was willst du, Selma?«

»Aha, die Hannemann-Erbin zeigt ihr wahres Gesicht.« Selmas Augen funkelten. Frieda erschrak, so viel Wut lag darin. »Ihr habt euch also Sorgen um mich gemacht, ja? Lächerlich! Ich bin die Mutter von Hans' Kind, trotzdem habt ihr mich nur billig abgespeist.«

»Das ist eine Lüge!« Frieda bebte. »Es ist über zwanzig Jahre her. Du hast nie erklärt, was dich so gegen uns aufgebracht hat. Wie kannst du es wagen, jetzt hier aufzutauchen, und mich zu beleidigen? In meinem eigenen Haus!«

»Dein eigenes Haus. Alles deins, stimmt's, Frieda? Dein Haus, dein Mann, deine Tochter.«

»Ich habe nie behauptet, dass sie meine Tochter ist.«

Nur hatte sie es auch nicht richtiggestellt, wenn alle Welt das glaubte, dachte sie beklommen. »Und mein Mann ist tot«, sagte sie leise.

»Das tut mir leid.« Offenbar hatte Selma nichts davon gewusst. Zum ersten Mal veränderte sich ihr Blick. Mitgefühl lag darin.

»Wirklich, Selma, ich habe nach dir gesucht, weil ich mir Sorgen gemacht habe. Ich bin froh, dass du wohlauf bist. Wenn du willst, mache ich uns einen Tee oder Kaffee, und dann reden wir ganz in Ruhe.«

»Ich will deine Almosen nicht.« Von einer auf die andere Sekunde hatte sie ihre Rüstung wieder angelegt. »Du brauchst nicht länger nach mir suchen, denn jetzt bin ich hier.«

Sie ließ Frieda einfach stehen. Sie hörte die Haustür schlagen, ging ans Fenster und sah, wie Selma sich draußen erst den Mantel überzog, so eilig hatte sie es gehabt, das Haus zu verlassen. Frieda konnte noch erkennen, wie Selma sich über das Gesicht fuhr, ehe die Dunkelheit sie verschluckte.

Gleich am nächsten Morgen suchte Frieda ihren Bruder auf.

»Wie siehst du denn aus? Ist die Vertragsunterzeichnung gestern geplatzt? Clara und ich haben fest damit gerechnet, dass wir noch auf dein neues Kind anstoßen.«

»Sprich bloß nicht von meinen Kindern«, raunte sie. »Ist Clara nicht zuhause?«

»Nein, sie hat einen Termin bei einem Anwalt. Du wirst mit mir vorliebnehmen müssen. Was ist denn los?«

»Selma ist in Hamburg.«

Hans wurde blass. »Wie bitte?«

»Sie stand gestern, als ich vom Notar kam, vor meiner Haustür. Glücklicherweise hat Steven Sarah zum Essen ausgeführt, die beiden sind ihr also nicht begegnet.«

»Was wollte sie, wie geht es ihr?«

»Wenn ich das nur wüsste!« Frieda erzählte ihm, was geschehen war. Auch im Nachhinein wurde sie nicht schlau daraus. »Es ist ja wahr, dass Sarah wie Henriks Schwester aufgewachsen ist. Per und ich haben es nie aufgeklärt, wenn die Leute sie für unsere Tochter gehalten haben. Das war nicht richtig. Wir hätten sie adoptieren sollen, dann wäre alles hieb- und stichfest.«

»Niemand muss Sarah adoptieren, Frieda. Sie ist meine Tochter. Erwachsen ist sie obendrein. Was kann Selma schon ausrichten?«

Er hatte ja recht, trotzdem fühlte sich Frieda, als stünde sie vor Gericht und wäre im Begriff, alles zu verlieren.

»Wie können wir sie erreichen? Hat sie gesagt, wann sie wiederkommt?«

»Nein, sie ist so unerwartet gegangen, wie sie gekommen ist. Wir können nichts tun.«

»O doch, das können wir. Wir rufen die Familie zusammen und sagen es allen.«

»Nein, Hans. Lass uns damit noch warten, bitte! Wir wissen ja nicht einmal, ob sie wieder auftaucht.«

Die letzten Tage des Jahres waren furchtbar. Frieda hoffte, Selma möge sich bei ihr melden, gleichzeitig hatte sie genau davor Angst.

»Meine Zeit, was bist du schreckhaft, Frau Møller«, sagte Mina, die gerade im Begriff war, das Haus zu verlassen. »Is alles gut bei dir?«

»Ja, Mina, alles bestens.« Frieda zwang sich zu einem Lächeln. »Ich glaube, meine Nerven sind ein wenig gereizt. Nicht mehr lange bis zum ersten Januar. Das ist der Tag, an dem ich vor einem Jahr meinen Vater gefunden habe.«

»Mensch, ja, is schon wieder ein Jahr her.« Mina schüttelte den Kopf. »Is alles vorgekocht und so, aber wenn du mich noch brauchst, ich kann auch Silvester noch mal kommen oder gleich am ersten. Musst nur sagen.«

»Das ist lieb, danke, Mina. Aber es wird nicht nötig sein.«

Selma ließ Frieda lange schmoren. Am dritten Januar, einem Sonntag, stand sie vor der Tür. Sarah und Steven waren einige Minuten vorher zu Stevens Eltern gefahren, die die beiden anlässlich ihrer Verlobung eingeladen hatten. Frieda vermutete, dass Selma das Haus beobachtet hatte und Bescheid wusste. Entweder wollte sie Rücksicht nehmen und es Sarah ersparen, unvorbereitet vor ihr zu stehen, oder sie fürchtete sich davor.

»Hast du Sarah gesagt, dass ihre Mutter in der Stadt ist?« Selma sah sie herausfordernd an.

»Guten Tag!«, sagte Frieda kühl und ließ sie eintreten. Sie hatte sich fest vorgenommen, sie höflich zu behandeln. »Nein, sie weiß es noch nicht.« Frieda nahm Selma den Mantel ab. »Ich war nicht sicher, ob du dich noch einmal blicken lässt oder wieder spurlos verschwindest.« Frieda musste vorsichtig vorgehen, Selma geschickt aus der Deckung locken, ihr aber auch die Hand reichen. »Sarah ist verlobt. Die beiden bewohnen das Haus.« Sie sah sich um und deutete vage in Richtung Wohnzimmer und nach oben, damit Selma verstand. »Ich bin ins Souterrain gezogen.«

»Vorübergehend, bis die beiden etwas anderes haben, nehme ich an.« Frieda dachte kurz nach. »Nein, eigentlich nicht. Falls sie sich für eine andere Gegend entscheiden oder sie nicht so viel Nähe zu mir wollen, ist das etwas anderes, aber im Grunde halte ich es so für eine gute Lösung.«

»Du willst mir doch nicht weismachen, drei Zimmerchen und ein Bad reichen dir!« Diese Vorstellung schien Selma mehr zu erschüttern, als Frieda erwartet hatte.

»Doch, absolut.« Frieda verschränkte die Arme vor der Brust. »Also, Selma, da du letztes Mal einen Kaffee oder Tee als Almosen abgelehnt hast, biete ich dir heute nichts an. Sag mir, warum du hergekommen bist, und dann geh.«

Selma schluckte. Ihr Hals war gerötet, fiel Frieda auf, auch auf den Wangen zeigten sich Flecken. »Wie ich höre, ist Clara wieder zurück. Sie war schon immer in Hans verliebt, nicht wahr?«

»Was hat Clara mit dir oder Sarah zu tun?«

»Sie lebt jetzt mit Hans zusammen. Wie würde es ihr gefallen, wenn alle Welt erfährt, dass ich Sarahs Mutter bin? Ich könnte es an die ganz große Glocke hängen.«

»Und?« Frieda hoffte, dass sie einigermaßen gelassen klang. Natürlich wusste sie, wie sehr es Clara belasten würde. In Hamburg wurde gerne getratscht. Der Hannemann lebt in wilder Ehe mit einer Frau, und nun ist auch noch die Mutter seiner unehelichen Tochter aufgetaucht. Alle würden nur darauf warten, dass sich die beiden Frauen die Augen auskratzten.

»Sie ist die Erbin des Kaufhaus-Königs Mendel. Es wird gemunkelt, sie will sich das Warenhaus wiederholen, das jetzt einem anderen gehört.«

»Du bist gut informiert.« Anscheinend hatte Selma die letzten Tage genutzt, oder sie beobachtete die Familie und ihr Umfeld schon seit Langem.

»Clara hat jedes Recht dazu«, entgegnete Frieda eisig, weil Selma nur spöttisch die Augenbrauen hob. »Ihre Eltern wurden darum betrogen, weil sie Juden sind. Ich nehme an, du stimmst mir zu, dass dieses Unrecht gutgemacht werden muss.«

»Nur weil ich auch Jüdin bin, bin ich noch lange nicht ihre Freundin«, gab Selma zurück. »Ich muss mich noch entscheiden, auf wessen Seite ich stehe.«

Frieda hätte sie am liebsten hinausgeworfen. »Selma, ich weiß nicht, warum du glaubst, wir hätten dich damals abgespeist. Meine Mutter war gegen dich, sie hat dir das Leben nicht gerade leicht gemacht, das ist wahr. Aber ich habe dafür gesorgt, dass du aufgenommen wurdest, als du hochschwanger hier angekommen bist und mein Bruder im Gefängnis saß. Ich habe versucht, dir eine Freundin zu sein.« Es musste alles offen ausgesprochen werden. »Ich habe bestimmt Fehler gemacht, mich zu viel in die Erziehung von Sarah eingemischt. Aber ich war immer für dich da und wollte dein Bestes, euer Bestes. Ich verstehe bis heute nicht, wie du versuchen konntest, einen Keil zwischen Per und mich zu treiben. Du hast ihm eingeredet, ich hätte etwas mit Jason. Du hast ihn sogar glauben gemacht, Henrik wäre nicht Pers, sondern Jasons Sohn.«

»Ist er das nicht? Er hat die gleichen rötlichen Haare, die gleichen Sommersprossen. Kannst du ganz sicher sein?«

Nichts als Provokation, Frieda ignorierte sie.

»Es war nicht richtig, dass Per dich aus dem Haus geworfen hat. Allerdings dachte ich immer, du kommst zurück, um dein Kind nachzuholen.« Frieda sah ihr in die Augen. »Aber du hast Sarah hier zurückgelassen.«

Selma zuckte zusammen, und Frieda wusste, dass sie den wunden Punkt erwischt hatte. Jetzt nicht nachlassen, sie musste Selmas Fassade zum Einsturz bringen, vielleicht konnten sie dann vernünftig miteinander reden.

»Die ersten Monate waren schrecklich. Deine Tochter hat gelitten, sie hat dich so vermisst.« Selmas Augen füllten sich mit Tränen, sie begann zu zittern. »Du hast ihr gefehlt, aber das Schlimmste war, dass sie glauben musste, es würde dich nicht kümmern, was aus ihr wird. Sarah dachte, sie hätte etwas falsch gemacht, sie wäre nicht gut genug gewesen.«

»Hör auf!« Selma ballte die Hände zu Fäusten, ihr Gesicht war glühend rot.

»Meine Mutter hat mit Vergnügen in diese Kerbe geschlagen, das kannst du dir sicher vorstellen. Ich habe versucht, es zu verhindern, aber es gelang mir nicht immer.«

»Halt endlich den Mund!«, schrie Selma. »Ich will das nicht hören.« Tränen liefen ihr über die Wangen, ihre Augen waren verschleiert vor Zorn und Schmerz. »Jetzt bin ich ja hier, um auf sie aufzupassen«, sagte sie keuchend.

»Ein bisschen spät«, entgegnete Frieda ruhig. »Sie ist erwachsen und braucht keine Mutter mehr, die auf sie aufpasst. Sie wird bald einen Ehemann haben, der das tut. Selma, du hast die Chance, Sarah das schönste Hochzeitsgeschenk zu machen.«

Selma zog die Stirn kraus.

»Du kannst wieder in ihr Leben treten, ihr erklären, was damals geschehen ist. Ich weiß nicht, ob sie dir verzeihen kann, aber ich bin sicher, sie wird froh sein, Licht in dieses Dunkel zu bringen, das sie ihr ganzes Leben verfolgt.«

Selma senkte den Blick, krallte die Hände ineinander. Frieda berührte vorsichtig ihren Arm, doch Selma schlug ihre Hand zur Seite.

»Fass mich nicht an! Du spielst dich als ihre Mutter auf, nutzt meine Tochter aus und lässt sie für dich arbeiten.«

Frieda wurde übel. »Ich höre wohl nicht richtig.«

»Du hast mich genau verstanden. Sarahs Pralinen haben einen glänzenden Ruf weit über Hamburg hinaus. Und wer heimst die Gewinne ein, wer kassiert dafür die Lorbeeren? Du!«

Frieda spürte plötzlich etwas Kaltes und Hartes in sich, etwas, vor dem sie lange Ruhe gehabt hatte. Ihre Mutter hatte es geschafft, dass sich diese widerliche böse Kraft in ihr zusammenballen konnte. Und auch damals in Berlin, als Hans den eigenen Vater bestohlen hatte, als er ihr so jämmerlich schwach und schmutzig gegenübergetreten war, hatte diese Kraft Besitz von Frieda ergriffen. Sie hasste es, wenn das geschah, aber sie konnte sich nicht dagegen wehren.

»Du willst eine Mutter sein?« Frieda trat auf Selma zu, die erschrocken zurückwich. »Du hast dich nie um Sarah geschert. Kein Brief, keine Frage, wie es ihr geht. Du wolltest dein Kind kein einziges Mal sehen. Und jetzt spielst du die besorgte liebende Mutter?«

»Es ist nicht wahr, dass ich mich nicht für sie interessiert habe. Ich war hier. In Hamburg«, stotterte Selma. »Ich wollte mit ihr sprechen, ihr …«

»Ich weiß, ich habe dich gesehen«, fiel Frieda ihr ins Wort. »Ich nehme an, du bist damals aus dem gleichen Grund gekommen wie jetzt. Was willst du hier, Selma?«

»Sie ist meine Tochter«, flüsterte sie und schluchzte. »Ich will sie sehen. Ich will, dass sie mich zu sich nimmt.« Sie sprach so leise, dass Frieda Mühe hatte, sie zu verstehen.

Der Klumpen in Friedas Eingeweiden würde sie zerreißen, wenn sie ihre Enttäuschung jetzt zurückhielt. Sie trat noch einen Schritt näher. »Sag endlich die Wahrheit. Was willst du, Geld? Sarah hat sich gefühlt, als hätte ihre eigene Mutter sie verkauft.«

Selma drehte sich um, als hätte Frieda ihr ins Gesicht geschlagen. Sie lief los, an der Haustür blieb sie stehen. »Ich werde dich wissen lassen, was ich will«, sagte sie heiser. Frieda sah, wie Selma etwas aus der Manteltasche holte und fallen ließ, ein Stück Papier. Dann ging sie hinaus und schlug die Tür hinter sich zu.

Frieda schloss die Augen und amtete ein paarmal ein und aus, bis sie sich wenigstens ein bisschen beruhigt hatte. Sie bückte sich und hob den Zettel auf. Dieses Mal hatte Selma eine Adresse hinterlassen.

Wenigstens hatte Selma für ihren zweiten Besuch den besten Zeitpunkt erwischt, dachte Frieda wütend. Am Abend war sie ohnehin mit Clara und Hans verabredet, dann konnten sie gleich beratschlagen, wie sie sich verhalten wollten. Clara hatte einen Termin mit einem Galeristen ausgemacht und Frieda gebeten, auch zu dem Treffen zu kommen, das in einem kleinen Lokal hinter dem Jensichpark stattfinden sollte. Zwar befürchtete Frieda, dass Clara dabei Hintergedanken hatte – der Mann war verwitwet, aber noch kein Tattergreis, wie Clara augenzwinkernd sagte –, dennoch hatte sie zugestimmt.

Frieda blieben noch ein paar Stunden. Sie fühlte sich wie ein wildes Tier im Käfig, so aufgebracht war sie noch immer. Spontan schnappte sie sich Schal und Handschuhe, schlüpfte in ihren Mantel und ging hinaus. Ohne Ziel lief sie die Elbchaussee entlang. Ihr Atem stand wie eine kleine Wolke vor ihren Lippen, die Kälte brannte in ihren Lungen. Frieda zog den Schal ein Stückchen höher. Mit jedem Schritt löste sich der Klumpen in ihrem Inneren ein bisschen mehr, sie konnte endlich wieder klar denken. Nur nutzte das dummerweise nichts, denn es ergab doch alles keinen Sinn. Selma war nicht egal, wie es ihrer Tochter ging, das hatte ihre Reaktion ganz deutlich gezeigt. Warum hatte sie sich trotzdem so lange nicht um sie gekümmert, was hatte sie davon abgehalten? Warum hatte sie nicht einfach geklingelt, als sie damals wieder in Hamburg war? Was Frieda am meisten zu schaffen machte, war Selmas unbändiger Zorn. Womit hatten Frieda und ihre Familie ihn auf sich gezogen? Sie schob den Schal wieder ein Stück herunter. Sie stapfte so energisch voran, dass ihr der Schweiß ausbrach.

War es überhaupt Zorn? Manches Mal sah es danach aus, doch im nächsten Moment wirkte Selma wieder hilflos, unsicher und so, als täte ihr alles von Herzen leid. Als würde ab und zu eine fremde Macht nach ihr greifen. Wie die Kraft, die sich so widerlich und hart in Frieda zusammenballte, wenn sie bis aufs Blut gereizt wurde.

Sie sah sich um, musste sich orientieren. Frieda war einfach nur losgelaufen, ohne ihre Umgebung überhaupt wahrzunehmen. Wie weit war sie gekommen? Ein Stück vor sich entdeckte sie die Himmelsleiter, jene Treppe, die hinunter zum Elbstrand führte. Wunderbar!

Frieda konnte die Stufen hinabsteigen und am Wasser entlang zurückgehen. Wie lange war sie nicht mehr dort unten gewesen?

Frieda machte sich auf den Weg, blieb auf halber Höhe stehen und ließ ihren Blick schweifen. Sie liebte die Aussicht auf den majestätischen Fluss und die Dächer der Fischer- und Kapitänshäuser, die schon so manchem Hochwasser getrotzt hatten. Vom Garten ihrer Eltern konnte man die Elbe sehen und riechen. Dennoch brauchte man nie Angst vor ihr zu haben. Für die Bewohner der Häuschen hier unten galt das nicht. Sie mussten damit rechnen, dass der Fluss zu ihnen in die gute Stube schwappte. Schon mehr als einmal hatte es Pegelstände von vier Metern und mehr gegeben. Dann musste man sich auf nasse Füße gefasst machen.

»Das is eben so, wenn man im Keller von Övelgönne lebt«, hatte ein Kapitän im Ruhestand mal zu ihr gesagt, den sie bei einem Spaziergang getroffen hatte. »Jeder weiß das. Wer damit nich klarkommt, der muss oben bei den feinen Pinkeln inner Elbchaussee wohnen.«

Sie musste lächeln. Eins dieser Häuser musste das gewesen sein. Sie konnte sich genau erinnern, wie der Mann sich auf den schmiedeeisernen geschwungenen Zaun gelehnt, der nur einen Schritt vor seiner Haustür stand, und über den Strand geblickt hatte. Hochwasser sei wie Schnupfen, sagte er auch noch, so etwas mache ihm keine Angst. Doch sie konnte ihm ansehen, dass er den Ernst besonders hoher Pegelstände genau kannte. Die Elbe war ein unberechenbares Tier. Wenn sie wollte, verschlang sie Hab und Gut, Mann und Maus.

Der Galerist war ein kluger Mann, sehr gepflegt und mit guten Umgangsformen. Nur war Frieda nicht auf der Suche nach einem neuen Gefährten. Selbst wenn, wäre sie an diesem Abend nicht zu begeistern gewesen. Sie hörte zu und freute sich über die Pläne, die er und Hans hatten: Teilnahme an einer Frühjahrsausstellung, im Herbst dann eine eigene Schau, auf der nur Hans' Bilder zu sehen sein würden. Im Grunde fieberte Frieda jedoch dem Moment entgegen, wenn sie sich verabschiedeten und sie mit ihrem Bruder und Clara allein war.

»Hast du Clara eingeweiht?«, flüsterte Frieda Hans zu, als es endlich so weit war.

»Ja, sie weiß Bescheid.«

»Gut. Selma war heute wieder bei mir«, sagte sie dann laut.

»Darum warst du so fahrig.« Hans sah sie an, und sie erzählte.

Sie gingen die von Straßenlampen nur spärlich beleuchtete Holztwiete entlang. Die meisten der hübschen Stadthäuser verschmolzen mit der Dunkelheit, nur in wenigen Fenstern schimmerte noch ein Lichtschein.

»Ich bin nicht gerade begeistert, aber es hat sich doch ohnehin herumgesprochen, dass Hans ein uneheliches Kind hat«, sagte Clara, nachdem sie Frieda bis zum Schluss zugehört hatte. »Damit muss ich klarkommen.«

»Dass Sarah gar nicht meine Tochter, sondern die meines Bruders ist, nehmen die Hamburger hin. Sie bleibt schließlich in der Familie.« Frieda zuckte ein wenig hilflos mit den Achseln. »Nur droht Selma, an die große Glocke zu hängen, dass Sarahs leibliche Mutter wieder in der Stadt ist. Was ist, wenn sie es aussehen lässt, als wäre sie die bedauerliche verstoßene Frau, der du den Mann ausgespannt hast?«

»Sie war über zwanzig Jahre weg!« Frieda konnte Hans' Missbilligung förmlich hören.

»Ich weiß es ja auch nicht. Womöglich behauptet sie, dass Clara schon damals der Grund dafür war, warum du Selma nicht geheiratet hast. Ihr wisst, wie die Hamburger sein können. Ich will einfach nicht, dass Claras Ruf in irgendeiner Weise beschädigt wird. Schon gar nicht, ehe der Streit mit Hasselkamp um das Alsterhaus erledigt ist.«

»Woher weiß sie überhaupt, dass die Eis-Schokolade Sarahs Erfindung ist? Darauf spielt sie doch wohl an, oder?«, fragte Clara. Sie bogen um die Ecke und blieben stehen. Hier trennten sich ihre Wege.

»Ich habe wirklich keinen Schimmer.« Frieda seufzte. »Sie weiß ja so einiges, wahrscheinlich hat sie das alles hier schon eine Weile beobachtet.«

»Oder jemand sorgt dafür, dass sie gut informiert ist«, gab Hans zu bedenken.

»Wer sollte das sein?« Frieda starrte ihn an. »Für unsere Mitarbeiter lege ich die Hand ins Feuer.«

»Außerdem kennt sie nicht nur Einzelheiten aus der Firma.« Clara hakte sich bei Hans unter, kuschelte sich an ihn und schob ihre Hand in seine Manteltasche. »Ihr ist auch bekannt, dass ich einen Rechtsstreit um das Alsterhaus führen will. Na ja, von Wollen kann keine Rede sein«, fügte sie leise hinzu.

»Ich denke eher, sie weiß etwas und reimt sich den Rest zusammen«, sagte Frieda entschlossen. »Dass die Mendel sich mit dem ehemaligen Angestellten und jetzigen Eigentümer anlegt, ist Stadtgespräch. Und was Sarah angeht … Vielleicht meinte sie die Eis-Pralinen gar nicht konkret. Oder sie hat ins Blaue geschossen und ins Schwarze getroffen. Es ist kein Geheimnis, für welche Abteilung Sarah verantwortlich ist.«

Hans legte einen Arm um Clara, die immer mehr schlotterte. »Wenn sie das nächste Mal zu dir kommt, dann rufst du mich an. Ich rede mit ihr.«

»Nein, Hans, sie wendet sich nur an mich. Ich glaube, sie hat mit mir eine Rechnung offen, also kümmere ich mich auch um die Angelegenheit.«

»Sarah ist Selmas und meine Tochter, es geht mich etwas an.«

»Das stimmt.« Sie zögerte. »Selma hat mir eine Adresse hinterlassen. Ich werde zu ihr gehen. Wenn ich wieder nicht herausfinde, warum sie so wütend auf mich ist, überlasse ich dir das Feld.« Sie lächelte schmal, dann verabschiedeten sie sich eilig, und Frieda ging nach Hause.

Gleich am nächsten Tag ließ sich Frieda nach der Besprechung im Meßberghof einen Wagen kommen und fuhr nach Eilbeck. Das Haus in der Papenstraße, dessen Anschrift auf Selmas Zettel stand, war eines der wenigen Gebäude, die die Bombenangriffe überstanden hatten. Überall klafften Baulücken, schon bald würde es hier nur noch moderne Gebäude geben. Mittendrin eine Kirche, deren Ruine gespenstisch wirkte. Wie es aussah, würden die Sanierungsarbeiten bald beginnen.

Zum wiederholten Mal sah Frieda auf das zerknüllte Stück Papier. Sie hatte sich nicht getäuscht, sondern stand an der richtigen Adresse. Als ob sie es noch einmal nachlesen musste! Jeder Buchstabe, jede Ziffer der Hausnummer hatte sich längst in ihre Netzhaut gebrannt, so oft wie sie darauf gestarrt hatte.

Frieda drückte den Klingelknopf. Das dumpfe laute Klopfen musste ihr Herz sein. Sie zupfte an ihrem schlichten grauen Kostüm. Schritte, das Geräusch eines Schlüssels im Schloss. Selma war also zu Hause. Frieda atmete noch einmal tief durch. Die Tür öffnete sich, eine Frau, deren Alter schwer zu schätzen war, sah Frieda neugierig an.

»Wer sind Sie, was wollen Sie?« Die Frau klang müde, resigniert, als erwartete sie nichts Gutes, wenn jemand an ihre Tür kam.

»Guten Tag. Mein Name ist Frieda Møller. Ich dachte, Selma Blumenstein wohnt hier.«

»Und?«

»Ich möchte zu ihr«, entgegnete Frieda freundlich. »Wir haben etwas zu besprechen.«

»Zu besprechen, aha. Und was?«

Frieda stutzte. »Das ist eine ziemlich private Angelegenheit. Ist Selma da?«

»Das dachte ich mir schon, dass es was Privates ist. Interessiert mich besonders.« Sie griente breit, wobei eine Zahnlücke sichtbar wurde.

»Ist es für mich?«, fragte eine Stimme aus irgendeinem der Zimmer.

»Nein!«, rief die Alte.

»Ist Selma nun da oder nicht?« Frieda sah der Frau in die Augen.

»Ja, ja. Wo soll sie sonst schon sein?« Sie wedelte mit der Hand, was wohl eine Aufforderung sein sollte, einzutreten. Mit schwerem Schritt schlurfte sie den düsteren Flur entlang und klopfte an eine Tür. »Selma! Besuch!«

Frieda hörte ein Stöhnen, dann Selmas Stimme.

»Herein!«

Die Alte sah Frieda an und deutete mit dem Kopf in die Richtung von Selmas Zimmer. »Meine Mädchen sind alle anständig, dass Sie das wissen.« Ihr Blick heftete sich auf Frieda, während die an ihr vorüberging. Frieda stieg der Geruch frisch geschnittener Zwiebeln in die Nase.

Sie klopfte. »Selma, ich bin's, Frieda.«

»Dachte ich mir, komm rein!«

Selma saß auf einem Bett und knöpfte sich gerade die Strickjacke zu. Ihre Haare hingen ihr offen über die Schultern.

»Guten Tag, Selma.« Frieda sah sich verstohlen um. Ein schmaler Kleiderschrank, eine Waschschüssel auf einem Tisch wie früher, ein Stuhl, das war alles.

»Ich wusste, dass du keine Zeit vergeuden würdest. Hab damit gerechnet, dass du hier aufkreuzt.« Sie rieb sich die Augen.

»Habe ich dich geweckt? Das tut mir leid.«

»Ich arbeite nachts im Bananenschuppen«, erklärte sie. »Elende Plackerei, aber von irgendetwas muss ich ja leben.« Der erste Satz, den sie ohne einen Unterton gesagt hatte. Als hätte sie vergessen, dass sie in Frieda ihre Gegnerin sehen wollte. Das war die Gelegenheit. Frieda setzte an, wollte ihr anbieten, über eine Arbeit in der Manufaktur zu sprechen.

»Ich habe nämlich keine Kinder, die für meinen Unterhalt sorgen können«, sagte Selma da bitter.

Augenblicklich schlug Friedas Mitleid in Wut um. »Du hättest deine Tochter eben nicht verlassen sollen.«

»Ich habe Sarah nicht verlassen!« Selma sprang auf und ging zum Fenster. »Nicht freiwillig. Und ich habe meine Tochter schon gar nicht verkauft, wie du behauptet hast«, sagte sie, von Frieda abgewandt. »Das würde ich niemals tun.«

»Was willst du dann hier?« Frieda verschränkte die Arme vor der Brust und reckte das Kinn. Selmas Mundwinkel zuckten, ihre Lippen begannen zu zittern, sie atmete schwer. Frieda hätte schwören können, dass sie einen Kampf mit sich auszutragen hatte. Was ging nur in ihr vor?

»Ich sage es dir noch einmal: Sprich mit Sarah, erkläre ihr, warum du damals gehen musstest und warum du nicht zurückkommen, sie nicht nachholen konntest. Bitte sie um Verzeihung. Sarah ist erwachsen, ich kann nicht für sie sprechen, aber ich bin sehr sicher, dass sie dir nicht die Tür vor der Nase zuschlagen wird.«

Es sah so aus, als würde Selma im nächsten Moment in Tränen ausbrechen. Vielleicht konnte sie ihrer Seele dann endlich Luft machen und alles erzählen, was sie so zu quälen schien.

»Denkst du, wir können die Zeit nachholen? Glaubst du, ich kann vielleicht sogar bei ihr wohnen?«, fragte sie heiser.

»Du bist eine Fremde«, begann Frieda.

»Ich bin ihre Mutter!« Selma bebte. »Ich will meine Tochter wiederhaben, in ihrer Nähe sein.«

Frieda schnappte nach Luft. »Das verstehe ich«, sagte sie langsam, »nur ist es vielleicht ein bisschen viel verlangt, gleich bei ihr wohnen zu wollen.«

»Ach ja, meinst du?«

»Sarah ist im Begriff zu heiraten. Du kannst dir sicher vorstellen, wie aufgeregt sie ist.«

»Nein, kann ich nicht«, warf Selma leise ein. »Ich kenne sie doch kaum.«

»Es wäre schön, wenn ihr miteinander sprechen, euch wieder kennenlernen würdet. Doch das braucht Zeit.« Frieda lächelte sie aufmunternd an. »Geh zu ihr, und dann lass sie erst einmal heiraten. Danach …« Weiter kam Frieda nicht.

»Ihre Mutter ist zurück. Ist das kein Grund, die Hochzeit um ein paar Wochen zu verschieben?«

Frieda starrte sie an. Erwartete Selma das ernsthaft von ihrer Tochter? Wenn sie das von ihr verlangte, wäre das kein guter Start für die beiden. Frieda musste Selma umstimmen.

»Wie wäre es damit: Ich besorge dir eine Wohnung oder vielleicht ein hübsches kleines Haus in Nienstedten und gebe dir monatlich eine Summe, damit du nicht länger im Hafen schuften musst. So bist du in Sarahs Nähe, ihr könnt euch sehen und ganz allmählich …«

»Du bietest mir Geld, Frieda?« Selma funkelte sie an. »Das ist mal wieder typisch. Du verstehst gar nichts!«

»Ich dachte doch nur …«

»Du ahnst nicht, was ich durchgemacht habe, Frieda. Aber eins sage ich dir: Ich habe gelernt zu kämpfen. Wenn's sein muss, mit harten Bandagen. Es macht mir keine Freude, das kannst du mir glauben«, flüsterte sie. »Was macht schon Freude? Als ob es im Leben darum ginge. Es geht ums Gewinnen. Und dieses Mal werde ich gewinnen, das schwöre ich.«

Frieda lief zur Haltestelle Landwehr. Ein Häuschen in Nienstedten und eine monatliche Summe. Das war doch ein großzügiges Angebot. *Es war ungeschickt, Frieda,* tadelte sie sich, *gut gemeint, aber ungeschickt.* Immer wieder sah sie die Szene vor sich, während sie auf die Bahn wartete. Und je länger sie nachdachte, desto weniger konnte sie verdrängen, was Selma gesagt hatte. *Ich will meine Tochter wiederhaben.* Wenn Frieda mit Sarah reden würde, ganz in Ruhe, möglicherweise wäre das der beste Weg. Die beiden konnten sich aussprechen, und Selma hatte, was sie sich am meisten wünschte. Andererseits hatte Frieda genau das vorgeschlagen, doch Selma war nicht darauf eingegangen. Stattdessen sprach sie davon, mit harten Bandagen zu kämpfen. Frieda schnaubte und stieg in die Bahn. Der Zug rumpelte los, legte sich quietschend in die Kurven. Sarah freute sich so sehr auf ihre Hochzeit. Ein schrecklicher Gedanke, wenn ausgerechnet jetzt ihre leibliche Mutter auftauchte und alles daransetzte, den Termin zu verschieben. Selbst wenn sie dazu nicht die Macht hatte, würde sie Sarah damit die Vorfreude nehmen. Frieda wurde flau. Wenn sie nun einen Keil zwischen Steven und Sarah trieb, wie sie es damals bei Per und Frieda versucht hatte? Das durfte nicht geschehen. Kaufmännisch denken, ein Angebot lag auf dem Tisch. Ein Haus in Nienstedten und eine monatliche Summe, vielleicht würde Selma es sich doch noch überlegen, wenn sie nur in Ruhe darüber nachgedacht hatte.

»Ein Haus in Nienstedten und dazu eine monatliche Summe? Wofür?«
Ernst sprang auf. Frieda war auf direktem Weg zurück in die Manufaktur und in sein Büro gegangen.

»Das spielt doch keine Rolle.«

»Es spielt keine Rolle?« Er sah sie an, als hätte sie den Verstand verloren. »Weißt du, was ein Haus kostet? Natürlich weißt du es, wir haben gerade eins für die Firma gekauft«, gab er sich selbst die Antwort. »Und das war noch günstig. Du weißt auch, dass ich mich selbst gerade nach etwas Hübschem umgucke. Für Walli und mich.« Er baute sich vor Frieda auf. »Dafür habe ich gearbeitet, Frieda, lange und hart. Darum kann ich mir das leisten.« Er schüttelte wieder den Kopf. »Vielleicht sogar in Nienstedten, allerdings nicht in der Nähe der Elbchaussee, das ist sicher.«

»Du bist mein Freund, Ernst, mein bester Freund. Deine Meinung war mir immer sehr wichtig.« Weiter kam sie nicht.

»War?« Er zwinkerte irritiert.

»In diesem Fall geht es nicht um Hannemann & Krüger, sondern um eine reine Familienangelegenheit. Ich hätte dich nicht gefragt, wenn ich das Geld allein hätte aufbringen können. Das kann ich aber nicht. Ich habe alles in die Manufaktur gesteckt, damit sie wieder auf die Beine kommt. Wie du auch. Ich möchte mir die Summe doch nur leihen.«

»So einen Unfug hab ich ja mein Lebtag noch nicht gehört«, schimpfte er. »Hannemann & Krüger hat das Geld auch nicht, nicht nach dem Kauf des Ladens. Du wirst einen Kredit aufnehmen müssen. Den gibt's aber nur, wenn du eine Sicherheit bietest. Willst du das allen Ernstes, Frieda? Willst du die Manufaktur aufs Spiel setzen?«

Sie schluckte. Eine schreckliche Vorstellung. »Es muss einen anderen Weg geben«, sagte sie mehr zu sich selbst.

»Jo, gibt's.«

Frieda sah ihn hoffnungsvoll an.

»Du hältst das Geschäft raus und setzt dein Haus als Sicherheit ein. Pers Verlobungsgeschenk«, betonte er überflüssigerweise. »Wenn es dir das wert ist …« Er ging hinter seinen Schreibtisch zurück.

»Das kann ich nicht tun«, flüsterte sie. »Dann müsste ich Sarah reinen Wein einschenken. Es ist zwar noch nicht ihr Haus, aber die beiden leben darin. Sarah ist dort aufgewachsen. Sie würde es nicht zulassen.«

Ernst ließ sich in seinen Stuhl sinken. »Kluges Mädchen. Im Gegensatz zu dir. Wenn du mich fragst, hat Selma keinen Pfennig verdient, und ich würde ihr auch nix geben.« Er war auf ihrer Seite, würde das immer sein. Er musste einfach einem Firmenkredit zustimmen. »Falls du dich trotzdem anders entscheidest, hast du drei Möglichkeiten.« Ernst seufzte tief. »Entweder du holst dir von Sarah, Henrik und mir die Erlaubnis, die Firma zu belasten.«

Frieda hatte das Gefühl, nicht genug Luft zu bekommen. »Oder?«

»Oder du belastest dein Haus oder fragst Hans und Henrik. Die Hannemannsche Villa ist wertvoll genug, damit ist die Bank bestimmt zufrieden.«

Die Stille im Raum war greifbar, nur noch das Ticken der Pendeluhr war zu hören. Frieda stützte sich auf seinen Schreibtisch und schloss kurz die Augen, weil alles verschwamm, das Fenster, der kleine Bilderrahmen an der Wand mit der Münze, die Ernst zum Einzug geschenkt bekommen hatte. Als sie die Augen wieder öffnete, sah sie sein Gesicht vor sich, seinen wachen freundlichen Blick, das dünne Haar, die Lachfältchen um den Mund.

Sie wagte einen letzten Versuch: »Die Geschäfte laufen prächtig. Wir kriegen das hin. Bitte, Ernst, es ist die beste Lösung. Wir können allein entscheiden, ob wir Hannemann & Krüger belasten wollen. Wir müssen Sarah und Henrik nicht fragen. Nur du und ich.«

»Nee, Frieda, tut mir leid. Das sind zwar nicht meine Kinder, aber ich kenne die beiden, von Geburt an. Die haben auf meinem Schoß gehockt, als sie kleine Butscher waren. Ich übergebe ihnen ganz bestimmt keinen finanziellen Scherbenhaufen. Aber genau das wäre es, Frieda. Ein Haus in Nienstedten, unweit des Jenischparks womöglich, kann schnell ein kleines Vermögen kosten. Das dauert zig Jahre, ehe der Kredit abbezahlt wäre.« Er schüttelte entschieden den Kopf. »Nur wenn das Geschäft es verlangt, wenn's gar nicht anders geht, würde ich den beiden 'n Haufen Schulden hinterlassen. Aber nur dann, Frieda!«

Sie war gegangen, ohne sich anständig von ihm zu verabschieden. Frieda wusste, wie ihm das zu schaffen machen würde. Er hatte ihr Verständnis verdient, denn seine Reaktion war tadellos. Im Grunde müsste sie ihm dankbar sein. Wie hätte sie auf eine solche Bitte reagiert? Sie wusste es nicht. Aber eins wusste sie: Auch sie hätte niemals geduldet, dass die Manufaktur in Schieflage geraten würde. Es war aber auch zum aus der Haut fahren! Wenn es nur um Hans und Clara ginge, könnten sie ihr Elternhaus als Sicherheit einsetzen und einen Kredit bekommen. Aber da waren auch noch Henrik, Gerlinde und die Kinder. Genauso war es mit ihrem Haus. Ja, es war das Verlobungsgeschenk, aber Per hätte es ohne Zögern riskiert. Es wäre das Sprungtuch gewesen. Dummerweise musste Frieda mit Sarah sprechen, wenn sie eine Hypothek auf das Haus aufnehmen wollte, das war sie ihr schuldig.

Frieda überprüfte ihren Kontostand und den der Stiftung. Sie setzte sich hinter ihren Schreibtisch, sprang wieder auf, ließ sich in ihren Sessel fallen. Oben hörte sie Sarah lachen. Eine junge Frau, die im Begriff war, eine eigene Familie zu gründen, die einmal die Manufaktur leiten würde. Selma durfte dieses Glück nicht gefährden. Es war spät geworden, am besten ging sie schlafen. Die Welt sah manchmal völlig anders aus, wenn die Sonne über einem neuen Tag aufging. Ehe sie das Licht löschte, berührte sie Pers Foto, das auf ihrem Nachttisch stand.

»Kannst du mir nicht sagen, was ich tun soll?«

Friedas Gedanken gaben einfach keine Ruhe. So oft sie sich auch sagte, dass sie sich ausruhen sollte, um dann mit klarem Geist und frischer Kraft nach einer Lösung zu suchen, so oft machten sich ihre Grübeleien selbstständig und brachten sie um den Schlaf. Sie warf sich hin und her, stand auf, um ein Glas Wasser zu trinken, schlüpfte wieder unter die Decke. Eine Weile waren da wenigstens noch die Stimmen von Steven und Sarah, die etwas Beruhigendes hatten. Doch irgendwann war es still im Haus wie in einem Grab. Frieda fühlte sich hilflos. Sie konnte nicht verhindern, dass in ihr immer fürchterlichere Bilder aufstiegen, immer katastrophalere Szenen, wie Selma Steven Lügen über Sarah zuspielte. Frieda sah ihn vor sich, mit wutverzerrtem Gesicht. Er packte die kleine Meerjungfrau aus Bronze, die Ernst Frieda zwei Jahre nach Pers Tod zu Weihnachten geschenkt hatte, holte aus. Sarah riss beide Hände nach oben, wollte ihren Kopf schützen. Zu spät. Frieda sah, wie Blut spritzte. Viel Blut. Es war überall, tränkte den Teppich, den feinen Sand. Sand? Sie verstand nicht gleich, sah sich um. Sie war am Strand, Sarah und Steven waren fort. Nur noch sie und Ernst. Er kam in ihre Richtung, fröhlich winkend. Plötzlich war er wieder der Junge, der Sohn von Haushälterin Gertrud Krüger, mit dem Frieda zu gern spielte.

»Ich habe etwas gefunden!«, rief er und lief auch schon darauf zu.

»Nein, Ernst, nicht anfassen!«, schrie sie. Sie hatte noch nie eine Mine gesehen, aber sie wusste, das Ding im Sand würde im nächsten Augenblick explodieren.

»Doch, du kannst es verkaufen. Ich schenke es dir, und dann kannst du das Haus kaufen.« Er bückte sich, streckte die Hand aus.

Frieda fuhr hoch, keuchte. Das Nachthemd klebte ihr am Körper, dabei war es kalt in ihrem Schlafzimmer. Sie tastete nach dem Lichtschalter, kniff die Augen zusammen. Allmählich wurde ihr Atem wieder ruhiger. Sie war zu Hause, alles war in Ordnung. Ernst ging es gut. Sicher lag er in seinem Bett und schnarchte mal wieder so sehr, dass Walli kein Auge zubekam. Frieda fischte ihre Uhr vom Nachttisch und blinzelte. Sie musste sich endlich um eine Brille kümmern. Kurz nach drei Uhr. Ein paar Stunden konnte sie noch schlafen. Frieda seufzte. Sie mochte das Licht nicht wieder löschen. Was, wenn der Traum zurückkam? Bestimmt würde sie sowieso nicht mehr einschlafen können. Sie konnte mit ihrer Zeit etwas Besseres anfangen. Frieda schlug die Decke zurück, stand auf und zog sich an.

Keine zwei Stunden später stand sie in der Manufaktur, schaltete den Herd ein und stellte sich Vollmilch-Hohlkörper bereit. Sie würde eine neue Milchcreme ausprobieren. Eine, die perfekt zu Baiser passte, aber weniger süß war, eine Variante für Erwachsene dieses Mal. Sie erhitzte Sahne über dem Wasserbad und ließ darin Butter schmelzen. Von der Gasflamme ging wohlige Wärme aus, die es bis in Friedas Innerstes schaffte. Ihre Anspannung löste sich wie die Butterflöckchen, der feine Geruch von Vanille hüllte sie ein, als sie zwei Schoten auskratzte. Frieda gab kurzentschlossen die ganzen Schoten in den Topf und ließ sie in der Sahne-Fett-Mischung ziehen, damit sich das Aroma noch stärker entfalten konnte. Nach einigen Minuten begann Frieda, stückchenweise Zartbitterschokolade mit extra hohem Kakaoanteil unterzurühren. Als die Masse die richtige Konsistenz hatte, goss Frieda etwas Cognac hinein. Auch gemahlener Mohn kam hinzu und ganz zum Schluss natürlich das zu kleinen Brocken zerstoßene Baiser. Die Mischung duftete so verführerisch, dass ihr das Wasser im Mund zusammenlief. Frieda tauchte ein Holzlöffelchen ein und kostete. Himmlisch! Die Süße des Baisers wurde perfekt von dem bitter-kräftigen Aroma der dunklen Schokolade aufgefangen, der Cognac verlieh der Komposition eine raffinierte Note. Nachdem die Creme ein wenig abgekühlt war, konnte sie in die Hohlkörper gefüllt werden. Fertig.

Erst als Frieda die Pralinen in den Lagerraum trug, wanderten ihre Gedanken zurück zu Selma. Sofort schloss sich eine eisige Faust um ihr Herz. Es gab nur eine Lösung, das Problem aus der Welt zu schaffen. Auf einmal war es ihr ganz klar. Ernst hielt noch immer weniger Anteile am Unternehmen als sie. Sie war befugt, ohne ihn einen Kredit im Namen von Hannemann & Krüger aufzunehmen. Er konnte es nicht verhindern. Was hatte er gesagt? *Du hast drei Möglichkeiten.* Falsch, sie hatte eine vierte. Und er wusste es. Nur vertraute er ihr. Ernst Krüger würde niemals glauben, dass sie gegen seine ausdrückliche Zustimmung eine derartig weitreichende Entscheidung treffen würde. Aber was sollte sie denn sonst tun? Es war der einzige Weg, weder Henrik noch Sarah einzuweihen. *Du riskierst die Manufaktur,* wiederholte eine drohende Stimme in ihrem Kopf. *Du riskierst das alles hier, die Maschinen, die Seidenpapiere, die Formen, selbst diesen herrlichen Duft. Du riskierst die Arbeitsplätze der Menschen, die sich auf dich verlassen. Und das Schlimmste: Du riskierst deine Freundschaft zu Ernst Krüger.*

Frieda brachte die Stimme zum Schweigen. Ehe sie den ersten Arbeitern oder womöglich Ernst über den Weg lief, verließ sie die Manufaktur. Es war stockfinster und eiskalt, als Frieda in die Bahn nach Eilbeck stieg.

»Herr des Himmels und der Erde, sind Sie von allen guten Geistern verlassen?« Die alte Frau mit der Zahnlücke stand in der Tür wie Cerberus, der Wachhund der Hölle. »Ich will hoffen, dass es wichtig ist. Ich meine, richtig wichtig. Sonst kommt hier nämlich niemand um die Zeit rein.«

Frieda holte eine kleine Schachtel Pralinen aus der Tasche. »Bitte, entschuldigen Sie die frühe Störung. Die hier sind für Sie.«

Die Frau griff blitzschnell zu. »Danke.« Sie verzog keine Miene. »Und, was is nu? Isses wichtig?«

»Es geht um Leben und Tod.«

»Wirklich?« Sie riss die Augen auf. »Also, wenn das bei mir um Leben und Tod ginge, denn würde ich mich aber gründlich erkundigen, wo ich hinmuss.« Frieda verstand kein Wort. »Das Fräulein Blumenstein arbeitet um diese Zeit im Hafen.« Zu dumm, Frieda hatte den Weg umsonst gemacht.

»Wann kommt sie denn üblicherweise zurück?«

»Üblicherweise geht Sie das nix an, Frau Møller. So, und nu muss ich den Muckefuck aufgießen, wenn Sie nix dagegen haben.« Sie wartete noch, doch da es Frieda für den Moment die Sprache verschlagen hatte, schloss sie die Tür.

Der Hafen schlief nie. Überall Rufe, das kratzende Geräusch von Kisten, die über den Steinboden geschoben wurden, leises Plätschern des Wassers und Ächzen der Winden. Als Frieda über den vom Nachtfrost rutschigen Kai ging, zeigte sich am Horizont der erste helle Streifen, Vorbote des Sonnenaufgangs. Auch im Bananenschuppen herrschte reger Betrieb. Frieda sah Arbeiterinnen und Arbeiter, die Stauden auf Transportbändern zerlegten. Andere packten die Portionen von sechs bis acht Früchten blitzschnell in Kartons, die wieder andere wegschafften. Wer hier für seinen Lebensunterhalt sorgte, hatte kein leichtes Leben. Es war mehr als verständlich, sich nach etwas anderem zu sehnen. Frieda entdeckte Selma, die gerade ihre weiße Schürze abbinden wollte. Sie hielt in der Bewegung inne, als sie Frieda sah.

»Was machst du hier?«

»Ich habe dir ein Angebot gemacht und möchte wissen, ob du einverstanden bist.«

Selmas Augen weiteten sich. Dann nickte sie langsam.

Ganz blass war sie. »Du bekommst hundertfünfzig Mark im Monat und nicht einen Pfennig mehr. Und ein kleines Haus, aber ganz sicher nicht nahe der Elbchaussee.«

»Davon habe ich nie gesprochen, ich …«, flüsterte Selma.

»Ich werde mich umsehen, wo ich überhaupt etwas finde. Es ist nicht einfach im Moment. Bis es so weit ist, bezahle ich dein Zimmer in Eilbeck. Mehr kannst du nicht verlangen.«

»Ich verlange gar nichts, ich möchte nur …«

Selma ließ den Kopf hängen. Wie eine Gewinnerin sah sie nicht aus.

»Schön.« Frieda seufzte. »Als Gegenleistung wirst du dich von Sarah und meiner Familie fernhalten. Und zwar für immer.«

Selma starrte sie an, schluckte, rang um Atem.

»Es tut mir sehr leid, aber ich denke, es ist das Beste für Sarah. Sie ist glücklich, ihr Leben perfekt. Denkst du nicht, es soll so bleiben?«

Es dauerte lange, bis Selma schließlich leise antwortete: »Keine Sorge, ihr seid mich los.« Wie verloren sie wirkte.

»Ich wünschte, es gäbe einen anderen Weg.« Frieda fühlte sich elend. »Ich will dich doch gar nicht loswerden, niemand von uns will das. Ich versuche nur, deine Tochter und meine Freundin zu beschützen. Ein Wort von dir, und wir können eine bessere Lösung finden. Sag mir, dass du nicht kämpfen wirst, dass Sarah das Tempo bestimmen kann und dass du Clara in Frieden lässt! Ich bin nicht deine Feindin. Begreifst du das denn wirklich nicht?«

»Du verstehst nichts, gar nichts!« Selma schüttelte müde den Kopf. »Das kannst du nicht«, flüsterte sie. Tränen liefen über ihre Wangen.

Frieda musste schlucken. Die Hoffnung auf eine vernünftige und gute Lösung zerplatzte. Sie hatte sich nichts vorzuwerfen, sie hatte es immerhin versucht.

»Wie du willst. Ich verlange deine Zusage schriftlich.«

Selma sah kurz auf, senkte aber sofort wieder den Blick. »Einverstanden.«

Kapitel 23

Du hast dir nichts vorzuwerfen! Frieda sagte sich den Satz in Gedanken wieder und wieder. Vom Bananenschuppen fuhr sie direkt zu einem Immobilienmakler. Solange sie kein passendes Objekt in Aussicht hatte, und das würde, wie sie vermutet hatte, eine Weile dauern, musste sie nicht zur Bank gehen. Und solange sie keinen Kredit aufnahm, war noch nichts von Bedeutung geschehen. Trotzdem fühlte sie sich, als hätte sie Ernst verraten und verkauft. *Du hast dir nichts vorzuwerfen. Es ist deine Firma, jedenfalls größtenteils. Es ist seine Schuld, dass er dir nicht entgegengekommen ist.* Seine Schuld, so ein Unsinn! Er hatte absolut recht, und das wusste sie nur zu gut. Frieda saß in der Falle.

Sie ging in den Meßberghof und verkroch sich in ihr Büro. Als es klopfte, fuhr sie zusammen, als wäre sie beim Diebstahl oder Schlimmerem erwischt worden. Wenn es nur nicht Ernst war.

»Herein?«

Er war es nicht. Sarah betrat fröhlich ihr Büro. »Guten Morgen, Frieda.« Sie strahlte. »Ich habe heute etwas früher angefangen, weil ich mir die Zeit nehmen wollte, um meine Hochzeitstorte zu entwerfen. Hans hat mir versprochen, sich um die Ausgestaltung zu kümmern. Sieh nur!« Sie nannte ihn noch immer Hans. Frieda betrachtete die Zeichnung.

»Sehr hübsch.«

»Das ist alles? Sehr hübsch? Es wird ein Meisterwerk!«

Frieda ging das Herz auf, sie lächelte. »Da hast du recht. Mein lieber Bruder wird gut zu tun haben.« Ganz oben stand das Brautpaar unter einem Pavillon. Von dessen Dach rankten sich Rosen und andere Gewächse, die mit ihren Blüten und Blättern alle vier Etagen schmückten. Zwischen den einzelnen Köpfen saßen Schmetterlinge mit ausgebreiteten Flügeln. »Ich denke, er wird sich Unterstützung von Marianne oder Jonas holen müssen«, sagte sie nachdenklich. »Habt ihr euch inzwischen auf einen Termin festgelegt?«

»Noch nicht. Stevens Geschwister, seine Cousins und Cousinen und überhaupt die gesamte Verwandtschaft will anreisen.« Sarah seufzte. »Ich hoffe, es wird keine zu große Last für dich.« Sie zögerte. »Ich bin dir so dankbar, dass du dich um alles kümmern willst. Es wäre die Aufgabe meiner Mutter.« Sie hatte die Stimme gesenkt. »Du bist immer wie eine Mutter für mich gewesen. Ich möchte, dass du Patentante wirst, wenn ich erst selbst ein Kind habe.«

Frieda spürte einen Kloß im Hals. »Das ist sehr lieb von dir.«

Sarah kam um den Tisch herum und drückte Frieda an sich. »Ich habe dir alles zu verdanken. Das werde ich dir nie vergessen.«

»Schon gut, schon gut.« Frieda lachte und wischte verstohlen eine Träne weg.

Sarah sah sie an. »Ich meine es ernst, Frieda. Ich weiß, dass ich manchmal eine Kratzbürste sein kann. Aber du hast immer zu mir gehalten. Du hast mir alle Möglichkeiten gegeben und mich beschützt. Wenn ich mal das für mein Kind tun kann, was du für mich getan hast, dann bin ich eine wirklich gute Mutter.«

Was war nur los mit ihr? Tatsächlich konnte Sarah sehr ruppig und rebellisch sein. Die bevorstehende Hochzeit schien ihre sanfte Seite hervorzulocken. »Übrigens haben die Herren Kressmann angefragt, ob wir ihnen SchoKu-Taler entwerfen können. Das Bistum Hildesheim hat ein Jubiläum. Soll ich mich darum kümmern, oder möchtest du das selbst machen?«

»Das machst du mal schön. Sonst hast du nur noch Hochzeitstorten im Kopf.«

Sarah lachte. »In Ordnung. Ich zeige dir die Zeichnung und die Zutatenliste, wenn ich so weit bin.«

»Das musst du nicht, du kannst solche Aufträge längst selbstständig abwickeln. Ohne mich.«

»Aber ich bin doch so froh, dass ich dich habe.« Sarah lachte wieder und schwebte geradezu hinaus. Frieda freute sich für sie. Sie hatte noch ihr Leben vor sich. An der Seite eines Mannes, den sie liebte.

Wenig später wollte Rudolf wissen, ob die übriggebliebenen Weihnachtsfiguren eingeschmolzen werden sollten oder ob Frieda sie den Kindern in Wilhelmsburg mitnehmen wollte. Dann tauchte auch noch Ernst auf.

»Heute habe ich eine Zeichnung für die Regale im Laden bekommen. Hätte nicht gedacht, dass da überhaupt was rein passt. Aber Jockel meint, so könnt's gehen.«

Frieda sah ihn an. »Jockel?«

»Eigentlich Jochen. Tischlermeister. War 'n Freund von Spreckel. Auch so'n Kerl, der nich ordentlich auf sich aufpasst«, sagte Ernst traurig. »Nur hatte Jockel mehr Glück. Er hat sich bloß zwei Finger abgesägt.«

Glück? Frieda zog die Augenbrauen hoch.

»Is besser als tot.« Da hatte er nun wieder recht. »Du machst ja noch immer ein Gesicht, als wär dir die Petersilie verhagelt«, sagte er, statt ihr Jockels Skizze zu präsentieren.

»Das täuscht. Zeig mal her!« Frieda musste sich erst an die Perspektive und die Symbole gewöhnen. Dann sah sie es genau vor sich. Endlich mal wieder ein Grund für grenzenlose Freude. »Ernst, das ist es! Genau so habe ich es mir vorgestellt.«

»Das freut mich.«

»Wir sollten möglichst bald einen Termin mit diesem Jockel vereinbaren. Sobald die Übergabe stattgefunden hat, kann er hinein und Maß nehmen.« Frieda rieb sich über das Gesicht.

»Möchtest du noch mal darüber reden?«

Sie sah auf und direkt in Ernsts runde Augen.

»Ach was, nicht nötig. Vor dem Termin vor Ort müssen wir nichts weiter besprechen.«

»Ich meine nicht den Laden, Frieda«, sagte er sanft.

»Ach das!« Frieda zwang sich zu einem Lächeln. »Alles bestens, ich habe eine Lösung gefunden.«

Er legte die Stirn in Falten. »So? Darf ich fragen, wie die aussieht?«

»Du darfst fragen, aber ich werde dir nicht antworten.« Sie zwinkerte. »Zumindest nicht jetzt, ich fühle mich nicht besonders. Ich glaube, mich erwischt eine Erkältung.« Sein skeptischer Blick war schwer zu ertragen. »Kein Wunder bei dem Wetter. Mach dir keine Sorgen, Ernst, die Sache mit Selma habe ich regeln können.«

»Regeln«, sagte er wenig überzeugt.

»Ja. Es ist alles in Ordnung. Ich habe ihr angeboten, die Kosten für ihr Zimmer zu übernehmen und sie monatlich mit einem kleinen Betrag zu unterstützen.« Nun würde er hoffentlich Ruhe geben.

»Damit war sie einverstanden? Ein Zimmerchen ist nicht gerade ein Haus, wie sie es gefordert hat.«

»Gefordert ist das falsche Wort. Sie hat wohl gemerkt, dass sie mit ihrer Vorstellung weit über das Ziel hinausgeschossen ist.«

Frieda griff nach einem Ordner, der auf ihrem Tisch lag und schlug ihn auf. Das musste Ernst dazu bringen, sie endlich wieder allein zu lassen.

»Du siehst wirklich nicht gut aus«, sagte er, »du solltest dich ins Bett legen.« Eine Weile sahen sie sich an.

Frieda schlug den Ordner wieder zu. »Vielleicht hast du recht«, entgegnete sie. Plötzlich fühlte sie sich wirklich schrecklich matt. Die Vorstellung, sich unter der Bettdecke zu verkriechen, war mehr als verlockend.

Zu Hause wurde das schlechte Gewissen von Minute zu Minute stärker. Frieda hatte Ernst nicht angelogen. Nur hatte sie ihm auch nicht die Wahrheit gesagt. Ernst und sie waren immer ehrlich zueinander gewesen, hatten sich alles gesagt, einander nichts verschwiegen. Damit nicht genug, jetzt drückte sie sich auch noch vor der Arbeit und ließ Ernst, Henrik und Sarah damit allein. Das Weihnachtsgeschäft lag zwar hinter ihnen, trotzdem. Das war nicht hanseatisch, das war nicht Frieda Møller. Sie schämte sich, fand aber auch an den nächsten Tagen nicht die Kraft, in die Manufaktur zu gehen, geschweige denn, Ernst reinen Wein einzuschenken. Stattdessen trank sie lieber welchen, fühlte sich danach aber auch nicht besser. Schlechtes Gewissen ließ sich offenbar nicht ertränken. Dass Sarah jeden Tag fragte, ob Frieda etwas brauche, ob sie nicht doch Dr. Matthies jr. holen oder etwas tun könne, machte alles noch schlimmer. Und dann rief am Freitag auch noch der Makler an.

»Ich glaube, ich habe genau das Richtige für Sie. Es ist zwar nicht Nienstedten, dennoch wird Ihnen die Lage zusagen. Harvestehuder Weg. Von dort sind es nur wenige Schritte zum Isemarkt. Ich übertreibe nicht, wenn ich sage, dass der Wochenmarkt unter der Hochbahnbrücke sich zum schönsten der ganzen Stadt gemausert hat. Zur Außenalster ist es auch nicht weit. So ein Objekt hat natürlich seinen Preis.« Als Frieda den hörte, wurde ihr schwarz vor Augen.

»Wann kann ich es mir ansehen?«

»Am besten noch in dieser Woche. Morgen bin ich schon unterwegs. Wie wäre es am Sonntag?« Frieda sagte zu.

In der Nacht schlief sie noch schlechter als in den Nächten zuvor.

Am Samstag hielt sie es nicht mehr aus. Sie fuhr zu Ernst. Walli öffnete ihr, eine Schürze umgebunden.

»Frieda, das ist eine Überraschung!« Sie breitete die Arme aus. »Oje, nee, ich drücke dich man besser nich, sonst klebt gleich Kuchenteig an dir.« Walli stutzte. »Sind wir verabredet?«

»Nein. Ich wollte mit Ernst reden.«

»Ernst ist gar nich da, der ist bei seinem Segelverein.«

»Im Januar? Wie ärgerlich. Machen die denn nie Pause?« Frieda stand unentschlossen in der Tür. Walli schnappte sich ihren Arm und zog sie in den schmalen Flur.

»Du kennst das doch. Es gibt immer etwas zu besprechen und für die neue Segelsaison zu planen.« Sie deutete auf die Garderobe, die gerade so in eine winzige Nische vor der Badezimmertür passte. »Häng dich auf! Ich find's gar nicht ärgerlich, dass Ernst nich da is. So kommen wir endlich mal wieder zu 'nem richtigen Weibertratsch.« Sie lachte. »Haben wir ewig nicht gemacht.« Sie strahlte fröhlich, dann fiel ihr etwas ein. »Bist du nich eigentlich krank? Ernst sagt, du warst die ganze Woche nich in der Manufaktur. Und das soll ja was heißen.«

Frieda wollte ihr antworten, nur hatte sie plötzlich etwas im Hals, das so dick und zäh war, dass sie kein Wort herausbrachte.

»Ach Mensch, was is denn los? Du guckst ja aus der Wäsche wie so 'n begossener Pudel.« Das war zu viel.

»Es tut mir so leid!« Frieda schlug die Hände vor das Gesicht. »Es tut mir alles so leid. Ich habe alles falsch gemacht, alles verdorben.«

»Na, so 'n Blödsinn aber auch. Das kann ich mir nu wirklich nich vorstellen. Jetzt komm erst mal richtig rein.«

Sie schob Frieda in die Stube und bugsierte sie direkt zum Sofa. Frieda ließ sich gehorsam darauf sinken. Sie hätte sich ohnehin nicht mehr lange auf den Beinen halten können, so weich, wie ihre Knie mit einem Mal waren.

»Ich hol uns mal 'n Eierlikörchen zur Beruhigung. Und denn erzählst du in aller Ruhe, was los is, ja?« Schon machte sie sich an der dunklen Schrankwand zu schaffen, stellte Gläser auf den Tisch, verschwand in die Küche und war gleich darauf zurück. »Is selbst gemacht, schmeckt besonders lecker!« Sie schenkte großzügig ein. »Auf alle, die wir lieben, ob sie noch leben oder schon wech sind.« Sie hob ihr Glas und trank. Frieda ebenfalls. Sie war erstaunt, dass überhaupt etwas durch ihre Kehle passte. Walli sah sie gespannt an. »Denn man los!«

Frieda wusste kaum, wie sie anfangen sollte, aber dann erzählte sie einfach alles von Selmas Auftauchen bis zu dem Telefonat mit dem Makler. Immer wieder musste sie unterbrechen, weil sie zitterte, schluchzte. Ernst hatte Walli nichts von Selma und ihrer vermeintlichen Forderung erzählt. Nicht einmal seiner eigenen Frau! Das war die Verschwiegenheit eines echten Freundes.

»Ich konnte mich immer auf Ernst verlassen, mein ganzes Leben lang«, brachte sie hervor und putzte sich die Nase. Walli nickte eifrig und knetete Friedas Hand. »Ich kann ihm blind vertrauen, er würde mich nie hintergehen, niemals. Und ich?«

»Aber du bist doch auch immer für ihn da gewesen.« Walli tupfte sich die Augenwinkel trocken. Wenn sie jemanden weinen sah, den sie nicht gerade verabscheute, konnte sie nicht anders, dann brachen auch bei ihr alle Schleusen.

»Aber ich habe ihn hintergangen. Ich bin im Begriff, eine schreckliche Dummheit zu machen, weil es keinen anderen Weg gibt.« Sie suchte nach den richtigen Worten. »Bloß kann ich diesen Weg nicht gehen, Walli, ich kann es einfach nicht. Ich halte es nicht aus, Ernst zu belügen.« Wieder drang ein lautes Schluchzen aus ihrer Kehle. »Lieber gebe ich meine Manufaktur auf, als dass ich Ernst als Freund verliere«, sagte sie, schlug die Hände vor das Gesicht und ließ ihren Tränen freien Lauf. Walli legte den Arm um sie und wiegte sie sanft.

»Wenn du nicht gleich aufhörst zu heulen, fang ich auch noch an.«

Das war Ernsts Stimme. Frieda blickte auf und starrte ihn an. Sie hatte nicht einmal die Wohnungstür gehört. »Kennst mich doch.« Er sah von Frieda zu Walli, die ebenfalls an ihrem Taschentuch herumnestelte. »Och nee, zwei Frauenslüüd, die weinen. Man könnte glatt denken, dass einer gestorben is.«

»Gut, dass du da bist«, sagte Walli erleichtert. »Du musst Frieda beruhigen. Sie ist ganz außer sich, siehst du ja, und sie macht sich Vorwürfe, die können einfach nich stimmen.« Sie stand auf. »Und ich guck mal nach dem Kuchen.«

Erst jetzt fiel Frieda auf, welch herrlicher Duft sich längst in jedem Winkel breit machte.

»Ich hab nich lange da gestanden und euch belauscht«, begann Ernst. »Ihr habt mich nich bemerkt, darum hab ich zwangsläufig 'n büschen mitangehört.« Er setzte sich neben sie auf die Couch und sah sie an. »Hast du mir nich erzählt, die Sache mit Selma wäre geregelt? War das gelogen, Frieda?«

Sie hätte am liebsten schon wieder geweint. Nichts erklären müssen, sich einfach trösten lassen. Aber sie riss sich zusammen.

»Nein, gelogen war es nicht, aber auch nicht die ganze Wahrheit«, gestand sie leise.

»Nu mal Klartext: Was hast du angestellt?«

»Nichts! Noch nicht. Aber ich war im Begriff, etwas anzustellen, was du abgelehnt hast.« Sie brachte es nicht über die Lippen, dass sie entschlossen gewesen war, ihre Stellung im Unternehmen auszunutzen, um hinter seinem Rücken Schulden zu machen, denn allein bei dem Gedanken musste sie nun doch wieder weinen.

»Du heulst, weil du nix angestellt hast, sondern nur im Begriff warst?« Er verzog das Gesicht zu einer derartig drolligen Grimasse, dass sie lachen musste. »So is schon besser.« Ernst tätschelte ihre Hand.

Frieda holte Luft. »Das Leben kann vorbei sein, ehe man Labskaus sagen kann. Ich will die Zeit, die ich habe, mit den Menschen verbringen, die mir etwas bedeuten. Du stehst ganz oben auf meiner Liste. Du bist mein Freund, seit ich denken kann.«

»Und du bist die Frau meines Lebens.«

Frieda erstarrte, sah ihn entsetzt an. »Was sagst du denn da?«

Ernst stutzte, dann lachte er. »Ach so! Da hab ich mich aber dösig ausgedrückt, was? Nee, nee, nich so.« Seine Augen bekamen einen warmen Glanz. »Nich mehr. Das war mal. Nu steht schon lange meine Walli auf Platz eins. Aber du bist die Frau, die mein ganzes Leben lang da war, Frieda. Schon lange, bevor ich Walli überhaupt kennengelernt habe. Ich konnte immer über alles mit dir reden, ich konnte sogar mit dir weinen.«

Frieda fiel ein Stein vom Herzen, und gleich war auch das schlechte Gewissen wieder da.

»Das ist es ja, genau darum kann ich einfach keinen Kredit aufnehmen, dem du nicht zustimmst.« Endlich gab sie zu, dass sie eine vierte Möglichkeit entdeckt und sogar mit dem Gedanken gespielt hatte, diese zu ergreifen.

»Mensch, bin ich froh, dass du's dir anders überlegt hast.«

Mehr sagte er nicht dazu. Kein Vorwurf, keine Beschimpfung, obwohl sie die verdient hätte. Stattdessen überlegten sie gemeinsam und in aller Ruhe, und Ernst versprach, sich etwas einfallen zu lassen.

»Ich krieg das hin!« Das war alles, was er sagte, und Frieda stellte erstaunt fest, dass ihr das reichte. Wenn Ernst Krüger sich um etwas kümmerte, käme alles in Ordnung, da konnte sie sicher sein. Irgendwann brachte Walli frischen Butterkuchen und Kaffee. Danach sah die Welt schon ganz anders aus.

Als Frieda am frühen Abend in ihren Mantel schlüpfte und sich verabschiedete, fühlte sie sich erschöpft, als hätte sie den gesamten Garten umgegraben. Gleichzeitig war eine ungeheure Last von ihr genommen.

»Ich hoffe, ich kann den Makler noch erreichen, um den Besichtigungstermin abzusagen.«

»Nee, nee, das lass man sein!« Ernst griente. »Musst uns allerdings mitnehmen, Walli und mich. Hört sich ziemlich gut an, was du von dem Haus erzählst.«

Wallis Augen glänzten und drohten, schon wieder überzulaufen. »Aber das ist doch ganz schön teuer!«

»Jo, aber vielleicht auch ganz schön schön«, sagte er lachend. »Und angucken kostet noch nix, hab ich recht?«

So hatte es vielleicht doch noch etwas Gutes, dass Frieda so überstürzt Immobilienangebote eingeholt hatte.

Die Lage des Hauses war wirklich einzigartig, da hatte der Makler nicht zu viel versprochen. Ernst versteckte seine Begeisterung über den Zustand und die Aufteilung der Räume geschickt, um eine günstigere Verhandlungsposition zu erreichen, Walli dagegen konnte sich nicht beherrschen, sondern war in einem Dauerzustand der Verzückung.

Zwischendurch raunte Ernst Frieda zu: »Übermorgen Abend um sieben bei deinem Bruder. Selma wird da sein, darauf kannst du dich verlassen.«

Mehr war aus ihm nicht herauszukriegen. Auch Hans verriet kein Wort, als Frieda ihn am nächsten Morgen in der Manufaktur ansprach.

»Mach dir keine Sorgen, Schwesterchen, wir haben nicht vor, Selma den Kopf abzureißen.«

Natürlich machte Frieda sich Sorgen. War es ein Fehler gewesen, Ernst Selmas Adresse auszuhändigen? Was hatten er und Hans vor? Sie betete, dass sie Sarah heraushalten würden.

Jason fehlte ihr. Sie hätte sich gern mit ihm getroffen, wäre liebend gern mit ihm nach Wilhelmsburg zu Knud und den anderen Kindern gefahren. Das wäre eine willkommene Ablenkung gewesen. Nur hatte Jason in England zu tun. Schon seit Wochen hatten sie sich nicht gesehen.

Frieda erschien am Dienstag einige Minuten vor der vereinbarten Zeit. Trotzdem waren sie schon alle in Hans' Wohnzimmer versammelt: Ernst, Henrik, Clara, Hans natürlich. Und Sarah mit Steven.

»Was soll das werden?« Frieda blickte von einem zum anderen. Sie hätte das Ruder nie aus der Hand geben dürfen. Sie wollte einfach nicht, dass Sarah und Henrik etwas mit der Sache zu tun hatten. Und sie wollte Selma nicht vor versammelter Mannschaft bloßstellen.

»Lass uns man machen, Frieda«, forderte Ernst sie auf. »Das is nu gleich so 'n büschen wie beim Zahnarzt. Es tut fies weh, du hoffst, dass es schnell vorbei ist, aber hinterher fühlst dich viel besser.«

Frieda wollte Einspruch erheben, doch da klingelte es an der Tür. Sie hatte nicht einmal mit Sarah reden können. Was wusste sie? Sarah wirkte höchst angespannt. Und das war Frieda auch. Zwar nickte Clara ihr aufmunternd zu, doch das half nicht viel.

Frieda hörte Minas Stimme in der Diele: »Guten Abend, Sie müssen Selma Blumenstein sein. Wie schön, dass Sie es einrichten konnten.« Mina klang so, als hätte sie jedes Wort einstudiert. »Bitte, Sie werden schon erwartet.«

Die Tür ging auf, und Selma trat ein. Sie öffnete den Mund, doch die Begrüßung blieb ihr im Halse stecken. Ihr Gesicht beim Anblick von Hans, von so vielen Anwesenden spiegelte das Entsetzen und den

Schmerz wider. Ein Teil ihrer Vergangenheit stand vor ihr. Sie machte einen Schritt rückwärts, tastete nach der Türklinke, als wolle sie wegrennen.

Plötzlich ein Geräusch wie von einem gequälten Tier. Sarah presste die Hände vor den Mund, Steven hielt sie im Arm.

Jetzt hatte Selma Sarah entdeckt.

»Nein«, flüsterte sie. »Bitte, nein …« Tränen traten aus ihren Augen, liefen über ihre Wangen. Sie stand nur noch da, starrte Sarah an, bebte am ganzen Körper. Mal kam etwas wie ein Lachen in ihr hoch. Wiedersehensfreude. In der nächsten Sekunde Scham, Angst. Es war kaum zu ertragen.

»Guten Abend, Selma.« Endlich sagte jemand etwas. Es war Hans, der einen Schritt vortrat. »Es ist schön, dich wiederzusehen.« Er klang freundlich, und er lächelte sie an, als sei das ein Wiedersehen unter Freunden, als sei alles in bester Ordnung. Friedas Herz klopfte viel zu schnell. Sie hätte liebend gern eingegriffen, doch sie vertraute Ernst und ihrem Bruder, das musste sie. Alles würde gut werden.

»Ernst kennst du ja«, fuhr Hans ruhig fort.

»Guten Abend, Selma. Is lange her, was?« Ernst schüttelte ihr die Hand, als ob nichts wäre.

So machte es auch Clara. »Wir haben uns nicht besonders gut kennengelernt. Ich freue mich, dass wir das nun nachholen können.«

Frieda hatte keine Ahnung, was dieses Theater sollte. Auch Selma schien völlig verwirrt zu sein.

Henrik trat vor. »Ich kann mich leider nicht mehr an Sie erinnern«, sagte er lächelnd. »Ich war ein Jahr alt, als Sie uns verlassen haben, glaube ich.«

»Du hast gerade angefangen zu laufen«, flüsterte Selma heiser.

»Unsere Tochter konnte das schon«, sagte Hans sanft. »Sie war damals vier, fast fünf. Sieh nur, was für eine schöne Frau sie jetzt ist.«

Steven streichelte Sarahs Arm und nickte ihr aufmunternd zu. Sarah kam näher, streckte Selma die Hand hin. Beide waren so aufgewühlt, dass Frieda schon fürchtete, es könne alles außer Kontrolle geraten. Sie selbst hatte ja Mühe, die Fassung zu bewahren. Selma griff zitternd Sarahs Hand, dann zog sie ihre Tochter an sich. Sarah ließ es geschehen. Ganz langsam legten sich ihre Arme um Selma, die beiden hielten einander fest, bebten, weinten. Frieda wurde schwarz vor Augen, sie musste sich kurz wegdrehen und durchatmen. Wenn nur jemand das alles hier schleunigst beenden könnte. Die Dunkelheit verzog sich, und Frieda holte ein Taschentuch hervor. Sie sah, wie Steven und Ernst einander Blicke zuwarfen. Daraufhin ging Steven zu den beiden Frauen, fasste Sarah behutsam an der Schulter und führte sie zurück zur Anrichte.

»Am besten setzt du dich man hin, Selma«, schlug Ernst vor, nahm vorsichtig ihren Arm und brachte sie zu einem der Sessel. »Is alles gerade 'n büschen viel, nehm ich an.«

»Wir lassen euch mal allein«, sagte Clara wie auf ein geheimes Stichwort. »Ihr habt eine Menge zu besprechen.«

Zu Friedas grenzenloser Überraschung ging nicht nur Clara, auch Ernst, Henrik, Sarah und Steven verließen das Zimmer.

»Du bleibst hier«, raunte Ernst ihr noch zu, ehe er die Tür hinter sich schloss.

Da saßen sie nun. Selma, Hans und Frieda. Ein bisschen wie früher, nur war so viel passiert. Hans erzählte von seinem verkorksten Leben, wie er es nannte. Er gab Selma die Chance, sich ein wenig zu beruhigen. Dann kam er auf Sarah zu sprechen, schwärmte, welch wunderbares Mädchen sie sei. Schließlich redete er von Selma.

»Es ging dir einmal gut hier bei uns, nicht wahr? Das hätte wieder so sein können, Selma, nur hast du es falsch angefangen.«

»Warum tut ihr mir das an?« Sie war kaum zu verstehen, wirkte völlig niedergeschlagen. Wenn Hans ihr nicht gleich die Hand reichte, würde Frieda das tun. Sie warf Hans einen Blick zu, damit er diese Tortur endlich beendete.

»Warum tust du uns das an?«, wollte Hans von ihr wissen. »Du hast diese Menschen eben erlebt, es sind freundliche gute Menschen. Mit deiner Forderung riskierst du das Wohl der Firma und damit den Lebensinhalt von Ernst und Henrik. Von meiner Schwester will ich gar nicht reden. Clara ist Jüdin wie du. Sie hat auch viel durchgemacht. Warum willst du es ihr noch schwerer machen, den Familienbesitz zurückzubekommen?«

»Das Haus und das Geld habe ich ihr angeboten«, schaltete Frieda sich ein. »Selma hat nichts dergleichen gefordert.«

Er runzelte die Stirn. »Aber sie wollte Clara schaden und Sarahs Hochzeit verhindern, oder nicht?«

»Ich wollte doch nur, dass sie sie verschiebt und sich erst einmal Zeit für ihre Mutter nimmt«, stellte Selma leise richtig.

Hans ließ sich nicht beirren. »Du hast sie mit Steven gesehen. Es geht ihr gut, sie ist glücklich. Willst du das wirklich zerstören?«

Selma schüttelte vehement den Kopf. »Ich will doch nur mit ihr zusammen sein, ich habe doch sonst niemanden«, brachte sie gequält hervor.

»Das stimmt doch nicht.« Hans sah sie an. »Wir wissen, dass du ein zweites Kind hast.«

Selma riss die Augen auf, alle Farbe wich aus ihren Wangen. »Bruno war hier in Hamburg. Er hat um Arbeit gebeten. Inzwischen hat er es sich anders überlegt und auf einem Schiff angeheuert.«

Noch immer konnte Selma keinen Ton sagen.

»Deine zweite Tochter ist inzwischen auch erwachsen. Warum ist sie nicht für dich da und kann dich versorgen oder dich wenigstens unterstützen, wenn du das so dringend nötig hast? Warum bist du damals verschwunden, hast dir Geld geben lassen? Warum bist du jetzt zurückgekehrt? Erkläre es uns, warum?«

Hans beherrschte sich und blieb ruhig, obwohl auch er innerlich aufgewühlt war, das konnte Frieda sehen.

Es dauerte lange, ehe Selma antwortete: »Er hat gesagt, dass es mir zustehe, dass ich dumm sei, wenn ich mich mit zwei Zimmerchen im Souterrain abspeisen lasse.«

»Wer, Selma, wer hat das gesagt?« Frieda sah sie aufmerksam an.

Selma begann zu erzählen. Von einem Mann, mit dem sie in Berlin im Theater gearbeitet hatte.

»Er sagte, es sei ein Fehler gewesen, nach Hamburg zu gehen. Er dachte, ich würde hier mit Hans in einer Villa leben, in Wohlstand. ›Erst hängt dir dieser Hannemann ein Kind an, dann heiratet er dich nicht mal‹, hat er gesagt.«

Dieser Mann hatte ihr eingeredet, sie habe etwas Besseres verdient, sie könne in Berlin ein Star sein.

»Er hat behauptet, die Revue, in der ich früher aufgetreten bin, sei inzwischen seriös und habe einen Ruf, der weit über die Grenzen der Stadt reiche.« Sie starrte auf ihre Hände. »Das stimmte, ich hatte selbst davon gelesen«, beteuerte sie. »Jedenfalls war dort die weibliche Hauptrolle ausgefallen. ›Das ist deine Chance, deinen Fehler gutzumachen‹, hat er gesagt. ›Die suchen jemanden, der reiten, tanzen und singen kann. Komm nach Berlin, Selma, ich mache dich zum Star der Show!‹« Sie lachte bitter.

Frieda erinnerte sich an einen Kerl, mit dem sie Selma einige Male gesehen hatte. Das war die Zeit gewesen, als Selma sich verändert hatte. Sie hatte sich stärker geschminkt, war öfter ausgegangen, hatte sogar Sarah allein im Haus gelassen, obwohl sie damals noch so klein war. Dieser Mann war es also, der sie systematisch aufgehetzt hatte.

»Er hat mir versprochen, dass ich innerhalb kürzester Zeit so viel Geld verdienen würde, um mir eine eigene Villa zu leisten. Dann kannst du Sarah nachholen, hat er immer gesagt. Das war mein Ziel. Sobald ich in Berlin Fuß gefasst habe, sobald die anstrengende Probenzeit vorbei war und ich meiner Tochter wenigstens schon mal das bieten konnte, was sie hier in Hamburg bei euch hatte, wollte ich sie zu mir holen.« Ihr Blick war leer, sie wischte sich die Tränen weg, die einfach nicht versiegen wollten.

»Aber daraus wurde nichts«, sagte Frieda sanft. »Warum nicht? Was ist geschehen?«

Selma atmete tief ein. »Ich habe einen Vertrag unterschrieben, ohne ihn richtig zu lesen. Die Gage war einfach zu verlockend, ich dachte wirklich, mit dem Geld kann ich meine Tochter schon bald bei mir haben. Dabei habe ich übersehen, dass George …« Sie schnaubte verächtlich. »Er hieß eigentlich Georg, aber er nannte sich George.« Sie seufzte. »Er war als Agent mit fünfunddreißig Prozent an meiner Gage und sämtlichen Einnahmen, die ich woanders verdienen könnte, beteiligt.« Hans und Frieda sahen sich an. »Außerdem gab es das viele Geld nur, wenn ich jeden Abend auftrete, manchmal zusätzlich nachmittags. Und dann kam die Tournee. Ich habe mir ganz fest vorgenommen, Sarah nach Berlin zu holen, sobald wir wieder zurück sind. Es kam immer etwas dazwischen«, sagte sie leise. »Im Handumdrehen war das erste Jahr um. Je länger ich sie nicht gesehen hatte, desto größer wurde meine Angst.«

Zum ersten Mal sah sie Hans und Frieda an. »Ein Kind von nicht mal fünf Jahren! Das hat seine Mutter ein Jahr später doch so gut wie vergessen.«

Frieda nutzte die eintretende Stille, um ihre Gedanken zu ordnen, da hörte sie Selma sagen: »Ich bin so froh, dass Gerlinde nach mir gesucht hat.«

»Was?« Frieda starrte sie an. »Gerlinde, meine Schwiegertochter? Was zum Teufel hat sie damit zu tun?«

»Sie ist irgendwann in der Revue aufgetaucht. Ich habe dort noch immer eine Freundin, eine Garderobiere. Sie sagte mir, jemand aus Hamburg würde nach mir suchen. Ich habe gehofft, es ist Sarah.« Sie senkte den Blick, dann fragte sie: »Ihr wusstet nichts davon, stimmt's? Dachte ich mir schon.«

»Wann war das?«, wollte Hans wissen.

»Vor einem Jahr ungefähr.«

Hans sah Frieda an. »Kurz nach Vaters Beerdigung«, sagte er wütend. »Erinnerst du dich? Ich hatte dieses Gespräch mit Gerlinde. Über Sarah, dass sie ihren Großvater schrecklich vermissen würde. Gerlinde hat nach Sarahs Mutter gefragt, und ich habe ihr Selmas Namen genannt und erzählt, dass wir uns in Berlin kennengelernt haben.« Er schloss kurz die Augen. »Ein paar Tage später wollte sie unbedingt verreisen, etwas anderes sehen als immer nur Hamburg, ehe das zweite Kind da ist. Weißt du noch?«

Frieda nickte. Gerlinde hatte Henrik überredet, nach Berlin zu fahren, um dort nach Selma zu suchen. Hinter seinem Rücken, da war Frieda sicher.

»Was wollte Gerlinde?«, fragte Hans. »Habt ihr euch getroffen?«

»Nein. Sie hat ihre Adresse dagelassen, wir haben uns geschrieben und auch einmal telefoniert. Zuerst hat Gerlinde nur geschrieben, wie fleißig und talentiert Sarah ist und dass sie alles für ihre vermeintliche Mutter Friederike Møller tut.« Sie zögerte, dann sprach sie weiter: »Aber dann hat sie behauptet, alle würden schlecht über mich reden. Frieda würde Sarah weismachen, dass ich nichts mit ihr zu tun haben wolle, damit sie selbst Sarah nicht verliert.« Sie sah Frieda an. »Schließlich hättest du dir in den Kopf gesetzt, Sarah zu deiner Nachfolgerin zu machen. Gerlinde meinte, du hättest keine Ideen mehr für neue Rezepte und wolltest sowieso nicht mehr arbeiten, sondern deinen Wohlstand genießen.«

»Das ist doch unglaublich«, schimpfte Hans. Frieda konnte gar nichts sagen, alles war so unwirklich.

»Ich war schrecklich wütend«, fuhr Selma fort. »Ich wollte auch endlich mal Glück haben. Nein, eigentlich wollte ich nur, dass meine Tochter wenigstens noch mal an mich denkt, dass sie weiß, warum ich sie zurückgelassen habe. Ich war wütend auf mich selbst, weil ich als Mutter komplett versagt habe.« Sie schlug die Hände vor das Gesicht.

»Das hast du bestimmt nicht«, sagte Frieda, ohne darüber nachzudenken. »Du hast doch noch ein Kind bekommen, wieder ein Mädchen, oder? Bestimmt hast du bei ihr alles richtig gemacht.«

»Schön wär's«, murmelte Selma. Sie verschränkte die Finger ineinander, die Knöchel traten weiß hervor. »Bei Judith habe ich es richtig vermasselt. Ich bin gleich nach dem Krieg mit ihr aus Berlin abgehauen. Da war sie fünfzehn. Wir hatten von Anfang an ein schwieriges Verhältnis.« Selma erzählte, dass George sie gedrängt habe, nach der Silvestergala 1929 einen Privatauftritt für einen reichen Kunden zu absolvieren. »Damals war ich ja gerade erst wieder neu in der Stadt und hatte nichts auf der hohen Kante. Immer hat er mich geködert. ›Glaubst du, Sarah will in einem Zimmer mit dir hausen? Du musst dich schon ein bisschen anstrengen, wenn du ihr etwas bieten willst‹. Das ging so, bis ich selbst geglaubt habe, ein gewisser Wohlstand sei der Schlüssel zu allem.« Leise erzählte sie, der Kunde habe nicht nur Gesang oder Tanz gewollt, sondern Sex als Zugabe. »Ich habe mich gewehrt. Na ja, am Anfang. Das Geld konnte ich gut brauchen, aber auf die Art wollte ich es eigentlich nicht. Irgendwann dachte ich: Augen zu und durch, so viel verdienst du in einer Nacht so schnell nicht wieder.« Sie schnaubte. »Ich hatte vergessen, dass über dreißig Prozent davon nicht mir gehören.« Ende Februar wusste Selma, dass sie wieder schwanger war. »Wann immer ich Judith angesehen habe, musste ich an diese Nacht denken, an diesen widerlichen Kerl.«

Frieda beugte sich zu ihr und nahm vorsichtig ihre Hand. Selma schüttelte sie nicht ab, sie zuckte auch nicht zusammen, sie saß nur still da, brauchte Zeit, ehe sie weitersprechen konnte.

»Ich habe sie auf den Schwarzmarkt geschickt, während ich mich im Jenischpark oder am Meßberghof herumgetrieben habe. Ich wollte Sarah sehen, wissen, wie es ihr geht.« Sofort musste Frieda an die stürmische Nacht denken, an die Gestalt, die sie an Selma erinnert hatte. »Judith war wütend, weil sie allein die Arbeit machen musste. Ich habe ihr etwas vorgelogen, dass ich mit der Bahn auf Hamsterfahrten gehe oder mich sonst wo nach etwas Brauchbarem umsehe. Wahrscheinlich hat sie mich von Anfang an durchschaut.« Sie stockte, musste wieder ein paarmal durchatmen, ehe sie weitererzählte: »Eines Tages ist sie hinter mir her und hat gesehen, wohin ich gehe. Sie brauchte nur noch eins und eins zusammenzählen. Wir haben uns so schlimm gestritten wie nie. Es war schrecklich. Trotzdem konnte ich sie irgendwann beruhigen. ›Wir reden heute Abend drüber‹, habe ich zu ihr gesagt. Das war das Letzte, was ich überhaupt je zu ihr gesagt habe.«

»Sie ist weggelaufen?«, fragte Hans beklommen.

»Nein, zwei Kerle haben sie auf dem Rückweg vom Schwarzmarkt an der Ellerntorsbrücke abgefangen und ihr das Geld abgenommen, was sie mit ein paar selbstgedrehten Zigaretten verdient hatte. Sie hat sich bestimmt gewehrt, wie ich meine Judith kenne, aber die waren zu zweit. Haben sie einfach weggestoßen. Sie ist so unglücklich gegen das Geländer geknallt, dass sie sich das Genick gebrochen hat.« Selma war kaum noch zu verstehen. »Das haben sie in der Verhandlung zumindest behauptet.« Sie atmete hörbar ein. »Die Schweine haben ihr einfach ein Trümmerstück an die Füße gebunden und sie ins Herrengraben-fleet geworfen.«

»Die Tote aus dem Fleet«, sagte Hans heiser. Auch Frieda erinnerte sich sofort an die Schlagzeilen in der Zeitung. »Das war deine Tochter?«

»Wie alt war sie?« Friedas Stimme zitterte.

»Sechzehn.« Die Stille im Raum war fast greifbar. Schließlich räusperte sich Selma. »Ich bin noch eine Weile in Hamburg geblieben, ich wollte ja wissen, ob sie diese Mistkerle kriegen, die ihr das angetan haben. Aber von irgendetwas musste ich auch leben. Im Palast am Bahnhof Friedrichstraße in Berlin lief der Betrieb trotz der Beschädigungen wieder an. Ich war zu alt, um mit den anderen Revue-Mädchen in Reihe zu tanzen, aber sie haben mir einen Posten als Regieassistentin angeboten. Also bin ich zurück nach Berlin. Ein paarmal bin ich noch nach Hamburg gekommen, aber es tat so weh, und es hatte ja auch keinen Sinn. Also habe ich mir versprochen, erst zurückzukehren, wenn ich mir eine eigene vorzeigbare Existenz zusammenverdient habe.« Sie reckte das Kinn. »Ich habe Sarah einen Abschiedsbrief in den Kasten geworfen und bin endgültig abgehauen.«

Frieda ließ ihre Hand los. »Das warst du? Dieser ominöse Brief stammte von dir?«

»Ich dachte, wenn sie meinen Brief findet, dann stellt sie Fragen. Sie hätte doch ahnen müssen, dass er von mir stammt.«

»Ein Abschiedsbrief nach zwanzig Jahren?.« Hans schüttelte mitleidig den Kopf.

»Von wem hätte er sonst sein sollen?«, fragte Selma schwach.

»Von Steven«, antwortete Frieda.

Selma lächelte traurig. »Nicht einmal das habe ich richtig gemacht. Mein ganzes Leben ist ein Fiasko. Die einzige glückliche Zeit war hier mit meiner Tochter bei euch in Hamburg. Ich wollte das unbedingt zurückhaben. Ich wollte meine Tochter zurückhaben. Als du mir ein eigenes Haus in Aussicht gestellt hast, war ich erst wütend. Ich bin nicht käuflich. Nicht mehr«, sagte sie leise. »Aber dann dachte ich, ich hätte etwas, das ich Sarah hinterlassen kann. Sie würde wenigstens nach meinem Tod gut über ihre Mutter denken. Es tut mir so leid.«

Obwohl Frieda nach dem Gespräch so erschöpft war, als wäre sie zu Fuß nach Straßburg gelaufen, stellte sie Gerlinde sofort zur Rede. Henrik wollte wissen, ob alles gut gegangen und der Fall erledigt sei.

»Den Fall, wie du es nennst, hatten wir deiner Frau zu verdanken.« Frieda verschränkte die Arme vor der Brust.

»Wie meinst du das?« Henrik verstand kein Wort.

»Erinnerst du dich, dass sie kurz nach Alberts Beerdigung ganz dringend nach Berlin wollte?«

»Ja, und?«

»Warum sagst du ihm nicht, dass du Selma aufspüren wolltest?«, forderte Frieda sie auf.

»Ist das etwa ein Verbrechen? Sarah war über den Verlust ihres Großvaters so traurig. Es sollte eine Überraschung für sie sein. Ich wollte ihr eine Freude machen.«

Henrik nickte nachdenklich. »Aber warum hast du nicht mit uns gesprochen, Linde? Es war eine Ewigkeit her, dass Selma weggegangen ist. Das Wiedersehen wäre keine reine Freude, sondern auch ein Schock für Sarah gewesen.«

»Ich finde es eben wichtig, sich mit seiner leiblichen Mutter auszusöhnen«, beharrte sie und sah Henrik so unschuldig an, dass Frieda die Hutschnur riss.

»Schluss mit dieser Komödie, Gerlinde! Dir ging es doch gar nicht um die Zusammenführung von Mutter und Tochter. Du hast Selma aufgehetzt, hast ihr erzählt, dass ich sie schlecht mache, dass ich mit

Sarah angebe, sie die Arbeit machen lasse, damit ich mich auf die faule Haut legen kann.«

»Ganz so habe ich mich bestimmt nicht ausgedrückt«, verteidigte sie sich halbherzig.

»Aber so in der Art?« Henrik sah sie an, sein linkes Augenlid flatterte. Das war lange nicht mehr vorgekommen.

»Ich habe ein bisschen im Hintergrund die Fäden gezogen. Na und? Ihr habt Sarah immer Zucker in den Hintern geblasen, ich dagegen konnte machen, was ich wollte, ihr wart nie mit mir zufrieden. Vor allem du nicht, Frieda.«

Frieda wollte etwas erwidern, doch ihr Sohn kam ihr zuvor: »Du hast versucht, Sarah schlecht aussehen zu lassen, hast ihr Dinge in die Schuhe geschoben. Das war unanständig, um es milde auszudrücken. Trotzdem habe ich dir eine zweite Chance gegeben. Dieses Mal hast du den Bogen überspannt.«

Kapitel 24

Trotz seines turbulenten Beginns wurde das Jahr 1954 ein glückliches Jahr. Dass Selma das Angebot, in der Manufaktur ihr Geld zu verdienen, abgelehnt hatte, war vermutlich besser so. Stattdessen fand sie etwas im Hansa-Theater, das als Showbühne mit Restaurantbetrieb Wiederauferstehung feierte. Schräg gegenüber im Steindamm bekam sie ein Zimmer mit Küchenbenutzung.

Im Sommer zogen Ernst und Walli in ihr neues Haus im Harvestehuder Weg. Am Preis war nicht mehr viel zu machen gewesen, dennoch hatte Ernst es gekauft. Frieda freute sich mit den beiden, sie hatten es wirklich verdient. Mindestens genauso groß war ihre Freude über das erste Geschäft, über dem *H&K – Köstliches aus Kakao* zu lesen war. Die passgenau angefertigten Regale aus dunklem Holz übertrafen ihre Erwartung bei Weitem, es sah wunderschön aus, wie ein Schatzkästchen von innen. Gleiches galt für das Interesse der Hamburger. Nicht nur zur Eröffnung strömten sie in Scharen, auch danach drängten sich manchmal so viele Kunden zwischen dem Tresen, hinter dem die Mitarbeiterinnen mit weißen Schürzen und weißen kessen Hütchen standen, und den Auslagen, dass man Handgreiflichkeiten befürchten musste. Mit dem Sommer kamen immer mehr Urlauber in die Stadt, die ebenfalls ganz hingerissen von dem winzigen Café und der Schokolade waren. Sie mussten Reservierungen für die beiden Tischchen aufnehmen, die schnell bis weit in den Herbst reichten. Von der sonst üblicherweise etwas ruhigeren Jahreszeit war nichts zu spüren, die Manufaktur kam mit der Lieferung kaum nach.

Auch bei Mina und Fiete stand ein Umzug an, 1955 bezogen sie endlich eine Wohnung im Grindelhochhaus.

»Ich bin so froh, dass die Sache mit dieser Selma gut ausgegangen ist, Frau Møller«, sagte Fiete, als Frieda zum ersten Mal zu Besuch war. »Als Herr Krüger mich gebeten hat, ein Foto von Sarah zu schießen, war mir das erst ein bisschen peinlich.«

»Verstehe ich nicht.« Frieda sah ihn irritiert an.

»Na ja, ich brauchte doch keins machen, weil ich schon welche hatte.« Er wurde rot.

»Nein, ich meine … Ernst Krüger hat dich um ein Bild von Sarah gebeten?«

»Genau. Das wollte er an Selma schicken. Mit dem Datum und der Uhrzeit auf der Rückseite, wann sie in die Hannemannsche Villa kommen soll.«

Ernst, dieses Schlitzohr! Deshalb war er so sicher gewesen, dass sie auf jeden Fall da sein würde.

Mina platzte beinahe vor Stolz, in einem so neumodischen Gebäude zu wohnen, wie sie sagte.

»Guck mal, wie weit man gucken kann, Frau Møller. Bis Planten un Blomen, zum Rothenbaum und bis zur Alster! Dem Ernst Krüger können wir auf 'n Kopp spucken.« Sie kicherte.

»Das ist ja alles gut und schön. Trotzdem möchte ich wetten, die Aussicht wird dir bald langweilig, und du wirst doch wieder für uns kochen und backen wollen und den Garten in Schuss bringen.« Sie seufzte. »Das würde ich mir jedenfalls wünschen.«

»Nu sei man nich traurig, Frau Møller! Ich komm euch bestimmt besuchen. Den Garten kann ich nu wirklich nich im Stich lassen.« Mina hatte in ihrem Leben genug gearbeitet, so viel stand fest. Seit Fiete in einem Fotogeschäft eine Anstellung gefunden hatte, verdiente er ganz anständig. Zusammen mit ihrer bescheidenen Rente, für die sie jahrelang geklebt hatte, wie sie sagte, kamen die beiden wohl zurecht.

Zur Hochzeit von Sarah und Steven schien ganz Hamburg auf den Beinen zu sein. Und halb England noch dazu. Es war ein ausschweifendes Fest, die beiden waren das schönste Brautpaar, das man sich denken konnte. Auch Selma war eingeladen und kam zum Gratulieren. Sie verabschiedete sich jedoch sehr schnell.

»Die Rolle der Brautmutter gebührt dir«, sagte sie ohne jeden Unterton zu Frieda. »Ich bin dir und Ernst sehr dankbar, dass ihr gerade noch das Schlimmste verhindert habt. Kein Haus dieser Welt wäre es wert gewesen, hierauf zu verzichten, wenn ich meiner Tochter auch gern eins vererben würde.« Sie lächelte scheu. »Sarah hat mich übrigens besucht. Ich glaube, es hat ihr gar nichts ausgemacht, dass ich nur ein einziges Zimmer habe.«

Ernst trat seiner Walli beim Tanzen so oft auf die Füße, dass sie eine Pause verlangte. Frieda war heilfroh, dass Jason sie kaum losließ, sonst hätte sie womöglich unter Ernsts großen Latschen zu leiden gehabt. Sie und Jason tanzten bis tief in die Nacht. Auch Henrik schien sich bestens zu amüsieren. Nachdem Walli sich einen Wagen gerufen hatte und nach Hause gefahren war. Frieda ertappte ihn zu fortgeschrittener Stunde mit einer ausgesprochen hübschen Engländern, einer Cousine von Steven.

»Gerlinde hat mich betrogen«, sagte er schlicht, als Frieda ihm die Leviten lesen wollte. »Oder wie würdest du es nennen, wenn eine Frau hinter dem Rücken ihres Mannes gegen dessen Familie intrigiert?« Dagegen konnte Frieda wenig sagen. »Sie bleibt die Mutter meiner Kinder, dafür bin ich ihr ein ordentliches Zuhause schuldig. Mehr aber auch nicht.« Er war trotz mancher Ähnlichkeit ganz anders als sein Vater. Und er war vor allem eins: erwachsen. Frieda hatte sich aus seinen Angelegenheiten und seiner Ehe herauszuhalten.

Die Monate vergingen, ein neues Jahr brach an. Der Winter zog sich zurück und machte einem neuen Frühling Platz.

»Ist noch immer nichts Kleines auf dem Weg?«, wollte Jason eines Tages wissen, als Frieda und er nach Wilhelmsburg fuhren. Es war

Knuds achter Geburtstag, der Knirps hatte die beiden schriftlich eingeladen. Ehrensache, dass sie mit einem Geschenk und einer Geburtstagstorte kamen.

»Ich hätte jede Wette angenommen, dass Sarah und Steven nicht lange damit warten. Steven hat mir immer wieder gesagt, wie gern er einen Sohn hätte. Oder eine Tochter natürlich.«

»Nachwuchs gibt es eben nicht auf Bestellung.« Frieda zuckte mit den Achseln. »Das wird schon.«

»Sarah ist dreißig, oder?«

»Vielleicht soll es nicht mehr sein. Das wäre jammerschade, aber möglich ist es.« Während ihres Besuchs bei Knud im Kinderheim musste Frieda ständig daran denken. Sie war ganz selbstverständlich davon ausgegangen, dass Sarah eine Tochter haben würde, die einmal die Manufaktur übernehmen konnte.

»Sarah und Steven könnten ein Kind adoptieren«, sagte sie auf dem Rückweg.

Jason grinste. »Ich dachte schon, es berührt dich tatsächlich nicht sonderlich, dass sich kein Nachwuchs ankündigt. Jetzt ist mein Weltbild wieder in Ordnung.«

Der Sommer verflog. Im November saßen Frieda und Sarah vor dem Fernseher. Frieda war der Überzeugung, dass Reklame immer mehr Bedeutung bekommen würde. Nun sollte es Werbung im Fernsehen geben! Eine kleine Sensation, die seit Tagen Thema in den Zeitungen war.

»Das dürfen wir nicht verpassen«, hatte Sarah aufgeregt verkündet und rechtzeitig eingeschaltet. Frieda gesellte sich zu ihr, doch ihr war weder nach einem gemütlichen Abend mit Sarah zumute noch nach Überlegungen, wie auch die Werbung von Hannemann & Krüger moderner werden könnte. Am Morgen hatte sie Post bekommen, die ihr noch immer schwer auf der Seele lag. Schöne schreckliche Post.

»Es geht los!«, rief Sarah.

Die Sendung *Zwischen halb und acht* begann. Frieda sah die bekannten Schauspieler Beppo Brem und Liesl Karlstadt in einer Restaurantszene, aber sie konnte sich nicht darauf konzentrieren. Brem, der den Ehemann spielte, verschüttete wohl Soße auf das Tischtuch. Ehefrau Liesl regte sich fürchterlich auf. Da trat ein Mann an ihren Tisch, der Oberkellner vielleicht. Frieda hörte kaum zu.

Bis der Mann sagte: »Dafür gibt's doch Gott sei Dank Persil.«

Frieda wurde schwindelig, sie sah einen Strand voller Blut, einen abgetrennten Finger mit einem Ring, eine weiß gekleidete Dame mit Florentinerhut. *Alles neu macht Persil.* Frieda sprang auf und stürmte aus dem Zimmer.

»Was ist denn los, geht es dir nicht gut?«, rief Sarah hinter ihr her. In der Diele musste Frieda sich festhalten, Sarah war sofort bei ihr.

»Du bist ja kreideweiß, was ist denn bloß passiert?«

»Ich habe Post bekommen. Aus Dänemark«, brachte sie keuchend hervor. »Sie haben Pers Ehering gefunden.«

»Ach, Frieda!« Mehr konnte Sarah nicht sagen. Musste sie auch nicht. Es tat gut, einfach von ihr in den Arm genommen zu werden. Frieda liefen Tränen über die Wangen.

»Die Gravur«, flüsterte sie, »dank der Gravur und der Unterlagen des Militärs konnte der Ring ihm zweifelsfrei zugeordnet werden.«

»Warum hast du denn nichts gesagt?«

»Es ist so dumm.« Sie wischte sich die Tränen weg. »Per ist schon über zehn Jahre tot. Ich müsste mich daran gewöhnt haben.«

»An einen solchen Verlust gewöhnt man sich wohl nie«, sagte Sarah. Frieda nickte. »Wolltest du nicht immer nach Dänemark fahren, an den Strand, an dem es passiert ist? Ich könnte dich begleiten.«

Frieda fuhr nicht nach Dänemark, aber sie trug von dem Tag an seinen Ring an einer Kette um ihren Hals. Es wurde eine Angewohnheit, ihn kurz zu berühren, wann immer sie eine schwierige Entscheidung zu treffen oder eine Herausforderung zu meistern hatte. Es erfüllte sie mit Ruhe und Kraft.

Auch die nächsten Jahre vergingen, ohne dass Sarah und Steven mit einem Kind gesegnet wurden. Claras Kampf um das Erbe ihrer Eltern zog sich bis 1961 hin. Dann endlich kam es zu einem Vergleich, der ihr zwar nicht das Alsterhaus, aber drei süddeutsche Filialen einbrachte.

»Seien wir ehrlich, Frieda«, erklärte Clara gelassen, »ich bin sowieso zu alt, um mich selbst um ein Warenhaus von dem Format zu kümmern. Gewiss, ich hätte den Namen Mendel gern wieder am Jungfernstieg gelesen, aber das sind nur Eitelkeiten. Meiner Familie ist endlich Gerechtigkeit widerfahren, darauf kommt es an.«

Die Filialen, die ihr nun gehörten, lagen ihr weniger am Herzen. So fiel es ihr leichter, einen Käufer dafür zu suchen, der ihr ein kleines Vermögen zahlte. »Jetzt können Hans und ich uns das Haus bauen, von dem wir immer geträumt haben. Nicht zu groß, aber mit einem hellen Atelier. Wir können reisen, und für deine Stiftung Sprungtuch bleibt auch etwas übrig.«

Im Juni des gleichen Jahres erklärte Walter Ulbricht öffentlich, niemand habe die Absicht, eine Mauer zu errichten. Die Gräben zwischen Ost und West wurden immer tiefer, in der geteilten Stadt Berlin war es besonders dramatisch. Warum musste ein hoher Politiker wie Ulbricht etwas abstreiten, wenn tatsächlich niemand etwas Derartiges plante? Weil alle Welt damit rechnete, dass es passierte, damit rechnen musste. In der Nacht vom zwölften auf den dreizehnten August geschah es wirklich: Volkspolizei, Betriebskampfgruppen und Nationale Volksarmee sperrten die durch Berlin verlaufende Sektorengrenze mit Stacheldraht und Steinbarrikaden. Hätte Frieda nicht die Bilder in der Zeitung und im Fernsehen gesehen, sie hätte es nicht geglaubt. Eine kilometerlange Mauer mitten in der Stadt! Es folgten Grenzanlagen um ganz West-Berlin. Sie zu überwinden, war unmöglich. Wer es doch versuchte, bezahlte allzu oft mit dem Leben.

Für Selma gab es kein Zurück mehr nach Berlin. Doch auch ohne diese unsägliche Mauer wäre sie wohl in Hamburg geblieben. Frieda sah sie nicht oft, sie lebte ziemlich zurückgezogen, hielt jedoch Kontakt zu Sarah. Und das war gut so. Gerade jetzt. Denn im August luden

Sarah und Steven die gesamte Familie ein, um eine großartige Neuigkeit zu verkünden.

»Ich bin schwanger«, sagte Sarah und strahlte mehr denn je. »Ich werde bei der Geburt siebenunddreißig sein, das ist ein großes Risiko. Aber ich glaube ganz fest daran, dass es einen Sinn haben muss, dass wir doch noch ein eigenes Kind haben sollen. Ich weiß, dass alles gutgehen wird.«

Kapitel 25

Februar 1962

»Meinst, das ist eine gute Idee, ausgerechnet jetzt nach Wilhelmsburg zu fahren?« Ernst sah Frieda beinahe ein wenig vorwurfsvoll an. »Sarahs Kind kann jeden Moment kommen. Und denn auch noch dies Schietwetter!«

»Knud liegt im Krankenhaus, er hat sich den Fuß zertrümmert. Wir haben ihm den Besuch versprochen, das lässt sich wohl schlecht verschieben.« Frieda klopfte ihm freundschaftlich auf den Arm. »Du machst dir einfach zu viele Sorgen.«

»Das waren auch Spreckels letzte Worte«, brummte er finster. »Und denn ist er aus dem sechsten Stock gefallen und hat sich das Genick gebrochen.«

Als ob Frieda das vergessen könnte. Sie hatten den Abend davor ja noch zusammen verbracht: Ernst und Walli, Spreckel, Sarah und Steven, Hans und Clara, Jason und sogar Henrik war ausnahmsweise dabei gewesen. Es war einer dieser herrlichen Abende bei Nagel gewesen, an denen man in Erinnerungen schwelgte und gleich darauf Pläne schmiedete, damit neue schöne Erinnerungen hinzukommen würden. Im Radio sang Harry Belafonte den Banana Boat Song.

Spreckel sagte verständnislos: »Was soll das denn bitteschön bedeuten? Come, Mister tally man, tally me banana.« Er rollte mit den Augen.

»Müsstest du doch wissen, Boss«, hatte Ulli entgegnet. Es gab mal Zeiten, da wurde in Hamburg französisch gesprochen, jetzt galt es als sehr modern, englische Wörter zu benutzen. »Bist doch selbst ein tally man!«

»Jo, aber das ergibt doch trotzdem keinen Sinn. Komm, Quartiersmann, zähl mir die Bananen?«

»Ist doch nicht so unlogisch«, versuchte Henrik eine Erklärung. »Zählen und abwiegen gehört schließlich zu den Aufgaben der Quartiersleute.«

Frieda erinnerte sich noch gut, dass ihm kaum jemand zuhörte, weil jeder stattdessen eine eigene Übersetzung parat hatte, eine lustiger als die andere. Es wurde immer lauter gelacht, und weder Spreckel noch Henrik schafften es, wieder Ernst in die Unterhaltung zu bringen. Tags drauf war Spreckel in den Tod gestürzt. Es war ein Trost, dass er noch einen so lustigen Abend unter Freunden hatte genießen können.

Wenn Frieda es auch für völlig übertrieben hielt, die Fahrt nicht anzutreten und Knud damit schrecklich zu enttäuschen, in einem hatte Ernst recht: Es war wirklich Schietwetter. Selbst für Hamburger Verhältnisse war es außergewöhnlich schauderhaft. Der Wind rüttelte so sehr an den Fenstern, dass es manches Mal regelrecht knallte. Dann wieder ein Heulen, das einem durch sämtliche Glieder ging.

Trotzdem machten Frieda und Jason sich am Freitag auf den Weg. Der Himmel sah aus, als wolle die Welt untergehen.

»Wenn wir Knud an der Nordsee besuchen wollten, hätte Ernst recht mit seinen Bedenken«, sagte Jason. Frieda mochte die vielen grauen Strähnen, die in seinem rötlichen Haar und dem Vollbart schimmerten. »Im Radio haben sie vorhin eine Sturmflutwarnung für die Küste durchgegeben.«

»Kann ich mir vorstellen. Kräftiger Wind ist nichts Neues, aber dieses Mal ist es besonders schlimm.« Sie ließ den Blick über die Landschaft schweifen, durch die sie fuhren. »Sieh dir nur die Bäume an, sie liegen beinahe flach auf der Erde.«

»Hoffentlich erwischt uns kein Knüppel, der vom Sturm abgerissen wird.« Frieda musste an ihre Mutter denken. Sie war von einem Ast erschlagen worden. Und wenn sie doch auf Ernst gehört hätte? Unsinn, sie fuhren schließlich nicht nach Büsum oder Cuxhaven, sondern nur nach Wilhelmsburg. Das konnte sie Knud einfach nicht antun.

Das Krankenhaus Groß-Sand lag nicht weit vom Veringkanal entfernt. Das Wasser schäumte, als handle es sich nicht um ein künstlich
angelegtes Gewässer, sondern um die offene See.

Wie sich alles gewandelt hatte, dachte Frieda, als sie durch den Flur
zu Knuds Zimmer gingen. Früher, als sie Hans oder ihren Vater im
Hospital besucht hatte, roch es nach Äther und nach Urin. Hier war
alles sauber und neu, das sagte schon der Geruch, der in der Luft hing.

Knud lag in einem Zimmer, das vermutlich hell wirkte, wenn sich
draußen nicht gerade ein Hagelschauer zum Sturm gesellen würde.

»Da seid ihr ja endlich«, rief der Knirps zur Begrüßung. »Nehmt ihr
mich mit nach Hause?« Nach Hause. Für ihn war das Kinderheim
wahrlich sein Zuhause. Er konnte sich an nichts anderes mehr erinnern.

»Ein bisschen musst du schon noch hierbleiben«, sagte Jason. »Wie
geht es deinem Fuß, tut's noch sehr weh?«

»Ach was!« Knud machte eine wegwerfende Handbewegung. »Geht
schon. Aber ich habe noch kein einziges Eis bekommen«, beschwerte
er sich.

»Ich fürchte, du verwechselst da etwas«, sagte Frieda lachend. »Eis
gibt's nach einer Mandeloperation, nicht wenn man den starken Mann
markiert und sich eine Eisenstange auf den Fuß fallen lässt.«

»Ich hätte die locker halten können«, behauptete er großspurig.
»Wenn das blöde Ding nur nich so rutschig gewesen wäre. Wieso
kriegen nur die mit den Mandeln Eis? Das ist gemein!«

»Wir haben Februar, es ist viel zu kalt für Eis. Findest du nicht?«
Jason verzog das Gesicht und tat so, als würde er schrecklich frieren.

»Hier drinnen nicht!«

»Was ist mit Eis-Schokolade?« Frieda lächelte verschmitzt. »Zählt
die auch?«

»Hast du mir welche mitgebracht?« Seine Augen leuchteten. Frieda
reichte ihm zwei Schachteln.

»Ich darf noch nicht aufstehen«, erklärte Knud. »Ihr müsst meinen
Freunden etwas abgeben, ja?« Typisch! Der Junge würde niemals alles
für sich behalten. Er hatte mehr Freude daran zu teilen.

»Wird gemacht!« Jason salutierte und ging von einem Bett zum anderen.

»Ich sage euch, Eis-Schokolade von Hannemann & Krüger ist bombig«, rief Knud aus voller Kehle, da zerriss ein Krachen die Luft. Knud zog sich die Decke bis zur Nase. »Das wollte ich nicht«, flüsterte er.

Jason erstarrte in der Bewegung, die anderen gaben keinen Mucks von sich. Friedas Herz klopfte schnell.

»Was war das?«, fragte sie. Die Tür ging auf, eine Krankenschwester kam herein.

»Haben Sie das eben gehört? Was war das?«, wiederholte Frieda.

»Draußen wird was umgefallen sein«, sagte sie gelassen. »Bei dem Wind passiert das schon mal.«

Jason trat ans Fenster. »Nichts zu sehen.«

»Das klang, als wenn ein ganzes Dach weggeflogen und irgendwo gegengekracht wäre«, sagte Knud aufgeregt. »Schöner Mist, und ich muss hier liegen und kann nicht gucken.«

»Übertreib mal nicht«, erwiderte Jason. »So leicht fliegen Dächer nicht durch die Luft. Obwohl … Das ist aber auch ein böses Wetter!«

»Och was, es gibt kein schlechtes Wetter, es gibt nur falsch angezogene Leute«, sagte die Schwester. »Aber die an der Nordseeküste, die kriegen wohl einen nassen Hintern.« Sie lachte und ging. Einige Minuten später war sie zurück. »Gehört Ihnen nicht der schicke schwarze Opel Rekord?« Sie sah von Frieda zu Jason.

Jason nickte. »Ja, das ist meiner. Habe ich falsch geparkt?«

»Kann man so sehen. Der Bums eben … na ja, nun ist ihr Wagen nicht mehr so schick«, sagte sie zerknirscht.

»Am besten, du fährst mit der Bahn zurück«, schlug Jason vor, nachdem sie sich das Malheur angesehen und schnell wieder Schutz in der Eingangshalle gesucht hatten. »Ich bleibe hier. Es wird schon irgendwo ein Bett geben. Heute kommt bestimmt niemand vom Automobil-Club mehr raus.«

»Wir brauchen zuerst die Feuerwehr«, wandte Frieda ein. »Die müssen den Baum zersägen und beiseiteschaffen. Auf jeden Fall bleibe ich bei dir.«

»Das möchte ich nicht. Wer weiß, was hier noch alles passiert.«

Frieda lachte. »Glaubst du, der Sturm ist in der Elbchaussee weniger gefährlich? Außerdem freut sich Knud bestimmt, wenn wir ihn noch mal zu zweit besuchen, nachdem wir eben so Hals über Kopf aufgebrochen sind.« Sie wurde ernst. »Hoffentlich wartet Sarahs Kind noch. Was kriegt es denn für einen Eindruck von Hamburg, wenn es jetzt auf die Welt kommt?«

»Mir wäre es wirklich lieber, du fährst zurück«, bekräftigte er noch einmal. »Was ist, wenn das Kind doch schon kommt? Du willst bestimmt sofort bei Sarah im Krankenhaus sein.« Da hatte er recht. »Nimm einen Zug, Frieda!«

»Ich glaube kaum, dass noch einer fährt.« Ein Arzt warf sich gerade seinen Mantel über den Kittel. »Das Bezirksamt hat die Alarmstufe drei herausgegeben. Habe gerade meinen Einsatzbefehl vom THW bekommen.« Er schlug den Kragen hoch und verschwand in den düsteren Nachmittag.

Frieda und Jason sahen sich an. »Es scheint doch schlimmer zu werden«, sagte Frieda beklommen. »Vielleicht ist es das Beste, wenn wir uns eine Bleibe suchen, bis das Unwetter vorbei ist.«

Sie fanden eine Pension ein Stück nördlich des Krankenhauses unweit einer Polizeistation.

»Allmählich kann es einem Angst machen, was hier los ist.« Damit sprach Jason ihr aus der Seele. Die Polizeifahrzeuge sammelten sich auf dem Hof, die Beamten stiegen aus und rannten ins Gebäude. Es herrschte eine Anspannung, die man körperlich spüren konnte.

Den Rest des Nachmittags verbrachten sie mit der Zimmerwirtin, die ihnen Tee machte.

»Is kräftig dieses Mal. Und denn die Kälte! Aber Sie müssen nich bange sein, hinter den Deichen sind wir sicher!« Auf die Frage, wo sie etwas zu essen bekämen, sagte sie: »Da gehen Sie man zum Hannes. Der heißt eigentlich gar nich so, aber der sieht aus wie der Albers. Hat auch so eisblaue Augen. 'ne Speisekarte hatter nich, aber 'ne Knackwurst mit Rundstück und ordentlich Senf kriegen Sie bei dem immer.«

Der Sturm warf sie beinahe um, wenn sie sich nicht dagegengestemmt hätten, die Kälte biss eisig in die Wangen.

»Hab heute nich mehr mit Gästen gerechnet«, dröhnte eine tiefe Stimme hinter dem Tresen, kaum dass sie das Lokal betreten hatten. Das musste Hannes sein. Wirklich, seine Augen waren außergewöhnlich hellblau.

»Heißt das, wir bekommen nichts mehr zu essen?« Jason sah ihn mit einem Blick an, der herzerweichend war.

»Nee, das heißt das nich. Immer rein in die gute Stube.«

Wenig später hatten sie frisch gezapftes Astra vor sich stehen.

Die Tür ging auf, ein Herr in Dienstkleidung trat ein. »Jugendschutzkontrolle«, rief er ganz automatisch, bevor er sich überhaupt umsah.

»Möchten Sie unsere Ausweise sehen?« Jason verzog keine Miene.

Erst jetzt stellte der Inspektor fest, dass sie die einzigen Gäste waren. »Nicht nötig.« Er tippte sich an die Mütze und drehte um, in dem Augenblick flog die Tür schon wieder auf. Ein weiterer Mann in Dienstuniform kam herein.

»Kommen Sie, kommen Sie! Schnell!« Die Tür schlug hinter ihnen zu. Was folgte, war gespenstische Stille. Selbst der Wind schien kurz Atem zu holen. Nur, um gleich darauf umso lauter zu tosen.

»Was war das denn?« Hannes schüttelte den Kopf und brachte zwei Teller mit Wurst. Da kam der Inspektor wieder. »Na, nu wird's aber verrückt«, kommentierte der Wirt.

»Ich muss dein Telefon benutzen, Hannes!« Ohne weitere Erklärung warf sich der Inspektor bäuchlings auf die Theke, schnappte sich den Hörer und wählte eine Nummer.

Frieda und Jason wechselten überraschte Blicke. Frieda merkte, wie sich in ihr eine Unruhe einnistete, die beängstigend wuchs. Sie konnte nicht jedes Wort verstehen, am liebsten wäre sie aufgestanden und näher gegangen. Aber eins verstand sie auch so: Wasser schwappte am Spreehafen über den Deich!

»Wird der Stadtteil evakuiert?«, wollte Jason wissen, nachdem der Inspektor wieder in die Dunkelheit verschwunden war.

Wirt Hannes lachte dröhnend. »Ihr kommt wohl nich aus Hamburg, was? Nee, keine Sorge, da laufen nur 'n paar Tropfen oben drüber. Da kriegst nich mal nasse Füße von.«

Ehe sie in die Unterkunft zurückgingen, benutzte Frieda auch das Telefon. Wie gut, dass Ernst im Haus einen Anschluss hatte. »Wir müssen über Nacht hierbleiben, ein Baum ist auf Jasons Wagen gestürzt«, erklärte sie.

»Frieda!«

»Beruhige dich, es ist nur Blechschaden, uns ist nichts passiert, das ist die Hauptsache.« Sie hörte ihn Luft holen, mochte sich jetzt aber keinen Vortrag darüber anhören, dass sie auf ihn hätte hören sollen. Das wusste sie inzwischen selbst. »Ich kann nicht sagen, wie lange wir noch Verbindung zur Außenwelt haben.« Sie lachte. »Du hattest schon recht, das Wetter schüttelt uns gerade ziemlich durch. Gott sei Dank ist Wochenende. Ich melde mich, sobald ich kann, ja?«

Sie wollte schon auflegen, da hörte sie Ernst sagen: »Du musst nach Hause kommen, Sarahs Kind ist da.«

»Was?« Sie hörte ihm schweigend zu.

»Was ist los?« Jason sah sie voller Angst an.

»Ein Mädchen, Sarah hat ein Mädchen zur Welt gebracht.« Frieda fiel ihm um den Hals. »Mutter und Kind sind kerngesund!«

»Das muss gefeiert werden!« Jason konnte Steven und Sarah gut leiden, er wusste, wie sehr sich die beiden Kinder gewünscht hatten. Und er wusste, wie es war, selbst keine zu haben. Frieda war gerührt, wie sehr er sich freute. Doch ein Gedanke überstrahlte alles: eine gesunde Tochter. Eine Nachfolgerin für die Manufaktur.

»Aber vorher will ich noch mal ins Krankenhaus.« Frieda hörte ihm gar nicht richtig zu. Sie war wie benommen von der freudigen Nachricht.

»Ja, natürlich«, sagte sie geistesabwesend.

»Ich muss wissen, wie es Knud geht.« Erst da begriff sie, was er vorhatte.

»Wie soll es ihm schon gehen? Er schläft! Hast du mal auf die Uhr geschaut? Du kannst doch nicht mitten in der Nacht ...« Eine Sirene kreischte.

Sie sahen sich nur an und rannten los. Nur ein paar Schritte, dann standen sie im Wasser. Sie liefen weiter. Immer höher stand es, es musste vom Kanal kommen, von Westen. Friedas Füße waren klitschnass, die Hosenbeine klebten ihr schwer und bis zu den Knien nass an den Beinen. Sie schlotterte vor Kälte.

Im Krankenhaus Groß-Sand herrschte ein schreckliches Durcheinander. War das dasselbe Hospital wie jenes, in dem sie Knud vor wenigen Stunden zurückgelassen hatten? Auf allen Fluren standen Betten, in manchen lagen drei Patienten.

Jason packte eine Schwester am Ärmel, die vorbeihasten wollte. »Was ist hier los?«

»Sturmflut, Deichbruch«, stotterte sie. »Veddel steht unter Wasser, nach Finkenwerder läuft's auch schon rein. Bäume knicken um wie nix, Gegenstände wirbeln durch die Luft. So viele Verletzte hab ich noch nie gesehen.«

Das sollte wohl etwas heißen für jemanden, der in einem Unfallkrankenhaus arbeitete.

»Um Gottes Willen, das Waisenhaus.« Frieda schluckte, doch der Kloß in ihrem Hals wollte nicht kleiner werden.

»Ich kümmere mich darum, du gehst zurück in die Pension.«

»Kommt ja nicht in Frage, wir gehen zusammen.«

Jason wollte widersprechen.

»Es ist klüger«, sagte sie fest. »Du hast es doch gehört, Gegenstände fliegen herum. Was ist, wenn der Weg versperrt ist? Zu zweit haben wir bessere Chancen durchzukommen.«

»Ich schätze, du setzt deinen Dickschädel sowieso wieder mal durch. Also los!«

Das Wasser schwappte schon herein, sie mussten ein Stück waten, ehe sie eine Straße erreichten, die noch frei war. Das Kinderheim lagt süd-östlich, je weiter sie in diese Richtung kamen, desto besser. Von irgendwoher kam plötzlich ein Zischen, das schnell lauter wurde. Frieda duckte sich instinktiv. Nicht weit von ihrem Kopf segelte etwas vorbei und krachte gegen ein Verkehrsschild. Eine Mülltonne vielleicht.

»Wir müssen umkehren, wir schaffen das nie!« Die Angst schnürte Frieda die Kehle ab.

»Zurück können wir nicht, da ist es noch schlimmer.«

Er hatte recht, sie mussten weiter. Frieda betete still, dass sie Sarahs Tochter noch zu Gesicht bekäme. Es war so dunkel, dass sie kaum erkennen konnte, wo sie waren, geschweige denn, ob der Weg vor ihren Füßen sicher war.

»Da vorne, das muss es sein!«, rief Jason. Erst jetzt nahm Frieda wahr, dass kleine Wellen wieder gegen ihre Waden klatschten, nach ihren Knien leckten. Ein schwarzer Koloss schälte sich vor ihnen aus der Schwärze, ohne sich besonders abzuheben.

»Alles dunkel«, stellte Frieda ängstlich fest.

»Wahrscheinlich haben sie keinen Strom mehr.« Sie mussten schreien, um sich überhaupt verstehen zu können, so laut toste der Sturm, peitschte Regen, grollte Donner.

»O mein Gott!«

Frieda wusste sofort, was Jason meinte. Eine Wand des Gebäudes fehlte. Einfach weg. Blitze zuckten über den Himmel und beleuchteten für Bruchteile von Sekunden den Schrecken: Möbel standen schutzlos in den offenen Räumen wie in einer Puppenstube. Wieder ein Blitz. Dieses Mal meinte Frieda, Bewegungen erkannt zu haben.

»Da ist noch jemand«, brüllte Jason auch schon. Das Wasser stand Frieda nun schon bis zu den Knien. Sie mussten hier weg! Aber sie konnten unmöglich die Kinder ihrem Schicksal überlassen.

»Emma!«, schrie Frieda gegen das Unwetter an. Ihre Stimme wurde in die andere Richtung getragen. Wenn Emma da war und am Leben, konnte sie Frieda nicht hören. Seite an Seite stemmten sie sich gegen die Böen, kämpften sich voran bis zum Eingang. Plötzlich ein Lichtschein hinter ihnen. Ein Bündel Helligkeit, das einen runden Ausschnitt der Tür zum Kinderheim beleuchtete. Frieda drehte sich um, legte ihre Hand über die Augen. Wenn sie nur aufhören könnte zu zittern.

»Hallo! Was machen Sie da? Kommen Sie her, schnell!« Frieda erkannte einen Mann in einem Ruderboot.

»Da sind Kinder«, brüllte Jason. »Wir müssen ihnen helfen, sie da rausholen.«

»Verstehe!«, tönte es augenblicklich zurück. »Ich komm näher ran.«

»Gott sei Dank!« Das klang wie ein Schluchzen. »Geh du ins Boot«, rief Jason Frieda zu, »ich sehe nach den Kindern.«

»Ich helfe dir«, rief sie, obwohl sie liebend gern aus den eisigen Fluten steigen würde.

»Helfen Sie mir lieber mit dem Boot!«, kam es von der anderen Seite.

»Er hat recht«, sagte Jason erstickt, riss die Tür auf und verschwand im Gebäude. Frieda zögerte, dann drehte sie sich um. Jeder Schritt war eine Qual, sie spürte ihre Füße nicht mehr.

»Kommen Sie, ich helfe Ihnen.« Eine Hand streckte sich ihr entgegen. Frieda stützte sich auf den Rand der Nussschale, griff nach der helfenden Hand. Sie schlug unsanft mit dem Bauch auf der Kante auf, die Luft blieb ihr weg. Nur kurz, dann hatte sie es geschafft.

»Danke«, sagte sie keuchend. »Danke, Sie schickt der Himmel.«

»Nee, mich schickt meine Frau. Sie meint, nun hat es endlich einen Sinn, dass ich das olle Boot ewig in unserer Garage aufbewahrt habe.«

Frieda musste an ihren Ururgroßvater denken. Als würde sich die Geschichte wiederholen. Wieder waren die kleinen Bewohner eines Kinderheims in Gefahr, die niemanden auf dieser Welt hatten, außer ein paar Betreuerinnen. Damals waren es Flammen gewesen, jetzt waren es Fluten.

Der Mann hatte ihr die Taschenlampe gegeben und sie angewiesen, immer schön auf den Eingang zu halten. Er hatte genug damit zu tun, das Boot in Position zu bringen. Endlich erschien Jason, zwei Kinder an den Händen. Die beiden schrien vor Angst, ihre Augen waren riesig.

Kein Wunder, das eiskalte Wasser reichte ihnen bis zum Bauch. Jason half ihnen ins Boot.

»Wie sieht's da drinnen aus?«, fragte Frieda und fürchtete sich vor der Antwort. Jason schüttelte nur den Kopf, schon watete er wieder zurück. Frieda legte eine Decke um die beiden, die der Mann mitgebracht hatte.

»Ist ja gut, alles wird wieder gut«, beruhigte sie die Jungen. »Jetzt seid ihr in Sicherheit. Schön zusammenkuscheln, dann wird euch wärmer«, forderte sie die beiden auf. Sofort rutschten sie näher und verschmolzen zu einem schlotternden Körper. Auch Frieda klapperte mit den Zähnen. Sie musste sich zusammenreißen, den Lichtkegel ruhig auf die Eingangstür richten, ganz gleich, wie taub ihre Finger waren, ganz egal, wie sehr der Sturm an der Nussschale zerrte und sie hin und her warf.

»Wir können nicht mehr lange hierbleiben«, brummte der Mann. »Wird zu gefährlich.«

»Wir können nicht ohne Jason fahren!« Frieda starrte auf den Eingang, als könne sie Jason beschwören. Da! Endlich. Er trug ein kleines Mädchen auf den Armen, ihre Zöpfe schleuderten hin und her. Jason hob sie hinauf ins Boot.

»Habt ihr sie?« Der Mann und Frieda nahmen ihm den leblosen Körper ab und legten ihn auf den Boden des Ruderbootes. Aus dem Augenwinkel sah Frieda, wie Jason sich wieder zum Gehen wendete.

»Nein, Jason!«

»Ich muss sicher sein, dass nicht noch mehr Kinder drin sind.«

»Es ist zu gefährlich.«

Er blieb stehen, sah ihr in die Augen. »Mein ganzes Leben lang war ich ein Feigling, Frieda. Ich denke, das ist ein guter Moment, einmal den Helden zu spielen.« Er lächelte, stemmte sich gegen die immer wütender schlagenden Wellen. Sie sah ihn im Haus verschwinden, da krachte es ohrenbetäubend. Der gesamte Eingangsbereich stürzte in sich zusammen. Frieda schrie, doch sie hörte ihre eigene Stimme nicht. Da war nur ein schreckliches grelles Pfeifen in ihrem Kopf. Sie leuchtete auf das schwarze Wasser, Trümmerteile wirbelten in Strudeln herum. Frieda sah eine Hand, die sich nach oben streckte. Jason. Er bekam nichts zu fassen, woran er sich halten konnte. Die Wassermassen rissen ihn mit sich, dann sah sie ihn nicht mehr.

Die Stimme des Fremden, auf dessen Boot sie war, drang wie durch eine Wand aus Lärm und Unheil zu ihr. Er sagte ihr, was zu tun sei, und Frieda tat es. Die Verzweiflung wich einer großen Ruhe. Nicht mehr lange, dann hatte auch sie es geschafft, dann würde dieser Alptraum enden. Frieda legte ihr Schicksal in die Hände einer höheren Macht. Sarah hatte eine Tochter. Eine neue Generation. Das ging ihr durch den Kopf, als die Dunkelheit sie einhüllte. Es wird weitergehen. Sie konnte loslassen.

Epilog

Frieda blickte über das Wasser. Wie friedlich alles aussah. Sobald sie ihre Augen schloss, kamen die Bilder wieder: Der Weg zurück von der Insel Wilhelmsburg auf das Hamburger Festland erschien ihr noch immer wie ein Traum, als sei sie durch eine große Seenlandschaft gefahren. Wunderschön, wenn nicht überall Trümmer gelegen hätten, wenn nicht unzählige menschliche Tragödien geschehen wären. Wo vorher Straßen gewesen waren, gab es nur noch Flüsse, Hubschrauber des Heeres kreisten, warfen Päckchen ab. Erstversorgung für die Glücklichen, die es geschafft hatten. Glückliche wie Frieda. Der Fremde, sie kannte selbst jetzt seinen Namen nicht, hatte sie und die Kinder zu einem Haus gebracht. Von dort waren sie alle Stunden später mit einem Schlauchboot gerettet worden. Immer noch eisige Kälte, nicht lange, und das Wasser würde gefrieren. Frieda sah Bahnschienen, die ohne Sinn herumlagen, wie achtlos weggeworfenes Geschenkband. Die Lok darauf ein Spielzeug, an dem ein Riese die Freude verloren hatte. Sie sah ein älteres Paar, das auf einem Dach auf Hilfe wartete, die Koffer in der Hand, als wollten sie verreisen. Man hatte Jasons Leichnam gefunden und inzwischen längst zu seiner Frau nach England überführt. Er fehlte Frieda schrecklich, doch sie war sicher, dass er glücklich gestorben war. Er hatte endlich einmal in seinem Leben das getan, was er für richtig gehalten hatte.

Frieda öffnete die Augen, schüttelte die Bilder ab, blinzelte in die Sonne. Der milde Wind spielte mit ihrem Haar, die Luft roch frisch nach Salz und ein bisschen nach Algen. Frieda tastete nach dem Ring an ihrem Hals und schloss die Finger fest darum. Warmer weicher Sand unter ihren nackten Füßen. Eine gute Entscheidung, hierher zu kommen, dachte Frieda, kniete nieder und strich über die Bronzeplatte, die auf einen Stein geschraubt war zur Mahnung und Erinnerung an die Toten, die hier an der Westküste Dänemarks Minen hatten bergen müssen. Der Stein war besser als ein Grab. Sie stand auf, ging ein paar Schritte, leises Knirschen unter ihren Sohlen. Als die Wellen ihre Knöchel umspülten, warf sie eine Handvoll Rosenblätter in das Wasser. Sie sah ihnen zu, wie sie auf den Wogen schaukelten, bis das Rot mit dem Grau der Nordsee verschmolz. Zuerst schienen sie auseinander zu treiben, doch dann geschah das Gegenteil, sie fanden wieder zueinander, formten eine zusammenhängende Fläche. Wie ein Tuch. Eine Libelle, die suchend über die Wasseroberfläche geschwirrt war, setzte sich darauf. Ein guter Platz, um in Sicherheit zu sein und sich auszuruhen.

Dankeschön!

Manchmal sind es Kleinigkeiten, an denen man sich fast die Zähne ausbeißt. Wie ging beispielsweise eine Beisetzung in den letzten Kriegstagen beziehungsweise direkt nach Kriegsende vonstatten? Ich habe weder in meinen zahlreichen Büchern noch im Internet konkrete Antworten gefunden. Mein Dank deshalb an Herrn Kuhlmann vom Hamburger Bestattungsunternehmen Otto Kuhlmann für das erhellende und inspirierende Gespräch.

Historisch richtig:
Wie meistens in meinen Büchern verrate ich am Ende, welche Einzelheiten auf wahren Begebenheiten beruhen, welche ausschließlich meiner Phantasie entspringen. Es ist mir wichtig, dass Sie, liebe Leser, das einordnen können. Ich warne Sie: Falls Sie das Buch noch nicht gelesen haben, sollten Sie besser an dieser Stelle aufhören. Mit der Erwähnung der realen Gegebenheiten verrate ich natürlich auch einiges von dem Inhalt …

Es ist wahr, dass nach dem Zweiten Weltkrieg kein Kakaopulver und auch keine Bohnen mehr im Lager der Firma Albrecht & Dill, an die Hannemann & Krüger ganz leicht angelehnt ist, zu finden waren. Dafür hatte man dort einige Säcke Sojaflocken, getrocknete Petersilie und Pfefferminze sowie Saatgut von Liebstöckel und Füllhaltertinte. Auch die Übernahme der Chanel-Vertretung stimmt. Daraus entwickelte sich der Handel mit Luxuskosmetika und Parfums verschiedener Marken, die heute einen bedeutenden Anteil von Albrecht & Dill ausmachen. Unter dem Dach von Albrecht & Dill Cosmetics sind über tausend Produkte von rund zehn Welt-Marken zusammengefasst. Der *echte* Ernst Krüger hat also tatsächlich – nicht das einzige Mal – einen guten Riecher bewiesen, indem er diesen Zweig den Kakaobohnen hinzugefügt hat.

Chocolatier Neuhaus gab es wirklich, auch die Geschichte der Ballotins, die seine Frau erfunden hat, ist wahr. Das Unternehmen, das noch heute in Brüssel ansässig ist und einen sehr guten Ruf genießt, ist tatsächlich an seinen Schwiegersohn übergegangen. Wann genau Jean Neuhaus sich allerdings zurückgezogen und ob er dann noch Rezepte entwickelt hat, kann ich nicht sagen.

Eiskonfekt, wie die Schokolade heißt, die sich im Mund kühl anfühlt, wurde in Deutschland erfunden. Meistens bekommt man die Pralinen in bunten gezackten Alu-Hütchen. Ein sehr bekannter Hersteller aus Hamburg-Bahrenfeld hat sich 1936 seine Marke eintragen lassen.

Das kleinste Haus Hamburgs (Große Reichenstraße 8) war 1920 schon eine Touristenattraktion. 1960 stand es noch, nur die stattlichen Häuser, die es vorher eingeklemmt hatten, waren im Bombenhagel verschwunden, wie ich es beschreibe. Inzwischen musste der schmale Bau Parkflächen weichen. Einen Schokoladen-Laden hat es dort allerdings nie gegeben.

Die Abläufe der Sturmflut 1962, von den Radiodurchsagen bis zu den Informationen, die Feuerwehr und THW hatten, stimmen. Auch die Beschreibung dessen, was Menschen erleben und durchmachen mussten, ist aus unzähligen Augenzeugenberichten zusammengetragen. Das Krankenhaus Groß-Sand in Wilhelmsburg wurde meines Wissens nicht beschädigt, die Zustände, die dort in der Nacht herrschten, sind jedoch verbürgt. Das Kinderheim habe ich mir ausgedacht.

Lena Johannson
Liebesquartett auf Usedom
Roman
173 Seiten. Broschur
ISBN 978-3-7466-3549-1
Auch als E-Book erhältlich

Ein Sommer voller Liebe

Penny glaubt nicht an die Liebe. Als Standesbeamtin kennt sie schließlich die Scheidungsraten. Auch ihre beiden Freunde Pit und Heiner haben allen amourösen Abenteuern abgeschworen. Pit war schon dreimal unglücklich verheiratet, und Heiner, der eine Fischräucherei in Heringsdorf betreibt, denkt ohnehin nur ans Geschäft. Alles wird anders, als die Journalistin Verena auftaucht. Sie will eine Reportage über Usedomer Handwerkskunst schreiben und begleitet Pit und Heiner auf Schritt und Tritt. Zuerst amüsiert sich Penni darüber, denn sie ist sicher: Es kann nicht lange dauern, bis die beiden von der aufdringlichen Dame genug haben werden. Doch da irrt sie sich gewaltig.

Eine wunderbar heitere Liebesgeschichte auf Usedom, von der Bestsellerautorin von »Die Villa an der Elbchaussee«.

Regelmäßige Informationen erhalten Sie über unseren Newsletter. Jetzt anmelden unter: www.aufbau-verlag.de/newsletter

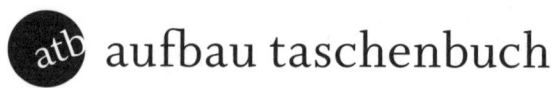

Lena Johannson
Die Malerin des Nordlichts
Roman
448 Seiten. Klappenbroschur
ISBN 978-3-7466-3424-1
Auch als E-Book erhältlich

Ein Leben für die Kunst, ein Leben für die Liebe

Norwegen 1922: Signe ist talentiert, ambitioniert und vor allem eins: frei! Endlich hat sie sich aus ihrer unglücklichen Ehe gelöst, und damit von einem Mann, der für ihre große Leidenschaft, die Malerei kein Verständnis hat. In ihrer Jugend lernte sie, an der Seite ihres Onkels, dem Genie Edvard Munch, die schillernde Osloer Bohème kennen. Nun nimmt Signe Unterricht beim Sohn von Paul Gauguin, sie hat sich geschworen, ihr Leben ausschließlich der Kunst zu widmen. Sie will ein Werk hinterlassen, das – ebenso wie die Bilder ihres Onkels – die Menschen bewegt und aufrüttelt. Dann lernt sie Einar kennen und verliebt sich Hals über Kopf in ihn. Als er sich dem Widerstand anschließt, begreift Signe, dass man manchmal alles wagen muss – in der Liebe und in der Kunst.

»Kaum eine Lebensgeschichte hat mich so fasziniert wie die von Signe Munch – von ihr will ich erzählen!« Lena Johannson

Regelmäßige Informationen erhalten Sie über unseren Newsletter. Jetzt anmelden unter: www.aufbau-verlag.de/newsletter

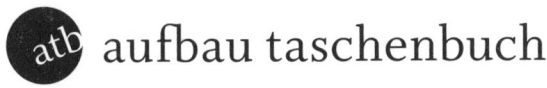

aufbau taschenbuch